D1923303

MIRA VALENTIN

Der Krieg der Talente

7–9

bitter sweet

Der Krieg der Talente, Teil 7 – 9

BitterSweets,
Romantik von bittersweet.
Sehnsucht schreibt Geschichte.

Alle Rechte vorbehalten.
Unbefugte Nutzungen, wie etwa Vervielfältigung, Verbreitung, Speicherung oder Übertragung, können zivil- oder strafrechtlich verfolgt werden.

bittersweet
Ein Imprint der CARLSEN Verlag GmbH
September 2016
© der Originalausgabe by CARLSEN Verlag GmbH, Hamburg 2016
Text © Mira Valentin, 2016
Lektorat: Christin Ullmann
Streuvignetten: Maria Hecher
Umschlagbild: shutterstock.com / © LeksusTuss
Umschlaggestaltung: formlabor
Schrift: Alegreya, gestaltet von Juan Pablo del Peral, Great Vibes / TypeSETit
Satz und Umsetzung: readbox publishing, Dortmund
Druck und Bindung: BoD, Hamburg
ISBN 978-3-551-30055-3
Printed in Germany
www.bittersweet.de

Alle Bücher im Internet: www.carlsen.de

Prolog

Was soll man tun mit einem Menschen, der keiner mehr ist? Was ist das Richtige für ein Mädchen, das in einer fremden Welt gefangen ist und dabei so viel Glück verspürt wie nie zuvor? Ich habe lange darüber nachgedacht, wie es sich anfühlen würde, sie an diese Welt zu verlieren. Aber nun, da es so weit ist, weiß ich nicht mehr, was richtig ist und was falsch. Was gut und was böse. Nun bin ich derjenige, der in ihrem Namen eine Entscheidung fällen muss: Lasse ich sie dort in ihrer unwissenden Glückseligkeit oder hole ich sie zurück in die beängstigende Realität? Was auch immer ich tun werde – ich muss aufhören, dabei an mich selbst zu denken. Denn ich bin nicht der Maßstab für diese Entscheidung. Genauso wenig wie die Armee, die Generäle und unser letzter Kampf. Alles läuft auf eine einzige Frage hinaus: Wo ist Meleks Platz in dieser Welt? Ich bin mir nicht mehr sicher, ob er wirklich an meiner Seite ist.

Das Schwert der Zukunft

»Erik! Bist du wahnsinnig?«

Ich höre einfach nicht hin. Es war klar, dass Jakob mich über kurz oder lang finden würde. Er hat genügend Orakel an seiner Seite, die mich aufspüren können. Soll er doch auch die letzten Meter hierher noch hinter sich bringen. Ich bleibe einfach auf dem Baumstamm sitzen und starre weiter auf das schweigende Dickicht des Waldes zu meiner Rechten. Den Großteil dieses Sommers habe ich in einer feuchten Höhle verbracht und mich gefragt, ob draußen wohl gerade der Mond oder die Sonne am Himmel steht. Ich habe einfach keine Lust mehr, mich schon wieder in ein Gefängnis zu begeben, auch wenn es nur ein inneres ist.

»Erik, komm sofort hierher!«

Er denkt immer noch, er hätte über mich die gleiche Macht wie über den Rest unserer Truppe. Sie alle folgen ihm blind in jedes Verderben. Aber ich bin in der Lage, mich seinen Anordnungen zu widersetzen.

Hätte ich es irgendwie verhindern können, wäre ich kein Talent geworden. Ich wäre lieber ein normaler Mensch geblieben, würde weiterhin zur Schule gehen und um Meleks Gunst werben, so wie ich das während der letzten drei Jahre getan habe. Aber das Schicksal hat es so gewollt, dass ich ein Heiler wurde, der den Menschen ihre Gefühle zurückgeben kann. Und obwohl Melek diejenige war, die mein Talent überhaupt erst zum Ausbruch gebracht hat, ist sie jetzt die Gefährtin eines Dschinn und hat keinerlei Erinnerungen mehr an mich. Alles, was einmal zwischen uns passiert ist, wurde durch ihre Verwandlung einfach ausradiert. Sie weiß nicht mehr, wie es sich anfühlt, wenn zwei Herzen im gleichen Takt schlagen, zwei Körper zu einem verschmelzen und zwei Seelen sich berühren, auch wenn sie noch so unterschiedlich sind. Das alles hat Levian ihr genommen, als er sie ausgesaugt hat.

»So geht das nicht!«, sagt Jakob, als er vor mir zum Stehen kommt. Jetzt erst sehe ich, dass er Sylvia und Tina mitgebracht hat. Sie müssen die ganze Zeit wie Schatten hinter ihm hergeflogen sein. Alle drei atmen heftig, weil sie den ganzen Weg von der Schutzhütte bis zu meinem Aussichtspunkt gerannt sind.

»Bist du dir eigentlich im Klaren darüber, was Mahdi mit uns macht, wenn die Dschinn dich erwischen?«, fragt er.

Mahdi! Wenn es einen Menschen auf der Welt gibt, dem ich die Pest an den Hals wünsche, dann unserem General. Als ich Melek das letzte Mal gesehen habe, hat er mir noch weisgemacht, sie stünde unter einem Zauber der Dschinn und würde deshalb mit Levian kooperieren. Mittlerweile weiß ich, dass es anders war. Wieder einmal hat Mahdi sich in unsere Angelegenheiten eingemischt, weil er mich für seinen Endkampf beanspruchen und gleichzeitig Melek vernichten wollte. Sowohl Jakob als auch Sylvia haben mir brühwarm erzählt, was sich an diesem Tag auf dem Hohenfels zugetragen hat, während ich wieder einmal bewusstlos gewesen bin. Sie haben das getan, obwohl Mahdi es ihnen unter Androhung der Todesstrafe verboten hat. Doch mittlerweile ist der Tod für keinen von uns mehr ein Argument. Darum weiß ich nun: Mahdi hat Melek so lange unter Druck gesetzt, bis sie sich endgültig damit abgefunden hat, sich in eine Dschinniya verwandeln zu lassen. Und sein Druckmittel war wieder einmal Jakob. Das ist einer von vielen Gründen, warum ich nicht reagiere, wenn unser Anführer nach mir ruft. Anstatt zu antworten, ziehe ich meine Pistole und richte sie direkt auf seine Stirn. Er bleibt einfach stehen, kneift lediglich die eisblauen Augen zusammen. Sylvia und Tina fangen an, zu hyperventilieren.

»Erik, bitte! Bitte!«, heult Sylvia los. »Du hast jede Menge Feinde, aber Jakob gehört nicht dazu!«

Da bin ich mir gar nicht so sicher. Immerhin war er derjenige, der mir Melek als Erster weggenommen hat, und ich würde darauf wetten, dass er es immer wieder tun würde, wenn er die Gelegenheit dazu bekäme.

»Hättest du die Wahl gehabt: Wem hättest du sie gegeben, dem Dschinn oder mir?«, frage ich ihn.

»Dir«, antwortet Jakob. Seine Stimme schwankt kein bisschen. »Aber ich hatte nicht die Wahl.«

Über unseren Anführer kann man jede Menge Dinge sagen, nicht aber, dass er ein Feigling sei. Mit meiner Pistole bringe ich ihn deshalb wahrscheinlich weniger aus dem Konzept als mit meinen Befehlsverweigerungen. Vielleicht sollte ich lieber darauf bauen. Ich lasse den Lauf der Waffe sinken.

»Geh mit zurück auf die Schutzhütte«, sagt Jakob, jetzt mit einer Spur von Verständnis in der Stimme. »Es macht keinen Sinn, hier rumzuhängen. Sie wird nicht kommen.«

Ich schüttele den Kopf. Was habe ich denn für eine andere Möglichkeit, als mich irgendwo an den Waldrand zu setzen und zu hoffen, dass es Melek ist, die mich findet und nicht Levian oder ein anderer Dschinn. Aber mittlerweile ist sie wohl in einem Zustand, der keine Gnade mehr kennt. Sie würde mir genauso das Genick brechen wie jeder andere unserer Widersacher. Was ich hier mache, ist völlig sinnlos. Und damit setze ich nicht nur mein eigenes, sondern das Leben der gesamten Truppe aufs Spiel. Wenn ich tot bin, wird Mahdi auch den anderen die Hälse umdrehen, weil sie nicht gut genug auf mich aufgepasst haben.

»Okay«, murmele ich. Doch ich bin nicht im Stande, aufzustehen. Tina ringt sich schließlich dazu durch, mich hochzuziehen.

»Sei froh, dass du überhaupt wieder eine Pistole hast, und setz es nicht einfach so aufs Spiel«, brummt sie dabei.

Die ersten beiden Tage nach Meleks Verwandlung hat Mahdi mir keinerlei Waffen zugestanden, weil er Angst hatte, ich würde mich damit selbst ins Jenseits befördern. Doch mittlerweile hat er mir klargemacht, dass das keine Lösung ist. Denn laut dem General müsste ich eigentlich dazu in der Lage sein, Melek wieder in einen Menschen zu verwandeln.

»Du bist in jeder Hinsicht der Gegenspieler der Dschinn«, teilte er mir mit. »Du gibst, was sie nehmen. Und wenn ein Dschinn dazu fähig ist, ein Mädchen in einen Dämon zu verwandeln, dann kannst du diesen Vorgang auch rückgängig machen.«

Was Melek von der ganzen Sache hält, steht allerdings auf einem anderen Blatt. Als Levian sie verwandelte, war sie sich vollkommen über die Hintergründe dieser Tat bewusst. Ihr war klar, dass es kein Entrinnen für sie gab und dass ihr Leben der Einsatz für meines war – und für das von Jakob. Ich denke nicht, dass sie sich gegen Levians Kuss gewehrt hat. Sie hat schon vorher Gefühle für ihn gehegt – eine Tatsache, die ich eigentlich lieber verdränge. Jetzt allerdings sieht die Sache völlig anders aus. Melek weiß nicht einmal mehr, wer ich bin. Was für einen Grund sollte sie also haben, sich von mir küssen zu lassen, anstatt mich umzubringen? Wenn ich mit meiner Vermutung richtig liege, dann sieht sie mich, Jakob und alle anderen Talente mittlerweile als ihre Todfeinde an.

Aus irgendeinem Grund verzichtet Jakob darauf, mich vorübergehend zu entwaffnen. Nach dem, was ich mir gerade geleistet habe, müsste er es eigentlich tun. Stattdessen läuft er vor mir her und präsentiert mir dabei seinen ungeschützten Rücken. Wahrscheinlich steckt mehr dahinter als die Tatsache, dass der Tod ihn nicht mehr schrecken kann. Es ist gleichzeitig eine stille Botschaft, die nur ich verstehe. Sie lautet: »In hundert Jahren wirst du es nicht so weit bringen, mir Angst zu machen!« Hätte ich einen Platz in unserer internen Rangordnung, dann wäre er wahrscheinlich ganz unten. Denn genau dort würde Jakob mich gern sehen, als kleinen Ausgleich dafür, dass ich bekommen habe, wonach er sich vergeblich sehnte: Meleks Körper. Wo genau ich als Heiler stattdessen eigentlich stehe, weiß keiner so recht. Ich bin die große Absurdität der Armee. Für mich gelten andere Regeln, die bisher noch niemand genau durchschaut hat.

Weder Jakob noch Tina reden ein Wort, während wir zur Schutzhütte zurückgehen. Nur Sylvia läuft neben mir, tätschelt meinen Arm und murmelt irgendwelche Beruhigungen vor sich hin, die ich kaum wahrnehme. Seltsamerweise wirkt es trotzdem.

»Okay«, begrüßt Jakob die anderen, die in ihrer Rollenspieler-Montur vor der Schutzhütte herumlungern. »Wir haben Erik wieder. Kein Wort davon zu Mahdi, habt ihr verstanden?«

Alle nicken. Ein paar schauen mich anklagend an, vor allem Rafail und Nadja, die mit meinen überschäumenden Emotionen noch nie viel anfangen konnten. Der Muskelprotz tritt hervor und zeigt mit dem Finger auf mich.

»Prima«, sagt er zynisch. Seine Augen sind schmal und sein Tonfall bitter. »Und wie machen wir jetzt weiter? Schwamm drüber und Tontauben schießen? Sollen wir ihn dabei an einen Baum fesseln, damit er aufhört, unser Leben zu gefährden? Vielleicht sollte der General selbst für die Sicherheit seines Heilers sorgen, wenn ihm so viel an ihm liegt!«

»Ich wäre dir sehr verbunden, wenn du das Hirn, das dir geschenkt wurde, auch benutzen könntest, Rafail«, schaltet sich Mike ein, bevor Jakob etwas sagen kann. »Erik gehört zu seiner Truppe, das habe ich dir schon hundertmal gesagt. Selbst Mahdi hat es mittlerweile verstanden.«

Ich bin unserem Tiersprecher immer wieder dankbar dafür, dass er sich so für mich einsetzt. Auch wenn es ihm dabei nicht um mich geht, sondern um seine persönliche Vorstellung von der Endzeit, die ich angeblich einläuten soll. Seit Sylvia mir erzählt hat, dass es sich bei Mike vielleicht wirklich um den Erzengel Michael handelt – zumindest aber um einen jahrtausendealten Typen –, betrachte ich ihn mit etwas mehr Respekt als früher. Aber es gibt auch Momente, in denen ich ihn immer noch für einen verrückten Bibelfreak halte, der uns alle mit seiner Selbstdarstellung an der Nase herumführt.

»Er *bleibt* aber nicht bei seiner Truppe«, stellt sich nun Nadja hinter ihren Freund. »Er nutzt jede Gelegenheit, um sich den Dschinn an den Hals zu werfen.«

»Nein«, verteidige ich mich. »Nicht den Dschinn. Nur ihr.«

»Aber Melek ist jetzt ein Dschinn«, fährt Nadja mich an. Sie nimmt mich offenkundig genauso wenig für voll, wie ich es gelegentlich bei Mike mache. »Du wirst durch dein kindisches Davonlaufen nichts erreichen, außer, dass dich früher oder später jemand einen Kopf kürzer macht.«

Darauf fällt mir nichts ein. Sie hat ja Recht.

»Ich habe immer noch die Hoffnung, dass es anders ist«, murmele ich. »Sie hat versprochen, sich zu erinnern.«

Rafail will mir eine Erwiderung an den Kopf schleudern, aber Nadja hält ihn mit einer Geste zurück.

»Erik«, sagt sie, nun ein wenig sanfter. »Levian hat Melek alle Erinnerungen an dich herausgesaugt. Sie wird dich töten, sonst nichts. Sei kein romantischer Narr!«

Doch genau das bin ich. Ein romantischer Narr. Ich will nicht glauben, dass es so einfach sein soll, das Band zu trennen, das einmal zwischen Melek und mir bestanden hat. Der Gedanke, dass es nun Levians Arm ist, in dem sie schläft, dass es seine Augen sind, in die sie beim Aufwachen blickt, macht mich wahnsinnig. Ich kann all das nur ertragen, indem ich mir vorstelle, wie sie dabei kurz innehält und die Stirn in Falten legt, weil ihr für einen Sekundenbruchteil das Bild eines weniger perfekten, aber ihr grenzenlos ergebenen Jungen ins Gedächtnis weht. Und dass sie sich später bei meinem Anblick an dieses Bild erinnert.

Nun schaltet sich wieder Mike ein.

»Wäre Erik nicht eben dieser Narr, so wäre er nicht das, was er ist. Wir alle brauchen ihn, und zwar so, wie er ist.«

»Das mag sein«, sagt Jakob. »Trotzdem kann ich nicht zulassen, dass er uns bei jeder Gelegenheit ausbüxt. Er braucht einen weiteren Aufpasser.«

»Er hat schon drei«, gibt Rafail zu bedenken und zeigt auf Tina, Henry und Anastasia, die Tag und Nacht als meine Bodyguards fungieren und sich im Moment schwer im Hintergrund halten, weil sie mich eine Sekunde zu lang aus den Augen gelassen haben.

»Ab sofort hat er vier«, entscheidet Jakob. »Da Mike so inbrünstig für ihn eintritt, bietet er sich bestens für diesen Job an.«

Der Erzengel grinst und wirft seine chronisch ungekämmten langen Haare in den Nacken. Dann zwinkert er mir zu und säuselt: »Herr, es soll geschehen, wie du mir befohlen hast.«

Jakob funkelt ihn verärgert an, wie immer in solchen Momenten. Aber zu mehr kommt er nicht, denn genau in diesem Augenblick biegt eine uns allen wohlbekannte dunkle Limousine auf den Feldweg hinter Friedensdorf und rollt über die Schlaglöcher des von Traktoren und Mähdreschern massakrierten Teers auf uns zu.

»Oh nein«, flüstert Sylvia neben mir. »Er kommt nicht zufällig. Und er weiß alles!«

Ein Stöhnen geht durch die Runde. Wie immer, wenn Mahdi in unserer Nähe auftaucht, lähmt das bloße Wissen um seine Gegenwart unsere Sinne.

Ich kenne keinen Menschen und auch keinen Dschinn, der eine derart tödliche Wirkung auf alles Positive in mir auslöst wie unser oberster General. Er nennt sich Muhammad ibn Hasan al-Mahdi, nach dem verborgenen Imam und Retter der Menschheit in der islamischen Überlieferung. Ich glaube nicht daran, dass er das wirklich ist. Denn wie sollte jemals ein Mann die Welt retten, der so brutal und unnachgiebig seinen Weg verfolgt?

Bewegungslos verharren wir auf unserem Platz, bis der Wagen sich zur Schutzhütte vorgekämpft hat und mit schnurrendem Motor auf dem Parkplatz stehen bleibt. Zuerst öffnen sich die hinteren Türen. Attila und Ebru, die beiden Nahkampf-Orakel, steigen mit unbewegten Gesichtern aus. Sie tragen Sonnenbrillen und ihre ewig schwarzen, ewig langärmeligen Klamotten kleben an ihrer Haut. Ich wehre mich gegen die Erinnerung, die mich bei ihrem Anblick überkommt: Melek und ich auf der Insel des Friedens, nackt und schwitzend in die weißen Laken unseres Liebesnests verschlungen, während Attila und Ebru an den Zinnen des Balkons lehnen und uns observieren. Noch immer steigt die Wut in mir empor, wenn ich daran denke.

Attila geht zur Beifahrertür und öffnet sie, damit Mahdi hoheitsvoll aussteigen kann. Auch er trägt Schwarz und Sonnenbrille. Er ist nicht besonders groß. Umso mehr wundere ich mich jedes Mal darüber, wie heftig die Angst ist, die mich bei seinem Erscheinen überkommt. Eine Weile bleibt er an der Tür des Wagens stehen und beobachtet uns. Dann nimmt er die Brille ab und drückt sie Attila in die Hand.

»Erik, der Heiler«, sagt Mahdi zu seinen Begleitern, doch dabei fixiert er mich mit seinen dunklen Augen. Er ist nur ein paar Meter von uns entfernt und muss sich bewusst sein, dass wir ihn hören können. »Von allen Verrätern aus dieser Truppe hasse ich ihn am meisten.«

Bei diesen Worten verändert sich etwas in mir. Auch das passiert mir nicht zum ersten Mal. Ich bin nicht mehr der kleine Junge, der bereit war, sich ihm und seiner Aufgabe zu unterwerfen. Jetzt nicht mehr. Das weiß Mahdi genau.

»Muhammad al-Mahdi. Von allen machtgierigen Generälen in dieser Armee hasse ich ihn am meisten«, sage ich zu niemand Bestimmtem und halte seinen Blick.

Es ist nur ein winziger Augenblick, der ihn verrät. Dann stimmt er ein dröhnendes Gelächter an, das mich von der Unantastbarkeit seiner Herrschaft überzeugen soll. Doch für den Bruchteil einer Sekunde habe ich gesehen, dass auch er mich fürchtet, und das reicht mir. Mit sicheren Schritten kommt er auf mich zu. Den Rest meiner Truppe ignoriert er so gewissenhaft wie immer.

»Nach allem, was ich über dich weiß, solltest du eigentlich die Souveränität besitzen, zehntausende von Soldaten in den Endkampf gegen die Dschinn zu führen. Stattdessen treibst du dich wie ein liebeskranker Gockel im Wald herum und präsentierst dem Feind deinen Kopf auf einem Tablett«, spottet Mahdi. »Ich frage mich, wo das hinführen soll mit dir.«

Sein Blick ist jetzt arrogant wie eh und je. Er läuft vor mir auf und ab und zieht sich dabei die seidenen schwarzen Handschuhe von den Fingern. Wahrscheinlich will er gleich jemandem eine Ohrfeige verpassen. Ich nehme an, dass sie mir gelten wird.

»Eine Woche ist vergangen, seit wir dich aus den Klauen der Dschinn befreit haben«, redet er weiter. »Eine Woche Zeit, um dich mit der neuen Situation anzufreunden. Und was machst du? Du verkriechst dich am Rockzipfel der Vergangenheit, anstatt zum Schwert der Zukunft zu greifen!«

Mittlerweile steht er so dicht vor mir, dass ich Gänsehaut von dieser Nähe bekomme. Am liebsten würde ich schreiend weglaufen.

»Was ich in dir sehe, ist nicht der Krieger, der die Talente der Welt beflügelt«, fährt Mahdi fort, »sondern noch immer der verängstigte Schuljunge von früher. Du wirst keine Menschenseele gewinnen können ohne meine Hilfe, nicht eine!«

»Hab ich auch nicht vor!«, schleudere ich ihm entgegen.

Widerrede lässt er nicht gelten. Seine Rechte landet in meinem Gesicht, bevor ich sie kommen sehe. Ich spüre den Schmerz nicht, höre nur das dumpfe Klatschen seiner Knöchel auf meiner Wange. Er schlägt immer mit dem Handrücken, allein um der Demütigung willen. Schweigend halte ich seinen Blick. Das ist alles, was ich ihm entgegenzusetzen habe.

»Mahdi!«, mischt Mike sich ein.

»Schweig, Mikal!«, herrscht der General ihn an. »Dieser Heiler ist die größte Enttäuschung, die die Armee seit Jahrhunderten zu verkraften hat.« Nun steigt ein Hauch von Zornesröte in sein Gesicht und seine Brust hebt und senkt sich in schnellem Rhythmus.

»Ach was! Er ist nicht schlimmer als die anderen«, versucht Mike ihn zu beschwichtigen. »Du hast sie nicht erlebt, Muhammad. Aber ich garantiere dir ...«

»Ich will nichts davon hören!«, donnert Mahdi. »Es interessiert mich nicht, wer von ihnen der Schlimmste war. Jetzt und heute bin ich der Führer dieser Armee und Erik ist der Heiler, der mich in meinem Kampf unterstützen soll. Nur das ist von Belang.«

Ich würde nun gern ein überhebliches Lächeln zu Stande bringen. Aber die Lähmung, die meine Gesichtszüge befallen hat, hindert mich daran. Zumindest meine Zunge gehorcht mir noch.

»So wie ich die Sache verstanden habe, bin ich der erste Heiler seit mehreren Jahrhunderten und du befehligst die Armee, die *mich* unterstützen soll!«, sage ich. »Vielleicht sollten wir den Endkampf aufschieben, bis wir uns über die Hierarchien unserer Gemeinschaft im Klaren sind.«

Diesmal sehe ich die Hand kommen. Ich schließe die Augen, um ihr nicht auszuweichen. Erneut trifft er mich mit dem Handrücken an meiner rechten Wange. Da fällt mir ein, was einer meiner Vorgänger in einer ähnlichen Situation gesagt hat. Langsam drehe ich mich zur Seite und warte ab, ob er die Geste von allein versteht. Natürlich ist das nicht der Fall.

»Was soll das?«, giftet Mahdi mich an. »Warum drehst du dich weg?«

»Ich halte dir meine andere Wange hin«, sage ich so ruhig wie möglich. »Die linke. Tu, was du nicht lassen kannst.«

Wenn ich ehrlich bin, denke ich in solchen Momenten nie darüber nach, was als Nächstes kommt. Mit dieser Aussage habe ich unseren General vor aller Augen und Ohren als Widersacher des Guten dargestellt. So etwas ist er nicht gewöhnt. Als ich mir vor vielen Wochen geschworen habe, mich ihm zu widersetzen, habe ich mich gleichzeitig auch mit dem Gedanken angefreundet, dass mich diese Rebellion mein Leben kosten könnte. Aber nun, da er seine Pistole zieht und auf die Stelle zwischen meinen Augen richtet, möchte ich schreien. Ich vergesse immer wieder, was das Adrenalin mit ihm macht, nachdem man ihn zu sehr verärgert hat. In dieser Stimmung ist ihm durchaus zuzutrauen, dass er denselben Heiler erschießt, den er noch vor wenigen Tagen gegen die Dschinn verteidigt hat. Mahdi selbst hat gesagt, ich sei in der Lage, Melek zurückzuverwandeln. Wenn er mich jetzt tötet, wird sie auf ewig eine Dschinniya bleiben.

Im gleichen Moment, als diese Erkenntnis mich durchdringt, breitet sich ein Lächeln im Mundwinkel des Generals aus. Er kann keine Gedanken lesen. Trotzdem bin ich für ihn wie ein offenes Buch. Mein Talent sorgt schon dafür. Wie so oft machen meine Gefühle für Melek jede Deckung nieder, die ich aufzubauen versuche.

Plötzlich spüre ich eine Hand, die um meine Brust greift und mich nach hinten drückt. Jakobs Körper schiebt sich vor mich und der Lauf von Mahdis Pistole landet direkt auf seinem Kehlkopf. Ich kann das Gesicht meines Anführers nicht sehen, aber ich weiß, dass er weniger Probleme damit hat als ich, seine Emotionen überzeugend zu verbergen – falls er überhaupt noch welche hat. Mahdi stößt ein heiseres Lachen aus.

»Der Grat zwischen Mut und Dummheit ist schmal, werter Hauptmann«, säuselt er.

»So schmal wie der zwischen Hass und Irrsinn«, antwortet Jakob.

Ich halte den Atem an. Sylvias Hand greift nach meiner. Sie ist eiskalt. Es ist das zweite Mal innerhalb einer halben Stunde, dass Jakob in die Mündung einer geladenen Waffe blickt. Ich weiß nicht, was er darin sieht, das ihn so unerschütterlich stehen bleiben lässt. Wahrscheinlich ist es das Lächeln seiner toten Freundin Marie, die ihm die Hand entgegenstreckt, um ihn in eine Welt ohne Generäle und Dschinn zu geleiten.

Mahdi lässt die Waffe sinken und stößt Jakob beiseite. Dann greift er nach meinem Arm und zieht mich wieder nach vorn. Sylvias kleine Hand entgleitet mir.

»Ich werde keine Silberkugel an dich verschwenden«, sagt Mahdi an Jakob gewandt. »Ein Anführer ist wie der andere, aber Leichen sind lästig und verstockte Heiler schwer zu überzeugen. Ich weiß ein besseres Mittel, um unseren Schuljungen zur Kooperation zu bringen.«

Damit gibt er mir einen Stoß in Richtung der Limousine. Ich reiße mich zusammen, um keinen hilfesuchenden Blick zurück zu meiner Truppe zu schicken. Was auch immer Mahdi mit mir vorhat, keiner von ihnen wird mir helfen können. Stattdessen vertraue ich einfach darauf, dass er sich wieder gut genug unter Kontrolle hat, um mein Leben nicht allzu sorglos zu verwirken. Im Gegensatz zu Jakob bin ich nämlich nicht ganz so leicht zu ersetzen. Allerdings braucht ein Heiler nicht unbedingt Arme, Beine oder Zähne, um weiterhin zu funktionieren.

Attila schiebt mich unsanft auf den Rücksitz neben Ebru und quetscht sich auf die andere Seite. Wir stoßen rückwärts vom Parkplatz und holpern über den kaputten Teerweg zurück zur Hauptstraße. Während der kurzen Fahrt nach Dautphe redet keiner ein Wort. Es gibt nichts, das wir uns zu sagen hätten, außer den Dingen, die wir uns gegenseitig an den Kopf werfen. Ich frage mich, wie Mahdi mich seinen weltweiten Truppen präsentieren will, wenn ich dabei gebrochen neben ihm stehe. Es wird kein Triumphzug werden, den er da plant. Wenn ich eines noch erreichen kann, dann das.

Seine neue Bleibe hat Mahdi an einem ganz ähnlichen Ort aufgeschlagen wie das Hauptquartier in Istanbul. Wieder hat er sich unter die Ärmsten der Armen gemischt, unter Leute, die mit anderen Dingen beschäftigt sind, als sich über gelegentliche Schreie aus der Nachbarswohnung zu wundern. Seit ich Meleks ehemalige Wohngemeinschaft mit Anastasia übernommen habe, ist mir klar, dass die Wohnblöcke am Ortsrand von Dautphe nicht nur Sozialhilfeempfänger und Flüchtlinge beherbergen, sondern auch jede Menge Leute, die nicht ganz legal dort abgestiegen sind. Sie alle haben eine Art stillschweigendes Abkommen miteinander, dass keiner sich um den Dreck des anderen schert. Das ist der eine Grund, warum Mahdi und seine Soldaten in den Block uns gegenüber gezogen sind. Der andere ist, um mich zu beobachten – und notfalls auch jemanden erschießen zu können.

Ich wehre mich nicht, als sie mich zwischen sich nehmen und über die unebenen Pflastersteine entlang des grauen Betonbunkers zur Haustür eskortieren. Zwei Kinder mit dreckverschmierten Gesichtern spielen auf der Wiese zwischen unseren beiden Blöcken in einem verwahrlosten Sandkasten. Sie betrachten uns argwöhnisch. Ich versuche, zu lächeln, um sie nicht zu erschrecken. Sonst lässt sich kein Mensch blicken.

Die Nebenzentrale der Armee liegt in der ersten Etage. Mahdi hat eine Fünfzimmerwohnung gemietet, die außer ein paar Stockbetten für seine Soldaten kaum Einrichtung enthält. Nur im größten Raum, der direkt gegenüber von Anastasias Wohnung liegt, steht ein Schreibtisch mit mehreren Bildschirmen und Telefonen. Der Kabelsalat, der von dort zur Telefondose führt, ist eher untypisch für unseren General. Diese Bleibe ist ein deutlicher Kompromiss, über den er sich wahrscheinlich ärgert. Er nimmt jetzt auf seinem ledernen Bürostuhl Platz. Ich werde von Attila auf einen kleinen Holzhocker niedergedrückt, der wahrscheinlich extra für diesen Zweck angeschafft wurde. Allein die Sitzposition soll mir klarmachen, in welcher Lage ich mich befinde. Ich hasse die Psychotricks, die Mahdi so gern anwendet, denn sie funktionieren allesamt prächtig.

»Fürchtest du dich?«, fragt er trocken und fixiert mich mit einem Blick, der alles bedeuten könnte.

Ich nicke. »Ja.«

»Attila hat in seiner Ausbildung Dinge gelernt, die er nur selten anwenden darf«, erzählt der General im Plauderton. »Ich denke, er wäre nicht abgeneigt, sie an dir auszuprobieren. Wenn es sein muss, sind wir zu allem bereit, und das weißt du!«

Diesmal bringe ich nur noch ein Nicken zu Stande. Meine Kehle ist wie zugeschnürt.

»Allerdings bin ich nicht so dumm, wie du vielleicht glaubst. Ich weiß sehr wohl, dass ich dich der Welt nicht gefesselt und halbtot präsentieren kann. Du musst überzeugend an meiner Seite stehen, nur dann werden sie uns folgen. Entsprechend machen wir beide nun einen Deal: Du unterstützt meinen Endkampf und ich sage dir, wie du Melek zurückbekommst!«

»Ich weiß bereits, wie ich Melek zurückbekomme«, behaupte ich frei heraus. »Sie muss nur bereit sein, sich von mir küssen zu lassen. Aber dabei kannst du mir nicht helfen.«

Mahdi schüttelt den Kopf, als sei ich tatsächlich das naive Kind, als das er mich immer darstellt. »Falsch, Erik. Das ist nicht dein einziges Problem!«

Er schnippt mit den Fingern seiner rechten Hand, was einen Soldaten dazu veranlasst, geräuschlos aus dem Raum zu verschwinden. Ein paar Sekunden später kehrt er mit einem Mann zurück, den ich noch nie gesehen habe. Ich erkenne auf den ersten Blick, dass es sich dabei um einen Tunica handelt, einen gefühlskalten Menschen. Aber da ist noch mehr: Dieser Mann sieht aus, als hätte er nicht nur seine Seele eingebüßt, wie so viele andere. Sein Blick ist so ausdruckslos, als hätte er alles verloren, was ihn je ausgemacht hat, als wüsste er nicht einmal mehr, wer er ist. Er wirkt wie eine vollkommen leere menschliche Hülle. Nur an der wettergegerbten Haut und den schlechten Zähnen kann ich erkennen, dass er früher einmal zu einer sozial schwachen Schicht gehört haben muss. Der Rest von ihm ist glatt gebügelt und uniformiert. Er trägt ein sauberes weißes Hemd und schlichte Bluejeans.

»Dein Testobjekt«, erklärt Mahdi. »Eigenhändig ausgesaugt von unserem Lieblingsdschinn Levian. Seine Seele und sein Geist sind so leer wie Meleks. Nur sein Körper ist noch übrig, aber darum mache ich mir die wenigsten Gedanken.«

»Ich verstehe nicht …«, bringe ich hervor.

»Sieh zu, wie weit du kommst«, schmunzelt Mahdi. »Bring ihn zurück ins Leben, wie du es bei deinem Mädchen tun willst!«

Ich zögere kurz. Der General scheint sich seiner Sache sehr sicher zu sein. Glaubt er etwa, dass es nicht funktionieren wird? Dabei hat er selbst behauptet, ich sei das genaue Gegenstück der Dschinn. Was für ein teuflisches Spiel treibt er mit mir?

Langsam trete ich an den Mann heran und versuche, seinen Blick zu fangen. Als es mir gelingt, sehe ich den üblichen interesselosen Ausdruck der Tunicas. Ich klammere mich daran fest, dass ich so etwas nicht zum ersten Mal tue. Es wird genauso funktionieren wie immer. Mit seinem Geist ebenso wie mit seiner Seele. Ich verzichte darauf, mich mit Namen vorzustellen. Levian hat bei diesem Mann ganze Arbeit geleistet. Ihm ist vollkommen egal, wer ich bin und was ich mit ihm mache. Darum wird er sich auch nicht wehren. Also greife ich einfach mit der Hand in seinen Nacken und ziehe ihn an mich. Im selben Moment, als unsere Lippen sich berühren, löst sich alles um mich herum zu nichts auf. Mahdi und seine Soldaten, ihre Androhungen von Tod und Folter, meine Sorgen um die Zukunft, alles weicht einem einzigen Ziel: Ich will diesen Menschen retten! Dieser Wunsch ist so stark, dass ich in diesem Moment nur noch für ihn da bin. Ich spüre, wie meine Seele sich mit seiner vereinigt und mein Herz nur noch für ihn schlägt. Es ist tiefste Liebe, die ich fühle, aber sie dauert nie länger als ein paar Minuten. Doch das reicht aus, um ihm alles zu geben, was er braucht. Meine Gefühle füllen seine ausgetrocknete Seele mit dem Wasser des Lebens. Sofort beginnt sie, zu atmen und zu erblühen. Alles, was ich geben kann, kommt ungefiltert in seinem Innersten an, ausgelöst durch einen einzigen Gedanken, der mich zu diesem Geschenk befähigt. Es ist der Gedanke an Melek. »Ich liebe dich!«, pocht es mit jedem Pulsschlag durch meine Adern. »Von ganzem Herzen liebe ich dich!«

Mein Werk ist nun getan. Ich könnte aufhören. Und doch ist es noch nicht genug. Die Seele des Mannes habe ich gefüllt, aber sein Geist ist immer noch leer. Ich weiß nicht, was ich zu tun habe, verlasse mich ganz auf mein Gefühl und küsse einfach weiter. Die Verbindung zwischen uns bleibt bestehen, der Strom meiner Empfindungen lässt nicht nach, ebenso wenig wie der Gedanke an Melek und all die Erinnerungen an unsere gemeinsame Zeit. Ich lasse mich treiben von meiner Natur als Heiler und küsse so lange weiter, bis ich merke, dass mein Gegenüber gesättigt ist. Dann löse ich langsam meine Lippen von seinen und schaue ihm in die Augen. Dieser Moment ist bei jeder Reanimierung einzigartig: zu sehen, wie ein Mensch neu erwacht, wie seine Augen Glanz bekommen und seine Seele ihre Flügel ausbreitet. Ein Anblick wie dieser ist alles, was ich brauche, um mich innerhalb einer einzigen Sekunde von dem Kraftakt zu erholen, den ich eben geleistet habe. Ich lächle den Mann an und er lächelt zurück, wobei er seine gelben Stummelzähne entblößt. Es ist ein unbeschreiblich intimer Moment, dessen Bedeutung nur ich und der Mensch mir gegenüber verstehen.

Erst als Mahdi neben mir Applaus spendet, nehme ich ihn überhaupt wieder wahr.

»Wahrhaftig, du bist ein großer Heiler«, sagt er bedeutungsschwanger. »Dein Talent ist das größte Geschenk, das die Menschheit erhalten konnte. Wie schade, dass es keinem anderen Mann gegeben wurde, einem klügeren und einsichtigeren!«

Ich erwidere nichts darauf, sondern streiche dem ehemaligen Tunica über sein frisch rasiertes Kinn und nicke ihm ein letztes Mal zu.

»Und nun?«, frage ich Mahdi.

»Nun frag ihn, wie er heißt.«

Das tückische Lächeln, das bei diesen Worten in Mahdis Gesicht auftaucht, lässt mich nichts Gutes ahnen. Es steht außer Frage, dass ich es geschafft habe, die Seele dieses Menschen wiederzubeleben. Aber was ist mit seinem Geist passiert? Ein beängstigender Verdacht schleicht sich in meinen Kopf.

»Wie heißt du?«, wende ich mich an ihn. Meine Stimme zittert.

Er schüttelt leicht den Kopf. »Ich weiß es nicht.«

Seine Worte klingen in meinen Ohren nach wie ein grausames Echo. Vier Worte, die meine ganze Hoffnung zunichtemachen, die Meleks weiteres Leben als Dschinn besiegeln. Vier Worte, die mir jeden Lebensmut rauben. Es hat nicht funktioniert!

Nun wendet der General sich selbst an den Mann.

»Und wie heißt er?«, fragt er und zeigt dabei auf mich.

»Erik Sommer«, antwortet der Mann. Ich bin nicht wirklich überrascht. Das bestätigt die schreckliche Vermutung, die ich eben hatte.

»Was weißt du noch über ihn?«, fragt Mahdi.

»Dass er ein wunderbares Talent hat.«

Ich spüre, wie die Blicke des Menschen mich treffen und bewundernd an mir herabgleiten. Doch in diesem Moment kann ich ihm nicht in die Augen sehen. Ich bin viel zu beschäftigt damit, auf beiden Beinen stehen zu bleiben. In meinem ganzen Leben war ich noch nie so enttäuscht.

»Er ist verliebt«, spricht er weiter. »In ein Mädchen namens Melek. Jede Sekunde denkt er an sie. Doch sie ist ihm verloren gegangen, denn ein Dschinn hat sie geküsst.«

»Was meinst du, was er bereit wäre zu tun, um sie zurückzubekommen?«, fragt Mahdi.

»Alles«, lautet die Antwort. »Er würde alles dafür tun.«

Mahdi lächelt. Dann gibt er einem Soldaten einen Wink und bedeutet ihm, den Mann zu entfernen.

Als wir wieder unter uns sind, läuft Mahdi im Kreis um mich herum, wie er es gern tut, und betrachtet mich dabei mit abschätzigen Blicken.

»Schade aber auch«, sagt er schließlich, als würde ich ihm auch nur eine Silbe seiner geheuchelten Anteilnahme abkaufen. »Es sieht ganz so aus, als könntest du nur deine eigenen Erinnerungen weitergeben. Genau wie du nur deine eigenen Emotionen auf sie überträgst. Das wird Melek nicht wirklich zurückholen, denke ich. Es sei denn, du bist daran interessiert, eine weibliche Erik-Kopie in Meleks Körper zu erschaffen. Dann könnte es vielleicht funktionieren.«

Ich möchte sein Grinsen nicht sehen, deshalb starre ich auf den schmutziggrauen Boden unter meinen Füßen. Nein, sage ich mir immer wieder. Es muss einen anderen Weg geben! Mahdi lässt mir Zeit für eine Reaktion. Er weiß, dass er mich bereits an einem Punkt hat, der nichts als Verzweiflung birgt.

»Ich kenne Melek besser als diesen Mann«, bringe ich schließlich hervor. »Wir haben uns all unsere Geheimnisse anvertraut und uns unser ganzes Leben erzählt. Viele Erinnerungen haben wir gemeinsam gemacht. Es wird ganz anders werden als mit diesem Fremden.«

»Natürlich«, sagt Mahdi. Dann tritt er an mich heran und legt den Arm um meine Schultern, als wären wir alte Freunde. Die Berührung verursacht einen eiskalten Schauder an meinem Rücken. »Es wäre in der Tat besser. Die Frage ist nur: Wird es reichen? Und wie wird es sich für sie anfühlen? Glücklicherweise hat Levian an diesem Tag im Wald nicht nur einen Landstreicher ausgesaugt, sondern zwei. Und dein zweites Testobjekt wird dir gleich alle Antworten auf diese Fragen liefern.«

Nun schaue ich ihm doch in die Augen. Was ich hinter dem oberflächlichen Schleier aus geheuchelter Zuneigung sehe, ist tiefste, kaum verborgene Genugtuung.

»Wie meinst du das?«, frage ich.

Mahdi lässt meine Schultern wieder los und läuft weiter um mich herum.

»Ich erzähle dir nun die Geschichte dieses Menschen, damit du etwas hast, was du ihm übertragen kannst, abgesehen von deiner Schwärmerei für Melek und all den anderen sentimentalen Details. Danach wirst du sehen, wie viel davon bei ihm hängen bleibt und wie es sich für ihn anfühlt. Also hör gut zu!«

Eine halbe Stunde lang versorgt der General mich mit Informationen aus dem Leben des zweiten Opfers. Ich erfahre, dass sein Name Ralf Koch ist und er vor ziemlich genau einem Jahr gemeinsam mit dem anderen um ein Haar Melek vergewaltigt hätte, wenn Levian sie nicht gerettet und die beiden Penner in Wolfsgestalt durch den halben Wald gehetzt hätte. Zuvor war er sechs Jahre lang durchs Land gestreift, hatte hier und dort gebettelt und jede Gelegenheit genutzt, um Handtaschen mitgehen zu lassen und Leute zu betrügen. Doch vor dieser Zeit war er einmal ein Mann gewesen, der sein Leben im Griff gehabt hatte. Er war verheiratet, glücklich, hatte eine Frau und zwei Kinder, einen schlecht bezahlten Job als Postbote, doch das Leben war gut und leicht gewesen. Bis zu dem Tag, als seine Frau die Krebsdiagnose bekam. Dann ging alles viel zu schnell. Sie starb innerhalb weniger Wochen. Ralf begann zu trinken, vernachlässigte seine Töchter, ging nicht mehr zur Arbeit. Das Jugendamt nahm ihm schließlich die Kinder weg. Er saß in seiner Wohnung, tagein, tagaus, ohne zu duschen, ohne zu weinen, ohne die Sonne zu sehen. Und wünschte sich nichts weiter, als ebenfalls sterben zu dürfen. Doch sein Selbstmordversuch war schlecht geplant. Er landete nur im Krankenhaus. Dann in der Psychiatrie, danach auf der Straße. Und von diesem Tag an begann sein Leben als Outlaw.

Als sie ihn in den Raum führen, schaffe ich es wider Erwarten, ihm in die Augen zu sehen. Ich hatte gedacht, ich könnte niemals einen Menschen anders als hasserfüllt betrachten, der Melek wehtun wollte. Doch nachdem ich seine ganze Geschichte kenne, bin ich dazu in der Lage. In seinem Gesicht sehe ich die Spuren, die sein Leben bei ihm hinterlassen hat, egal, wie viel Mühe sich die Armee auch gegeben hat, ihn auf ein optisch annehmbares Niveau zu bringen. Er tut mir leid, auch wenn ich immer noch Vorbehalte gegen ihn habe. Dadurch, dass er nun mein Versuchskaninchen sein wird, kann er vielleicht einen Teil der Schuld ableisten, die auf seinen Schultern lastet.

Ich küsse ihn, genau wie vorher den ersten Mann. Wieder spüre ich, wie meine Gefühle ihn erfüllen und wie ein unkalkulierbarer Anteil meiner Erinnerungen auf ihn übergeht. Ich kann nicht verhindern, dass ich dabei an Melek denke. Doch ich rufe mir auch all das ins Gedächtnis, was Mahdi mir aus seinem Leben erzählt hat. Als ich dann von ihm ablasse, schwimmen Tränen in seinen Augen. Ich stehe immer noch auf Tuchfühlung mit ihm, als er vor mir auf die Knie fällt und meine Hände küsst.

»Ich danke dir«, flüstert er. »Ich danke dir dafür, dass du mich gerettet hast, obwohl ich ihr wehtun wollte. Du musst ein Engel sein, dass du dazu in der Lage bist!«

»Nein. Nur ein Heiler«, sage ich.

Ralfs Reaktion lässt mich aufatmen. Es mag sein, dass ich auch ihm meine eigenen Erinnerungen vermittelt habe. Aber es sieht so aus, als wären die Informationen aus seinem Leben ebenfalls bei ihm angekommen. Ein Funke Hoffnung schleicht sich in mein Herz. Da tritt Mahdi zwischen uns, fasst ihn grob am Oberarm an und zieht ihn hoch.

»Wie heißt du?«, fragt er ihn.

»Ralf Koch.«

»Wie alt bist du?«

»54.«

Er sieht wesentlich älter aus. Aber die Information ist korrekt. Noch eine ganze Weile bombardiert Mahdi den Mann weiter mit Fragen und er kann alle richtig beantworten.

Aber dann kommt er an einen Punkt, der mich wieder zweifeln lässt.

»Warum wolltest du dich umbringen?«, fragt Mahdi ihn.

»Weil meine Frau gestorben ist.«

»Wie hat sich das angefühlt?«

Zum ersten Mal zögert Ralf.

»Es war schlimm«, sagt er dann.

»Kannst du dich daran erinnern?«

Er kneift angestrengt die Augen zusammen und denkt nach. Schließlich schüttelt er den Kopf.

»Nein. Ich habe eine Vorstellung davon, wie ich allein in meinem Haus saß. Aber ich bin nicht ganz sicher, wie es sich angefühlt hat.«

»Hast du sie geliebt?«, fragt Mahdi ihn.

»Ja, ich denke schon.«

»Und liebst du sie immer noch?«

Nun schüttelt Ralf den Kopf und schaut wieder mich an. Sein Blick ist der eines treu ergebenen Hundes.

»Nein. Aber ich weiß, dass Erik Melek liebt. Aus ganzem Herzen.«

Nichts macht uns stärker als ein gemeinsamer Feind

Seit über einer Stunde sitze ich nun auf dem Betonboden hinter Anastasias Wohnblock und starre in die Luft. Mittlerweile ist es Abend geworden, doch es ist Juli und der Sommer befindet sich auf dem Höhepunkt seiner Kraft. Noch immer steht die Sonne eine Handbreit über dem Horizont und bemüht sich erfolglos, die Gänsehaut auf meinen Armen zu vertreiben. Mir fröstelt, obwohl sicher weit über 20 Grad herrschen.

Mahdi hat es tatsächlich geschafft, mich zu ködern. Als ich sein Quartier verlassen habe, klopfte er mir auf die Schulter und es fühlte sich an, als müsste ich unter der Last seiner Schläge niederbrechen. Seit der Begegnung mit den beiden Pennern ist mir klar, dass ich Melek nicht aus eigener Kraft zurückverwandeln kann. Es wäre nicht Melek, die dabei herauskommen würde, sondern ein Zombie. Sie würde aussehen wie Melek, reden wie Melek und sich bewegen wie Melek. Und sie würde mir gehören, keine Frage. Doch innerlich wäre sie eine bedauernswerte, zerrissene Persönlichkeit. Sie wäre ein Mix aus mir und sich selbst. Wir können nicht einmal sagen, wie viele Anteile von Levian weiterhin in ihr hausen würden. Feststeht, dass sie ihre eigene Geschichte nicht nachfühlen könnte. Sie würde immer wie eine bloße Erzählung, wie eine gut recherchierte Biografie auf sie wirken. Ich kenne Melek gut genug, um zu wissen, dass sie dieses Leben niemals gewollt hätte. Genauso wenig, wie sie je in eine Dschinniya verwandelt werden wollte. Doch ich kann nicht den einen Frevel, der ihr angetan wurde, durch den nächsten ausgleichen. Dazu habe ich kein Recht, und wenn ich mir noch so sehr wünsche, endlich wieder ihre Hand in meiner halten zu dürfen.

Mahdi war derjenige, der eine Lösung wusste.

»Es gibt eine Kopie«, teilte er mir mit, nachdem die beiden Männer von seinen Soldaten in ihren sicheren Tod abgeführt worden waren. »Eine astreine Kopie vom Geist deiner guten, alten, unberechenbaren und streitlustigen Melek.« Er tippte sich mit einem Finger an seine Stirn. »Hier drin ist alles, was du brauchst. Abgespeichert und konserviert für den Tag ihrer Wiederkehr. Du kannst es haben ... nachdem du erfolgreich den Endkampf propagiert hast.«

Ob das alles eine gut ausgedachte Lüge war oder tatsächlich möglich ist, kann ich nicht beurteilen. Aber allein die Hoffnung, die in seinen Worten lag, reichte schon aus, um mich all meine Prinzipien vergessen zu lassen. Ich kann mich nicht mehr daran erinnern, wie lange ich auf seinem trostlosen Holzschemel saß und mit mir selbst und meinem Schicksal haderte, bevor ich einwilligte. Aber als ich es schließlich tat, klopfte er mir triumphierend auf die Schulter. Und bevor ich durch die Wohnungstür gehen konnte, die Ebru mir aufhielt, gab er mir noch mit: »Ach ja, und Erik: Unterlasse zukünftig deine revolutionären Reden vor der Truppe! Es könnte sein, dass ich meine Meinung sonst noch ändere.«

Nun ist es geschehen. Ich habe alles verkauft, wofür ich einstehen wollte, alles verraten, was mir wichtig war. Mahdi bekommt seinen Kampf. Tausende von Talenten werden dabei fallen und zehntausende von Dschinn. Sie werden sterben, weil ich meinen Waffenbrüdern in aller Welt einreden werde, es sei gerecht und gut, was die Armee von ihnen verlangt. Und doch kann ich nicht anders, als sie alle zu opfern. Ich muss Melek zurückholen, koste es, was es wolle. Damit ist zumindest klar, dass ich mich in diesem einen Punkt von meinen beiden Vorgängern unterscheide. Keiner von ihnen hätte das Leben Unschuldiger aufs Spiel gesetzt. Nicht für seine eigenen Wünsche, aus keinem Grund der Welt. Ich habe mich vom Teufel verführen lassen und er hat nur einen einzigen Nachmittag dafür gebraucht.

Anastasia findet mich, Stunden, nachdem die Sonne bereits untergegangen ist.

»Oh«, stößt sie hervor, als sie bei ihrer Suchaktion hinter dem Haus beinahe auf mich tritt. »Erik! Warum sitzen auf Boden? Du gesund?«

»Nein«, murmele ich. »Ich bin so krank wie nie zuvor.«

Da bückt sie sich und will mich auf den Arm heben wie ein Kleinkind.

»Nicht!«, wehre ich mich. »Hilf mir nur hoch. Ich kann alleine gehen.«

Anastasia schleppt mich hinauf in den ersten Stock, während sie mit der freien Hand ihr Handy zückt und Tina und Henry herbeiruft. Wahrscheinlich haben sie mich stundenlang gesucht, nachdem mich eine Weile niemand mehr durch das Fenster im Block gegenüber gesehen hat. Oben angekommen lässt unsere Muskelprotzin mich auf ihr Bett fallen, bevor sie sich bückt, um mir die Schuhe auszuziehen. Sie ist kaum damit fertig, als auch schon Tina und Henry hereingestürmt kommen.

»Wie geht es ihm?«, fragt Tina Anastasia. Dass sie die Frage nicht an mich selbst richtet, sagt mir, wie verwirrt ich aussehen muss.

»Er gesagt, er sein krank«, antwortet Anastasia. »Aber ich nichts gesehen.«

Tina ist kein Freund von langen Reden. Wir haben mehrere Monate lang meinen Eltern weisgemacht, dass wir ein Paar seien, und nächtelang im selben Zimmer geschlafen. Auch wenn keiner von uns den anderen je nackt gesehen hat, sind wir uns in dieser Zeit sehr nahgekommen. Deshalb ziert sie sich auch nicht, sondern setzt sich direkt ans Bett und betrachtet mich einige Sekunden nachdenklich. Ihr Blick streift meine Haut, überall, wo sie sichtbar ist. Als sie nicht fündig wird, fängt sie an, mein Hemd aufzuknöpfen. Ich halte ihre Hände fest.

»Es ist nichts«, sage ich. »Lass es gut sein, Tina.«

»Was hat er mit dir gemacht? Du siehst schrecklich aus«, bricht es aus ihr heraus. Ihre Stimme zittert. »Wir hatten Angst, er würde dich foltern.«

»In gewisser Weise hat er das getan«, sage ich. »Aber er war auf meine Seele aus, nicht auf meinen Körper.«

Ich verzeihe es Tina, dass sie bei meinen Worten aufatmet, obwohl es nichts gibt, was diese Reaktion rechtfertigen würde.

»Was hat er zu dir gesagt?«

So kurz wie möglich erzähle ich ihr und den anderen, was sich an diesem Nachmittag in Mahdis Zimmer ereignet hat. Als ich fertig bin, sind sie allesamt ziemlich schweigsam. Tina fasst sich schließlich ein Herz.

»Das darfst du nicht tun«, sagt sie leise, aber bestimmt. »Damit trittst du alles mit Füßen, wofür du die ganze Zeit über eingestanden bist. Erik, du hast uns alle mit deiner Unerschütterlichkeit beeindruckt. Du hast uns verändert. Jeder von uns hat deine Gedanken im Kopf, auch wenn du das nicht immer merkst. Knick jetzt nicht um, nur weil Mahdi dir etwas verspricht, was er womöglich nie halten wird.«

»Ich kann nicht«, gebe ich schwach zurück. »Wenn ich unseren Pakt jetzt widerrufe, ist jede Chance dahin, Melek zu retten. Dann bleibt sie für immer ein Dschinn.«

»Ja«, sagt Tina. »Aber sie hat Levian. Und ich vermute, er wird sie auf Händen tragen. Solange sie nicht weiß, was auf der anderen Seite vor sich geht, wird sie glücklich sein. Lass es dabei bewenden, Erik. In deiner Erinnerung wird sie weiter bei dir sein.«

Ich versuche, den Schmerz hinunterzuschlucken, der mich bei der Vorstellung von Levian und Melek überkommt. So sehr ich mir auch wünsche, eine andere Entscheidung treffen zu können, so sehr schmerzt mich der Verlust, den ich dabei empfinde.

Henry kommt mir zu Hilfe. Er lässt sich ebenfalls auf der Bettkante nieder und legt eine Hand auf Tinas Arm.

»Setz ihn nicht so unter Druck«, sagt er. »Ich würde genauso entscheiden.«

»Du würdest uns alle dafür sterben lassen?«, fragt sie entgeistert.

Henry schüttelt den Kopf. Erst sieht es so aus, als würde er seine Gedanken lieber für sich behalten. Aber dann spricht er sie doch aus.

»Nein, ich ... ich würde das Risiko eingehen, dass manche von den anderen sterben könnten. Aber du wärst nicht darunter, denn du wärst das Druckmittel.«

Eine Sekunde lang starrt Tina ihn an. Dann tut sie so, als hätte sie ihn nicht verstanden. Es ist kaum auszuhalten, wie sehr die beiden die Gefühle totschweigen, die Henry für Tina hegt. Manchmal glaube ich, unsere Wettläuferin weiß selbst nicht, was sie fühlt.

»Es muss eine andere Lösung geben«, sagt sie an mich gewandt. »Sprich mit Sylvia und ihrer Mutter. Oder noch besser: mit Jakob.«

»Mit Jakob?«, frage ich ungläubig. »Es ist gerade mal ein paar Stunden her, dass ich ihm eine Pistole an den Kopf gehalten habe. Warum sollte er mir einen Rat geben, der mir Melek zurückbringt?«

»Weil er nur wenig später in den Lauf von Mahdis Waffe geblickt hat. Und wenn du dich erinnern würdest, dass er sich dabei vor dich gestellt hat, wüsstest du auch, was ihn wirklich antreibt. Ihr beide habt denselben Feind und dasselbe Ziel. Das sind die besten Voraussetzungen, um gemeinsame Sache zu machen.«

Ich werde niemals gemeinsame Sache mit Jakob machen. Für den unwahrscheinlichen Fall, dass wir beide lebendig unser Ziel erreichen, würden wir uns auf der Stelle zerfleischen, sobald unsere gemeinsame Liebe wieder als Mensch vor uns stünde. Denn es gibt nur eine Melek. Und die hat seit jeher Jakob vorgezogen. Ohne ihre Erinnerungen an unsere letzten gemeinsamen Wochen habe ich keine Chance, sie noch einmal für mich zu interessieren. Zumindest glaube ich das. Fest steht jedenfalls: Nur die Bedrohung durch Mahdi und die Sorge um mein ach so bedeutsames Talent hält Jakob davon ab, selbst nach ihr zu suchen. Wären wir alle innerlich frei, so würde er mir eher eine Kugel in den Kopf schießen, als mir Melek ein zweites Mal zu überlassen. Auch wenn alle behaupten, er hätte sie nie wirklich geliebt, sondern nur seine tote Freundin in ihr gesehen – ich glaube mittlerweile, dass es anders war. Meiner Meinung nach hat Melek ihn dazu gebracht, die Bollwerke niederzureißen, die er in den letzten Jahren um seine Seele gebaut hat. Genauso, wie sie es später bei mir getan hat. Und aus diesem Grund, weil seine Gefühle tiefer waren, als er selbst zugeben würde, fürchte ich ihn immer noch. Nicht als Anführer, sondern als Rivalen.

Auf der anderen Seite ist es noch ein langer Weg bis zu dem Punkt, an dem wir wirklich noch einmal miteinander in Konkurrenz treten könnten. Wenn ich mich entscheiden muss, mit Jakob oder Mahdi zu paktieren, dann ist unser Hauptmann mit Abstand die bessere Wahl.

»Ich weiß nicht ...« murmele ich.

»Dann schlaf drüber«, sagt Tina und greift nach der Decke, die zusammengeknüllt am Fußende von Anastasias Bett liegt. Eine Spur zu fürsorglich wickelt sie mich damit ein. Ich komme mir vor wie ein Kleinkind. Anastasia macht es sich heute auf dem Sofa bequem, während Tina und Henry schweigend warten, bis wir einschlafen. Um Mitternacht soll Mike die beiden ablösen. Ich bin mir ziemlich sicher, dass sie bis dahin jedes Gespräch vermeiden, das auch nur ansatzweise mit ihnen selbst zu tun hat. Dabei wissen sie doch, wie schnell einem die Gelegenheit genommen werden kann, ehrlich miteinander zu sein.

***

Als ich am nächsten Morgen aufwache, habe ich einen Entschluss gefasst: Ich bin noch nicht so weit, mich mit Jakob zu verbünden. Erst einmal will ich mit Sylvia und ihrer Mutter reden. Vielleicht liest unser kleines Orakel sogar etwas aus meiner Hand, das mich weiterbringt. Auf einen allerdings habe ich bei der ganzen Sache überhaupt keine Lust und das ist Mike. Er mag im Streit noch so leidenschaftlich für mich eintreten. Doch ich weiß mittlerweile, dass er Mahdi wochenlang von allem Bericht erstattet hat, was unter den Talenten vorgefallen ist, während ich von Levians Freundin in der Höhle gefangen gehalten wurde. Wenn ich eines im Moment nicht brauchen kann, dann einen Spion der Armee, der dem General brühwarm erzählt, dass ich schon jetzt darüber nachdenke, meine Entscheidung zurückzunehmen. Also warte ich ungeduldig, bis es zwölf Uhr mittags ist und Tina und Henry zum Schichtwechsel kommen.

Wir fahren zusammen in Tinas altem Polo nach Biedenkopf, also genau dorthin, wo sie eben hergekommen sind. Je näher wir meinem Heimatort kommen, desto stärker wird meine Unsicherheit. Ständig streift mein Blick Leute auf der Straße, die mir bekannt vorkommen. Sie alle sind der Meinung, ich sei mit Melek durchgebrannt und hätte sie irgendwo in Amerika geheiratet. Stattdessen leben wir immer noch im direkten Umfeld unserer Familien und Schulfreunde, was die Sache manchmal ziemlich kompliziert macht. Beim Grenzgang wäre Melek ein paarmal fast von ihren Eltern gesehen worden. Mich kennen in Biedenkopf noch wesentlich mehr Leute als Melek in Buchenau. Deshalb ist es umso schwieriger, mich unerkannt hier durchzuschleusen.

»Fahr nicht über den Marktplatz«, erinnere ich Tina und lasse mich auf dem Rücksitz nach unten rutschen.

»Ich weiß«, sagt sie und setzt den Blinker nach links, um sich durch die weniger überlaufenen Straßen zu Sylvias Haus durchzuarbeiten. Wie ich da zusammengesunken auf der Rückbank sitze, komme ich mir vor wie ein Schwerverbrecher auf der Flucht. Es ist einer dieser Momente, in denen ich mein Leben hasse. Wäre ich kein Talent geworden, könnte ich endlich meinen Führerschein machen, meine Badetasche packen und mit den anderen ins Freibad pilgern. Ich könnte mit meiner Familie am Tisch sitzen und ihnen Geschichten aus der Schule erzählen. Nächstes Jahr hätte ich mein Abitur. Es sah alles danach aus, als könnte ich es zu etwas bringen. Zum Bankangestellten vielleicht oder zum Chemielehrer. Zu einem, der ein Haus baut, einen Baum pflanzt und ein Kind zeugt. Aber nein, ich musste ja ein Heiler werden. Mittlerweile hat sich mein Leben so sehr gedreht, dass ich mein Schicksal die meiste Zeit über akzeptieren kann. Zuweilen gibt es sogar Momente, in denen ich ganz in meiner Aufgabe aufgehe. Wenn ich Menschen retten kann, zum Beispiel. Und seltsamerweise auch dann, wenn Mahdi mich an den Punkt bringt, an dem mir nichts anderes mehr wichtig ist, als seine fixe Idee vom Endkampf zu boykottieren. Diese neue Seite an mir wird immer stärker. Manchmal glaube ich sogar, sie könnte eines Tages überhandnehmen. Aber dann gibt es Minuten wie diese, wenn ich durch Biedenkopf fahre und den Kopf einziehe und mir nichts sehnlicher wünsche, als wieder einer aus dem unwissenden Fußvolk zu sein. Nirgendwo ist man verletzbarer als in der Heimat.

Jakob hat mich angewiesen, die Stadt nur im Notfall zu betreten, und das hier ist definitiv keiner. Mit seinen nachgerüsteten schwarzen Türen ist Tinas blassroter VW viel zu leicht zu erkennen. Deshalb parkt sie auch nicht vor Sylvias Haus, sondern quetscht sich durch die Lücke zwischen der Hauswand und dem Nachbargrundstück. Dann lässt sie ihren Wagen einfach in den Garten rollen. Das hat den Vorteil, dass auch Jakob, der direkt gegenüber wohnt, ihn nicht sehen wird.

Ich war schon oft bei Sylvia, aber bisher bin ich immer durch die Haustür hereingekommen. Zum ersten Mal klopfen wir nun stattdessen an die gläserne Küchentür. Sarah schiebt den Vorhang beiseite und lächelt, als sie uns sieht. Ich weiß nie, ob Sylvias Mutter einfach so ein zugewandter, spontaner Mensch ist, oder ob sie bereits mit unserem Besuch gerechnet hat. Die Antwort erhalte ich im selben Moment, als ich über die Schwelle trete: Auf dem Tisch steht eine Tasse mit frisch aufgebrühtem Kaffee für jeden von uns. An der Wandseite lungert Sylvia auf ihrem Stuhl herum und grinst uns vielsagend entgegen. Neben ihr sitzt Jakob. Tina zuckt bei seinem Anblick zusammen. Ihr fällt es am schwersten von uns allen, eigenmächtig Dinge zu tun, die im Grunde den Ansatz einer Befehlsverweigerung darstellen. Das liegt zu gleichen Teilen an ihrer Stellung als Offizier und ihrer Schwärmerei für ihren Vorgesetzten. Seltsamerweise zeigt sich im Moment kein missgünstiger Ausdruck in Jakobs Gesicht. Wahrscheinlich hat Sylvia ihm glaubhaft verkauft, dass wir hier wären, um mit ihm zu reden. Ich werfe ihr einen verärgerten Blick zu. Doch sie lächelt nur und deutet auf die drei freien Plätze vor sich.

»Also«, sagt Jakob, kaum dass wir sitzen. »Was ist los? Hatte das nicht Zeit bis heute Nachmittag?«

»Nein«, sage ich und gebe mich damit als Auslöser für diese Zusammenkunft zu erkennen. »Wir müssen endlich mal Klartext reden. Über Mahdi.«

Jakob hat die beneidenswerte Gabe, niemanden an seinen Gesichtszügen erkennen zu lassen, was er denkt. Falls er mich jetzt für einen zeitraubenden Quälgeist hält, ist ihm das nicht anzumerken. Genauso gut könnte es sein, dass er dieselben Gedanken hegt wie ich. An seiner Mimik ist es jedenfalls nicht auszumachen.

»Tina hat mir berichtet, dass er dich gestern weitgehend in Ruhe gelassen hätte«, sagt er.

Ich gebe einen verächtlichen Laut von mir.

»Soweit man Erpressung als Ruhe bezeichnen kann.«

»Erzähl mir, was passiert ist«, fordert er mich auf.

Also springe ich über meinen Schatten und berichte ihm von den beiden geistlosen Pennern, die mittlerweile garantiert nicht mehr am Leben sind. Sylvia hat diese Sache mal wieder klug eingefädelt: Nun, da wir schon gemeinsam und friedlich miteinander am Tisch sitzen, kann ich einfach nicht mehr anders, als die Katze aus dem Sack zu lassen. Als ich von dem Angebot erzähle, das Mahdi mir gemacht hat, runzelt Jakob zum ersten Mal die Stirn. Dann hakt er ein und wendet sich an Sarah.

»Kannst du dir das vorstellen?«, fragt er sie. »Dass jemand die Kopie eines menschlichen Geistes in seinem Kopf abspeichert? Wie sollte das funktionieren?«

Sarah steht wie meistens an die Arbeitsplatte der Küche gelehnt. Sie setzt sich nur selten zu uns und mischt sich nie in unsere Gespräche ein, weil sie kein aktives Mitglied unserer Truppe ist. Aber bei Fragen wie dieser ist ihre Einschätzung als ehemaliges Orakel immer von Bedeutung.

»Niemals«, sagt sie. »Aber falls ich mich täusche, wäre es nicht das erste Mal. Der General hat mich schon ein paarmal eines Besseren belehrt. Was denkst du, Sylvia?«

Ihre Tochter schüttelt ebenfalls den Kopf. »Als er damals den Schutzzauber über uns gelegt hat, fand ich das faszinierend, aber nicht komplett abwegig. Wenig später konnte ich es selbst. Aber diese Sache mit Meleks Geist ... nein, das kann ich mir nicht vorstellen.«

»Trotzdem ist es möglich«, findet Jakob. »Wir haben es hier mit einem uralten Orakel zu tun, das jahrhundertelang Zeit hatte, sich auf Erik vorzubereiten.«

Dann wendet er sich wieder an mich.

»Hast du dich auf den Handel eingelassen?«

Ich nicke.

»Das heißt also, dass wir uns für den Endkampf rüsten müssen«, murmelt Jakob. Noch immer schwingt keinerlei persönliche Emotion in seinen Worten mit. Es ist eine reine Feststellung. Einen Augenblick lang sagt niemand etwas. Henry greift nach seiner Kaffeetasse, aber er stiert nur abwesend hinein. Tina rutscht auf ihrem Stuhl herum und Sylvia kaut auf ihren Fingernägeln, wie Melek es früher immer getan hat. Ich weiß nicht, worauf sie warten. Dann tut Jakob etwas Seltsames: Er schaut mir direkt in die Augen. Das hat er noch nie zuvor getan. Normalerweise streift sein Blick mich nur flüchtig. Manchmal ersticht er mich auch fast. Aber einen längeren, ruhigen Augenkontakt hatten wir noch nie. Zum ersten Mal sehe ich, dass es nicht nur Eis ist, was seinen Blick auszeichnet. Darunter liegt ein Ozean begraben und ich möchte nicht wissen, wie tief er ist.

»Oder wir zetteln eine Revolution an«, sage ich.

Ich höre mich selbst reden, kann aber kaum glauben, was ich da von mir gebe. Es ist reine Intuition, die mich leitet. Ich habe nicht einen einzigen greifbaren Plan.

Jakob zieht eine Augenbraue hoch, wirft einen Blick zu Sarah hinüber und befiehlt ihr, den Raum zu verlassen. Ohne ein Wort des Widerspruchs verzieht sie sich nach draußen und schließt die Küchentür hinter sich. Jakob wendet sich wieder an mich.

»Wie stellst du dir das vor?«, will er wissen.

Mit einem Mal ist mir vollkommen klar, was wir tun müssen.

»Ich gehe vorerst auf sein Angebot ein, um Zeit zu gewinnen. Parallel dazu nehmen wir heimlich Kontakt mit anderen Truppen auf und versuchen, sie von unserer Meinung zu überzeugen. Und ich denke, wir ... wir sollten auch mit den Dschinn reden.«

Henry entfährt ein entsetzter Laut. Aber er verzichtet darauf, sich in unser Gespräch einzumischen. Ich schaue nicht zu ihm hinüber. Stattdessen fixiere ich weiter Jakob, in der Hoffnung, dass er endlich zu erkennen gibt, was er denkt.

»Was willst du ihnen sagen?«

»Ich sage ihnen das, wovon ich mittlerweile überzeugt bin: Dass ich für die Reanimation der Menschen da bin, nicht für die Ausrottung der Dschinn. Die Natur denkt sich keinen Heiler aus, der an der Seite eines Warlords die Massen aufhetzt. Und deshalb verspreche ich ihnen, dass ich weder gegen sie kämpfen werde, noch andere dazu aufrufe, es zu tun. Ich sage ihnen, dass ich auf ihrer Seite bin und wir eine Lösung finden werden, wie wir alle nebeneinander existieren können.«

Ich muss nach Luft schnappen, so sehr habe ich mich in Rage geredet. Ich weiß nicht, woher dieser klare Plan plötzlich kommt, aber wahrscheinlich trage ich ihn schon eine ganze Weile unterbewusst mit mir herum.

Jakob beobachtet mich, die Arme vor der Brust verschränkt.

»Und als Gegenleistung willst du Melek«, stellt er fest.

»Ja.«

»Sie werden sie dir nicht geben.«

»Warum nicht? Was kann ich ihnen mehr anbieten als ein Leben in Frieden? Sie können so viele Menschen aussaugen, wie sie wollen, weil ich sie anschließend wieder heilen kann. Ich verhindere den Endkampf. Sie können auf dem Hohenfels bleiben. Und kein Talent erschießt mehr einen Dschinn. Ist es das nicht wert, eine Geisel herauszurücken?«

»Doch«, sagt Jakob. »Aber sie ist keine Geisel mehr. Ich weiß nicht viel über die Dschinn, Erik, nur das, was Melek mir von ihnen erzählt hat. Aber eine Sache habe ich immer wieder herausgehört: Sie legen Wert auf Selbstbestimmung und Ehre. Sie werden keine der Ihren opfern, um sich mit uns zu vertragen. Dafür haben sie zu viele Jahrhunderte des Kampfes hinter sich. Außerdem könntest du nichts mit ihr anfangen. Denn ohne Mahdis Hilfe wirst du sie nicht zurückholen können – falls er überhaupt die Wahrheit gesagt hat.«

Ich dränge die Tränen erfolgreich zurück, die bei seinen Worten in mir aufsteigen. Das will ich nicht glauben! Ich bin einfach nicht bereit, zu akzeptieren, dass die Verwandlung endgültig war.

»Wir haben immer noch keine zweite Volltrefferin«, mischt sich auf einmal Sylvia in das Gespräch ein. »Weder Kadim noch ich habe jemanden erkannt und es ist schon über eine Woche vergangen. Außerdem … außerdem ist deine Prophezeiung immer noch nicht wahr geworden.«

Ich sehe ganz deutlich, dass bei ihren letzten Worten ein Schatten über Jakobs Gesicht huscht. Niemand hat mir je einen Ton über eine Prophezeiung gesagt, die ihn betrifft. Ich wüsste ziemlich gern, was das Ganze mit Melek zu tun hat. Gibt es immer noch Visionen, die ihr Leben mit seinem verbinden? Schnell wische ich den Gedanken beiseite, um meinen Geist auf einem halbwegs diskussionsfähigen Niveau zu halten.

»Was willst du damit sagen?«, fragt Jakob.

»Damit will ich sagen, dass das Schicksal sich noch nicht dazu durchgerungen hat, unsere alte Volltrefferin zu begraben. Vielleicht ist nicht alles tot, was Melek ausgemacht hat. Vielleicht hat etwas überlebt. In dem Fall gibt es immer noch eine Chance, dass sie aus freien Stücken die Seite wechselt. Würde sie das tun, so würden die Dschinn sie ziehen lassen.«

Ich tausche einen Blick mit Jakob. Sylvias Gedankengänge klingen zumindest logisch. Aber selbst sie hat keine Lösung für das Problem mit Meleks Geist. Jakob kneift die Augen zusammen und scheint zu überlegen.

»Wie willst du die anderen Truppen auf deine Seite ziehen?«, fragt er. »Sie alle hassen die Dschinn aus tiefstem Herzen und Mahdi hat wesentlich schlagkräftigere Argumente als du.«

Darüber muss ich nicht lange nachdenken. Tief in meinem Inneren weiß ich genau, dass die Truppen mir folgen werden. Oder vielmehr: Sie werden *uns* folgen.

»Ich garantiere ihnen, dass ich alle ihre Tunicas zurück ins Leben hole, vor allem diejenigen, die sie geliebt haben. Und du garantierst ihnen, dass unser Widerstand gegen Mahdi von einem unbestechlichen Anführer geleitet wird. Von einem, auf den sie in jeder Situation vertrauen können, der bereit ist, sein Leben für sie zu geben. Wenn du das tust, werden die Talente der Welt hinter uns stehen und nicht hinter dem Warlord.«

Als ich fertig bin, ist es so still in Sarahs Küche, als hätte jemand die Zeit angehalten. Ich weiß, dass die anderen drei mich anstarren, doch ich wende meinen Blick nicht von Jakob ab. Er sitzt immer noch regungslos in seiner Ecke, mit verschränkten Armen und undurchdringlicher Miene. Fast glaube ich schon, er könnte aufstehen und einfach weggehen, ohne meine Revolution auch nur eines weiteren Wortes zu würdigen. Da sehe ich plötzlich ein Flackern in seinen Augen, das einen fast beängstigenden Gegensatz zu dem gewohnten Eisblick darstellt. Langsam, fast in Zeitlupe, steht er auf. Ich tue es ihm gleich. Vor den faszinierten Gesichtern der anderen streckt Jakob mir die Hand hin.

»Du hast deinen Anführer«, sagt er.

»Und du deinen Heiler.«

Ich schlage ein.

Sylvia grinst über das ganze Gesicht. Ihr Blick tanzt zwischen uns beiden hin und her. Dann hebt sie ihre Tasse hoch und stößt so heftig mit dem überraschten Henry an, dass sich ihr Kaffee in Wellen über den Tisch ergießt. Ihr Trinkspruch passt perfekt dazu: »Es lebe die Revolution!«

Der Geschmack einer neuen Welt

Levian ist so wunderschön. Seit Stunden sitze ich neben ihm und flechte winzige, filigrane Zöpfe in sein Haar. Er harrt geduldig auf der Bettkante aus, während ich immer wieder die Position wechsele und neue Strähnen finde, die ich noch bearbeiten will. Kein Sonnenstrahl dringt bis nach hier unten in unsere Schlafkammer. Und doch glänzt das Haar meines Gefährten, als hätte das Abendlicht es mit flüssigem Gold übergossen. Der Lichtschein unserer Kerze zaubert aufregende Schatten auf meine Hände, als ich eine Reihe kleiner Perlen aus Hirschhorn hineinflechte. Ich genieße das Spiel meiner Finger. Es ist faszinierend, ihnen dabei zuzusehen, wie sie ihre Aufgabe so fein und gewissenhaft ausführen. Ich mag auch meinen Körper, wenn er sich bewegt. In manchen Momenten, wenn ich mich unbeobachtet fühle, streiche ich im Gehen mit den Händen von meinem Bauch über meine Hüfte bis zu meinen Beinen, um besser spüren zu können, wie perfekt meine Bewegungen ineinander übergehen.

Levian lächelt, wenn er mich dabei erwischt. »Genieße es!«, raunt er dann in mein Ohr. »Das ist es, was ich dir versprochen habe. Du wirst nie mehr stolpern, bis zum Ende deines Lebens.«

Ich schließe den letzten Zopf mit einem Faden aus Pferdehaar und streiche ihn Levian hinters Ohr. Als er merkt, dass ich fertig bin, wendet er sich in meine Richtung und legt seine Handfläche an meine Wange. Ich liebe seine Berührungen.

»Danke, Melek«, sagt er. Dann küsst er mich, süß und tief und innig. Mein Herz flattert. Ich sauge den Geschmack seiner Lippen auf. Meine Hand wandert von seinem Nacken hinab auf seine nackte Brust. Seine Haut fühlt sich weich wie Seide an und seine Muskeln hart wie Stahl. Von allen Faunen, die in den unterirdischen Gewölben des Hohenfels leben, ist Levian mit Abstand der hinreißendste. Er ist hochgewachsen, aber kein Riese, athletisch, aber kein Muskelpaket. Er hat feine Gesichtszüge, die trotzdem männlich sind, und einen Mund, der gleichermaßen zum Küssen wie zum Geschichtenerzählen geschaffen ist. Es mag sein, dass ich mit meiner Einschätzung nicht ganz objektiv bin, denn Nayo behauptet, es gebe weitaus schönere Männer als ihn. Aber für mich ist er die Verkörperung eines Traums, den ich mit Sicherheit nicht erst seit meiner Verwandlung träume.

Über mein menschliches Leben habe ich ihm noch fast keine Fragen gestellt. Denn in dem Moment, als er aus seiner Ohnmacht erwachte und seine strahlenden grünen Augen aufschlug, war es bereits um mich geschehen. Was auch immer da draußen in der Sonnenwelt zwischen uns vorgefallen ist – ich kann mir nicht vorstellen, dass die Geschichte unserer Liebe eine Lüge sein sollte. Wer sollte ich denn gewesen sein, um Levian je widerstanden zu haben? Und wer von diesen groben Menschen hätte ihm jemals das Wasser reichen können? Nein, es muss einfach wahr sein, was Nayo und Leviata mir erzählt haben. Und falls es doch ein paar Geheimnisse gibt, die sich um mein früheres Leben ranken, will ich sie eigentlich gar nicht aufdecken. Das, was ich jetzt habe, ist einfach zu schön, um ein Erwachen zu riskieren.

Levians Hände berühren mich am Kinn, zeichnen die Kontur meines Halses nach und hinterlassen ein Meer aus Gänsehaut auf ihrem Weg entlang meines Brustbeins nach unten. Ich genieße die Flammen, die dabei in meinem Inneren aufsteigen. Doch genau in dem Moment, als ich die Augen schließe und den Kopf in den Nacken sinken lasse, klopft es an der Tür.

»Niemand zu Hause«, murmelt mein Geliebter und beißt dabei spielerisch in die empfindliche Haut an meiner Kehle. Sein Atem kitzelt mich am Ohr.

Doch wer auch immer vor unserer Tür steht, ist entweder taub oder hat kein Erbarmen mit unserem Wunsch nach Zweisamkeit. Wieder klopft es, diesmal eindringlicher. Levian seufzt. Er unterbricht das anregende Werk seiner Zähne an meinem Hals und sieht mich gequält an.

»Soll ich denjenigen töten, der da draußen steht?«, fragt er schmunzelnd.

»Sei so lieb, bitte«, sage ich und streiche den Stoff meines Kleids glatt, dessen Saum mir bis über die Knie gerutscht ist.

Er wartet, bis ich fertig bin, dann steht er auf und öffnet die Tür. Auf der Schwelle stehen Leviata und ihre Freundin Luzilla. Jedes Mal, wenn ich eine von beiden sehe, überläuft mich ein leichter Schauder. Ich weiß nicht, warum das so ist, denn sie haben sich mir gegenüber nie wirklich unfreundlich verhalten. Es ist eher eine unterschwellige Kälte, die von ihnen ausgeht. Was Luzilla betrifft, so ahne ich bereits, was sie an mir stört. Denn die Blicke, die sie Levian hinterherwirft, wenn wir zusammen in der großen Halle auftauchen, sprechen Bände. Und ich vermute stark, dass es auch Leviata lieber gewesen wäre, wenn ihr Bruder ihre beste Freundin als Gefährtin gewählt hätte, anstatt eine zweitklassige Menschenfrau wie mich.

»Ts«, macht sie bei seinem Anblick. »Ziehst du dir zwischendurch auch mal wieder was an, Bruderherz?«

Levian trägt nur seine einfache Rehlederhose. Sein langes dunkles Haar fällt über seinen Rücken und die kleinen Zöpfe mit den Perlen tanzen bei jeder Bewegung reizvoll über seine nackte Brust. Ich sehe vom Bett aus, dass Luzilla Probleme damit hat, ihre Augen unter Kontrolle zu halten. Sie verschlingt ihn fast damit. Ein kleines Glucksen arbeitet sich deshalb in mir empor, doch ich schlucke es hinunter, bevor es über meine Lippen dringt. Eigentlich müsste ich nun eifersüchtig werden, denn Luzilla ist eine ausnehmend schöne Frau, fast so schön wie Leviata. Sie hat strahlende, mandelförmige Augen mit ausladenden Wimpernkränzen und ihr Mund ist so tiefrot wie reife Kirschen. Das Auffälligste an ihr aber ist ihre Lockenpracht, deren Farbe in jedem Raum anders aussieht. Mal ist sie blond, mal rot, mal orange und immer schimmert sie, wie mit Leuchtfäden durchwirkt.

»Würde ich mir etwas anziehen, liebste Schwester, so wäre das verschenkte Lebenszeit. Ich will keine Sekunde vergeuden, die ich allein mit Melek verbringen kann.«

Das ist der Grund, warum ich nicht eifersüchtig bin. Levian nutzt jede Gelegenheit, um der Welt mitzuteilen, wie verrückt er nach mir ist – und wie gut wir auf Besuche verzichten können.

»Ach, muss Liebe schön sein«, seufzt Leviata. »Es ist sicher schrecklich für euch, ein ganzes Jahr zu warten. Schlimme Sache aber auch!«

Ich habe keine Ahnung, wovon sie spricht. Aber Levian scheint es zu wissen. Auch wenn ich sein Gesicht nicht sehen kann, weiß ich ganz genau, dass seine Augen sich bei ihren Worten verdunkeln. Seine Rückenmuskulatur spannt sich an und er nimmt eine abweisende Haltung ein.

»Komm zur Sache, Leviata!«, sagt er nun ziemlich barsch. »Warum seid ihr hier?«

Sie lächelt immer noch tragisch, mit einem leicht versunkenen Blick in meine Richtung.

»Wir wollen heute Abend losziehen«, sagt sie. »In Marburg gibt es eine Beachparty und wir dachten, ihr beide braucht ebenfalls Input. Seid ihr dabei?«

Allein ihre Worte genügen, um ein heftiges Verlangen in mir hervorzurufen. In der ersten Woche meines neuen Lebens habe ich genau einmal menschliche Gefühle gekostet. Levian hat es so eingefädelt, dass dabei keinerlei Gefahr für mich bestand. Wir trieben uns fast den ganzen Tag im Wald herum, bis wir ein geeignetes Opfer für mich fanden. Und dann, in der Abenddämmerung, saugte ich meinen ersten Menschen aus: einen hübschen jungen Jogger, den ich zuvor mit meinem Liebeszauber betört hatte. Er duftete herrlich nach Lust und Zärtlichkeit, wahrscheinlich war er frisch verliebt. Levian musste mich schließlich von ihm wegreißen, sonst hätte ich ihn leer gesaugt bis auf seine bloße Hülle. Danach war ich so randvoll mit Leidenschaft erfüllt, dass ich mich nur mit Mühe beherrschen und einen Ansatz von Sittlichkeit bewahren konnte, wenigstens so lange, bis wir die Tür unseres Schlafgemachs hinter uns geschlossen hatten. Leider war Levian nicht bereit gewesen, weiterzugehen als in der Nacht davor. Ich bin mir nicht ganz sicher, woran das liegt. Entweder ist einer von uns noch völlig unerfahren auf dem Gebiet der körperlichen Liebe oder er will mir einfach Zeit lassen. Im Grunde bin ich froh darüber, denn unsere gegenseitige Zuneigung ist auch so von erfüllender Intensität. Doch in dieser Nacht fiel es mir unendlich schwer. Irgendetwas an der höflichen Zurückweisung, die er mir erteilte, stört mich immer noch. Mehr, als ich erklären kann. Es fühlt sich an wie ein Urschmerz, der tief in meinem Inneren verborgen liegt.

»Nein«, sagt er nun zu Leviata. »Das gehört zum Gebiet unserer Talente. Wir gehen woanders hin.«

»Es ist gefährlich, sich mit fremden Talenten anzulegen, Levian, das weißt du genau«, entgegnet seine Schwester. »Du kannst sie nicht identifizieren, weil du sie nicht kennst. In Marburg weißt du wenigstens, in wessen Jackentasche du mit einem Silbermesser rechnen musst. Setz nicht dein Leben aufs Spiel, nur weil du Melek von ihnen fernhalten willst!«

Levian antwortet ihr nicht. Im Grunde kenne ich ihn erst seit wenigen Tagen. Trotzdem weiß ich immer, in welcher Stimmung er gerade ist. Jetzt, in diesem Augenblick, ist er verstockt und verärgert. Deshalb straft er seine Schwester mit Missachtung.

»Keiner hat unsere Talente mehr in den Clubs gesehen, seit ... seit einer Woche«, mischt Luzilla sich nun ein. »Sie sind kaum noch unterwegs. Nayati glaubt, sie hätten Angst davor, auf euch zu treffen. Das macht es uns leichter denn je.«

»Doch der Tag wird kommen, an dem sie sich von ihrem Schrecken erholt haben. Und wer garantiert mir, dass dieser Tag nicht heute ist?«, antwortet Levian ihr etwas höflicher als seiner Schwester gegenüber. »Mein Entschluss steht fest: Wir gehen nach Frankfurt. Ich wünsche euch viel Erfolg.«

Damit ist das Gespräch für ihn beendet.

Als er die Tür wieder hinter sich geschlossen hat, kommt er zu mir. Doch sein Verlangen, mich zu küssen und zu berühren, ist vorerst verflogen. Auch das spüre ich. Das Gespräch mit seiner Schwester hat ihn zu sehr aufgewühlt. Er setzt sich auf das Bett und fährt sich mit beiden Händen durchs Haar, ohne mich anzusehen.

»Du gehst viel zu selten in die Sonnenwelt«, stelle ich fest. »Du brauchst mehr Input und ich stehe dir im Weg.«

Levian lächelt mich an und streichelt über meine Wange. Dann greift er in mein Haar und spielt gedankenverloren an einer Strähne herum. Als unsere Blicke sich wieder treffen, ist die Sorge, die gerade eben noch in seinem Gesicht stand, fast verschwunden. Er mustert mich von oben bis unten.

»Wenn du nur wüsstest, wie schön du geworden bist«, flüstert er.

Ich küsse ihn sachte auf den Mund.

»War ich wirklich so hässlich als Mensch?«, frage ich vorsichtig.

»Nein.«

Er schüttelt den Kopf und schmunzelt. Dabei treten die Grübchen auf seinen Wangen hervor, die ich so liebe.

»Man sollte die Menschen nie nach den Maßstäben der Faune beurteilen«, sagt er dann. »Für ein Menschenmädchen warst du das, was man normal nennen könnte. Durchschnitt, verstehst du? Aber du warst nicht hässlich, auch wenn Leviata dir das gern einreden würde.«

»Warum wolltest du mich trotzdem?«, frage ich.

Er nimmt meine Hände und legt sie beide auf seine Brust.

»Spürst du mein Herz schlagen?«, fragt er.

Ich nicke.

»Es schlägt im selben Rhythmus wie deines. Du fühlst wie ich. Und ich fühle wie du. Unsere Seelen sind aus demselben Lied geboren. Als ich dich zum ersten Mal traf, lag noch ein Schatten über deinem Wesen. Aber wir haben ihn gemeinsam vertrieben und du wurdest mehr und mehr zu der begehrenswerten Frau, die du heute bist. Deine Verwandlung hat begonnen, lange, bevor ich dich in unsere Welt holte.«

Das ist wahrscheinlich das Schönste, was je ein Mann zu mir gesagt hat. Zumindest nehme ich das an. Doch im gleichen Moment werde ich traurig.

»Levian, warum … warum willst du mich dann nicht ganz und gar zu deiner Gefährtin machen?«

Er senkt seinen Blick und seufzt.

»Lass uns ein andermal darüber reden, Melek, okay?«, sagt er schließlich. »Wenn wir heute Abend durch die Clubs ziehen wollen, sollten wir vorher noch eine Weile schlafen.«

»Okay.«

Ich gebe mich damit zufrieden und schlüpfe unter unsere Decke. Levian streckt sich neben mir aus und nimmt mich in den Arm. Unsere Nasenspitzen berühren sich, während wir so daliegen und auf den Schlaf warten. Ich könnte stundenlang in dieser Position verharren. Allein der Geruch seiner Haut und sein Atem an meiner Wange reichen schon aus, um mich in eine Wolke der Glückseligkeit zu hüllen. Erst als ich merke, dass er in die Traumwelt hinübergleitet, gestatte ich mir, den Gedanken nachzuhängen, die mich seit seinem Gespräch mit Leviata quälen. Was ist der Grund dafür, dass er so hartnäckig gegen einen Besuch der Party in Marburg eintritt? Warum haben die Talente Angst, uns zu begegnen? Und weshalb will Levian unsere Liebe nicht besiegeln? Ich kann es drehen und wenden, wie ich will, aber das Ergebnis ist immer das Gleiche: Irgendetwas an meiner Verwandlung ging nicht mit rechten Dingen zu. Wahrscheinlich wäre ich bereit, sämtliche unangenehmen Wahrheiten darüber zu akzeptieren, aber ich hätte gern, dass Levian ehrlich zu mir ist. Irgendwie fühle ich mich hintergangen. Und das ist die erste Emotion meines neuen Lebens, die den Ansatz eines schalen Geschmacks birgt.

***

Am Abend bereiten wir uns darauf vor, nach Frankfurt zu fliegen. Nayo wird mit uns kommen und sie hat bereits eine Party ausgekundschaftet, deren Besuch sich für uns lohnen müsste. In einer Diskothek im Industriegebiet steigt eine 99-Cent-Fete, die zumindest reichlich angetrunkene Menschen garantiert, die sich in einem willenlosen Zustand befinden. Alles andere steht in den Sternen. Wir wissen weder, ob die ortsansässigen Talente sich unter die Gäste mischen werden, noch, wie sie aussehen könnten. Von Levian, Nayo und mir einmal abgesehen, wagt sich aus diesem Grund kaum ein Faun je in ein anderes Revier. An diesem Abend ist es mir egal. Ich spüre schon jetzt, dass es höchste Zeit ist, neue Gefühle zu inhalieren. Auf seltsame Weise komme ich mit den Erkenntnissen des heutigen Nachmittags nicht gut klar. In meinem Inneren herrscht ein Aufruhr, den ich mir nicht erklären kann. Ich bin in vielerlei Hinsicht unbefriedigt und das Einzige, was mir in dieser Situation helfen kann, ist ein sinnlicher Cocktail aus Sehnsucht und Leidenschaft, wie ich ihn nur unter den Menschen in so komprimierter und greifbarer Form bekommen kann.

Levian lacht, als ich mich verwandele, um in Mäusegestalt durch die Felsspalten nach draußen zu kriechen.

»Ach, Melek«, amüsiert er sich. »Diese Flügel sind wirklich eine Wucht! Ich würde gern die Gesichter der Menschen sehen, wenn sie dich in diesem Zustand erblicken.«

Ich bin nicht besonders erfreut über das Manko, das ich in mein neues Leben mitgebracht habe. Mittlerweile weiß ich sehr genau, dass das »Pegasus-Syndrom« kein ganz alltäglicher Schönheitsfehler ist. Es gibt nur sehr wenige Faune, die unter einem derart auffälligen Problem leiden. Normalerweise sind die kleinen Fehler in unserer Tiergestalt nicht so klar erkennbar. Levian mit seinen grünen Augen und Nayo mit ihrem überlangen Schwanz wirken vielleicht ein bisschen skurril, aber nicht so vollkommen absurd wie ich. Umso erleichterter bin ich, als wir endlich draußen sind und uns in Vögel verwandeln. In diesem Fall bin ich klar im Vorteil, denn die weiße Taube, deren Gestalt ich annehme, ist hundertprozentig rein. Dagegen sehen Nayos langschwänziger Waldkauz und Levians grünäugiger Rabe aus wie Witzfiguren. Ich würde ihnen das jetzt gern mitteilen, aber leider ist Leviata nicht hier, um meine Gedanken per Telepathie weiterzugeben. Ohne sie haben wir in unserer Tiergestalt keine Möglichkeit, miteinander zu kommunizieren. Also plustere ich meine Federn auf und strecke anmutig meine Schwingen in den Nachthimmel, während ich meine beiden Begleiter gewissenhaft ignoriere. Levian gibt ein belustigtes Krächzen von sich, das mir klarmacht, dass er mich sehr gut verstanden hat.

Gemeinsam flattern wir hinauf in Richtung der Sterne und lassen den Heimatwald schnell hinter uns. Im Grunde genieße ich die Stunden, in denen wir so schweigend ohne Leviata unterwegs sind. Das gibt mir die Gelegenheit, mich auf den Flug zu konzentrieren. Für die anderen mag es eine Art Standardprogramm sein, doch ich bin noch nicht oft genug geflogen, um die Mystik zu übersehen, die hinter all dem steckt. Die Leichtigkeit, mit der meine Flügel mich durch die Luft tragen, der Gegenwind, der in regelmäßigen Abständen mit mir ringt, der Anblick der dunklen Wälder und Steinbrüche unter mir und der funkelnden Sterne über mir – all das kann ich umso intensiver spüren, wenn Leviata mich nicht ständig unterwegs mit ihren kleinen Weisheiten und Gehässigkeiten unterbricht. Für meinen Geschmack kommen wir viel zu schnell in Frankfurt an. Nayo fliegt voraus und geleitet uns zielsicher zu der Diskothek, die von oben wie ein plumper viereckiger Klotz aussieht. Dahinter ragt die Skyline der Innenstadt auf, mächtig und größenwahnsinnig, aber ebenso ungraziös. Ich kann nicht verstehen, warum die Menschen solche Gebäude bauen. Sie sind ein herber Widerspruch gegen jede Vorgabe der Natur. Aber kaum einer von ihnen scheint es zu bemerken. Wahrscheinlich ist ihre Welt einfach zu hell und zu laut, um ihnen den Zugang in tiefere Sphären zu gestatten.

Wir landen in einem Gebüsch hinter der Diskothek und nehmen unsere Menschengestalt an. Levian und Nayo betrachten mich schweigend, obwohl es nicht das erste Mal ist, dass sie mich so sehen.

»Was?«, frage ich Levian, doch er schüttelt nur den Kopf.

»Du siehst ein bisschen aus wie früher«, erklärt Nayo. »Nur schöner und strahlender. Es ist irgendwie irritierend, dich so zu sehen.«

Ich habe meine Menschengestalt lange und ausführlich im Spiegel eines stillen Teichs betrachtet. Meiner Meinung nach ist sie meiner wahren Gestalt als Faun nicht so unähnlich. Ich bin einfach größer und grobschlächtiger. Mein Hals ist zu kurz und meine Taille wenig ausgeprägt. Doch ich kann nichts Besonderes daran finden. Auch bei Nayo und Levian ist die Verwandlung nur wenig spektakulär. Ihre Haare sind kürzer und Levian trägt einen dieser kratzigen Menschenbärte. Aber ihre Gesichtszüge sind vom Grundsatz her gleich geblieben. Das ist es, was dabei herauskommt, wenn wir uns einfach in Menschen verwandeln, ohne dabei eine bestimmte Vorstellung im Kopf zu haben. Natürlich können wir auch anders, aber dafür brauchen wir Inspiration. Leviata hat einen Modekatalog aus der Sonnenwelt, in dem jede Menge menschlicher Schönheiten abgebildet sind – beziehungsweise das, was die Menschen als schön empfinden. Vielleicht sollten wir gelegentlich einen Blick dort hineinwerfen und unsere Gestalten etwas gezielter verändern. Das könnte eine Lösung sein, um zu Hause, bei unseren eigenen Talenten, nach Input zu suchen. Wenn sie uns nicht erkennen können, müsste die zusätzliche Gefahr doch eigentlich gebannt sein, die wegen mir von ihnen ausgeht.

»Keine Volltreffer zu sehen«, murmelt Levian, nachdem er eine Weile durch das Gebüsch auf den Eingang gestarrt hat. »Da stehen ein paar Leute mit Flaschen in der Hand, aber ich sehe nirgendwo Waffen.«

»Warum auch?«, brummt Nayo. »Die Frankfurter Talente dürften nicht dümmer sein als unsere. Wenn sie Waffen haben, werden sie nicht damit herumfuchteln.«

Wir betrachten die Gruppe noch eine Weile und suchen nach einer verborgenen Gestalt, die vielleicht etwas abseits lauert, um uns im letzten Moment mit einem Bogen oder einer Pistole zu erschießen. Doch es gibt keinen Hinweis darauf. Also beschließen wir, es zu wagen.

»Versuch in meiner Nähe zu bleiben«, flüstert Levian mir zu, als wir die Diskothek betreten. Das dürfte schwierig werden, denn immerhin wollen wir beide zum Saugen kommen. Es ist ziemlich ausgeschlossen, dass wir zwei passende Opfer finden, die direkt nebeneinanderstehen. Trotzdem will ich versuchen, Levian immer in meinem Blickfeld zu behalten.

Wir bezahlen den Mann an der Kasse mit unserem Menschengeld und arbeiten uns in den Partyraum vor. Die Musik ist schrecklich! Sie ist viel zu laut und zu aggressiv. Die Bässe dröhnen in meinen Ohren und hämmern wie Faustschläge durch meinen Körper. Was auch immer die Menschen daran finden, ich kann es nicht nachvollziehen. Zum Glück ist der Raum voller junger, einigermaßen appetitlicher Jungen und Mädchen. Ein paar von ihnen duften wunderbar nach Glücksgefühlen und Abenteuerlust. Das ist es, worauf ich aus bin. Und ich weiß, dass Levian und Nayo denselben Geschmack suchen. Schon nach wenigen Sekunden ist Nayo fündig geworden.

»Lass die Finger von dem süßen Blonden da hinten, Melek!«, sagt sie grinsend. »Der gehört mir!« Damit verschwindet sie quer über die Tanzfläche auf die andere Seite des Raumes.

Levian scheint ebenfalls schon eine vielversprechende Kandidatin auserkoren zu haben, denn er beendet seinen ausschweifenden Blick über die Menge und wendet sich mir zu.

»Kommst du klar?«, fragt er. »Soll ich dir bei der Auswahl helfen?«

Ich nicke. Im Moment ist das Bollwerk aus Gefühlen vor meinen Augen noch etwas zu viel für mich. Levian schaut sich noch einmal in der Menge um und deutet dann auf einen eher unscheinbaren Jungen, der zusammengesunken auf einem Hocker an der Bar sitzt.

»Liebeskummer ist immer die beste Voraussetzung«, erklärt er mir. »Seine Angebetete war garantiert nicht halb so hübsch wie du. Er wird sie vergessen, wenn er dich sieht. Und er ist nicht weit von meinem Opfer entfernt.«

»Okay«, sage ich und atme einmal tief durch. »Nicht so süß wie der Jogger, aber immerhin.«

Levian betrachtet mich besorgt.

»Halte dich mit dem Zauber zurück, um aufmerksam zu bleiben«, rät er mir noch. »Und falls ein Talent sich einmischt, gib auf der Stelle auf. Verschwinde über die Toilette, da steht immer irgendein Fenster offen. Dann treffen wir uns draußen wieder und suchen etwas anderes für dich.«

Ich nicke. In Situationen wie dieser bin ich besonders glücklich über meinen Körper, der so unerschütterlich treu zu mir hält. Es liegt kein Schlurfen in meinem Schritt, als ich zu dem Jungen hinübergehe, und kein Zittern in meiner Stimme, als ich ihn anspreche. Niemand kann sehen, wie aufgeregt ich bin. Ich stelle mich neben ihn und gebe vor, die Aufmerksamkeit des Barkeepers zu suchen. Doch schon nach ein paar Sekunden drehe ich mich in seine Richtung und starte meinen Angriff.

»Wie viele Stunden dauert es wohl, ein Glas Wasser zu bekommen?«, seufze ich. Als er sich mir zuwendet, schaue ich ihm tief in die Augen. Levian hatte Recht: Dem Jungen weicht bei meinem Anblick sämtliches Blut aus dem Gesicht. Und das, obwohl meine Nase zu knochig ist und meine Oberschenkel zu kurz. Es sieht ganz so aus, als hätten die Menschen keine großen Ansprüche.

»Du, du ... musst lauter bestellen!«, sagt er.

Ich zwinkere ihm zu.

»Kannst du das für mich übernehmen?«

»Ja klar, ich ... ich...«

Dann beugt er sich über den Rand des Tresens und schreit den Barkeeper an: »Hey, du! Mach mal ein Wasser!«

Der Angesprochene verdreht die Augen und winkt erst mit der Hand ab. Aber dann hat er wohl Erbarmen mit dem Hundeblick meines Opfers. Gnädig füllt er Mineralwasser in ein Glas und stellt es vor uns hin. Ich brauche gar nicht erst nach dem schmutzigen Menschengeld fischen, das ich im Schaft meiner hohen Stiefel verberge. Der Junge bezahlt anstandslos für mich. Danach erzählt er mir ungefragt, dass sein Name Daniel ist, und fragt mich, wie ich heiße.

»Claudia«, sage ich. Es ist der erste Menschenname, der mir in den Sinn kommt, warum auch immer.

Es hängt bereits eine prickelnde Stimmung zwischen uns in der Luft, obwohl ich mich beherrsche, nicht zu zaubern. Stattdessen greife ich nach der Kette, die er um den Hals trägt, und fummle daran herum. Meine Finger berühren seine Haut und ich sehe, dass die kleinen Härchen in seinem Nacken sich aufstellen.

»Schön«, flüstere ich.

»Ja ...« Er schluckt. »Gefällt sie dir?«

Ich nicke. Dann lasse ich meine Hände weiterwandern und streiche über sein langweiliges rundes Ohr. Es gibt einfach nichts Beeindruckendes an den Menschen – außer ihren Gefühlen. Ich nähere meinen Mund seinem Ohr und raune ihm zu: »Du bist mir gleich aufgefallen, Daniel. Ich würde dich gern ein bisschen aufheitern.«

Da werden seine Augen riesengroß. Er bringt kein Wort hervor, aber ich kann die Leidenschaft riechen, die in ihm heraufkriecht. Mehr davon, als ich ihm zugetraut hätte. Ich will sie haben! Eine unermessliche Gier überkommt mich. Genau in dem Moment, als ich meinen Mund von seinem Ohr auf seine Lippen legen will, schlägt mir jemand heftig von hinten auf die Schulter. Ich fahre ärgerlich herum und blicke in das Gesicht eines unbekannten Mädchens. Sie steht breitbeinig da und funkelt mich provozierend an. Ihre Haare sind hübsch frisiert und ihre Kleidung entspricht dem üblichen lässig-figurbetonten Stil der Menschen. Unter den Ärmeln ihres eng anliegenden Shirts kann ich die Muskeln sehen, die sie von den meisten anderen Mädchen unterscheiden.

»Lena, du Schlampe!«, schleudert sie mir entgegen. »Willst du schon wieder jemandem seine Brieftasche stehlen?«

Ich stecke in der Zwickmühle. Was hier vor mir steht, ist hundertprozentig ein Talent. Eine Todfeindin, die jede Gelegenheit nutzen wird, mir ein Messer ins Herz zu stechen. Nun müsste ich eigentlich tun, was Levian mir geraten hat: die Beine in die Hand nehmen und davonlaufen. Doch der Junge legt besitzergreifend einen Arm um meine Hüfte und geht zum Gegenangriff über.

»Sie heißt Claudia«, sagt er und versprüht dabei eine wunderbare Duftnote aus Lust und Kühnheit. »Lass sie in Ruhe und schwirr ab! Du verwechselst sie.«

Er riecht so unglaublich gut! Ich kann jetzt einfach nicht von ihm ablassen. Nicht, bevor ich wenigstens einen kleinen Schluck seines umwerfenden Gefühlscocktails gekostet habe.

»Ist ja gut, tut mir leid«, sagt das Mädchen und streckt uns zur Beschwichtigung ihre Handflächen entgegen. Auf einer davon prangt ein Symbol, über das ich schon viel gehört habe, das ich nun jedoch zum ersten Mal sehe: Es ist die geschwungene Form eines Auges mit einem auffälligen fünfzackigen Stern in der Mitte. Ein schreckliches, widerwärtiges Zeichen! Auf der Stelle krampft sich mein Herz vor Wut zusammen. Mein Körper funktioniert weiterhin gut genug, um meine Erregung nicht nach außen durchdringen zu lassen, obwohl ich innerlich brenne vor Grauen und Zorn.

Das Mädchen scheint das wahrzunehmen, denn in ihr Gesicht tritt ein Ausdruck, der gleichzeitig ängstlich und extrem angespannt ist. Ihre linke Hand mit dem Zeichen lässt sie oben, die rechte greift in ihre Hosentasche. Ich höre ein metallisches Geräusch.

»Schluss jetzt!«, sagt sie.

»Ja«, presse ich hervor. »Schluss jetzt!«

Dann umschließe ich Daniels Mund mit meinen Lippen und nehme einen tiefen Zug von seinen Gefühlen. Sie schmecken herrlich! Ich habe dem Talent meinen Rücken zugedreht. Mir ist vollkommen klar, wie gefährlich das ist. Aber ich will nur noch eine Sekunde weitermachen, nur noch einen Schluck von Daniels Liebeskummer aufsaugen, nur noch ein… In dem Moment spüre ich einen anderen Körper gegen mein Rückgrat prallen. Gleich darauf erfolgt ein undeutlicher, gedämpfter Schlag. Er ist kaum spürbar und doch weiß ich genau, dass irgendetwas Schlimmes passiert ist.

»Habt ihr keine Regeln?«, stöhnt jemand. Ich erkenne Levians Stimme. Auf der Stelle gebe ich Daniel frei und drehe mich um. Mein Gefährte steht auf Tuchfühlung vor mir. Aus seiner linken Körperseite ragt der unscheinbare Knauf eines Messers, vor den Blicken der Menschen verdeckt im Schatten der Bar. Mit der Hand hält er noch den Arm des Talents gepackt, den er nicht mehr rechtzeitig abfangen konnte. Zumindest nicht von sich selbst, denn mich hat er mit seinem Körper geschützt.

»Regeln?«, zischt das Mädchen ihm leise entgegen. »Wer bist du? Wir sind hier in der Großstadt. Gute Orakel reichen völlig aus, um das Ganze als Messerstecherei zu verkaufen.«

Daran hat keiner von uns gedacht, als wir uns aus dem Dunstkreis unserer schnuckeligen Studentenstadt herausbewegt haben, wo die Polizei nachts wahrscheinlich vor Langeweile Würfelspiele spielt. Leviata hatte Recht: Wir gehören nicht hierher.

»Claudia?«, höre ich Daniel hinter mir seufzen. »Was ist hier los?«

Ich beachte ihn gar nicht. Stattdessen schweift mein Blick über Levian und das Mädchen hinweg auf die Tanzfläche, von wo aus langsam, aber mit gezielten Schritten zwei besonders große und breite Menschen auf uns zukommen. Es müssen Muskelprotze sein. Levian sieht sie auch. Er versucht, das Messer aus seinem Körper zu ziehen, doch es bewegt sich keinen Millimeter.

»Zieh es raus!«, zischt er dem Talent zu. Sie gehorcht ihm sofort, wahrscheinlich, weil er immer noch ihren Arm gepackt hält. Mit einem Ruck reißt sie die silberne Klinge aus Levians Fleisch. Blut quillt hervor und tropft wie dunkler Rotwein auf den Boden vor der Bar. Levian holt sich die Waffe zurück und lässt das Mädchen los.

»Wir gehen!«, sagt er. Kaum merkbar für die Umstehenden führt er mit dem Messer einen gezielten Stoß in die Richtung des Talent-Mädchens aus, nur ein einziges Mal, aber das reicht vollkommen aus. Sie weicht erschrocken zurück. Soweit ich mich erinnere, haben auch wir Regeln. Und dazu gehört, dass wir weder Waffen besitzen noch sie benutzen. Das ist unter unserer Würde. Die Talente scheinen das zu wissen, denn sie starren uns irritiert an. Die Muskelprotze bleiben sogar stehen. Diesen Moment der Verwirrung nutzt Levian aus. Er zieht mich von der Bar weg und wir verschwinden schnell Richtung Ausgang. Mein Blick fliegt gehetzt zwischen den Menschen hin und her. Manche bemerken Levians Verletzung, einige sehen auch das Messer in seiner Hand. Sie springen zur Seite. Mädchen kreischen laut auf. Ein Türsteher stellt sich uns in den Weg und greift zu seinem Schlagstock. Doch Levian hält ihm das Messer auf der flachen Hand entgegen.

»Da hinten«, sagt er keuchend und zeigt in die Richtung, wo wir die Talente zum letzten Mal gesehen haben. »Ein Mädchen und zwei große Kerle. Es ging um meine Freundin.«

»Bleibt hier«, sagt der Türsteher. »Wir rufen einen Krankenwagen.«

Dann lässt er uns durch und wir schleppen uns nach draußen. Mit jedem Schritt, den wir vorankommen, muss ich Levian mehr stützen. Er zieht eine Blutspur hinter sich her, die allen Leuten in unserer Umgebung auffällt. Ich höre, dass es einen Krawall im Eingangsbereich gibt. Wahrscheinlich ist der Türsteher nun auf die Muskelprotze gestoßen. Fieberhaft suche ich nach einer Möglichkeit, schnell zu entkommen, denn auf den Krankenwagen will ich nicht angewiesen sein. Verwandeln können wir uns vor aller Augen auch nicht. Ich entscheide, Levian erst einmal so weit wie möglich von der Disko wegzuziehen. Im Dunkel hinter einem Gebüsch besteht vielleicht doch die Möglichkeit, dass wir unsere Gestalt wechseln können – wenn dort nicht gerade ein Killer der Talente auf uns wartet.

In dem Moment hält genau vor uns ein Taxi an. Die Hintertür wird aufgestoßen und Nayos schlanke Gestalt erscheint in der Öffnung.

»Schnell! Rein mit euch!«

Wir sinken auf die Rückbank und ich schlage die Autotür hinter mir zu. Der Taxifahrer dreht sich um und sieht, wie Levians Blut sich über seine Sitze ergießt. Hilflosigkeit und Angst tritt in seine Augen.

»Oh nein, oh nein!«, schluchzt er.
Ich greife nach seinem Hals und drücke zu.
»Gib Gas, wenn dir dein Leben lieb ist!«, fahre ich ihn an.

Immergrün und Menschengift

Ich habe Angst. Als wir am Rand des nächsten Waldes aus dem Taxi stürzen, hat Levian schon so viel Blut verloren, dass er nicht mehr gehen kann. Ich bette ihn auf eine Stelle mit weichem Moos und halte seine kalte Hand, während Nayo davonstürmt und nach Heilkräutern sucht, die die Blutung stillen können. Er lässt die Augen geschlossen, um sich auf sich selbst und seinen Körper zu konzentrieren. Es ist eine Art von Meditation, mit der wir gegen Schmerzen und kleinere Leiden ankämpfen können. Doch seine Wunde ist zu tief, um ihr auf diesem Weg etwas entgegenzusetzen. Schließlich öffnet er die Lider wieder und sieht mich an.

»Und wenn es nur diese eine Woche war, so war sie es trotzdem wert«, flüstert er.

Ich spüre, wie mein Gesicht sich schmerzhaft verzieht, ohne dass ich etwas dagegen tun kann.

»Oh Levian! Fang jetzt bitte nicht an, dich zu verabschieden«, schluchze ich. Meine Kehle brennt. Es ist ein schreckliches Gefühl.

»Lieber einmal zu viel als einmal zu wenig«, versucht er zu scherzen.

Ich presse meine Hand auf die Wunde, um den Blutstrom zu stoppen, doch es funktioniert nicht. Zwischen meinen Fingern pulsiert das Leben weiterhin aus ihm heraus. Levian berührt mich im Gesicht. Bereits diese kleine Bewegung kostet ihn höllische Kraft.

»An wen glauben wir?«, frage ich ihn. »Gibt es einen Gott?«

»Wir glauben an die Natur, Melek«, antwortet er. »Mutter Natur, die alles Leben schenkt und wieder von uns nimmt.«

»Gut«, sage ich. »Dann gebe ich jetzt ein Versprechen ab und ich hoffe, dass Mutter Natur es hört. Dein Leben darf sie nicht nehmen, jetzt noch nicht. Dafür bin ich bereit, zu schwören, dass ich ihre gehorsame Dienerin bin. Ich werde niemals etwas tun, das ihr Schaden zufügt oder ihr Gleichgewicht stört. Wenn sie mir dafür nur dein Leben lässt!«

Ein schwaches Lächeln huscht über Levians Gesicht. Dann haucht er einen Kuss auf meine blutverschmierte Hand.

»Das hast du immer schon gern getan«, murmelt er. Seine Stimme ist viel zu leise. »Deals gemacht. So hat es damals auch mit uns angefangen. Ich glaube nur, Mutter Natur lässt nicht so leicht mit sich handeln wie ich.«

Er bricht ab und schließt wieder für einen Moment seine Augen. Ich hätte jetzt gerne Tränen, wie die Menschen. Es wäre eine Gnade, wenn das Bild vor meinen Augen verschwimmen könnte, wenn ich nicht so grausam klar mit ansehen müsste, wie mein Gefährte, mein Seelenverwandter, vor meinen Augen vergeht. Die Schuld für all das liegt einzig und allein bei mir. Ich habe nicht auf seinen Rat gehört und er hat sich trotzdem für mich geopfert. Ich hasse diese kaltherzigen Talente, die ihm das angetan haben, aus ganzem Herzen.

»Melek«, flüstert Levian, als er wieder die Augen aufschlägt, »ich habe dir einmal eine Geschichte erzählt. Sie handelte von zwei Faunen, die in inniger Liebe miteinander verbunden waren. Als sie starben, lösten sich ihre Körper auf, doch ...«

Er bricht ab, weil er zu schwach zum Sprechen ist. Ich lege meine Finger auf seine Lippen. Sie zittern unkontrolliert.

»Schscht! Sprich nicht! Schone deine Kräfte!«

Er hört nicht auf mich.

»... doch aus dem Boden wuchsen zwei Immergrün-Pflanzen, deren Wurzeln sich verschlangen und über die Jahre einen Teppich aus Blumen bildeten. So etwas kommt nur ganz selten vor. Nur dann, wenn ein Faun es geschafft hat, während seines Lebens in eine tiefere Sphäre vorzudringen. Ich weiß nicht, ob es mit mir geschieht ... aber falls es so sein sollte, dann nimm die Blume mit und pflanze sie in den kleinen Steinbruch, wo wir uns zweimal kennenlernen durften.«

Ich kann nichts darauf erwidern. Meine Kehle ist wie zugeschnürt. Fast unmerklich nicke ich. Dann lege ich meinen Kopf auf seine Brust und weine ohne Tränen. Ich merke, wie Levian das Bewusstsein verliert. Meine Finger krallen sich in sein Hemd. Starr vor Angst zähle ich jeden seiner Herzschläge mit. Ich kann mir nichts Schlimmeres vorstellen, als dass die Töne aufhören und er sich einfach unter mir auflöst.

Nayo taucht wenige Augenblicke später im Unterholz auf. In der Hand hält sie ein Sammelsurium aus Pflanzen, die ich allesamt nicht kenne.

»Mach Platz!«, herrscht sie mich an und sinkt neben Levian auf die Knie. Ich fahre hoch und sehe ihr hilflos dabei zu, wie sie die Kräuter auf die Wunde drückt und ihre Hände darauflegt. Dann schließt sie die Augen und konzentriert sich. Ich bin mir nicht ganz sicher, was dabei geschieht, aber ich kann es erahnen: Nayo bringt die Heilpflanzen dazu, ihre komplette Kraft auf einmal auszustrahlen. Eine Weile harrt sie so aus, dann überprüft sie den Zustand der Wunde und Levians Lebenszeichen.

»Die Blutung ist gestoppt. Aber er ist zu schwach«, sagt sie. »Küss ihn! Hol seine Seele zurück!«

Ich bin froh, auch etwas tun zu können. Verzweifelt presse ich meine Lippen auf seinen Mund und hoffe, dass er sich noch nicht zu weit von uns entfernt hat. Doch eine ganze Zeit lang passiert nichts. Der Mond ist hinter einer dunklen Wolke versteckt und es steht kein einziger Stern am Himmel, während wir beide irgendwo am Waldrand in dieser fremden Umgebung um Levians Leben kämpfen. Dann zieht die Wolke weiter und der fast volle Mond wirft sein geheimnisvolles Licht auf sein Gesicht. In dem Moment wird mein Kuss erwidert und nicht viel später öffnet Levian die Augen. Er lächelt, als er mich über sich gebeugt sieht.

»Immer wieder«, flüstert er. »Immer wieder holst du mich von dort zurück.«

Ich weiß nicht, was er meint. Im Moment ist mir das auch ganz egal. Ich küsse ihn einfach weiter, aber diesmal ist es pure Erleichterung, die mich antreibt. Wir bleiben bis zum Morgengrauen an unserem Platz und versorgen Levian mit frischem Quellwasser und stärkenden Beeren, bis er sich so weit erholt hat, dass er sich in eine Maus verwandeln kann. Nayo wählt eine Eulengestalt und nimmt ihn auf ihren breiten Rücken. Ich fliege lautlos neben ihnen her in Richtung des Sonnenaufgangs. Diesmal merke ich kaum, wie das Leben tief unter mir erwacht. Ich kann nur an das Schicksal denken, dem wir gerade eben noch entkommen sind. Mein Versprechen an Mutter Natur fällt mir wieder ein. Was auch immer die Gründe für Levians Überleben waren, ich werde mich daran halten – brechen kann ich es ja ohnehin nicht.

***

Orowar spricht kein Wort, während er Levian behandelt. Lange lässt er seine heilenden Hände auf seinem Herzen liegen, dann arbeitet er sich langsam über seinen ganzen Körper vor.

»Was tust du?«, frage ich ihn.

»Ich helfe seinem Blut, sich neu zu bilden«, antwortet der Schamane abwesend, ohne mich anzusehen.

Nayo und ich stehen neben seinem Behandlungstisch und sehen ihm aufmerksam zu. In Orowars Kammer gibt es keinerlei Instrumente oder Hilfsmittel. Die einzigen Werkzeuge, die er für seine Arbeit braucht, sind seine Hände. Nur im hinteren Abschnitt des Raumes baumeln einige getrocknete Heilpflanzen sorgsam aufgefädelt von der Decke. Ich bin mir ganz sicher, dass die Ärzte in der Menschenwelt anders arbeiten. Dennoch kann ich mich nicht daran erinnern, wie es bei ihnen aussieht. Einzig die Farbe Weiß kommt mir in den Sinn, wenn ich versuche, mir ein Bild von all dem vorzustellen.

»Diese Sache wird ein Nachspiel haben«, sagt Orowar, als er fertig ist. Er schließt Levians Wunde sorgfältig, bis nichts mehr von der Verletzung zu sehen ist als reine, unversehrte Haut. Dann gießt er Wasser aus einem Krug in eine Schüssel und wäscht sich die Hände.

»Thanos wusste, dass etwas passiert ist, noch bevor ihr hier aufgetaucht seid«, erklärt er. »Er hat gespürt, dass jemand unsere Regeln verletzt hat.«

»Aber wir haben nicht damit angefangen. Es waren die Talente«, stoße ich verärgert hervor.

Orowar schenkt mir einen nachsichtigen Blick.

»Ich bin nicht euer Richter, Melek«, sagt er. »Thanos wird entscheiden, welche Strafe euch gebührt.«

Über Strafen bin ich ganz und gar nicht im Bilde. In den wenigen Tagen, die ich nun im Hohenfels lebe, habe ich noch keine einzige Silbe über so etwas gehört. Im Gegenteil: Das Zusammenleben hier unten kommt mir so einfach vor. Es gibt viele Arten von Faunen. Sie alle gleichen sich in ihrer Schönheit und der Anmut ihrer Bewegungen. Aber innerlich sind sie so unterschiedlich, wie man nur sein kann. Doch wie auch immer das Wesen eines Fauns beschaffen ist, was auch immer seine Vorlieben sind, wen auch immer er begehrt und auf welche Weise er das tut – der Rest der Gemeinschaft akzeptiert ihn so, wie er ist. Es gibt Faune, die gänzlich ihre Arbeit verweigern, weil sie der Meinung sind, es sei nötig, ein Jahr lang zu meditieren. Manche gehen niemals einen Bund mit einem Gefährten ein, sondern bleiben ein Leben lang allein, andere suchen sich gleichgeschlechtliche Partner. Wieder andere hängen seltsamen Hobbys nach wie Nayo, die ihre komplette Schlafkammer mit Dingen aus der Sonnenwelt zugestellt hat. Als sie bis zum Bersten damit gefüllt war, gab man ihr eine größere Kammer. Niemand lacht über die Eigenheiten der anderen und keiner schreibt uns vor, wie wir uns zu benehmen haben. Die Erwähnung von Strafen passt überhaupt nicht in dieses Bild, vor allem, weil wir niemandem geschadet haben außer uns selbst.

»Wann will er uns sehen?«, fragt Levian, als er sich aufrichtet. Seine Haut hat ihre angenehme Bräune zurück und die Smaragde in seinen Augen funkeln wie immer. Es sieht aus, als sei er wieder ganz hergestellt. Ich bin so froh darüber, dass ich den Gedanken an mögliche Strafformen fast beiseiteschiebe.

»Gleich nachdem du im Stande bist, wieder zu gehen.«

»Also jetzt«, stellt Levian fest.

Der Schamane nickt.

»Na schön. Bringen wir's hinter uns.«

Er rutscht vom Behandlungstisch herunter und nimmt mich bei der Hand. Nachdem er Orowar für seine Hilfe gedankt hat, machen wir uns mit Nayo auf den Weg zum Audienzsaal unseres obersten Orakels. Unterwegs versucht Levian Nayo und mich zu überreden, uns bei dem Gespräch im Hintergrund zu halten. Ich falle ihm ins Wort.

»Du glaubst doch wohl nicht, dass wir dich die Sache allein ausbaden lassen«, brumme ich. »Du hast nichts anderes getan, als mich zu beschützen. Dafür kann er dich nicht bestrafen.«

»Es geht um das Messer, Melek«, sagt Levian. »Ich hätte es nicht an mich nehmen dürfen. Das ist unehrenhaft.«

»Du hast es den Menschen zurückgegeben!«

»Ja. Aber zuvor habe ich es gegen ein Talent gerichtet und uns damit unseren Weg zum Ausgang frei gemacht. So etwas tun wir eben nicht. Es kommt immer wieder vor, dass wir im Kampf die Waffe eines Talents gegen ihren Besitzer wenden. Auch das ist verpönt. Aber es gibt nicht viele Faune, die sich dazu herablassen, so weit zu gehen wie ich heute Abend. Waffen sind ein Zeichen von Schwäche. Wer sie benutzt, schadet dem Ruf aller Faune.«

Ich verstehe das nicht. Wir sind schon fast beim Audienzsaal angekommen, aber ich bin noch nicht so weit, Thanos gegenüberzutreten. Also packe ich Levian am Arm und halte ihn zurück.

»Warum hast du es dann getan?«, will ich wissen.

Er legt seine Hand an meine Wange.

»Weil du mir wichtiger bist als unser Ruf, Melek«, sagt er. »Ich habe keine andere Möglichkeit gesehen. Hätte ich ihnen stattdessen vor aller Augen das Genick brechen sollen?«

»Thanos wird das anders sehen«, prophezeit Nayo. Ihr Gesicht ist todernst. »Vor allem wird er noch viel mehr hineininterpretieren …«

Sie hat sich nicht getäuscht. Ich sehe es unserem weisen Orakel sofort an, als wir den Saal betreten, der fast gänzlich in die unterirdischen Felsen gehauen ist. Nur auf der Eingangsseite steht noch ein Teil der Mauern der ehemaligen Ritterburg. Der Rest des Raumes ist eine Erweiterung, die die Faune vor Jahrhunderten dem Gestein des Hohenfels abgerungen haben. Zahlreiche Reliefs zieren die Wände und werden von Efeuranken und Flusskieseln geschmückt. Sie zeigen Tiergestalten, Sternbilder und Szenen des Kampfes mit den Talenten.

Es steht wie immer keine Regung in Thanos' Gesicht. Trotzdem erkenne ich auf den ersten Blick, dass er uns nicht wohlgesonnen ist. Er thront auf einem prächtigen Sitz, der aus einem einzigen Sandsteinbrocken gemeißelt wurde. Hinter der Lehne ragen mächtige Hirschgeweihe auf, die seinen Kopf wie eine riesige Krone umstrahlen. Sein langes weißes Haar gleitet hinab an seinem hochgeschlossenen Gewand und dem einfachen grauen Mantel, der an seiner Schulter von einer glänzenden Spange zusammengehalten wird.

»An Tagen wie diesen frage ich mich, wer von euch beiden eigentlich wen verwandelt hat«, sagt er. Es ist eine reine Feststellung, die keine Antwort erwartet. Um ihn nicht zusätzlich zu verärgern, bleiben wir stumm.

»Damals vor einem Jahr, als du zum ersten Mal mit der Bitte um ihre Verwandlung kamst«, fährt Thanos fort, »habe ich sie abgelehnt. Aber du hast es nicht akzeptiert und bist zum Obersten Rat gereist, um seine Einwilligung einzuholen. Ich hatte meine Gründe für diese Entscheidung, Levian, denn du warst immer schon anders als die meisten deiner Familie. Anders zu sein ist kein Verbrechen. Aber wenn man es nicht kontrollieren kann, birgt es die Gefahr, dass man seine ganze Welt mit ins Unglück zieht. An diesem Punkt waren wir vor wenigen Wochen. Und nun stehst du wieder hier, weil du unsere Regeln mit Füßen getreten hast. Du hast die Faune des Hohenfels entehrt durch ein Verhalten, das zutiefst menschlich war.«

»Ja«, sagt Levian. »Ich gebe mein Verschulden zu. Leg mir die Strafe auf, die dir angemessen erscheint.«

Immer noch ist keine Gemütsregung im Gesicht des Orakels zu erkennen. Ich würde jetzt gern für Levian eintreten und Thanos erklären, wie es zu der Situation kam. Doch dem Verhalten der beiden nach zu urteilen, geht es längst nicht mehr um Entschuldigungen. Es steckt weitaus mehr hinter der Sache, als ich mir mit meinem Grundwissen über meine Vergangenheit zusammenreimen kann.

»Eine Seelenverwandtschaft zwischen einem Talent und einem Faun ist unnatürlich«, spricht Thanos nun weiter. »Es wäre besser gewesen, du hättest ein Gelübde abgelegt und ihr entsagt. Denn selbst als Faun hat sie einen Einfluss auf dich, der nicht in unsere Welt passt. Das ist der Grund, warum du gegen unsere Regeln verstößt. Es gibt keine Strafe, die daran etwas ändern kann, denn ihr menschliches Gift hat dich schon gänzlich durchdrungen.«

Ich hatte erwartet, dass Levian irgendwelche unliebsamen Dienste aufgetragen würden, schlimmstenfalls ein paar Tage Entzug im Verlies. Aber dieser aufwühlende Monolog von Thanos geht in eine völlig andere Richtung. Auch ohne jede Mimik in seinem Gesicht kann ich erkennen, dass ich ein Stachel in seiner Seele bin. Er will mich hier nicht haben. Furcht überkommt mich. Denn was auch immer Thanos in seinem Reich anordnet, wird geschehen. Keiner der Faune kann sich ihm widersetzen, solange er zur Gemeinschaft des Hohenfels gehört. Aber soweit ich weiß, darf Thanos mich auch nicht einfach in die Verbannung schicken, denn ich bin ein vollwertiges Mitglied der Familie. Ich bete, dass er keine Möglichkeit findet, diese Regel zu umgehen.

»Du warst derjenige, der die Verwandlung zuletzt befohlen hat«, sagt Levian plötzlich. »Es war eine Entscheidung für alle und nun muss die Gemeinschaft eben damit leben.«

Thanos sieht ihn lange an. Und auch ich kann nicht anders, als meinen Blick zu Levian zu wenden und in seinem Gesicht nach einer Regung zu suchen, die mir diese Aussage erklärt. War er am Ende etwa gar nicht wirklich daran interessiert, mich als seine Gefährtin zu haben? Und warum hat unser oberstes Orakel stattdessen entschieden, mich in seine Welt zu holen? Warum, wenn er doch angeblich von Anfang an gegen meine Verwandlung war?

»Es war ein Opfer und als genau dieses betrachte ich es auch«, antwortet Thanos. »Anders hätten wir den Heiler nicht ausschalten können. Ich habe geglaubt, es wäre eine Lösung, es könnte funktionieren. Aber ihr beide passt nicht in unsere Welt. Und in die der Menschen auch nicht. Ich denke, wir sollten diesen Heiler daher vorsichtshalber ganz loswerden. Auf andere Weise. Ich werde Spione ausschicken, um die Lage unter den Talenten zu erkunden.«

Sein durchdringender Blick trifft nun mich und bleibt eine Weile auf mir ruhen. Er wird mich fortschicken, sobald diese Gefahr gebannt ist. Ich kann es in seinen Augen lesen, auch wenn ich nicht weiß, wie er das machen will. Ich möchte nicht in der Verbannung leben! Der Hohenfels mit seinen verschlungenen Winkeln, Steintreppen und Schlafkammern ist das einzige Zuhause, an das ich mich erinnern kann. Levian greift nach meiner Hand.

In dem Moment schwirrt ein kleiner Käfer durch einen Spalt in der Tür. Sein Surren dringt durch die Stille des Raumes, als er auf Thanos zufliegt und sich auf dessen ausgebreiteter Handfläche niederlässt. Er betrachtet ihn erst eingehend, dann hält er sich das Insekt direkt vors Gesicht und schließt kurz die Augen. Als er sie wieder öffnet, ist sein Blick noch unzugänglicher als sonst.

»Unsere Talente stehen draußen«, teilt er uns mit. »Sie bitten uns zu einem Gespräch unter weißer Flagge.«

Ich sehe Levian aus dem Augenwinkel besorgt die Brauen zusammenkneifen.

»Uns?«, fragt er.

»Ja, dich und mich und ...« Ganz kurz schaut der oberste Faun mich an. »... und unsere Wachen.«

Das Letzte ist eine Lüge. Und wir alle wissen es. Thanos trommelt ein paar Krieger zusammen und weist sie an, ihn in Wolfsgestalt zu begleiten. Ein knurrendes, zähnefletschendes Raubtier macht auf die Menschen immer großen Eindruck. Mehr als ein Eichhörnchen, hat Levian mir erklärt, obwohl es im Grunde nicht von Bedeutung ist, in welcher Gestalt sie auf uns treffen. Ohne ihre Silberwaffen sind sie völlig machtlos gegen uns.

Levian küsst mich flüchtig, bevor er hinter Thanos hereilt, um gemeinsam mit ihm und den anderen draußen in der Sonnenwelt die Talente zu treffen. *Meine* Talente. Die Truppe, für die ich einst gekämpft und in deren Auftrag ich Faune getötet habe. Die grausamen, unbekannten Wesen, denen ich Levian zufolge aus unerfindlichen Gründen nicht begegnen soll. Er hat sein Leben aufs Spiel gesetzt, um mich von ihnen fernzuhalten. Und nun stehen sie draußen und bitten um ein Gespräch.

»Alles wird gut, Melek, mach dir keine Sorgen!«, raunt er mir noch zu. Ich antworte ihm nicht. So leicht lasse ich mich nicht abspeisen. Sie brechen so hastig auf, dass nicht einmal Thanos daran denkt, wen er da gerade hinter sich zurücklässt. Erst als sie durch den Ausgang verschwunden sind, unterbreite ich Nayo meinen Plan.

»Ich gehe ihnen hinterher. Kommst du mit?«

Ihr erschreckter Blick verrät mir, dass selbst sie in diesem Moment Angst vor dem hat, was Thanos mein menschliches Gift nennt. Von selbst wäre Nayo nie auf die Idee gekommen, sich ihrem Führer zu widersetzen.

»Das geht nicht. Thanos hat es verboten«, sagt sie.

»Nein, hat er nicht«, sage ich. »Er hat vergessen, es zu verbieten, weil er glaubt, wir würden seine Befehle von seinen Augen ablesen. Das mag für dich gelten, Nayo, aber für mich gilt es nicht. Du hast doch gehört, was er über mich gesagt hat: Ich gehöre nirgendwo dazu.« Meine Stimme klingt bitter.

»Nein«, sagt Nayo.

»Wie du willst.«

Ich lasse sie stehen und husche geräuschlos durch das Labyrinth aus Gängen, deren Bausubstanz alle paar Meter wechselt. Mal sind sie aus Gestein, mal aus Mauerwerk, mal aus sorgfältig geglättetem Lehm. Obwohl jeder Gang anders aussieht, verliere ich schnell die Orientierung. Als ich auf einer Kreuzung im südlichen Teil innehalte und mich hilfesuchend umblicke, bemerke ich Nayo, die mir doch nachgekommen ist. Ich sage nichts, nicke ihr nur zu. Sie deutet auf die rechte Abzweigung.

»Hier lang«, flüstert sie.

Wir können nur vermuten, welchen Ausgang die anderen gewählt haben. Aber da die Talente wahrscheinlich vor der einzigen Stelle stehen, deren Eingang ihnen bekannt ist, führt Nayo mich dorthin. Der schwere Findling liegt immer noch am Ende des Ganges. Also sind Levian und Thanos in Tiergestalt nach draußen gekrochen. Wir machen das Gleiche und arbeiten uns zu einer höher gelegenen Stelle vor, die von einem durchscheinenden Gebüsch verborgen wird. Ich nehme die Gestalt eines kleinen weißen Vogels an, für den Fall, dass mich doch jemand entdeckt. Nayo bleibt eine Maus.

Nun können wir sie sehen: Thanos und Levian in Menschengestalt, die anderen Krieger als eindrucksvolle graue Wölfe. Sie sitzen bewegungslos in direkter Nähe ihres Führers und starren warnend auf die Menschen. Mir schaudert, als ich die Talente wahrnehme. Sie sind nur zu fünft: Ein sehr großer, gut aussehender Junge mit eisblauen Augen hat sich an vorderster Front positioniert. Wahrscheinlich handelt es sich um ihren Anführer. Direkt hinter ihm steht ein blonder Junge mit breiten Schultern und nervös umherschweifendem Blick. Er tritt von einem Bein auf das andere, als würde er dringend auf irgendetwas warten. Der dritte Junge hält eine weiße Fahne in der Hand. Dann sind noch zwei Mädchen dabei: eine kleine Drahtige mit kurzen Haaren und eine noch viel Kleinere, die mich am meisten von allen verwirrt. Sie wendet den Kopf in unsere Richtung und blickt mit ihren rostbraunen Augen direkt auf mich. Ich erschrecke. Wie hat sie mich so schnell erkannt? Auch Thanos muss Nayo und mich inzwischen wahrgenommen haben, doch er dreht sich nicht zu uns um. Ich kann den Blick nicht von dem kleinen Talent-Mädchen abwenden. Bei ihrem Anblick überkommt mich ein Grausen. Doch über ihre Mundwinkel tanzt ein verwirrendes Lächeln. Ich weiß nicht, ob ich das gut finden soll. Dann nimmt sie ihren Blick von mir, weil ihr Anführer zu sprechen beginnt.

»Euer Plan ist nicht aufgegangen«, sagt er zu Thanos. »Unser Heiler braucht kein Gegenstück, um zu funktionieren. Wir wussten das die ganze Zeit und haben eurem Vorschlag nur zugestimmt, um kampflos abziehen zu können. Das heißt, ihr seid uns nun wieder unterlegen und unsere Generäle werden einen Krieg entfachen, der sowohl euch als auch den Rest eurer Spezies ins Verderben reißt.«

Bei diesen Worten sehe ich zum ersten Mal eine Regung im Gesicht unseres obersten Orakels. Es ist nur der Hauch eines Zuckens an seinem Augenlid und doch macht es mir klar, wie aufgewühlt Thanos von dieser überfallartigen Einleitung sein muss.

»Dann verstehe ich nicht, warum ihr hier seid«, sagt er ruhig. »Und warum ihr glaubt, euch auf eure weiße Flagge verlassen zu können.«

»Wir denken, dass die Faune des Hohenfels ehrenhaft genug sind, um keinen Gegner anzugreifen, der zu politischen Verhandlungen gekommen ist«, sagt der Anführer.

Thanos betrachtet ihn eine Weile nachdenklich, bevor er antwortet.

»Verhandlungen ...«, sinniert er. »Aber ob sie wirklich von politischer Natur sind? Ich habe eine leise Ahnung, was ihr von uns wollt. Es ist irgendwie unangebracht, im Angesicht des Krieges, der uns eurer Aussage nach bevorsteht, denkt ihr nicht?«

»Nein!«, ruft nun plötzlich der blonde Junge erhitzt. Er tritt einen Schritt vor und stellt sich neben seinen Anführer. Dann sagt er etwas, das mir durch Mark und Bein geht. Ich würde schreien vor Entsetzen, wenn ich nur könnte.

»Gib mir Melek zurück!«, fordert er. Dabei schaut er nicht Thanos an, sondern Levian. »Gib sie mir zurück und wir gewähren euch ein Leben in Frieden. Ihr könnt bleiben, wo ihr seid, und so viele Menschen aussaugen, wie ihr wollt. Ich kann sie alle wieder heilen und damit unseren Kampf für immer beenden.«

Levians schöne Augen werden zu schmalen Schlitzen. Sein Körper spannt sich an und er wirkt, als würde er sich nur mit Mühe beherrschen können, dem Jungen nicht das Genick zu brechen. Die besänftigende Geste, die Thanos in seine Richtung macht, ist völlig wirkungslos.

»Niemals«, zischt er den Talenten zu. Mit seinem Blick fixiert er nicht nur den blonden Jungen, sondern auch den Anführer. »Ihr habt sie geopfert und nun ist sie eine von uns. Das Spiel ist zu Ende, Erik, falls du das noch nicht begriffen hast.«

»Falsch«, sagt der, den er Erik genannt hat. Dabei bleibt er ganz ruhig. Viel zu ruhig. Menschen, die in einer solchen Situation Ruhe bewahren, müssen entweder lebensmüde sein oder noch einen ganz bestimmten Trumpf im Ärmel stecken haben. Es dauert nur eine Sekunde, bis ich erfahre, dass genau das der Fall ist.

»Ich hole sie zurück«, sagt er leise. »Sie gehört zu mir.«

In dem Moment lodert die Angst wie ein brennendes Feuer in mir empor. Was behauptet dieser schreckliche fremde Menschenjunge da? Ich gehöre mit hundertprozentiger Gewissheit nicht zu ihm. Und wie auch immer er mich zurück in die Sonnenwelt holen will – ich möchte nicht dorthin! Ich bin so aufgewühlt, dass ich mich nur noch mit Mühe in meinem Versteck halten kann. Ich möchte aufspringen, mich in meiner wahren Gestalt zeigen und ihm eine Gänsehaut vom Kopf bis zu den Zehen entlocken. Was bildet er sich eigentlich ein, über mein Schicksal gebieten zu wollen? In dem Moment beißt

Nayo mich ins Bein. Ich drehe mich ihr zu um und sehe, dass sie den Kopf schüttelt. Auch das seltsame kleine Talent hat mir nun wieder das Gesicht zugewandt. Es steht Sorge darin, doch sie interessiert mich nicht. Ich verabscheue sie alle gleichermaßen.

»Wenn ihr glaubt, ihr könntet uns erpressen, dann habt ihr euch getäuscht«, schleudert nun Levian den Talenten entgegen. »Selbst wenn wir euch trauen würden, gäbe es niemals eine Kooperation zwischen uns und euch. Hättet ihr Melek zurück, würdet ihr uns im selben Moment verraten.«

»Wir sind hier, um euch vom Gegenteil zu überzeugen«, behauptet nun der Anführer. »Das Spiel unserer Generäle gefällt uns nicht. Wir wollen eure Art nicht ausrotten. Und da Erik der wichtigste Repräsentant für den geplanten Endkampf sein soll, hat er damit auch die Macht, die Massen entweder aufzuheizen oder zu beschwichtigen. Vom heutigen Tag an stellt sich unsere Truppe gegen die Armee. Und wenn ihr gemeinsame Sache mit uns macht, können wir es vielleicht schaffen, dass eines Tages Frieden herrscht zwischen uns und euch. Zwischen allen Talenten und Faunen der Welt. Das ist es, was wir wollen. Schließt euch uns an!«

Thanos und Levian tauschen einen flüchtigen Blick. Levian schüttelt kaum merklich den Kopf. Aber Thanos scheint nicht ganz abgeneigt zu sein, den Worten der Talente Glauben zu schenken. Er deutet auf den Anführer.

»Gib mir deine Hand«, fordert er ihn auf. »Ich will darin lesen, ob du die Wahrheit sprichst. Deinem Versprechen allein kann ich nicht trauen.«

Ohne mit der Wimper zu zucken, tritt der Anführer vor, steigt langsam zwischen den knurrenden Wölfen hindurch und streckt Thanos seine rechte Hand entgegen. Erst jetzt fällt mir auf, dass die ganze Gruppe ihre linken Handflächen unter Handschuhen versteckt hat, wohl, um uns nicht unabsichtlich mit ihrem grausamen Zeichen zu provozieren. Genau das Gleiche tun wir, indem wir ihnen in Menschengestalt gegenübertreten. Das ist die einzige Art, wie wir miteinander reden können, ohne uns dabei gegenseitig zu zerfleischen. Die Augen des Talent-Anführers sind ebenso undurchschaubar wie die unseres Orakels. Ihre Farbe ist erschreckend hell. Nur die Sonnenwelt kann sich so etwas ausdenken. Er betrachtet Thanos' Gesicht, während dieser aus seiner Hand liest. Als er damit fertig ist, schickt er ihn wortlos zurück zu seiner Gruppe und winkt den Heiler heran.

»Auch in deinen Geist will ich blicken«, fordert er ihn auf.

Der Heiler drängt sich ebenso unerschrocken durch die Wachen wie zuvor sein Anführer. Auch ihm liest Thanos lange und ausführlich aus der Hand. Schließlich positioniert Erik sich wieder auf seiner Seite der Wölfe, die wie eine imaginäre Mauer zwischen den beiden Lagern sitzen, und die Talente warten auf eine Reaktion.

»Ich kann euch das Mädchen nicht zurückgeben, denn sie gehört nun in unsere Welt«, bricht Thanos das Schweigen. »Es ist nicht ehrenhaft, eine der unseren zu verkaufen.«

Mir fällt ein Stein vom Herzen. Nach dem, wie Thanos mich vorhin in seinem Audienzsaal angesehen hat, hätte ich vermutet, dass ihm nichts Passenderes unterkommen könnte, als die Gelegenheit, mich loszuwerden. Aber im Gegensatz zu Levian und mir stellt er die Grundregeln der Faune immer noch über seine persönliche Meinung. Dafür bin ich ihm unendlich dankbar.

»Dennoch habe ich die Wahrheit eurer Worte erkannt und werde darüber nachdenken, ob wir uns euch anschließen. Bis meine Entscheidung gefallen ist, schlage ich einen Waffenstillstand vor.«

Der Anführer nickt, aber der Heiler scheint nicht ganz zufrieden zu sein. Sein Blick trifft den von Levian und für einen Augenblick sieht es so aus, als würde er sich geschlagen geben. Doch dann sagt Levian etwas, das wieder den Kampfgeist in ihm weckt:

»Ich will, dass du deinen Bund mit ihr löst.«

Schon wieder verstehe ich nicht, worüber sie reden. Was für einen Bund? Ich schaue Nayo an, doch ihr Mäusegesicht gibt keine Auskunft darüber, ob sie mehr weiß als ich. Zum ersten Mal wünsche ich mir Leviata an meine Seite, der ich wenigstens Fragen stellen könnte, während wir hier sitzen und das verwirrende Gespräch mit unseren Todfeinden belauschen.

»Unseren Bund?«, fragt Erik irritiert. »Was interessiert dich dieser Bund?«

»Das ist nicht von Belang. Ich will nur, dass du ihn löst.«

»Nein, ich denke, das werde ich nicht tun«, beschließt der Heiler trotzig.

Ich hätte Levian gleich sagen können, dass er nicht darauf eingehen würde. Wieso sollte er auch, nun, da Levian ihm quasi eine Vorlage geliefert hat, auf der er herumhacken kann?

Levian wird wütend.

»Es war ein erzwungener Bund!«, stößt er hervor. »Gewaltsam geschlossen und unter Zwang besiegelt. Warum hältst du daran fest? Gib sie frei!«

Bei den letzten drei Worten scheint Erik ein Licht aufzugehen. Damit hat er mir etwas voraus, denn ich verstehe gar nichts. Ein überhebliches Grinsen stiehlt sich auf sein Gesicht, so als freue er sich über einen Umstand, der Levian unglücklich macht. Er reckt das Kinn nach oben und schaut ihn provozierend an.

»So ist das mit der Ehre«, sagt er schließlich. »Was für ein Pech für dich, Levian. Sie soll selbst zu mir kommen und mich darum bitten. Wenn sie mich nachhaltig überzeugt, gebe ich sie noch vor der Winterruhe frei.«

»Ich soll sie dir ausliefern, damit du sie hinter meinem Rücken in einen Menschen zurückverwandeln kannst?« Levian ist außer sich.

»Du weißt so gut wie ich, dass das nicht möglich ist«, sagt Erik. »Ich werde es nur tun, wenn sie es möchte. Das ist im Rahmen eures Ehrenkodexes, oder?«

Er blickt Thanos an und erntet ein zustimmendes Nicken. Im Gesicht unseres Orakels glaube ich sogar, etwas zu erkennen, das mehr als nur Einverständnis zeigt. Vielleicht bilde ich es mir auch ein, aber irgendwie denke ich, dass es nun die Talente sind, die von Thanos an der Nase herumgeführt werden. Denn keiner von ihnen ahnt, wie wenig Wert er auf das Mädchen legt, das sie unbedingt haben wollen.

»Sie wird zu dir kommen und dich anhören. Morgen Abend an der Quelle der Ewigkeit und von da an jeden zweiten Tag. Brichst du dein Versprechen und versuchst, ihr Gewalt anzutun, so gehört damit jede Verbindung zwischen Faunen und Talenten der Vergangenheit an.«

Dieser unsägliche Plan, mich bis zur Winterruhe den Lügengeschichten des Heilers auszusetzen, ist für Thanos im Grunde nichts anderes als eine Möglichkeit, mich loszuwerden, ohne gegen die Regeln zu verstoßen.

Der Heiler nickt. In Levians Augen hingegen erkenne ich einen Schrecken, der an Verzweiflung grenzt.

»Nein«, flüstert er. »Nein, ich kann warten!«

Doch Thanos hat bereits entschieden. Das Gespräch ist damit für ihn beendet.

Ich sitze noch lange da und starre in das Unterholz des Waldes vor mir, als die Talente längst wieder auf dem Heimweg sind. Die untergehende Sonne wirft ein beunruhigendes orangerotes Licht auf die Zweige. Am liebsten würde ich verhindern, dass die Nacht anbricht. Nayo beißt mich zum zweiten Mal ins Bein. Doch sie muss erst ihre wahre Gestalt annehmen, um mich davon zu überzeugen, dass wir nach Hause gehen sollten. Ich sage kein Wort, als ich mit ihr durch die Felsspalten krieche und mich auf den Weg zu Levians Schlafkammer mache, wo mein Gefährte mit Sicherheit schon auf mich wartet. Die Chance, meine Vergangenheit totzuschweigen, ist nun unwiderruflich dahin. Gleich werde ich erfahren, wer ich wirklich bin.

Sich wiederzusehen heißt nicht immer, sich auch zu erkennen.

Es ist ein Uhr nachts, als Mahdis Soldaten mich von meinem Sofa reißen. Sofort bin ich hellwach. Ein Blick hinüber zu Anastasia genügt, um festzustellen, dass sie mir nicht helfen kann: Vier Männer auf einmal halten sie gepackt. Einer davon drückt ihr seine Pistole an die Schläfe. Ihre Augen tanzen verängstigt zwischen uns hin und her, doch sie gibt keinen Laut von sich. Mike steht fassungslos mitten im Raum, ebenfalls die Arme auf dem Rücken verdreht und den Lauf einer Waffe am Kopf.

»Was soll das?«, fährt er die Soldaten an.

»Halt den Mund, Verräter!«

Der, der ihn gepackt hält, gibt den anderen einen Wink. »Schafft ihn rüber!«

Ich versuche nach meinem Handy zu greifen, das auf dem Nachttisch liegt, doch bevor ich es erwische, werde ich hochgezogen. Nun habe ich keine Möglichkeit mehr, Sylvia Bescheid zu sagen, dass sie auf der Stelle den Schutzzauber erneuern muss, der uns umgibt. Niemandem von uns ist eine andere Möglichkeit eingefallen, unsere Revolution vor Mahdi geheim zu halten. Doch wir wissen nicht, wie lange der Zauber anhält, den Sylvia über uns gelegt hat. Die Tatsache, dass ich gerade aus dem Schlaf gerissen wurde, spricht für kaum mehr als sechs Stunden. Mahdi muss gemerkt haben, dass etwas vor sich geht.

Mein Blick trifft den von Mike. Ich traue ihm nicht. Und doch ist er die einzige Chance, die ich habe. Anastasia würde nicht verstehen, was zu tun ist, was auch immer ich ihr zum Abschied zuraune.

»Sylvia muss das erfahren!«, flüstere ich deshalb dem Erzengel zu, während ich barfuß in Boxershorts und T-Shirt an ihm vorbeigezerrt werde.

Dann beginne ich zu rechnen. Ich stelle mir vor, wie Mike nachdenkt und abwartet, bis wir aus dem Haus verschwunden sind. Dann wird er im besten Fall zum Telefon greifen und Sylvia anrufen. Falls es besonders schnell geht, ist sie vielleicht gleich wach und aufmerksam genug, um den Schutzzauber zu erneuern. Als die Soldaten die Tür von Mahdis Büro aufmachen und mich hineinstoßen, könnte ich bereits wieder abgeschirmt sein. Ich und die vier anderen, die in dem Komplott mit drinstecken. Aber das gilt nur für den Fall, dass Mike meine letzten Worte wirklich ernst genommen und sich gegen den General und den Endkampf gestellt hat. Die Chance, dass er das getan hat, ist niedrig genug. Denn eigentlich ist er ja ebenfalls der Meinung, man müsste die Dschinn dringend abschlachten.

»Was geht hier vor, Erik?«, herrscht Mahdi mich an, kaum, dass unsere Blicke sich treffen. Er ist vollständig in seine übliche schwarze Designerkluft gekleidet und sein Haar ist frisch frisiert. Ich frage mich, ob er überhaupt jemals schläft und ob es Momente gibt, in denen er sich gehenlässt.

»Nichts«, sage ich. »Außer dass deine Soldaten neuerdings zum Albtraum werden.«

Er verzichtet auf den Schlag mit dem Handrücken.

»Du hintergehst mich«, zischt er stattdessen. »Du und noch ein paar andere.«

Seine undifferenzierte Aussage macht mir klar, dass er nichts Genaues weiß. Wahrscheinlich schwindet Sylvias Zauber langsam und er hat nur eine erste Schwingung aufgeschnappt. Wie unklug von ihm, mich gleich aus dem Bett zu reißen, anstatt abzuwarten, wie viele Details er im Laufe der Nacht noch erfahren hätte. Seine Ungeduld ist der einzige schwache Punkt von Mahdi. Das muss ich mir merken.

»Du siehst Gespenster«, sage ich so kühl wie möglich.

Der General rauscht heran und greift sich meine Hand. Heftig drückt er meine Finger in die Innenfläche seiner Linken, genau dorthin, wo Sylvia ihren KGS-Sensor hat. Seine Augenlider flattern ebenso wie ihre. Ich halte den Atem an. Entweder hat unsere Kommunikation über Mike inzwischen geklappt oder unsere Revolution ist ab sofort kein Geheimnis mehr. Mahdis

Mund sieht verkniffen aus, als er mich wieder loslässt. Eine Weile fixiert er mich mit seinen schwarzen Augen.

»Was hast du gerade geträumt?«, will er dann wissen.

»Etwas, das dich nichts angeht.«

Er runzelt die Stirn und scheint sich irgendetwas zusammenzureimen. Ich widerstehe dem Drang, ein erleichtertes Seufzen auszustoßen. Mahdi schaut Ebru und Attila an und sagt etwas auf Türkisch zu ihnen. Diese Botschaften sind nicht für meine Ohren gedacht. Keiner im Raum weiß, dass ich sie verstehe. Es ist schwer für mich, denn mein Lehrer war ein Buch und ich befürchte, ich habe mir die Aussprache vieler Wörter falsch angewöhnt. Trotzdem ist mir der Zusammenhang klar.

»Geht zu den Offizieren und dem Orakel und checkt sie durch«, lautet die Anweisung. Sofort verlassen die beiden Orakel den Raum. Mahdi dreht mir den Rücken zu und verschwindet wieder hinter seinem Schreibtisch.

»In drei Tagen fliegen wir nach Rom. Und jetzt verschwinde!«, sagt er dann.

»Nichts lieber als das.«

Die Soldaten flankieren mich so lange, bis ich durch die Wohnungstür getreten bin. Als sie hinter mir ins Schloss fällt, habe ich es eilig, wieder zu Anastasias Wohnung hinüberzukommen. Trotzdem beherrsche ich mich, nicht zu rennen, für den Fall, dass jemand mich beobachtet. Scheinbar ungerührt spaziere ich über den Innenhof zum gegenüberliegenden Block. Erst im Treppenhaus haste ich los und nehme zwei Stufen auf einmal. Oben hämmere ich an Anastasias Wohnungstür wie ein Geisteskranker. Mike öffnet mir.

»Alles in Ordnung?«, fragt er, doch ich ignoriere ihn. Fieberhaft greife ich nach meinem Handy und rufe Sylvia an. Als sie rangeht, verzichte ich auf die Begrüßung.

»Hast du auch Jakob, Tina und Henry geschützt?«, rufe ich ins Telefon.

»Ja«, antwortet Sylvia aufgewühlt. »Aber was ist mit dir?«

Ich verstehe nicht, was sie meint.

»Mit mir? Mahdi hat nichts erkannt«, sage ich.

»Wirklich?«

Eine Weile ist es still in der Leitung.

»Ich habe dich nicht erreicht«, sagt sie dann. »Mahdi hat seine Wohnung gegen jeden Zauber abgeschirmt. Wir haben uns Sorgen gemacht.«

Das verstehe ich nicht. Ich bin mir ziemlich sicher, dass Mahdi keine Informationen aus mir herausbekommen hat. Weshalb sonst hat er anschließend zur Sicherheit Attila und Ebru losgeschickt?

»Die beiden Nahkampf-Orakel sind auf dem Weg zu euch. Sie wollen dich und die Offiziere durchchecken«, teile ich ihr mit.

»Kein Problem«, sagt Sylvia. »Mike hat uns rechtzeitig gewarnt. Wir sind alle geschützt und wissen Bescheid.«

Ich atme auf.

»Erik«, sagt Sylvia schließlich. »Mahdi kann dich nicht durchdringen, wenn du dich ihm verweigerst. Genau wie damals in Istanbul. Das ist beeindruckend!«

Ich kann kaum glauben, was sie mir da erzählt. Im Grunde ist es so, dass ich keine einzige Begabung habe, außer meiner Fähigkeit zu heilen. Ich bin ein ziemlich mittelmäßiger Nahkämpfer und meine Leistungen in Meleks Small-Think-Unterricht waren absolut unterirdisch. Warum schaffe ich es plötzlich, den Psycho-Attacken unseres Generals zu trotzen?

»Du kannst dem Bösen widerstehen«, sagt Mike in diesem Moment hinter mir.

Ich fahre herum und starre ihn an.

»Mach's gut, Sylvia«, sage ich. »Und denk an Attila und Ebru.«

Mike lächelt, als ich auflege und mich ihm zuwende. Ich werfe einen Blick auf Anastasia, die einen verwirrten Gesichtsausdruck zeigt und sich krampfhaft damit beschäftigt, eines ihrer kitschigen Puzzles zusammenzusetzen. Nichts von all dem, was heute hier passiert ist, kann sie verstehen. Darum versucht sie nun, ihren kindlichen Geist mit irgendetwas zu beschäftigen.

»Du bist der Ansicht, unser oberster General sei die Personifikation des Bösen?«, frage ich Mike.

»Aber nein«, lacht er los. »Mahdi hat einfach seine eigenen Vorstellungen von der Endzeit, aber er ist nicht der Satan. In jedem von uns wohnt das Böse. Und heute hat es mal wieder Besitz von unserem General ergriffen. Er kann im Grunde nichts dafür. Je mehr Macht wir haben, desto stärker wird der Einfluss allen Übels, Erik. Das ist einer von vielen Gründen, warum ich mich seit Jahrtausenden am hinteren Ende von diversen Rangordnungen bewege. Ich will sie nicht, diese Macht.«

»Warum hast du uns geholfen?«, frage ich ihn direkt. »Du und ich, wir haben sehr unterschiedliche Ziele.«

Mike streicht sich mit der Hand durch seine Zottelhaare.

»Bestimmung«, antwortet er schlicht. »Es ist immer wieder dasselbe.«

»Wie meinst du das?«

»Ihr Heiler seid alle gleich: Man kann euch erpressen, foltern und töten – aber ihr habt Überzeugungen, für die ihr bereit seid, zu leiden und zu sterben. Und am Ende eurer Tage habt ihr genau das erreicht, was das Schicksal euch vorherbestimmt hat. Ich denke, das wird auch bei dir so sein.«

»Was? Dass ich die Talente in den Kampf gegen die Dschinn führe?«

Mike zuckt mit den Schultern.

»Dass du den Plan des Schicksals erfüllst.«

Ich kann ihm nicht ganz folgen.

»Und der wäre?«

»Ich habe keine Ahnung.«

Die Aussagen des Erzengels, sofern er wirklich einer ist, lassen an Deutlichkeit zu wünschen übrig.

»Um bei Jesus zu bleiben, von dem du eine ziemlich klare Vorstellung zu haben scheinst: Du bist genauso sanftmütig wie er. Und genauso brachial. Wir haben Jahrhunderte gebraucht, um in den Überlieferungen zu vertuschen, dass er in manchen Dingen ebenso schwach war wie du. Bei Ali war es das Gleiche. Es gibt übrigens noch mehr Dinge, die sich wiederholen: Die Heiler traten nie allein auf. Jeder von ihnen hatte ein zwiespältiges Talent an seiner Seite, das Hell und Dunkel in sich trug, Schwarz und Weiß, Gut und Böse. Und jeder hatte seinen Warlord, der ihn um alles in der Welt für seine

Belange beanspruchen wollte. Bisher hatte ich angenommen, all das sei ein reiner Zufall. Aber nun erkenne ich die Regelmäßigkeit in diesen Dingen. Und ich bin mehr denn je davon überzeugt, dass wir einen Fehler begehen, wenn wir euch unsere Entscheidung aufzwängen. Deshalb habe ich heute Sylvia gewarnt und mich gegen Mahdi gerichtet. Ich will sehen, was passiert, wenn wir neue Wege gehen.«

»Wer war das zwiespältige Talent bei Jesus?«, frage ich. »Maria Magdalena?«

Mike zieht anerkennend die Augenbrauen hoch und nickt.

»Und bei Ali?«

»Ihr Name war Amira bint Halleja. Von ihr hast du nichts gehört, denn sie wurde aus der Überlieferung gelöscht genau wie alle anderen Segenskinder.«

»Was haben diese Talente getan?«

»Das Gleiche wie Melek«, erzählt Mike. »Sie waren mit der Gegenseite in Kontakt und übten starken Einfluss auf die Heiler aus. Zum Dank dafür haben wir sie mit Alibis ausgestattet, die ihnen nicht gerecht wurden.«

»Und wer waren die Warlords?«

»Einen davon kennst du.«

»Pontius Pilatus.«

Mike nickt. Ich weiß nicht, warum er die ganze Zeit grinst, während er mir diese Dinge erzählt.

»Der andere war Abdurrahman ibn Muldscham, Alis Mörder.«

Als ich die Zusammenhänge verstehe, wird mir klar, dass mein Schicksal bereits besiegelt ist. Ich wundere mich selbst darüber, wie gefasst ich es aufnehmen kann.

»Was dann wohl heißt, dass Mahdi eines Tages mich töten wird«, sage ich. »Das ist nicht wirklich überraschend, Mike. Trotzdem ist die Gewissheit darüber ein wenig deprimierend.«

Nun endlich schwindet das Grinsen aus seinem Gesicht. Er tritt ein Stück an mich heran und legt mir eine Hand auf die Schulter.

»Ich glaube nicht, dass das Schicksal so festgelegt ist, Erik«, sagt er. »Nicht, wenn wir tatsächlich neue Wege gehen. Es bleibt spannend.«

Ja, für dich, denke ich. Für dich wird es spannend bleiben, denn falls dir niemand das Genick bricht, wirst du auch das nächste Jahrtausend erleben und den Heiler, den es mit sich bringt. Für mich allerdings hat das alles herzlich wenig mit Spannung zu tun. Ich schaue hinüber zu Anastasia. Sie ist voll auf ihr Puzzle konzentriert, weil unser Gespräch sie unendlich überfordert. Entsprechend hat sie wohl ihr Gehirn auf Durchzug geschaltet.

»Warum ist unsere Truppe so ... bunt?«, frage ich Mike.

»Ich nehme an, es hat damit zu tun, dass ihr auserwählt seid. Ihr steht stellvertretend für alle Menschen, für sämtliche Talente der Welt. Deshalb ist von allem etwas dabei.«

Auch sein Blick ruht jetzt auf Anastasia. Eine Weile schauen wir ihr schweigend dabei zu, wie sie die Tischplatte nach passenden Puzzleteilen absucht. Das Bild, das sie zusammenbaut, zeigt ein küssendes Paar am Strand, mit Palmen und Sonnenuntergang im Hintergrund. Allein der Anblick reicht mir, um schwermütig zu werden.

»Was ist das, das alle paar Jahrhunderte passiert?«, frage ich leise. »Was ist so sehr aus den Fugen geraten, dass ich in diese Rolle geraten bin?«

Nun zuckt selbst Mike mit den Schultern.

»Darüber sind die Überzeitlichen sich nicht einig«, gesteht er. »Manche glauben, die Dschinn nehmen im Laufe der Jahre einfach überhand. Andere halten es für einen Streit der Götter, in dessen Verlauf immer wieder neue Pläne gemacht werden. Ich glaube, es hat mit den Menschen zu tun. Womöglich machen sie irgendwas falsch.«

Ich habe keine Idee, was das sein könnte. Vielleicht gibt es eine Möglichkeit, mit Melek darüber zu sprechen. Falls sie überhaupt die Bereitschaft zeigt, sich mit mir zu unterhalten. Wenn ich Pech habe, kommt sie aus reinem Gehorsam Thanos gegenüber zu unseren Treffen und redet kein Wort mit mir. Nur noch ein paar Stunden und ich werde es wissen.

***

Ich bin viel zu früh am Jungfernbrunnen. Auf keinen Fall will ich riskieren, dass Melek dort auf mich warten muss und einen Grund findet, um nach

Hause zu gehen – in ihr neues Zuhause, in den Hohenfels, zu Levian. Es tut weiterhin weh, mir die beiden zusammen vorzustellen, auch wenn ich nun weiß, dass seine Ehre Levian davon abhält, eine körperliche Verbindung mit seiner neuen Gefährtin einzugehen. Das ist mir ein kleiner Trost. Ausgerechnet Mahdis erzwungener Bund hindert ihn daran – die pure Ironie des Schicksals. Nie hätte ich gedacht, dass das schmerzhafte Gelöbnis von damals noch einmal eine Bedeutung haben könnte. Und nun wird Melek zu mir kommen und so etwas wie eine Scheidung verlangen. Ich bin darauf vorbereitet, dass sie mich eiskalt abservieren wird. Ob sie selbst jedoch darauf vorbereitet ist, dass ich ein paar Überraschungen für sie dabeihabe, steht auf einem anderen Blatt.

»Was erhoffst du dir bloß von dieser Begegnung?«, hat Jakob mich gefragt, als ich vorhin aus seinem Land Rover gestiegen bin.

Ich habe nur mit dem Kopf geschüttelt und die Tür hinter mir zugeschlagen. Nach wie vor habe ich keinen Plan und keine Lösung, was Melek angeht. Ich klammere mich einfach an Sylvias Gedanken, dass wir immer noch keinen Ersatz für sie haben. Dabei fühle ich einen Stich im Herzen, weil ich mich für die Revolution entschieden habe und nicht für die letzte Chance, die Mahdi mir geboten hat. Doch auch das hat nichts daran geändert, dass uns weiterhin die zweite Volltrefferin fehlt.

Ich starre auf das alberne Tretbecken vor meiner Nase und stelle mir vor, wie oft Melek hier saß und auf Nayo gewartet hat. Von hier aus hat die Dschinniya sie in mein Höhlengefängnis gebracht. In dieser Nacht haben wir uns zum letzten Mal berührt. Meine Hand wandert zu der Kette um meinen Hals, meine Finger krallen sich um die beiden Anhänger. Ich weiß nicht, wie lange ich so dasitze. Es müssen Stunden sein. Dann steht sie plötzlich auf der anderen Seite des Beckens. Woher sie gekommen ist und in welcher Gestalt, kann ich nicht sagen.

»Melek«, krächze ich.

Sie entgegnet nichts, steht einfach nur da und schaut mich an. Ich weiß genau, dass sie es ist, aber dieses schöne fremde Wesen hat auf seltsame Art nichts mehr mit dem Mädchen zu tun, das mich vor einer Woche verlassen hat. Ihre feinen Gesichtszüge verwirren mich, ebenso wie die hippen Streetwear-Klamotten. Am schlimmsten ist aber die selbstsichere Art, mit der sie dasteht, die Regungslosigkeit ihrer Glieder, die Beherrschtheit ihrer Mimik. Wenn das ihre Menschengestalt ist, will ich gar nicht wissen, wie sie als Dschinniya aussieht.

»Ich bin gekommen, um dich zu bitten, unseren Bund aufzulösen«, sagt sie.

Es ist nicht nur das Wasser, das zwischen uns steht. Die Intensität ihrer Verwandlung haut mich um. Mein Herzschlag beschleunigt sich bei ihrem Anblick, aber der Grund dafür ist nur Aufregung. Ich erschrecke, als ich das bemerke.

»Ich weiß«, bringe ich hervor. »Wie lange musst du warten, wenn ich es nicht tue?«

»Ein Jahr.«

»Und das willst du nicht.«

Sie schenkt mir einen hochmütigen Blick und zieht eine Augenbraue hoch. Das konnte sie früher nicht.

»Levian und ich sind uns einig, dass es kein Problem darstellt«, verkündet sie dann. »Ich bin nur hier, weil Thanos es dir versprochen hat.«

Dann weiß ich wenigstens schon mal, woran ich bin. Melek ist gekommen, um ihre Zeit abzusitzen. Es ist ihr völlig egal, ob und wann ich sie freigebe. Ich rutsche ein Stück zur Seite und deute auf den Platz am anderen Ende der Bank.

»Setz dich doch.«

Sie zögert kurz, dann schwebt sie um das Tretbecken herum und lässt sich anmutig am äußersten Rand der Bank nieder. Ihr Blick ist auf das Wasser gerichtet.

»Was für ein Unterschied«, sage ich. »Früher hättest du auf den paar Metern so viel Krach gemacht, dass sämtliches Getier im Umfeld von hundert Metern die Flucht ergriffen hätte.«

Sie antwortet nichts darauf, aber ich kann einen Hauch von Neugier über ihr schönes fremdes Gesicht huschen sehen. Ich klammere mich an die Hoffnung, dass ihre Vergangenheit sie genug interessiert, um sich doch mit mir zu unterhalten. Auf den Verdacht hin rede ich einfach weiter.

»Du konntest auch nicht ruhig dastehen. Entweder hast du dabei auf deinen Fingernägeln herumgebissen oder mit den Füßen gescharrt. Und wenn du tanzen solltest, dann sah es immer aus, als hättest du einen Stock verschluckt.«

»Wie gut, dass diese Zeit hinter mir liegt«, bemerkt sie kühl.

»Nein«, sage ich, ohne nachzudenken. »Du warst einfach du selbst, mit all deinen kleinen Fehlern und Unvollkommenheiten. Ich habe jede einzelne davon geliebt.«

»Und deshalb hast du mich gezwungen, zu dir zu kommen«, antwortet sie bissig.

»Nein, ich ...«

»Du wolltest mich und der General zwang mich dazu, mich dir hinzugeben!«

Jetzt blitzen ihre Augen. Ein klein wenig jagt sie mir damit Angst ein. Das Schlimme ist: Grundsätzlich hat sie nicht völlig Unrecht mit dem, was sie sagt. Dass es trotzdem ganz anders war, werde ich ihr nur schwerlich klarmachen können.

»Levian weiß schon, welche deiner Erinnerungen er preisgibt«, sage ich.

Ich hätte auf das warnende Funkeln in ihren Augen achten sollen. Doch es ist schon zu spät. Ihre Hand schnellt vor und packt mich am Hals. Dann drückt sie zu. Mir bleibt die Luft weg.

Reflexartig greife ich nach ihren Armen und versuche ihren Griff zu lösen, doch er ist so hart wie Stahl. Ich will sie bitten, mich loszulassen, aber aus meiner Kehle dringt nur ein unverständliches Röcheln. Da stiehlt sich so etwas wie Genugtuung in ihr Gesicht und ihre Hand gibt mich frei. Keuchend und um Luft ringend rutsche ich bis ans andere Ende der Bank von ihr weg. Sie wartet still und hoheitsvoll, bis ich wieder Herr meiner Sinne bin.

»Levian hat meine Erinnerungen bewahrt und er teilt sie alle mit mir«, stellt sie dann klar.

»Was ist mit deinen Erinnerungen an die Insel des Friedens? Hat er die auch mit dir geteilt? Hat er dir erzählt, dass du mich geliebt hast?«, keuche ich. Dabei schütze ich vorsichtshalber meinen Hals mit dem Arm.

Melek richtet sich kerzengerade auf und straft mich mit einem überheblichen Blick.

»Ich habe dich nie geliebt«, sagt sie dann. »Alles, was zwischen uns passiert ist, geschah aus Zwang.«

»Das behauptet derjenige, der dir deinen Geist ausgesaugt hat«, murmele ich.

Bevor sie noch einmal aggressiv werden kann, greife ich schnell in meinen Rucksack und ziehe ihr Tagebuch hervor.

»Kommt dir das bekannt vor?«, frage ich sie.

Sie schüttelt misstrauisch den Kopf.

»Weißt du, wie deine Handschrift aussieht?«

»Natürlich.«

Ich hoffe und bete, dass sich ihre Schrift nicht ebenfalls verändert hat. Wortlos strecke ich ihr das Buch entgegen. Sie nimmt es mit spitzen Fingern und schlägt es in der Mitte auf. An ihrem Blick kann ich erkennen, dass sie ihr Schriftbild wiedererkennt. Das ist das erste gute Zeichen des heutigen Abends. Ich beobachte sie genau, während sie eine beliebige Seite auswählt und liest. Es ist mehr als nur ein seichtes Interesse, das sie antreibt. Tatsächlich brennt sie darauf, zu erfahren, wer sie wirklich ist.

»Pah!«, lässt sie dann verlauten. »Das ist ja wohl eher ein Gegenbeweis. Hier steht etwas über dich: ›*Erik hört einfach nicht auf, hinter mir herzulaufen. Während der gesamten Klassenfahrt war er mein wandelnder Schatten. Ich weiß nicht, wie ich ihm begreiflich machen soll, dass er keine Chancen bei mir hat, denn er ist klug genug, um mir keinen Anlass zu geben, ihn fortzuschicken.*‹«

Sie klappt das Tagebuch wieder zu und hält es mir entgegen.

»Meine Liebe zu dir muss wirklich von herausragender Intensität gewesen sein«, spottet sie.

»Nein«, sage ich leise. »Du hast mich jahrelang überhaupt nicht wahrgenommen. Aber am Ende ... am Ende war es anders.«

Dann schlage ich die letzte Seite auf und lese ihr vor.

»Lieber Erik, ich hoffe so sehr, dass Nayo dir das Tagebuch übergibt und es nicht einfach unterwegs wegwirft. Ich leide so sehr darunter, dass du irgendwo da drau-

ßen bist und ich dich nicht wiedersehen darf! Wenn alles schiefgeht, dann war diese kurze Begegnung neulich in der Höhle unsere letzte. Falls das geschieht, erinnere dich bitte an mich, wie ich früher war. Erinnere dich an meine knochige Nase, die so gern deinen Geruch aufgesaugt hat, an meine schrecklichen Hände, die dich so gern berührt haben, und an unsere Küsse, aber nur an die echten. Ich würde mich lieber richtig von dir verabschieden, aber im Moment sieht es so aus, als gönne das Schicksal uns diese Gelegenheit nicht. Vielleicht geschieht ja doch noch ein Wunder, das dich mir zurückbringt. Dann lasse ich dich nie wieder los. Ich liebe dich! Deine Melek.«

Sie ist vollkommen still, als ich geendet habe. Wie eine Statue sitzt sie da, die Hände in ihrem Schoß zusammengelegt. Erst nach einer Weile greift ihre blütenweiße Hand wieder nach dem Buch. Schweigend liest sie sich die Passage noch einmal durch. Dann schaut sie mich lange und intensiv an. Mir schaudert. Ich fühle immer noch keine Regung in meinem Herzen, kein Anzeichen von Verliebtheit und Wiedersehensfreude. Was ist mit mir los?

»Kann ich mir das bis zu unserem nächsten Treffen ausleihen?«, fragt sie.

»Nein.« Ich beuge mich zu ihr hinüber und angle mir das Buch. »Levian würde es vernichten. Es bleibt bei mir, aber du kannst darin lesen, so oft du willst. Immerhin sind es deine Gedanken.«

Sie sagt nichts darauf, aber zum ersten Mal mustert sie mich genauer. Was auch immer sie dabei sieht, es scheint keinerlei Erinnerungen zu wecken. Das deprimiert mich ziemlich. Ich hatte so sehr gehofft, dass sie irgendetwas von unserer Liebe über die Verwandlung hinaus bewahrt hätte. Ich bin eben ein romantischer Narr. Auch wenn ich mir im Moment überhaupt nicht so vorkomme. Dafür bin ich innerlich viel zu unbewegt.

»Es könnte eine gelungene Fälschung sein«, sagt sie schließlich. »Oder ich wurde gezwungen, das aufzuschreiben. Vielleicht weiß Levian etwas darüber.«

»Oh, ich bin mir sicher, dass er etwas darüber weiß«, brumme ich. »Er wird es dir schon entsprechend verkaufen, genau wie alles andere.«

Meleks Augen sprühen Funken bei meinen Worten. Ihr Körper scheint schon wieder in Angriffsposition zu gehen. Atemnot ist etwas Schreckliches. Ich hoffe, sie packt mich beim nächsten Mal an einer anderen Stelle.

»Du willst mir weismachen, ich sei gegen meinen Willen verwandelt worden und hätte nie etwas für Levian empfunden!«, zischt sie.

Ich seufze.

»Nein ... so war es leider nicht. Du hast sehr wohl etwas für ihn empfunden. Damals auf der Insel hast du mir gestanden, dass ihr schon vorher zusammen wart. Als ich mich von dir abwandte, warst du sehr allein. Levian war der Einzige, der dich in dieser Zeit auffing und verstand. Er gab deinem Leben das gewisse Etwas und sein Talent sorgte dafür, dass du dich auf ihn eingelassen hast. Aber du hättest dich nie freiwillig verwandeln lassen.«

Ich berichte ihr alles, was sie und die anderen unlängst mir erzählt haben: wie sie Levian aus seinem Verlies rettete und wie dieser sie um ein Haar hätte gehen lassen, wenn nicht unser schrecklicher General alles zunichtegemacht hätte. Dabei sitzt sie ganz ruhig da und hört mir zu. Hin und wieder drückt ihr Blick Zustimmung aus, wahrscheinlich, weil sie diesen Teil der Geschichte ähnlich gehört hat. Aber in anderen Momenten spüre ich, wie wieder der Zorn in ihr emporsteigt, wie sie mich am liebsten mit dem Kopf gegen den nächsten Felsbrocken schlagen würde vor lauter Entrüstung.

Nach einer Weile merke ich, dass ich sie überfordere. Für ein erstes Treffen habe ich ihr ziemlich viel Denkstoff mitgegeben. Ich beschließe, es für heute gut sein zu lassen. Doch bevor ich dazu komme, unser Gespräch zu beenden, fordert sie noch einmal das Tagebuch von mir. Ich lehne mich an die Tischplatte und beobachte, wie sie die erste Seite aufschlägt und zu lesen beginnt. Dabei weiß ich ziemlich genau, an welcher Stelle sie gerade ist, auch nachdem sie schon mehrfach umgeblättert hat. In den letzten Wochen habe ich diese Zeilen garantiert hundertmal gelesen. Ich kann sie zum Teil sogar auswendig. Erneut betrachte ich ihren perfekten Körper, mustere sie von oben bis unten auf der Suche nach dem Mädchen, das ich geliebt habe. Wenn ich nur irgendetwas davon finden könnte! Nun begreife ich auch, warum ich so unsagbar kühl auf sie reagiere: Von Melek ist nichts mehr da. Ihr Körper ist anders, ihr Geist leer und ihre Seele mit irgendwelchen Dschinngefühlen belebt. Wo auch immer der Punkt sitzt, der einen Menschen wirklich ausmacht – bei ihr ist er verschwunden. Dieses Wesen, das da vor mir sitzt, liebe ich nicht.

»Na schön, Erik«, sagt sie schließlich und gibt mir das Buch zurück. Es ist das erste Mal, dass sie meinen Namen ausspricht. Ich weiß noch nicht, ob mir der Klang ihrer Stimme dabei gefällt. »So wie es aussieht, haben wir beide ein Problem: Irgendetwas Intimes mag einmal zwischen uns gewesen sein. Aber ich kann mich nicht mehr daran erinnern. Jetzt liebe ich Levian aus ganzem Herzen und ich werde alles tun, um in der Welt zu bleiben, die ich als meine eigene empfinde. Wenn du klug bist, löst du den Bund sofort, denn die Zeit bis zur Winterruhe ist noch lang.« Sie macht eine kurze Pause. Ihre Nasenflügel blähen sich. »Zumal sich der Aufwand für dich ohnehin nicht lohnt, denn du empfindest ebenfalls nichts mehr für mich.«

Ich denke wirklich darüber nach, zu tun, was sie vorschlägt. Nie hätte ich gedacht, dass dieses Treffen so enden könnte. Jetzt ist der Moment gekommen. Ich habe ihn schon einmal erlebt. Ich weiß genau, wie es sich anfühlt, wenn ein Talent verschwindet. Es ist grausam – das komplette Gegenteil des Erwachens. Ein Talent, das seinen Besitzer verlässt, reißt eine klaffende Wunde tief in seine Seele und lässt ihn verletzt und hilflos zurück. Das Erwachen hingegen ist sanft wie eine aufgehende Blüte. Also wappne ich mich für den Schmerz und die Erkenntnis, dass die Menschheit wieder auf sich allein gestellt ist. Doch nichts geschieht. Mir wird bewusst, dass ich die Melek von früher noch immer liebe. Es ist möglich, dass sie inzwischen tot ist. Aber das ändert nichts an meinen Gefühlen für sie.

»Nein«, sage ich. »Wir machen etwas anderes: Lass uns versuchen, Freunde zu werden.«

Die Überraschung, die nun auf ihrem Gesicht erscheint, ist ein erster Schritt in die richtige Richtung.

»Wir sind natürliche Feinde«, antwortet sie. »Wir können keine Freunde sein.«

Ich schüttele den Kopf.

»Frag Levian. Der weiß genau, wie das geht.«

Ein Befehl ist immer noch ein Befehl.

Levian duckt sich, als ich eines seiner Menschenbücher nach ihm werfe. Er weicht auch den anderen aus, die ich nacheinander aus dem Schrank hole und als Wurfgeschosse benutze. Keines davon trifft ihn, weil er so schnell ist. Nur der Ausdruck in seinem Gesicht ist verletzt.

»Du hättest nie hinausgehen sollen«, flüstert er.

»Ja, das würde dir so passen!«, schreie ich. »Mich so lange hier unten einzusperren, bis alle Menschen gestorben sind, die mir etwas über mein früheres Leben erzählen könnten!«

»Er lügt«, beteuert Levian. »Ich habe gewusst, dass es so kommen würde.«

»Er hat ein Tagebuch, in das ich Liebesbotschaften an ihn geschrieben habe!« Meine Stimme überschlägt sich.

»Melek!« Er macht einen Schritt auf mich zu, bleibt aber sofort stehen, als ich nach dem nächsten Buch greife. »Du hast all das getan, um sein Talent am Leben zu halten. Es war ein Befehl, nichts weiter. Lass nicht zu, dass Erik und Thanos uns entzweien!«

Ich kneife die Augen zusammen und schicke ihm einen stechenden Blick. So wie es aussieht, wird Levian mir nie im Leben etwas anderes erzählen als das, egal, ob es sich nun um die Wahrheit handelt oder nicht. Meine einzige Chance herauszufinden, wie es wirklich war, ist, jemand anderen zu befragen.

»Ich gehe zu Nayo«, sage ich und mache auf dem Absatz kehrt.

Als ich die Zimmertür hinter mir zuschlage und auf den Gang hinausrausche, stoße ich fast mit einem unbekannten Faun zusammen. Garantiert hat er meinen Wutausbruch gehört. Doch er nickt nur mit dem Kopf und macht mir Platz. Wer hier unten wen anschreit und aus welchen Gründen, geht niemanden etwas an. Ich laufe durch das Labyrinth Richtung Westen, bis ich schließlich vor Nayos Kammer stehe. Bevor ich an die Tür klopfe, versuche ich mich zu sammeln. Trotzdem ist mein Herzschlag immer noch beschleunigt, als sie mir öffnet.

»Oh«, sagt sie bei meinem Anblick. »Komm rein, Melek, wir kriegen das schon wieder hin.«

Ich besuche Nayo nicht gern. Der Grund dafür ist ihr seltsames Sonnenwelt-Museum. Die vielen Dinge, die sie im Laufe der Jahre in den Menschenhäusern hat mitgehen lassen, verwirren mich. Sie sind sorgfältig nebeneinander in Regalen aufgereiht und werden regelmäßig abgestaubt. Damit beschäftigt Nayo sich manchmal stundenlang. Es macht sie fröhlich. Mich hingegen beschleicht hier immer eine seltsame Beklemmung. Denn jedes dieser Dinge kommt mir bekannt vor und trotzdem kann ich keines davon zuordnen. Als ich das letzte Mal hier war, hielt sie mir stolz ein Werkzeug entgegen, das ein wenig wie eine zu groß geratene Schere aussah. Ich wusste sofort, dass ich so etwas schon einmal gesehen habe, aber dennoch konnte ich nicht sagen, worum es sich dabei handelte. Es ist so, als suche man in seinem Kopf krampfhaft nach einem Wort, das einem regelrecht auf der Zunge liegt.

»Es ist eine Heckenschere«, verriet Nayo mir schließlich. »Damit schneiden sie die Büsche in ihrem Garten in Form.«

»Was für ein Blödsinn«, brummte ich und dachte an die perfekte Inszenierung der Natur draußen im Wald. Wie konnte eine Spezies nur auf Einfälle wie diesen kommen?

Auch heute hält sie mir wieder einen ihrer Schätze vor die Nase, wahrscheinlich, um mich abzulenken.

»Rate!«, sagt sie mit strahlenden Augen.

Doch ich schüttele nur den Kopf. Mir ist nicht nach Ratespielen zu Mute. Nayo ist sichtbar enttäuscht.

»Es nennt sich Dosenöffner«, klärt sie mich auf. »Damit machen sie Metalldosen auf, in denen ihr Essen drin ist.«

Irgendwie will ich diese Dinge gar nicht wissen. Am Ende habe ich selbst noch vor einigen Wochen Nahrung zu mir genommen, die aus einer Dose stammte. Das will ich mir genauso wenig vorstellen wie vieles andere: dass ich Faune getötet habe, dass ich wie ein Stock getanzt habe, dass ich Erik geküsst habe. Eines unvorstellbarer als das andere.

»Hat Levian mich gegen meinen Willen verwandelt?«, frage ich Nayo unvermittelt.

»Nein«, antwortet sie. Die Antwort kommt zu schnell, um eine Lüge zu sein. Ich atme auf. Dieser Gedanke war mein größtes Problem.

»Also wollte ich wirklich ein Faun werden, ja?«

Nayo nickt. Dann streichelt sie mir über die Wange und lächelt mir zu.

»Nur wenige Augenblicke vorher hast du ihn selbst gebeten, es zu tun«, sagt sie. »Er wollte dich von deinem Versprechen entbinden, aber du hast auf die Verwandlung bestanden. Thanos wollte sie auch, weil er dachte, dadurch das Problem mit Erik und seinem mächtigen General in den Griff zu bekommen. Jeder wollte es, Melek. Nur die Talente nicht.«

»Schwörst du, dass es so war?«, frage ich sie.

»Ja.«

Ich seufze. Im Grunde ist dieser Schwur mir genug. Alles andere ist mittlerweile nicht mehr von Bedeutung. Was auch immer zwischen dem Heiler und mir passiert ist – wichtig ist nur, dass Levian und ich zueinanderkommen wollten. Und wenn ich ihn gegen die Überzeugung der Talente gebeten habe, mich zu verwandeln, dann kann das keinen anderen Grund gehabt haben als meine Liebe.

»Ich glaube, ich habe ihm Unrecht getan ...«, murmele ich.

»Wem? Levian? Er wird es überleben«, sagt Nayo schwesterlich. Sie legt einen Arm um mich und führt mich zum nächsten Regal. Irgendwann muss ich ihr gestehen, dass ihr Museum mich mehr aufwühlt als interessiert. Aber nicht heute.

»Hier habe ich noch etwas Lustiges zur Aufheiterung für dich«, verkündet sie und zieht zwei orangefarbene Teile hervor, die aus einem glatten, übel riechenden Material bestehen und mit Luft gefüllt sind.

»Schwimmflügel«, höre ich mich sagen.

Nayo bleibt der Mund offen stehen. Sie starrt mich an, als wäre ich eine Schreckensvision. Ihr Gesichtsausdruck ist gleichermaßen enttäuscht und entsetzt.

»Woher wusstest du das?«, fragt sie irritiert.

Ich schüttele den Kopf und bin nicht weniger verwundert als sie.

»Keine Ahnung.«

Da tanzen Nayos Augen leicht panisch quer durch den Raum. Sie legt die Schwimmflügel zurück ins Regal und hakt sich bei mir unter. Höflich, aber bestimmt geleitet sie mich zurück zur Tür.

»Ich glaube, das hier ist nichts für dich«, sagt sie möglichst heiter. Sie ist eine schlechte Schauspielerin. Ich merke genau, wie angespannt sie ist. Trotzdem stelle ich keine Nachfragen. Wir verabschieden uns. Dann hat sie es besonders eilig, die schwere Eichentür vor meiner Nase zuzuschlagen.

Erst als ich allein bin, beginnt mein Kopf wieder zu arbeiten. Eine Sache ist so gewiss wie der Sonnenaufgang am nächsten Morgen: Die Faune, die mir am nächsten stehen, haben ein Geheimnis vor mir. Die Frage ist nun, ob ich wirklich dahinterkommen will, worum es sich handelt. Ich habe noch keine Entscheidung getroffen, als ich wieder vor Levians und meinem Zimmer ankomme. Erst als ich eintrete und in das aufgewühlte Gesicht meines Gefährten schaue, beschließe ich, dass es mich nicht interessiert. Wenn es auf der Welt ein Wesen gibt, das mich in den tiefsten Tiefen meiner Seele berührt, dann ist es Levian. Ich pfeife auf das Geheimnis!

»Tut mir leid«, sage ich.

Er steht auf und kommt mir entgegen. Seine Augen strahlen.

»Oh Melek, entschuldige dich nicht!« Er nimmt mich in den Arm.

Ich schließe die Lider und atme den Duft seiner Haut ein. Dann greife ich nach dem Saum seines Hemds und ziehe es ihm über den Kopf.

»Das alles ist nur verschenkte Lebenszeit«, flüstere ich in sein Ohr.

Daraufhin drückt er mich so fest an seine nackte Brust, dass mir schwindelig wird.

Gegen einen Umstand kann ich nichts unternehmen: Ich habe Durst. All dieser innere Aufruhr macht ihn nur noch schlimmer. Levian spürt es, ohne dass ich ihn darauf ansprechen muss. Er streicht mit der Hand durch mein Haar und küsst mich auf die Stirn.

»Du brauchst jetzt Input«, stellt er fest.

Ich nicke.

»Lass uns in die Stadt gehen.«

»Nein«, winke ich ab. »Da werden unsere Talente sein.«

»Wir haben Waffenruhe. Sie können uns nichts anhaben.«

Trotzdem habe ich kein gutes Gefühl im Bauch, als wir den Hohenfels verlassen und nach Marburg fliegen. Um diese Uhrzeit ist es ausgeschlossen, einen Jogger oder einen einsamen Spaziergänger in Buchenau zu finden. Also bleibt uns nichts anderes übrig, als in die Clubs zu gehen. Doch mir ist nicht wohl bei dem Gedanken, vor den Augen der Talente einen Menschen auszusaugen. Es ist durchaus möglich, dass Erik unter ihnen ist. So wie ich die Truppe einschätze, haben sie ihn direkt vom Jungfernbrunnen zum nächsten Einsatz geholt, damit er die Menschen heilen kann, die wir heute Abend aussaugen. Eigentlich hat mir die eine Begegnung mit ihm für diesen Tag gereicht. Noch viel weniger möchte ich das seltsame kleine Orakel sehen, das mich bereits auf dem Hohenfels mit seinem durchdringenden Blick verwirrt hat. Sie alle sind ein rotes Tuch für mich, gerade jetzt, wo ich beschlossen habe, dass ich nichts weiter über meine Vergangenheit wissen will. Aber das alles ist immer noch besser, als es noch einmal mit einer fremden Gruppe aufzunehmen, die keine Ahnung hat, dass es so etwas wie einen Waffenstillstand gibt. Mir bleibt nichts anderes übrig, als mich unseren Talenten zu stellen. Heute ist Mittwoch. Damit ist auch die Chance dahin, zufällig an einem anderen Ort aufzuschlagen als sie, denn es gibt nur einen einzigen Club in der Innenstadt, der heute eine gut besuchte After-Work-Party veranstaltet. Falls sie also unterwegs sind, werden wir sie genau dort treffen.

Ich sehe sie schon, als wir den etwas heruntergekommenen Saal betreten. Sie stehen hinten an den Notausgängen und halten Getränke in der Hand, die dem Rest der Menschen suggerieren, es ginge ihnen um Alkohol. Erik erkenne ich als Ersten. Er lehnt ein Stück abseits an der Wand, völlig versunken in einen tiefen Kuss mit einem hübschen blonden Mädchen. Ob ihm das Leben als Heiler wohl Spaß macht? Ich empfinde keinen Spaß daran, Menschen auszusaugen, nur Befriedigung. Wenn er wüsste, wie viel Kraft es mich heute gekostet hat, ihn in Ruhe zu lassen. Zum Glück hat Levian mich schon im Vorfeld auf seinen Geruch vorbereitet. Er verströmt wirklich die köstlichste Gefühlsmischung, die ich bisher bei einem Menschen wahrgenommen habe. Ich rieche sie bis hierher. Eigentlich schade, dass wir ihn nicht aussaugen dürfen, bis Thanos eine Entscheidung getroffen hat. Ich würde mich auf der Stelle anbieten, diesen Job zu übernehmen.

Auch das kleine Orakel ist wieder mit von der Partie. Sie hat uns bereits bemerkt und zeigt mit dem Finger auf uns. Levian spürt meine Unsicherheit. Er dreht mich zu sich um und schaut mich eindringlich an.

»Bitte versuche, sie nicht zu beachten«, sagt er. »Lass uns schnell vorgehen, damit sie keine Gelegenheit haben, um dich anzusprechen. Ein kleiner Zauber ist heute wohl angebracht.«

»Okay.«

Er zeigt auf einen attraktiven Jungen auf der Tanzfläche. »Nimm den.«

Ich drücke noch einmal seine Hand, dann stürze ich mich in das Gedränge. Das Opfer, das Levian für mich ausgewählt hat, sieht vielversprechend aus. Wahrscheinlich ist der Junge wirklich direkt von seiner Arbeit in den Club gewechselt, denn er trägt ein ziemlich konservatives Bürooutfit. Sein Blick aber ist alles andere als verklemmt. Ich sehe sofort, dass er auf der Suche nach einem Flirt ist. Schade, dass Erik nicht sehen kann, wie geschmeidig sich meine Hüften im Takt der Musik wiegen, als ich auf mein Opfer zu tanze. Im Abstand von wenigen Zentimetern vor ihm halte ich kurz inne und wende mich ihm zu. Der Junge schaut mich überrascht an. Ich sage kein Wort, lege einfach meine Arme um seinen Hals und drücke mich an ihn heran. Dabei blicke ich ihm tief in die Augen und schicke ihm meinen Liebeszauber. Auf der Stelle wird sein Blick verklärt. Unsere Lippen berühren sich. Seine Abenteuerlust flutet in meine Seele, seine Gier und seine Bereitschaft sich hinzugeben. Als bitterer Nebengeschmack ist auch ein wenig Stress und Aggression dabei. Das ist sein Glück, denn dadurch kann ich schließlich von ihm ablassen.

»Mach's gut, Süßer«, sage ich und gebe ihm einen Schubs nach hinten. Soll Erik sich mit ihm nach draußen verziehen, wenn er will. Hier drinnen wird er ihn nur schwer küssen können, ohne die Aufmerksamkeit aller auf sich zu ziehen.

Ich will gerade gehen, da sehe ich plötzlich den Anführer der Talente nur wenige Meter neben mir. Er steht stocksteif da, inmitten der tanzenden Menge, und starrt mich an. Der Blick seiner unheimlichen Augen ist so intensiv, dass ich auf der Stelle fröstele. In dem Moment schießt ein Bild wie ein Blitz durch meinen Kopf: Es ist derselbe Junge und derselbe Blick, nur die Umgebung ist anders. Schemenhaft erkenne ich Bäume und steinigen Untergrund. Mein Herz krampft sich zusammen und ich weiß nicht, wieso. Die Vision dauert nur einen Sekundenbruchteil, dann ist sie vorbei. Mir schaudert. Ich will verschwinden, aber irgendetwas hält mich fest.

»Komm her zu mir, Melek!«, sagt er. Es ist ein Befehl. Ich verstehe ihn trotz der hämmernden Bässe ringsum. Meine Füße setzen sich in Bewegung, ohne dass ich es will. Einen Meter vor ihm bleibe ich stehen.

»Was?«, frage ich misstrauisch.

»Ich heiße Jakob«, sagt er. »Ich bin dein Anführer.«

Doch weiter kommt er nicht, denn Levian springt wie eine Raubkatze zwischen uns und versetzt ihm einen solchen Stoß, dass er rückwärts durch die Menge stolpert und mit dem Rücken gegen einen Lautsprecher knallt. Die Leute um uns herum ziehen sich erschrocken zurück. Eine Gasse öffnet sich zwischen Levian und Jakob.

»Levian, nein! Lass uns gehen!«, bitte ich, doch er hört mich gar nicht. Schnellen Schrittes rauscht er auf den Anführer der Talente zu. Ein Muskelprotz und zwei andere stellen sich ihm in den Weg, doch er fegt sie beiseite wie Stoffpuppen. Jakob rappelt sich auf und hält sich die Schulter. Seine Augen verengen sich zu schmalen Schlitzen. Ganz kurz bevor Levian ihn erreicht, wird er plötzlich von einem anderen Muskelprotz gepackt. Ich erkenne erst auf den zweiten Blick, dass es sich dabei um ein Mädchen handelt. Ihr Blick ist einfältig, aber entschlossen. Levian versucht, sie abzuschütteln, doch es klappt nicht, da sie ihn von hinten erwischt hat. Endlich gehorchen mir meine Beine wieder. So schnell ich kann, renne ich zu den beiden hinüber und halte meinen Gefährten ebenfalls fest.

»Denk an die Regeln! Denk an Thanos!«, flehe ich ihn an.

Bei diesen Worten kommt er wieder zu sich. Die Gegenwehr seiner Muskeln erschlafft, aber das Blitzen in seinen Augen bleibt.

»Wag es nie mehr, ihr Befehle zu erteilen!«, faucht er Jakob an.

Die Antwort ist alles andere als versöhnlich.

»Ich bin der Einzige, der das darf. Denn sie gehört immer noch zu meiner Truppe.«

Ich bewundere Levian dafür, dass er sich in diesem Augenblick zurückhalten kann. Die Dreistigkeit, mit der die Talente weiterhin ihren Anspruch auf mich geltend machen, ist fast schon strafbar. Ohne ein weiteres Wort funkeln die beiden sich noch ein paar Sekunden lang an. Dann dreht Levian sich um und macht sich von uns los.

»Komm, Melek, wir gehen!«, sagt er barsch.

Ich will ihm hinterherfolgen, doch die seltsame Muskelprotzin fasst mich am Arm. Ich drehe mich noch einmal um. Ihr Gesichtsausdruck ist so leidend wie der eines geschlagenen Hundes. Ganz kurz überkommt mich der Wunsch, sie auszusaugen, obwohl sie überhaupt nicht schön ist.

»Zurückkommen!«, sagt sie. »Du mir vorlesen.«

Ich verstehe kein Wort. Ärgerlich reiße ich mich los und laufe Levian hinterher.

»Was sollte das?«, herrscht er mich an, als wir draußen sind. »Warum bist du zu ihm gegangen?«

»Ich weiß es nicht«, gebe ich zu. »Er sagte, ich soll herkommen, und daraufhin habe ich es getan.«

Levian packt mich so fest am Arm, dass es wehtut.

»Er ist nicht mehr dein Anführer«, raunt er in mein Ohr. »Du gehörst zu mir!«

Jetzt reicht es mir. Ich hole mit der freien Hand aus und schlage ihm mit voller Wucht auf die linke Wange. Auf der Stelle lässt er mich los. Ein paar Menschen, die ebenfalls draußen vor der Tür herumlungern, drehen sich zu uns um.

»Brauchst du Hilfe?«, fragt mich jemand.

»Nein!«, brülle ich, ohne meinen Blick von Levian zu wenden. Schnell reiße ich mich zusammen und dämpfe den Klang meiner Stimme.

»Ich gehöre zu dir«, sage ich leise, aber bestimmt. »Doch ich bin nicht dein Eigentum. Fass mich nie mehr so an!«

***

Talente durch die Gegend zu stoßen, scheint nicht zu den gravierenden Regelverletzungen der Faune zu gehören. Thanos verzichtet darauf, uns nach unserer Rückkehr zu sich zu rufen. Darüber bin ich unendlich froh. Mir reicht es für heute an aufwühlenden Begegnungen. Schlimm genug, dass ich zum zweiten Mal an diesem Tag Streit mit Levian habe. Jetzt, da wir wieder in unserer gewohnten Umgebung sind, wünsche ich mir nichts mehr, als in die vertraute Ruhe von früher zurückzukehren. Ich will mit ihm unter die Bettdecke kriechen, seinen Körper und seine Seele streicheln und nichts mehr von der Sonnenwelt und den Talenten wissen. Aber leider geht das nicht.

Er setzt sich auf die Bettkante und schlägt die Hände vors Gesicht.

»Es war klar, dass es nicht einfach wird«, sagt er schließlich. »Aber ich habe nicht geahnt, wie schlimm es kommen würde.«

Es tut weh, ihn so verzweifelt zu sehen. Also setze ich mich hinter ihn und versuche, ihn zu trösten. Eine Weile streichle ich ihm durchs Haar, dann löse ich die kleinen Zöpfe, die ich ihm erst vor zwei Tagen geflochten habe. Levian schließt die Augen und konzentriert sich auf meine Berührungen. Ich kann spüren, wie sein Herzschlag sich beruhigt. Diese unsagbar intensive Verbindung zwischen uns ist wahrscheinlich das größte Geschenk, das zwei Gefährten erhalten können. Nicht jeder findet seinen Seelenverwandten. Wir hatten einfach großes Glück.

Als ich alle Zöpfe geöffnet habe, greife ich nach dem Kamm, der auf der Kommode liegt, bearbeite damit sein glänzendes dunkles Haar und denke mir ein neues Flechtwerk aus.

»Warum fahre ich manchmal derart aus der Haut, obwohl ich dich so sehr liebe?«, frage ich ihn schließlich.

Levian fasst nach meiner Hand und haucht einen Kuss darauf.

»Es ist mein Talent, Melek«, erklärt er mir. »Ich verstärke alle deine Gefühle. Das war schon immer so. Ein paarmal haben wir uns gegenseitig fast umgebracht und im nächsten Moment lagen wir uns wieder in den Armen.«

»Was für ein Auf und Ab«, sage ich.

»Ja«, sagt er. »Du und ich, wir sind wie Ebbe und Flut. Manchmal tut es weh, aber danach …« Er zieht mich auf seinen Schoß und küsst mich. »… ist die Versöhnung umso berauschender.«

Ich lächele. Die vielen Fragen, die ich mir im Laufe dieses Tages gestellt habe, verblassen angesichts der prickelnden Gegenwart, die Levian mir anbietet. Wenn man jemanden hat, der dieselben Dinge fühlt und dieselbe Hingabe aufbringt, ist es ganz egal, was die Zukunft bereithält. Alles, was zählt, ist der Moment.

»Das ist auch der Grund, warum es mit Erik nie geklappt hätte«, sagt er. »Seine Wasser sind tief – aber zu ruhig für dich.«

Daran will ich nicht erinnert werden. Ich ziehe an dem Knoten, der den Ausschnitt meines Kleids in Form hält. Wie in Zeitlupe gleitet es mir über die Schultern. Levian weiß, was ich denke, ohne dass ich es aussprechen muss: Verschenken wir keine Lebenszeit! Er lächelt. Dann küsst er die Haut entlang meines Schlüsselbeins und jagt dabei einen Stromschlag nach dem anderen durch meinen Körper.

Die Kerze neben unserem Bett ist längst heruntergebrannt, als wir irgendwann voneinander ablassen. Er hat absolut Recht: Die Höhenflüge, die wir zusammen erleben, sind jeden Absturz wert. Der nächste wird sicher nicht mehr lange auf sich warten lassen.

***

Ich hatte gehofft, dass ich nun bis zum übernächsten Abend kein Talent mehr sehen müsste. Leider hat Thanos sich bereits am nächsten Morgen entschieden, mit meiner ehemaligen Truppe zu kooperieren. Zum einen erleichtert Eriks Anwesenheit uns natürlich allen das Leben. Wir können dadurch unbehelligt saugen und auch die Talente müssen keine Angst mehr haben, dass ihnen jemand im Kampf das Genick bricht. Wenn es nur sie und uns gäbe, könnte das tatsächlich eine Lösung von Dauer sein. Aber bei einem einzigen Heiler und hunderttausenden von Faunen und Talenten auf der Welt wird das nicht reichen, den Krieg zu vermeiden. Es gibt nur eine Möglichkeit, die uns davor bewahrt, uns alle gegenseitig abzuschlachten: Die ehemaligen Todfeinde müssen sich vereinen und einen Weg finden, wie wir nebeneinander existieren können. So sieht es Thanos. Deshalb soll es nun Gespräche geben.

Die Talente sind zu zwölft. Also hat Thanos auch zwölf Faune bestimmt, die an dem ersten Treffen teilnehmen sollen. Aus irgendeinem Grund will er sowohl Levian als auch mich dabeihaben. Außerdem Nayo und Luzilla. Auf Leviata hat er verzichtet, wahrscheinlich, weil sie bei jeder Gelegenheit erzählt, wie wenig sie von den Verhandlungen mit den Talenten hält. Wenn es nach Leviata ginge, würden wir gleich die ganze Truppe mitsamt ihrer weißen Flagge einen Kopf kürzer machen. Es gibt einige Hohenfels-Bewohner, die das ähnlich sehen.

Auch der Schamane Orowar und seine Gefährtin Orowyn sind im Rat. Vielleicht erhofft sich Thanos von ihnen eine Vermittlerfunktion, da auch Orowyn früher eine Menschenfrau war. Ich habe sie bisher erst einmal gesehen. Sie kam mir nicht sonderlich politisch vor, sondern eher wie ein Wesen, das ganz auf seinen Partner fixiert ist. Ob sie auch eine eigene Meinung hat, kann ich nicht einschätzen. Die anderen Ratsmitglieder kenne ich nicht.

Für das Treffen mit den Talenten haben wir die große Halle leergeräumt. Niemand will das Risiko eingehen, sich draußen in der Sonnenwelt zu besprechen, wo immer die Möglichkeit besteht, dass wir von den Generälen der Armee erwischt werden. Der Hohenfels hingegen ist ihren Augen und ihrem Geist verborgen. Es ist das erste Mal seit 400 Jahren, dass Menschen hierher eingeladen werden, wenn auch das zweite Mal, dass ein menschliches Wesen seinen Fuß über die Schwelle setzt. Ein historischer Moment also, genau wie mein Einbruch vor knapp zwei Wochen.

Zwei mir unbekannte Faune sind als Wachen eingeteilt. Sie geleiten die Talente in die Halle, wo wir anderen bereits auf sie warten. 24 Stühle sind in zwei sich gegenüberstehenden Halbkreisen aufgereiht. Ich sitze links außen, neben mir Levian und Luzilla. Lieber hätte ich Luzilla am anderen Ende der Reihe gesehen, aber Thanos hat die Sitzordnung so festgelegt.

Jakob ist der Erste, der den Raum betritt, flankiert von den beiden Wachen. Sein Blick schweift kurz über unsere Runde, bevor er einen Moment zu lang auf mir haftenbleibt. Er starrt mich immer noch an, auch wenn er versucht, sich auf etwas anderes zu konzentrieren. Ich wüsste gern, was ihn so sehr an mir fasziniert, denn die reine Schönheit kann es nicht sein. Immerhin bin ich nicht die erste Faun-Frau in Menschengestalt, der er begegnet. Leider bekomme ich keinen Zugang zu seinen Gefühlen. Er scheint in der Lage zu sein, Psychoangriffe abzuwehren. Woher er das kann, ist mir schleierhaft.

Hinter ihm erscheint Erik, der gegen seinen Anführer immer ein wenig blass und unspektakulär aussieht. Im Gegensatz zu Jakob sind seine Gefühle aber leicht zu durchschauen. Er ist furchtbar aufgeregt und voller Tatendrang. Am liebsten würde er wohl gleich heute die ganze Welt retten. Außerdem ist er erkennbar nach wie vor nicht verliebt in mich. Das ist wahrscheinlich auch der Grund, warum er es schafft, mir nur kurz zuzulächeln und zur Begrüßung mit dem Kopf zu nicken. Von den anderen Talenten habe ich zum Großteil noch nicht durchschaut, wer wer ist. Ich erkenne das kleine Orakel, die einfältige Muskelprotzin und die beiden Offiziere, die bisher bei jeder Begegnung dabei waren. Alle anderen sind mir fremd. Sie müssen erst vor kurzem in die geplante Revolution eingeweiht worden sein. Manche ziehen den Kopf ein und blicken sich ängstlich nach allen Seiten um, bevor sie sich setzen. Andere sind zutiefst beeindruckt. Am meisten blitzen die Augen eines älteren Jungen mit ungekämmten langen Haaren. Er kann sich gar nicht sattsehen an unseren geschmückten Säulen, den uralten Mauerwerken und den sauber gedrechselten Holzstühlen, von denen keiner aussieht wie der andere.

Als alle ihre Plätze eingenommen haben, eröffnet Thanos die Zusammenkunft.

»Willkommen«, sagt er. Seine Stimme hallt von den blanken Wänden der Halle wider. »Noch nie zuvor haben wir Menschen hier empfangen. Und noch nie zuvor haben wir Verhandlungen mit Talenten geführt. Ich hoffe, ihr seid euch der Bedeutung dieser Tatsachen bewusst.«

»Ja«, sagt Jakob. »Wir danken euch für die Einladung und sind froh über deine Entscheidung.«

Wenn ich so in die Runde blicke, bin ich mir nicht sicher, ob alle Talente seiner Meinung sind. Aber genau wie in unserer Welt ist es auch in ihrer: Der Anführer entscheidet und die anderen haben sich seiner Weisung zu beugen.

»Wie ist euer Plan?«, fragt Thanos.

Die Erklärung des Plans, die Jakob daraufhin abgibt, hört sich zwar gut an, lässt aber schwer zu wünschen übrig, was seine Konkretheit angeht. Im Grunde wollen sie einfach jede Möglichkeit der menschlichen Kommunikation nutzen, um so viele Talente wie möglich anzusprechen und auf ihre Seite zu ziehen. Das Problem ist nur, dass sie überhaupt nicht wissen, wer diese Talente sind und wie man sie erreichen kann.

»Die Armee hat seit Jahrhunderten für genau diesen Fall vorgesorgt, indem sie ihren Truppen jeden Kontakt miteinander verbot«, erklärt er. »Wir vermuten, dass der General die Daten aller Anführer irgendwo gespeichert hat. Aber wie wir an diese Informationen kommen können, wissen wir leider nicht.«

»Ihr braucht einen guten Dieb«, sagt Thanos. »Ich habe gleich mehrere davon anzubieten.«

Sein Blick trifft Nayo. Sie nickt unauffällig und kneift die Lippen zusammen. Dieser Auftrag wird der schwierigste ihres Lebens werden. In die Nebenzentrale der Talentarmee einzubrechen, ist etwas ganz anderes, als Menschenhäuser nach Geld und Museumsgegenständen zu durchforsten. Wer diesen Job übernimmt, wird mit Schutzmaßnahmen konfrontiert sein, die weit über die Technik einer Alarmanlage hinausgehen. Ich möchte nicht mit ihr tauschen.

Jakob sieht zufrieden aus.

»Danke, Nayo«, sagt er.

Schon wieder streift sein Blick mein Gesicht, obwohl ich mehrere Plätze entfernt sitze. Levian merkt es auch. Er braucht seine ganze Willensstärke, um sich zusammenzunehmen. Ich höre ihn nicht einmal mehr atmen. Aus dem Augenwinkel sehe ich, dass Luzilla ihm besänftigend eine Hand aufs Knie legt. Nun werde ich eifersüchtig. Was bildet sie sich eigentlich ein? Ich greife über Levian hinweg nach ihrem Arm und entferne ihn mit deutlichem Krafteinsatz von meinem Gefährten.

Thanos' Augen wandern kurz in unsere Richtung, doch er reagiert nicht auf die Provokation, die ich mir gerade geleistet habe. Eigentlich hätte er mich für ein derart menschliches Benehmen zumindest ermahnen müssen. Stattdessen glaube ich fast so etwas wie Zufriedenheit in seinem undurchschaubaren Gesicht zu sehen.

»Könnt ihr Kontakt zu den anderen Faunen herstellen?«, fragt Jakob nun.

»Ja«, antwortet Thanos. »Bei uns ist das Netzwerk seit Jahrtausenden gut ausgebaut. Ich kann jede Nachricht um die ganze Welt schicken, allerdings nur über entsprechend ausdauernde Boten. Wir benutzen Insekten und Vögel. Manche davon werden ihr Ziel nicht lebendig erreichen, aber ich habe Hoffnung, dass die Faune sich untereinander informieren.«

»Das ist ein guter Anfang. Dann schicke ihnen die Botschaft, dass die Talente einen Heiler haben, er aber nicht mit der Armee gegen sie kämpfen wird. Sag ihnen, sie sollen sich mit ihren Talenten verbünden und Lösungsvorschläge an uns schicken. Vielleicht gibt es irgendwo eine Gruppe, die es geschafft hat, friedlich miteinander zu leben. Wenn ja, dann brauchen wir ihr Rezept.«

Wir Faune schauen uns gegenseitig fragend an. Jakob runzelt die Augenbrauen, bevor er versteht, dass keiner von uns weiß, was ein Rezept ist.

»... ihr Geheimnis«, verbessert er sich dann.

Thanos nickt bedächtig.

»So soll es geschehen«, sagt er.

Damit ist tatsächlich der erste Schritt getan. Faune und Talente haben ein Bündnis miteinander. Ich weiß immer noch nicht so recht, ob ich mich darüber freuen soll. Eigentlich ist die Zusammenkunft nun beendet. Doch dann meldet sich das kleine Orakel zu Wort.

»Wir haben noch ein Problem, für das wir deine Hilfe benötigen«, sagt sie an Thanos gewandt. »Alle vier bis fünf Stunden muss ich den Schutzzauber erneuern, den ich über uns gelegt habe, um unsere Gedanken vor Mahdi zu verbergen. Bisher habe ich nur fünf von uns geschützt, doch ab heute sind es zwölf. Dazu kommt, dass der General es bemerken wird, wenn er zu keinem von uns mehr irgendeinen Zugang findet. Ist es möglich, den Zauber dauerhaft anhalten zu lassen, so wie den, der über dem Hohenfels liegt? Und kann ich vielleicht sogar nur die Revolutionsgedanken schützen und den Rest unserer Gedanken unangetastet lassen, also eine Art Zensur? Falls ja, dann … dann wäre es gut, wenn du es mir beibringst … oder es selbst machst.«

Thanos betrachtet sie eine ganze Weile und denkt nach. Ich weiß genau, was ihn davon abhält, dieser Bitte einfach so nachzukommen. Das kleine Orakel trägt eine große Macht in sich, die mit jedem Tag stärker wird. Es ist noch nicht lange her, dass er den Auftrag gegeben hat, sie deswegen zu ermorden. Und nun steht sie da und fordert von ihm, dass er ihr noch mehr Macht gibt. Sollte unser Bündnis zerbrechen, so könnte sie eines Tages zu einem ernsthaften Gegner für ihn – und für uns alle – werden.

»Heute tue ich es«, antwortet er schließlich. »Aber du musst es lernen, denn ein solcher Zauber muss gepflegt werden. Und das geht nur, wenn das entsprechende Orakel vor Ort ist und ihn ständig überwacht. Komm morgen Abend zu mir. Bring Zeit mit. Eine Sitzung wird nicht reichen.«

»Danke«, sagt das Mädchen. Dann schiebt sie sich die Finger in den Mund und kaut auf den Nägeln herum.

Fürs Erste wurde alles Nötige besprochen. Die Anführer tauschen noch ein paar Floskeln aus, dann stehen die Talente auf und nehmen einer nach dem anderen den Schutzzauber von Thanos entgegen. Dazu legt er ihnen die Hand auf den Kopf und verabreicht ihnen schweigend und konzentriert eine unsichtbare Magie. Jeder, der sie empfangen hat, schlottert danach ein wenig. Schließlich verabschieden sie sich. Erst als die anderen sich schon zum Gehen wenden, dreht das kleine Orakel sich noch einmal um und kommt auf mich zugerannt. Ich erschrecke zutiefst.

Sie geht vor mir in die Hocke und legt ihre Hände auf meine Knie. Ich erstarre komplett.

»Oh Melek«, sagt sie. »Bin ich dir unheimlich?«

»Ja.«

»Du mir auch«, sprudelt sie hervor. »Aber ich musste wenigstens einmal mit dir gesprochen haben. Wir waren gute Freunde und ich vermisse dich so sehr!«

Ich weiß nicht, was ich darauf sagen soll, denn ich vermisse sie überhaupt nicht.

»Geh weg, Sylvia«, sagt Levian. »Du hast sie mehr als einmal verraten, also spar dir deine Show.«

Auf der Stelle füllen sich die Augen des Orakels mit Tränen. Diesen Anblick finde ich faszinierend. Wie funktioniert das nur?

»Ich habe sie verraten, weil ich ihr Leben schützen wollte. Und das von Erik und Jakob und allen anderen. Ich wusste keine andere Lösung, ich …«

»Sylvia!«, ruft Jakob vom Ausgang her. »Komm sofort hierher!«

Ich kann gut nachfühlen, dass ihre Beine sie jetzt zum Aufbruch zwingen. Aber einen letzten Blick wirft sie mir doch noch zu.

»Glaub nicht alles, was man dir erzählt.«

Dann rappelt sie sich hoch und rennt ihrem Anführer hinterher.

Hinauf zu den Sternen

»Erik, komm her, das musst du sehen!«

Tina steht am Fenster und starrt hinaus. Ich springe von meinem Stuhl auf, genau wie Henry und Anastasia. Gemeinsam drängen wir uns neben Tina und durchforsten mit den Augen die Dunkelheit. Es dauert nur ein paar Sekunden, bis wir sehen, was sie meint: Mahdi steht auf dem Dach des gegenüberliegenden Blocks, neben sich eine schwere Kiste mit unbekanntem Inhalt. Die Hände hat er zum Gefäß geformt und spricht fortwährend darauf ein. Dann hält er sie in die Höhe und streckt langsam die Handflächen aus. Hunderte von Käfern, Faltern und anderen Insekten steigen in die Lüfte. Als sie in der Finsternis des Nachthimmels verschwunden sind, öffnet er die Kiste zu seinen Füßen und greift sich den nächsten Schwung. Damit wiederholt er die Prozedur.

»Es beginnt«, flüstert Tina. »Er ruft die Talente der Welt zum Endkampf auf.«

»Und Thanos steht vielleicht im selben Moment mit einer weiteren Ladung Getier auf dem Hohenfels und bittet die Dschinn, nicht mitzumachen«, sagt Henry fasziniert.

»Es sind Faune, Henry, keine Dschinn«, erinnere ich ihn, obwohl mir durchaus bewusst ist, dass mir selbst noch oft die alte Bezeichnung für unsere ehemaligen Feinde über die Lippen kommt. Wir sind nun allerdings an einem Punkt angelangt, an dem man sie bei ihrem wahren Namen nennen sollte, finde ich.

»Was denkst du, wie die Empfänger dieser Nachrichten reagieren werden?«, fragt Tina mich.

»Weder die einen noch die anderen werden begeistert sein«, vermute ich. »Deshalb ja auch diese Tour. Mahdi glaubt, der Begeisterungsfunke würde überspringen, wenn sie mich kennenlernen.«

Schon übermorgen werde ich auf dem Weg nach Rom sein, um dort die anderen Generäle der Armee kennenzulernen. Nur Mike darf mich begleiten, weil er als Überzeitlicher eine besondere Stellung bei Mahdi hat. Bei der Gelegenheit soll ich dann auch gleich die ersten Talente vom Endkampf überzeugen. Mahdi wird wohl eine genaue Vorstellung von dem haben, was ich ihnen erzählen soll. Alles in mir wird dagegen anschreien.

»Ich möchte nicht in deiner Haut stecken«, bemerkt Henry. »Was auch immer du sagen wirst, wird falsch sein. Aber wenn du nicht mitspielst, können wir Mahdi auch gleich erzählen, was wir getan haben. Also spiel gut.«

Darauf kann ich nur schweigend nicken.

Nachdenklich beobachte ich den General, der wie ein unheimlicher Schatten auf dem Flachdach steht und weiterhin Schwärme von Insekten aussendet. Er trägt wieder seinen schwarzen Kapuzenumhang, der ihm das Aussehen eines finsteren Schwarzmagiers verleiht. Vielleicht ist er das auch. Selbst wenn er der Armee etwas ganz anderes weismacht. Wahrscheinlich hat er sich deshalb den Namen eines Endzeit-Retters zugelegt: Es ist wie ein Freifahrtschein für ihn, zu tun was er will, ohne sich rechtfertigen zu müssen. Die meisten Talente scheinen seine Geschichte vom verborgenen Imam zu glauben. Ich verstehe ihre Naivität nicht. Ich muss Mahdi nur anblicken, um zu wissen, dass er lügt.

»Hat er keine Angst, dass jemand ihn sieht?«, fragt Tina kopfschüttelnd.

»Es ist mitten in der Nacht«, sage ich. »Falls hier noch jemand wach ist, ist er entweder betrunken oder damit beschäftigt, sich von der Polizei fernzuhalten. Niemand wird reagieren. Er macht ja auch nichts, außer Insekten freizulassen.«

Trotzdem können wir den Blick nicht von ihm wenden, bis er sämtliche Boten ausgesendet hat. In dieser Handlung liegt zu viel Bedeutung, als dass man sich einfach umdrehen und wieder zu Bett gehen könnte. Als er fertig ist, greift er nach seiner Kiste und steht ganz still da, während die laue Sommernachtsbrise durch seinen Umhang weht. Erst nach einer Weile begreife ich, dass er mich ansieht. Ich kann seine Augen nicht erkennen, aber trotzdem fühle ich seinen Blick. Er ist so scharf wie ein Dolch. Dann greift er ein letztes Mal in die Kiste und zieht einen Nachtfalter hervor. Auf der ausgestreckten Hand hält er ihn mir entgegen. Noch ein paarmal flattert das Tierchen mit seinen Flügeln, dann schließt sich Mahdis behandschuhte Faust um seinen zerbrechlichen Leib. Er zermalmt es zu Staub, den er achtlos an seinem Mantel abstreift. Keiner von uns bringt einen Ton heraus. Deutlicher hätte er mir nicht sagen können, was mich erwartet, wenn ich versage.

»General böser Mann«, flüstert Anastasia. »Armer Schmetterling.«

»Armer Erik«, murmelt Tina.

Ich lege mich wieder ins Bett und kämpfe mit den Tränen. Es dauert nicht lange, bis ich eine Hand spüre, die mir durchs Haar streichelt. Erst glaube ich, es sei Tina, die mich beruhigen will. Aber als ich mich umdrehe, sehe ich Anastasia. Sie lächelt gequält, findet aber keine Worte für das, was sie gern sagen würde. Stattdessen fängt sie an, ein Schlaflied für Kinder zu singen. Ihre Stimme klingt wie ein Reibeisen. Nicht einmal der Text stimmt. Es ist der rührendste Vortrag, den ich in meinem ganzen Leben gehört habe. Darüber vergesse ich fast, dass er mir gilt und was der Grund dafür ist. Wir lauschen ihr alle wie gebannt. Als der letzte Ton über ihre fleischigen Lippen gedrungen ist, versucht sie sich an einem Lächeln. Ich streiche ihr die strähnigen Haare hinters Ohr und wünsche mir, dass sie nächstes Jahr noch am Leben sein wird. Dann drehe ich mich wieder um und versuche zu schlafen. Es ist seltsam: Ich habe nicht mehr das Bedürfnis zu weinen. Eigentlich könnte ich meinen Job auch an Anastasia abtreten.

***

Ich weiß nicht genau, warum ich am Abend vor meiner Abreise überhaupt zum Jungfernbrunnen gehe. Vielleicht sollte ich Melek einfach dort lassen, wo sie ist. Oder ich sollte stattdessen Jakob hinschicken. Ich habe ja geahnt, was passieren würde, wenn sie uns beide ohne ihre Erinnerungen wiedertrifft. Während ich selbst ganz von vorn mit einer aufkeimenden Freundschaft anfangen muss, braucht er nur einen Befehl auszusprechen, um sie dazu zu bringen, nach seiner Pfeife zu tanzen. Ich habe es vermieden, ihn darauf anzusprechen, was ihn bei der ganzen Sache eigentlich antreibt.

Natürlich wissen wir nun, dass Melek immer noch den Drang verspürt, ihrem Anführer zu gehorchen. Das sagt uns auch gleichzeitig, dass wirklich etwas von unserer alten Volltrefferin überlebt hat. Nur was fangen wir damit an? Wir können schwerlich mit den Faunen paktieren und gleichzeitig eines ihrer Ratsmitglieder psychisch vergiften. Noch während ich das denke, wundere ich mich über mich selbst. Vor ein paar Tagen hätte ich jedes Bündnis der Welt verraten, um Melek wiederzubekommen. Und jetzt sitze ich da und warte auf sie, ohne die geringste Regung dabei zu verspüren.

Jakob scheint es anders zu gehen. Ich weiß auch, warum das so ist, denn Sylvia hat mir ein Foto von seiner verstorbenen Freundin gezeigt. Man muss schon zweimal hinschauen, um sie nicht mit Meleks Menschengestalt zu verwechseln. Das alte Spiel geht also wieder von vorn los: Sie hat einen Partner, der sie liebt, ein Wesen aus einer anderen Welt, das sie verwirrt, und einen Anführer, der jemand anderen in ihr sucht. Mit dem Unterschied, dass ich mittlerweile dazu neige, mich aus der Affäre zu ziehen. Denn die Rolle, in die ich hier gerutscht bin, behagt mir gar nicht. Warum ich trotzdem hier bin, weiß ich nicht. Es muss etwas mit dem romantischen Narren zu tun haben.

Diesmal erkenne ich auch, wie Melek den Weg zwischen dem Hohenfels und der Quelle zurücklegt: In der Gestalt einer weißen Taube landet sie vor mir auf dem verwitterten Holztisch.

»Hallo Melek«, sage ich und gebe dem Drang nach, ihr übers Gefieder zu streichen. »Wo ist der Fehler in deiner Gestalt?«

Ich erlebe einen kurzen Filmriss, als sie sich verwandelt.

»Ich habe keinen!«

»Schön für dich«, sage ich. »Du scheinst der perfekte Faun zu sein. Kein Anzeichen von Fehlern und menschlicher Schwäche.«

Ich bin etwas verwundert, als sie daraufhin den Kopf senkt.

»Nein, so ist es nicht«, murmelt sie dann. »Das Gegenteil ist der Fall.«

Es dauert eine Weile, bis ich ihr die Geschichte aus der Nase gezogen habe. Aber schließlich erzählt sie mir, dass unter einigen Faunen die Meinung herrscht, sie versprühe eine Art menschliches Gift. Etwas, das andere dazu bringt, sich regelwidrig zu verhalten und nicht in die Welt der Faune passt.

Sie verrät keine Details, aber trotzdem spricht ein Kummer aus ihr, den ich ihrem bisherigen Auftreten nicht zugetraut hätte.

»Mit meiner Tiergestalt ist es nicht anders«, sagt sie. »Ich kann nur Vögel imitieren. Alles andere ist so unperfekt, wie es nur sein kann.«

»Wieso?«, will ich wissen.

Sie seufzt. Es ist ihr sichtbar peinlich.

»Ich werde die Flügel nicht los«, gesteht sie. »Ich habe das Pegasus-Syndrom.«

Wie aus dem Nichts passiert es nun doch: Mein Herz setzt einen Schlag aus. Damit hatte ich überhaupt nicht gerechnet, deshalb trifft es mich umso tiefer. Tranceartig greife ich nach der Kette um meinen Hals und ziehe die Anhänger unter meinem T-Shirt hervor. Als sie es sieht, zuckt sie zusammen. Sie gibt einen bestürzten Laut von sich und schreckt ein Stück zurück. Ihre Augen werden glasig.

»Melek, was ist los?«

Sie gibt mir keine Antwort. Ich rüttele sie an der Schulter. Da schlägt sie meine Hand weg. Wahrscheinlich will sie mir nicht wehtun, aber trotzdem habe ich Mühe den Schmerzenslaut zu unterdrücken und rutsche von ihr weg. Im gleichen Moment wird ihr Blick wieder klar.

»Was war das gerade?«, bohre ich. »Hast du dich an etwas erinnert?«

»Nein.«

»Das kannst du deinen dämonischen Freunden erzählen.«

»Hör auf!«, schreit sie und fasst sich mit beiden Händen an den Kopf. »Ich … ich bin einfach verwirrt, okay? Woher hast du diese Kette?«

»Ich habe sie dir letztes Jahr zu Weihnachten geschenkt«, sage ich. »Die Flügel stehen symbolisch für deinen Namen. Und das Pegasus-Medaillon habe ich auf der Insel des Friedens im Meer gefunden. Ich fand, dass es gut dazu passt. Bei unserem letzten Treffen hast du sie mir zurückgegeben. Du hast gesagt, ich soll sie aufbewahren.«

Melek starrt vor sich auf die Tischplatte. Ihr Atem geht zu schnell für einen Faun, der über den Dingen steht.

»Pegasus«, sagt sie nach einer Weile. »Wer ist das deiner Meinung nach?«

Nun sieht sie wieder so gefasst aus, dass ich mich traue, meinen ursprünglichen Platz neben ihr einzunehmen. Ich erzähle ihr ausführlich die Sage des geflügelten Pferdes. Wie er aus dem Nacken der Medusa entsprang, als sie von Perseus geköpft wurde, wie er den Helden Bellerophon in den Kampf gegen die Amazonen trug und wie er schließlich in ein Sternbild verwandelt wurde, das noch heute am Himmel zu sehen ist. Die ganze Zeit lauscht sie mir, halb fasziniert, halb belustigt.

»Wo ist er? Kannst du ihn mir zeigen?«, fragt sie.

Ich werfe einen Blick in den Nachthimmel. Mit Sternbildern kenne ich mich eigentlich nicht aus. Aber Pegasus habe ich schon oft betrachtet, wegen Melek.

»Von hier aus nicht«, sage ich. »Der Wald verdeckt ihn. Wir müssten ins Tal hinunter.«

Eine Weile ruht ihr Blick intensiv auf mir und ich fühle mich unwohl. Dann merke ich, dass es einen guten Grund dafür gibt: Es ist mir nicht mehr gleichgültig, was sie von mir denkt. Irgendetwas ist passiert. Es fühlt sich an, als hätte die alte Melek mir einen Hilfeschrei geschickt. Dadurch fange ich an, mich für die neue Melek zu interessieren. Wenn die Liebe eine Blume ist, dann hat sie eben begonnen zu keimen.

»Nun gut«, sagt sie. »Dann eben ins Tal.«

Sie erhebt sich von der Bank und ich stehe ebenfalls auf. Auf einen Nachtspaziergang war ich zwar nicht vorbereitet, aber im Grunde ist es mir lieber als das ewige Herumsitzen an der Quelle. Mein Geist ist zu aufgewühlt, um Ruhe zu bewahren. Und vielleicht bewirkt die Vorwärtsbewegung, dass sie nicht mehr Hand an mich legt. Also schultere ich meinen Rucksack und will losgehen.

»Nein«, sagt Melek. Ein beunruhigendes Blitzen tritt in ihre Augen. »Wir brauchen deine schwerfälligen Menschenbeine nicht. Ich zeige dir Pegasus.«

Ich komme nicht dazu, Nachfragen zu stellen. Ein paar Blitze jagen durch mein Gesichtsfeld, während sie sich verwandelt. Als ich sie dann sehe, stolpere ich ein paar Schritte rückwärts und meine Hand greift hilflos nach der Lehne der Bank. Vor mir steht ein traumhaft schönes weißes Pferd. Doch ich nehme seine schlanke Gestalt und die ellenlange Mähne kaum wahr. Ich habe nur Augen für die mächtigen Flügel auf seinem Rücken, die es nun majestätisch spreizt und in den Nachthimmel emporreckt. Der Anblick haut mich dermaßen um, dass ich ein paarmal blinzele, um ihn zu verkraften. Erst als der Schimmel mit dem Vorderhuf scharrt, wird mir bewusst, was er von mir will.

»Nein! Ich kann nicht reiten«, wehre ich ab.

Daraufhin nickt er ermutigend mit dem Kopf. Ich komme zu dem Entschluss, dass es besser ist, sich beim Sturz vom Rücken des leibhaftigen Pegasus das Genick zu brechen, als von Mahdi zerquetscht zu werden.

»Wie komme ich rauf?«

Nun knickt Melek mit den Vorderbeinen ein und legt sich hin. Vorsichtig bugsiere ich ein Bein über ihren Rücken. Als ich sitze, stützen mich die riesigen Flügel in meinem Rücken. Ich greife mit der Hand in die Mähne. So machen das die Mädchen in den Pferdefilmen. Vielleicht klappt es auch bei mir.

Als sie aufsteht und die Böschung zum Weg hinaufgeht, wird mir schnell klar, dass Reitkünste nicht unbedingt erforderlich sein werden, zumindest nicht länger als ein paar Sekunden. Ihre Flügel spreizen sich und fangen an, zu schlagen.

»Oh, Melek, bitte nicht«, bringe ich noch hervor. Doch schon schaltet sie von einer Sekunde auf die andere auf Vollgas. Ich kralle mich in die Mähne und drücke meine Schulterblätter gegen die Flügel. Der Weg verschwimmt vor meinen Augen. Dann lässt die furchteinflößende Bewegung unter mir plötzlich nach und wir heben ab. Ich schließe die Augen. Als ich sie wieder öffne, sind wir bereits über die Baumkronen hinweg. Mir wird heiß und kalt. Unter uns erkenne ich eine Lichtung und hinter uns das verschlafene Buchenau. Ich würde ihr nun gern sagen, dass sie direkt da unten landen kann. Auf der Stelle werde ich ihr jedes Sternbild der Welt aus dem Ärmel schütteln, wenn sie einfach nur landet. Doch anscheinend macht es ihr Spaß, mich in Todesangst zu versetzen, denn sie fliegt einfach weiter über den endlosen Wald hinweg. Schon nach wenigen Minuten habe ich keine Ahnung mehr, wo ich bin.

»Da sind jede Menge gute Plätze, um in die Sterne zu blicken«, bringe ich nach einer Weile hervor.

Melek gibt ein sachtes Blubbern von sich, fliegt aber unbeirrt weiter. Zumindest ist hier kein Dorf weit und breit. Damit sind wir wenigstens vor den Blicken der Menschen verborgen. Für den Fall, dass in diesem Moment weit unter uns irgendjemand auf einem Hochsitz nach Wildenten Ausschau hält, hoffe ich, dass er bereits genug Schnaps getrunken hat, um sich unseren Anblick zu erklären.

Je länger der Flug dauert, desto mehr gewöhne ich mich an das Gefühl. Irgendwann lässt meine Angst nach und mein Geist öffnet sich für die Schönheit dieses Augenblicks. Meleks weiße Mähne liefert sich ein Duell mit dem Wind. Beide peitschen mir ins Gesicht. Ich spüre die Kraft der gewaltigen Flügel, die uns immer weiter hinauf in Richtung der Sterne tragen. Da lasse ich die Mähne los und breite die Arme aus. Ich komme mir vor wie der König des Himmels. Es ist ein atemberaubendes Gefühl, das herrlichste meines Lebens! Erst als sie zum Sturzflug nach unten ansetzt, erwache ich aus meiner Ekstase und die Furcht kehrt zurück. Ich klammere mich an ihren Hals und schließe die Augen, um nicht sehen zu müssen, wie die Erde auf mich zurast. Wir müssen schon fast wieder auf Höhe der Bäume sein, als ihre Flügel sich weit aufspannen wie zwei gigantische Fallschirme. Schwerelosigkeit ergreift mich. Im nächsten Moment setzen ihre Hufe mitten in einem Mohnblumenfeld auf. Ein paar Meter weit werde ich unkontrolliert durchgeschüttelt, dann bleibt sie stehen.

Meine Beine sind so weich wie Pudding, als ich von ihrem Rücken gleite und sie fasziniert betrachte. Meinem Pegasus ist keinerlei Anstrengung anzusehen, kein Tropfen Schweiß rinnt über sein glänzendes Fell, sein Atem geht vollkommen ruhig.

»Sag nie mehr, du wärest unperfekt«, keuche ich und streiche mir das wirre Haar aus dem Gesicht. Ein Lächeln stiehlt sich in das Pferdegesicht. Ich bin fast enttäuscht, als die traumhafte Fabelgestalt sich wieder in das viel zu schöne Menschenmädchen verwandelt, das mich so sehr irritiert.

Meleks Hand streicht über die roten Blüten der Mohnblumen, die nie zu schlafen scheinen.

Ich bin noch nicht so weit, ein Gespräch anzufangen.

»Und?«, bricht sie schließlich das Schweigen. »Wo ist er nun, dein Pegasus?«

Mein Gehirn ist dermaßen überanstrengt, dass ich nicht sofort verstehe, wovon sie spricht. Sie hebt wieder eine einzelne Augenbraue an und deutet mit dem Finger in den Himmel.

»Ach ja, das Sternbild«, erinnere ich mich. Ich wende den Blick nach oben. Es dauert eine Weile, bis ich es gefunden habe.

»Dort«, sage ich und zeige nach Norden. »Er steht auf dem Kopf. Mach das bitte nicht nach.«

Sie lacht und rückt zu mir auf, um besser sehen zu können, wohin ich zeige. Zum ersten Mal fange ich ihren Geruch auf. Mein Puls reagiert sofort darauf. Denn zwischen all dem Veilchen- und Brombeeraroma, das sie verströmt, ist ein Hauch von Melek, ich erkenne es ganz deutlich. Ich will nicht zudringlich werden, aber ich kann einfach nicht anders, als meine Nase noch weiter in ihre Richtung zu drehen. Im selben Moment tut sie das Gleiche und unsere Nasenspitzen berühren sich. Gleichzeitig saugen wir den Duft des anderen ein.

Was dann passiert, geschieht wie von selbst. Ich will meine Melek wiederhaben! Nicht nur einen winzigen Hauch von ihr, sondern das ganze wunderbare Mädchen, das die Mauer um mein Herz eingerissen und mein Talent zurückgeholt hat. Was aber in Melek vorgeht, wird mir zu spät klar. Beinahe synchron ziehen wir uns gegenseitig heran und küssen uns. Es ist kein gewöhnlicher Kuss. Ich setze meine volle Heilkraft ein. Doch erst als meine Gefühle in sie hineinfließen, merke ich, dass etwas nicht stimmt: Alles geht viel zu schnell. Sie saugt! In Sekundenschnelle ist mein Gehirn wieder einsatzbereit. Wenn ich mich nicht täusche, verliere ich gerade meine Seele. Losreißen kann ich mich nicht, denn ihr stählerner Griff hat mich voll in der Gewalt. Also bleibt mir nur die Wahl, mit der Reanimierung fortzufahren oder aufzuhören. Ich entscheide mich für die Flucht nach vorn und mache weiter. Der Kuss wird tiefer, unsere Körper kommen sich immer näher, gierig umschlingen wir uns mit Armen und Beinen.

Da reißt Melek plötzlich die Augen auf. Als sie versteht, was gerade passiert, lässt sie mich los und macht einen Satz zurück. Erschrocken hält sie sich die Hände vors Gesicht.

»Das wollte ich nicht«, stammelt sie. »Hast du mir … hab ich dir …?«

Ich horche tief in mich hinein, doch ich bin zu erregt, um etwas wahrzunehmen.

»Ich weiß es nicht.«

Sie geht ein paar Schritte rückwärts und fasst sich an den Kopf. Dann murmelt sie ein paar unverständliche Sätze vor sich hin. Als sie sich mir wieder zuwendet, steht Zorn in ihrem Gesicht.

»Wie konntest du das tun?«, keift sie mich an. »Du wolltest mich gegen meinen Willen verwandeln! Das verstößt gegen die Absprache. Wenn Thanos das erfährt, kündigt er das Bündnis mit den Talenten. Ist es das, was du willst, du verfluchter Heiler?«

Nun werde ich ebenfalls wütend, mehr, als ich das von mir gewohnt bin. Ohne zu wissen, was ich damit anrichte, schreie ich zurück.

»Und du hast versucht, mich auszusaugen, obwohl Waffenstillstand zwischen uns herrscht! Wenn Thanos *das* erfährt, steckt er dich in sein Verlies … oder er schickt dich ins Exil, du verfluchte Dschinniya!«

Noch nie in meinem Leben habe ich ein anderes Wesen derartig angefahren. Es war klar, dass sie mich dafür schlagen würde. Ihre Faust sehe ich noch kommen, dann wird mir schwarz vor Augen.

Als mein Bewusstsein zurückkehrt, liege ich auf dem Rücken im Mohnblumenfeld und schaue in den Himmel hinauf. Melek ist weg. Langsam richte ich mich auf, fasse nach meinem angeschwollenen Gesicht und taste meinen linken Wangenknochen ab. Es schmerzt höllisch, aber es scheint nichts gebrochen. Ich fange gar nicht erst an, nach Melek zu suchen. Mir ist klar, dass sie nach Hause geflogen ist. Ob mich nun die volle Schuld an dieser Entgleisung trifft, weiß ich nicht recht. Klar ist jedenfalls, dass wir ziemlich Mist gebaut haben.

Das Klingeln meines Handys reißt mich aus meinen Gedanken. Es ist Sylvia.

»Erik, was ist passiert?«, schreit sie mir ins Ohr. Wahrscheinlich hat sie schon versucht, mich zu erreichen, während ich weggetreten war. Ich fühle mich immer noch ziemlich belämmert.

»Melek und ich hatten einen Unfall«, murmele ich.

»Sie hat dich ausgesaugt?«, heult Sylvia los.

»Nur ein bisschen«, beruhige ich sie. »Ich glaube, ich habe mich schon davon erholt. Fühlt sich an, als wäre wieder alles gut – bis auf meinen Kopf ...«

Es knackt in der Leitung und jemand anderer geht ran.

»Wo bist du?« Es ist Jakobs Stimme.

Ich blicke mich hilflos um.

»In einem Mohnfeld.«

»Geht das nicht etwas genauer?«

»Nein. Ich bin auf dem Luftweg gekommen. Könnte ein paar Kilometer weg sein. Irgendwo in nördlicher oder östlicher Richtung.«

Er verzichtet auf weitere Nachfragen.

»Bleib dran! Sylvia wird dich lokalisieren. Versuch, ihr deinen Geist zu öffnen. Du musst gefunden werden wollen, dann klappt es auch.«

Eine Weile höre ich gar nichts mehr. Ich lasse mich wieder in mein Blumenbett zurückfallen und schaue hinauf zu dem Sternbild, das der Auslöser für all das war. Ob Melek wohl schon wieder zu Hause bei Levian ist? Ob sie ihm gesagt hat, was heute Abend passiert ist? Ich wüsste gern, wie es ihr jetzt geht. Vielleicht bereut sie es ja auch ein bisschen, dass sie mich niedergeschlagen und allein gelassen hat. Ich hoffe es.

»Erik, du bist irgendwo am Edersee«, sagt Jakob schließlich. »Wir kommen dich jetzt holen. Bleib, wo du bist. Wir werden dich schon finden.«

Es dauert fast zwei Stunden, bis sie mich aufgespürt haben. Eine Stunde davon ist reine Fahrtzeit. Melek hat nur etwa zehn Minuten gebraucht, um mich herzubringen. Als Sylvia aus dem Land Rover steigt, rennt sie sofort auf mich zu und wirft sich in meine Arme. Ihr schmächtiger Körper bebt vor Aufregung.

»Schon okay, Große«, versuche ich sie zu beruhigen. »Alles ist gut.«

»Das werden wir gleich sehen«, sagt sie und drückt meine Finger auf ihren Sensor.

Jakobs Blick wirkt vorwurfsvoll, aber er stellt keine Fragen, bevor er weiß, wie es in mir aussieht.

»Und?« fragt er Sylvia.

Sie antwortet ihm nicht, sondern legt mir die Hand auf und reinigt mich mit hoch konzentriertem Gesichtsausdruck.

»Erik hat Recht«, sagt sie schließlich aufatmend. »Was auch immer zwischen den beiden passiert ist, hat sich zum Großteil wieder gegeben. Seine Gefühle und sein Talent sind noch da. Neben ein paar wilden Dschinn-Emotionen, die wahrscheinlich bald nachlassen und verschwinden.«

Ein paar wilde Dschinn-Emotionen also. Die haben mir den Schlag ins Gesicht eingebrockt.

»Das gibt ein hübsches Veilchen«, sagt Jakob ungerührt.

»Ich weiß.«

»Bist du dir darüber im Klaren, was passiert, wenn du Melek gegen ihren Willen verwandelst?«

»Ja.«

»Warum hast du es trotzdem versucht?«

Ich hasse es, wenn er mich in diese untergebene Position drückt. Er muss doch wissen, was mich antreibt. Besser als jeder andere!

»Es war keine bewusste Entscheidung. Es ist einfach passiert. Und im gleichen Moment hat sie wohl beschlossen, mich auszusaugen. Das ist genauso strafbar.«

Dazu sagt Jakob nichts. Sein Blick ist jetzt wieder so eisig, wie ich es gewohnt bin. Es steht etwas darin, das nichts mit Politik zu tun hat, sondern mit schlichter Ablehnung. Ist er eifersüchtig?

»Wie bist du überhaupt hierhergekommen?«, wechselt er das Thema.

Ich erzähle von meinem Flug auf dem Rücken des Pegasus. Sylvia saugt dabei jedes meiner Worte auf. Ihre Augen leuchten.

Jakob gibt sich völlig ungerührt. Die ganze lange Fahrt nach Hause redet er fast nichts. Wenn Sylvia ihn etwas fragt, antwortet er barsch und einsilbig. Ich selbst versuche gar nicht erst, die Laune wieder zu heben. Erst als ich vor Anastasias Haus aussteige, fällt mir noch etwas ein.

»Jemand muss Melek Bescheid geben, dass ich nicht zu unserem nächsten Treffen kommen kann«, sage ich. »Sonst denkt sie, ich hätte kein Interesse mehr an ihr.«

»Aber das hast du noch«, stellt Jakob fest.

»Ja!«

Er nickt und schaut nach vorn durch die Windschutzscheibe. Warum er sich auf einmal so anstellt, kann ich nicht verstehen.

»Wir beide hatten eine Abmachung«, sage ich. »Und dazu gehört, dass ich versuche, Melek zurückzubekommen. Das wusstest du die ganze Zeit.«

»Gute Nacht, Erik«, sagt er.

Als ich die Tür nicht freigebe, greift er über den Beifahrersitz und will sie zuziehen.

»Warte«, sage ich und setze mich wieder. »Ich weiß, dass du hingehen wirst. Ich sehe es dir an ... kann ich dich davon abhalten?«

Er schüttelt den Kopf.

Es gibt so vieles, das sich wiederholt. Die zermürbende Viererkonstellation zwischen Melek, ihrem Dschinn und uns. Die verwirrenden nächtlichen Treffen. Der Unfall von heute, der ihr in ähnlicher Weise damals mit Levian passiert ist. Vielleicht hat das alles irgendeinen verborgenen Sinn. Ich muss mich damit abfinden, dass auch Jakob nicht freiwillig von diesem Schlachtplatz verschwindet.

»Dann gebe ich dir noch etwas für sie mit«, beschließe ich seufzend.

Ich öffne meinen Rucksack und ziehe Meleks Tagebuch hervor.

»Lass sie darin lesen. In mancher Hinsicht wird es dir helfen. In anderer nicht.«

Wortlos steckt Jakob das Tagebuch ein und starrt dann wieder durch die Scheibe. Er bringt es nicht einmal fertig, Danke zu sagen. Am liebsten würde ich ihn anschreien und die wilden Dschinn-Emotionen zum Einsatz bringen, so lange sie noch da sind. Aber ich bin der Nachfolger von Jesus, also sollte ich mich besser in Zurückhaltung üben. Ich drehe mich nach hinten zu Sylvia um.

»Gute Nacht, Große«, sage ich. »Ich werde dich vermissen während der nächsten zwei Tage.«

»Ich dich auch, Erik.« Sie lächelt und streichelt mir über die Wange. »Alles wird gut.«

Leider ist es nur ein Trost, keine Vision.

***

Als Mahdi mich am nächsten Morgen erblickt, ist er außer sich. Nun sehe ich genau so aus, wie er mich auf keinen Fall präsentieren wollte: Meine linke Gesichtshälfte ist komplett angeschwollen und mein Auge kreisförmig von einem Hämatom umrundet, das eine satte lila Farbe hat. Falls er den Talenten der Welt zeigen will, was für ein umgänglicher und leicht zu manipulierender Heiler ich bin, kann er das jetzt vergessen. Und wahrscheinlich ärgert er sich zudem, dass er sich in den letzten Tagen so sehr zusammengerissen hat, was Schläge in mein Gesicht angeht.

»Du Idiot!«, schreit er mich an. »Was hast du getan?«

Wenn er so ausfallend wird, erzeugt das bei mir immer eine vorlaute Gegenreaktion.

»Ich habe die Muskelprotze gebeten, mich mal so richtig zu vermöbeln«, behaupte ich.

Dem Ausdruck in seinem Gesicht zufolge ist er unschlüssig darüber, ob ich lüge oder die Wahrheit sage. Das macht mir klar, was er mir so alles zutraut, nur um ihn zu provozieren. Erst als Mike neben mir zu kichern beginnt, begreift der General, dass meine Antwort nicht ernst gemeint war. Ich kann förmlich mit ansehen, wie die Wut in ihm hervorkriecht.

»Schon gut«, sage ich und strecke ihm beschwichtigend die Handflächen entgegen. »Ich brauche kein weiteres Veilchen. Es war Melek. Sie wollte sich nicht von mir küssen lassen.«

Das wiederum scheint ihn zu erheitern.

»Soso, du versuchst es also wirklich«, sagt er. »Denk immer daran, dass du es nicht alleine schaffen wirst. Nur ich kann dafür sorgen, dass sie dir so etwas nicht wieder antut. Vergiss das nie!«

Ich glaube ihm nicht. Ich will ihm nicht mehr glauben. Jetzt, da ich meine Entscheidung getroffen habe, fühlt es sich besser an, wenn ich mir einrede, dass es ohnehin nicht funktioniert hätte. Weder Sylvia noch Mike können sich vorstellen, dass Mahdi eine solche Macht besitzt. Vielleicht bekomme ich irgendwann die Gelegenheit, Thanos danach zu fragen. Er wird am besten wissen, was möglich ist und was nicht. Ob er mir allerdings ehrlich antworten wird, steht auf einem anderen Blatt. Ich bin mir nicht sicher, was er über die Treffen zwischen Melek und mir wirklich denkt.

Mahdi dreht sich weg und weist seine Begleiter an, unsere Koffer nach unten zu tragen. Meinen hält er noch zurück.

»Zieh dir was anderes an«, sagt er. »Hemd und lange Hose.«

»Es ist Hochsommer und wir fliegen nach Rom«, beschwere ich mich.

»Mach, was ich dir sage! Dort, wo wir hinreisen, gilt eine strenge Kleiderordnung.«

Auch das noch. Ich gebe zu, ein Teil von mir hat gehofft, ich könnte ein paar Stunden am Trevi-Brunnen sitzen und Münzen über meine Schulter werfen. Zumindest aber hatte ich angenommen, dass wir uns wie in Istanbul in den ärmeren Vierteln bewegen würden, um unauffällige Gipfeltreffen einzuberufen. Aber nach Mahdis Aussage eben werde ich von Rom wohl nichts anderes sehen als Luxusvillen und Geschäftszentren. Darauf habe ich nicht die geringste Lust.

Trotzdem öffne ich meinen Koffer und ziehe eine lange Jeans und ein ungebügeltes Hemd hervor. Etwas anderes habe ich nicht. Mein Kleiderschrank ist seit unserem überstürzten Aufbruch aus meinem Elternhaus nicht sonderlich gewachsen. Mahdi beäugt mich unzufrieden, als ich umgezogen bin. Ich glaube kaum, dass das zerknitterte Hemd mich seriöser aussehen lässt. Es passt höchstens zu meinem blauen Auge. Anastasia hat nun mal kein Bügeleisen.

»Was habe ich nur verbrochen, dass ich mich mit dir herumschlagen muss?«, murmelt Mahdi. Ich weiß nicht, ob er sich der Zweideutigkeit seiner Aussage bewusst ist.

Am Flughafen kauft er mir ein neues Hemd. Gegen den Anzug, den er mir aufschwatzen will, wehre ich mich erfolgreich. Dann steigen wir in den Flieger.

Die ganze Zeit über kann ich an nichts anderes denken als an Melek und ihr Pegasus-Syndrom. Wie anders war es doch, auf ihrem Rücken durch die Luft zu gleiten, als hier in diesem geschlossenen Kasten zu sitzen und Tomatensaft serviert zu bekommen. Je mehr ich über die Welt der Faune erfahre, desto faszinierender finde ich sie. Da kommt mir ein interessanter Gedanke: Vielleicht ist es genau das, was das Schicksal uns mit seinen Wiederholungen sagen will. Wir sollen einander verstehen lernen, Einblicke in andere Welten bekommen und sie mit den Augen der Gegenseite sehen. Wenn das der Fall ist, dann sind wir auf dem richtigen Weg. Vielleicht ist es auch nur ein abstruser Gedanke von mir. Ich nehme mir vor, so bald wie möglich mit Sylvia darüber zu reden. Falls Mahdi mich nicht zuvor umbringt, weil ich seine Vorstellungsrunde sabotiere.

Ich schwitze schon, als ich aus dem Flugzeug steige. Draußen herrschen mindestens 30 Grad und wir sind angezogen wie in Sibirien.

Die drei schwarzen Limousinen, die direkt am Ausgang auf uns warten, überraschen mich. Ich hatte mit unauffälligen Taxis gerechnet, wie in Istanbul. Aus dem vordersten Wagen steigt ein Mann im schwarzen Anzug mit Sonnenbrille und gegeltem Haar. Genauso stelle ich mir einen Mafioso vor. Niemand will das Bannzeichen von uns sehen, denn offensichtlich kennen die Herren einander schon.

»Francesco!«, dröhnt Mahdi und begrüßt den Mann mit einem freundschaftlichen Schlag auf die Schulter. Dann folgt etwas auf Italienisch. Im Laufe der Jahrhunderte hat er sicher einige Sprachen gelernt. Mike aber auch.

»Es ist lange her, mein alter Freund«, übersetzt er in mein Ohr.

Francesco nickt schweigend. Trotz der Sonnenbrille erkenne ich, dass sein Blick auf mich gerichtet ist. Was er schließlich von sich gibt, übersetzt Mike nur halbherzig, aber dafür kichernd. Ich hätte gern seine gute Laune.

»Er hat gefragt, ob du der Heiler bist, und anschließend bemerkt, dass er etwas anderes erwartet hat. Mahdi sagte, ihm gehe es genauso.«

»Schön, neue Freunde zu finden«, murmele ich. »Was glaubst du, wer die sind?«

»Siehst du's nicht am Nummernschild?«

Ich werfe einen Blick auf das Kennzeichen des vorderen Autos. »SVC« steht da. Es dauert einen Moment, bis ich in meinem Kopf die Bedeutung dieser drei Buchstaben zusammengebastelt habe.

»Stato della Città del Vaticano«, kommt Mike mir zuvor. »Es geht in die Vatikanstadt, Erik. Und Francesco Falcone ist so etwas wie der päpstliche Mann fürs Grobe. Er wird an deinen Fersen kleben wie Hundekacke.«

Als klar war, dass Attila und Ebru zu Hause bleiben, hatte ich gehofft, ich sei meine Schatten erst mal los. Einer meiner vielen Trugschlüsse.

»Wir fahren zum Papst?«, frage ich benommen.

Mike lacht.

»Du lieber Himmel, nein! Der hat ja keine Ahnung von all dem.«

»Wohin dann?«

»Du wirst schon sehen«, sagt er und schmunzelt.

Dann zerrt Mahdi mich wie eine Puppe hinter sich her zur Limousine und Francesco öffnet die hintere Tür. Als ich hineinsteigen will, schrecke ich vor Überraschung zurück: Links außen sitzt ein weißhaariger alter Mann in einer schwarzen Soutane mit roten Zierstreifen und breitem roten Gürtel. Auf seinem Hinterkopf prangt das scharlachrote Scheitelkäppchen der höchsten kirchlichen Würdenträger.

»General Alessio Kardinal Benelli«, stellt Mahdi ihn vor.

Der Kardinal betrachtet mich prüfend von oben bis unten. Seine Augen sind wässerig und vom Alter getrübt, aber sein Blick ist trotzdem scharf. Dann streckt er mir ehrwürdig die Hand entgegen, an deren Ringfinger ein klobiger goldener Ring sitzt. Als ich sie drücke, ist der Gegendruck stärker als erwartet.

»Erik Sommer«, sage ich.

Ein undeutbares Lächeln huscht über Benellis welkes Gesicht. Ich glaube, ich hätte den Ring küssen müssen. Aber dazu verspüre ich keine Neigung.

»Der verheißene Erlöser«, sagt er auf Deutsch. »Meine Orakel haben gesagt, du hättest deinen ersten Kampf bei unserer Begegnung schon hinter dir. Sie scheinen Recht gehabt zu haben.« Er deutet auf mein blaues Auge.

Ich winke ab.

»Nein, es war mehr ein ... ein Unfall«, murmele ich.

Mahdi wirft mir einen bitterbösen Blick zu, schiebt mich in das Auto und quetscht sich neben mich. Francesco steigt vorn ein und verteilt Pistolen an alle. So fahren wir durch die quirligen Straßen Roms, lassen die größten kulturellen Monumente der Welt einfach links liegen und passieren schließlich die Porta Sant'Anna, den offiziellen Eingang in den Kirchenstaat. Zwei beeindruckende Doppelsäulen umrahmen das verschnörkelte eiserne Tor. Dahinter stehen Schweizergardisten in bunten Uniformen. Sie nicken dem Fahrer zu und winken uns durch. Was auch immer mich auf dieser Seite des Tors erwartet – ohne die Armee stünde ich jetzt draußen bei den Touristen. Mein Leben ist wirklich ziemlich abgefahren.

Nicht alles, was Flügel hat, ist ein Engel.

Es sind jetzt bald 24 Stunden vergangen, seit Levian die Tür hinter sich zugeschlagen hat und verschwunden ist. Ich habe den ganzen Hohenfels nach ihm durchkämmt, alle Freunde und Bekannte in ihren Zimmern aufgesucht, war im hinteren Bereich, wo die Werkstätten der Handwerker liegen, und vorn in der Halle, wo ich stundenlang auf seine Rückkehr gewartet habe. Sogar Thanos habe ich aufgesucht, aber er hatte nur ein unbewegtes Schmunzeln für mich übrig. Meine Menschlichkeit sei wohl doch zu viel für Levian, fand er. Vielleicht hat er Recht. Vielleicht sollte ich besser von selbst ins Exil gehen, wo ich niemandem durch meine Zerrissenheit schade, weit weg von den Faunen und den Menschen. Aber das kann ich nicht. Nichts macht mir mehr Angst als der Gedanke, Levian und den Hohenfels verlassen zu müssen. Ich hoffe so sehr, dass mein Gefährte mir verzeihen kann. Ich kann mir selbst nicht erklären, warum ich Erik geküsst habe. Wie konnte ich nur auf die Idee kommen, einen Heiler auszusaugen?

Weil ich nicht weiß, was ich mit mir anfangen soll, streife ich noch einmal durch die Flure vor den Schlafgemächern. Zu Nayo will ich nicht. Ihr Museum macht mir Angst und außerdem bereitet sie sich gerade auf ihren Einsatz als Dieb im Talente-Quartier vor. Dazu hat sie sich jede Menge technische Menschen-Ausrüstung besorgt, mit der ich nicht konfrontiert werden will. Stattdessen kommt mir ein anderer Gedanke: Ich suche Orowar in seinem Behandlungsraum auf.

Als ich an die Tür klopfe, öffnet er mir sofort. Seit wir Waffenstillstand mit den Talenten haben, ist unser Schamane praktisch arbeitslos.

»Melek, ich grüße dich. Bist du verletzt?«, fragt er.

»Nein, aber ich würde gern mit Orowyn sprechen.«

Er betrachtet mich nachdenklich.

»Sie wird deine Fragen nicht beantworten können.«

»Ich möchte es trotzdem gern versuchen«, beharre ich.

Orowar seufzt.

»Du findest sie in der Kräuterstube«, sagt er schließlich.

Ich will mich schon umdrehen und gehen, als er mich am Arm zurückhält.

»Manchmal ist es besser, wenn man nicht zu viele Fragen stellt.«

Ich täusche Zustimmung vor. Dann mache ich mich los und arbeite mich durch das Labyrinth zum anderen Ende des Burgbergs vor. Heute bin ich so lange ziellos durch die verzweigten Gänge des Hohenfels gestreift, dass ich mich nur noch zweimal verirre, bevor ich die Werkstätten der Handwerker erreiche. Die Kräuterstube liegt etwa in der Mitte des Gewölbekomplexes zwischen der Kerzengießerei und der Schreinerei. Orowyn steht an einem riesigen Tisch, auf dem hunderte von Kräuterbüscheln nebeneinander aufgereiht sind. Sie trägt eine schneeweiße Schürze über ihrem grünen Arbeitskleid und hat ihr langes Haar mit einem hübsch bestickten Kopftuch zurückgebunden. Mit den Händen formt sie Klöße aus Pflanzen, Honig und Öl, die sie anschließend in einer Panade aus Samenkörnern und Nüssen wälzt. Ihre Finger sind ganz grün.

»Melek!«, sagt sie, als sie mich im Türrahmen stehen sieht. »Schön, dass du mich besuchen kommst. Meine Mitarbeiterinnen sind alle in die Sonnenwelt ausgeflogen.«

Ich bin ziemlich froh, dass niemand anderer uns hören kann. Vorsichtshalber schließe ich die Tür hinter uns.

»Kann ich dich mal was fragen?«

Orowyn sieht mich kurz an, dann geht sie zum Waschtrog und wäscht sich die Hände.

»Ich habe damit gerechnet, dass du eines Tages hier auftauchen würdest«, sagt sie und benutzt ihre Schürze, um sich abzutrocknen. Ihr Blick ist sanft und zufrieden. Sie sieht aus wie ein Wesen, das ganz mit sich im Reinen ist. Wie macht sie das nur?

»Hat Thanos jemals behauptet, du würdest ein menschliches Gift versprühen, das Orowar ins Verderben reißt?«, frage ich sie.

Sie setzt sich auf die Tischkante und legt die Hände in den Schoß.

»Nein«, sagt sie. »Wir hatten diese Probleme nicht.«

Es klingt nicht überheblich, eher mitleidig.

»Warum nicht? Was ist so anders an uns?«

»Ich bin mir nicht sicher, Melek«, murmelt Orowyn. »Wahrscheinlich sind wir einfach sehr unterschiedlich. Orowar und ich sind stille Wesen. Unsere Seelen schlagen keine Saltos so wie eure. In gewisser Weise hat Levian nie in diese Welt gepasst, denn er ist viel zu emotional für einen Faun, genau wie seine Schwester. Weißt du, wie oft ich in die Sonnenwelt gehe, um Input zu bekommen?«

Ich schüttele den Kopf.

»Alle ein bis zwei Wochen«, verrät Orowyn. »Thanos geht nur zweimal im Jahr. Levian hingegen ... in der Zeit, als er dich kennenlernte, ging er mehrmals täglich. Und nun hat er seine Seelenverwandte gefunden, die ihn noch mehr beflügelt. Ihr beide seid eine ungünstige Kombination für uns und das in vielerlei Hinsicht.«

»Wie meinst du das?«, frage ich.

Orowyn atmet tief durch. Es sieht ein bisschen so aus, als wappne sie sich für eine Aussage, die sie ganz besonders viel Diplomatie kostet.

»Ein Faun und ein Mensch sind schon von Grund auf eine schwierige Konstellation«, erklärt sie schließlich. »Aber ein emotionaler Faun und ein Talent sind ein Pulverfass, von dem niemand weiß, wann es explodieren wird. Wir können nicht einschätzen, wozu ihr gemeinsam fähig seid. Dazu kommt das Problem, dass dein früheres Leben dich verfolgt und aufwühlt. Soweit ich weiß, war ich damals ein ganz normaler Mensch. Ich hatte keinen, der wusste, was mit mir geschehen ist, und keinen, der mich ... der Ansprüche auf mich erhoben hätte.«

Ich schüttele nur den Kopf, weil ich mir nicht sicher bin, was sie mir damit sagen will.

»Das – und vielleicht noch vieles mehr – werden wohl die Gründe sein, warum ihr Probleme habt und wir nicht. Tut mir leid für euch, Melek.«

Ich glaube nicht, dass das schon alles war. Irgendetwas verrät sie mir nicht.

»Hattest du jemals eine Art Erinnerung an dein Leben als Mensch?«, frage ich sie.

»Nein! Du?«

»Ich habe seltsame Visionen«, gebe ich zu.

Eine Weile starrt Orowyn auf ihre Finger, die mittlerweile wieder schneeweiß sind. Unsere Haut stößt Verschmutzungen einfach ab. Ein weiterer Grund, weshalb eine Rückkehr in die unsaubere Menschenwelt unvorstellbar für mich ist.

»Das kann ich mir nicht erklären«, behauptet sie.

»Nayo schwört, dass ich Levian um die Verwandlung gebeten habe«, murmele ich.

»Dann wird sie die Wahrheit sagen.«

Ich merke schon, dass nicht mehr aus ihr herauszubekommen ist. Zumindest für heute nicht.

»Ich danke dir, Orowyn.«

»Gern geschehen, Melek.«

Dann wendet sie sich wieder dem Abendessen zu und ich verlasse die Kräuterstube. Auf meinem Weg zurück zu unserem Schlafgemach passiere ich auch die Näherei. Ich weiß nicht, was genau mich dazu veranlasst, einen aufmerksamen Blick dort hineinzuwerfen, denn ich habe keinerlei Bezug zu den Näherinnen und Nähern. Trotzdem tue ich es. Und im gleichen Augenblick bleibe ich wie angewurzelt stehen. Dort drinnen sitzt Levian auf einem Stuhl. Er trägt ein nagelneues Oberteil aus cremefarbener Seide. Der Ausschnitt geht hinunter bis auf sein Brustbein und der Kragen ist mit aufwändigen Stickereien gesäumt. Sein Blick ist auf den Boden gerichtet, während Luzilla hinter ihm steht und den Ansatz der Ärmel neu steckt. Aber sie macht weitaus mehr als nur Stecknadeln zu setzen. Zwischendrin nutzt sie immer wieder die Gelegenheit, Levians Nacken zu streicheln. Dabei summt sie vor sich hin.

Die beiden sind so in ihre Welt versunken, dass sie gar nicht merken, dass ich sie beobachte. Wut steigt in mir hoch. Wie eine Furie schieße ich in den Raum.

»Was soll das, Levian?«, schreie ich und fuchtele mit den Armen vor seinem Gesicht herum.

Luzilla lässt sich von meinem Auftreten beeindrucken und weicht einen Schritt zurück, aber mein Gefährte bleibt ruhig sitzen.

»Ich lasse mir ein neues Hemd anpassen, nichts weiter«, sagt er gefasst. »Es sind keine Küsse im Spiel und keine Verlockungen aus einer anderen Welt, denen ich nicht widerstehen kann.«

»Du rennst beim ersten Problem von mir weg und lässt dich von dieser Schlampe um den Finger wickeln!«, kreische ich.

Nun macht Luzilla den Fehler, sich einzumischen.

»Moment mal, Melek«, sagt sie und wirft ihr Haar in den Nacken. Heute hat es die Farbe einer reifen Orange. »Keiner von uns hat einen Bund mit einem anderen geschlossen. Also halte dich mit Ausdrücken zurück, die der Situation nicht angemessen sind. Du verhältst dich wie ein Mensch!«

Ich will nach ihr schlagen, doch Levian steht rechtzeitig auf und hält mich zurück. Er schaut mir tief in die Augen.

»Mäßige dich! Du brauchst Input.«

»Ich habe gerade einen Heiler ausgesaugt. Ich brauche keinen Input!«

»Vielleicht ist gerade das das Problem …«, murmelt er.

Schnell zieht er sich das halbfertige Hemd über den Kopf und gibt es Luzilla, ohne mich dabei aus den Augen zu lassen. Ein letztes Mal schaut er sie an, doch selbst das kann ich kaum ertragen.

»Ich danke dir«, sagt er schlicht. Dann greift er nach meiner Hand und führt mich aus dem Raum. Ich würde mich gern umdrehen und Luzilla einen vernichtenden Blick zuwerfen, aber Levian schiebt mich so schnell voran, dass ich keine Gelegenheit mehr dazu habe.

Bis wir unser Zimmer erreicht haben, redet er kein Wort mehr. Erst als der Riegel hinter uns ins Schloss fällt, ringt er sich eine Erklärung ab.

»Luzilla hat sich meine Probleme angehört. Das war alles. Verurteile sie nicht.«

»Ich will aber nicht, dass du ihr von uns erzählst«, jammere ich los. Meine Augen werden heiß. »Sie nutzt die Gelegenheit, um dich für sich zu gewinnen, begreifst du das denn nicht?«

»Das sind Spiele, wie die Menschen sie spielen«, sagt Levian. »Hier unten gelten andere Regeln. Und wir beide sollten daran arbeiten, dass wir sie befolgen, sonst wird der Hohenfels bald Vergangenheit für uns sein!«

Ich bin verzweifelt. Nie hätte ich gedacht, dass der nächste Absturz unserer Seelen so schnell kommen würde. Und nie habe ich mich so heimatlos gefühlt.

»Wo warst du?« Meine Stimme klingt brüchig.

Levian dreht sich zu seinem Schreibtisch um und fängt an, die Schriftstücke zu sortieren, die darauf liegen. Ich erkenne keinen Sinn in dieser Handlung.

»Ich war draußen in der Natur«, sagt er schließlich. »Es gibt ein paar Orte, die mich beruhigen, die habe ich aufgesucht.«

»Und nun … hast du dich beruhigt?«

»Ein wenig.« Er sieht mir nicht in die Augen. Ich beobachte ihn dabei, wie er ziellos Bücher, Briefe und alte Pergamentrollen aufeinanderschichtet. Nach einigen Augenblicken gibt er auf und wendet sich wieder zu mir um.

»Mein Problem ist folgendes, Melek«, sagt er. »Meine Welt gerät aus den Fugen und du bist der Auslöser dafür. Ich könnte das aushalten. Ich würde sogar die Verbannung in Kauf nehmen. Aber nicht, wenn ich glaube, dass ein Teil von dir Dinge tut, die eines Fauns nicht würdig sind. Und die unsere Liebe verraten.«

»Ich habe versucht, ihn auszusaugen«, versichere ich ihm. »Er roch so fantastisch und ich hatte mich nicht im Griff …«

»Nein«, unterbricht Levian mich. »Das war etwas anderes. Etwas Menschliches. Weißt du was, Melek? Es ist mir egal, was die Talente und die Faune tun. Ihre Bündnisse und ihr Krieg interessieren mich nicht. Ich will dich nicht an Erik verlieren, aber genau das wird passieren, wenn du dich weiter mit ihm triffst. Eines Tages wird er dich verwandeln.«

»Die Bündnisse sind wichtig, Levian …«

»Das sind sie nicht. Nicht wichtiger als du und ich.«

Ich merke das Unheil heranziehen wie eine dunkle Wolke in einer Gewitternacht.

»Was hast du vor?«

Levian wendet seinen Blick von mir ab und fängt wieder an, sinnlose Papierstapel auf seinem Schreibtisch zu bauen. Er hört erst damit auf, als ich mich an die Bettkante setze und nach seinem Arm greife. Die Kerze auf dem Nachttisch flackert von seinem erregten Atem. Unentschlossen schaut er mich an.

»Ich bitte dich, Levian, lass es gut sein!«, sage ich. »Es sind nur Startschwierigkeiten. Ich werde lernen, mich wie ein Faun zu benehmen.«

Er lässt sich von mir ins Bett ziehen, aber dann liegt er nur da und starrt an die Zimmerdecke. Sein Blick ist abwesend. Es fühlt sich an wie Stunden, bis er mir wieder in die Augen schaut.

»Vielleicht ist das der falsche Weg«, sagt er. »Ich habe einmal gelernt, dich als Mensch zu lieben. Wenn die Natur es ein zweites Mal von mir fordert, soll es so sein. Ich will dich nicht verändern, Melek. Ich bitte dich nur: Lass die Finger von Erik!«

Er fordert keinen Schwur von mir. Darüber bin ich froh, denn mittlerweile habe ich enorme Angst vor mir selbst. Ich kann nicht ermessen, wozu ich fähig bin. Sollte ich in der Lage sein, sogar ein Versprechen zu brechen, dann wäre das der letzte Beweis dafür, dass meine Verwandlung nicht vollständig war. Ich will diesen Beweis nicht. Und ich glaube, Levian geht es genauso. Also nicke ich nur.

»Unsere Lebenszeit rinnt dahin«, erinnere ich ihn.

»Gib mir ein paar verschenkte Stunden«, antwortet er und streicht mir über die Wange. »Aber morgen läuft die Uhr wieder ganz normal.«

Mir bleibt nichts anderes übrig, als ihn in Ruhe zu lassen.

***

Thanos hat aus meiner Hand gelesen, dass ich ebenfalls ein Dieb bin. Aber bislang erwartet niemand, dass ich anfange zu arbeiten. Die anstrengenden Verstrickungen, in die ich verwickelt bin, sind ein guter Grund, um vorerst auf Kosten der anderen weiterzuleben. Nun nutze ich die niedergeschlagene Stimmung zwischen Levian und mir, um mich zumindest theoretisch einweisen zu lassen. Im Laufe des nächsten Tages erklärt er mir, nach welchen Kriterien er die Menschenhäuser auswählt, in die er einbricht. Geld findet man entweder in sehr gepflegten, großen Häusern ohne Kinderspielzeug im Garten oder in den Wohnungen alter Menschen. Die Verstecke seien zumeist die gleichen: Nachttischschubladen, leere Kaffeedosen und natürlich die Geldbörsen in den Handtaschen. Bücher und Werkzeuge gibt es in fast jedem Haushalt, ebenso wie die Kuriositäten, die er gelegentlich für Nayo oder andere Faune mitgehen lässt. Nayos Bruder Nayati zum Beispiel ist ein großer Fan von Porzellan- und Holzfiguren, die die Sagengestalten der Menschen zeigen. Die meisten davon sind von uns inspiriert, daher findet er sie umso interessanter. Wenn einer von uns etwas findet, das einem anderen Faun gefallen könnte, bringt er es ihm ganz selbstverständlich mit. Das Geld wandert in eine Schatulle in der großen Halle, aus der sich jeder bedienen kann, der in die Sonnenwelt geht. Auf diese Weise fängt die Gemeinschaft auch Nicht-Arbeiter wie mich auf. Was wir nicht brauchen, ist die Kleidung der Menschen, denn wenn wir uns verwandeln, nehmen wir mit der Gestalt auch das gewünschte Outfit an. Leviatas Modekatalog liefert dabei gute Inspiration.

»In die Menschenhäuser zu kommen, ist jetzt im Sommer ganz einfach«, erklärt Levian. »Am besten schleichst du dich abends als Maus durch ein offenes Fenster und wartest, bis alle schlafen. Währenddessen sieht man manchmal schon, wo sie ihr Geld aufbewahren. Für den Diebstahl selbst musst du dich verwandeln. Außer es geht um etwas Glitzerndes, dann kannst du auch mitten am Tag als Elster oder Rabe zuschlagen. Daran sind sie gewöhnt.«

Ich nehme mir vor, in erster Linie nach Glitzersachen zu suchen. Als Vogel wird mich wenigstens niemand in meiner unperfekten Gestalt sehen.

»Wann soll ich anfangen?«, frage ich.

»Wann du willst, Geliebte.«

Mir fällt ein Stein vom Herzen. Nicht, weil mein Dienst noch aufgeschoben ist, sondern weil er mich endlich wieder so nennt. Vorsichtig rutsche ich an ihn heran und streiche ihm eine Haarsträhne hinters Ohr. Er lächelt mir zu, aber ich kann sehen, dass die Wunde, die ich in sein Herz geschlagen habe, immer noch da ist. Ich hoffe, die Zeit wird sie heilen.

Als der Abend anbricht, ziehen wir beide los. Levian geht in die Stadt, um ein paar Dinge zu stehlen und dabei den einen oder anderen Menschen auszusaugen. Ich fliege zur Quelle der Ewigkeit, um mich mit Erik zu treffen, und hoffe, dass Levian wirklich zur Arbeit aufgebrochen ist und mir nicht heimlich folgt. Ich habe nicht vor, dem Heiler noch einmal näherzukommen, als die Höflichkeit es erfordert. Trotzdem will ich meinem Gefährten den Anblick von uns beiden gern ersparen.

Als ich auf dem verwitterten Holztisch neben dem scheußlichen Tretbecken lande, das die Menschen unter die Quelle gebaut haben, ist es nicht Erik, der dort auf mich wartet, sondern Jakob. Ich werde unsicher. Was hat das zu bedeuten? Hat ein einziger missglückter Abend etwa gereicht, um den großen Heiler für immer abzuschrecken? Falls es so ist, habe ich alles richtig gemacht. Dem Anführer und seinem stechenden Blick traue ich nicht. Also bleibe ich in ausreichendem Sicherheitsabstand zu ihm sitzen und nehme vorerst auch keine Menschengestalt an.

»Melek?«, fragt Jakob. »Bist du das?«

Er riecht nicht halb so gut wie Erik. Aber das tut keiner der Menschen. Im Vergleich zu seinem Heiler hat er aber zumindest Gewalt über seinen Körper und seine Gesichtszüge. Lässig sitzt er da und betrachtet mich mit seinen Eisaugen. Ich gebe mich zu erkennen, indem ich nicke.

»Erik ist mit unseren Vorgesetzten in Rom«, erklärt er mir. »Er wollte es dir sagen, aber du hast ihn niedergeschlagen, bevor er die Gelegenheit dazu hatte.«

Ein Ansatz von Spott schwingt in seiner Stimme mit.

Ich wüsste gern, warum er mir nicht einfach eine Botschaft hat zukommen lassen. Um ihn das zu fragen, muss ich mich nun doch verwandeln. Er kneift irritiert die Augen zusammen, als ich es tue. Anscheinend hat er das noch nicht so oft gesehen. Heute habe ich mich für menschliche Sommerkleidung entschieden: Hotpants und ein ausgefranstes T-Shirt. Ich bleibe auf dem Tisch sitzen und ziehe ein Bein an. Jakob blinzelt noch einmal.

»Hättet ihr nicht einfach wieder einen Käfer zu Thanos schicken können?«, frage ich.

»Doch«, antwortet er. »Aber ich wollte dich sehen.«

»Warum?«

»Weil ich wissen will, was noch von dir übrig ist.«

Diese Aussage kränkt mich zutiefst. Jakob ist also der Meinung, dass das, was ich heute bin, keine Bedeutung hat. Er sucht einzig und allein nach dem Menschenmädchen von früher – aus welchem Grund auch immer.

»Ich bin, was ich bin, und das ist auch gut so«, zische ich ihm entgegen. Er zeigt sich nicht beeindruckt. Selbst seine Sitzhaltung bleibt unverändert. Das ärgert mich.

»Kurz vor deiner Verwandlung hast du mir versprochen, dass du versuchen wirst, dich zu erinnern.«

»Woran? An dich?«, frage ich entgeistert.

Ich kann es kaum glauben, als er daraufhin mit dem Kopf nickt.

»Warum sollte ich das tun?«

Hoffentlich zittert meine Stimme nicht. Ich glaube, ich kenne die Antwort schon – und sie gefällt mir gar nicht. Nun lehnt er sich vor und stützt die Ellbogen auf den Tisch. Das ist mir eindeutig zu nah. Ich will wegrutschen.

»Bleib sitzen«, flüstert er. Ich bleibe sitzen.

»Wir beide waren ein Paar, Melek«, fährt er fort. »Bevor Mahdi uns auseinandergerissen hat, damit du Eriks Talent wiederherstellst, haben wir einander geliebt. Und später ... später wurde alles ziemlich kompliziert.«

Das ist also der Grund, warum er mich immer so anstarrt. Es gefällt ihm wohl, dass ich jetzt besser aussehe als früher. Ich bin regelrecht angewidert von dem Gedanken, dass ich anscheinend mehr Beziehungen hatte, als meine ehrenhafte Denkweise verkraften kann. Außerdem bekomme ich langsam Angst vor Jakob. Diese seltsame Macht, die er über mich hat, macht mich verletzbar. Was, wenn er eines Tages auf die Idee kommen sollte, mir noch ganz andere Dinge zu befehlen als »Bleib da!« oder »Komm her!«? Was, wenn er mich gegen meine eigenen Leute, gegen Levian, ausspielen sollte?

Die Bestürzung scheint mir ins Gesicht geschrieben zu sein, denn er fasst an meinen Arm und schüttelt den Kopf.

»Engelchen …«, sagt er sanft. Mehr höre ich nicht. Schon wieder rauschen Bilder durch meinen Kopf, die so mächtig sind, dass sie meine Wahrnehmung komplett überdecken. Vor meinem inneren Auge sehe ich, wie ich durch eine Halle renne und plötzlich mit Jakob zusammenstoße, wie ich auf einer Waldlichtung festgehalten werde, während er mich mit verzweifeltem Blick ansieht. Und dann das Schlimmste von allem: Er steht mitten in einem kahlen, weiß getünchten Raum und spricht die drei Worte aus, die eigentlich Levian vorbehalten sind: Ich liebe dich.

Ich schlage die Hände vors Gesicht. Diese Vision ist fast so stark wie die erste. Die hatte ich bei meinem letzten Treffen mit Erik, als er mir die Anhänger an seiner Kette gezeigt hat. Dabei habe ich Dinge gesehen, an die ich lieber nicht mehr denken will. Falls es sich bei all dem wirklich um Erinnerungen handeln sollte, sind sie ein Grund mehr, um für immer und ewig ein Faun zu bleiben. Denn als Menschenfrau war ich definitiv ein schreckliches Flittchen. Es grenzt an ein Wunder, dass Levian mich trotzdem wollte.

»Engelchen …« Er sagt es schon wieder. Diesmal werde ich aggressiv. Ich richte mich auf und ramme meine Beine rechts und links von ihm in die Bank.

»Nenn mich nicht so!«, schreie ich ihn an. Jakob bleibt einfach sitzen und funkelt mich weiter mit seinen unheimlichen Augen an. Er muss lebensmüde sein.

Eine Weile sagt keiner von uns ein Wort. Niemand will der Erste sein, der das Spiel beendet. Ich traue mich nicht, ihm an den Hals zu gehen wie Erik. Schon allein, weil ein einziger Befehl von ihm mich in die Knie zwingen würde.

Langsam schlägt Jakob die ärmellose Weste beiseite, die er über seinem T-Shirt trägt. Er greift in die Innentasche und zieht eine Pistole hervor. Ich zucke voller Angst zurück.

»Schscht«, macht er. »Keine Sorge. Ich will dich nicht erschießen.«

Mein Herz klopft trotzdem bis zum Hals.

Wie in Zeitlupe fasst er nach meiner Hand und drückt die Pistole hinein. Ich spüre sofort, wie gut sie darin liegt und wie ausgewogen ihr Gewichtsverhältnis ist. Woher weiß ich das?

»Ich will sehen, ob du es noch kannst«, sagt er.

Erst bei diesen Worten wird mir bewusst, dass ich gerade eine geladene Waffe der Menschen in meiner Hand halte. Angewidert strecke ich sie ihm entgegen.

»Nein. Wir dürfen eure Waffen nicht benutzen. Es ist ein Zeichen von Schwäche. Thanos würde mich dafür bestrafen.«

Das scheint er zu akzeptieren. Er nimmt die Waffe und verstaut sie wieder in seiner Weste. Aber den Gedanken, der ihn antreibt, hat er deswegen nicht vergessen.

»Dann zeig es mir anders«, sagt er. »Nimm einen Stein und wirf auf den Baumpilz an der Buche dort.«

Ich folge seinem Fingerzeig mit den Augen. Was er da fordert, ist völlig lächerlich. Soweit meine Erinnerung zurückreicht, habe ich zwar noch nie auf etwas gezielt, aber trotzdem weiß ich, dass es überhaupt kein Problem ist, diesen Pilz zu treffen. Dafür brauche ich nicht einmal meine volle Kraft.

Also schwinge ich mein rechtes Bein über Jakob hinweg und steige von der Bank. Direkt daneben liegt ein faustgroßer Sandstein. Den greife ich, visiere mein Ziel kurz an und werfe. Wie ein Geschoss jagt der Stein durch die Luft und trifft den Baumpilz mit solcher Wucht, so dass er in drei Teile splittert und von der Buche herunterfällt. Triumphierend schaue ich Jakob an und ziehe eine Augenbraue hoch.

»Zufrieden?«

»Absolut.«

Er grinst. Da ist etwas in seinem Blick, das mir nicht gefällt. Es sieht viel zu verschwörerisch aus.

»Du bist immer noch ein Volltreffer, Melek«, sagt er. »Dein Talent hat überlebt. Und das ist nicht das Einzige.«

Alles in mir schreit gegen diese Erkenntnis an. Ich würde gern gehen, aber er wird mich ohnehin davon abhalten. Umbringen kann ich ihn wahrscheinlich auch nicht. Selbst wenn ich schnell genug wäre, würde Thanos das wegen des Bündnisses nie akzeptieren. Und ich glaube, ich will ihn auch nicht tot sehen. Warum, weiß ich nicht. Also wähle ich den einzigen Weg, der mir offensteht: den nach vorn. Ich trete näher an ihn heran und packe ihn am Kragen seiner Weste.

»Und wenn es so wäre?«, hauche ich in sein Ohr. Ein kaum wahrnehmbarer Schauder läuft über seinen Körper. Das befriedigt mich. Also scheint es doch einen Punkt zu geben, an dem er verletzbar ist. »Du kannst davon ausgehen, dass ich dieses Talent nutzen würde, um eure ganze Truppe auszulöschen. Und solltest du es wagen, mir zu befehlen, dass ich damit gegen meinesgleichen antreten soll, dann wirst du erleben, wie stark ein Faun sein kann, wenn er in die Enge getrieben wird. Wag es nie, auch nur daran zu denken.«

Er versucht gar nicht erst, meinen Griff zu lösen.

»Ist gut, Melek. Das hatte ich nicht vor. Und jetzt setz dich hin und beruhige dich.«

Aufgewühlt lasse ich mich zurück auf den Tisch sinken. Ich weiß nicht, was er noch von mir will.

Er greift in einen kleinen Rucksack, der am Fuße der Bank steht, und zieht mein Tagebuch hervor. Der Anblick ruft ein erfreutes Prickeln in meiner Brust hervor. So wenig ich den Talenten traue, so spannend finde ich die Dinge, die ich vor Jahren dort hineingekritzelt habe. Auch wenn ich nicht weiß, ob die letzten Einträge unter Zwang entstanden sind, so bin ich doch sicher, dass vieles davon der Wahrheit entspricht. In diesem kleinen Buch steht ein Teil meines Lebens verzeichnet. Natürlich interessiert es mich brennend!

»Ihr Menschen seid seltsame Wesen«, sage ich.

»Warum?«

»Erik hat mir sehr deutlich gemacht, warum er mich zurückverwandeln will. Und nun kommst du und erzählst mir, dass wir früher ein Paar waren. Spielt ihr miteinander oder gegeneinander?«

»Mal so, mal so«, sagt Jakob.

Was mich angeht, also gegeneinander.

»Kannst du mir einen Grund sagen, warum er dir dann dieses Buch überlassen hat?«

Er schüttelt den Kopf. »Nein.«

Ich betrachte ihn ganz genau und versuche, seine Gefühle zu riechen. Doch er wehrt mich immer noch ab.

»Wer hat dir Small-Think beigebracht?«, will ich wissen.

»Das warst du.«

Dafür schäme ich mich in Grund und Boden.

»Und warum habe ich es Erik nicht gezeigt?«

Jakob zuckt mit den Schultern.

»Du hast es versucht, aber es hat nicht funktioniert. Er war hoffnungslos unbegabt.«

Diese zwei Talente sind wirklich eine seltsame Konstellation. Weder kann ich glauben, dass ich in alle beide verliebt gewesen sein soll, noch dass sie im Moment gemeinsam eine globale Revolution anzetteln. Sie sind wie Wasser und Eis. Aber Levian ist das Feuer. Er ist der Einzige, der mich wärmt.

Ich strecke meine Hand nach dem Tagebuch aus und Jakob überlässt es mir. Er beobachtet mich schweigend, wie ich darin lese, etwa eine halbe Stunde lang. Ich fange an derselben Stelle an, wo ich letztes Mal aufgehört habe. Diese Einträge sind schon recht alt und haben keinen direkten Bezug zu den Talenten. Nur Erik kommt hin und wieder vor, doch ich habe wenig positive Worte für ihn übrig. Die meiste Zeit über scheine ich ihn eher als Ballast empfunden zu haben. Als der erste Eintrag über meine Eltern auftaucht, stutze ich. Bisher hatte ich noch keine Zeit, um darüber nachzudenken, dass ich einen Vater und eine Mutter habe. Ich vermisse sie nicht. Doch wer auch immer sie sind – ihnen wird es wahrscheinlich anders ergehen.

»Kennst du meine Eltern?«, frage ich Jakob.

»Oh ja.« Er lacht. »Aber sie mochten mich nicht besonders.«

Ich will lieber nicht wissen, warum das so war.

»Wer sind sie?«

»Dein Vater ist der Förster von Buchenau. Deine Mutter arbeitet als Verkäuferin in einer Lampenfabrik. Sie ist Türkin und hat dir deinen Namen gegeben. Er bedeutet ...«

»Ich weiß«, unterbreche ich ihn. Ich will das Wort aus seinem Mund nicht mehr hören. »Wo wohnen sie?«

»Im Forsthaus in Buchenau.«

Das reicht mir für heute. Ich gebe ihm das Buch zurück.

»In zwei Tagen sitzt Erik wieder hier, ja?«, frage ich.

»Ja.«

»Würdest du gern mit ihm tauschen?«

Er zögert nicht, fragt auch nicht nach, was ich genau meine.

»Ja.«

Seine Ehrlichkeit ist fast so brutal wie seine Selbstbeherrschung. Das fasziniert mich mehr, als ich zugeben möchte. Der Anführer der Talente ist ein ziemlich harter Knochen. Er macht mir Angst und zieht mich gleichzeitig magisch an. Wirklich erklären kann ich mir diese Gefühle nicht.

Als ich nach Hause fliege, denke ich immer noch über ihn nach. Ich bin sicher, dass ich ihn schon bald wiedersehen werde.

Wie man die Menschen inspiriert – und wie man sie irritiert.

Mahdi und der Kardinal haben die anderen Generäle in ein unterirdisches Gewölbe des Vatikans bestellt. Die Armee schafft es wirklich immer wieder, mitten in einer riesigen Metropole einen Ort zu finden, an den sich garantiert kein Tourist verirrt. Eine ganze Weile hat unser Weg nach unten geführt. Nun passieren wir ein niedriges Steintor, hinter dessen Wölbung sich ein ausladender Flur auftut. Die uralten Wände sind mit neuen Backsteinen verstärkt, damit sie nicht zusammenbrechen. Rechts und links zweigen mehrere Zimmer ab, in die ich jeweils nur einen kurzen Blick erhasche. Es handelt sich immer um dieselbe Art von Raum: quadratisch gebaut und mit zahlreichen Nischen in den Wänden.

»Wo sind wir?«, frage ich Mike, der zum Glück die meiste Zeit an meiner Seite bleibt. An die andere hat sich der Bluthund Francesco Falcone geheftet, angeblich, um für meinen Schutz zu sorgen.

»In der Nekropole unter dem Petersdom«, flüstert Mike.

»Wir sind in einem Grab?«

»Nicht nur das. Es ist sozusagen das Grab der Gräber, denn irgendwo hier liegt Petrus persönlich. Genau weiß es allerdings keiner.«

Ich staune. Petrus war der Anführer der ersten Talente, die es mit den Faunen im Endkampf aufnehmen wollten. Ich habe nie darüber nachgedacht, was es eigentlich bedeutet, dass der mächtigste Dom der Christenheit ihm zu Ehren gebaut wurde. In gewisser Weise ist es so, als ob jemand eine Kathedrale für Jakob errichten würde. Das denke ich zumindest. Noch haben wir uns schließlich in keiner Weise bewährt.

Die Generäle haben sich im größten der Grabgewölbe versammelt, nur wenige Meter von der Stelle entfernt, wo angeblich der Apostel ruht. Ich bekomme leichte Beklemmungen, als ich sie sehe. Ihre Zahl kann ich schlecht einschätzen, so dicht gedrängt, wie sie stehen. Ich vermute, sie sind etwa 50. Dem Aussehen nach stammen sie aus allen Ländern der Welt. Als Mahdi und Kardinal Benelli mit ihren Begleitern und mir den Raum betreten, ist es schlagartig still. Alle Blicke wenden sich mir zu.

»Ich grüße euch, werte Generäle«, sagt Mahdi auf Englisch. »Heute ist der erste Tag einer neuen Zeitrechnung angebrochen. An meiner Seite seht ihr den Mann, der die Talente in den letzten Kampf gegen unsere Widersacher führen wird: den Heiler Erik Sommer.«

Ein paar der Anwesenden nicken mir beinahe ehrfürchtig zu, andere setzen bei meinem Anblick einen skeptischen Blick auf. Eine ziemlich junge Frau mit dunklem Teint und beeindruckender Lockenpracht schiebt sich ein Stück nach vorn, um mich genauer sehen zu können.

»Hast du ihm Gewalt angetan, um ihn hierherzuschaffen?«, fragt sie Mahdi direkt. »Der Überzeitliche meines Landes hat prophezeit, dass er sich widersetzen würde.«

Mahdi verschränkt die Arme vor der Brust.

»Vivien Gomez aus Brasilien«, flüstert Mike in mein Ohr. »Sie gehört zu den streitbaren Exemplaren unter den Generälen, glaubt nichts, was sie nicht mit eigenen Augen gesehen hat.«

Mahdi scheint nicht zum ersten Mal mit ihr aneinanderzuprallen. Aber noch hat er sich gut unter Kontrolle.

»Diese Verletzungen stammen von einem Kampf mit einem Dschinn«, behauptet er. »Schenk den wirren Visionen deines Überzeitlichen keinen Glauben, Vivien. Manche von uns haben im Laufe der Jahrtausende den Verstand verloren.«

Sein Blick schweift zu Mike. Der lächelt erst nur hintergründig. Dann kann er doch nicht anders, als einen seiner Bibelsprüche zum Besten zu geben.

»Denn die, die irrigen Geist haben, werden Verstand annehmen, und die Schwätzer werden sich lehren lassen«, grummelt er.

Ein paar von den Generälen lachen. Mahdi wird bleich vor Zorn. Nur Vivien lässt sich nicht abspeisen. Nun wendet sie sich an mich.

»Stimmt das, was er sagt?«

»Ja«, antworte ich. »Es ist die Wahrheit.«

»Würden wir die gleiche Antwort erhalten, wenn wir ein Orakel oder einen Kommunikator auf dich ansetzen?«

Ich nicke. Damit gibt sie sich vorerst zufrieden.

Nun fährt Mahdi mit seiner pathetischen Rede fort, in der er auf die Notwendigkeit des Kampfs pocht und den Talenten einen weltweiten Sieg verheißt.

Während er spricht, lasse ich meinen Blick über die Gesichter im Raum schweifen. Ich habe den Eindruck, dass die meisten Generäle von der Vorstellung eines Endkampfs beeindruckt sind. Ein paar davon aber sehen nicht ganz überzeugt aus. Ich versuche sie mir zu merken.

»Schon zweimal in der Geschichte der Menschheit hatten wir die Gelegenheit, die Dämonen zu besiegen«, sagt Mahdi. »Doch beide Male waren die Talente gespalten. Wir haben unsere Feinde fast vernichtend geschlagen, doch immer hat sich ihre Population wieder erholt. Wir haben es geschafft, die Existenz der Heiler vor den überlebenden Dschinn geheim zu halten. Aber wir haben es nicht geschafft, gemeinsam in den Kampf zu ziehen. Nun, zum ersten Mal, stehen wir geschlossen da: das Christentum und der Islam, der Osten und der Westen, der dritte Heiler und die vereinigten Talente der Welt. Lasst uns zusammen die letzte Schlacht kämpfen und die Menschheit von der größten Seuche befreien, die die Natur ihr jemals auferlegt hat!«

Eines muss man Mahdi lassen – er versteht es, die Massen zu begeistern. Nachdem er geendet hat, strahlt der Raum vom Funkeln in den Augen der Generäle. Aber dann ertönt eine Stimme, die die Euphorie wieder trübt.

»Ich bin mir nicht ganz sicher, ob wir wirklich gemeinsam dastehen«, sagt jemand mit erkennbar französischem Akzent. »In erster Linie sehe ich dich und den Kardinal. Ihr bestellt uns an einen historischen Ort und präsentiert uns irgendeinen Jungen mit einem blauen Auge, der den Mund nicht aufbringt. Ich frage mich, selbst wenn er ein Heiler ist, warum bedeutet das, dass ein Endkampf bevorsteht? Kannst du mir das erklären, Mahdi?«

Die Stimme kommt von ganz hinten. Ich kann nicht erkennen, wer da gesprochen hat. Aber Mike weiß es. Unauffällig bringt er seinen Mund an mein Ohr und flüstert: »General Jacques Lavie aus Frankreich. Wegen seiner roten Haare nennen sie ihn ›Le Rouge‹. Merk dir den. Der braucht immer eine Extrawurst.«

»Le Rouge und die französische Revolution«, spottet Mahdi. Ein leises Gelächter geht durch die Reihen. »Tritt hervor, ich kann dich nicht sehen, General!«

Es dauert eine Weile, bis der Franzose sich von hinten nach vorn durchgekämpft hat. Als er vor uns steht, bin ich überrascht: Er ist viel kleiner und jünger, als ich gedacht hatte. Sein Haar und sein Bart erstrahlen in flammendem Rot. Die hellblauen Augen stellen einen interessanten Kontrast dazu dar. Genau wie Mahdi verschränkt auch er die Arme vor der Brust, aber er steht breitbeinig und herausfordernd da. Auf der Stelle fühle ich Sympathie für ihn.

»Es war immer so, dass die Heiler uns in den Kampf geführt haben«, sagt Mahdi zu ihm. »Aus welchem Grund sonst sollte das Schicksal sie zu uns schicken?«

»Nun«, sagt Le Rouge, »um zu heilen womöglich?«

Mahdi lacht.

»Wie stellst du dir das vor? Soll ich Erik um die Welt fliegen, damit er sämtliche Tunicas von ihrem Fluch befreien kann? Wie viele davon soll er täglich küssen? Hunderte? Tausende? Nein, General, sein Erscheinen hat andere Gründe. Es ist ein Zeichen! Ein Zeichen, dass wir uns gefechtsbereit machen müssen!«

Doch dann sagt Le Rouge etwas, das so abstrus und gleichzeitig so logisch ist wie keine andere Theorie, die ich bisher gehört habe. Nicht einmal Sylvia oder Jakob haben eine entsprechende Idee gehabt.

»Womöglich ist er nicht der Einzige, nur der Erste. Warten wir ab, ob noch mehr Heiler kommen. Dann wissen wir, ob wir kämpfen müssen oder nicht.«

Ein aufgeregtes Tuscheln geht durch den Raum. Mahdi ballt kurz die Fäuste, doch dann reißt er sich zusammen und schafft es, seinen Körper zu entspannen.

»Warten«, sagt er leise. Sofort sind alle wieder still. »Du willst warten, obwohl kein Orakel einen anderen Heiler gesehen hat. Was wird passieren, wenn wir warten, Le Rouge? Ich werde es dir sagen: Irgendwann werden die Dschinn Erik erwischen. Dann haben wir unser ganzes Potenzial verloren und stehen ohne Heiler da. Und dann?« Er macht eine fragende Geste in Richtung seines Publikums. »Dann verbreiten sich die Dämonen wie eine Pandemie über den Globus und verseuchen die gesamte Menschheit. Es ist Zeit, sie auszurotten!«

»Ja«, schreit jemand aus der Menge. »Mahdi hat Recht!«

Es gibt einen Tumult und alle reden durcheinander. Nur Le Rouge steht weiterhin da und starrt Mahdi unzufrieden an. Er weiß, dass er verloren hat, aber das wird ihn nicht daran hindern, auf seiner Meinung zu bestehen. Auf einmal treffen sich unsere Blicke. Seine blauen Augen bohren sich in mich hinein. Kaum merklich ruckt er mit dem Kinn in meine Richtung und zieht die Brauen hoch. Es wirkt fast so, als würde er mich nach meiner Meinung fragen. Ich verstecke mich in Mikes Schatten, damit Mahdi mich nicht sehen kann, und nicke dem Franzosen unauffällig zu. Mehr passiert nicht. Le Rouge macht auf dem Absatz kehrt und verschwindet wieder in der Menge.

»Und nun zu dem Jungen mit dem blauen Auge, der den Mund nicht aufbringt«, sagt Mahdi plötzlich mit einem falschen Lachen und legt den Arm um mich. Mir wird kalt.

»Sag's ihnen, Erik! Sag ihnen, wie du über den Endkampf denkst!«

Zur Erinnerung an unsere Abmachung bohren sich seine Finger in meine Schulter.

Alle Generäle wenden sich mir zu. Es herrscht im wahrsten Sinne des Wortes Grabesstille ringsum. Ich räuspere mich.

»Nun, ich denke, dass ein Endkampf sinnvoll ist«, sage ich. Es klingt schwach und wenig überzeugend. Zumindest einen Tick mehr Euphorie muss ich mir abringen. Ich merke es am Druck von Mahdis Fingerkuppen. »Ich habe am eigenen Leib erlebt, welchen Schaden sie anrichten können. Und ich fühle bei jeder Reanimation das Leiden der Opfer. Es ist nötig, sie für immer zu besiegen. Dabei werde ich euch unterstützen.«

Alle schauen mich fragend an, weil sie mehr erwarten. Eine flammende Rede, einen elektrisierenden Monolog, irgendeinen Wahlkampf eben. Aber das kann ich ihnen nicht bieten.

»Interessant«, sagt Vivien Gomez.

Mahdi lässt seine Hand ein paarmal auf meine Schulter niedersausen und ringt sich ein aufgesetztes Lächeln ab.

»Ein großer Redner war er noch nie«, behauptet er dann.

Ein paar von den Umstehenden schütteln den Kopf.

»Gib ihm was, das er ablesen kann, wenn er morgen vor die Truppen tritt«, sagt jemand. Mahdi lacht. Er tauscht einen zufriedenen Blick mit dem Kardinal, dann erklärt er die Zusammenkunft für beendet. Geordnet verlassen die Generäle den Raum, wo auch immer sie jetzt hingehen werden. Wahrscheinlich gibt es irgendwo auf dem Gelände ein stilles Gästehaus, das sie allesamt beherbergt. Vivien betrachtet mich noch eine ganze Weile, so wie man ein Gemälde ansieht, wenn man nicht recht weiß, ob man es gut finden soll. Le Rouge hingegen verschwindet sang- und klanglos.

Auf dem Rückweg schweigt Mahdi. Erst als wir wieder in unserem Quartier ankommen, einer kleinen Villa ganz hinten in den Vatikanischen Gärten, brüllt er noch eine Weile herum, um seinen Unmut über meinen Auftritt kundzutun. Aber da ich weiß, dass er mich auch heute nicht schlagen kann, höre ich mir alles ziemlich unbewegt an.

»Was habe ich dich Reden schwingen hören«, brummt er schließlich. »In den Tod wolltest du gehen für deine Überzeugungen. Und nun stehst du da und dir fällt nicht mehr ein, als dass du uns *unterstützen* würdest.«

»Ich bin eben doch nur ein Schuljunge«, sage ich. »So viele Generäle verursachen mir Lampenfieber.«

Es wundert mich, wie wenig Mahdi mich immer noch einschätzen kann. Er denkt wirklich darüber nach, ob es so gewesen sein könnte.

»Morgen bekommst du Karten zum Vorlesen«, entscheidet er schließlich. »Und jetzt geh ins Bett!«

Über die Gelegenheit zur Flucht bin ich mehr als froh. Ich seufze trotzdem, als mein neuer Schatten hinter mir herkommt. Francesco positioniert sich direkt neben meinem Kopfkissen. Ich versuche, ihn zu vergessen und lese noch eine ganze Weile in einem Reiseführer über all die Dinge, die ich von Rom nicht sehen werde.

***

»*Das* soll ich ihnen sagen?«, stoße ich hervor, bevor wir uns am nächsten Nachmittag mit den zehn Talent-Truppen aus Rom treffen. »*Wollt ihr den Endkampf?*«

Mahdi nickt genervt. »Ja, aber erst ganz am Ende. Lern es auswendig, dann kommt es besser rüber.«

Ich lasse die Karten in meiner Hand sinken und schaue ihn fassungslos an.

»Aber das ist Nazi-Propaganda!«

»Sag es einfach und denk nicht weiter darüber nach«, fordert der General. Dann schickt er mich mit einer unwirschen Geste nach draußen und kümmert sich wieder um die E-Mails, die er gerade auf seinem Laptop empfangen hat.

Ich lehne mich an die Wand im Flur und lese den Rest des Textes, den er für mich geschrieben hat. Jedes Wort davon ist von Hass durchdrungen, jeder Satz ist eine Kriegserklärung. Hätte ich gestern doch wenigstens ein paar inspirierende Aussagen von mir gegeben, dann müsste ich mich heute nicht mit diesen Karten herumschlagen.

»*Ich bin gekommen, um euch Frieden zu bringen*«, steht da. »*Doch Friede wird aus Krieg gemacht. Wir müssen jetzt radikal und gründlich handeln, unter Einsatz unserer ganzen Kraft, unter schwersten persönlichen Belastungen. Doch wenn wir siegreich sind, dann wird die Menschheit neu erblühen, in neuer Freiheit und neuer Gerechtigkeit …*«

Ich sehe die Talente schon vor mir, wie sie in frenetisches Geschrei ausbrechen, wie sie ihren Hass gegen die Dschinn noch anfachen und jubelnd in unser aller Untergang ziehen. Was habe ich nur getan?

Ich weiß immer noch nicht, wie ich mich aus der Sache herauswinden kann, als wir am späten Nachmittag in unsere Limousinen steigen und durch das quirlige Sommerleben Roms hinaus in die Vororte fahren. Nun befinden wir uns genau dort, wo ich ein Treffen der Armee vermutet hätte: in einem sozial schwachen Viertel. Es sieht nicht ganz so heruntergekommen aus wie Tarlaba□□. Aber trotzdem ist den ausweichenden Blicken der Bewohner auch hier anzumerken, dass sie keinen Ärger mit uns wünschen.

Im Gegensatz zu gestern darf ich heute wieder meine normalen Sachen tragen. Selbst Kardinal Benelli hat für dieses Treffen dezent unauffällige Zivilkleidung angelegt.

Inmitten des Viertels prangt ein verwitterter grauer Betonklotz zwischen den winzigen, verschachtelten Häusern. Die Fensterscheiben sind eingeschlagen und die Fassade ist von Abgasen verschmutzt. Von außen sieht das Gebäude aus, als würde es leer stehen. Hier also will Mahdi die Talente in seinen Bann ziehen. Und ich habe keine Ahnung, wie ich damit umgehen werde.

Zehn Truppen sind vollständig erschienen und haben sich leise murmelnd in einer großen, baufälligen Halle zusammengefunden. Ich nehme an, dass auch sie vorher keinerlei Kontakt miteinander haben durften. Wahrscheinlich sehen sich all die Wettläufer, Volltreffer und Orakel untereinander heute zum ersten Mal. Im hinteren Teil der Halle stehen außerdem die Generäle von gestern.

Als der Kardinal, Mahdi und ich das schnell dahingezimmerte Podest im vorderen Bereich betreten, kehrt schlagartig Ruhe ein. Benelli übernimmt die Ansprache und erklärt den Talenten, wer ich bin. Als Beweis für meine Fähigkeiten werden mir anschließend zwei Tunicas gebracht. Ich heile sie beide vor den Augen der Truppen. Das löst bei den Talenten eine wahre Massenhysterie aus. Sie jubeln und klatschen so laut Beifall, dass ich Angst habe, das windschiefe Gebäude über uns könnte einstürzen. Manche weinen sogar hemmungslos, weil sie die Betroffenen kannten. Mahdi muss all seine Überzeugungskraft aufbringen, um für Ruhe zu sorgen.

»Beruhigt euch!«, sagt er ins Mikrofon. »Wir sind immer noch mitten in der Menschenwelt. Bringt uns nicht in Gefahr!«

Schon hören sie auf zu kreischen und schauen stattdessen ehrfurchtsvoll zu uns auf. Ihre Gesichter blicken überwältigt, bei einigen ist die Wirkung so stark, dass sie in völlige Entrückung verfallen. Es sieht aus, als würden sie mich anbeten. Ich erschrecke. Genau so müssen die Menschen auch auf meine beiden Vorgänger reagiert haben. Was dann passiert ist, weiß ich mittlerweile nur zu genau: Talente entzweit, Kampf erfolglos, Heiler tot.

Eine Sekunde später wird mir klar, dass ich bereits mitten in dem Strudel drinstecke, der mich ins Verderben reißen wird. Denn Mahdi nutzt die Begeisterung der Talente, um ihnen sein Gift zu injizieren. Jetzt sind sie zu allem bereit. Darum schlägt er schnell zu. Wortgewandt und charismatisch wie immer wickelt er sie um den Finger. Er pocht auf die Grausamkeit der Dschinn, auf die Verseuchung der Menschheit, auf die einzige Lösung, die uns vor dem sicheren Verderben bewahre. Nicht einmal Gott lässt er aus dem Spiel.

»Der Himmel hat uns einen Heiler gesandt, der den Kampf für uns einläuten soll«, skandiert er. »Sein Talent gibt uns Flügel. Es gibt uns Hoffnung. Und es gibt uns die Kraft, die Dschinn für immer zu besiegen!«

Die Talente sind wie hypnotisiert, als er fertig ist. Mir selbst geht es nicht anders. Ich merke kaum, dass Mahdi vom Mikrofon zurücktritt und Platz für mich macht. Irgendjemand schiebt mich nach vorn. Dann stehe ich da, vor der Masse aus Soldaten und Generälen, und starre hinunter auf die Karten in meiner Hand. Ich soll Deutsch reden. Ein anderes Talent übersetzt meine Worte synchron. Doch ich bringe keinen Ton heraus. Als es zu lange dauert, fangen einige der Talente an zu rufen.

»Sag etwas!«

»Sprich zu uns!«

Ich weiß genau, was auch immer ich jetzt sage, werden sie tun. In diesem Moment bin ich ein Rockstar. Und ich bin mir meiner Verantwortung nur allzu bewusst.

»Ich bin gekommen, um euch Frieden zu bringen …«, fange ich an. Dann versagt mir bereits die Stimme. Aus dem Augenwinkel sehe ich, wie Mahdis Körper sich versteift. Ich lasse die Hand mit den Karten sinken und schaue in die erwartungsvollen Gesichter der Soldaten.

»Viele denken, Friede könne nur durch Krieg erreicht werden. Und es gibt Tage, da kommt es mir ebenso vor. Der Tag, als ich mein Bannzeichen bekam. Die Tage, an denen Freunde getötet wurden, und als ich meine Familie verlassen musste. Oder der, an dem ich die Liebe meines Lebens verlor. Nicht nur einmal habe ich mir gewünscht, ich könnte die Dschinn vernichten. Ich weiß genau, wie es euch geht. Aber mittlerweile bin ich mir nicht mehr sicher, ob das der richtige Weg ist. Ich glaube, dass auch die Dschinn eine Lebensberechtigung haben. Ich glaube, dass es die Barmherzigen und die Sanftmütigen sind, die eines Tages die Welt retten. Und vor allem glaube ich, dass es friedliche Lösungen gibt. Fangen wir an, ein kleines Stückchen Liebe für unsere Feinde aufzubringen. Dann werden sie uns entgegenkommen, da bin ich mir ganz sicher. Talente von Rom – ich bin der erste Heiler des Jahrtausends. Aber vielleicht werden mir bald andere folgen. Zieht nicht in den Krieg, sondern denkt darüber nach, warum die Natur sich ein Talent wie meines ausgedacht hat! Dann können wir anfangen, an einer Zukunft zu bauen, in der es sich für uns alle zu leben lohnt.«

Es ist mucksmäuschenstill, als ich verstumme. Plötzlich klatscht ganz hinten jemand Beifall. Ich muss mich anstrengen, um zu erkennen, wer es ist, aber dann sehe ich ihn: Le Rouge, der kleine französische General, steht mitten im Raum und applaudiert. Erst zögerlich, dann immer lauter, setzen nach und nach auch die anderen Talente ein. Sie sehen verwirrt aus, weil sie etwas ganz anderes erwartet haben. Meine Rede scheint sie trotzdem irgendwie bewegt zu haben. Zumindest schreit niemand Buh.

Für Mahdi ist die Veranstaltung damit beendet. Er fasst mich steif am Arm und geleitet mich vom Podium herunter. Ein paar Bodyguards halten die aufgebrachten Talente zurück, die wahrscheinlich noch weitaus mehr hören und sehen wollen. Wir verschwinden durch eine Hintertür. Francesco greift nach meinem Arm, als Mahdi ihn loslässt. Sie wechseln ein paar Worte auf Italienisch. Mike ist in dem Tumult zurückgeblieben. Dann bleibt Mahdi stehen, um auf Benelli zu warten, und Francesco schleift mich weiter. Wenig später sind wir draußen. Ich werde in eine Limousine gesteckt und davongefahren.

Die Türen und Fenster schließen sich von innen.

***

Ich war nicht dabei, als Mahdi damals Jakob verprügelt hat. Aber das, was er jetzt mit mir macht, lässt mich erahnen, was unser Anführer in dieser Nacht ausgehalten hat. Die Zeit geht gnadenlos langsam dahin, wenn man auf dem Boden liegt und seine Tritte einstecken muss. Ich bin nicht mehr in der Lage, meine Muskeln anzuspannen. Mittlerweile schütze ich nur noch meinen Kopf mit den Armen und hoffe, dass er irgendwann genug davon hat. Dabei läuft mir unaufhörlich Blut aus der Nase.

»Muhammad ...«, sagt Mike. »Es reicht, lass ihn am Leben!«

Doch Mahdi hört nicht auf ihn, sondern bearbeitet mich ungerührt weiter.

»Selig die Barmherzigen, ja?«, brüllt er zwischen den Tritten. »Und die Sanftmütigen! Und wir sollen unsere Feinde lieben!«

Er greift nach meinem Arm und zieht mich hoch. Seine Bewegungen sind zu schnell für mich. Ich kann ihnen nicht folgen und stürze auf die Knie.

»Du willst sein wie Jesus von Nazareth«, höhnt Mahdi. »Das kannst du haben. Ich helfe dir sogar dabei.«

Er gibt Francesco einen Wink. Gemeinsam schleifen sie mich zu dem Schreibtisch in der Mitte des Raums. Mahdi fegt seinen Laptop beiseite und knallt meine Hand auf die Tischplatte.

»Halt ihn fest!«, sagt er zu Francesco. In seiner Rage spricht er Deutsch, aber der Bluthund versteht trotzdem, was von ihm verlangt wird. Er drückt meine Hand fester auf den Tisch. Mahdi zieht ein Messer hervor.

»Nein«, stammle ich. »Nein, tu das nicht!«

Da hebt er auch schon die Hand zum Stoß. Ich schließe die Augen und nehme mir vor, nicht zu schreien. Oder wenigstens leise.

Aber dann spüre ich nur einen dumpfen Schlag gegen den Rücken. Ich zwinge mich, die Augen zu öffnen und erkenne Mike, der schräg über mir hängt, am Arm des Generals und ihn mit aller Kraft zurückhält. Seine langen Haare hängen in mein Gesicht.

»Mach keinen Märtyrer aus ihm«, keucht er. »Oder willst du, dass er künftig vor den Massen steht und ihnen die Wundmale präsentiert, die du ihm geschlagen hast? Das willst du nicht wirklich, Muhammad! Er hat ohnehin genug. Das hast du doch, Erik, oder?«

»Ja«, versichere ich. »Genug für die ganze nächste Zeit.«

»Siehst du, General. Das macht er nicht noch mal.«

Das bringt Mahdi zur Besinnung. Sein Atem geht immer noch schwer, aber er lässt von mir ab und steckt das Messer wieder in seinen Gürtel. Dann schiebt er Mike beiseite und baut sich vor mir auf.

»Ich verrate dir etwas über dein großes Vorbild«, sagt er gepresst. »Jesus von Nazareth hat alles kaputtgemacht. Genau wie später Ali. Die beiden haben nicht kooperiert. Sie haben die Talente entzweit und den Endkampf verdorben. Aber wir haben gekämpft. Und auch du wirst uns nicht davon abhalten können. Vorher bringe ich dich um!«

Er spuckt neben mir auf den Boden. Dann sagt er Francesco und Mike, dass sie mich wegschaffen sollen.

Ich glaube, nächstes Mal halte ich mich besser an die Karten, die er mir gibt.

Im Mondlicht sieht die Welt ganz anders aus

Heute ist Vollmond. In diesen Nächten verlassen die Faune den Hohenfels, um Mutter Natur zu preisen. Das macht jeder auf seine Weise, aber Levian und ich werden es zusammen tun. In früheren Zeiten gingen die Faune oft gemeinsam hinaus. Sie streiften als Wolfsrudel durch die Wälder, heulten den Mond an und inspirierten dadurch die Menschen zu allerlei Gruselgeschichten. Aber nun, da es offiziell keine Wölfe mehr gibt, ziehen wir allein los, um weniger aufzufallen. Levian hat ein bestimmtes Ritual, mit dem er die Nacht verbringt. Ich bin froh, dass ich dabei an seiner Seite sein darf.

Eine Stunde vor Mitternacht ringe ich mich dazu durch, Nayo in ihrer Kammer zu besuchen. Heute Nacht wird sie als Einzige von uns nicht in den Wald gehen, sondern zu den Talenten. Wir nehmen an, dass die Führungsriege der Armee über unseren Brauch Bescheid weiß. Dadurch wird die Nebenzentrale heute vielleicht weniger bewacht sein als in anderen Nächten. Dazu kommt, dass der General immer noch mit Erik in Rom ist. Eine Gelegenheit wie diese gibt es also so bald nicht wieder.

Ich will Nayo Glück wünschen, bevor sie zu ihrem gefährlichen Einsatz aufbricht. Als sie mir die Tür öffnet, sehe ich ihr sofort die Aufregung an. Wortlos nehme ich sie in den Arm.

»Ich habe Angst«, murmelt sie in mein Ohr.

»Ich habe auch Angst um dich«, gestehe ich. »Bist du gut vorbereitet?«

Sie lässt mich los und geht zu ihrem Schreibtisch, auf dem ein Menschen-Computer und einiger technischer Kram stehen. Ich versuche, nicht allzu deutlich hinzuschauen. Dort greift sie nach einem kleinen Gegenstand aus Metall und hält ihn mir entgegen.

»Ach nein«, sagt sie dann schnell und legt das Ding zurück, als sie sich daran erinnert, wie konfus Menschensachen mich machen. »Lass uns rausgehen.«

Ich bin verwirrt, als sie mich durch die Tür schiebt. Der verflixte Metallstab geht mir nicht mehr aus dem Kopf. Ich habe so etwas schon einmal in der Hand gehabt. Nayo hakt sich bei mir ein und wir spazieren gemeinsam ein Stück durch die Gänge.

»Ich verwandele mich in die kleinste Maus, die ich hinbekomme, und schlüpfe unter dem Türspalt durch«, erzählt sie mir ihren Plan. »In dem Büro ist eine Überwachungskamera, aber ich weiß, wie ich sie deaktivieren kann. Dann muss ich nur noch den Computer des Generals einschalten, das Passwort knacken und die Liste der Anführer auf den Stick ziehen.«

Ein USB-Stick! Das war der Metallgegenstand von eben. Unscharfe Bilder von einem düsteren Zimmer in einem Menschenhaus rauschen durch meinen Kopf. Ich dränge sie schnell beiseite.

»Woher kannst du das alles?«, frage ich sie.

»Ein Spion namens Delron hat es mir vor Jahren beigebracht«, erzählt sie. »Er war hier auf der Durchreise und hat allen Dieben das Wissen weitergegeben, dass er sich durch seine Tätigkeit bei den Menschen angeeignet hatte. Levian ist auch ganz gut am Computer, hast du das nicht gewusst?«

Wieder wird meine Wahrnehmung von einer Vision getrübt. Sie zeigt einen Bildschirm mit einem leeren Dokument. Aber dann schreibt jemand etwas hinein: »l-e-v-i-a-n«. Ich schlage die Hände vors Gesicht.

Nayo bleibt stehen.

»Melek, was ist mit dir los?«

Ich bin völlig verzweifelt. Mit jedem Tag, der vergeht, werden die Visionen häufiger. Die Schatten meiner Vergangenheit quälen mich wie schreckliche Albträume. Sie verwirren mich, bringen mich in Verlegenheit und sorgen dafür, dass ich nachts aus dem Schlaf hochfahre. Ich will sie nicht in meinem Kopf haben! Bisher hatte ich mich gut genug unter Kontrolle, um mir vor Levian nichts anmerken zu lassen. Als mein Seelenverwandter spürt er die Dunkelheit dennoch, die sich immer mehr in mir ausbreitet.

Nayo atmet tief durch.

»Du erinnerst dich, nicht wahr?«, fragt sie.

Ich nicke.

»Nicht an alles. Nur immer wieder an einzelne Bilder. Sie bringen mich durcheinander.«

»Weiß Levian das?«

Ich schüttele den Kopf.

»Dann sprich mit ihm darüber. Er kann ohnehin fühlen, wenn deine Seele krank ist. Lass ihn nicht im Ungewissen über den Grund dafür.«

»Mir wäre lieber, es würde wieder aufhören«, schluchze ich. »Ich will mich nicht erinnern, Nayo!«

Diesmal nimmt sie mich in den Arm und streichelt mir übers Haar. Doch schon nach wenigen Sekunden hört sie damit auf und ich spüre, wie sich ihre Haltung versteift.

»Kein Wort mehr davon«, flüstert sie. »Da kommt Sylvia!«

Ich wende mich um und sehe das kleine Orakel der Talente direkt auf uns zukommen. Einer unserer Wächter begleitet sie. Als sie uns sieht, wird der Ausdruck in ihrem Gesicht sofort hasserfüllt. Sie bleibt stehen und hält sich die Hände vor die Augen.

»Würdet ihr euch bitte verwandeln?«, sagt der Wächter.

Wir tun ihm den Gefallen und gehen ein Stück zur Seite, damit Sylvia vorbeikann. Aber nun, da unsere Bannzeichen sie nicht mehr provozieren, hat sie anscheinend kein Interesse mehr daran, den Hohenfels zügig zu verlassen.

»Melek!«, jubelt sie und fasst nach meinem Arm. Ich weiche schnell einen Schritt zurück. Auf der Stelle werden ihre Gesichtszüge traurig. Ihre Mimik ist fast so durchschaubar wie die von Erik. Da ich sie nicht näher herankommen lasse, wechselt sie nun ihre Taktik.

»Ich war bei Thanos«, berichtet sie im Plauderton. »Und stell dir vor: Seit heute bin ich endlich so weit, den passenden Schutzzauber über unsere Truppe zu legen. Ich bin so erleichtert, dass es endlich klappt. Morgen Mittag kommt Mahdi zurück und ich hatte wirklich Angst, dass ich es nicht rechtzeitig lerne. Aber nun kann uns nichts mehr passieren.«

Ich weiß nicht, warum sie mir das alles erzählt. Sie ist eine richtige Plaudertasche. Und sie hört auch nicht damit auf.

»Ich habe Thanos gesagt, dass ich vor einiger Zeit bei einem anderen Talent den Tod vorhersehen konnte. Da bat er mich, morgen wiederzukommen und ihm die Erinnerung zur Verfügung zu stellen. Er kann alles aus meiner Hand lesen und hofft, sich dadurch die gleiche Fähigkeit anzueignen. Es sieht ganz so aus, als könnten wir voneinander lernen, stell dir das vor, Melek.«

Ich will mir das alles nicht vorstellen. Ich habe meine eigenen Probleme. Dieses geschwätzige kleine Talent wühlt mich durch seine Anwesenheit nur noch mehr auf.

»Schön für dich«, sage ich und hoffe, dass es abweisend genug klingt, um sie zu vertreiben. Doch Sylvia achtet gar nicht darauf. Sie wirft einen kurzen Blick auf den Wächter und auf Nayo, bevor sie wieder einen Schritt näherkommt und mir ihre Hand entgegenstreckt.

»Oh bitte, Melek, lass mich in deinen Geist blicken!«

»Nein!«, fauche ich sie an und verstecke meine Hände hinter meinem Rücken. »Ich kenne dich nicht. Hör auf, mit mir zu reden als seien wir alte Freunde.«

»Aber das sind wir«, heult Sylvia los. Von allen Menschen, die ich bisher kennengelernt habe, ist sie diejenige, die am häufigsten weint. Ihre Tränen sammeln sich erst am unteren Augenrand, bevor sie darüber quellen und wie kleine Bäche über ihr Gesicht rinnen.

Nayo starrt genauso fasziniert darauf wie ich. Sie hebt sogar einen Finger an Sylvias Wange und fängt einen Tropfen davon auf. Kurz inspiziert sie die Träne auf ihrem Finger, dann steckt sie sie sich in den Mund.

»Salz«, stellt sie überrascht fest.

In dem Moment passiert etwas Sonderbares in Sylvias Gesicht: Sie fängt an zu lachen, obwohl ihre Tränen immer noch weiter fließen. So etwas habe ich noch nie gesehen. Sie krümmt sich ein wenig, schaut dabei Nayo an und lacht so laut, dass es von den Wänden widerhallt. Dabei versucht sie erfolglos, sich die Feuchtigkeit aus den Augen zu reiben. Keiner von uns versteht, was hier vorgeht.

»Ich glaube, wir sollten nun gehen«, sagt der Wächter.

Sylvia wird wieder ernst.

»Erik kommt morgen zurück«, sagt sie an mich gewandt. »Kennst du schon alle Heilpflanzen?«

Ich schüttele misstrauisch den Kopf. Wovon spricht sie?

»Ringelblume, Spitzwegerich, Schafgarbe, Ackerschachtelhalm und Steinklee«, sagt sie. »Merk dir die und bring sie zu eurem Treffen mit. Du hast ohnehin was bei ihm gutzumachen, finde ich.«

Dann nickt sie mir noch einmal zu und folgt dem Wächter weiter den Gang entlang. Nach ein paar Schritten dreht sie sich um und winkt mir auf ihre kindische Menschenart. Ich wende meinen Blick von ihr ab. Aber erst als sie um die nächste Ecke biegt, wage ich wirklich durchzuatmen. Nayo starrt immer noch in die Richtung, in der sie verschwunden ist.

»Sie riecht ziemlich gut«, stellt sie fest.

»Du hast noch nie an Erik gerochen«, antworte ich abwesend.

Es dauert eine Weile, bevor sie mit der Wahrheit herausrückt.

»Doch … Ich hatte schon das Vergnügen. Wenn man vorher ein oder zwei Menschen aussaugt, ist es besser.«

Ich schaue sie verwundert an.

»Woher weißt du das?«

Sie schüttelt den Kopf.

»Ein andermal. Ich muss mich jetzt mit meinem Einbruch befassen. Und du solltest dich auf Levian und den Vollmond konzentrieren. Solche Nächte sind heilend, Melek. Vertrau einfach auf Mutter Natur. Sie wird deinen Geist beruhigen.«

***

Nayo hat Recht. Lange laufe ich schweigend mit Levian durch den Wald. Ich spüre die feuchte Erde unter meinen Füßen und die laue Luft an meiner Haut, höre das Rascheln der Tiere im Unterholz und beobachte das sanfte Fallen der Blätter. Wir verursachen kein einziges Geräusch. Levian hält meine Hand. Von Zeit zu Zeit drückt er sie und lächelt mir zu. Dann lächle ich zurück. Das Atmen fühlt sich freier an, je weiter wir gehen. Auf einer Lichtung halten wir an und setzen uns ins Gras. Über uns funkeln die Sterne. Der Mond ist so hell, dass er die gesamte Wiese vor uns in silbernes Licht taucht.

»Worauf warten wir?«, frage ich nach einer Weile.

»Auf Herkules«, sagt Levian.

Ich schaue ihn fragend an, aber da deutet er bereits zum Waldrand gegenüber.

»Schau dort!«, flüstert er. »Er bringt Artemis mit.«

Majestätisch treten zwei Hirsche aus dem Schatten der Bäume. Der eine trägt ein mächtiges Geweih auf dem Kopf, größer als ich es je gesehen habe. Bei dem anderen handelt es sich wohl um eine Hirschkuh, denn sie hat kein Geweih. Beide kommen ohne Angst auf uns zu. Ganz langsam steht Levian auf und zieht mich mit hoch.

»Sie kommen, um ihre Welt mit uns zu teilen«, flüstert er in mein Ohr. »Und wir werden hören, was sie uns zu sagen haben, und sehen, was sie uns zeigen.«

Wir bleiben reglos, bis die beiden Tiere uns erreicht haben. Dann streckt Levian seine Hand nach Herkules aus und lässt den riesigen Hirsch daran schnuppern. Ich mache das gleiche mit Artemis.

»Nun nimm eine Verbindung mit ihr auf«, sagt Levian leise, während er an Herkules herantritt und sein raues Fell streichelt. »Fühle die Kraft in ihren Beinen und den Mut in ihrem Herzen. Sag ihr, wer du bist, dann sagt sie dir, wer sie ist.«

Ich muss nicht lange zusehen, wie Levian das macht. Etwas in meinem Inneren leitet mich ganz von selbst. Vorsichtig gehe ich um die Hirschkuh herum und ertaste ihren kräftigen und dennoch grazilen Körper. Dann lege ich meine Hand auf ihre Stirn und schließe die Augen. Ich sehe Bilder von Tautropfen, die den Sonnenaufgang spiegeln, von einem Kitz, das im Gras verborgen ist, und von Jägern, die durch den Wald streifen. Auch Artemis kann etwas sehen. Wie ich Zöpfe in Levians Haar flechte, wie ich Erik zu dem Mohnblumenfeld fliege und wie Jakob mich Engelchen nennt.

Ihre feuchte Nase stößt an meine Brust. Es fühlt sich an wie eine Aufforderung. Als ich zu Levian hinüberschaue, stelle ich fest, dass er auf dem Rücken von Herkules sitzt und uns beobachtet.

»Steig auf!«, sagt er. »Ihr seid jetzt Freunde.«

Ein glückliches Lächeln huscht über mein Gesicht. Ich schwinge mich auf Artemis. Es gibt nichts, woran ich mich festhalten könnte, aber ich weiß, dass ich nicht herunterfallen werde.

Levian lächelt mir zu, berührt dann Herkules an der Flanke und der Hirsch galoppiert davon. Als Artemis ihm hinterherstürmt, steigt meine Begeisterung wie ein Feuerwerk in mir empor. Zum ersten Mal erlebe ich völlig ohne Input eine solche Gefühlsexplosion. Es ist ein reines Geschenk der Natur. Artemis greift weiter aus und holt Herkules und Levian schnell ein. Wir tauchen in den Wald hinein, galoppieren um Bäume und Sträucher herum und setzen über Hohlwege hinweg. Dabei empfange ich ständig Bilder aus dem Leben der Hirschkuh. Sie zeigt mir, wo die guten Futterplätze liegen und wo es im Winter Kastanien gibt. Aber ich erfahre auch, wo sie vor Jahren angeschossen wurde und an welcher Stelle der Fuchs eines ihrer Kinder geholt hat. Es tut mir leid, dass ich ihr kaum Erinnerungen an diesen Wald schicken kann, denn dafür gibt mein neues Leben noch nicht genug her.

Lange streifen wir so durch die Natur, bis wir schließlich in einem verborgenen Steinbruch ankommen. Er liegt hoch oben auf einem abgelegenen Berg, umgeben von dichten Schlehenhecken und gefährlichen Geröllformationen. Herkules und Artemis schweben mühelos über eine Steinlawine hinweg. Erst als sie wieder sicheren Boden unter den Hufen haben, bleiben sie stehen.

»Wir sind da«, sagt Levian.

Er steigt ab und legt seinem Hirsch die Hand auf.

»Ich danke dir, Bruder, dass du mich hergebracht und mir deine Welt gezeigt hast.«

Ich bedanke mich bei Artemis auf die gleiche Weise. Sie prustet mir ihren warmen Atem ins Ohr, dann wendet sie sich ab und verschwindet zwischen den Zweigen der Schlehen. Herkules folgt ihr.

Ich drehe mich zu meinem Gefährten um. Der Mond spiegelt sich in seinen grünen Augen und verleiht seiner Haut einen geheimnisvollen Glanz. Selten hat er so anziehend ausgesehen. Er breitet die Arme aus und dreht sich einmal um die eigene Achse.

»Dieser Steinbruch ist meine Kirche«, sagt er. »Ich habe sie selbst geschaffen. Schau genau hin, dann siehst du es.«

Er deutet auf den Berg zu meiner Rechten. Es dauert nur eine Sekunde, bis ich es erkenne. Dort, inmitten der zerklüfteten Felswand, zeichnet sich das meterhohe Relief eines Gesichts ab. Es ist grob in den Stein gehauen und dennoch unglaublich ausdrucksvoll. Wahrscheinlich ist es tagsüber kaum zu sehen. Erst der Vollmond offenbart durch ein magisches Spiel aus Licht und Schatten seine volle Ausdruckskraft. Die Menschen würden wahrscheinlich achtlos daran vorbeigehen, falls sie überhaupt den Weg zu diesem Ort finden. Ich trete ein Stück näher heran.

»Wer ist das?«, frage ich fasziniert.

»Es ist Mutter Natur, aber sie hat dein Gesicht«, antwortet Levian.

Ich bin überwältigt. Die Intensität seiner Gefühle für mich bewegt mich zutiefst. Könnte ich nur die Dunkelheit aus meiner Seele vertreiben und mit ihr jede Erinnerung, die mich schleichend in eine andere Welt hinüberzieht. Ich wende mich ihm zu und fange seinen Blick.

»Oh Levian …«

Er nimmt mich in den Arm und wiegt mich wortlos. Dann küsst er mich auf meinen Scheitel und meine Stirn. Lange stehen wir so da, bis ein leichter Wind aufkommt.

»Und nun hör genau hin«, flüstert er in mein Ohr.

Ich schließe die Augen und konzentriere mich ganz auf mein Gehör und das sanfte Wiegen, mit dem Levian meinen Körper schaukelt. Ich kann es hören: Der Wind saust durch die Bäume und Geröllhalden ringsum. Er fegt über Felsspalten, die Levian so bearbeitet hat, dass sie wie steinerne Panflöten klingen, bringt das Blattwerk über uns zum Rauschen, treibt Windspiele an, die ganz oben in den Bäumen hängen und den Takt dazu schlagen. Und dann, mitten in den Rhythmus der Erdklänge hinein, fangen die Frösche an zu quaken und eine Grille zirpt im Gebüsch. Mit geschlossenen Augen kann ich fühlen, wie über uns eine Nachtigall in den Himmel steigt und zu singen beginnt. Es ist eine Symphonie, wie sie nur die Natur komponieren kann. Alles, was sie dafür braucht, sind ein paar Felsen, schlagende Äste und Ohren, die in der Lage sind zu hören.

Levians Arm greift um meine Taille. Mit der anderen Hand fasst er meine Rechte und führt mich in eine Drehung. Ich öffne die Augen und sehe, dass hunderte von Nachtfaltern hinter uns auffliegen. Sie taumeln um uns herum wie lebendige Blütenblätter. Ich sauge den Anblick in mich auf und gebe mich Levians Bewegungen hin. So tanzen wir durch die Nacht.

Es ist kein Tanz, wie die Menschen ihn tanzen, zumindest glaube ich das. Es ist etwas, das nur Faune können, und nur Seelenverwandte. Wir berühren und küssen uns, ohne dabei aus dem Rhythmus zu kommen. Zwischendurch schließe ich die Augen und genieße das Prickeln, das in mir emporsteigt, wenn Levian meinen Oberkörper nach hinten biegt und mit der Hand über mein Dekolleté streicht. Dann öffne ich sie wieder, um mit anzusehen, wie meine Finger in den Ausschnitt seines Hemds greifen und die seidige Haut darunter ertasten.

Erst als die Nachtfalter sich schlafen legen und der Gesang der Nachtigall von einer Lerche abgelöst wird, halten wir inne. Mit dem Mondlicht ist auch der Ausdruck im Gesicht des Felsreliefs verschwunden. Bald wird das erste Morgenrot am Horizont erscheinen und irgendein Mensch wird losziehen, um Jagd auf Artemis und Herkules zu machen oder die uralten Bäume zu fällen, in die Levian seine Windspiele hängt.

»Zeit, um schlafen zu gehen«, sagt er und streichelt mir über die Wange.

»Ich danke dir aus ganzem Herzen für diese Nacht«, flüstere ich.

»Es werden noch hunderte davon kommen«, verspricht er.

Er verwandelt sich in ein Eichhörnchen und schickt mir einen übermütigen Blick aus seinen Smaragdaugen. Ich weiß genau, was er will.

»Du wirst es niemals schaffen«, sage ich. »Ich gebe dir Vorsprung.«

Dann sehe ich ihm nach, wie er auf den nächsten Baum huscht und sich in die Wipfel emporschraubt. Als er zum Sprung auf die gegenüberliegende

Eiche ansetzt, verwandele ich mich ebenfalls. Als weiße Taube steige ich in die Luft und fliege zurück zum Hohenfels. Wenn meine Orientierung mich nicht im Stich lässt, werde ich garantiert vor Levian ankommen. In hundert Jahren wird er dieses Wettrennen nicht gewinnen.

***

Ich sitze längst auf einer kleinen Sandsteinmauer am Fuße des Hohenfels, als Levian schließlich angesprungen kommt. Das Eichhörnchen stößt ein entrüstetes Pfeifen aus und landet mit einem letzten mächtigen Satz direkt neben mir. Ich stupse ihn mit dem Flügel an und reibe meinen Schnabel an ihm. Dann haben wir es beide eilig, hineinzukommen. Mittlerweile müsste Nayos Einsatz vorbei sein. Ich muss unbedingt wissen, ob sie unverletzt und erfolgreich zu uns zurückgekehrt ist.

Zu unserer Erleichterung treffen wir sie in der großen Halle, wo sich bereits eine ganze Traube von Zuhörern um sie versammelt hat. Selbst Thanos ist gekommen, um sich ihren Bericht anzuhören.

»Bis dahin lief alles gut«, sagt Nayo eben, als wir uns unter die anderen mischen. »Aber gerade, als ich die Liste gefunden hatte, schienen die beiden Orakel doch etwas gemerkt zu haben. Es liegen mächtige Zauber über dem Haus. Irgendetwas von der Gefahr, die ich ausstrahle, scheint trotz Thanos' Schutzzauber durchgedrungen zu sein. Das weibliche Orakel kam ins Büro und durchsuchte es. Ich musste mich in eine Maus verwandeln und kroch schnell unter die Bücher. Trotzdem dachte ich, dass sie mich finden würde. Aber dann gab es plötzlich einen Tumult im Hof und beide Orakel verschwanden nach unten. Also zog ich schnell die Liste auf den Stick!«

Wie zum Beweis hält sie uns das Metallding unter die Nase. Die meisten Faune verstehen natürlich nicht, worum es sich dabei genau handelt.

»Kurz bevor ich verschwunden bin, warf ich noch einen Blick aus dem Fenster. Da stand Sylvia und führte irgendein seltsames Ritual in der Hofmitte durch. Ihr Anführer und die Muskelprotzin legten sich mit den Orakeln an, um sie von ihr fernzuhalten. Das gab mir die Gelegenheit, unbemerkt davonzuschleichen.«

»Was für ein Ritual mag das wohl gewesen sein?«, fragt Thanos stirnrunzelnd.

»Ich denke, es war ein Täuschungsmanöver«, meldet sich Levian zu Wort. »Sylvia muss erkannt haben, dass Nayo in Gefahr ist, und hat daraufhin die Orakel abgelenkt.«

»Aber wenn doch ein Zauber über dem Haus liegt, der alles abschirmt ...«, sagt jemand.

»Es gibt keinen Zauber, der nicht durchdrungen werden kann«, erklärt Thanos. »Viel bemerkenswerter finde ich, dass es bei Sylvia unbewusst passiert. In manchen Momenten verselbstständigt sich ihre Macht. Dann knackt sie auch hohe Magie, ohne zu wissen, was sie eigentlich tut. Das war schon immer so. Deshalb habe ich damals den Befehl gegeben, sie zu eliminieren.«

»Stattdessen teilst du nun dein Wissen mit ihr!«, sagt eine schneidende Stimme.

Es ist Leviata. Ich habe gar nicht gesehen, wie sie sich unter uns gemischt hat. Sie schaut Thanos provozierend an und wirft ihre lichtblonden Haare in den Nacken.

»Es ist leichtsinnig, was du tust! Wenn das Bündnis zerbricht, werden die Talente von der Macht profitieren, die du ihr gegeben hast.«

Thanos hält ihren stechenden Blick. Dann nickt er ihr zu.

»Ich schätze deinen Mut und deine Klugheit, Leviata«, sagt er. »Jede Gemeinschaft braucht ihre Zweifler, sonst würde sie nicht funktionieren. Aber ich habe meine Gründe für mein Handeln. Vielleicht beruhigt es dich zu erfahren, dass ich Sylvia nicht alles lehre, was ich weiß. Und dass auch du eines Tages deine Meinung ändern wirst.«

Leviata will darauf etwas sagen, aber Thanos gibt ihr mit einem Handzeichen zu verstehen, dass er nicht gewillt ist, ihr noch länger Rede und Antwort zu stehen.

Nayo übergibt ihm den USB-Stick und schließlich löst die Gruppe sich auf. Nur Leviata bleibt noch lange in der Halle stehen und beobachtet argwöhnisch, wie wir anderen zusammen zu unseren Kammern gehen. Ich nehme an, dass sie gekränkt ist, weil sie nicht in den Rat berufen wurde, der mit den

Talenten verhandelt. Vielleicht steckt aber auch mehr hinter ihrer Reaktion. In letzter Zeit sucht sie kaum noch unsere Nähe.

Als ich Levian später darauf anspreche, zuckt er nur mit den Schultern.

»Leviata war noch nie ganz einfach«, sagt er. »Lass sie. Was auch immer sie an der Sache stört – sie kann sich Thanos nicht widersetzen. Das sollte genügen.«

***

Dank Sylvia kenne ich nun genau fünf Heilpflanzen. Orowyn hat mir gezeigt, wie sie aussehen, denn Levian wollte ich nicht damit belasten. Ich trage einen ganzen Strauß von Kräutern und Blumen in der Hand, als ich zur Quelle der Ewigkeit aufbreche. Ausnahmsweise gehe ich den Weg zu Fuß. Seit unserer Vollmondnacht bin ich ruhiger geworden und nehme mir mehr Zeit, um den Wald aus meiner natürlichen Perspektive zu sehen.

Wie immer sitzt Erik schon da, als ich unseren Treffpunkt erreiche. Ich bin entsetzt über seinen Anblick: Was von seiner Haut zu sehen ist, schillert in allen Regenbogenfarben. Beide Augen sind zugeschwollen und von kreisrunden Hämatomen umrandet. Auf seiner rechten Wange prangt ein bereits verkrusteter Riss, der für den Rest seines Lebens eine Narbe auf seiner empfindlichen Menschenhaut hinterlassen wird, wenn niemand etwas dagegen unternimmt. Ich bleibe stehen.

»War ich das?«, frage ich bestürzt.

Er versucht sich an einem Lächeln, aber es wirkt eher wie eine groteske Grimasse.

»Unser General war nicht sehr begeistert von der Ansprache, die ich in Rom gehalten habe«, erklärt er. Dann zeigt er auf sein linkes Auge. »Aber das Veilchen hier ist von dir. Bringst du mir noch mehr Blumen mit?«

Ich gehe ich auf ihn zu und inspiziere ihn genauer. Die Spuren der Misshandlung, die er erfahren hat, hören an seinem Hals nicht auf. Unter dem T-Shirt wird er also vermutlich auch nicht besser aussehen.

»Euer General ist ein sehr brutaler Mensch«, sage ich.

Erik atmet hörbar aus.

»Für mich ist er der Satan«, murmelt er.

Etwas an seinem Blick ist anders als bisher. Die Zuversicht, die er sonst immer ausgestrahlt hat, fehlt. Ich wundere mich darüber, wie schade ich das finde. Eigentlich müsste es mir egal sein, wie es ihm geht. Schnell wische ich den Gedanken beiseite und schaue mich nach einem geeigneten Platz um. Noch nie zuvor habe ich jemanden geheilt. Aber Nayo behauptet, jeder Faun sei mit dieser Gabe ausgestattet. Man müsse nur wissen, welche Pflanzen man benutzen muss. Und die habe ich schließlich dabei.

»Dort hinten«, sage ich und zeige auf eine Stelle im Wald, direkt neben dem Rinnsal, das von der Quelle gespeist wird. Es ist ein guter Platz mit viel weichem Moos. Erik sieht mich fragend an. Ich fasse nach seiner Hand und ziehe ihn hoch.

»Ich kann dich heilen«, verspreche ich.

»Es wäre nicht das erste Mal«, sagt er.

Dabei sieht er mich seltsam tief an und ich fange eine Gefühlsregung von ihm auf, die ich gleichzeitig köstlich und alarmierend finde. Ich runzele die Stirn und gehe vor ihm her. Erik folgt mir schweigend. Sein Blick ruht auf mir, als ich mich ins Moos setze und die Kräuter sorgfältig um mich herum drapiere.

»Leg deinen Kopf auf meinen Schoß«, fordere ich ihn auf.

Etwas verwundert, aber ohne weitere Fragen, lässt er sich nieder und tut, was ich sage. Zuerst taste ich seine angeschwollene Nase ab und stelle fest, dass der Knochen unverletzt ist. Für eine Sekunde muss ich an Jakob denken, dessen Nase sichtbar irgendwann einmal gebrochen worden ist. Dieser Umstand schmälert allerdings nicht seine Attraktivität. Für einen Menschen finde ich den Anführer der Talente ziemlich gut aussehend. Aber eigentlich wollte ich nicht mehr an ihn denken.

Hämatom für Hämatom arbeite ich mich vor. Ich drücke Blumen und Kräuter auf Eriks Gesicht, lege meine Hände darauf und bitte die Pflanzen, ihre Energie auszusenden. Als ich sie anschließend wieder abnehme, sind die Blutergüsse verschwunden. Ich bin ziemlich stolz auf mich.

Erik hat seine Augen die ganze Zeit über geschlossen gehalten. Nun öffnet er sie und schaut mich fragend an.

»Funktioniert's?«, will er wissen.

»Ja. Merkst du's nicht? Du kannst auch wieder aus deinen Augen blicken.«

»Stimmt.«

Er blinzelt, versucht aber nicht, sich aufzurichten. Ich bin ohnehin noch nicht fertig. Die tiefe Schramme auf seiner Wange stellt eine größere Herausforderung dar. Es sieht aus, als hätte jemand mit einem spitzen Gegenstand nach ihm geschlagen, vielleicht mit einem Ring am Finger. Dass er trotz dieser Behandlung am Bündnis mit den Faunen festhält, rechne ich Erik hoch an. Im Gegensatz zu seinem Anführer ist er nicht der heldenhafte Kriegertyp. Man muss schon zweimal hinsehen, um zu erkennen, dass so etwas wie Mut oder Leidenschaft in ihm steckt. Trotzdem treibt ihn etwas stark genug an, um dafür bewusst seine Gesundheit aufs Spiel zu setzen. Ein wenig fühle ich mich geehrt, dass es dabei auch um mich geht.

»Mach die Augen wieder zu und öffne sie nicht mehr, bevor ich es dir erlaube!«, sage ich. »Ich nehme jetzt meine wahre Gestalt an, damit ich konzentrierter arbeiten kann.«

Erik wirft mir einen unsicheren Blick zu.

»Bist du sicher …?«

»Schau mich einfach nicht an, dann wird es schon gehen.«

Also schließt er die Lider wieder und ich verwandele mich. Meine Ahnung war richtig: Als Faun ist meine Macht stärker. Offensichtlich filtert die grobe Menschengestalt meine Kräfte. Im Nu habe ich die Wunde geschlossen und zurück bleibt nur unversehrte Haut. Erik kann mir wirklich dankbar sein. Die Narbe hätte ihn sonst entstellt.

Ich entferne die letzten Blüten aus seinem Gesicht und betrachte stolz mein Werk. Im gleichen Augenblick schlägt er die Augen auf und sieht mich an. Ich fahre zusammen. Ist er wahnsinnig? Schnell verdecke ich mein Bannzeichen mit der Hand.

»Was soll das?«, frage ich verärgert. »Du provozierst gerade die nächste Schlägerei.«

Doch anstatt klein beizugeben, fasst er wortlos nach meiner Hand und will sie wegziehen. Ich weiß nicht, warum, aber ich gebe nach. Sein Blick streift mein Gesicht und meinen Körper. Dann richtet er sich auf, um mich genauer anzusehen. Ich kann keine Anzeichen von Aggression bei ihm erkennen. Trotzdem bin ich auf der Hut.

»Hast du keine Probleme damit?«, frage ich vorsichtig.

Er schüttelt den Kopf.

»Warum sagst du dann nichts?«

»Ich kann nicht«, flüstert er.

Für die Menschen muss es überwältigend sein, einen Faun in seiner wahren Gestalt zu erblicken. Normalerweise bekommen sie uns nie zu Gesicht. Und wenn es doch geschieht, dann sind die Begegnungen so kurz und zufällig, dass ihnen keine Gelegenheit bleibt, uns genauer zu studieren. Erik ist einer der ganz wenigen Menschen, die je in den Genuss eines solchen Anblicks gekommen sind – und mit Sicherheit das erste Talent.

Er bringt immer noch keinen Ton heraus. Wie er da vor mir kniet und meine Gestalt in sich aufsaugt, wirkt es plötzlich so, als hätten wir tatsächlich eine tiefere Bindung zueinander. Ich werde unsicher. Er streckt die Hand aus und berührt mein Bannzeichen. Dann gleiten seine Finger über meine Wange und ziehen die Kontur meines Ohrs nach.

»Sag irgendwas!«, murmele ich.

»Melek ...« Seine Stimme klingt so, als hätte er sie seit Tagen nicht mehr benutzt. Seine Augen schimmern verdächtig feucht. Ich bin mir nicht sicher, was gerade in ihm vorgeht. Ist er nun beeindruckt von meiner Schönheit oder einfach traurig, weil er mich verloren hat? Ich muss nur einen tiefen Zug von seinem Duft nehmen, dann weiß ich es: Der einzigartige Heiler der Talentarmee ist gerade dabei, sich in einen Faun zu verlieben. Die Gleichgültigkeit, mit der er mir die ersten Male begegnet ist, ist jedenfalls dahin.

»Ihr Menschen seid so leicht zu beeindrucken«, sage ich. »Es braucht nur ein wenig Schönheit und schon schmelzt ihr dahin.«

Kaum wahrnehmbar schüttelt Erik den Kopf.

»Schönheit beeindruckt mich nicht. Aber Echtheit.«

Wenn es einen Menschen gibt, dem ich eine solche Aussage abkaufe, dann ihm.

»Warum bannt dich mein Zeichen nicht?«, will ich wissen.

»Tut es doch. Genau wie der Rest von dir … Du ziehst mich ganz in deinen Bann.«

Mir ist durchaus bewusst, dass er jetzt zu weit geht. Levian hat mich vor ihm gewarnt. Und ich habe schon einmal erfahren, was passieren kann, wenn er mir so nah kommt. Noch immer berührt er mich mit der Hand. Es fühlt sich warm und vertraut an. Trotzdem muss ich sie jetzt entfernen.

»Leg dich wieder hin«, murmele ich. »Aber zieh dein T-Shirt aus.«

Er grinst.

»Okay.«

Ich bin entsetzt, als er sich das Kleidungsstück über den Kopf zieht und die Blutergüsse auf seinem Oberkörper freilegt. Was auch immer er dort in Rom gesagt hat, muss ihm ziemlich wichtig gewesen sein. Erik sieht mir meine Bestürzung an.

»Wenn er einmal in Rage ist, ist der General kaum zu stoppen«, erklärt er.

Ich werde ärgerlich und weiß gar nicht, weshalb.

»Wieso schlägst du nicht zurück?«, frage ich ihn. »Du siehst stark aus!«

Genau wie alle anderen Talente ist auch Erik ziemlich muskulös. Ich versuche, ihn nicht so genau anzusehen, aber es klappt nicht. Dafür bin ich viel zu neugierig. Immerhin scheine ich diesem Körper früher ziemlich nahegekommen zu sein. Zum Glück bleibt mir eine entsprechende Vision erspart. Der Vollmond scheint mir gut getan zu haben.

»Das ist nicht meine Art«, erklärt er. »Und es wäre mein sicherer Tod.«

Ich gebe ein abfälliges Brummen von mir.

»Ein Faun würde lieber in den Tod gehen, als seine Ehre zu verlieren.«

»Das unterscheidet uns von Grund auf. Ich verliere lieber meine Ehre als die Möglichkeit, dich zurückzuholen.«

»Es reicht jetzt, Erik. Leg dich hin!«, murre ich ihn an.

Ohne weiteren Widerstand lässt er sich ins Moos zurücksinken und beobachtet mich, wie ich meine Heilpflanzen auf seiner Brust verteile. Wieder lege ich ihm meine Hände auf und aktiviere die Kraft der Kräuter. Die ganze Zeit über folgt mir sein Blick.

»Wie ist das für dich?«, fragt er schließlich, als ich eine Pause mache. »Was fühlst du dabei?«

»Ich weiß nicht. Nichts, glaube ich.«

»Nichts und gleichzeitig alles«, murmelt Erik. »So ist es bei mir auch. Wenn ich jemanden heile, bin ich ganz bei ihm. Und ganz bei mir. Ich bin nie so wenig ich selbst und nie so tief in meiner Mitte versunken.«

Ich glaube nicht, dass man unsere Art zu heilen miteinander vergleichen kann. Also nicke ich nur. Dann gebe ich ihm ein Zeichen, sich aufzusetzen, und beseitige die Spuren, die sein General auf seinem Rücken hinterlassen hat.

Nun ist mein Pflanzenvorrat aufgebraucht. Ist auch besser so. Wenn Levian sehen könnte, wie weit ich Erik schon entkleidet habe, hätten wir bestimmt unseren nächsten Streit. Ein letztes Mal lasse ich meine Hände über seine Haut gleiten, obwohl keine Hämatome mehr zu sehen sind.

»Das war's«, sage ich. »Du bist wiederhergestellt.«

Er wendet sich zu mir um und greift nach seinem T-Shirt.

»Danke, Melek.«

Als er sich wieder anzieht, bin ich seltsam ernüchtert. Dann fasst er in seine Hosentasche und zieht eine dünne Geldbörse hervor. Er holt ein Foto heraus, das an den Ecken geknickt und ausgefranst ist.

»Das will ich dir schenken«, sagt er.

Ich greife nach dem Bild und starre eine ganze Weile darauf. Zum ersten Mal sehe ich mich selbst in meiner früheren Menschengestalt. Ich stehe steif neben Erik vor einer großen Kirche und grinse halbherzig in die Kamera. Levian hat mein menschliches Aussehen ziemlich diplomatisch beschrieben. Tatsächlich war ich wirklich nicht sonderlich attraktiv. Eigentlich hätte ich froh darüber sein müssen, dass Erik sich für mich interessiert hat.

»Wie war ich damals?«, frage ich. »Gab es irgendetwas Besonderes an mir?«

Er nickt.

»Ja. Du warst einfach echt. Genau wie jetzt.«

»Hat das irgendwer außer dir erkannt?«

Da seufzt er.

»Levian, nehme ich an. Und Jakob am Ende wahrscheinlich auch.«

Ich sehe ihn forschend an.

»Wen von euch habe ich wirklich geliebt?«

»Der Einzige, der dir diese Frage beantworten könnte, ist dein Gefährte, denn er besitzt deine Erinnerungen«, sagt Erik. »Aber wenn du meine Meinung wissen willst: Ich habe dein Herz erreicht, obwohl ich kein Talent mehr hatte. Das können die anderen nicht von sich behaupten.«

Mir schaudert bei dem Gedanken, dass er vielleicht Recht hat. Levian ist schöner als Erik. Jakob ist beeindruckender. Aber irgendetwas an diesem Jungen bewegt mich mehr, als ich zugeben will. Obwohl er nur ein Mensch ist – oder vielleicht gerade deshalb.

***

Als ich wenig später die Tür zu unserem Zimmer öffne, ist Levian nicht da. Erst denke ich schon, er hätte wieder die Flucht vor mir ergriffen, doch ich erfahre, dass Thanos ihn mit Luzilla zum Kräutersammeln geschickt hat, und das obwohl keiner von beiden ein Sammler ist. In dem Moment wird mir klar, was unser oberstes Orakel vorhat: Mich setzt er den Treffen mit Erik aus und Levian konfrontiert er möglichst oft mit Luzilla. Für ihn ist das wahrscheinlich die beste Möglichkeit, um das menschliche Gift ohne Regelverletzung aus dem Hohenfels zu treiben. Ich muss gut aufpassen, dass es ihm nicht eines Tages gelingt.

Ein Schwur ist umso schwerer zu leisten, je ernster man ihn nimmt.

Mahdi hat eine Ahnung, dass etwas nicht stimmt. Ständig lässt er unsere Truppe von den Orakeln durchchecken. Sylvia und mich knöpft er sich regelmäßig selbst vor. Aber da er zu keiner Tages- oder Nachtzeit einen Hinweis erhält, muss er sich einfach in dem Glauben wiegen, er hätte noch alles unter Kontrolle. Das Gegenteil ist der Fall.

Seit meiner Rückkehr aus Rom sind fünf Tage vergangen. In dieser Zeit haben uns so einige interessante Botschaften erreicht. Von Seiten der Faune gibt es die ersten Rückmeldungen aus anderen Regionen. Thanos hat uns deshalb für heute Abend in den Hohenfels geladen, um die Vorschläge zu besprechen. Und noch eine andere Nachricht kam vor zwei Tagen per Luftpost an. Ein winziger, unscheinbarer Spatz brachte sie. »Wenn der Heiler zu seiner Rede steht, die er in Rom gehalten hat, sollte er sich der Bestätigung entsinnen, die er dort erfahren hat. Manchmal ist es gut, miteinander zu reden.«

Ich ahne schon, warum Le Rouge seine Botschaften in Rätsel verpackt. Wahrscheinlich hat er Angst, dass Mahdi oder ein anderes Talent sie abfängt. Also haben wir beschlossen, die Antwort im gleichen Stil zu verfassen.

»Freiheit, Gleichheit, Brüderlichkeit«, diktierte Sylvia dem Vogel, bevor sie ihn zurückschickte. »Wir können das auch. Und wir sind nicht allein.«

Die Parole der Französischen Revolution wird Le Rouge erkennen. Damit weiß er zumindest, was wir vorhaben. Dann liegt es an ihm, ob und wie er den weiteren Kontakt mit uns pflegen will. Natürlich grenzt es an Leichtsinn, einem General der Armee unsere geheimen Pläne mitzuteilen. Aber ohne ein gewisses Maß an Wagemut werden wir keinen Erfolg haben.

Heute haben wir die Übungsstationen an der Schutzhütte nur zu Showzwecken aufgebaut – für den Fall, dass Mahdi uns wieder spontan besuchen sollte. Anstatt unser Training aufzunehmen, sitzen wir im Gras und diskutieren, wie es nun weitergehen soll.

»Wer von den Generälen könnte sich noch auf unsere Seite schlagen?«, will Jakob von mir wissen.

»Es gab eine Generalin aus Brasilien, die Mahdis Worte angezweifelt hat«, berichte ich. »Ihr Name war Vivien Gomez.«

»General Iwanov aus Russland und General Chamlong aus Thailand sind ebenfalls als Oppositionelle bekannt«, weiß Mike.

»Wie können wir sie erreichen?«, fragt Jakob.

»Am besten über Le Rouge. Wenn er uns unterstützt, kann er die anderen Generäle überzeugen.«

»Das heißt, wir müssen auf seine Antwort warten.«

Mike nickt.

»Sieht ganz so aus.«

»Dann müssen wir jetzt noch etwas anderes klären«, sagt Jakob. »Ich weiß, dass einige von euch nicht überzeugt von unserem Widerstand sind.«

Er schaut in die Runde und erntet ein paar unsichere Blicke.

Den Mienen der anderen kann man zum Teil sehr deutlich ansehen, wie wenig einverstanden sie mit unserer Revolution sind. Rafail und Nadja halten sich zwar mit Kommentaren zurück, aber in ihren Gesichtern steht klare Missbilligung. Dass wir mit den Faunen kooperieren, anstatt sie zu erschießen, will einfach nicht in ihre Köpfe hinein. Finn und unser neuer Wettläufer Joshua wirken zumindest unentschieden. Kadim ist ganz offen gegen das Bündnis. Erst vor kurzem hat er prophezeit, diese unnatürliche Konstellation sei schon jetzt zum Scheitern verurteilt. Sylvia ist der Meinung, der Kaffeesatz sei als Weissagungsmethode grundsätzlich zu vieldeutig. Die Zeichen, die Kadim erkannt hat, könnten auch etwas ganz anderes bedeuten und seien außerdem immer abhängig von der Person, die die Tasse geleert hat. Leider kann sie derzeit nicht mit einer Gegen-Prophezeiung aufwarten. Ihre letzte Vision ist mittlerweile so lange her, dass wir anfangen, uns deswegen

Sorgen zu machen. »Ihr hattet jetzt lange genug Zeit, euch die Sache durch den Kopf gehen zu lassen«, fährt Jakob fort. »Heute will ich eine Entscheidung von euch hören. Wenn ihr diesen Weg nicht mit uns weitergehen wollt, seid ihr ab sofort von eurer Pflicht, mir zu gehorchen, entbunden. Sylvia kann das Band trennen, das uns aneinanderschweißt. Dann sehen wir uns nur noch offiziell zu den üblichen Anlässen und ihr werdet mit keinen weiteren Informationen belastet, die euch zum Verhängnis werden könnten. In dem Fall bitte ich euch aber dringend, für euch zu behalten, was ihr nun schon wisst.«

Ich hatte keine Ahnung, dass dieses Treffen in eine Grundsatzentscheidung ausarten sollte. Jakobs Alleingänge ärgern mich. Immerhin ist die Revolution meine Idee gewesen und wir haben uns die Hände gereicht, als hätte ich zumindest ein Mitspracherecht.

»Wenn ihr euch entscheiden solltet, weiterhin an unserer Seite zu bleiben, dann gebt ihr einen Schwur ab«, redet er weiter. »Jeder von euch schwört Erik, dass er lieber sterben will, als als Druckmittel missbraucht zu werden. Wir wissen alle, was passiert, wenn Mahdi auch nur einem von euch vor Eriks Augen das Messer auf die Brust setzt. Ich will verhindern, dass die Revolution zu Grunde geht, weil unser Heiler so erpressbar ist, wie er nun mal ist.«

Das also ist der Grund, warum ich nicht über Jakobs außerplanmäßige Ansprachen informiert werde: Er hält mich für schwach. So schwach, dass es eines Schwurs bedarf, um mich aufrechtzuhalten. Vielleicht bin ich das sogar.

»Schwört Melek auch?«, fragt Kadim gereizt. »Denn wenn nicht, macht es wenig Sinn, was du von uns forderst.«

»Melek befindet sich außerhalb von Mahdis Reichweite«, kontert Jakob. »Wenn ihr dabei bleibt und die Sache fliegt auf, dann seid ihr die Ersten, die der General sich greift. Darüber solltet ihr euch im Klaren sein.«

Keiner der anderen sagt etwas darauf. Die meisten starren nur auf das Gras zu ihren Füßen. Ich sehe, dass Tina einen winzigen Blick mit Henry tauscht. Dann schaut sie etwas länger hinüber zu Joshua, der ihr gegenübersitzt. Er nickt fast unmerklich.

Jakob steht auf und wir anderen erheben uns nun ebenfalls. Er tritt vor mich und legt seine Hände auf meine Schultern. Ich sehe nur den Eisblick, nicht den Ozean. Trotzdem bewegt mich, was er sagt.

»Ich schwöre dir: Um meinetwillen sollst du dich niemals brechen lassen. Lieber sterbe ich.«

Ihm ist anzusehen, dass er es hundertprozentig ernst meint. Seltsamerweise beruhigt mich das wirklich. Ich weiß nicht recht, was ich darauf sagen soll. Deshalb nicke ich nur. Dann kommt Sylvia zu mir und sagt dasselbe. Auch in ihren Augen liegt völlige Überzeugung. Bei Tina sieht es sogar so aus, als würde sie mich anschließend selbst töten, wenn ich es wagen würde, ihren Schwur zu vereiteln.

Nacheinander leisten mir neun Talente ihren Eid. Übrig bleiben Rafail, Nadja und Kadim.

»Das ... ist gerade etwas zu viel verlangt«, murmelt Rafail.

Jakob sagt nichts. Er gibt nur Sylvia einen Wink. Doch die will drei ihrer Kameraden nicht so ohne weiteres aufgeben.

»Rafail ...«, beginnt sie.

»Nein«, schneidet Jakob ihr das Wort ab. »Hier wird niemand überredet. Das ist eine Entscheidung, die jeder für sich selbst treffen muss. Entbinde sie von mir!«

Sylvia wird mir langsam unheimlich. All die Dinge, die sie neuerdings kann, hat ihr mit Sicherheit Thanos beigebracht. Sie ist längst über den Punkt hinaus, den sie ursprünglich erreichen wollte, und trotzdem verbringt sie weiterhin Stunden in der unterirdischen Kammer des obersten Fauns. Was auch immer es ist, das Thanos antreibt, ihr so tiefe Einblicke in seine Magie zu gewähren – für uns ist es vielleicht das schärfste Schwert, das er uns in die Hand geben könnte.

Wie man seine Seele vor Leid verschließt, hat er sie jedenfalls nicht gelehrt. Sylvia sieht verzweifelt aus, als sie mit Jakob zu Nadja, Rafail und Kadim hinübergeht. Mit Tränen in den Augen legt sie eine Hand auf Nadjas Stirn und die andere auf Jakobs Brust. Nadja wirkt vollkommen fassungslos. Sie bringt keinen Ton heraus, starrt Sylvia nur mit weit aufgerissenen Augen an, während das Orakel mit zitternder Stimme einige unverständliche Worte vor sich hin murmelt. Rafail steht daneben und schüttelt entsetzt den Kopf. Nur Kadim wirkt so unbewegt wie eine Statue. Als Sylvia mit Nadja fertig ist, schluchzt sie. Aber es braucht keine erneute Aufforderung von Jakob, um sie dazu zu bringen, ihr Werk zu vollenden. Ohne weiteres Zögern wendet sie sich Rafail und schließlich Kadim zu und entbindet beide von ihrem Anführer.

»Ihr seid dann für heute entlassen«, sagt Jakob ungerührt. »Wir treffen uns morgen Nachmittag im Fitnessstudio.«

»Ist das dein Ernst?«, krächzt Nadja. »Du schickst uns einfach weg, nach all den Jahren?«

»Es ist das, was ich euch angekündigt habe und wofür ihr euch entschieden habt«, antwortet Jakob.

Kadim würdigt dieser Aussage nicht einmal mehr eine Antwort. Er dreht sich einfach um und geht. Ich glaube, so etwas wie Schmerz in seiner Miene zu sehen. Die Qual, die Melek damals gefühlt hat, als Mahdi sie von ihrem Anführer wegriss, kann es ja nun nicht mehr sein. Vielleicht ist Kadim also wirklich traurig und verletzt darüber, wie die Dinge sich entwickeln. Aber warum schreit er Jakob dann nicht einfach mal gehörig an? Ich würde das gerade nur zu gut verstehen.

Rafail und Nadja bleiben noch eine Weile stehen und schauen von einem zum anderen. Dann atmet Nadja hörbar aus, fasst nach Rafails Hand und zieht ihn fort. Der Muskelprotz dreht sich noch ein paarmal zu uns um, aber dann sind sie ebenfalls hinter der Anhöhe des Parkplatzes verschwunden. Ich schaue Jakob an und suche in seinem Gesicht nach einem Anzeichen von Gefühl. Trauer, Wut, Genugtuung, ganz egal was. Wie immer nichts zu sehen.

»Wenn dich das alles so wenig berührt, warum hast du Sylvia dann nicht gleich ihre Erinnerung löschen lassen?«, frage ich ihn. »So wie es jetzt ist, stellen sie alle drei eine Gefahr für uns dar.«

Jakob schenkt mir einen seiner herablassenden Blicke. Erst an seiner Antwort erkenne ich, dass hinter seiner Stirn bereits Dinge vorgehen, die weit über die aktuelle Situation hinaus weitergedacht sind.

»Das hätte ihnen jeden Weg zurück versperrt.«

Dafür bewundere ich ihn nun doch. Die Entscheidungen, die er jeden Tag treffen muss, sind eine einzige Gratwanderung. Ich möchte nicht in seiner Haut stecken. Dann noch lieber in meiner.

Nun wendet er sich an den verwirrten Rest seiner Truppe. Es ist offensichtlich, dass wir gerade alle ziemlich konfus sind. Denn als Soldaten einer Talent-Truppe sind wir gleichzeitig auch eine Einheit. Was soeben passiert ist, kommt einem zermürbenden Kampf gleich, an dessen Ende drei von uns tot sind. Genauso fühlt es sich an.

»Zehn sind zehnmal mehr als einer«, sagt Jakob. »Heute Abend erfahren wir vielleicht von den Faunen, welche Lösungen es für uns alle geben könnte. Danach wird Sylvia diese Vorschläge gemeinsam mit dem Aufruf zur Rebellion an alle Talente der Welt verschicken. Also hört gut hin und denkt mit. Wir brauchen jetzt eure Köpfe mehr als zuvor eure Waffen.«

»Wann willst du unsere Veteranen einweihen?«, fragt Henry zögerlich.

»Sobald wir einen genauen Plan haben.«

Henry stöhnt.

»Mein Vater und der Schuster … sie werden uns die Köpfe abreißen.«

Das glaube ich allerdings auch.

»Nicht, wenn sie die ganze Geschichte hören«, meint Jakob. »Nicht, wenn sie erfahren, was Mahdi in Rom mit Erik gemacht hat, und wie er uns zwingt, nach seiner Pfeife zu tanzen. Und vergiss nicht, dass wir einen Erzengel haben, der ziemlich überzeugend von den früheren Kämpfen berichten kann, die allesamt gescheitert sind.«

Mike setzt ein stolzes Grinsen auf und wirft sich in die Brust.

»Dann also bis heute Abend«, sagt Jakob.

»Nein, warte«, schaltet sich Sylvia ein. »Wir brauchen noch ein Erkennungszeichen.«

Tina setzt einen mürrischen Blick auf.

»Findest du nicht, dass langsam genug Zeichen in Umlauf sind?«

»Du hast doch gar keine Hand mehr frei für ein weiteres Tattoo!«, setzt Joshua obendrauf und lacht. Alle stimmen mit ein, außer Sylvia. Ich glaube, genau das haben wir jetzt nötig: irgendeinen Grund, um die Anspannung herauszulassen, die auf unseren Seelen liegt.

»Nein, keine Tätowierung«, gibt Sylvia ernst zurück. »Ein geheimes Zeichen, das für die Revolution steht. Jeder, der es kennt, kann sich damit als Verbündeter ausweisen. Es soll eine Art Parole für uns sein.«

»Also etwas in der Art, wie du Le Rouge geschickt hast«, sagt Henry.

»Das waren Worte. Ein Zeichen ist viel unauffälliger. Damit kann man sich auf zahlreiche Arten geheim verständigen.«

Wir denken alle nach, doch so recht will uns nichts einfallen. Tina schlägt ein erhobenes Schwert vor, aber das ist uns zu kriegerisch. Sylvia malt einen Kreis mit Runen in den Sand, die so kompliziert sind, dass es sich keiner merken kann. Als wir die Suche schon auf morgen vertagen, kommt mir plötzlich eine Idee.

»Eine Taube«, sage ich. »Eine weiße Friedenstaube.«

Jakob schaut mich scheel von der Seite an.

»So etwas kann auch nur von dir kommen«, murmelt er.

»Nein. Dir hätte es auch einfallen können.«

Erst in dem Moment geht ihm wohl auf, was Meleks liebste Tiergestalt ist. Kurz zuckt sein Mundwinkel nach oben.

»Von mir aus«, sagt er. »Friede sei mit allen Talenten und Dschinn dieser Welt. Kitschig, aber treffend. Also eine Taube.«

***

Als wir uns am Abend auf dem Hohenfels treffen, machen wir eine Entdeckung, die mein Herz vor Freude hüpfen lässt: Nadja und Rafail stehen bereits vor dem Eingang. Beide sehen aus, als seien sie seit heute Nachmittag einen Marathon gelaufen und hätten anschließend eine Doktorarbeit geschrieben. Es braucht gar nicht viele Worte zwischen uns. Als sie mich sieht, fällt Nadja mir um den Hals und schluchzt die Worte des Schwurs in mein Ohr. Rafail tut anschließend genau dasselbe, ungeachtet dessen, dass er mich dabei fast erdrückt.

»Das ging ziemlich schnell«, lässt Jakob verlauten.

Dafür könnte ich ihn ohrfeigen. Er hat von vornherein geahnt, dass es so kommen würde.

»Und Kadim?«, fragt er.

Nadja schüttelt traurig den Kopf.

»Gut. Dann also zwölf«, sagt Jakob und nickt Sylvia zu. Erneut legt sie den dreien die Hände auf und bindet Nadja und Rafail wieder an ihren Anführer. Dann schickt sie einen Käfer in den Hohenfels mit der Bitte um Einlass. Schon kurz darauf öffnet sich das Felsentor und zwei Wächter nehmen uns in Empfang. Die Faune sitzen wieder in ihrem Halbkreis in der großen Halle, als wir hineingeführt werden. Allerdings bilde ich mir ein, dass die gegenüberliegenden Stühle diesmal etwas näher herangerückt sind. Ich deute das als gutes Zeichen. Vielleicht wird ja eines Tages ein Kreis daraus.

Sofort schweift mein Blick nach links außen zu Melek und mein Puls beschleunigt sich. Noch immer ist ihre perfekte Menschengestalt mir weniger nah als die unglaubliche Faun-Frau, die ich seit dem Tag meiner Heilung im Wald treffe. Trotz dieser Maske reicht ihr Anblick, um die Schmetterlinge in meinem Bauch zum Tanzen zu bringen. Wem sie eigentlich gelten – der Melek von früher oder der Melek von heute –, weiß ich nicht. Aber es ist auch ganz egal. Ich muss zugeben, dass ich bei unseren letzten beiden Treffen nicht wirklich weitergekommen bin. Irgendein seltsames Vollmond-Ritual hat die Erinnerungen zum Schweigen gebracht, die sie in der letzten Woche so sehr in ihre frühere Welt gezogen haben. Aber ich bin zuversichtlich, dass sie wiederkommen werden. Ich werde schon dafür sorgen.

Als sie mich sieht, wirft sie mir einen Blick zu, den man freundschaftlich nennen könnte. Dann sehe ich leider ihren Augenkontakt mit Jakob. Und der geht in eine andere Richtung. Von Meleks Seite ist gleichermaßen Unterwürfigkeit und Faszination dabei, genau wie früher. Ich kann es nicht fassen. Ganz bewusst habe ich darauf verzichtet, einen von beiden nach ihrem Treffen letzte Woche zu fragen. Aber wenn ich sehe, welche Schwingungen zwischen ihnen hin und her fliegen, kann ich mir das meiste ohnehin zusammenreimen. Es gibt nur einen Umstand, der mich bei der ganzen Sache beruhigt: Levian beachtet Jakob gar nicht, obwohl er ja eigentlich sein Erzfeind ist. Er hat die Lippen aufeinandergepresst und starrt nur mich an. Seine grünen Augen funkeln erregt. Ich werte das als gutes Zeichen. Immerhin muss er am besten wissen, wer sein größter Konkurrent ist, denn er hat Meleks Erinnerungen in seinem Kopf.

Wir setzen uns ihnen gegenüber. Als ein Platz in unserer Reihe leer bleibt, bemerkt auch der letzte Faun, dass einer von uns fehlt.

»Wo ist das Talent, das auf diesem Stuhl sitzen sollte?«, fragt Thanos von seinem Thron in der Mitte aus.

»Er hat die Entscheidung gefällt, dass er diesen Weg nicht mit uns gehen will«, antwortet Jakob wahrheitsgemäß.

Wenigstens haben sich Rafail und Nadja doch noch angeschlossen. Drei leere Plätze hätten wirklich alarmierend gewirkt. Ein paar von den Faunen beginnen zu tuscheln. Wahrscheinlich unterstellt man uns gerade typisch menschliche Schwäche.

»Wir werden diesen Stuhl stehen lassen«, entscheidet Thanos. »Kommen wir nun zu der erfreulichen Nachricht: Fast alle meiner Botschaften haben mittlerweile ihre Empfänger erreicht. Ihre Antworten fallen allerdings sehr unterschiedlich aus. Es gibt Gruppen, die über unser Bündnis entsetzt sind. Andere aber haben bereits einen ähnlichen Vertrag mit ihren Talenten.«

Ich bin sprachlos. Vieles habe ich erwartet, aber nicht das. Gibt es tatsächlich Orte auf dieser Welt, wo Talente und Faune eine friedliche Lösung gefunden haben? Und wenn ja, wie sieht sie aus? Ich brenne darauf, es zu erfahren.

»Was für Verträge sind das?«, fragt Jakob.

»Da gibt es verschiedene Ansätze«, sagt Thanos. »In unseren Augen stammt der beste von der Elfenbeinküste. Die Menschen dort opfern den Faunen regelmäßig einige ihrer Mitglieder. Dafür halten die Faune sich so stark wie möglich zurück.«

»Aber Opfer … Opfer sind keine Lösung!«, bricht es aus Sylvia heraus.

»Es ist zumindest eine Möglichkeit, die Kämpfe zu unterbinden«, findet Thanos.

Ich sehe das trotzdem wie Sylvia. Wenn ich die Truppen auf der ganzen Welt mit diesem Vorschlag konfrontieren würde, könnte ich mir gleich selbst eine Schlinge um den Hals legen.

»Gibt es weitere Ideen?«, fragt Jakob.

»Ich persönlich finde die Taktik aus Indien recht annehmbar«, sagt Thanos. »Dort wurden Meditationsformen eingeführt, die beide Seiten in eine asketische Richtung leiten. Es gibt also weniger ausgesaugte Menschen und weniger Kämpfe.«

»Weniger reicht aber nicht«, schalte ich mich ein. »Wir brauchen eine klarere Lösung. Etwas, das die Talente sofort überzeugt.«

Thanos betrachtet mich eine Weile mit seinem undurchschaubaren Blick. Es ist irritierend, sich mit einem Wesen zu unterhalten, das keinerlei Mimik zu Stande bringt. Auch wenn ich das zum Teil schon von meinem Anführer gewohnt bin.

»Dann gefällt dir vielleicht der Vorschlag aus Amerika, der uns eher weniger begeistert hat«, sagt er. »Dort gibt es Gegenden, wo die Faune sich darauf beschränken, nur böse Menschen auszusaugen. Die Talente liefern ihnen gezielt verurteilte Verbrecher aus.«

Das überzeugt mich auch nicht, denn es ist grausam und klingt zu sehr nach Todesstrafe. Aber ich wüsste gern, was Thanos dagegen einzuwenden hat.

»Warum gefällt euch das nicht? Ich dachte, auch die schlechten Gefühle berauschen euch.«

Das Seufzen, das bei meinen Worten durch den Kreis unserer Verhandlungspartner geht, kann ich nicht richtig deuten. Entweder habe ich sie gerade gekränkt oder sie finden meine Frage einfach völlig naiv. Letzteres scheint wohl der Fall zu sein, denn Thanos setzt zu einer Erklärung in einem Ton an, der nach Grundschulunterricht klingt.

»Ich versuche, es dir anhand von eurem Essen klarzumachen«, sagt er. »Stell dir ein schönes, saftiges, gut gewürztes Stück Fleisch vor.«

Die Faune verziehen vor Ekel allesamt die Gesichter. Von Melek weiß ich, dass sie Vegetarier sind und ohnehin nur selten essen. Sie blicken mit Abscheu auf jedes Wesen, das Tiere tötet. Niemals kämen sie auf die Idee, die Geschöpfe des Waldes als Nahrung zu betrachten.

»Und daneben liegt ein Stück hartes Brot. Wonach würdest du greifen?«

Jetzt sitze ich in der Patsche. Ich werfe einen Blick zu Melek hinüber, die gespannt auf meine Antwort wartet.

»Nach dem Brot?«, nuschele ich.

Ein paar von den Faunen lachen. Nur ihr Orakel bleibt weiterhin versteinert.

»Wir alle wissen, dass das eine Lüge ist. Die meisten Menschen würden nach dem Fleisch greifen. Aber es gibt dennoch einige, die eine andere Wahl treffen würden. Ihr Verhältnis zueinander ist wahrscheinlich recht unausgewogen. So ist es bei uns auch. Die meisten Faune wären enorm unbefriedigt, immer nur Verbrecher vorgesetzt zu bekommen. Obwohl einige bestimmt ganz gut damit leben könnten.«

Ich habe zwar keine Ahnung, wie schlechte Gefühle schmecken, aber das Prinzip kann ich durchaus nachvollziehen.

»All diese Vorschläge sind gute Ansätze«, greift nun Jakob das Thema wieder auf. »Aber Erik hat Recht: Wir brauchen etwas, das eindeutig für beide Seiten zufriedenstellend ist.«

»Wenn es etwas Derartiges gäbe, würden wir nicht seit Jahrtausenden gegeneinander kämpfen«, antwortet Thanos. »Wir müssen uns darüber bewusst sein, dass jede Lösung ein Kompromiss ist. Beide Seiten müssen von ihren hohen Ansprüchen zurücktreten.«

Die Stimmung, die sich bei seinen Worten in der Halle ausbreitet, ist reichlich düster. Kompromisse sind keine gute Grundlage, um die Talente weltweit zum Widerstand gegen Mahdi aufzurufen. Also können wir nur hoffen, dass Le Rouge Recht behält und weitere Heiler kommen werden. Das wäre genau die Art von Evolution, die wir brauchen. Wenn die Armee sie nicht vorher im Keim erstickt.

Wir beschließen, in unseren Botschaften nur mitzuteilen, dass es bereits Verhandlungen mit den Faunen gibt und die Geburt weiterer Heiler nicht ausgeschlossen ist. Das ist weniger, als ich mir erhofft hatte, aber für die Empfänger wahrscheinlich trotzdem eine große Neuigkeit. Da meldet sich plötzlich Joshua zu Wort.

»Was ist, wenn die anderen Talente mit unserer Nachricht zu ihren Generälen rennen?«, fragt er und ich finde seinen Einwand durchaus stimmig. »Dann weiß Mahdi innerhalb weniger Stunden Bescheid.«

»Das wird nicht passieren«, sagt Jakob. »In dem Fall spielt die Taktik der Armee endlich mal für uns: Sie kennen weder ihre Generäle noch ihre Nachbartruppen. Selbst die Hauptmänner haben nur Kontakt mit Offizieren von niederem Stand. Bis eine entsprechende Nachricht zu Mahdi vordringt, werden Wochen vergehen.«

»Wochen, aber keine Jahre.«

Jakob nickt.

»Eine andere Lösung gibt es nicht.«

Diesmal werden wir nach dem Ende der Zusammenkunft nicht direkt wieder hinausgebeten. Im hinteren Teil der Halle steht ein Tisch, der so etwas wie ein Buffet bereithält. Thanos und eine Faun-Frau mit sanftem Blick führen uns dorthin. Sie stellt sich als Orowyn vor. Dann zeigt sie auf einen der Holzteller, der dort steht. Der Haufen darauf sieht aus wie eine Art aufgequollene Baumrinde mit einem stark riechenden Aufstrich.

»Birkenbrot mit Bärlauchbutter«, sagt sie. Ich kann sehen, dass sämtliche Talente nur mit Mühe die Fassung bewahren. Doch Orowyn preist die Köstlichkeiten ihrer Küche unbeeindruckt weiter an. »Das hier ist Wiesenknopfsalat mit Blütensauce, dort eine Sauerampfersuppe und daneben meine berühmten Kräuterfrikadellen mit Nuss-Panade. Sie schmecken am besten, wenn man sie in Honig tunkt und Walderdbeeren dazu isst.«

Keiner von uns traut sich so recht, zuzugreifen.

»Wow«, sagt Tina. »Was gibt's zu trinken?«

»Quellwasser«, antwortet Orowyn und zeigt auf eine Reihe Tonkrüge am Ende der Tafel.

»Nicht mal Tee?«, fragt Nadja zaghaft.

Dafür erntet sie einen dieser Blicke, mit denen die Faune uns klarmachen, für wie wenig intelligent sie uns halten.

»Wir sind hier nicht auf Island«, erklärt Orowyn. »Würden wir kochen, so würde Dampf aus der Erde hervorsteigen, der leider nicht durch Geysire oder Vulkane erklärt werden kann. Dann gäbe es bald wieder Ausgrabungen auf dem Hohenfels und das wollen wir vermeiden.«

Nun mischt sich plötzlich Melek ein. Ich habe nicht gemerkt, dass sie zwischen uns getreten ist.

»Aber im Herbst, wenn frühmorgens die Nebel aus den Wäldern steigen, dann nutzen wir manchmal die Gelegenheit, um Tee zu kochen«, sagt sie lächelnd, obwohl sie das selbst wahrscheinlich nur aus Erzählungen weiß.

Ich starre sie an. Wer ist dieses fremde Wesen?

»Das kenne ich …«, murmelt Rafail auf seine naive Art. »Wenn diese Rauchschwaden über dem Wald lagen, sagte meine Mutter immer, die Füchse würden Kaffee kochen. Stattdessen sind es die Dschi… die Faune.«

Melek nickt.

Unsere Verbündeten schauen uns erwartungsvoll an. Es ist Sylvia, die sich schließlich dazu durchringt, einen Happen von dem Birkenbrot zu kosten. Wir anderen beobachten sie ganz genau, als sie ihn sich in den Mund steckt und darauf herumkaut. Sie grinst und schluckt. Also ist es zumindest essbar. Sofort greift sie nach dem nächsten Stück.

»Das ist voll gut. Probier das, Erik!«

Bevor ich mich wehren kann, schiebt sie mir eine Ladung herb duftender Baumrinde zwischen die Zähne. Dann macht sie das Gleiche mit Jakob und den anderen. Keiner traut sich, es nicht zu essen. Doch es schmeckt wirklich ganz passabel. Man muss Orowyn ja nicht direkt sagen, dass ein gut abgehangenes Steak trotzdem in einer ganz anderen Liga spielt.

Die Sache hat einen gewissen Reiz. Nachdem meine ersten Berührungsängste verflogen sind, arbeite ich mich durch das Buffet. Die klebrigen Kräuterfrikadellen könnten durchaus so etwas wie eine Spezialität darstellen. Ich fische mir noch ein paar Erdbeeren aus einem Becher und spüle das Ganze mit Wasser hinunter.

Melek beobachtet mich amüsiert.

»Wenn wir uns das nächste Mal treffen, bring Chips mit«, flüstert sie mir ins Ohr. »Levian schwärmt ständig davon.«

Erst als sie seinen Namen erwähnt, bemerke ich, dass Levian nicht bei uns ist. Ich sehe mich nach ihm um und entdecke ihn ein paar Meter hinter uns. Er steht an eine mächtige Säule gelehnt da und starrt mich an. Mir fällt ein, dass ich Melek nie danach gefragt habe, wie viel Beziehungskrach sie eigentlich wegen mir hat. Aber jetzt ist nicht der Moment, um das nachzuholen.

Ich blicke mich in unserem Kreis um. Unser Leben hat sich wirklich von Grund auf gewandelt: Links von mir steht Jakob und führt ein Gespräch mit Nayo, wahrscheinlich über ihren Einbruch. Das Ganze sieht etwas steif aus und Jakobs Blick schweift ständig zu Melek, aber immerhin ist es ein Gespräch. Neben ihm belabert Mike gleich drei Faune auf einmal, während er wild mit den Händen gestikuliert und mal hierhin, mal dorthin zeigt. Sie stehen hoheitsvoll da und hören ihm zu, ohne mit der Wimper zu zucken. Zu meiner Rechten haben sich Tina, Henry und Joshua zusammengerottet und begutachten skeptisch, wie Anastasia sich über das Buffet hermacht.

»Sie wird nachher kotzen«, mutmaßt Henry leise.

Ich kann mir ein Lachen nicht verkneifen.

Melek legt ihre Hand auf meinen Arm.

»Dein Gefühl ist richtig. Es ist gut, dass ihr hier seid«, sagt sie leise.

Ich muss ihr nur in die Augen schauen und mein Herz fängt an zu rasen.

»Ja. Vieles ist gut. Aber noch ist nicht jeder da, wo er hingehört.«

Bevor sie etwas darauf sagen kann, schiebt sich Sylvia zwischen uns. Sie hat eine Erdbeere in der Hand, die vor Honig trieft, und schaut fasziniert zwischen Melek und mir hin und her. Gleich wird sie etwas Kindisches von sich geben, ich sehe es ihr an.

»Wer hätte das jemals gedacht?«, seufzt sie und steckt sich die Beere in den Mund.

»Was?«, fragt Melek stirnrunzelnd.

»Dass ihr beide den kompletten Weg noch einmal gehen würdet und eure Verbindung allen Widrigkeiten trotzt. Jetzt schaut euch an, was ihr schon erreicht habt: Todfeinde reichen einander die Hand und zeigen sich ihre Welten. Ist das nicht unglaublich?«

Die Ergüsse, die unser Orakel manchmal von sich gibt, sind selbst für mich zu viel.

»Na ja«, sage ich und kratze mich am Kopf. »Das alles ist nicht unbedingt ein Verdienst von Melek und mir.«

Sylvia schaut mich verdutzt an.

»Spinnst du, Erik? Ohne euch beide wäre nichts von all dem geschehen! Wir würden immer noch durch den Wald streifen und einander umbringen.«

Erst als sie das sagt, begreife ich, dass es wirklich so ist. Aber Melek hat noch nicht weit genug in ihrem Tagebuch gelesen, um es ebenfalls zu verstehen. Ihre Miene wird abweisend.

»Die Verbindung, von der du gerade sprichst, ist brüchiger, als du denkst«, schleudert sie Sylvia entgegen. »Glaub nicht, ich sei so wankelmütig wie früher.«

Sylvia steigt sofort auf die Provokation ein.

»Gut. Dann beweise es und reich mir deine Hand«, sagt sie und streckt Melek ihre Rechte mit dem auftätowierten Sensor entgegen. Meleks Augen verengen sich. Sie sieht unschlüssig aus. Ich wünsche mir nichts sehnlicher, als dass sie Sylvia in ihre Seele blicken lässt und dass dort ein Funken der Liebe glimmt, die sie einmal für mich gehegt hat.

Aber so weit kommt es nicht. Als er sieht, was gerade geschieht, drängt Levian sich zu uns durch und packt Melek am Arm.

»Genug«, faucht er Sylvia an. Die weicht erschrocken ein Stück zurück. Die Gespräche um uns herum verstummen. Mir ist klar, dass diese Situation gefährlich ist. Der Faden, der die Talente und die Faune zusammenhält, ist noch zu dünn, um daran zu rütteln.

»Levian«, sage ich leise. »Beruhige dich. Es ist nichts passiert.«

»Erspar mir deine Lügen, Erik.« Er ist so aufgebracht, dass seine Stimme bebt. »Ich muss mit ansehen, wie du schamlos meine Gefährtin verführst. Und diese kleine scheinheilige Verräterin versucht vor meinen Augen, ihr noch mehr von eurem Gift zu verabreichen.«

»Es gibt eine Absprache mit Thanos, an die auch du dich halten musst«, erinnere ich ihn. »Falls Melek sich für unsere Welt entscheiden sollte, steht es ihr frei, zu gehen. Aber ich verstehe, dass du aufgebracht bist. Denn du würdest sie sehr vermissen.«

Bei meinen letzten Worten stößt Melek einen verstörten Laut aus. Sie schlägt die Hände vors Gesicht und zieht scharf die Luft ein. Alle Blicke sind auf sie gerichtet, doch ich bin vielleicht der Einzige, der weiß, was gerade geschieht. Diesen Satz habe ich schon einmal zu Levian gesagt, damals auf der Lichtung im Wald, als er damit drohte, Melek das Genick zu brechen.

»Du erinnerst dich wieder«, entfährt es mir. Trotz der komplizierten Situation bin ich unglaublich froh darüber.

»Was?«, fragt Levian irritiert und rüttelt an Meleks Arm. »Du *erinnerst* dich?«

Die Faune um uns herum beginnen miteinander zu flüstern. Für eine Sekunde blicke ich in das ausdruckslose Gesicht von Thanos und bin sicher: Hätte er den Hauch einer Mimik, so würde er lächeln. Das verwirrt mich. Aber mir bleibt keine Zeit, um darüber nachzudenken. Denn nun nimmt Melek die Hände vom Gesicht und starrt ihren Gefährten mit heißen Augen an.

»Du ... du wolltest mich töten!«, stammelt sie.

Levian ist sprachlos. Zum ersten Mal steckt er nun in derselben Klemme, mit der ich mich sonst herumschlagen muss. Das Halbwissen und die Erinnerungsbruchstücke, denen Melek ausgesetzt ist, geben immer nur einen kleinen Teil der Dinge wieder, die wirklich zwischen uns passiert sind. Wie will er ihr jetzt klarmachen, was ihn damals tatsächlich bewegt hat, wie verletzt er war und wie groß seine Liebe zu ihr dennoch gewesen ist? In dem Moment tut er mir fast leid.

»Melek, nein, ich ... ich war nur wütend ...«

Doch da reißt sie sich von ihm los und rennt durch die Halle davon in den nächsten Gang. Mit langen Sprüngen setzt Levian ihr hinterher.

***

Als wir wenig später den Hohenfels verlassen, ist die Stimmung gedrückt. Meine Gedanken kreisen um Melek. Was wird gerade jetzt in den Gewölben dort unten zwischen ihr und Levian geschehen? Erst als der schwere Findling hinter uns geschlossen wird und die Nachtluft mir ins Gesicht weht, komme ich langsam wieder zu mir.

»Prima, Erik«, sagt Jakob ironisch. »Bring unser Bündnis zum Scheitern, bevor die Revolution richtig losgeht. Thanos erlaubt dir, Melek zu treffen.

Aber ich denke, er ist davon ausgegangen, dass du Politik und Privatleben unterscheiden kannst. Stattdessen provozierst du Levian. Was glaubst du, was geschieht, wenn die Ratsmitglieder sich entzweien? Warum hast du dich so wenig unter Kontrolle?«

Ich werde wütend.

»Weil ich sie liebe!«, schreie ich ihn an.

Jakobs Augen blitzen. Er tritt fast auf Tuchfühlung an mich heran und flüstert mir seine Entgegnung ins Ohr, damit die anderen es nicht hören können. So wie er es immer tut, wenn er den letzten Schlag für sich haben will.

»Mittlerweile geht es um weit mehr als nur um Liebe. Also lerne endlich, dich zu beherrschen. Ich kann das auch.«

Er lässt mich stehen und macht sich auf den Weg den Berg hinunter. Die anderen schleichen ihm schweigend hinterher. Nur ich bleibe in der Finsternis auf dem Hohenfels stehen. Erst als ich die Truppe schon nicht mehr sehen kann, kommt mir die Antwort über die Lippen: »Du hast ja keine Ahnung«, murmele ich. »Es geht nie um etwas anderes.«

Die Schöne ist das Biest

Kadims Gesicht ist verschlossen, als wir uns am nächsten Tag im Fitnessstudio treffen. Er stellt keine Fragen über unser Treffen mit den Faunen, ganz wie Jakob es von ihm verlangt hat. Schweigend quält er sich durch die Übungen und steckt Alberts Beschimpfungen ein, wie immer. Auch wir anderen sind gedrückt. Wir wissen nicht, wie wir nun mit ihm umgehen sollen, und keiner traut sich so recht, ihn anzusprechen. Ich warte, bis Jakob die Hanteln in den Nebenraum räumt, dann gehe ich zu ihm hinüber. Kadim packt gerade seine Sachen zusammen und tut so, als würde er mich nicht bemerken.

»Ich bin dir nicht böse«, stelle ich klar. »Mir ist wichtig, dass du das weißt.«

Die fülligen Lippen des Orakels sind zu zwei schmalen Strichen verkniffen. Er ringt sich ein Danke heraus, aber es klingt hölzern.

»Der Weg zurück steht dir immer noch offen ...«

»Nein«, brummt er. »Ich will dir nicht schwören, dass du mein Leben für eine Überzeugung verkaufen darfst, die ich nicht teilen kann. Wenn es nach mir ginge, würden wir in den Kampf ziehen.«

In dieser Deutlichkeit hat er seine Meinung bisher noch nie kundgetan. Ich bin etwas geschockt.

»Aber damals, als Mahdi aus Istanbul kam und Melek, Jakob und mich töten wollte, da hast du dich ebenfalls in unsere Reihe gestellt und ihm Widerstand geleistet«, erinnere ich ihn.

»Das war etwas anderes. Damals ging es nicht um irgendeine komplizierte politische Verschwörung. Es ging nur um uns. Mahdi hat euch unter Druck gesetzt und wir haben ihm gezeigt, dass wir hinter euch stehen.«

»Aber das tut er immer noch. Es hat sich nichts geändert seither.«

Kadim legt sein Handtuch und seine Trinkflasche wieder auf den Stepper und stemmt die Hände in die Hüften.

»Doch, Erik, alles hat sich geändert. Dein Talent ist wieder da und wir haben die Möglichkeit, die Dschinn endlich auszurotten. Ich kann nicht verstehen, warum du nicht kooperierst.«

Ich hasse dieses Wort.

»Weil es nicht seine Bestimmung ist«, sagt plötzlich Sylvia hinter mir. »Nur Feiglinge kooperieren mit dem Bösen.«

Ganz langsam dreht Kadim sich zu ihr um. Der Blick aus seinen Augen ist ablehnend, beinahe angewidert.

»Dann seid ihr alle Feiglinge«, stellt er klar.

Sylvia bleibt der Mund offen stehen. Erst in diesem Moment begreife ich, dass es nicht nur Kadims fehlende Überzeugung ist, die ihn davon abhält, ein Teil der Revolution zu werden. Es hat auch mit Sylvia zu tun. Und mit Eifersucht.

»Jetzt geht ihr zu weit«, sage ich.

In dem Moment kehrt Jakob aus dem Hantelraum zurück. Er sieht sofort, wie feindselig wir uns gegenüberstehen. Mit schnellen Schritten kommt er auf uns zu.

»Was ist hier los?«, will er wissen.

»Kadim ist der Meinung, wir stünden auf der falschen Seite«, bemerkt Sylvia.

»Und Sylvia hat mich einen Feigling genannt«, zischt Kadim.

Jakob wirft Sylvia einen entnervten Blick zu. Sie zuckt mit den Schultern.

»Ich habe lediglich gesagt, dass nur Feiglinge mit dem Bösen kooperieren. Wenn er sich angesprochen fühlt …«

»Glaub bloß nicht, du seist etwas Besseres, weil du neuerdings mit Dschinn abhängst und dir ihre Zaubertricks zeigen lässt«, blafft Kadim sie an.

»Hört auf«, schreitet Jakob ein. Dann funkelt er Sylvia gereizt an. »Lass ihn mit deinen Anschuldigungen in Ruhe. Und du, Kadim, geh dich umziehen!«

Ein höhnisches Lächeln stiehlt sich auf das Gesicht des Orakels.

»Hast du es schon vergessen? Sie hat mich von dir entbunden. Das mit den Befehlen funktioniert nicht mehr, Jakob. Alles ein Werk der Dschinn.«

Jeder, der bis jetzt noch in dem Kursraum zu Gange war und unser Gespräch mit angehört hat, erstarrt zu Stein. Ich bin heilfroh, dass wenigstens Albert nicht mehr da ist.

Jakob verzieht keine Miene. Er starrt Kadim nur an und Kadim starrt zurück. Ich halte den Atem an. Spätestens jetzt müsste er eigentlich dafür sorgen, dass Kadim seine Erinnerung an die letzten Wochen verliert. Denn das, was hier gerade passiert, ist reine Meuterei. Und es ist brandgefährlich für die gesamte Truppe.

In dem Moment geht die Tür auf und herein kommt der General persönlich, flankiert von zwei Soldaten. Mein Herz setzt einen Schlag aus. Sylvia wird kreidebleich. Selbst Jakob scheint für einen Augenblick aus der Fassung zu geraten. Mahdi bleibt stehen und schaut verdutzt von einem zum anderen, während die Soldaten die Tür schließen.

»Irgendwelche Probleme mit der Führung deiner Rekruten?«, fragt er Jakob.

Der wirft Kadim einen letzten warnenden Blick zu, dann dreht er sich zu Mahdi um – wieder genauso gefasst wie immer.

»Nein. Alles in Ordnung. Ihr könnt euch jetzt umziehen gehen!«

Eine Sekunde lang glaube ich, dass Kadim sich noch einmal widersetzen würde. Doch dann greift er nach seinen Sachen und verschwindet, genau wie alle anderen. Die meisten haben es plötzlich enorm eilig, unter die Duschen zu kommen. Ich bleibe. Wenn Mahdi hier aufkreuzt, wird er wahrscheinlich irgendeinen Anschlag auf mich vorhaben. Ich hoffe, es ist keiner der körperlichen Art.

Der General betrachtet mich von oben bis unten.

»Wie wunderbar unversehrt du wieder aussiehst.« Das stellt er nun garantiert zum dritten Mal fest. »Deine Dschinniya hat wirklich ganze Arbeit geleistet. Wann willst du sie verwandeln?«

»Ich muss in meinem Terminkalender nachsehen. Frag mich morgen wieder«, bemerke ich. Jakob wirft mir aus dem Augenwinkel einen warnenden Blick zu.

Mahdi lacht nur.

»Gib mir rechtzeitig Bescheid, damit ich dir ihren Geist zur Verfügung stellen kann.«

»Ich werde darauf zurückkommen.«

Nun erwartet er wahrscheinlich auch noch, dass ich ihm dankbar für seine Nachsichtigkeit bin. Nach dem, was ich in Rom getan habe, müsste er sein großzügiges Angebot eigentlich zurückziehen. Dass er es nicht tut, sagt mir, wie abhängig er im Grunde von mir ist.

»Nun zum Tagesgeschäft«, sinniert Mahdi. »Unsere weltweite Allianz nimmt langsam Formen an. Auch einige Truppen aus der näheren Umgebung haben sich schon mit uns verbündet. Eine davon hat nach einem Heiler gefragt. Da du bis zu unserer Europatour ohnehin nichts zu tun hast, als Hanteln zu stemmen und Dschinniyas zu betören, habe ich zugesagt, dass du kommen wirst. Wir fahren direkt hin.«

So ist das also. Die ersten Nachtfalter haben ihre Empfänger erreicht und frohe Botschaften für Mahdi gebracht. Und ich soll diese Truppen jetzt auch noch unterstützen, indem ich ihre Tunicas heile. Auf der anderen Seite: Was hatten diese Talente für eine Wahl? Immerhin hat Sylvia unsere Nachricht bisher noch gar nicht abgeschickt. Es fehlt uns an Insekten, denn wir brauchen zehntauende davon. Jakob hat uns für heute Nachmittag eigentlich zum Käfersammeln verdonnert.

»Kann ich mitkommen?«, fragt er Mahdi.

Der General mustert ihn grübelnd.

»Warum?«, will er wissen.

»Sagen wir als psychische Unterstützung. Dein Heiler ist in letzter Zeit ein wenig ... nun ja ... angeschlagen. Ein vertrautes Gesicht wird ihm guttun.«

Mahdi denkt kurz nach und stimmt dann zu. Das wundert mich. Wahrscheinlich hat er schon wieder Angst, dass ich zusammenbreche oder mein Talent verliere. Wenn es so ist, frage ich mich, warum er nicht einfach seine Finger von mir lässt.

Wir fahren mit zwei von Mahdis Limousinen ein paar Kilometer weit durch die Ortschaften, bis wir schließlich in Münchhausen ankommen. Die dortigen Talente müssen unsere direkten Nachbarn sein. Im Grunde ist es hochinteressant, sie kennenzulernen. Trotzdem hat die ganze Sache einen bitteren Nebengeschmack: Wer auch immer sie sind, sie stehen bereits unter Mahdis Kommando und sind bereit, in den Endkampf zu ziehen. Wenn alle Stricke reißen, begegne ich den Tunicas, die ich heute heilen soll, bald Mann gegen Mann auf dem Schlachtfeld wieder.

Ein überraschend junges Mädchen mit blonder Kurzhaarfrisur und undurchschaubarer Miene erwartet uns vor einer Schutzhütte. Ihr Blick ist fast so eisig wie der von Jakob. Als sie sich vorstellt, weiß ich auch, warum – es scheint eine Anführer-Krankheit zu sein.

»Ich bin Hauptmann Diana Panetzky«, sagt sie und quetscht mir die Hand zu Brei. »Drinnen warten zwei meiner Offiziere und unsere ehemalige Volltrefferin Leonie. Die Belial haben sie vor zwei Monaten erwischt.«

»Die was?«, frage ich begriffsstutzig.

»Die Belial«, betont sie. »Ihr sagt wohl Dschinn dazu.«

»Nein. Wir nennen sie Faune«, stelle ich klar. »Denn das ist ihr richtiger Name.«

Diana betrachtet mich intensiv. Sie ist garantiert jünger als ich, vielleicht 16 oder 17. Ich komme nicht umhin, sie sympathisch zu finden, auch wenn sie auf der falschen Seite steht. Ihr Name passt so wunderbar zu ihr. Wer nach der Göttin der Jagd benannt ist, muss wahrscheinlich eine gewisse Unnahbarkeit an den Tag legen.

»Wie auch immer«, sagt sie. Dann nickt sie Mahdi ehrerbietig zu. Zumindest steht sie nicht vor ihm stramm. Das ist schon mal ein guter Anfang. Wahrscheinlich weiß ohnehin kein Talent dieser Welt, wie man sich einem General gegenüber benehmen muss. Solche Begegnungen sind ja auch nicht einkalkuliert.

Sie führt uns in die Schutzhütte, wo drei weitere Talente auf uns warten. Alle außer der Tunica sind in Pfadfinderuniformen gekleidet. Das ist also die Art, wie Diana ihre Truppe der Menschenwelt verkauft. Auch nicht schlechter als die Rollenspieler-Idee von Jakob.

Das ehemalige Talent, das ich heilen soll, sitzt auf einer Tischplatte mitten im Raum. Die anderen stehen um sie herum, als hätten sie Angst, dass ich ihr etwas zu Leide tun könnte. Sie ist ein außergewöhnlich schönes Mädchen mit glatten Gesichtszügen und seidigem, hellbraunem Haar. Ihre Figur ist schlank und trotzdem voller Kurven. Wahrscheinlich hat sie als Liebestöter so mancher Dschinniya Konkurrenz gemacht. Darum hat man sie vielleicht auch aus dem Weg geräumt.

So wie Diana sie anspricht, muss sie mehr für sie sein als nur ihre Anführerin.

»Leo«, flüstert sie. »Hier ist jemand, der dir etwas Gutes tun will. Ich möchte, dass du ihn gewähren lässt, was immer er tut!«

Daraufhin steht die Tunica auf und streckt mir die Hand entgegen. Ich kenne diesen Blick. Hundertmal bestimmt habe ich ihn nun gesehen. Diese Menschen können noch so attraktiv sein, ich bringe nur Mitleid für sie auf.

»Hallo Leonie, ich bin Erik«, stelle ich mich vor. »Bleib genau da stehen, ich werde dich jetzt küssen.«

Sie antwortet nichts, sieht mich nur aus ihren ausdruckslosen Augen an. Ich vergesse, dass Mahdi, Jakob und die fremden Talente hinter mir stehen, ziehe sie heran und küsse sie auf den Mund. Jetzt bin ich ganz bei ihr. Und ganz bei mir. Unsere Zungenspitzen berühren sich und ich lasse meine Gefühle in sie hineinrauschen. Wie immer denke ich dabei an Melek, manchmal an das Menschenmädchen von früher, manchmal an den Faun von heute. Meine Liebe rauscht hinein in die Seele der Tunica wie ein Wasserfall in einen Bergsee. Als ich fertig bin, lasse ich sie los und warte auf den Blick, der mir meine Kraft zurückgibt. Was ich sehe, entschädigt mich tausendmal: Leonies rehbraune Augen haben einen goldenen Glanz bekommen. Sie werden plötzlich riesengroß.

»Wer bist du?«, stammelt sie, ohne ihren Blick auch nur eine Sekunde von mir abzuwenden. Diana gibt einen erstickten Laut von sich und die anderen Talente brechen in unterdrücktes Schluchzen aus. Ich nehme es nur am Rande wahr.

»Ich heiße Erik«, sage ich noch einmal. »Ich bin ein Heiler.«

Da legt sie einen Arm um meinen Hals und drückt mich an sich. Dann küsst sie mich noch einmal, aber diesmal mit Gefühl. Ich bin so überrascht, dass ich mich nicht wehre. So etwas passiert mir zum ersten Mal.

»Wahnsinn!«, haucht sie, als sie mich wieder loslässt. Sonst nichts. Mein Herz macht einen kleinen Hüpfer. Im Grunde kann ich mich über meinen Job wirklich nicht beschweren. Ich küsse die schönsten Mädchen und werde dafür auch noch angehimmelt. Die meisten anderen Jungen hätten sich eine schallende Ohrfeige eingefangen anstatt dieser eindeutigen Erwiderung. Diana lenkt uns schließlich voneinander ab.

»Leo«, sagt sie fasziniert. »Leo, du bist wieder da!«

Sie fallen sich gegenseitig in die Arme und Leonie hüpft ein paarmal auf und ab, während ihr ein paar Tränen aus den Augen kullern. Ihre Anführerin lässt den Ausbruch geduldig über sich ergehen, aber ich kann ihr ansehen, wie glücklich sie ist. Ich lehne mich neben Jakob an einen anderen Tisch und wir beobachten die beiden eine ganze Weile schweigend.

»Manchmal finde ich dich zum Kotzen«, sagt er schließlich. »Aber in solchen Momenten merke ich, wie sehr die Welt dich braucht.«

Ich antworte nichts darauf. Das Bild von Diana und Leonie ist einfach zu schön, um die Augen davon zu lassen.

Mahdi und seine Wächter haben schließlich genug davon und verlassen die Schutzhütte. Da aber niemand etwas von einer schnellen Abreise gesagt hat, bleiben Jakob und ich einfach weiter sitzen. Es dauert mindestens fünf Minuten, bis die Mädchen sich beruhigt haben. Sie kommen schließlich auf uns zu und Diana ergreift meine Hände.

»Du bist ein Geschenk des Himmels«, sagt sie. »Unsere Truppe wird dir folgen.«

Ich schaue Jakob an. Er wirft einen Blick nach draußen, wo Mahdi neben seiner Limousine auf uns wartet. Ich nicke ihm zu.

»Würdest du ihm auch folgen, wenn er einen anderen Weg geht als der General?«, fragt er.

Diana runzelt die Stirn.

»Wie meinst du das?«

»Würdest du *mir* folgen, wenn ich dich dazu aufrufe, deine Truppe mit der unseren zu verbünden und gemeinsam mit dem Heiler für Frieden zwischen den Belial und uns zu sorgen? Würdest du über den Tellerrand hinausblicken und darüber nachdenken, warum die Natur uns Erik wirklich geschickt hat? Oder würdest du weiterhin stur den Befehlen dieses Warlords folgen, der die Talente aus reiner Besessenheit in einen zermürbenden Krieg führen will?«

Ich bin wie gebannt von der Szene, die sich gerade vor meinen Augen abspielt. Diana steht Jakob in nichts nach, wenn es darum geht, seine Gedanken vor den Umstehenden zu verbergen. Sie zeigt keinerlei Regung.

»Du rufst mich zur Revolution gegen die Armee auf?«, fragt sie gezielt.

»Ja.«

»Warum?«

In kurzen Worten erzählt Jakob ihr, dass wir den Endkampf als Eingriff in die natürliche Ordnung der Erde ansehen und mit unseren Faunen bereits erste Gespräche über eine friedliche Lösung geführt haben. Er schildert ihr, wie Mahdi mit uns umgeht, dass nicht alle Generäle seiner Meinung sind und dass wir hoffen, es könnte bald noch mehr Heiler geben.

»Damit würde die Natur sich selbst helfen«, erklärt er. »Hätten wir genug Heiler, so könnten sie die Ausgesaugten retten und die Talente wären fortan nur noch zur Wahrung von Sicherheit und Ordnung da.«

»Aber du weißt nicht, ob weitere Heiler kommen werden«, bemerkt Diana.

»Das werden wir nur feststellen, indem wir warten. Aber eines wissen wir ganz bestimmt: Die letzten beiden Male hat niemand gewartet. Die Natur hatte keine Chance für eine Evolution. Geben wir sie ihr dieses Mal!«

Ich werfe einen hektischen Blick nach draußen zu Mahdi. Lange dürfen wir hier nicht mehr sitzen, sonst schöpft er Verdacht. Leider haben wir Sylvia nicht dabei, um die Gedanken von Diana und ihren Soldaten vor ihm zu verbergen. Sollte er also auf die Idee kommen, ihnen aus der Hand zu lesen, sehe ich schwarz für uns. Vorausgesetzt, Diana verrät uns vorher nicht ohnehin schon. Als ich wieder in ihr Gesicht schaue, sehe ich so etwas wie Herausforderung darin. Provozierend beugt sie sich zu Jakob vor.

»Du hast nicht mal ein Orakel bei dir, das meine Erinnerung an dieses Gespräch löschen könnte.«

Er nickt.

»Ich habe nie behauptet, dass wir ganz klar im Kopf sind.«

Da grinst sie plötzlich. Leonie stellt sich neben sie und betrachtet mich von oben bis unten. Dann sieht auch sie ihre Anführerin erwartungsvoll an. Diana hat sich mittlerweile wohl entschieden. Sie zieht ihr Handy hervor.

»Gib mir deine Nummer«, sagt sie zu Jakob. »Wir müssen in Ruhe reden.«

Ich atme auf. Während sie die Telefonnummern tauschen, lehnt Leonie sich neben mich an den Tisch und zieht ebenfalls ihr Handy hervor.

»Und du?«, fragt sie leise. »Gibst du mir auch deine Nummer?«

In ihren Augen blitzt die Abenteuerlust, die ich gerade neu geweckt habe. Das Mädchen ist mehr als nur schön. Sie hat eine Ausstrahlung, der garantiert die wenigsten Jungen widerstehen können. Ich fühle mich enorm geehrt. Aber ich möchte keine falschen Hoffnungen in ihr wecken. Denn für mich gibt es nur Melek.

»Nein«, sage ich. »Meine Nummer ist schon vergeben. Tut mir leid, Leonie.«

Als Antwort lächelt sie und steckt das Handy wieder weg.

»Ich warte einfach, bis der Anschluss wieder frei ist.«

***

Mike hat ganze Arbeit geleistet. Als wir uns am Abend im Wald treffen, hat er eine Kiste voller Insekten dabei. Ein paar davon hat die Truppe eingefangen, den Rest hat er persönlich überredet, uns zu helfen.

»Was meinst du, wie viele das sind?«, fragt Jakob, nachdem er einen Blick in die Kiste geworfen hat.

»Um die 10.000«, schätzt Mike.

»Die werden nicht reichen«, sagt Sylvia. »Es stehen 13.000 Namen auf der Liste. Und so wie das aussieht, sind ein paar von den Schmetterlingen schon zerquetscht. Du hättest eine größere Kiste nehmen sollen.«

Nun wirft auch Nadja einen Blick auf das wimmelnde Sammelsurium von geflügelten Boten.

»Widerlich«, stößt sie hervor und zieht die Nase kraus.

Ich finde es faszinierend. Am beeindruckendsten ist die Tatsache, dass keines der Tierchen versucht, zu fliehen. Sie stehen allesamt unter Mikes Befehl.

»Fehlen also noch mal rund 4000 Stück«, stellt Jakob fest. »Wo kriegen wir die jetzt her?«

Mike kratzt sich am Kopf.

»Um die Uhrzeit wird das schwer werden. Nachtfalter sind eigensinnige Wesen. Zu denen hatte ich noch nie einen guten Draht.«

Mir fällt sofort ein, wer uns helfen könnte. Und dafür ist die Uhrzeit genau passend.

»Vielleicht hat Melek eine bessere Verbindung zu denen«, schlage ich vor. »Immerhin sind die Falter genauso nachtaktiv wie die Faune.«

Der Vorschlag wird sofort von allen angenommen. Eigentlich wäre es mir lieber gewesen, wenn nicht gleich die ganze Truppe mit zum Jungfernbrunnen gekommen wäre, denn ich will Melek nicht erschrecken. Aber keiner lässt sich abhalten, unter anderem weil alle sehen wollen, wie Sylvia die Nachrichten losschickt. Also setzen wir uns in die Autos und fahren gemeinsam zu dem Treffpunkt, der eigentlich nur Melek und mir gehört. Ich bereue meinen Vorschlag schon unterwegs. In drei Tagen will Mahdi mit mir zu einer einwöchigen Reise quer durch Europa aufbrechen. Das heißt, ich habe nur noch zweimal die Chance, Melek vorher allein zu sehen. Die eine davon habe ich gerade zunichtegemacht. Und ich kann mir gut vorstellen, wer die nächsten drei Gesprächsabende mit ihr wahrnehmen wird – während ich irgendwo in weiter Ferne wahrscheinlich von Mahdi einen Kopf kürzer gemacht werde.

Wie immer kommt Melek erst angeflogen, nachdem wir bereits eine halbe Stunde auf sie warten. Als sie die gesamte Truppe an der Quelle sieht, setzt sie sich vorsichtshalber auf eine ausladende Fichte in der Nähe und beobachtet uns.

»Melek«, rufe ich zu ihr hinauf. »Bitte komm runter, wir brauchen deine Hilfe.«

Nichts geschieht. Sie hockt nur da und gurrt vor sich hin.

Jakob sieht mich vielsagend an. Dann tritt er einen Schritt vor und ruft ebenfalls in den Baum hinauf.

»Komm runter, Melek!«

Sofort breitet sie ihre Flügel aus und schwebt anmutig auf uns zu. Sie landet auf dem Boden neben dem Tretbecken. Ich schaue nicht zu Jakob hinüber, aber ich weiß genau, dass er grinst.

»Und jetzt verwandele dich!«

Die anderen weichen ein Stück zurück und blinzeln, als Melek ihre Menschengestalt annimmt. Ihr ist anzusehen, dass sie keine begeisterte Befehlsempfängerin ist. Das freut mich, denn es ist eine von vielen Gemeinsamkeiten, die ihr neues Wesen mit dem alten verbindet. Noch mehr entzückt mich der Blick, mit dem sie Jakob dafür straft, dass er ihr die Entscheidung, sich zu zeigen, abgenommen hat.

»Was willst du?«, faucht sie ihn an. »Zu der Abmachung zwischen Thanos und Erik gehört wohl kaum, dass ich mich alle zwei Tage deiner Willkür unterwerfen muss.«

»Nein«, sagt Jakob ruhig. »Aber unsere Botschaft muss auf den Weg gebracht werden und uns fehlen 4000 Nachtfalter. Thanos wäre nicht begeistert, wenn wir ihn wegen einer solchen Lappalie von seinen Studien abhalten würden, oder was meinst du?«

Sie runzelt die Stirn und blickt sich in unserer Runde um.

»Habt ihr keinen Tiersprecher, der das zu Wege bringt?«

»Na ja«, gibt Mike zu. »Zumindest keinen, der die Geschöpfe der Nacht ausreichend beherrscht.«

Bei diesen Worten huscht ein zufriedenes Lächeln über ihr Gesicht. Für die Faune ist es sicher eine Genugtuung, dass sie uns in den meisten übernatürlichen Dingen weit voraus sind. Da stellt Melek keine Ausnahme dar.

»Nun gut«, sagt sie. »Ich helfe euch. Habt ihr ein Gefäß dabei?«

Sylvia nickt und stellt eine riesige Glasflasche vor ihr auf den Boden, die normalerweise zur Herstellung von Apfelwein verwendet wird. Henry hat sie aus dem Keller seiner Eltern geklaut.

»Alle außer Erik drehen sich um und halten die Augen geschlossen«, bestimmt Melek. »Ich muss meine Gestalt wechseln und das könnt ihr ja leider nicht ertragen. Wenn auch nur einer von euch blinzelt und mich angreift, erlebt er sein blaues Wunder – Bündnis hin oder her.«

Damit erklären sich alle einverstanden. Die gesamte Truppe wendet Melek den Rücken zu. Nur ich darf miterleben, wie sie sich verwandelt. Wie immer bin ich ergriffen davon. Ich liebe ihre natürliche Gestalt, auch wenn sie eigentlich alles andere als natürlich ist. Die schöne Faun-Frau schenkt mir einen verschwörerischen Blick. Da flattern bereits die ersten Falter auf, aber sie befinden sich allesamt in meinem Bauch. Anstatt gleich mit der Beschwörung der Insekten anzufangen, umrundet sie erst einmal geräuschlos unsere Truppe und weidet sich an der Blindheit, der die anderen ausgesetzt sind. Vor allem Jakob hat es ihr angetan. Vor ihm bleibt sie stehen.

»Wir spielen jetzt ein Menschenspiel«, haucht sie ihm ins Ohr. »Du machst für zehn Sekunden die Augen auf. Wenn du es schaffst, deine Fäuste bei dir zu behalten, fange ich die Schmetterlinge, die du haben willst. Schlägst du mich, dann hattest du noch nie so dringend einen Schamanen nötig wie heute Nacht – und die Falter bleiben, wo sie sind.«

Jakob hält die Augen weiterhin geschlossen.

»Ich kann dir auch einfach befehlen, zu tun, was ich gesagt habe.«

»Kannst du. Aber das wäre feige.«

Man könnte fast meinen, Melek wüsste immer noch über Jakob und seine Eigenarten Bescheid. Zumindest weiß sie aber ganz intuitiv, wie man ihn kriegen kann. Als Feigling will er jedenfalls nicht gelten. Also öffnet er die Augen.

Melek steht nur ein paar Zentimeter von ihm entfernt. Ihr Bannzeichen liegt genau auf seiner Höhe. Ich bin mir sicher, dass er noch nie zuvor so nah damit konfrontiert worden ist. Auf der Stelle beschleunigt sich sein Atem. Auch ich wage kaum mehr, Luft zu holen. Jakob ballt die Hände zu Fäusten.

»Du Biest«, zischt er durch die Zähne. Melek lacht hell auf.

Ich bemerke, dass nun auch Sylvia neben mir blinzelt. Vorsorglich versetze ich ihr einen Stoß zwischen die Rippen. Sie ächzt ein wenig, senkt aber ihre Lider wieder.

»Na komm schon«, sagt Melek provozierend. »Das geht doch besser.«

Aus Jakobs Augen spricht der pure Hass. Sein ganzer Körper bebt. Ich bete, dass er sich gut genug in der Gewalt hat, um nicht zuzuschlagen. Aber dann zieht er seinen linken Handschuh aus.

»Nein«, rufe ich. »Jakob, lass das!«

Noch hält er die Hand geschlossen. Wenn er ihr jetzt seine Tätowierung zeigt, haben wir verloren. Ich will gar nicht wissen, was dann noch passiert, außer dass wir morgen neue Käfer sammeln müssen. Ich verfluche mich für meine Idee, die anderen mit hierherzunehmen.

»Du widerwärtiges, abscheuliches Biest«, steigert er sich. Im gleichen Atemzug wird auch Meleks Lachen lauter. Sie triumphiert.

»Zehn!«, stößt Sylvia hervor.

Ich weiß nicht, ob sie Recht hat, aber es ist auch ganz egal. Schnell schließt Jakob die Augen wieder. Ein erleichtertes Stöhnen dringt über seine Lippen. Ich seufze ebenfalls.

Melek sieht mich an und grinst. Sie lässt Jakob stehen und kommt zu mir. Ich sauge ihre Erscheinung in mich auf. Die matt schimmernde Haut, die jeden Schmutz von selbst abstößt, die hohe Stirn mit dem filigran gearbeiteten Schmuckreif, die Ohrspitzen, die zwischen ihren seidigen Haarsträhnen hervorragen. Ihr Bannzeichen unterstreicht die Wirkung nur, die sie auf mich hat. Heute trägt sie ein hellblaues Kleid, das über der Brust von einem einzigen Knoten zusammengehalten wird. Mir wird heiß und kalt, wenn ich daran denke, was passieren würde, wenn man daran zieht.

Sie fasst mir an die Wange und streicht mit dem Finger über meine Lippen. Niemand kann es sehen, aber ich habe den Eindruck, dass alle wissen, was gerade geschieht, auch Jakob.

»Du bist wirklich etwas Besonderes«, sagt Melek.

»Ich bin nur das, was du aus mir gemacht hast«, krächze ich.

Sie lächelt.

Dann begeht Rafail leider den Fehler, den Mund aufzumachen.

»Küss ihn einfach, Melek«, sagt er. »Das macht es für uns alle einfacher.«

Tina gibt einen warnenden Ton von sich. Aber es ist schon zu spät. Die Offenheit, die gerade eben noch in Meleks Blick lag, verschwindet. Ärgerlich sieht sie sich zwischen uns um.

»Wenn hier irgendjemand widerwärtig ist, dann seid es ihr«, blafft sie die gesamte Truppe an.

Niemand sagt etwas. Alle halten gehorsam weiter die Augen geschlossen. Sie lässt noch einmal einen wütend funkelnden Blick über die Truppe schweifen, dann holt sie sich die Glasflasche und rückt sie in die Mitte des kleinen Platzes, den der Jungfernbrunnen im Dickicht des Waldes einnimmt.

Ich beobachte sie ganz genau, wie sie die Augen schließt und die Arme ausbreitet. Die weiten Ärmel ihres Kleids hängen fast bis zum Boden herab. Ihre Brust hebt und senkt sich in rhythmischen Zügen. Ich bin hin und weg von dem Anblick. Dann höre ich plötzlich ein sachtes Rauschen im Unterholz. Während es näherkommt, erkenne ich, dass es das Schlagen tausender Flügel ist. Sie alle sind in gewisser Weise mit Melek verwandt, die Geschöpfe der Luft, zumindest folgen sie ihrem Ruf. Als pulsierende Wolken schweben sie von allen Seiten heran: Nachtfalter, Motten und Schwärmer, Käfer, Glühwürmchen und Mücken. Sie alle werden, genau wie ich, von dem einzigen Licht angezogen, dass zwischen uns leuchtet: Melek.

Fast lautlos verschwinden sie in der Flasche, einer nach dem anderen. Nur ich kann sehen, wie geordnet und würdevoll die Prozedur vonstattengeht. Dabei erwische ich mich zum ersten Mal bei einem Gedanken, der alles in Frage stellt, wofür ich bisher gekämpft habe: Was, wenn dies hier Meleks wahre Bestimmung ist? Ist es möglich, dass das Schicksal sie von Anfang an dazu erkoren hat, als Faun zu leben?

Schnell wische ich den Gedanken beiseite. Mittlerweile sind alle Insekten in der Flasche und Melek steckt den Korken hinein. Dann tritt sie einen Schritt zurück und nimmt ihre Menschengestalt an.

»Ihr könnt eure blinden Augen jetzt wieder aufmachen. Aber glaubt nicht, ihr würdet dadurch mehr sehen als zuvor«, sagt sie, immer noch aufgebracht.

Keiner bringt mehr einen Ton hervor. Dabei haben sie nicht mal gesehen, wie die Insektenarmee herangerauscht kam.

»Wow«, stammelt Sylvia und geht vor der Flasche in die Hocke. Mike tut es ihr gleich und kippt das Glas ein wenig, um den Inhalt besser sehen zu können. Nur Jakob ist eindeutig immer noch damit beschäftigt, den Anblick zu verarbeiten, der ihm gerade widerfahren ist. Ich gönne ihm diese Verwirrung, mehr als es sich für einen sanften Heiler wie mich geziemt. Er streift sich unauffällig den Handschuh wieder über.

Dann greift Sylvia in ihre Hosentasche und zieht ein reichlich mitgenommenes Bündel Papier heraus. Es muss sich um die Liste handeln, die Nayo in Mahdis Büro auf ihren Stick gezogen hat.

»Danke, Melek«, sagt sie aufgeregt.

Sie erhält keine Antwort. Dafür gesellt Melek sich wieder an meine Seite und wir beobachten, wie Sylvia die Liste auf den Tisch legt und Mike ihr die erste Ladung Insekten hinhält, um ihnen die Nachricht zu übertragen. Dazu legt sie eine Hand auf die Liste, die andere über die Boten in Mikes Händen.

Es dauert einige Minuten, denn wir haben den Talenten rund um den Globus jede Menge mitzuteilen. Jakob hat die Botschaft formuliert, ich habe sie abgesegnet. Wenn es darum geht, andere zum Kampf aufzurufen, und sei es nur zu einem passiven, dann ist unser Anführer nach wie vor unübertroffen in der Wortwahl. Ich gehe davon aus, dass nur sehr wenige Empfänger davon ungerührt bleiben werden.

»Das wird Stunden dauern«, sagt Melek, nachdem Sylvia die dritte Ladung abgeschickt hat.

Ich nicke. »Sieht ganz so aus.«

»Wollen wir zwei uns so lange die Nacht um die Ohren schlagen?«, fragt sie leise. »Denn wenn wir es nicht tun, komme ich vielleicht wieder auf den Gedanken, dich auszusaugen.«

Ich gebe mir Mühe, mir meinen Schrecken nicht anmerken zu lassen.

»Was hast du vor?«, frage ich.

Als Antwort schenkt sie mir ein tiefgründiges Lächeln.

»Das weißt du genau.«

Ich muss schlucken. Das Terrain, auf das sie mich führt, ist ausgesprochen fremdartig.

»Jakob wird ausrasten.«

»Umso besser.« Sie kichert.

Also springe ich über meinen Schatten und bitte unseren ohnehin schon angeschlagenen Anführer, uns zu entlassen. Er ahnt sofort, was wir vorhaben.

»Ihr wollt in die Clubs«, stellt er fest und fixiert mich mit seinem Blick. »Das ist widerlich, Erik!«

»Es ist im Grunde nichts anderes als das, was wir seit Beginn des Waffenstillstands ohnehin ständig tun«, sage ich.

»Es ist widerlich«, beharrt er auf seiner Meinung.

Dann schaut er Melek an, aber für heute hat sie gewonnen. Der Blick, den sie ihm schenkt, ist jedenfalls der einer Siegerin. Jakob versucht gar nicht erst, ihn zu brechen.

»Wie wollt ihr da hinkommen?«, fragt er.

»Wir sind durchaus mobil«, nuschele ich.

»Das kommt gar nicht in Frage! Auf keinen Fall fliegst du auf einem geflügelten Pferd durch Marburg.«

»Dann gib uns ein Taxi.«

Jakob lässt ein entnervtes Brummen hören. Aber schließlich teilt er uns Tina und Joshua als Aufpasser zu. Die beiden bekommen große Augen, als er sie anweist, uns ohne weitere Diskussionen in die Oberstadt zu bringen. Ich will mir irgendeine Art von Dank abringen, doch er wendet sich ab, bevor ich die richtigen Worte finde. Mit steinerner Miene schaut er weiter Sylvia bei der Arbeit zu.

Feuer und Flamme

Die Menschen sind wirklich zu bedauern. Sie können nicht fliegen, nicht heilen und ihre Gestalt nicht wechseln. Ständig brauchen sie Schlaf und Nahrung, müssen sich täglich mit Seife waschen, damit sie nicht stinken, und ihre Muskeln benötigen aufwändige Trainingsstunden, um zu wachsen. Es dauert etliche Jahre, bis ihre Kinder groß sind, nicht wie bei uns, wo Babys innerhalb von fünf Jahren zu erwachsenen Faunen werden. Was für ein bedauernswertes Leben. Während der ganzen Fahrt nach Marburg denke ich darüber nach. Ich beobachte Tina, wie sie ihr klapperiges Auto um die Kurven lenkt und umständlich Hebel und Knöpfe bedient. Ohne ihre technischen Hilfsmittel sind die Menschen verloren. Weder können sie schnell von einem Ort zum anderen kommen noch wären sie jemals in der Lage, es körperlich mit uns aufzunehmen. Dazu kommt, dass die meisten ihrer Art ja nicht einmal mit Talenten ausgestattet sind. Ich frage mich wirklich, was die Menschen an ihrem Leben reizt. Was mich selbst wohl daran gereizt hat, falls es überhaupt so war.

Seit meinem letzten Streit mit Levian bin ich aggressiv. Ich glaube ihm, dass er damals auf der Waldlichtung wütend war. Immerhin habe ich ihn kurz zuvor auf schmähliche Art verraten und wollte Jakob küssen. Trotzdem steigt langsam das Gefühl in mir hoch, dass ich die ganze Zeit über ein Spielball war, um den sich drei Gegner zankten. Was auch immer dem Gewinner dabei zustand – es muss für alle ein großer Anreiz gewesen sein. Wahrscheinlich ging es in erster Linie um Macht.

Genau aus diesem Grund bin ich vorhin selbst in das Machtspiel mit eingestiegen. Auch wenn Jakob eindeutig damit angefangen hat. Nun habe ich es ihm mit gleicher Münze zurückgezahlt. Ich hasse es, wenn er mir Befehle erteilt. Aber ich bin seltsam ergriffen von der Art, wie er sich mir trotzdem immer wieder ausliefert.

Von den drei Verehrern, die ich nun mal ganz eindeutig habe, ist Jakob derjenige, der die widersprüchlichsten Gefühle in mir auslöst. Erik hingegen ist unerschütterlich wie ein Fels in der Brandung. Er kann mein Bannzeichen ertragen, himmelt mich offen an und würde sich wahrscheinlich noch hundertmal ein Veilchen von mir schlagen lassen. Genau das ist das Problem. Was hat Levian gesagt? »Eriks Wasser sind tief. Aber zu ruhig für dich.« Das trifft es ziemlich. Trotzdem ist er derjenige, mit dem ich es im Moment am einfachsten finde. Und manchmal, in gewissen Momenten, zieht er mich sogar richtig an. Aber das liegt wahrscheinlich nur an seinem Geruch.

In Tinas Auto sind die Gerüche ohnehin fast überwältigend. Neben Eriks Liebe liegen auch noch die Gefühle von ihr und Joshua in der Luft. Ich sauge den Duft der beiden auf und beschließe, sie ein wenig zu ärgern.

»Eigentlich müssen wir nicht nach Marburg«, sage ich zu Erik. »Ich kann auch unsere beiden Begleiter aussaugen.«

Wie vom Blitz getroffen dreht Joshua sich zu uns um.

»Bist du wahnsinnig?«, blafft er mich an. »Und Erik soll uns dann anschließend wieder heilen, ja?«

Ich zucke nur mit den Schultern.

»Warum nicht?«

»Jakob hatte Recht: Du bist ein widerwärtiges Biest, Melek«, brummt er und schaut wieder nach vorn.

»Wieso denn?«, frage ich ungerührt. »Vielleicht würde es sogar helfen, wenn wir eure Gefühle ein wenig neutralisieren. Danach wärt ihr endlich auf demselben Level. So wie ich Erik einschätze, gibt er euch sogar die Lust zurück, die ihr aufeinander habt. Aber all die komplizierten Vorbehalte und Unsicherheiten würde ich wahrscheinlich einbehalten. Das Ganze wäre also ein entscheidender Vorteil für euch.«

Es ist mucksmäuschenstill in dem Auto. Joshua starrt wie gelähmt geradeaus durch die Windschutzscheibe und strömt eine Riesenportion Verlegenheit aus. Tina hingegen schaltet auf der Stelle ihr Small-Think ein.

»Das ist die Denkweise eines Dschinn«, murrt sie schließlich. »Ihr geht mit unseren Gefühlen um, als seien sie nichts weiter als erheiternde Vorspeisen.«

»Hauptspeisen«, korrigiere ich sie. »Und wir sind Faune.«

Darauf sagt sie nichts mehr, sondern knallt nur den Hebel ihrer Gangschaltung nach unten und lässt den Motor aufheulen.

»Dir selbst ging es vor kurzem noch genauso«, flüstert Erik. »Und ich bin mir nicht sicher, wie es jetzt gerade in dir aussieht. Als mach dich nicht über sie lustig.«

Es ist einer der wenigen Momente, in denen er mir widerspricht. Im Grunde finde ich das ganz anziehend. In diesem Fall hat er jedoch einen wunden Punkt erwischt. Bevor die Talente gekommen sind, um mein Leben durcheinanderzubringen, bin ich mir so sicher gewesen. Ich wusste, wer ich war und zu wem ich gehörte. Jetzt ist alles anders. Die Erinnerungen sorgen dafür und die Art, wie Erik und Jakob mir begegnen. Levian merkt genau, dass ich nicht mehr ganz bei ihm bin. Auch wenn mein Verstand mir klar sagt, dass ich mich in der richtigen, der besseren Welt befinde – so gibt es doch immer wieder Momente, in denen mein Herz in eine andere Richtung schlägt.

Wir suchen uns einen lauschigen Club in der Oberstadt aus, der genügend dunkle Ecken hat, um unser Vorhaben zu verbergen. Tina und Joshua verziehen sich an die Bar und bestellen sich alkoholfreie Cocktails. Ich stelle mich mit Erik an den Rand der Tanzfläche.

»Was willst du, einen Jungen oder ein Mädchen?«, frage ich ihn.

»Ein Mädchen, wenn's geht.«

Er sieht mich scheel von der Seite an.

»Was denn? Nun stell dich doch nicht so an.«

»Ach Melek«, murmelt er, »wir sind schon ein ziemlich sonderbares Pärchen, findest du nicht auch?«

»Nein, denn wir sind überhaupt kein Pärchen.«

Ich sage es in einem Tonfall, der ihm klarmacht, dass das Thema für mich beendet ist. Dann zeige ich direkt auf ein attraktives Mädchen inmitten der Tanzenden. Sie scheint allein da zu sein. Damit ist sie das perfekte Opfer. Außerdem riecht sie fantastisch nach Lebenslust. Ein winziger Zauber wird reichen, um sie zu gewinnen.

»Komm mit«, sage ich.

»Ich soll auch noch dabei sein?«, fragt er entgeistert.

»Ja«, stelle ich klar. »Du hast gesagt, dass du mein Freund sein willst. Also lerne mich kennen, wie ich nun mal bin. Das hier gehört nun mal zu mir.«

Darauf fällt ihm nichts ein, also lässt er sich von mir mitziehen. Ich tanze vorsichtig an die Auserwählte heran, Eriks Hand immer noch in meiner. Erst als ich das Menschenmädchen erreiche, lasse ich ihn los. Der erste Kontakt kommt ganz von selbst, denn sie streift mich mit ihrem Blick und erwidert das Lächeln, das ich ihr anbiete. Ich tanze mit der Hüfte an sie heran und sie gibt mir lachend einen Stoß mit ihrem Hinterteil. Eine ganze Weile wiegen wir unsere Körper im Takt der Musik, während Erik neben uns von einem Bein aufs andere tritt und uns beobachtet. Dann gehe ich zum Angriff über und schicke dem Mädchen meinen Zauber, als ich gerade besonders nah bei ihr bin. Ihr Blick verfängt sich in meinen Augen. Ich küsse sie mitten auf der Tanzfläche. Ein paar der Umstehenden johlen. Aus dem Augenwinkel sehe ich Erik vollkommen unbewegt dastehen. Er starrt wie gebannt auf mein Opfer und mich. Ich sauge alles heraus, was sie verkraften kann. Es ist ein herrlicher Mix aus Leichtsinn, Lust und Oberflächlichkeit. Genau das, was ich gerade brauche. Mittlerweile habe ich mich auch gut genug unter Kontrolle, um nicht zu viel auf einmal zu nehmen. Dann lasse ich von ihr ab und schaue ihr in die Augen.

»Wie heißt du?«, frage ich sie.

»Carolin«, antwortet sie verzückt.

»Ich möchte dir jemanden vorstellen, Carolin«, sage ich und ziehe Erik heran. Er lässt es zu, dass ich seinen Körper in Bewegung versetze, aber sein Geist ist noch nicht ganz bei uns angekommen. »Das ist Erik. Die Leute behaupten, er könnte besser küssen als jeder andere. Sogar besser als ich. Willst du's ausprobieren?«

Ich habe noch nicht alles aus ihr herausgesaugt, was sie hemmt. Ihre Augen werden riesengroß. Sie will Nein sagen. Also verzaubere ich sie kurzerhand noch einmal.

»Wenn du es möchtest«, haucht sie.

»Oh Melek«, sagt Erik anklagend. »Nicht so!«

»Als ob du nicht dasselbe tun würdest«, murre ich.

Dann schleife ich Carolin hinter mir her in eine der dunklen Ecken. Wir finden einen einsamen Tisch. Erik und das Mädchen setzen sich auf die Bank, ich nehme auf der Tischplatte Platz, um sie vor den Umstehenden zu verdecken. Fasziniert sehe ich dabei zu, wie Erik mein Opfer umgarnt. Er erzählt ihr irgendwelche Belanglosigkeiten, während er ihre Hand streichelt und sie ansieht, als wolle er bis in die Tiefen ihrer Seele vorstoßen. Sein Blick ist so intensiv, dass mir davon ganz heiß wird. Noch ein einziges Mal soll er so tun, als hätte er nicht ebenfalls einen Zauber, mit dem er die Menschen einfängt …

Im gleichen Moment, als ich das denke, fällt wieder der Vorhang und die Welt verschwindet vor meinen Augen. Ich stehe in einem seltsamen Zimmer voller skurriler Gläser und Flaschen. An der Wand hängt eine Tafel. Davor steht Erik, eng umschlungen mit einem reizenden Menschenmädchen. Ich hasse sie. Und Erik hasse ich auch! Ich will, dass er auf der Stelle damit aufhört, sie zu küssen. Der Schmerz, der meine Brust zerreißt, ist so heftig, dass ich Atemnot davon bekomme. Ich will schreien, auf die beiden einprügeln, doch jemand packt mich von hinten und hält mir den Mund zu.

Als ich wieder zu mir komme, bin ich außer mir, doch keiner bemerkt es. Ich sitze immer noch auf dem Tisch und starre Erik und Carolin an, die in einen tiefen Kuss versunken sind. Keiner von beiden nimmt noch Notiz von mir. Der Ausdruck in ihren Gesichtern ist nicht von dieser Welt. Es sieht aus, als würden sie sich tief und innig lieben.

»Es reicht«, flüstere ich. Wieder steigt das schreckliche Gefühl in mir hoch, das ich eben in meiner Erinnerung hatte.

»Hör auf, Erik!«

Doch er ist so versunken in seinen Kuss, dass er mich gar nicht wahrnimmt. Ich springe vom Tisch und laufe ein paarmal vor ihnen auf und ab. Eigentlich versuche ich, nicht mehr hinzuschauen, aber irgendwie schaffe ich es nicht, meinen Blick endgültig abwenden. Schließlich kann ich nicht mehr anders, als mit der Faust auf die Tischplatte zu donnern. Ich habe mich nicht im Griff. Das Möbelstück kracht zusammen, als sei es aus Pappmaschee.

Verwirrt lässt Erik von Carolin ab. Im gleichen Moment versuchen Tina und Joshua, mich von hinten festzuhalten. Ich schüttele sie ab. Sie landen beide auf dem Hosenboden. Das zieht jede Menge Blicke auf uns.

»Regeln«, flüstert Erik mir zu, immer noch das Mädchen in den Armen. »Beruhig dich, Melek, ich …«

»Lass sie los!«, zische ich ihm entgegen.

Doch er schüttelt den Kopf.

»Warte … warte bitte kurz, ich bin völlig am Ende.«

Wieder greift er in Carolins Nacken und zieht sie zu sich heran. Er schaut ihr in die Augen und murmelt etwas, das ich nicht verstehen kann. Sie lächelt ihn an, als wäre er die aufgehende Sonne persönlich. Ein tiefes Aufatmen geht durch seinen Körper. Dann nimmt er endlich seine Hände von ihr und rutscht ein Stückchen weg.

»Okay, Carolin, ich hoffe, es geht dir gut. Jetzt muss ich mich leider wieder um meine Freundin kümmern. Sie ist etwas aufgebracht.«

Etwas aufgebracht? Mir geht es schlechter als vor dem Input! Und ob ich seine Freundin sein will, muss ich mir noch gut überlegen.

Erik steht auf und lässt Carolin aus der Bankecke heraus. Zum Glück stellt sie keine Fragen. Wahrscheinlich reimt sie sich jetzt irgendeine Eifersuchtsgeschichte zusammen. Sie ist kaum verschwunden, da steht auch schon einer dieser Security-Männer neben mir.

»Was war hier los?«, fragt er. »Wer von euch hat den Tisch zertrümmert?«

»Ich«, sagt Erik. »Tut mir leid.«

»Den bezahlst du«, donnert der Mann und baut sich bedrohlich vor ihm auf.

»Hey, fahr dich runter!«, mischt sich nun Joshua ein. Er ist noch ein ganzes Stück größer und breiter als der Türsteher. Das scheint Eindruck auf ihn zu machen.

»Achtzig Euro«, beharrt er dennoch auf seiner Forderung.

Die drei Talente kramen in ihren Taschen und fischen jeder ein paar Scheine heraus. Dabei sehen sie sich pikiert an. Besonders gut scheint die Armee sie für ihren Einsatz nicht gerade zu entlohnen. Wahrscheinlich bekommen sie gar nichts dafür. Erst in dem Moment fällt mir ein, dass ich großzügig in die Schatulle gegriffen habe, bevor ich heute Abend losgezogen bin. Ich hatte nämlich ohnehin vor, Erik in die Menschenwelt zu entführen. Ein Plan, den ich mittlerweile bitter bereue. Mit spitzen Fingern ziehe ich einen der stinkenden Scheine aus meinem Stiefelschaft.

»Hier«, sage ich und strecke ihn dem Security-Typen entgegen.

Er zieht die Augenbrauen hoch.

»Darauf kann ich nicht rausgeben.«

»Behalte den Rest.«

Da entspannt sich seine Körperhaltung und er setzt ein zufriedenes Grinsen auf.

»Tja, dann noch einen schönen Abend«, säuselt er, dreht sich um und geht.

Ich schaue Erik an. Er sitzt wieder auf der Bank, als hätte er nicht genug Kraft, um auf den Beinen zu bleiben. Ein kleines Schmunzeln stiehlt sich in sein Gesicht.

»Das waren fünfhundert Euro, Melek.«

»Ist mir egal. Wir holen es uns schon wieder zurück.«

Ich betrachte ihn forschend.

»Warum bist du so fertig?«, will ich wissen.

»Ich denke, es liegt daran, dass du mich unterbrochen hast. Ich hatte nicht den gleichen Flow wie sonst. Aber zum Glück hat sie mir am Ende noch gegeben, was ich gebraucht habe.«

Er ist also mindestens so abhängig von den Gefühlen der Menschen wie ich. Vielleicht sind wir gar nicht so unterschiedlich, wie ich gedacht habe.

»Und du?«, fragt er. »Du kannst es immer noch nicht ertragen?«

Ich schüttele den Kopf.

»Anscheinend nicht. Woran liegt das?«

»Es könnte ein Rest von Mahdis Zauber sein«, vermutet Tina. »Ein kleiner Rest, denn früher war es wesentlich schlimmer. Er hat ihn dir damals durch Sylvia übertragen, damit du dich von Jakob abwendest und stattdessen Erik nimmst.«

Was ich dann ja auch getan habe. Bei all den Zaubern und den Einflüssen der Talente um mich herum, war mir wahrscheinlich selbst nie klar, was und wen ich eigentlich wollte. Die ganze Sache ist wirklich verzwickt.

Weil Erik noch eine Weile ausruhen will, steige ich über den Haufen Sperrmüll zu meinen Füßen hinweg und setze mich zu ihm in die Ecke. Tina und Joshua gehen zurück an die Bar. Der Türsteher wird uns mit Sicherheit für den Rest des Abends in Ruhe lassen. Selbst wenn wir noch zwei oder drei Tische zertrümmern, dürfte das in seinem Trinkgeld wohl drin sein. Ich brauche ebenfalls eine ganze Weile, bis ich mich wieder vollends beruhigt habe. Dann ringe ich mich dazu durch, die Frage zu stellen, die mir auf den Nägeln brennt.

»Erik ... was genau habe ich an dir geliebt?«

Er lächelt, wendet sich mir zu und versucht wohl, das Ansinnen meiner Frage zu ergründen. Ich gebe mich betont lässig.

»Du hast mir einmal gesagt, es sei meine Beharrlichkeit und meine Ehrlichkeit. Sogar von Mut hast du gesprochen. Du hast es geschätzt, dass ich immer da war, wenn du mich brauchtest und dass ich dich nie verändern wollte. Ich glaube, ich habe dir Geborgenheit vermittelt.«

Ich nicke. Das kann ich mir sogar vorstellen.

»Und was war es bei Jakob?«

Allein die Erwähnung des Namens bringt Erik schon zum Seufzen.

»Jakob hat dich fasziniert, Melek, genau wie er es auch heute noch tut. Seine kaputte Seele hat dich angezogen, sein innerer Schmerz und seine Düsternis. Seine Bereitschaft, jederzeit für uns alle in den Tod zu gehen. Es hatte nicht viel mit den Gefühlen zu tun, die du für mich gehegt hast.«

»Und ... und Levian?«

»Levian? Levian ist Sex pur, das solltest du mittlerweile wissen«, sagt Erik. »Aber das war nicht alles. Von uns dreien ist er dir am ähnlichsten. Er hat alles aus dir herausgekitzelt, was gefährlich, abenteuerlich und wild war. Genau darauf bist du abgefahren. Ich bin froh, dass er es war, der dich verwandelt hat. Denn durch eure Seelenverwandtschaft hat er dich nicht sehr verändert.«

Ich verstehe langsam, was damals passiert ist. Innerlich entschuldige ich mich bei meinem ehemaligen Ich, dass ich es für lasterhaft und wankelmütig gehalten habe. Trotzdem kann ich nicht verstehen, dass ich Levian am Ende gebeten habe, mich zu verwandeln, wo ich doch laut den Talenten so viele Gründe gehabt hätte, in ihrer Welt zu bleiben. Ich frage Erik danach.

»Mahdi hat das von dir verlangt«, ist seine Antwort. »Wenn du am Ende dieses Tages nicht verwandelt worden wärst, hätte er Jakob getötet. Und wenn du Levian nicht befreit hättest, wäre es mein Ende gewesen. Du hattest keine andere Wahl.«

Das alles ist ein bisschen viel für mich, denn ich kenne die Vorgeschichte immer noch nicht in einem Stück. Hoffentlich bringt Erik das nächste Mal wieder mein Tagebuch mit.

»Wo genau warst du damals eigentlich?«, frage ich ihn.

»Im Gefängnis«, stöhnt er. »Eingekerkert von Levian und bewacht von Nayo. Es war keine schöne Zeit. Bis auf eine einzige Nacht ...«

Ich will nicht weiter nachfragen. Jedes Mal, wenn ich eine Antwort erhalte, tun sich neue Abgründe auf. Daher also kennt Nayo Eriks Geruch. Sie war seine Kerkermeisterin! Mir schaudert.

Eine Weile beobachten wir noch die tanzenden und flirtenden Menschen um uns herum. Die Lust auf weiteren Input ist mir vergangen, auch wenn ich immer noch aufgewühlt und unbefriedigt bin. Als wir schließlich gehen wollen, finden wir Tina und Joshua nicht mehr an der Bar. Wir drehen mehrere Runden durch den Club, bis wir sie entdecken: Sie stehen hinter einem ausladenden Raumteiler im Eingangsbereich und küssen sich. Tina steht auf den Zehenspitzen und Joshua macht einen krummen Rücken. Anders würde es nicht funktionieren. Ich muss grinsen.

»Täusche ich mich oder haben wir gar nicht nachgeholfen?«, frage ich Erik. Ich bin etwas überrascht über seinen Gesichtsausdruck. Anscheinend kann er sich weniger für die Gefühle seiner Wettläufer füreinander erwärmen als ich.

»Was ist los?«, will ich wissen.

Er schüttelt den Kopf.

»Nichts, schon gut. Ich habe nur an Henry gedacht. Leuten wie ihm und mir passiert immer das Gleiche.«

»Dann hat er ja vielleicht noch eine Chance«, sage ich.

Da entsteht ein Lächeln auf Eriks Lippen, das so glücklich wirkt, als sei er nie verletzt worden.

***

Als ich nach Hause komme, graut bereits der Morgen. Es ist genau die Zeit, zu der die Faune sich normalerweise schlafen legen. Levian sitzt an seinem Schreibtisch und liest in einem Buch. Er dreht sich nicht zu mir um. Ich lasse die Tür absichtlich geräuschvoll ins Schloss fallen.

»Du konntest dich also doch noch von Erik trennen«, stellt er fest. Ich sehe weiterhin nichts anderes als seinen Rücken.

»In erster Linie hoffe ich, durch diese Treffen zu erfahren, wer ich wirklich bin«, sage ich schneidend. »Erik ist etwas gesprächsfreudiger als du, was das anbelangt.«

Nun knallt er das Buch zu und dreht sich doch zu mir um.

»Ich würde sagen, er ist erfahrener in der Kunst des Lügens.«

»Da bin ich mir nicht so sicher.«

Wir funkeln uns an wie zwei kampfbereite Wildkatzen. Mittlerweile bin ich an die Wirkung von Levians Talent gewöhnt. An normalen Tagen kann ich damit umgehen, dass er damit die tiefsten Abgründe meiner Seele berührt. Aber heute ist mein Vorrat an Souveränität bereits verbraucht.

»Kannst du mir das hier erklären?«, fragt er und hält mir das Foto entgegen, das Erik und mich vor der Kirche zeigt. Ich hatte es in eines der Bücher gesteckt. Wahrscheinlich hat er es zufällig gefunden, trotzdem ärgert es mich.

»Es war ein Geschenk«, sage ich kurz angebunden. »Und ich möchte es gern behalten, denn es ist das einzige Bild, das mich in meiner früheren Menschengestalt zeigt.«

Achtlos lässt Levian das Foto in meine Richtung segeln. Ich fange es auf.

»Hast du mal versucht, dich in meine Lage zu versetzen?«, fragt er dann. Seine Stimme klingt dünn. Mit einem Mal spüre ich einen Kloß in meiner Kehle.

»Jeden zweiten Abend sitze ich hier und zähle die Minuten, bis zu wiederkommst. Und wenn es dann so weit ist, konfrontierst du mich nur mit Anschuldigungen und Lügen. Deine Augen strahlen, wenn du ihn triffst, Melek, und das sollten sie nicht. Ich verliere dich.«

Mit einem Mal fällt mir auf, wie Recht er hat. Der Kloß in meinem Hals weitet sich auf Kürbisgröße aus. Die meiste Zeit über habe ich mich nur über Levian geärgert, weil ich sicher bin, dass er mir viele Dinge verheimlicht. Dabei habe ich nie darüber nachgedacht, was dahintersteckt und warum er das tut. In der Vollmondnacht und auch in einigen Stunden danach war unser Verhältnis zueinander fast so innig wie zuvor. Aber das Gift der Sonnenwelt frisst sich immer wieder zu uns hindurch.

»Nein«, flüstere ich. »Das werde ich nicht zulassen.«

»Doch, das tust du, Melek. Du lässt es zu, weil irgendetwas dich dazu zwingt. Ich weiß nicht, was bei deiner Verwandlung schiefgegangen ist. Aber etwas muss passiert sein, denn du *dürftest* dich nicht erinnern.«

Ich setze mich aufs Bett und schaue ihn lange an. Eigentlich ist mir längst klar, dass ich nicht freiwillig hier gelandet bin. Vielleicht ist das auch der Grund, warum mein Geist sich derart wehrt. Trotzdem weiß ich nun, dass Levian mir keine Gewalt angetan hat. Ich bin schon vorher in ihn verliebt gewesen, auch wenn er nicht der Einzige war. Ich könnte damit umgehen, wenn er ehrlich zu mir wäre. So ehrlich wie Erik.

»Warum lässt du mich über meine Vergangenheit im Ungewissen?«, frage ich ihn.

»Weil ich dich nicht verlieren will«, gesteht er.

»Gerade eben hast du selbst erkannt, dass du mich genau auf diese Art verlierst. Sei aufrichtig zu mir, dann können wir von vorne anfangen.«

Er steht auf und kommt auf mich zu. Als Erstes nimmt er mir das Foto aus der Hand und legt es mit dem Bild nach unten auf den Schreibtisch. Dann fasst er meine Hände und sieht mich ernst an.

»Ich hätte dich damals gehen lassen«, sagt er. »Aber du und Thanos habt beschlossen, dass ich dich verwandeln soll. Es war mein sehnlichster Wunsch, Melek! Ich dachte, ich könnte dich glücklich machen.«

»Das kannst du noch.«

Ich fasse an seine Wange und streichele sanft darüber. Unsere Seelen berühren sich. Es geht unglaublich leicht und schnell, wie immer. Das ist das Beste an einer Seelenverwandtschaft: Es gibt nichts, was ihr an Intensität gleichkommt, selbst in Stunden wie dieser. Kein Streit ist stark genug, um das Band zu trennen, das uns zusammenhält. Das glaube ich zumindest. Levian zieht mich an sich und ich vergrabe mein Gesicht an seiner Brust. In diesem Moment bin ich sicher, dass ich den Hohenfels nie mehr verlassen will. Aber ich weiß auch: Schon morgen wird es wieder anders sein.

»Was soll ich tun?«, frage ich. »Thanos hat die Treffen befohlen. Ich kann mich nicht dagegen wehren.«

»Doch«, sagt Levian. »Du kannst Erik bitten, dass er dich entlässt. Wenn du ihm plausibel klarmachst, dass du in unserer Welt bleiben willst, dann wird er dich gehen lassen. Und ich sage dir alles, was du wissen willst. Das verspreche ich dir.«

Ich weiß, wie viel Überwindung ihn dieses Versprechen kostet. Trotzdem hat er es nun abgegeben. Das ist es, was ich wollte. Ich blicke in seine wundervollen Augen.

Plötzlich ertönt ein ohrenbetäubender Knall. Levian und ich fahren zusammen. Stimmen und Schreie dröhnen durch den Flur. Todesangst liegt darin.

»Was ist das?«, frage ich schaudernd.

Levian lässt mich los und geht zur Tür. Doch im gleichen Moment, als er sie öffnet, schlägt er sie auch wieder zu. Ich erhasche einen kurzen Blick auf eine riesige, hell lodernde, orangegelbe Wand.

»Feuer«, keucht er. »Eine Feuersbrunst!«

»Wie ist das möglich?«

Noch einmal versucht Levian die Tür zu öffnen, doch wieder schlagen die Flammen herein und versengen sein Haar. Die Schreie, die von dort draußen an meine Ohren dringen, sind so entsetzlich, dass sie all meine Sinne lähmen. Wir können nichts anderes tun, als in unserer Kammer zu bleiben und zu hoffen, dass das Inferno uns verschont. Es sind nur Minuten, die wir mitten im Raum stehen und einander umkrallt halten, während überall im Hohenfels Faune leiden und sterben. Dann wagt Levian einen neuen Vorstoß und diesmal lässt die Tür sich gefahrlos öffnen. Als wir in den Flur blicken, sehen wir überall verbrannte Erde und die kohlschwarzen Stümpfe der Pflanzen, die noch vor wenigen Minuten hier gewachsen sind. An manchen Stellen züngeln noch Flammen aus der Wand und entlang der Türen, aber die todbringende Feuersbrunst ist verschwunden. Es ist fast so, als sei sie einmal durch den Gang gejagt und schließlich irgendwo verpufft.

»Nayo und Leviata«, keucht Levian. »Wir müssen sie suchen!«

Wir rennen los zu Nayos Kammer, die der unseren näher liegt als Leviatas. Schon auf halbem Weg kommt sie uns entgegen, das Gesicht rußgeschwärzt, doch ansonsten wohlbehalten.

»Seid ihr unverletzt?«, röchelt sie.

»Ja«, sagt Levian. »Was war das?«

»Ich weiß es nicht. Lass uns nachsehen, ob unsere Hilfe gebraucht wird!«

Also laufen wir wieder in die Gegenrichtung, um Levians Schwester zu finden. Sie ist nicht in ihrer Kammer. Auf einen vagen Verdacht hin arbeiten wir uns zu den Handwerkern vor, wo wir Luzilla vermuten. Vielleicht ist Leviata bei ihr gewesen, als das Feuer ausgebrochen ist. Unterwegs sehen wir das ganze Ausmaß der Zerstörung. Was auch immer der Auslöser für den Brand war, sein Ursprung muss irgendwo im Ostflügel gewesen sein. Von dort aus zieht sich eine Schneise der Verwüstung durch den Gang. Jeder, der sich zu diesem Zeitpunkt dort aufgehalten hat, muss entweder tot oder von schweren Verbrennungen entstellt sein. Vor dem Eingang zu den Werkstätten liegt ein Faun, dessen Körper so verbrannt ist, dass ich nicht sagen könnte, ob ich ihn schon einmal gesehen habe oder nicht. Seine Haut ist voller Blasen. Er hält die Augen geschlossen und stöhnt. Nayo sinkt sofort vor ihm auf die Knie und spricht beruhigend auf ihn ein.

»Melek, versuch Orowar zu finden! Und du Levian, hol mir Heilpflanzen aus der Kräuterstube!«

Wir rennen beide los. Doch schon bald ist mir klar, dass mein Unterfangen sinnlos ist. Jeder Schamane im ganzen Hohenfels muss mittlerweile unterwegs sein. Als ich Orowars Tür aufstoße, finde ich tatsächlich niemanden im Behandlungsraum. Also renne ich wieder zurück. Unterwegs stoße ich fast mit Luzilla zusammen.

»Wo ist Levian?«, fragt sie besorgt.

»In der Kräuterstube«, antworte ich. »Hast du Orowar gesehen?«

»Nein.«

»Leviata?«

»Ja, sie kümmert sich um einen Verletzten im Ostflügel. Ich suche nach Heilpflanzen oder einem Schamanen.«

»Genau wie ich.«

Also suchen wir notgedrungen gemeinsam weiter. Doch als ich endlich mit einem Büschel Kräuter und Luzilla im Schlepptau wieder bei Nayo ankomme, ist der verletzte Faun bereits gestorben. Levian steht neben der Stelle, wo er sich aufgelöst hat, und lässt die Schultern hängen. In der Hand hält er ebenfalls ein Büschel Trockenpflanzen. Ich nehme ihn in den Arm.

»Leviata geht es gut«, berichte ich. »Sie hilft Verletzten im Ostflügel.«

»Lass uns dort hingehen. Vielleicht können wir sie unterstützen.«

Je weiter wir uns auf dem Weg vorarbeiten, den die Feuersbrunst durch den Hohenfels genommen hat, desto schweigsamer werden wir. Wir haben alle die gleiche Ahnung, wo die Flammen ihren Anfang genommen haben könnten. Und wenn wir Recht behalten, dann ist unsere Gemeinschaft ab heute ebenso führerlos wie das Bündnis mit den Talenten. Die Ansammlung, die sich vor Thanos' Audienzsaal gebildet hat, sagt mir, dass meine Sorge begründet war.

»Oh nein!«, stößt Luzilla hervor. Dann drängt sie sich zwischen die anderen, um einen Blick durch die Tür zu erhaschen. Nun sehe ich auch Leviata, die gerade von einem Verletzten ablässt, der zum Glück nur am Arm verbrannt worden ist. Wir gehen zu ihr. Als sie uns sieht, fällt sie ihrem Bruder vor Erleichterung um den Hals und schluchzt. So aufgelöst habe ich sie noch nie gesehen. Levian macht sie von sich los.

»Was ist mit Thanos?«, fragt er. »Hat er überlebt?«

»Ob er überlebt hat?«

Leviata wirft sich ihr langes Haar in den Nacken, dessen diamantener Glanz mit einer grauen Ascheschicht bedeckt ist. Ich sehe die Szene doppelt, denn eine Erinnerung lodert in mir empor, wie sie in ihrer Menschengestalt in einem Club steht und sich ebenfalls Asche aus dem Haar schüttelt. Schnell konzentriere ich mich wieder auf die Gegenwart.

»Er war es doch, der das alles ausgelöst hat«, schluchzt Leviata. »Er und seine Studien über die menschliche Magie. Schuld ist nur dieses abscheuliche kleine Talent-Orakel, das ihm diese Zauber vermittelt. Ich hasse sie und alle, die mit ihr in Verbindung stehen!«

Bei diesen Worten reißt sie sich von Levian los und schenkt mir einen letzten feindseligen Blick. Dann hastet sie davon, ohne sich noch einmal zu uns umzudrehen. Luzilla rennt ihr hinterher.

Levian, Nayo und ich sehen uns unsicher an. Wenn es stimmt, was Leviata gesagt hat, hat Thanos soeben den größten Fehler seines Lebens begangen. Sollte es wirklich so sein, dass seine Treffen mit Sylvia zu dieser Feuerkatastrophe geführt haben, dann steht das Bündnis unter keinem guten Stern mehr. Was haben wir uns nur dabei gedacht, als wir uns einredeten, Todfeinde könnten jemals einen Weg zueinander finden, der nicht tödlich endet?

Vorsichtig drängen wir uns durch den Pulk von Faunen, der sich in der Türschwelle des Saals versammelt hat. Dann endlich kann ich unser oberstes Orakel sehen: Thanos hat seine schönen Kleider zerrissen und achtlos neben sich auf den Boden geworfen. Er trägt nur noch ein knöchellanges Büßerhemd. Die Haare hängen ihm wirr in die Stirn und verdecken den Blick auf sein Gesicht. Er liegt auf den Knien vor Orowar, der ebenfalls in die Hocke gegangen ist, um ihn verstehen zu können. Ich kann nicht hören, was sie reden, aber Orowar nickt ein paarmal, bevor er sich aufrichtet, um uns davon in Kenntnis zu setzen, was nun geschehen wird.

»Unser oberstes Orakel teilt uns mit, dass es große Schuld auf sich geladen hat, indem es einen Menschenzauber anwandte, der nicht funktioniert hat«, sagt er formell. »Aus diesem Grund wird Thanos von heute an für die Dauer eines Mondes ins Exil gehen und nach einem Grund suchen, der sein Weiterleben rechtfertigt. Sollte er ihn finden, so kehrt er hernach zu uns zurück. Bis zu diesem Zeitpunkt übernimmt der Rat kommissarisch den Vorsitz über den Hohenfels.«

Ich bin geschockt. Obwohl Thanos bei jeder unserer Begegnungen ein leises Unwohlsein in mir hervorgerufen hat, habe ich mich unter seiner Herrschaft doch immer sicher gefühlt. Bis zum heutigen Tag. Was ab sofort mit uns allen geschehen wird, ist völlig unberechenbar. Würde Sylvia jetzt vor mir stehen, so würde ich ihr, ohne zu zögern, das Herz aus dem Leib reißen. Und ich glaube, ich bin nicht der einzige Faun, der in diesem Moment so denkt.

Ein Opfer für den Frieden

Ich habe nicht damit gerechnet, Melek so schnell wiederzusehen. Als unsere Truppe sich am nächsten Tag an der Schutzhütte trifft, steht sie bereits in ihrer Menschengestalt davor und wartet auf uns. Sie hat die Arme verschränkt und starrt uns entgegen, als wären wir ein Rudel hungriger Wölfe.

»Kadim, mach bitte einen Erkundungsgang Richtung Teich«, befiehlt Jakob. Auch er scheint Melek anzusehen, dass etwas geschehen ist.

Dafür erntet er einen missgelaunten Blick, aber zum Glück verzieht Kadim sich ohne weitere Diskussion. Wir warten, bis er um die nächste Weggabelung verschwunden ist, bevor wir zu Melek hinübergehen. Ihr Zeigefinger richtet sich sofort anklagend auf Sylvia.

»Was hast du getan?«, schleudert sie ihr entgegen. »Was ist das für eine dunkle Magie, die du Thanos beigebracht hast?«

Sylvia wird kreidebleich. Sie reißt die Augen auf und bleibt abrupt stehen.

»Was?«, stammelt sie. »Dunkle Magie? Ich verstehe nicht, wovon du sprichst.«

Nun rauscht Melek in einem solchen Tempo heran, dass Sylvia vor Angst ein paar Schritte rückwärts stolpert.

»Ich spreche von Feuer!«, schreit sie. »Ein Inferno, das zehn Faune das Leben gekostet hat. Es war ein Zauber, den er von dir gelernt hat! Er ist schiefgegangen!«

»Nein!« Sylvia wedelt mit den Armen vor ihrer Brust herum.

»Bitte glaub mir. Ich habe ihm nichts dergleichen beigebracht. Ich kann ihm gar nichts beibringen, denn Thanos ist viel mächtiger als ich. Die meiste Zeit über ist er der Lehrmeister und ich bin froh, dass ich seine Schülerin sein darf.«

Melek hat ihre Gesichtszüge vor Wut nicht mehr unter Kontrolle. Eines ihrer Augenlider zuckt vor Erregung. Sie ballt die Hände zu Fäusten.

Jakob stellt sich vor Sylvia.

»Moment mal«, sagt er. »Ganz langsam, Melek. Beruhige dich und erzähl uns dann die ganze Geschichte Stück für Stück.«

Das mit dem Beruhigen ist ein schwieriger Befehl. Damit erreicht er zwar, dass sie sich bemüht, aber der Erfolg bleibt trotzdem aus. Stattdessen verlagert sich ihre Wut nun auf ihn.

»Wahrscheinlich steckst du hinter allem«, geifert sie. »Du hast sie bei uns eingeschleust, um uns von innen heraus zu vergiften.« Dann zeigt sie auf mich. »Genau wie Erik mich vergiften soll. Ihr habt keine Ehre. Ihr seid zu allem fähig.«

Nie hätte ich gedacht, dass sich die Stimmung zwischen uns so schnell ändern könnte. Falls die anderen Faune mittlerweile ähnlich über uns denken, dann gehört unser Bündnis wahrscheinlich schon der Vergangenheit an. Aber eigentlich interessiert mich Politik gerade herzlich wenig. Ich spüre, wie Melek mir entgleitet. Das ist viel schlimmer.

Irgendwie bringt Jakob sie dazu, dass sie den Verlauf der Feuerkatastrophe im Hohenfels einigermaßen geordnet erzählt. Ich bekomme nur die Hälfte davon mit, weil ich innerlich selbst brenne. Am Ende landet Meleks Zeigefinger erneut auf Sylvias Stirn.

»Thanos ist ins Exil gegangen, um Buße für sein Vergehen zu tun«, erzählt sie erregt. »Aber er hat zugegeben, dass es Menschen-Magie war, die das Inferno verursacht hat. Euer Orakel hat dem unseren irgendetwas übertragen.«

Sie stiert Sylvia an und wartet auf eine Antwort.

Auch Jakob wendet sich nun ihr zu und sieht sie fragend an.

»Ist das möglich? Hast du ihn etwas über Feuer gelehrt?«

Hastig schüttelt Sylvia mit dem Kopf. Dann senkt sie den Blick zu Boden.

»Über Feuer nicht«, murmelt sie. »Aber dass ich ihm etwas übertragen habe, ist durchaus möglich.«

»Was?«, fragt Jakob streng.

»Meine Fantasie.«

»Deine Fantasie?«

Ich verstehe nicht, was sie damit meint. Auch Melek sieht für einen Augenblick nicht mehr wütend, sondern nur noch verwirrt aus.

Mit ihrer unverkennbaren Piepsstimme setzt Sylvia zur Erklärung an.

»Die menschliche Fantasie ist eine Zauberwelt, zu der die Faune keinen Zugang haben. Sie kann Dinge erschaffen, die es eigentlich nicht gibt, und möglich machen, was im wahren Leben unmöglich ist. Ohne sie wäre das Dasein der Menschen so langweilig, dass sie nicht existieren könnten. Die Faune aber haben das nicht nötig. Deshalb besitzen sie keine Fantasie.«

Wir schauen uns alle fragend an.

»Was hat das mit dem Feuer zu tun?«, hakt Tina nach.

»Das weiß ich nicht. Im Grunde ist es nur so, dass Thanos meinen Geist und meine Seele anzapft und sich die Informationen holt, die er dort findet.«

»Was für Informationen?«, will Jakob wissen.

Sylvia fängt an, von einem Bein auf das andere zu treten und dabei auf ihren Fingernägeln herumzukauen.

»Nur Geschichten. Märchen, Träume und Legenden. Aber manchmal ist sein Interesse auch beunruhigend, denn es ... es zielt auf menschliche Ängste ab. Ich zeige ihm, aus welchem Stoff unsere Horrorfilme gemacht sind ... und wovor wir uns am meisten fürchten.«

Keiner von uns bringt auch nur einen Ton heraus. Wir können einfach nicht fassen, dass Sylvia solche Abgründe beschritten hat. Thanos wollte diese Dinge nicht zum Spaß wissen, das muss ihr doch klar gewesen sein. Obwohl ich nicht ganz verstehe, was er damit anfangen will, bin ich ziemlich sicher, dass dies der Grund für die Katastrophe von heute Morgen war. Thanos vertraut nicht allein auf unser Bündnis. Er rüstet sich gleichzeitig für den Fall eines Krieges gegen uns. Sylvia hat ihm dafür eine Spezialwaffe verkauft – auch wenn er offensichtlich noch nicht genau weiß, wie man sie bedient.

»Wie konntest du das tun?«, fragt Jakob leise. »Hast du nicht gemerkt, dass du dich dabei auf sehr dünnem Eis bewegst?«

»Irgendwann schon«, gibt Sylvia zu. »Aber er hat mir so viele wertvolle Zauber gezeigt. Ich konnte einfach nicht mehr zurückrudern. Stundenlang brachte er mir neue Magie bei – nur um am Ende einen kurzen Blick in meine Fantasie zu werfen. Ich habe gemerkt, dass er dabei auf Horrorvorstellungen abfuhr. Aber ich dachte, es wäre ein kleines Opfer gegen das, was er mich lehrt ... Es tut mir so leid, Melek!«

Ihre Augen schwimmen vor Tränen, als sie Melek ansieht. Ich kenne Sylvia gut genug, um zu wissen, was sie jetzt unbedingt braucht: Absolution. Doch die wird sie nicht bekommen.

»Ich pfeife auf deine Entschuldigungen«, stößt Melek hervor. »Fast ein Dutzend Tote und so viel Leid! Das ist die Bilanz deines *kleinen Opfers*.«

Rafail, Tina, Henry und Joshua fangen nun an, mit Anschuldigungen in beide Richtungen um sich zu werfen. Ich verstehe nur die Hälfte, weil alle durcheinanderreden. Sylvia schlägt die Hände vors Gesicht und fängt an zu heulen.

Jakob muss schließlich seine volle Autorität einsetzen, um die Truppe wieder zum Schweigen zu bringen.

»Ruhe!«, donnert er in die Runde. Sofort sind alle wieder still.

»Was ist bei der ganzen Sache eigentlich mit deiner Fantasie passiert?«, fragt er Sylvia. »Ist sie noch intakt?«

Sie schüttelt zaghaft den Kopf.

»Ich bin mir nicht sicher. Gut möglich, dass ein Teil davon verloren ist. Mir ist immer eiskalt, wenn Thanos fertig ist. Das kann ein Anzeichen dafür sein, dass man einen wichtigen Teil seiner selbst verliert oder dass er verletzt wird. Ich glaube, ein paar Stücke davon wurden irgendwie ... herausgesaugt.«

»Das erklärt, warum du keine Visionen mehr hast«, stellt Jakob fest. »Mit beschädigtem Vorstellungsvermögen geht das wohl schlecht.«

Sylvia selbst ist auf diesen Gedanken wohl noch nicht gekommen, denn sie gibt einen erstickten Laut von sich. Eine Reihe von Kummerfalten bildet sich auf ihrer Stirn. Ich will einfach nicht glauben, was hier passiert. Dieses naive 14-jährige Ding hat also tatsächlich mit Thanos zusammen an Grenzen gerüttelt, die die Natur nicht ohne Grund gebaut hat. Und nun werden wir alle darunter leiden. Die Faune werden uns misstrauen und Melek wird sich wieder von mir zurückziehen.

Vorsichtig mache ich einen Schritt auf sie zu.

»Melek«, murmele ich. »Niemand hat geahnt, dass so etwas passieren könnte. Thanos trifft mehr Schuld als Sylvia. Er hätte nicht so weit in sie vordringen dürfen.«

»Erspar mir dein Ringen um Verständnis, Erik«, brummt sie. »Du bist nicht besser als sie. Auch du hinterlässt nichts als Brandwunden. Ich will, dass du mich endlich loslässt.«

»Nein«, flüstere ich. »Ich werde dich niemals loslassen. Ich will es nicht … und ich kann es auch nicht.«

Meine Knie sind so wackelig wie Pudding. Ich muss mich beherrschen, um nicht lauthals loszujammern wie Sylvia. Melek wendet sich von mir ab.

»Wir werden sehen, ob Thanos wiederkehrt. Bleibt er verschwunden, so haben auch seine Entscheidungen keine Gültigkeit mehr.«

Ich weiß nicht, ob ich mich über diese Ankündigung freuen oder daran zerbrechen soll. Auf der einen Seite sagt sie mir damit schließlich, dass mir noch etwas Zeit bleibt. Auf der anderen stellt sie aber auch klar, dass unsere künftigen Treffen wieder einzig und allein von Thanos' Befehlsgewalt abhängen. Warum ist sie mir plötzlich so fern? Ist das wirklich nur eine Auswirkung der Feuerkatastrophe?

Jakob entscheidet, dass wir die Faune sofort treffen müssen. Doch der Zeitpunkt dafür ist denkbar schlecht. Wenn unsere Truppe abends gemeinsam abtaucht, glaubt Mahdi, wir seien in den Clubs unterwegs. Aber jetzt, am Nachmittag, besteht die Möglichkeit, dass er zufällig unser Training mitverfolgen will. Außerdem ist Kadim immer noch auf Erkundungsgang im Wald unterwegs. Also gehen nur Sylvia, Jakob und ich. Die anderen bleiben unter Tinas Kommando auf der Schutzhütte zurück. Falls der General auftauchen sollte, wird es heißen, wir wären unterwegs, um eine Stelle im Wald auszukundschaften, die Sylvia in einer Vision gesehen hat.

Auf dem ganzen Weg zum Hohenfels verkriecht Melek sich in drückendem Schweigen. Jakob kann damit besser umgehen als Sylvia und ich. Er läuft mit ihr zusammen vorneweg, während wir anderen beiden deprimiert hinter ihnen herschleichen. Oben angekommen verwandelt Melek sich in eine geflügelte Maus und kriecht in eine Felsspalte, die wahrscheinlich hinunter in den Palast führt.

Wir warten. Es dauert eine Ewigkeit, bis der Findling am Hintereingang sich öffnet und zwei stumme Wachen uns mit einem unfreundlichen Wink hereinbitten.

In der großen Halle ist heute alles anders als bei unserem letzten Besuch: Es gibt keine Stühle, auf die wir uns setzen könnten, und kein Buffet, das uns einander näherbringen soll. Im vorderen Bereich sind die Wände schwarz verkohlt und hin und wieder rieselt weiße Asche wie Schnee von der Decke. Unsere üblichen Gesprächspartner stehen mitten im Raum, die Arme verschränkt und mit misstrauischen Gesichtern. Auch Levian und Melek sind dabei, beide geben sich ebenso unnahbar wie der Rest. Einer der Faune tritt einen Schritt vor. Ich glaube, es ist Orowar, der Schamane.

»Ihr wagt es, hierherzukommen?«, schleudert er uns entgegen, den Blick auf Sylvia gerichtet. »Mit dem Orakel, das den Tod so vieler unserer Brüder und Schwestern zu verantworten hat?«

»Die Verantwortung liegt nicht allein bei ihr«, stellt Jakob klar. »Es war euer Anführer, der durch sie an noch mehr Macht gelangen wollte. Dabei hat er die Risiken falsch eingeschätzt.«

»Du wagst es, über einen Büßer im Exil zu richten?«, ruft ein anderes Ratsmitglied, dessen Namen ich nicht kenne. »Thanos würde niemals ein solches Unglück über uns heraufbeschwören, wenn sein Geist nicht verseucht worden wäre. Es ist euer menschliches Gift, das uns durchdringt. Wir hätten nie mit euch kooperieren sollen.«

Die Sache mit dem menschlichen Gift habe ich auch schon von Melek gehört. Ich glaube zwar nicht, dass an der Sache etwas dran ist, aber die Faune scheinen eine sehr genaue Vorstellung von dem zu haben, was zwischen uns falsch läuft: Schuld daran sind ihrer Meinung nach also immer wir, weil wir einfach grundsätzlich mit einer bösartigen Seuche infiziert sind. Für so intolerant habe ich sie eigentlich nicht gehalten. Solche Argumente erinnern mich eher an unseren General.

Ich werfe einen Blick zu Melek, der das Ganze zumindest unangenehm aufstoßen müsste, weil sie ja selbst schon damit konfrontiert war. Aber sie reagiert gar nicht. Stattdessen fängt Sylvia an herumzuzappeln. Jakob packt sie am Arm, um sie davon abzuhalten, mit wilden Entschuldigungsreden um sich zu werfen.

»Thanos hat aber nun mal mit uns kooperiert«, sagt er, bevor jemand anderer ihm zuvorkommt. »Und seine Entscheidungen sind immer noch gültig.«

»Ja, für die Dauer eines Mondes«, stellt Orowar klar. »Wenn er bis dahin nicht zurückkommt, so war die Schande zu groß für ihn und er wird sich das Leben nehmen. Seine Entscheidungen werden dann von einem neuen Anführer überdacht. Bis dahin wird dieses Gremium ihn vertreten. Wir richten nach seinen Gesetzen, doch deren Auslegung ist unsere Sache.«

»Was soll das heißen?«, gehe ich dazwischen. Mir wird heiß und kalt.

Orowar schaut mich durchdringend an.

»Wenn es nur nach mir ginge, so hieße das das Ende deiner aufrührerischen Treffen mit Melek. Aber der Beschluss von Thanos war eindeutig: Du wirst sie weiter sehen bis zum Ende dieses Mondes. Dann entscheiden wir neu.«

Ich atme auf.

»In Bezug auf das Bündnis haben wir ebenso entschieden«, fährt Orowar fort. »Bis zu dem genannten Zeitpunkt wird es fortbestehen, auch wenn seine Zukunft im Ungewissen liegt. Doch was euer Orakel angeht, so hat sie ein Verbrechen gegen die Faune begangen, das einem Bündnispartner nicht würdig ist. Da sie im Gegensatz zu Thanos nicht weiß, was die Ehre von ihr verlangt, werden eben wir dafür sorgen, dass sie zum Exil verdammt ist. Sie wird deshalb bis zu seiner Rückkehr in Gewahrsam genommen.«

Mir fährt ein Schock durch die Glieder. Als wir hergekommen sind, haben wir mit Anschuldigungen gerechnet, aber niemals mit einer Verhaftung.

»Was?«, stammelt Sylvia. »Ich soll ins Gefängnis?«

»Nein«, stößt Jakob entgeistert hervor und schiebt sie hinter sich. »Nur über meine Leiche!«

»Wenn das dein Wunsch ist«, sagt Orowar emotionslos. »Jederzeit. Dann brecht ihr gleichzeitig auch das Bündnis und wir können uns das Warten sparen.«

Ich schiele zu meinem Anführer hinüber. Immer wenn wir den Hohenfels betreten, sind wir voll bewaffnet. Aus Gründen der Gleichberechtigung haben die Faune darauf verzichtet, uns unsere Pistolen und Messer wegzunehmen. Ich weiß genau, dass Jakob gerade mit dem Gedanken spielt, Sylvia auf diesem Wege zu verteidigen. Mir selbst geht es genauso. Aber dort, auf der anderen Seite, steht nicht nur eine Übermacht von Gegnern, sondern auch Melek. Ich kann einfach nicht auf sie schießen. Nicht einmal, um Sylvia vor dem unterirdischen Verlies zu bewahren. Dabei weiß ich ganz genau, was ein Monat ohne Sonnenlicht aus einem Menschen macht. Hilflosigkeit steigt in mir hoch.

»Tu das nicht, Orowar«, sagt Jakob warnend. »Ich werde sie dir nicht ausliefern, egal, was passiert.«

»Doch«, sagt der Schamane. »Das wirst du, wenn du weiterhin an unserem Waffenstillstand interessiert bist.«

Er macht einen Schritt auf uns zu und streckt die Hand nach Sylvia aus. Da schnellt Jakobs Hand in seine Jackentasche und zieht die Pistole hervor. Er richtet sie direkt auf Orowars Brust. Ich bin wie erstarrt.

»Erik«, zischt er.

Ich schaue Melek an. Erst ist keine Regung in ihrem Gesicht zu erkennen. Dann sehe ich, wie sie unauffällig den Kopf schüttelt.

»Erik, tu *ein Mal*, was ich dir sage, und zieh deine Waffe!«

Ich kann nichts tun. Mein Körper ist einfach gelähmt. Sylvia erkennt die Ausweglosigkeit unserer Situation. Mit einem Satz springt sie hinter Jakobs Rücken hervor und stürzt sich Orowar direkt in die Arme. Es geht so schnell, dass keiner von uns es verhindern kann.

Ein Lächeln umspielt das schöne, kalte Gesicht des Fauns, als er seine Finger wie eine Fessel um ihr Handgelenk schließt und sie als Schutzschild vor sich positioniert. Fassungslos starren wir sie an.

»Es gibt also doch noch genug Ehre in ihr, um den Frieden über ihre persönlichen Belange zu stellen«, sagt Orowar triumphierend.

Jakob lässt die Pistole sinken.

»Sylvia …«, murmelt er. Für einen kurzen Moment schmilzt das Eis in seinem Blick.

Doch unser kleines Orakel hat sich bereits wieder gefangen.

»Keine Angst, Jakob«, sagt sie liebevoll. »Ich habe etwas getan, das nicht recht war. Also gehe ich ein paar Tage ins Gefängnis. Mach dir nicht allzu viele Sorgen um mich.«

Es gibt so viele Momente, in denen sie mir verletzlich und schwach vorkommt. Aber immer wenn die Situation ausweglos erscheint, wächst sie über sich hinaus. Ich habe größte Hochachtung vor ihr.

»Halt durch. Ich hol dich da raus«, flüstert Jakob.

Uns bleibt keine Gelegenheit mehr, uns voneinander zu verabschieden. Orowar übergibt Sylvia direkt an zwei andere Faune, die sie abführen sollen. Wahrscheinlich hat er Angst, dass einer allein es nicht mit ihr aufnehmen kann. Sie wirft uns einen letzten zuversichtlichen Blick zu, bevor sie davongezogen wird und im Dunkel des nächsten Ganges verschwindet. Mit Grauen denke ich an meine eigene wochenlange Haft in der Finsternis von Levians Höhle. Was auf Sylvia zukommt, wird nicht viel anders sein. Hoffentlich springt Melek über ihren Schatten und kümmert sich um sie. Sonst wird Sylvia dort unten in dem Verlies vor Angst und Einsamkeit zu Grunde gehen.

Jakob braucht eine ganze Weile, um seine Erregung unter Kontrolle zu bringen. Als er Orowar dann anspricht, klingt seine Stimme so eisig, dass ich eine Gänsehaut davon bekomme.

»Ich fordere sofortige Verhandlungen über die Freilassung der Gefangenen.«

»Abgelehnt«, sagt Orowar. »Ich sehe keinen Grund für Verhandlungen. Beide Schuldigen sind im Exil, wie es sein sollte. Sollte Thanos nicht zurückkehren, wird es am Ende dieses Mondes einen Prozess geben. Dann kannst du als ihr Anwalt für sie eintreten. Und nun geht!«

Uns bleibt nichts anderes übrig, wenn wir Sylvias Opfer in Ehren halten wollen. Alles, was jetzt noch passieren könnte, ist, dass der Waffenstillstand mit zwei Genickbrüchen endet und genau das wollte sie vermeiden, indem sie sich Orowar ausgeliefert hat. Ich merke gar nicht, wie meine Füße sich bewegen. Aber eine Minute später rutscht der Findling hinter uns vor den Eingang und wir stehen wieder draußen im Wald. Die Sonne brennt auf uns herab wie ein fremder Stern aus einer fernen Galaxis.

Jakob setzt sich auf einen Felsen und schlägt die Hände vors Gesicht. Lange sitzt er so da, ohne eine einzige Bewegung. Nicht mal seine Schultern zucken. Ich hätte gern seine Selbstbeherrschung. Als er dann wieder so weit ist, mir in die Augen zu schauen, hat er bereits über die nächsten Stunden hinaus weitergedacht.

»Es gibt keine Möglichkeit, Mahdi etwas anderes zu erzählen. Wir sagen ihm, dass Sylvia durch eine Vision von uns weggelockt und gekidnappt wurde«, teilt er mir mit.

»Wird er das glauben?«

»Ich denke schon. Die Dschinn hatten es schon immer auf sie abgesehen. Er wird denken, dass sie sie entweder töten oder ihre Zauberkraft für sich gewinnen wollen.«

Die Dschinn! Jakob hat also beschlossen, unsere Bündnispartner künftig wieder als Feinde zu betrachten. Ich verkneife mir einen entsprechenden Kommentar, denn ein Teil von mir denkt genauso.

»Sie werden ihr nichts tun«, sage ich unbeholfen. Wen ich damit eigentlich trösten will – ihn oder mich selbst –, weiß ich nicht.

Jakob betrachtet mich mit einem nachdenklichen Blick.

»Du hättest deine Waffe nicht gezogen«, stellt er fest.

Ich schüttele verlegen den Kopf.

»Warum nicht?«

»Weil es keine Lösung war, zu sterben.«

Eine Weile schweigt er und versucht, die Hintergründe meines Handelns zu verstehen. Dann sagt er: »Ich halte dich nicht für einen Feigling, Erik. Aber manchmal frage ich mich, ob du nicht besser damit anfangen solltest, dich mit den Tatsachen abzufinden. Melek ist jetzt eine von denen.«

Der Gedanke ist nicht ganz neu für mich. Und doch wehrt sich jede Faser meines Körpers dagegen, ihn zu akzeptieren.

***

Ich bin noch mit halbem Herzen im Hohenfels, als wir die Haustür von Mahdis Nebenzentrale öffnen, um ihm Bericht zu erstatten. Unsere Augen haben sich kaum an das Zwielicht des heruntergekommenen Treppenhauses gewöhnt, da kommt uns Kadim von oben entgegen. Innerhalb von Sekunden werde ich ins Hier und Jetzt katapultiert. Als Kadim uns sieht, entgleiten ihm sämtliche Gesichtszüge. Jakob erstarrt zur Salzsäule.

»Was hast du hier zu suchen?«, stellt er ihn zur Rede.

Kadim verharrt ebenfalls auf den Stufen und verengt die Augen zu schmalen Schlitzen.

»Mahdi wollte mich durchchecken wegen der Szene im Fitnessstudio neulich«, sagt er schneidend. »Ich habe ihm nichts verraten.«

»Nicht? Warum habe ich dann den Eindruck, dass du ein schlechtes Gewissen hast?«

Ich hätte nicht gedacht, dass Kadim in der Lage wäre, eine noch finstere Miene aufzusetzen als gerade eben bei unserem Anblick. Aber es geht doch.

»Habe ich dir irgendeinen Grund gegeben, mir derart zu misstrauen?«, blafft er Jakob an. »Frag Sylvia, wenn du mir nicht glaubst. Sie kann mich ebenfalls durchchecken.«

»Sylvia wurde entführt«, teilt Jakob ihm kurzerhand mit.

Ein fieses kleines Lächeln stiehlt sich in Kadims Gesicht. Er verschränkt die Arme vor der Brust und schaut uns von oben herab an.

»So …«, murmelt er. »Doch nicht von euren Bündnispartnern?«

»Kadim, sei still!«, beschwöre ich ihn. Das Treppenhaus vor Mahdis Büro ist nicht gerade der richtige Ort für solche Gespräche. Auch wenn ich die Hoffnung habe, dass der General zu selbstverliebt ist, um sich mit moderner Abhörtechnik zu befassen, so bin ich mir doch keineswegs sicher, ob er und seine Orakel nicht subtilere Möglichkeiten haben, um uns zu belauschen. Doch Kadim beachtet mich gar nicht.

»Aber der Kaffeesatz ist als Weissagungsmethode zu vieldeutig, ja?«, fragt er Jakob ironisch. »Schade, dass du ständig aufs falsche Pferd setzt. Oder vielleicht ganz gut. Denn so nimmt endlich das Schicksal seinen Lauf.«

»Ich habe einen Fehler gemacht, als ich dir deine Erinnerung gelassen habe«, schleudert Jakob ihm entgegen.

Kadim grinst.

»Und nun hast du leider niemanden mehr, um sie zu löschen.«

Jakob bleibt jedes Wort im Hals stecken, denn Kadim hat Recht. Von nun an sind wir davon abhängig, ob er zu seinem Wort steht und sein Wissen geheim hält, oder nicht – falls er Mahdi nicht bereits über unsere Revolution ins Bild gesetzt hat. Ich kann nicht fassen, was mit einem Talent geschieht, das von seinem Anführer entbunden ist. Ich traue Kadim durchaus zu, dass er uns verraten hat. Als wir ihm nichts mehr entgegenzusetzen haben, drängt er sich an uns vorbei und verschwindet durch die Tür in den Hof hinaus.

»Ich finde jemanden«, sagt Jakob, mehr zu sich selbst. »Wenn es nicht schon zu spät ist.«

Schweigend gehen wir nach oben zu Mahdi. Es führt ja ohnehin kein Weg am Zusammentreffen mit ihm vorbei. An der Wohnungstür geben wir uns durch Klopfzeichen als Talente zu erkennen. Ebru öffnet uns. Ihr ist nicht anzusehen, ob sie etwas über uns weiß. Aber das Nahkampforakel ist ohnehin nicht gerade das, was man einen offenen Menschen nennen könnte. Sie hat den emotionalen Zustand eines Roboters, der von Mahdi ferngesteuert wird. Aber anscheinend hat sie nicht den Auftrag, uns beim ersten Anblick direkt festzunehmen. Das ist schon mal was wert. Ohne Begrüßung weist sie uns den Weg zum Büro des Generals.

Mahdi sitzt an seinem Schreibtisch, starrt auf seinen Laptop und hat die Augenbrauen gerunzelt, als wir eintreten. Es sieht ein bisschen so aus, als hätte er Probleme mit der Organisation seines Endkampfs. Ich gönne ihm jeden einzelnen Stein, der sich ihm in den Weg rollt! Es dauert eine ganze Weile, bis er sich unser erbarmt. Dieser Umstand lässt mich hoffen. Dann steht er auf und umkreist uns ein paarmal.

»Ihr seid eine seltsame Truppe«, murmelt er dabei vor sich hin. Was genau er so seltsam findet, sagt er nicht. Wir stellen auch keine Fragen. Ich halte den Atem an und rechne mit einem urschreiartigen Wutausbruch des Generals. Doch nichts geschieht. Schließlich bleibt er vor Jakob stehen.

»Was verschafft mir die Ehre deines Besuchs, Hauptmann?«

Daraufhin erzählt Jakob ihm gefasst die Lügengeschichte, die wir uns ausgedacht haben. Mahdi reagiert ganz anders darauf, als ich gedacht habe. Er nickt nur, dann schließt er die Augen, legt die Fingerspitzen aneinander und versucht, Kontakt mit Sylvia aufzunehmen. Doch der Schutzzauber über dem Hohenfels verhindert, dass er zu ihr durchdringen kann. Also zuckt er einfach mit den Schultern und erklärt sie für tot.

»Was interessieren mich die Probleme eurer Orakel«, sagt er. »Wir werden schon merken, ob ein neues Talent nachwächst. Sollte es so sein, dann haben die Dschinn sie wahrscheinlich umgebracht. Ich hoffe nur, dass sie ihr vorher nicht noch ein paar Geheimnisse entlocken.«

Das also ist seine einzige Sorge. Wenn er könnte, würde er Sylvia wahrscheinlich höchstpersönlich den Todesstoß versetzen, um der Gefahr vorzubeugen, dass die Faune eine Information oder einen wertvollen Zauber aus ihr herausbekommen. Dafür hasse ich ihn umso mehr.

»Ihr werdet immer weniger«, stellt er fest. »Wir müssen zusehen, dass wir ein neues Orakel finden, falls es zu lange dauert. Und am besten gleich einen Volltreffer dazu.«

Bei diesen Worten wird Jakob bleich und ich bekomme Angst, er könnte Mahdi an den Kragen gehen und damit auch gleich seinen eigenen Posten zur Neubesetzung freigeben. Nach Ansicht des Generals können Melek und Sylvia wohl gar nicht schnell genug abtreten, damit er wieder eine funktionierende Truppe vor Ort hat. Eine, die zuverlässig Feinde tötet und sich mit voller Hingabe seinem Endkampf-Plan widmet. Etwas anderes interessiert ihn nicht.

»Das Schicksal wird wohl besser wissen als du, was gut für uns ist«, mische ich mich ein, bevor Jakob einen Fehler begehen kann, der ihm einen weiteren gebrochenen Knochen beschert.

Mahdi blickt mich höhnisch an.

»Das Schicksal, lieber Erik, bin ich«, sagt er überzeugt. »Und das gilt in allererster Linie für dich. Erinnere dich stets daran, wenn du übermorgen vor den nächsten Talenten stehst. Denn ich gebiete über den Tag danach.«

Ich muss schlucken. Allein ein Satz wie dieser bewirkt schon, dass mein ganzer Körper in Alarmzustand verfällt.

»Ich werde dich nicht enttäuschen«, murmele ich und wende meinen Blick von ihm ab.

Das reicht Mahdi. Er entlässt uns großzügig und Attila begleitet uns nach draußen vor die Tür. Durch das, was in den letzten Stunden passiert ist, habe ich zumindest vergessen, über meine nächste Reise nachzudenken. Nun hat Mahdi mich daran erinnert, und das ziemlich eindrucksvoll. Wenn ich es diesmal nicht schaffe, einen überzeugenden Endkampf-Heiler abzugeben, wird er mich wahrscheinlich nicht mit ein paar Fußtritten und Schlägen davonkommen lassen. Ich habe keine Ahnung, was in dieser Woche passieren wird. Aber ich ahne bereits, dass es die Hölle für mich werden wird, so oder so.

Jakob reißt mich aus meinen Gedanken.

»Mach's gut, Erik«, sagt er seufzend. »Ich fahre jetzt zu Sylvias Eltern. Gäbe es irgendeine Möglichkeit, mich vor diesem Gespräch zu drücken, dann würde ich sie wahrnehmen.«

Ich schaue ihn mitleidig an.

»Wirst du ihnen die ganze Wahrheit erzählen?«

»Nein. Ich sage ihnen das Gleiche wie Mahdi. Auch die Einweihung der Veteranen müssen wir verschieben. Wenn Sylvia nicht mehr da ist, um ihren Schutzzauber über sie zu legen, macht es keinen Sinn.«

Erst in dem Moment wird mir klar, was Sylvias Inhaftierung für uns alle bedeutet.

»Heißt das, der Rest der Truppe wird in sechs Stunden ebenfalls ungeschützt sein?«, frage ich bang.

Jakob zuckt die Schultern.

»Das werden wir dann sehen. Sicher ist: Kein Zauber kommt in den Hohenfels hinein. Aber vielleicht kommt er ja von dort hinaus. An Thanos' Stelle hätte ich das so programmiert – allein um der Bequemlichkeit willen.«

»Wollen wir's hoffen«, sage ich.

Und dass Sylvia lange stark genug bleibt, um den Zauber von ihrem Verlies aus unter Kontrolle zu behalten. Sollte sie dort das Gefühl für Zeit und Raum verlieren, so wie es mir vor einiger Zeit ergangen ist, dann sehe ich schwarz für uns.

In dem Moment piepst Jakobs Handy. Als er sieht, wer ihm gerade eine Nachricht geschickt hat, hellt sich sein Gesicht sofort auf.

»Es ist von Sylvia! Die Faune haben nicht an ihr Handy gedacht. Wollen wir hoffen, dass das so bleibt.«

»Wie geht es ihr?«, frage ich überrascht.

»Hier unten ist es stockfinster, aber ich habe alles, was ich brauche«, liest Jakob vor. »Ruft mich nicht an. Ich melde mich. Muss Akku sparen und schalte jetzt aus.«

Diese Nachricht gibt mir etwas Hoffnung zurück. Sicher sind nicht alle Faune weltfremd genug, um zu vergessen, dass wir Menschen grundsätzlich ein Kommunikationsgerät am Körper tragen. Nayo zum Beispiel weiß es hundertprozentig. Und auch Levian müsste daran denken. Ich unterstelle ihm, dass er Sylvia eigentlich ganz gern hat, auch wenn er ständig auf ihrem Verräter-Status herumhackt. Vielleicht reicht die Sympathie mancher Hohenfels-Bewohner für unser kleines Orakel doch weit genug, um ihr in ihrem Exil die eine oder andere Vorzugsbehandlung zukommen zu lassen. Ich hoffe es so sehr.

Am Eingang zu Anastasias Wohnung lässt Jakob mich stehen.

»Soll ich mitkommen?«, frage ich ihn schwach. Ich hoffe, dass er ablehnt. Beim Gedanken an die Reaktion von Sarah und Karl auf das Verschwinden ihrer Tochter krampft sich mein Herz zusammen. Für die beiden beginnt mit dem heutigen Abend wahrscheinlich die qualvollste Zeit ihres Lebens. Es könnten Wochen vergehen, bis sie Sylvia wiedersehen. Und wir können ihnen nicht mal sagen, dass wir noch in Kontakt mit ihr stehen. Ich will mir gar nicht ausmalen, wie verzweifelt sie sein werden.

»Nein, lass mal gut sein«, winkt Jakob ab. »In gewisser Weise ist das auch meine Familie. Und ich bin Sylvias Vorgesetzter. Also werde ich ihnen die schlechte Nachricht allein bringen.«

Ich habe nichts anderes von ihm erwartet.

»Alles Gute, Jakob!«

Er nickt mir zu und wirkt dabei, als sei er unschlüssig darüber, ob er mir nun zum Abschied seinen Eisblick schicken soll oder nicht. Schließlich entscheidet er sich dagegen.

»Gute Nacht, Erik.«

Ich würde ihm gern etwas Trost spenden. Leider weiß ich überhaupt nicht, wie.

Das Leben gibt dir immer wieder dieselben Karten.

Fast den kompletten nächsten Tag verbringen wir erfolglos auf dem Hohenfels, während Kadim freibekommen hat. Jakob hat ihm eine SMS geschickt, die er zwar gelesen, aber nicht beantwortet hat. Ich bin mir unschlüssig darüber, ob von unserer Seite eine Entschuldigung nötig gewesen wäre. Kadim hat Mahdi definitiv nicht die ganze Wahrheit über uns erzählt. Der Schutzzauber, den Sylvia über ihn gelegt hat, funktioniert immer noch prächtig, genau wie bei uns anderen. Unser Geheimnis ist also immer noch ein Geheimnis. Trotzdem muss irgendetwas zwischen den beiden geredet worden sein, das den General zumindest misstrauisch gemacht hat. Ich hoffe nur, dass er nicht versucht, in den nächsten Tagen die Wahrheit aus mir herauszuprügeln.

Mittlerweile sitzen wir seit Stunden vor dem Hintereingang des Palastes und hoffen auf die Möglichkeit, dass jemand uns zu einem Gespräch hereinholt oder wenigstens bemerkt. Sylvias Handy ist immer noch ausgeschaltet. Aber ein Kontakt mit ihr würde uns auch nicht weiterhelfen. Ohne ihre direkte Anwesenheit bei uns können wir weder Botschaften verschicken noch welche empfangen. Kadim wäre wenigstens dazu in der Lage, die Trojaner zu entziffern, falls uns welche erreichen, versenden könnte er sie jedoch auch nicht. Also tigert Mike die ganze Zeit im Wald umher und versucht, allen möglichen Tieren Botschaften einzupflanzen. Doch obwohl er theoretisch weiß, was zu tun ist, funktioniert es nicht. Eine Weile versucht er sogar, Joshua die Prozedur beizubringen, weil er in seinen afrikanischen Genen eine Möglichkeit sieht, über Tiere zu kommunizieren, wie die Talente im Heimatland seines Vaters. Doch Joshua ist ein Wettläufer und kein Kommunikator.

Es ist zwecklos. Zu allem Überdruss landet am Nachmittag auch noch der graue Spatz von Le Rouge auf Mikes Schulter. Der Blick, mit dem der Erzengel ihn mustert, ist abgrundtief niedergeschlagen.

»Denn Seufzen ist für mich das tägliche Brot, und gleich dem Wasser ergießt sich meine laute Klage«, murmelt er vor sich hin.

Wir haben keine Ahnung, wie wir die Nachricht ohne Kadims Hilfe entziffern sollen. Also befiehlt Mike dem Vogel, vorübergehend bei ihm zu bleiben. Ab morgen muss er wohl so lange in einem Käfig ausharren, bis wir jemanden gefunden haben, der seine Botschaft verstehen kann. Während wir dasitzen, Grashalme ausrupfen und an Sylvia denken, füttert Mike den Spatz auf seiner Schulter, indem er Würmer zu ihm hinaufreicht. Ich bin mir sicher, dass die Faune uns mittlerweile bemerkt haben. Aber falls einige davon in Tiergestalt herausgekrochen sind, haben wir es nicht mitbekommen. Die Abwesenheit beider Orakel macht unsere Truppe völlig hilflos.

Als es Abend wird, beschließe ich, zum Jungfernbrunnen aufzubrechen, für den Fall, dass Melek meine Anwesenheit direkt vor ihrer Nase einfach ignoriert. Ich verabschiede mich von den anderen und ziehe los. Um an unseren Treffpunkt zu gelangen, muss ich erst einmal vom Hohenfels hinunter ins Tal, am Dorf vorbeischleichen und mich dann auf der anderen Seite wieder einen Berg hinaufarbeiten. Ich stelle mich auf einen mindestens einstündigen Marsch ein. Doch schon nach ein paar hundert Metern steht Melek plötzlich mitten auf dem Weg. Sie ist als Mensch gekommen, als würde sie irgendein beliebiges Talent treffen, vor dem sie sich verbergen muss. Ich bleibe stehen.

»Wo ist deine wahre Gestalt?«, frage ich.

»Es ist besser, du siehst sie nicht mehr«, antwortet sie. »Sie schürt die Probleme nur, die du uns bereitest.«

»Es sind keine Probleme, Melek. Es ist Liebe.«

Darauf geht sie nicht weiter ein. Sie steht stocksteif da und tut einfach so, als hätte sie mich nicht gehört. Die Kleidung, die sie heute trägt, ist genauso beliebig wie der Ausdruck in ihrem Gesicht. Sie besteht aus einer einfachen blauen Jeans und einem schwarzen T-Shirt. Genauso hätte sie sich früher als

Mensch angezogen. Aber zu der unnahbaren Schönheit, die sie als Maske auserkoren hat, passt es einfach nicht.

»Levian hat versprochen, mir alles von meinem bisherigen Leben zu erzählen. Und du weißt, dass ein Faun sein Versprechen nicht brechen kann.«

Das also ist der Grund, warum sie mir seit gestern so kühl gegenübertritt: Sie braucht mich nicht mehr. Das, was sie an mir interessiert hat, bekommt sie jetzt von jemand anderem. Meine Brust wird eng.

»Levian weiß sehr genau, was er tut – und wann«, presse ich hervor. »Er hätte dich verloren, wenn er jetzt nicht eingelenkt hätte.«

»Das ist nicht von Belang«, sagt Melek.

»Doch, das ist es! Tu nicht so, als würdest du nicht ebenfalls etwas für mich empfinden.«

Meine Stimme zittert gewaltig.

Melek wendet den Blick ins Dickicht neben uns und schweigt. Immer noch stehen wir mitten auf dem Weg, mit einem klaffenden Abstand von mehreren Metern zwischen uns. Das ist schon wieder so ein Treffen, das unser letztes sein könnte. Und ich sehe keine Möglichkeit, wie ich ihr näherkommen kann. Zumindest nicht innerlich. Also lege ich wenigstens die paar Schritte zurück, die unsere Körper voneinander trennen.

»Möchtest du dich setzen?«, frage ich sie, als ich vor ihr stehe.

»Nein.«

»Du willst es mir unangenehm machen, damit du gleich nach Hause verschwinden kannst.«

Sie nickt. »Gib mich frei, Erik. Dann geht es schneller.«

In dem Moment kriecht die Empörung in mir hoch. Es ist fast so wie bei Mahdi, wenn er den Bogen derart überspannt, dass ich nur noch Gegenwehr hervorbringe. Trotzig setze ich mich im Schneidersitz vor sie auf den Weg.

»Na schön, dann bleib doch stehen«, brumme ich. »Wie geht es Sylvia?«

Melek antwortet prompt, ohne es sich anmerken zu lassen, falls sie davon irritiert ist.

»Die Gefangene wurde in eines unserer Verliese gesperrt. Wir versorgen sie mit Nahrung, Kerzen und frischem Wasser. Mehr braucht eine Büßerin nicht.«

»Warst du bei ihr?«, frage ich entrüstet.

»Nein.«

»Wieso nicht? Melek, sie war deine Freundin.«

»Sie war nie etwas anderes als eine Verräterin!«, schnauzt sie mich an.

Nun reicht es mir mit meiner passiven Gegenwehr. Ich springe auf. In Sekundenschnelle spannt sich jeder Muskel in Meleks Körper an. Wahrscheinlich rechnet sie jetzt damit, dass ich meine Pistole ziehe und sie bedrohe. Vielleicht sollte ich das gelegentlich mal tun. Stattdessen ziehe ich ihr Tagebuch aus meinem Rucksack und drücke es ihr in die Hand.

»Du kannst es haben«, sage ich erregt. »Lies es genau durch. Jeden Satz! Dann weißt du wenigstens, welche Fragen du Levian stellen musst. Und wenn du damit fertig bist, gehst du zu Sylvia und kümmerst dich um sie!«

Melek antwortet nicht. Sie legt die Stirn in Falten, greift nach dem Buch und drückt es mit beiden Händen an die Brust. Ich sage ihr nicht, dass ich schon morgen zu meiner nächsten Tour aufbreche. Auch nicht, dass sie mich vielleicht gerade zum letzten Mal sieht und schon in ein paar Tagen frei sein könnte. Ich will die Erleichterung in ihren Augen nicht sehen. Außerdem hat Jakob dann keine Gelegenheit mehr, um an meine Stelle zu treten. Nur er kann Melek Befehle erteilen, um Sylvias Gefangenschaft zu erleichtern. Auch wenn ich sie ihm nicht gern überlasse – ich muss es schon wieder tun.

Wir starren uns an, ohne zu wissen, was der andere denkt und fühlt.

»Warum bist du so unglaublich hartnäckig?«, fragt Melek.

»Küss mich und ich spiele dir eine Erinnerung rüber, die alles erklärt!«

Sie wirft mir einen warnenden Blick zu.

»Glaub ja nicht, dass Levian Dinge auspacken wird, nach denen du ihn nicht gezielt fragst. Du wirst hundert Jahre damit verbringen, alles aus ihm herauszukitzeln!«

»Ich habe Zeit«, sagt sie schnippisch. »Und ein Tagebuch.«

Eine ganze Weile schaue ich sie an. Sie hält meinen Blick, doch ich sehe in ihrem Gesicht nichts außer der oberflächlichen Kälte, die sie mir präsentiert. Schließlich gebe ich auf.

»Du kannst gehen. Gute Nacht, Melek.«

Ohne ein Wort des Abschieds dreht sie sich um und rennt weg, das Tagebuch immer noch fest an ihre Brust gepresst. Sie ist so schnell, dass sie innerhalb von Sekunden aus meinem Gesichtsfeld verschwindet.

Ich setze mich wieder auf den Boden. Mein Kopf fühlt sich an, als hämmere jemand von innen gegen die Schädelplatte. Um gegen die Panik anzukommen, die sich in mir breitmacht, benutze ich die Taktik von Anastasia und zeichne mit einem Stöckchen Kreise in den Schotter des Waldweges. Ich habe keine Ahnung, was ich jetzt noch tun könnte. Es fühlt sich an, als hätte ich den Endkampf bereits hinter mir – und ihn mit Pauken und Trompeten verloren.

***

Am nächsten Morgen sitze ich in einem Flugzeug Richtung Slowenien. Mahdi hat eine Tour geplant, die jeden Tag in ein anderes Land führt. Täglich werde ich vor neuen Talenten stehen. Doch es wird immer das gleiche Prinzip sein und immer die gleiche Aufgabe: Tunicas heilen, Karten ablesen, Endkampf propagieren. Die ganze Zeit über spiele ich mit dem Gedanken, es einfach so zu machen wie in Rom. Wenn ich Melek wirklich verloren habe, dann gibt es keinen Grund mehr, das ganze Theater weiterzuspielen. In dem Fall bin ich übermorgen wahrscheinlich tot. Dann gibt es keinen Heiler mehr und keinen Jüngsten Tag. Ob die Welt dadurch besser würde, kann ich nicht beurteilen. Aber zumindest hätte ich dadurch meinen persönlichen Kampf gewonnen – den gegen Mahdi und mein Gewissen.

Über zwei Dinge bin ich trotz allem erleichtert. Erstens darf ich normale Kleidung tragen und zweitens sitzt Mike neben mir. Seit unserer Abreise ist er schweigsam, wahrscheinlich, weil er ahnt, worüber ich mir Gedanken mache. Vielleicht deprimiert ihn aber auch einfach die Tatsache, dass die Armee es selbst über die Jahrtausende hinweg nicht schafft, eine nachhaltige Lösung für das Dschinn-Problem zu finden. Die »neuen Wege«, die er mit mir beschreiten wollte, führen ja anscheinend auch nicht zum Erfolg. Irgendwann nach dem zweiten Tomatensaft schläft er ein. Ich bekomme mit, wie Attila, der mit Mahdi direkt vor uns sitzt, einen unauffälligen Blick nach hinten wirft. Er wartet fünf Minuten, dann lugt er ein weiteres Mal zwischen den Sitzen hindurch.

»Der Überzeitliche schläft«, informiert er seinen General auf Türkisch.

»Gut«, antwortet der und zückt sein Telefon.

Ich versuche, mir nichts anmerken zu lassen. Mahdi und seine Leute denken immer noch, dass ich kein Wort von dem verstehe, was sie reden. Um sie in dem Glauben zu lassen, schließe ich ebenfalls die Augen und gebe vor, müde zu sein. Eine Weile höre ich nichts mehr.

»Shirin«, flüstert Mahdi ins Handy, als er jemanden erreicht. »Hast du vorbereitet, was ich dir gesagt habe? ... Wenn es so weit kommt, muss es auf mein Handzeichen hin geschehen. Und es muss wie ein echtes Attentat aussehen.«

Im Nu stellen sich alle meine Nackenhaare auf. Mahdi sitzt keinen Meter von mir entfernt und plant meinen Tod! Damit habe ich die letzte Bestätigung in der Tasche, dass ich niemals ungeschoren davonkommen werde, wenn ich meine Vorstellung von Rom noch einmal wiederhole. Die Armee wird es so aussehen lassen, als hätten unsere Feinde mich auf dem Gewissen. Wenn die Talente der Welt dann vor Wut und Enttäuschung auf die Barrikaden gehen, besteht für Mahdi auch ohne mich die Möglichkeit, seine Ziele weiterzuverfolgen. Und genau das ist der Punkt, warum ich jetzt nicht aufgeben darf!

Das Telefonat ist so schnell beendet, wie es angefangen hat. Offensichtlich wollte er nur wissen, ob die Vorbereitungen für meine Hinrichtung im Gang sind.

Wer Shirin ist, erfahre ich schon kurz nach unserer Landung in Ljubljana. Der Flughafen liegt ein ganzes Stück weit außerhalb der Stadt. Dort warten bereits zwei Limousinen auf uns, die uns in die Hauptstadt bringen sollen. Vor der ersten steht eine sehr gepflegte, adrett gekleidete Frau mittleren Alters, die auf den ersten Blick als Türkin zu erkennen ist.

»Guten Tag«, sagt sie und streckt mir die Hand entgegen. »Ich bin Shirin. Für die Dauer dieser Tour bin ich sozusagen deine Reiseleiterin. Wenn du irgendetwas brauchst, sag mir einfach Bescheid.«

Ich nicke und ringe mir ein Lächeln ab. Shirin lächelt ebenfalls, doch es sieht aus, als hätte sie es vor dem Spiegel geübt. Sie ist klein, schlank und dezent geschminkt. Nach außen hin wirkt sie wie die Angestellte eines mittelständischen Unternehmens auf Geschäftsreise. Nur die auffällige Hakennase in ihrem Gesicht passt nicht ganz ins Bild. Ich frage mich, welche geheimen Tricks sie wohl auf Lager hat. Ein Blick zu Mike macht mir klar, dass auch er nichts mit ihr anfangen kann. Meine angebliche Reiseleiterin scheint also eine neu angeheuerte Auftragskillerin zu sein.

Während wir uns über eine halbe Stunde lang ins Zentrum von Ljubljana vorarbeiten, redet sie ständig freundlich auf mich ein. Hin und wieder zeigt sie mir sogar die eine oder andere Sehenswürdigkeit, an der wir vorbeirauschen. Anscheinend hat irgendjemand ihr erzählt, dass man mich damit ködern kann. Ich bin fassungslos darüber, wie verlogen Menschen sein können. Als wir schließlich vor einem beeindruckenden Renaissancegebäude stehen bleiben, übersetzt sie die Aufschrift an der Fassade.

»Die slowenische Nationalgalerie.« Dann zeigt sie wieder ihr falsches Lächeln. »Heute kein Einlass für Touristen.«

Ein Angestellter öffnet uns die vergitterten Tore. Drinnen schlägt mir sofort angenehme Kühle ins Gesicht. Ich rieche den Duft von frisch gebohnertem Parkett, von Skulpturen, Gemälden und Klimaanlage, wie es ihn nur in Museen gibt. Es muss ein halbes Leben her sein, dass ich diesen Geruch zum letzten Mal in der Nase hatte.

Mahdi befiehlt seinen drei Begleitern, im Vorraum neben der Kasse zu bleiben und Wache zu halten. Er selbst und Mike schließen sich Shirin und mir an.

»Die Talente kommen in einer Stunde«, sagt sie. »Bis dahin kannst du dich hier umsehen, wenn du willst.«

Ich möchte gern. Und wenn es das Letzte ist, was ich tue. Ich habe keine Ahnung, warum die Armee ein Kunstmuseum als Bühne für meinen nächsten Auftritt gewählt hat. Erst nach einer Weile verstehe ich es. Denn nach einem kurzen Rundgang durch mehrere Säle voller goldgerahmter Kirchengemälde landen wir schließlich in einem Raum mit einer Sonderausstellung.

Sie heißt »Picassos Mythen und Fabeln« und zeigt Reproduktionen verschiedener Zeichnungen des Malers. Gleich im Eingangsbereich hängt eine, die sofort meinen Blick auf sich zieht: Das Bild zeigt einen muskulösen Mann mit langen Haaren und Hörnern am Kopf, der die Arme nach einer schlafenden Schönheit ausstreckt. Darunter steht: »Faun, eine Frau enthüllend.« Es gibt noch zahlreiche andere Zeichnungen, die Faune in allen möglichen Lebenslagen zeigen, mal liebend, mal Flöte spielend und manchmal auch als Fabelwesen mit Pferdekörper oder Stierkopf. Ich bin total überrascht. Shirin sieht es mir an.

»Picasso war seltsam fasziniert von ihnen«, erklärt sie. »Wir mögen die Sinnlichkeit nicht, mit der er sie gemalt hat. Zu seiner aktiven Zeit hätte er sich das nicht erlaubt.«

»Er war ein Talent?«, frage ich verwundert.

»Ja, klar«, sagt Mike, als sei dieser Umstand allgemein bekannt. »Ein gutes sogar, sonst hätte er nicht überlebt.«

»Und durchgeknallt obendrein«, ergänzt Mahdi. »Sieht man doch auf den ersten Blick.«

Nachdenklich betrachte ich das Porträt eines Fauns, der ein Zeichen in Form einer roten Kreisspirale im Gesicht trägt. Hundertprozentig wohl scheint der Künstler sich nicht in seiner Haut gefühlt zu haben, sonst hätte er das echte Bannzeichen dargestellt, sofern er es gekannt hat.

»Wieso haben die alle Hörner?«, frage ich.

Mike kichert.

»Das war unsere Auflage«, erklärt Mahdi. »Als er sie gemalt hat, war Picasso schon zu bekannt, um ihn einfach so aus dem Weg zu schaffen. Wir haben ihm gesagt, dass er weiterleben darf, wenn er sich benimmt. Deshalb hat er ihnen im wahrsten Sinne des Wortes Hörner aufgesetzt.«

»Das hat sie zu harmlosen Sagengestalten degeneriert«, ergänzt Mike. Er streicht sich mit der Hand durch die Haare und schenkt mir einen vielsagenden Blick.

Mahdi hatte also schon vor hundert Jahren alles im Griff. Die Argumente, mit denen er aufmüpfige Talente in die Knie zwingt, haben sich seither nicht geändert. Ich verstehe nur nicht, warum er diese Ausstellung als Kulisse des heutigen Nachmittags gewählt hat.

»Warum hier ... wenn ihr seine Arbeiten nicht mögt?«, frage ich.

»Um den Talenten zu zeigen, wie gefährlich unsere Feinde sind, wie heimtückisch sie sich in unsere Welt, unsere Kunst und unsere Gedanken schleichen«, sagt Mahdi. »Sie sollen merken, wie leicht es ist, der Verführung durch sie zu verfallen. Und wie stark das Gift ist, das sie verströmen. Du kennst es doch, dieses Gift, nicht wahr, Erik?«

Die schwarzen Augen des Generals blitzen. Ich hoffe mal, dass diese Andeutung nur auf Melek bezogen war und nicht auf irgendeine Information, die er von Kadim bekommen hat. Die gegenseitigen Giftmischervorwürfe kann ich langsam nicht mehr hören. In manchen Dingen gleichen sich Talente und Faune enorm, ohne es zu wissen. Anstatt zu antworten, wende ich mich von den Kunstdrucken ab, die mich unter anderen Umständen sehr interessiert hätten, und strecke Mahdi die flache Hand entgegen.

»Ich nehme an, du hast was zum Ablesen für mich.«

Einen Augenblick lang mustert er mich nachdenklich. Dann greift er in die Innentasche seines Jacketts und zieht dieselben Karten hervor, die er mir bereits in Rom vorgelegt hat. So wie ich Mahdi kenne, hat er sie ganz bewusst nicht neu formuliert. Er will, dass ich mich ihm beuge und genau die Worte vortrage, gegen die alles in mir anschreit.

Ich bin gekommen, um euch Frieden zu bringen ...

Ich stecke sie wortlos ein.

Shirin sieht auf die Uhr und entscheidet, dass es an der Zeit ist, sich zurückzuziehen. Eine Garderobe im ersten Stock soll mir als VIP-Versteck dienen, bis sämtliche Talente von Ljubljana sich eingefunden haben. Wahrscheinlich brauchen sie auch noch etwas Vorlauf, um den möglichen Anschlag auf mich zu organisieren. Als Mike und ich einen Augenblick ungestört sind, erzähle ich ihm im Flüsterton von dem Telefongespräch, das ich im Flugzeug mitgehört habe.

»Alle Achtung!«, sagt Mike. »Du kannst genug Türkisch, um so etwas zu verstehen?«

»Ich hatte jede Menge Zeit, um es zu lernen«, sage ich. »Denkst du, sie werden es tun?«

Der Erzengel schüttelt den Kopf.

»Nicht, wenn du dich diesmal an deine Karten hältst.«

Ich nicke. Mir bleibt wohl nichts anderes übrig. Mike sieht mich seltsam misstrauisch von der Seite an. Es wirkt fast so, als sei er sich nicht ganz über meine Intelligenz im Klaren.

»Sieh es einfach als unbedeutende kleine Show an, Erik. Es sind nur ein paar Talente, die wir jederzeit wieder vom Gegenteil überzeugen können.«

In dem Moment kommt mir ein beunruhigender Gedanke. Was, wenn einige der Anwesenden mittlerweile unsere Nachricht bekommen haben? Wie werden sie reagieren, wenn sie heute von mir einen überzeugenden Aufruf zum Endkampf hören? Vielleicht sind sie davon so verwirrt, dass sie Mahdi über die Botschaft in Kenntnis setzen, die ihre Orakel vor kurzem von Sylvia empfangen haben. Ich befinde mich also wieder einmal in der Zwickmühle. Und mir bleibt keine andere Wahl als die Hoffnung, den Nachmittag irgendwie zu überstehen, ohne dass er mich meinen Kopf kostet.

Die Zahl der Soldaten, die sich eine knappe halbe Stunde später zwischen Picassos Faunen in der Galerie drängt, ist nur unbedeutend geringer als in Rom. Im Vergleich zu damals geht es heute aber wesentlich gesitteter zu. Mahdi hat dazugelernt: Die Tunicas, die er mir nun präsentiert, wurden extra von einer abgelegenen Ortschaft hergebracht. Damit ist schon mal sichergestellt, dass niemand im Raum in hysterisches Geschrei ausbricht, weil ich seine Freundin oder seinen Anführer heile. Trotzdem ist die Reaktion der Talente auch diesmal überwältigend. Sie alle kennen den desinteressierten Ausdruck im Gesicht der Gefühlskalten und kaum einer kann sich gegen die Euphorie wehren, die ihn überkommt, als ich ihnen ihr Lächeln zurückgebe.

Mahdi muss ein paarmal auf das Mikrofon klopfen, damit überhaupt jemand bemerkt, dass er etwas sagen will. Aber dann lauschen sie ihm alle gespannt, als er zu seiner üblichen Rede ansetzt, die diesmal auch auf die Kunst vor unser aller Augen abzielt.

Die ganze Zeit über frage ich mich, warum niemand die Gehirnwäsche bemerkt, die er gerade erhält. Warum niemand Fragen stellt oder zumindest die Stirn runzelt. Dann wird mir klar, dass es an mir liegt. Meine bloße Anwesenheit legt den Verstand der Soldaten lahm. Viele von ihnen haben Jahre des Kampfs hinter sich und ich bin der erste Hoffnungsschimmer, der in ihre Realität vordringt.

Als ich an der Reihe bin, meine Rede zu halten, spüre ich die Blicke von Mahdi und Mike im Rücken. Ich weiß genau, ein falsches Wort und von irgendwoher wird mich eine Kugel treffen. Vielleicht wird auch ein Kronleuchter auf mich herabstürzen oder ein schwarzer Schatten aus der Menge springen, um seine Hände um meinen Hals zu legen. Wie auch immer Shirin meinen Tod geplant hat – es fehlt nur ein Handzeichen von Mahdi und er ist besiegelt.

»Ich bin gekommen, um euch Frieden zu bringen …

doch Friede wird aus Krieg gemacht.«

Ich höre, wie mein Mund die unsagbaren Worte ausspricht. Ich leiere sie herunter wie eine alte Drehorgel ihre eintönige Musik. Die Gesichter vor mir sind zuerst gespannt, dann verwirrt und schließlich enttäuscht. Der letzte Satz kommt nicht über meine Lippen. Er bleibt einfach irgendwo hängen.

Wollt ihr den Endkampf?

»Denkt über einen Endkampf nach.«

Ich warte. Warte auf ein Handzeichen. Auf meinen letzten Herzschlag. Ich habe alles gegeben, was ich an Demut aufbringen kann. Mehr geht nicht.

Langsam trete ich einen Schritt zurück und zähle die Sekunden, die vorüberstreichen. Dann ertönt ein sachter Applaus. Er ist wesentlich weniger überzeugend als vorhin nach der Heilung der Tunicas. Doch immerhin klatschen fast alle anwesenden Talente einigermaßen höflich in die Hände. Nur ganz wenige stehen da und starren mich verwirrt an. Keiner erhebt seine Stimme, um Mahdi nach dem tieferen Sinn dieser Veranstaltung zu fragen oder gar unsere Geheimnisse kundzutun.

Fachmännisch schiebt der General mich ein Stück weit nach hinten und verdreht dabei die Augen. Wer auch immer diese Geste sieht, soll wahrscheinlich denken, dass er mich für einen furchtbar schlechten Redner, aber einen von Herzen überzeugten Heiler hält.

Ich bekomme nicht mit, was er sonst noch zu den Talenten sagt. Während der Minuten, die ich noch vor aller Augen ausharren muss, macht sich ein durchdringendes Pfeifen in meinen Ohren breit. Ich fühle mich, als hätte mir jemand Drogen ins Colaglas geschüttet. Schließlich erklärt Shirin die Veranstaltung für beendet und ich werde von mehreren Händen durch den Hinterausgang bugsiert, über den Hof geschoben und in die Limousine geschubst. Die getönten Fenster fahren nach oben. Niemand spricht ein Wort. Schemenhaft erkenne ich, dass Mike neben mir sitzt. Er tätschelt ein paarmal mit der Hand mein Knie, während wir durch die prunkvollen Bauten der historischen Altstadt zum Hotel fahren. Dort angekommen packt Mahdi mich am Arm und verfrachtet mich in den Fahrstuhl. Mike will hinter uns her in den Aufzug hechten, aber einer von Mahdis Begleitern packt ihn rechtzeitig am Arm und hält ihn zurück. Ich sehe die Sorge in seinem Gesicht, als die Metalltüren sich zwischen uns schließen, aber sie berührt mich nicht. Ab einem gewissen Punkt gaukelt das menschliche Hirn einem Todgeweihten wahrscheinlich ein Heile-Welt-Gefühl vor, obwohl gerade alles um ihn herum zusammenbricht.

Kaum dass Mahdis Zimmertür hinter uns ins Schloss fällt, klatscht sein Handrücken ein paarmal hintereinander in mein Gesicht – aber nicht fest genug, um Spuren zu hinterlassen. Daran klammere ich mich.

»Hiermit ziehe ich mein Angebot zurück!«, stellt er klar. »Aber ich ersetze es durch ein anderes: Wenn du am Leben bleiben willst, dann kooperiere.«

Der nächste Schlag landet in meiner Magengrube. Ich kann ein wenig davon abfangen, indem ich die Bauchmuskeln anspanne.

»Wenn du willst, dass Melek am Leben bleibt, dann werde besser!«

Entsetzen steigt in mir hoch. Deshalb sehe ich den Hieb in mein Genick nicht rechtzeitig kommen. Bevor ich mich wegducken kann, trifft er mich mit voller Wucht und ich sinke in die Knie. Genau da will Mahdi mich haben. Ich stöhne. Er tritt auf Tuchfühlung an mich heran.

»Du hast keine Ahnung, wie nachsichtig ich mit dir bin«, keucht er. »Jeder andere in meiner Stellung hätte dich längst aus dem Weg geräumt. Glaub mir eins, Erik: Ich kann mir schlimmere Dinge ausdenken, als dich von deinem jämmerlichen Dasein zu erlösen. Leg dich nicht mit mir an!«

Ich antworte ihm nicht. Schweigen ist die letzte Waffe, die mir bleibt.

Als Mahdi sich darüber bewusst wird, dass ich mich ihm immer noch widersetze, greift er zu dem einzigen Mittel, das ihn einigermaßen befriedigt: Er holt aus und donnert mir seinen Ellbogen direkt auf die Schläfe. Die Besinnungslosigkeit, die mich überkommt, ist beinahe ein Segen. Augenblicklich sinke ich hinüber in eine beruhigende Ohnmacht.

Schütte dein Herz einer Taube aus und lass sie fliegen.

Ich habe mir vorgenommen, das Tagebuch der Reihe nach von vorn bis hinten durchzulesen. Auch wenn es mich hin und wieder verlangt, ein paar Seiten zu überschlagen und zu den wirklich bedeutenden Passagen vorzudringen, habe ich mich dennoch im Griff. Ich glaube, dass ich meine menschliche Denkweise wahrscheinlich am besten dann verstehe, wenn ich sie chronologisch nachvollziehen kann. Also blättere ich nicht nach vorn.

Levian ist alles andere als begeistert von meinem neuen Spielzeug.

»Wenn du mein Versprechen hast, wieso brauchst du dann noch dieses Buch?«, brummt er vom Schreibtisch aus zu mir herüber.

Ich sitze im Schneidersitz auf dem Bett und lese gerade, wie ich Jakob kennengelernt habe. Der Eintrag ist zu interessant, um abzubrechen.

»Damit ich weiß, welche Fragen ich dir stellen muss«, gebe ich zurück.

Daraufhin murmelt er etwas Unverständliches und wendet sich wieder seinem eigenen Buch zu. Es ist irgendeine Fantasie-Geschichte der Menschen. Normalerweise fesselt ihn so etwas. Aber heute scheint er nicht ganz bei der Sache zu sein.

Ich bin fest davon überzeugt, dass diese Begegnung etwas Schicksalhaftes hatte, lese ich. *Mein ganzes Leben lang habe ich auf eine Aufgabe wie diese gewartet. Und Jakob ist genau der Mensch, genau der Anführer, dem ich folgen möchte. Nie werde ich seinen Blick vergessen, in dem Moment, als er meinen Namen erfuhr.*

Das war dann wohl eine kolossale Fehleinschätzung von mir.

Seither nennt er mich die ganze Zeit Engelchen. Ich höre das gern, obwohl ich keine Ahnung habe, warum er das tut. Es klingt viel zu vertraut. In Wirklichkeit benimmt er sich mir gegenüber ziemlich unnahbar. Morgen Nachmittag bekomme ich mein Bannzeichen. Wie ich das meinen Eltern erklären will, weiß ich überhaupt nicht. Trotzdem bin ich froh, dass die Armee mich haben will – trotz der schlechten Prophezeiung, die Kadim ausgesprochen hat.

Ich wüsste zu gern, was für eine Prophezeiung das gewesen sein soll. Aber leider steht nicht mehr darüber in meinen Aufzeichnungen. Dafür finde ich meine ersten Begegnungen mit Levian. Anscheinend habe ich lange überhaupt nicht verstanden, warum er den Kontakt zu mir suchte. Stattdessen unterstelle ich ihm Seite für Seite, dass er irgendein Unglück über mich bringen wollte. Und die ganze Zeit über nenne ich ihn einen Dschinn.

Dann kommt eine Stelle, die mir einen Hauch von schlechtem Gewissen verursacht.

Sylvia ist die Einzige unter den Talenten, die mir ohne Vorbehalte begegnet. Von Anfang an war sie auf meiner Seite und hat mich sogar gegen Kadims Prophezeiung verteidigt. Wahrscheinlich ist sie der einzige Grund, warum Jakob mich behalten hat und warum ich heute mein Bannzeichen bekommen habe.

Ich lege das Buch beiseite und betrachte meine linke Handfläche. Die Haut darauf ist genauso glatt und rein wie überall sonst auf meinem Körper. Kaum vorstellbar, dass ich als Mensch ständig das schreckliche Zeichen vor Augen hatte. Wie habe ich seinen Anblick nur ertragen? Ich seufze und stehe auf. Levian schaut mir hinterher, als ich zur Tür gehe.

»Wo willst du hin?«, fragt er.

»Zu Sylvia.«

Er runzelt die Stirn.

»Auf die Lügen der Talente könntest du nun ebenfalls verzichten, finde ich.«

Ich gehe noch einmal zu ihm zurück und küsse ihn lange auf den Mund.

»Mach dir keine Sorgen, Geliebter«, flüstere ich in sein Ohr.

Daraufhin schweigt er. Aber als ich ihn anlächele, lächelt er zurück. Die Grübchen auf seinen Wangen offenbaren sich. Wenn ich diesen Ausdruck in Levians Gesicht sehe, bin ich mir wieder sicher, dass ich genau da bin, wo ich hingehöre. Es ist mir nicht leicht gefallen, Erik so zu verletzen, wie ich es gestern getan habe. Aber auch für ihn ist es besser, wenn ich klare Zeichen setze. Vielleicht schaffe ich es so, endlich wieder an den Punkt zu kommen, an dem meine menschliche Seite Ruhe gibt. Irgendwann werde ich vielleicht vergessen, was ich gefühlt habe, als ich seine Wunden heilte.

Das Labyrinth des Hohenfels ist mittlerweile zu einem vertrauten Netz aus Wegen für mich geworden. Ich arbeite mich bis zu den Handwerkerstuben hindurch und nehme von dort aus einen Parallelgang, der mich schließlich zu den Stufen bringt, die in die Verliese hinabführen. Das Gefühl der Kälte, das mich beim Hinuntergehen überkommt, kann auf keinen Fall real sein. Mit einem Mal bin ich furchtbar aufgewühlt und weiß nicht einmal, warum. Ständig warte ich darauf, dass sich jemand per Telepathie in meine Gedankenwelt einloggt. Als ich unten ankomme, lehne ich mich erst einmal gegen die Wand und atme durch. Dann höre ich ein Geräusch aus einer der hinteren Zellen. Ich schließe die Augen. Blitzlichter schießen durch meinen Kopf. Obwohl ich die Lider weiterhin zusammenpresse, sehe ich denselben Raum ganz deutlich vor mir: die Düsternis der ungeschmückten Wände, das fahle Schimmern der Metallstangen vor den Verliesen, zwei Hände, die um sie herumgreifen. Mein Atem beschleunigt sich.

»Melek?«

Erst denke ich, es sei Levian, der da spricht. Aber dann erkenne ich Sylvias Stimme. Ich schüttele mich, um die Erinnerungsfetzen loszuwerden, und zwinge mich, die Augen zu öffnen. So emotionslos wie möglich gehe ich in meiner Menschengestalt zu der Gefangenen hinüber. In ihrer Zelle brennen so viele Kerzen, dass mir die Augen schmerzen von all dem Licht.

»Es ist so dunkel hier«, sagt sie zur Begrüßung.

»Findest du?«

Ich betrachte sie etwas genauer und beschließe, Orowar um etwas mehr Equipment zu bitten. Innerhalb eines einzigen Tages hat sich das Orakel in ein schmutziges, zerlumptes Etwas verwandelt. Ihre Beine sind komplett mit einer Schicht aus grauem Staub überzogen und in ihrem Gesicht kann man deutlich die Bahnen sehen, die ihre letzten Tränen hinterlassen haben. Außerdem finde ich, dass sie unangenehm riecht.

»Was genau sind das für Dinge, die du jetzt brauchst?«, frage ich sie. »Da steht doch schon ein Eimer Wasser.«

»Das bringt nicht viel, wenn ich kein Handtuch habe und anschließend wieder auf dem Boden schlafen muss.«

Ihre Stimme klingt tapferer, als sie aussieht.

»Also ein Handtuch«, sage ich. »Was noch?«

»Kleidung zum Wechseln und ein Stück Seife. Vielleicht irgendeine Matte oder Decke. Aber am allerliebsten hätte ich etwas Gesellschaft. Bleibst du eine Weile bei mir?«

Ich nicke und setze mich vor sie auf den Boden. Wenn ich nachher wieder aufstehe, werden meine Beine immer noch glänzend sein und mein Körper wird weiterhin nach Blumen und Kräutern duften. Es gibt wirklich keine logische Erklärung dafür, dass ich mit dem Gedanken gespielt habe, mich von Erik küssen zu lassen. Sylvia scheint zu bemerken, was gerade durch meinen Kopf geht.

»Wenn du dich dazu entschlossen hast, mich hier zu besuchen, dann gehe ich davon aus, dass du mir verziehen hast«, sagt sie. »Hast du auch Erik die Gelegenheit gegeben, wieder zu deinem Herzen vorzudringen?«

Ich schüttele den Kopf.

»Es muss ein Ende haben, Sylvia«, sage ich. »Wer keine Entscheidungen treffen kann, macht auf Dauer alles nur noch schlimmer. Ich habe bereits einen Gefährten, der mich über alles liebt.«

»Und das ist Erik«, betont Sylvia.

»Nein. Erik ist nicht einmal eine Erinnerung. Er ist ein Abklatsch davon, voller Gefahren und Fragezeichen. Ich weiß nicht mehr, wie es früher zwischen uns war.«

»Aber du weißt, wie es jetzt zwischen euch ist«, kontert sie. »Er hat dich als Mensch geliebt – und jetzt liebt er dich als Faun. Das musst du doch spüren, Melek.«

Ich ärgere mich darüber, dass ich hierhergekommen bin. Eigentlich weiß ich nicht einmal, was mich dazu getrieben hat, außer diesem kleinen Eintrag in meinem Tagebuch. Vielleicht war es auch der letzte Wunsch, den Erik gestern ausgesprochen hat. Aber was auch immer es war: Das hier trägt überhaupt nicht dazu bei, dass der Sturm in meinem Inneren sich legt. Im Gegenteil – es bringt ihn nur noch mehr in Aufruhr.

»Alles, was ich spüre, ist Verwirrung«, gebe ich zu. »Und ich möchte, dass dieses Gefühl aufhört.«

»Das ist nur der einfache Weg. Nicht der richtige«, sagt Sylvia.

Ich blicke in ihr schmutziges Gesicht und frage mich, wie lange sie hier unten wohl aushalten wird. Irgendwann wird sie vermutlich begreifen, dass der einfache Weg manchmal der bessere ist. In ihrem Fall hätte das bedeutet, die Finger von Thanos und seiner Magie zu lassen.

»Erklär mir bitte, was genau zu der Feuerkatastrophe geführt hat«, wechsele ich das Thema. Sylvia steigt sofort darauf ein. Dabei füllen sich ihre Augen schon wieder mit Wasser.

»Das weiß ich nicht, Melek«, versichert sie mir. »Ich habe wirklich nichts getan, außer ihm meine Fantasie zur Verfügung zu stellen. Aber irgendetwas muss er darin gefunden haben, das ihn interessiert hat. Wahrscheinlich hat er anschließend versucht, es hier unten zu erschaffen. Und das muss schrecklich schiefgegangen sein. Hoffentlich trifft er die richtige Entscheidung und kehrt zu uns zurück. Er muss unbedingt das Bündnis retten, denn Orowar wird es zu Grunde gehen lassen.«

»Orowar tut alles, was in seiner Macht steht, um die Faune vor dem Schlimmsten zu bewahren«, sage ich.

»Und das wäre?«

»Die langsame Vergiftung aller Faune durch euch oder ihren schnellen Tod durch einen Kampf.«

Sylvia schüttelt aufgeregt den Kopf.

»Oh Melek«, stößt sie hervor. »Niemand will euch vergiften. Und euren Tod wollen wir ja gerade verhindern. Orowar hat nur Angst, dass es ihm genauso ergeht wie Levian. Je mehr Menschen in Orowyns Nähe sind, desto höher ist die Wahrscheinlichkeit, dass sie sich eines Tages ebenfalls erinnert. Es ist keine politische Entscheidung, die er trifft, sondern eine ganz persönliche. Weißt du mit Sicherheit, dass bei Orowyns Verwandlung alles mit rechten Dingen zugegangen ist? Niemand kann sich erklären, was deine Erinnerungen eigentlich hervorgerufen hat. Deshalb ist die Sache ja so unkalkulierbar und beängstigend für Orowar.«

Ich will sie anschreien, dass sie aufhören soll. Genau das ist es doch, was alle Faune als Gift bezeichnen: Dieses ständige Denken über das Wohl der Gemeinschaft hinaus. Das Infragestellen aller Regeln und Autoritäten. Ein Faun würde so etwas nicht tun. Er lebt das Leben, das ihm zugewiesen wurde, übt den Beruf aus, der seinen Fähigkeiten entspricht, und befolgt die Anweisungen, die er von seinem Anführer bekommt. Eigentlich müssten die Talente wissen, wie das geht. Und doch haben sie alle Ideen im Kopf, die mich schrecklich durcheinanderbringen. Zum Glück kann Sylvia mir meine Verwirrung nicht ansehen. Noch habe ich mich im Griff.

»Thanos hat verstanden, dass es nur einen Weg gibt, um die Faune vor der Vernichtung zu bewahren«, redet sie weiter. »Und das ist das Bündnis. Er hat einen Fehler begangen, aber dabei hatte er nur euer Wohl im Sinn. Du musst verhindern, dass Orowar sein Vermächtnis mit Füßen tritt, Melek. Stell dich ihm entgegen und versuche, Thanos zu finden!«

Was sie da von mir verlangt, ist fast schon Meuterei. Im Grunde ist es legal, denn Thanos ist offiziell immer noch unser Anführer. Aber keiner der anderen Faune würde sich hinter mich stellen, wenn ich gegen Orowar spreche. Für sie bin ich nichts anderes als ein unvollständig verwandelter Mensch. Und genau das ist es, was ich nicht mehr sein möchte: ein Halbwesen, das nirgendwo hingehört.

»Wir werden sehen«, sage ich ausweichend. »Also ein Handtuch, eine Decke, etwas Kleidung und ein Stück Seife?«

Resigniert schaut Sylvia mich an. Ihre Schultern sacken zusammen, dann nickt sie. Als ich aufstehe, erhebt auch sie sich. Mit den Fingern greift sie um die Eisenstangen der Zelle.

»Komm bald wieder, Melek«, bittet sie. »Ich versuche auch, nicht mehr über Politik zu sprechen. Vielleicht kann ich dir stattdessen von früher erzählen.«

Ob das besser ist, weiß ich nicht. Wahrscheinlich gibt es überhaupt kein Thema, mit dem das Orakel mich nicht aufwühlen wird. Trotzdem weiß ich, dass dies nicht mein letzter Besuch gewesen ist.

Immer noch erregt, aber äußerlich gefasst, schleiche ich zurück zu Levian. Als ich die Tür öffne und ihn ansehe, erkennt er auf den ersten Blick, wie durcheinander meine Seele ist. Erst sagt er nichts dazu, sondern nimmt mich nur in den Arm und streicht mit den Fingern durch mein Haar.

»Weißt du jetzt, warum ich nicht wollte, dass du hingehst?«, fragt er.

Ich nicke. Dann mache ich mich los und schaue in sein schönes, aufgewühltes Gesicht. Meine Antwort muss ihn furchtbar schmerzen, trotzdem erträgt er sie mit einer Hingabe, die nur ein Seelenverwandter aufbringen kann.

»Aber weil ein Teil von mir immer noch menschlich ist, kann ich nicht damit aufhören.«

***

Es gibt noch eine weitere Frage, die mir nicht aus dem Kopf geht: Wer sind meine Eltern? Das wiederum kann Levian verstehen. Seine eigenen Eltern sind vor vielen Jahren im Kampf gegen die Talente getötet worden. Geblieben ist ihm nur Leviata. Damit weiß er, wie stark Familienbande sein können und wie es sich anfühlt, Mutter und Vater zu vermissen – wahrscheinlich besser als ich selbst, denn mich zieht eher meine Neugierde nach Buchenau.

Als ich am nächsten Tag aufbreche, um zu erkunden, wer die Menschen sind, die dort im Forsthaus leben, kommt er mit mir. Als schwarzer Rabe und weiße Taube getarnt fliegen wir bis zu den Bäumen, die mein Elternhaus umstellen. Dort setzen wir uns auf einen Ast und beobachten erst einmal lange das idyllische Fachwerkhaus und die phlegmatische Katze, die ständig auf der Suche nach Mäusen umherschleicht. Als meine Mutter dann herauskommt, um die Blumen auf der Veranda zu gießen, erstarre ich zu Stein. Ich habe diese Frau noch nie im Leben gesehen und doch weiß ich genau, was mich mit ihr verbindet: die dunklen Haare, die ich bis heute behalten habe, die knochige Nase, die mein Menschengesicht geziert hat, und der schwebende Gang, den ich nun als Faun beherrsche. Es gibt also durchaus Dinge, die ich erst nach meiner Verwandlung von ihr geerbt habe, wenn man so will. Meine Mutter ist eine schöne Frau. Schöner, als ich es früher gewesen bin. Aber ihr Gesicht hat auch einen furchtbar leidenden Ausdruck. Wahrscheinlich trauert sie immer noch um mich. Soweit ich weiß, war ich ihr einziges Kind. Schließlich geht sie wieder ins Haus und bleibt darin verschwunden.

Ich stupse Levian mit dem Kopf an. Er wirft mir einen unsicheren Blick zu. In der Nähe von Menschen mache ich mich mit meinem Pegasus-Syndrom nicht besonders gut. Also fliege ich erst einmal in meiner Taubengestalt auf die Veranda und setze mich aufs Fensterbrett. Levian bleibt auf dem Baum am Waldrand und beobachtet mich. Weil ich meine Mutter weiterhin nicht sehen kann, arbeite ich mich von einem Fenster zum nächsten vor und finde sie schließlich in der Küche. Sie sitzt über ein Fotoalbum gebeugt am Tisch und kaut auf ihren Fingernägeln herum, während sie darin blättert. Ich sehe auf den ersten Blick, dass sie sich bereits sämtliche Nägel bis auf die blanke Haut abgebissen hat. Warum machen Menschen so etwas? Eine Weile schaue ich mich in der Küche um, in der Hoffnung, irgendetwas zu entdecken, das mir eine Information über mein früheres Leben gibt. Aber alles, was ich sehe, sind langweilige Kochutensilien und nichtssagende Möbelstücke. Alles ist penibel sauber. Es gibt keinen Raum für Individualität. Das scheint nicht gerade zu einem Erinnerungsblitz bei mir beizutragen.

Plötzlich wendet meine Mutter den Kopf in meine Richtung und erblickt mich auf dem Fensterbrett. Ihre dunklen Augen treffen mich mitten ins Herz. Ich sehe eine Szene vorbeihuschen, in der sie mich mit genau diesem traurigen Ausdruck anschaut. »Warum war dein neuer Freund im Gefängnis?«, fragt sie mich in meiner Erinnerung. »Melek! Bitte rede mit mir! Wir machen uns Sorgen um dich.«

Ich halte ihren Blick, damals wie heute. Ein paar Sekunden lang starren wir uns an. Dann steht meine Mutter auf und kommt langsam auf mich zu. Vorsichtig öffnet sie die Terrassentür. Es wäre besser, ich würde nun flüchten wie ein echtes Tier, aber irgendetwas hält mich davon ab. Ich gurre.

»Schscht«, macht meine Mutter und duckt sich ein wenig. »Ganz ruhig. Komm her, du schönes Täubchen.« Sie schleicht noch zwei Schritte zu mir herüber, bis sie schließlich auf Armlänge an mich herangekommen ist. Am Waldrand krächzt ein Rabe. Er soll sich mal nicht so anstellen. Als ob eine Menschenfrau mir etwas zu Leide tun könnte!

Nun streckt sie ihre Hand nach mir aus.

»Komm, putt putt!«

Hätte ich keinen Schnabel, so wäre mir jetzt ein Grinsen herausgerutscht. Und wer je einen Faun in Tiergestalt hat lachen sehen, der glaubt für den Rest seines Lebens an Gespenstergeschichten. Taubenkörper sind dafür zum Glück nicht geschaffen. Ich tue meiner Mutter den Gefallen und flattere auf ihren Arm hinüber. Dort kralle ich mich in den Ärmel der Seidenbluse, die sie trägt. Sie kneift die Lippen zusammen, gibt aber keinen Ton von sich.

»Schönes Täubchen, braves Täubchen«, säuselt sie. »Wo kommst du denn her?«

Mit ihrer freien Hand streichelt sie mir über mein Federkleid. Die Berührung fühlt sich gut an, fast so vertraut wie bei Erik. Mir bleibt keine andere Wahl, als wieder zu gurren. Das ist der einzige Laut, den ich von mir geben kann. Für einen Moment sieht das Gesicht meiner Mutter plötzlich nachdenklich aus. Sie betrachtet mich lange und intensiv. Ahnt sie am Ende, dass ich ihre Tochter bin? Dann setzt sie mich auf einmal auf dem Tisch in der Mitte der Veranda ab und geht ebenso vorsichtig und gebückt rückwärts weg, wie sie gekommen ist.

»Schön dableiben, Täubchen! Flieg nicht davon!«

Wahrscheinlich geht sie jetzt nach drinnen, um Futter für mich zu holen. Ich hoffe, sie bringt Chips mit, denn Erik hatte ja leider keine Gelegenheit mehr, mir ein paar Menschensachen vorzusetzen. Doch ich habe mich getäuscht. Als sie zurückkommt, hat sie einen kleinen Zettel und eine seltsame durchsichtige Rolle in der Hand. Ich weiß nicht genau, worum es sich dabei handelt. Vorsichtshalber gehe ich ein paar Schritte rückwärts. Ich habe wirklich keine Lust auf einen Kampf mit meiner eigenen Mutter, egal in welcher Gestalt.

»Bleib da, Schöne«, beschwört sie mich. »Du sollst nur einen Brief mitnehmen, das ist alles.«

Levian kommt aus dem Krächzen nun gar nicht mehr heraus. Ich ärgere mich darüber, weil er mir anscheinend gar nichts zutraut. Was denkt er denn eigentlich, wie wehrlos ich bin? Allein um ihn zu provozieren, gehe ich nun wieder auf meine Mutter zu.

»So ist's brav«, sagt sie. Vorsichtig fasst sie nach meinem Bein. Was auch immer sie vorhat – auch diese Berührung fühlt sich gut an. Ich lasse es geschehen. Sie wickelt mir den Zettel ums Bein und fixiert ihn mit einem selbstklebenden Band von der durchsichtigen Rolle. Ein paar von den Menschendingen sind eigentlich ganz praktisch, finde ich. Als sie damit fertig ist, mich mit dem Brief zu bekleben, nimmt sie mich ganz sanft auf ihre ausgestreckten Hände und trägt mich auf die vordere Seite der Veranda, wo sie am wenigsten mit Efeu eingewachsen ist.

»Flieg«, flüstert sie mir zu. »Flieg bis über den Ozean. Flieg so lange, bis du einen dunklen Engel mit einem gebrochenen Flügel triffst. Das ist das Mädchen, dem du den Brief geben musst.«

Ich schaue sie überrascht an. Der Zettel an meinem Bein ist also für mich bestimmt. Ich nehme es zumindest an. Meine Mutter muss wirklich verzweifelt sein, wenn sie irgendwelche zugeflogenen Vögel mit Botschaften an mich bestückt. Es ist in etwa dasselbe, als wenn man auf einer einsamen Insel sitzt und eine Flaschenpost mit einer Liebeserklärung ins Meer wirft, in der Hoffnung, sie würde irgendwann ihr Ziel erreichen. Ich will zum Abschied noch einmal gurren, aber da wirft sie mich schon in die Luft. Ich breite meine Schwingen aus und drehe noch eine Runde um unser Haus, bevor ich über Levians Baum hinweg Richtung Hohenfels fliege. Als ich meinen Blick zurückwende, steht meine Mutter immer noch am Geländer der Veranda und sieht mir hinterher.

Levian hält zum Glück etwas Abstand, bevor er zu mir aufschließt. Nicht dass meine Mutter noch einen Nervenzusammenbruch bekommt, weil sie einen wilden Vogelkampf in der Luft befürchtet.

Oben auf dem Hohenfels angekommen warte ich, bis Levian seine wahre Gestalt angenommen hat. Dann strecke ich ihm mein Bein entgegen.

»Was sollte das, Melek?«, fragt er erzürnt. »Kontakte mit Menschen verstoßen ebenfalls gegen unsere Regeln, und das weißt du. Wir hatten ausgemacht, dass du sie nur beobachten wirst.«

Ich schüttele den Kopf und bleibe hartnäckig in meiner Gestalt. Noch etwas aufdringlicher recke ich ihm den Brief entgegen. Schließlich zeigt er Mitleid und löst mit geschickten Fingern das klebrige Band.

»Tesafilm«, sagt er angewidert. Da fällt mir die Bezeichnung auch wieder ein. Ich gurre. Levian nimmt den Brief ab und betrachtet mich fragend von der Seite. Ich verwandele mich ebenfalls zurück und setze mich neben ihn auf einen großen Sandsteinbrocken.

»Lies es mir vor. Ich habe keine Geheimnisse vor dir.«

Mein Gefährte rollt das Papier auseinander und lässt seine Augen einmal kurz darüber schweifen.

»*Liebe Melek*«, liest er. »*Ich vermisse dich so sehr, dass es wehtut. Unser Haus war nie so leer und mein Herz nie so schwer wie jetzt. Dein Poltern auf der Treppe fehlt mir, deine schlechte Laune am Frühstückstisch und deine nächtlichen Plündereien in der Speisekammer. Wir haben alles falsch gemacht. Warum habe ich nur versucht, dich zu verändern, wo du doch genau richtig warst, so wie du eben bist? Was gäbe ich darum, die Zeit zurückdrehen zu können. Ich bitte dich aus tiefstem Herzen: Komm nach Hause!*«

Als er mich wieder ansieht, steht Sorge in Levians Gesicht, doch es gibt keinen Grund dafür. Ich muss zugeben, dass meine Augen etwas heiß sind. Aber ich habe zu wenig Bezug zu meiner Mutter, um wirklich tief ergriffen zu sein. Für mich ist sie einfach eine bedauernswerte Frau, die einen großen Verlust erlitten hat. Dass ihre Trauer wirklich mit mir zu tun hat, will nicht bis in mein Herz hinein.

»Es ist schade für sie«, sage ich.

Levian nickt.

»Kommst du damit klar?«

»Ja.«

Er seufzt erleichtert.

»Willst du noch öfter dahin?«

Ich zucke mit den Schultern.

»Mal sehen. Ich denke schon.«

Ich weiß, dass eine andere Antwort ihm lieber gewesen wäre. Aber nun, da er sich bereits damit abgefunden hat, dass ich mein altes Leben von vorn bis hinten aufzurollen gedenke, kann er sich auch damit arrangieren.

»Versuch wenigstens, dich an die Regeln zu halten«, rät er mir. »Spätestens wenn Thanos zurückkehren sollte, wird es auffliegen. Vielleicht kommt es auch schon vorher raus.«

Anstelle einer Antwort nicke ich nur mit dem Kopf. Aber als mein Seelenverwandter ahnt Levian trotzdem, wie ich wirklich darüber denke: Der Mensch in mir hat beschlossen, dass es an der Zeit ist, einige überholte Richtlinien der Faune zu überdenken. Wenn ich es nicht tue, wird es nie jemand tun.

***

Am Abend fliege ich extra spät zum Jungfernbrunnen, in der Hoffnung, dass Erik das Warten leid war und nach Hause gegangen ist. Ich glaube allerdings nicht wirklich daran, denn mittlerweile kenne ich ihn gut genug, um zu wissen, dass er auch im Warten ein Ausnahmetalent ist. Außer meiner unnahbaren Miene und dem Vorsatz zu schweigen habe ich keine andere Taktik im Gepäck, um ihn zum Aufgeben zu bringen. Die ganze Zeit denke ich darüber nach, ob ich ihn vielleicht immer noch nicht klar genug abweise, weil ein Teil von mir an der Freundschaft mit ihm festhalten will. Das spürt er vielleicht und ist deshalb so hartnäckig. Man weiß nie, was ein Heiler so drauf hat.

Ich bin derart in Gedanken versunken, dass ich erst im Landeanflug auf den Tisch neben dem Tretbecken bemerke, dass es gar nicht Erik ist, der dort sitzt, sondern Jakob. Auf der Stelle drehe ich ab und will zurückfliegen. Doch da höre ich auch schon den Befehl.

»Melek, komm auf der Stelle hierher!«

Wutentbrannt fliege ich einen großen Bogen und lande direkt vor seiner Nase. Ich schicke ihm einen feurigen Blick. Zumindest die Augen kann ich gefährlich zusammenkneifen, wenn ich schon kein zorniges Gesicht zu Stande bringe.

Jakob lehnt sich zurück und lacht.

»Du weißt, was jetzt kommt«, sagt er. »Verwandelst du dich freiwillig oder brauchst du etwas Nachdruck?«

Ich kann keinen weiteren Befehl mehr ertragen, also folge ich eben seinem Wunsch. Weil ich aber mittlerweile weiß, wie man den Anführer der Talente aus dem Konzept bringen kann, wähle ich zumindest ein entsprechendes Outfit: ein kurzes, tiefrotes Kleid mit Spaghettiträgern und Absatzschuhe mit zierlichen Lederriemchen. Meine Haare lasse ich offen über meine Schultern und mein Dekolleté gleiten. Wie beim letzten Mal bleibe ich auf dem Tisch sitzen und ziehe genau auf seiner Augenhöhe ein Bein an.

Jakob hat sich wirklich gut im Griff, aber in einem anderen Leben habe ich in seinem Arm geschlafen. Das wird wohl der Grund dafür sein, dass ich die deutliche Bewegung bemerke, die sein Adamsapfel beim Schlucken verursacht. Es dauert eine Sekunde zu lang, bevor er wieder Worte findet.

»Ich frage mich so oft, wann es geschehen wird und wie«, flüstert er. »Aber immer wenn ich dich sehe, weiß ich, es wird nicht umsonst sein.«

»Wovon sprichst du?«, frage ich irritiert.

»Von einer Prophezeiung, die Sylvia gemacht hat.«

Er stützt die Ellbogen auf den Tisch und verschränkt die Finger ineinander. Sein Gesicht ist nur noch wenige Zentimeter von mir entfernt. Ich halte den Atem an.

»Was für eine Prophezeiung war das?«, frage ich.

»Sie sagte, der Tag würde kommen, an dem ich mich für dich opfern würde.«

»Opfern?«

Meine Stimme schwankt. Ich weiß, was das bedeutet. Ich will es nur nicht an mich heranlassen.

»Mein Leben für dich geben.«

Mir schaudert. Was auch immer an der Sache dran ist – die Talente sind wirklich gut darin, mir plausibel klarzumachen, dass sie mich unbedingt zurückhaben wollen. Plötzlich kann ich gar nicht mehr anders, als ihm seine ständigen Befehle zu verzeihen. Einer, der bereit ist, für mich in den Tod zu gehen, hat wahrscheinlich auch das Recht, mich vorher ein paarmal nach seiner Pfeife tanzen zu lassen.

Jakob wartet nicht ab, bis ich mir eine Antwort abringe. Als hätte es seine letzte Äußerung gar nicht gegeben, geht er zum Tagesgeschäft über und zieht einen Käfig mit einem kleinen braunen Sperling unter der Bank hervor.

»Dieser Vogel trägt eine Botschaft, die wir ohne unsere Orakel nicht entziffern können«, erklärt er. »Sag mir, wie sie lautet.«

Also wieder eine unmissverständliche Anweisung.

Leicht angesäuert greife ich nach dem Käfig, öffne ihn und hole den Spatz heraus. Ich umfasse ihn sachte mit beiden Händen und halte ihn mir vor die Stirn. Er drückt sein Schnäbelchen gegen meine Haut, als er mir seine Nachricht überträgt.

»Es ist eine Botschaft von einem Menschen namens Le Rouge«, sage ich.

Jakob nickt, als sei ihm das klar gewesen.

»Wer auf einer langen Reise Hilfe benötigt, braucht nur darum zu bitten«, übersetze ich. »Vielleicht hat er mehr Freunde, als er denkt, und sie sind dazu bereit, ihm in vielerlei Hinsicht auszuhelfen, obwohl sie von ganz oben angewiesen sind, es nicht zu tun. Ein kleiner Hinweis genügt.«

»Verdammt«, entfährt es Jakob.

Ich schrecke leicht zurück. Dabei lasse ich den Vogel los und er sucht schleunigst das Weite. Ich habe keine Ahnung, wie lange die Talente ihn in dem kleinen Käfig festgehalten haben. Wahrscheinlich hat er keine Lust mehr, noch weitere Botschaften zu überbringen. Eine Weile starrt Jakob vor sich hin, während es hinter seiner Stirn arbeitet. Der Blick, mit dem er mich anschließend ansieht, gefällt mir nicht. Von neuem greift er mit seiner Hand unter die Bank. Diesmal zieht er einen voll bepackten Rucksack darunter hervor.

»Da drin sind Sachen für Sylvia«, erklärt er. »Lauter Dinge, an die ihr nicht denken werdet. Also bring ihr das und sorg dafür, dass jemand sie mit dem Nötigsten versorgt, solange du weg bist. Am besten Nayo.«

»Solange ich weg bin?«, wiederhole ich ungläubig.

»Ja. Du wirst noch heute Nacht nach Frankreich aufbrechen. Da du gerade eben unseren Botschafter hast entkommen lassen, ist es nur gerecht, wenn du seine Aufgabe übernimmst.«

Panisch winke ich mit beiden Händen ab.

»Ich besorge dir ein neues Tier.«

»Nein«, sagt Jakob bestimmt. »Du wirst selbst fliegen. Sylvia hatte vor einer Stunde endlich wieder eine Vision. Offensichtlich ist die letzte Sitzung mit Thanos nun lange genug her, dass ihre Fantasie sich wieder erholt hat. Darin sah sie, dass Eriks Talent flackert.«

Er sieht mich an, als müsste ich verstehen, wovon er spricht. Mein Gesichtsausdruck macht ihm wohl klar, dass es nicht so ist.

»Dieses Flackern hatten wir schon einmal bei einem anderen Talent. Kurze Zeit später war er tot. Wir wissen bis heute nicht, ob Sylvia damals seinen Tod vorhergesehen hat, oder ob es nur sein Talent war, das gerade dabei war, zu verschwinden. Sicher ist aber eines, Melek: Erik befindet sich derzeit in einem Zustand, der sein Dasein als Heiler beenden wird – auf diese oder jene Art. Und wir müssen dafür sorgen, dass nichts von beidem geschieht. Weder ich noch ein anderer aus unserer Truppe kann gehen, weil wir von Mahdis Orakeln überwacht werden. Also wirst du Le Rouge und seine Anhänger nach Wien bringen.«

Wenn ich nicht aufpasse, zittere ich gleich am ganzen Körper. Ich muss all meine Selbstbeherrschung aufbringen, um nicht laut Nein zu schreien. Was hat es eigentlich für einen Sinn, dass ich ständig versuche, zur Ruhe zu kommen, wenn Leute wie Jakob und Erik mich jederzeit bis ins Knochenmark aufwühlen können?

»Wie hast du es überhaupt geschafft, Kontakt zu Sylvia zu bekommen?«, frage ich verwirrt.

»Oh Melek, sie hat ein Handy«, stöhnt Jakob. »Und es steht außer Frage, dass du niemandem da unten davon erzählen wirst.«

Die Menschen und ihre verfluchte allgegenwärtige Technik!

»Bitte schick jemand anderen«, murmele ich. Doch ich weiß bereits, dass meine Bitte keinen Erfolg haben wird.

Jakob schüttelt den Kopf.

»Glaub mir eins, Melek, ich würde nichts lieber tun als das. Aber ich habe meine Gründe dafür, dich dafür auszuwählen. Jeder von uns muss im Leben gewisse Opfer bringen. Das hier ist meines.«

Ich hasse seine Gründe und seine Opfer. Sie haben allesamt damit zu tun, dass ich an Erik verschachert werde. Und wenn ich zusammenfasse, was ich von meinem menschlichen Leben weiß, ist das alles schon einmal genau so passiert.

»Bitte, Jakob«, bringe ich hervor. »Lass mich heimgehen zu Levian und so lange in Frieden leben, bis ihr uns alle umbringt.«

»Nein.« Sein Blick ist entschlossen. »Du bringst Sylvia ihre Sachen und dann begleitest du Le Rouge zu Erik. Levian wirst du nichts davon sagen.«

Dann fasst er mit der Hand an mein Kinn und zwingt mich dazu, ihm in die eisblauen Augen zu sehen.

»Erst wird es wehtun. Aber dann wirst du feststellen, dass es gut ist.«

Ich sage nichts mehr. Von dem Spatz weiß ich, wo ich den Franzosen finden kann. Mein Auftrag ist klar, auch wenn sich alles in mir sträubt, ihn auszuführen. Ich stehe auf, entferne mich ein paar Schritte und blicke in den Wald hinein. Soweit meine Erinnerung zurückreicht, war ich noch nie von hier fort. Ich habe Angst davor, hinaus in die Welt zu fliegen. Ein letztes Mal drehe ich mich zu Jakob um. Er hat sich ebenfalls von seiner Bank erhoben und sieht mich an.

»Wie ist das für dich? Wie fühlt es sich an, mich zu verkaufen?«, frage ich ihn.

»Es bricht mir das Herz«, antwortet er. »Aber langsam bin ich an das Gefühl gewöhnt. Das Schicksal bestraft mich immer noch dafür, dass ich es einmal an der Nase herumführen wollte.«

Ich weiß nicht, was mich dazu treibt, aber in dem Moment kann ich nicht anders, als zu ihm hinüberzugehen und meine Stirn an seine zu legen. Für einen winzigen Augenblick steht die Welt still. Ich lege beide Hände an Jakobs Hals und nehme seinen Geruch wahr. Wenn er kein Small-Think macht, riecht er wie ein Mensch, dessen Seele völlig unbeschadet ist. Unsere Lippen berühren sich wie durch Zufall.

»Ich könnte dich aussaugen«, flüstere ich.

Anstatt zu antworten, schließt er die Augen und küsst mich richtig. Ich wehre mich nicht dagegen. Ganz bewusst gebe ich mich dem Drängen seiner Lippen hin. Es ist kein Befehl im Spiel. Ich könnte ihn wegstoßen oder schlagen, aber ich will es nicht. Der Wunsch, der dahintersteckt, ist uralt und aus einer anderen Welt. Lange stehen wir so da, halten uns umschlungen und küssen uns. Bis Jakob sich von mir losmacht.

»Jetzt geh«, sagt er. »Bevor ich es mir anders überlege und die Welt zu Grunde richte.«

Ich nicke, trete einen Meter zurück und schwinge den Rucksack für Sylvia auf meine Schultern. Mit dem Ding kann ich mich schlecht verwandeln. Ich blicke mich nicht um, als ich davonrenne. Trotzdem weiß ich, dass er mir hinterhersieht, als wäre es das letzte Mal. Dabei hat er mir gerade erst klargemacht, dass es noch ganz andere Opfer gibt, die er eines Tages für mich bringen will. Was Jakob angeht, so bin ich mir über viele Dinge im Unklaren. Nur eines weiß ich ganz genau, denn ich bin ein Faun: Irgendwann, wenn es mit ihm fertig ist, wird das Schicksal Erbarmen mit ihm zeigen – auf welche Weise auch immer.

Eine neue Chance

Als ich am nächsten Tag aufwache, ist ein Kühlakku an meinen Kopf gebunden. Mike sitzt neben mir und hält mir eine Schale mit Haferbrei unter die Nase, sobald ich die Augen aufschlage. Sofort bin ich hellwach. Panisch fasse ich mit den Fingern an meinen Mund und stelle fest, dass noch alle Zähne an Ort und Stelle sind.

»Nimm das Ding weg«, brumme ich und schiebe den Arm des Erzengels zur Seite. »Und erschreck mich gefälligst nicht so.«

»Ich dachte, du hättest Hunger«, verteidigt sich Mike. »Mahdi hat dir ein Schlafmittel gegeben. Du warst über 12 Stunden lang weggetreten.«

Ich habe tatsächlich ein seltsames Gefühl in der Magengegend. Doch es ist kein Hunger, sondern eine Art von Schmerz, den ich schon einmal verspürt habe. Nur, dass es mich damals fast zerrissen hat, und heute fühlt es sich eher quengelnd und zermürbend an. Aber vielleicht täusche ich mich auch und es ist etwas anderes. Ich reiße den kühlenden Verband von meinem Kopf und richte mich im Bett auf. Ein leichter Schwindel überkommt mich.

»Hat Mahdi noch weiter auf mich eingeschlagen, als ich ohnmächtig war?«, frage ich Mike.

»Ich glaube nicht. Warum?«

»Dann verabschiedet sich mein Talent gerade wieder«, stöhne ich und lasse mich auf mein Kopfkissen zurücksinken.

Mikes Gesicht läuft vor Zorn rot an. Mit Schwung steht er auf und knallt den Haferbrei gegen die Wand des Hotelzimmers. Der Inhalt der Schüssel ergießt sich über die weiße Tapete und rinnt in zähen Tropfen daran hinab. Ihn so zu sehen ist neu für mich und der Anblick fesselt mich regelrecht. In seinem langen Leben als Überzeitlicher hat er wahrscheinlich genug mitgemacht, um immer cool zu bleiben. Manchmal lacht er sogar über Situationen, die uns anderen Angst machen. Dass er auf einmal die Fassung verliert, passt so gar nicht in das Bild, das ich von ihm habe. Um dem Ganzen noch etwas Nachdruck zu verleihen, brüllt Mike einen heiseren Urschrei heraus.

»1500 Jahre für nichts und wieder nichts!«

Ich will irgendetwas sagen, um ihn zu beruhigen. Aber bevor ich dazu komme, fliegt die Tür auf und Mahdi rauscht herein, flankiert von zwei Soldaten. Letztere sind seine Rettung, denn als Mike ihn sieht, stürzt er sich wie ein Wahnsinniger auf ihn.

»Du Ausgeburt der Hölle! Du hast alles zunichtegemacht!«, schreit er dabei.

Die beiden Soldaten greifen schneller ein, als mein Auge folgen kann. In Bruchteilen von Sekunden haben sie Mike gepackt und drehen ihm die Arme auf den Rücken. Mahdi bleibt hoheitsvoll in der Mitte des Raumes stehen und setzt sein überhebliches Lächeln auf.

»Was ist dein Problem, Mikal?«, fragt er. »Haben die Jahrtausende dich weich gemacht? Kommst du nicht mehr damit klar, dass man einen Heiler manchmal hart anpacken muss, um ihn zur Vernunft zu bringen?«

»Wir haben keinen Heiler mehr!«, bellt Mike mit blutunterlaufenen Augen. »Du hast es schon wieder geschafft, dass sein Talent verschwindet. Wie lange willst du auf den nächsten warten, kannst du mir das sagen?«

Das Lächeln weicht aus Mahdis Gesicht. Sein Blick wandert zu mir, fassungslos und hasserfüllt gleichzeitig. Er verachtet mich tatsächlich dafür, dass ich seine Behandlung nicht aushalte.

»Ist das wahr?«

»Ich weiß nicht«, sage ich. »Ich denke, ein Teil davon ist noch übrig.«

»Wie kommst du darauf?«, bohrt er.

»Es liegt an der Art von Schmerz. Damals in Istanbul war er kurz und heftig. Jetzt ist er andauernd und leichter.«

»Wir müssen das vor deinem nächsten Auftritt herausfinden«, entscheidet Mahdi. »Steh auf und zieh dir was an. Ich besorge einen Tunica.«

Dann geht er in ausreichendem Abstand vor Mike in die Hocke und betrachtet den Erzengel kritisch.

»Du wirst dich benehmen, Mikal. Auch du bist sterblich, denk daran. Die Überzeitlichen wachsen genauso nach wie die Heiler.«

»Ja, falls deine sogenannte Pandemie nicht vorher die gesamte Menschheit vom Globus fegt!«, schreit Mike.

Mahdi ist jetzt wieder ganz ruhig.

»Glücklicherweise wissen wir ja, was unser lieber Erik braucht, um sich von seiner Überforderung zu erholen«, sagt er. »Ein bisschen Ruhe und Liebe werden ihn wieder ganz herstellen.«

»Ruhe und Liebe? Gibt es das irgendwo im Sonderangebot?«, echauffiert sich Mike.

Ohne auf seine Provokation einzugehen, steht Mahdi auf und gibt den Soldaten ein Zeichen, ihn aus dem Raum zu entfernen. Unter wüsten Beschimpfungen wird Mike hinausgeschleift. Als die Tür hinter ihm ins Schloss fällt, zückt Mahdi sein Handy und wählt eine Nummer.

»Shirin, ich brauche auf der Stelle einen Tunica in Eriks Hotelzimmer. Egal, wer. Hauptsache so schnell wie möglich.«

Dann setzt er sich auf einen Stuhl am Fenster und wartet. Ich starre auf den Haferbrei, der immer noch an der Wand hinunterrinnt und in unregelmäßigen Schwaden auf den Boden vor Mahdis Füßen klatscht. Schließlich schäle ich mich aus dem Bett und schlüpfe in meine Kleider. Ich schleppe mich sogar ins Bad und putze mir die Zähne, weil ich immerhin gleich jemanden küssen muss. Erst nach einer Ewigkeit kann ich mich dazu durchringen, zurück in das Zimmer zu gehen. Der General hat mittlerweile die Arme vor der Brust verschränkt und blinzelt mir feindselig entgegen.

»Du findest immer wieder eine Möglichkeit, mir eins auszuwischen, hab ich Recht?«, fragt er.

Ich sehe keine Veranlassung dazu, ihm auf eine derart abwegige Behauptung auch noch Antwort zu geben. Also stelle ich mich an das gegenüberliegende Fenster und schaue hinaus.

»Was willst du diesmal von mir haben? Streicheleinheiten? Ein paar Wochen mit einem netten Mädchen auf einer einsamen Insel?«

Nun fahre ich doch herum und blaffe ihn an.

»Verdammt, Mahdi, darum geht es nicht. Ich habe keinen Einfluss auf mein Talent.«

Der General mustert mich von oben bis unten.

»Was ist zu Hause passiert, bevor wir abgeflogen sind? Hat Melek dir eine Abfuhr erteilt? Ich meine, wir beide wissen doch, dass die paar Erziehungsmaßnahmen dich nicht nachhaltig zur Verzweiflung treiben, oder?«

Ich antworte ihm nicht. Aber mein Schweigen sagt ihm genug.

»Könntest du dir vorstellen, es mal mit jemand anderem zu probieren als dieser Dschinniya-Hexe? Die Welt ist voller hübscher, umgänglicher Mädchen. Such dir einfach eines davon aus und ich sorge dafür, dass du sie bekommst.«

Zum ersten Mal fühle ich den Drang, Mahdi meine Faust ins Gesicht zu donnern. Wie kann man nur nach tausend Jahren unter den Menschen immer noch so wenig von Gefühlen verstehen wie ein frisch ausgesaugter Tunica? Ich atme ein paarmal durch und denke an die Bestimmung, die ich auf dieser Welt habe. Meine rechte Hand, die sich gerade reflexartig für den Schlag gerüstet hat, entspannt sich wieder.

Eine Antwort auf seinen unmoralischen Vorschlag bleibt mir erspart, denn an der Tür ertönt das Klopfzeichen der Talente.

»Herein«, sagt Mahdi.

Shirins schlanke Gestalt taucht im Türrahmen auf. Hinter ihr kommen Mahdis Soldaten mit einem jungen, männlichen Tunica – und Mike. Der General wirft ihm einen unmissverständlichen Blick zu.

»Schon gut«, sagt Mike. »Ich gebe keinen Ton von mir.«

Innerhalb der Armee haben die Überzeitlichen einen ähnlichen Stellenwert wie ich in unserer Truppe. Sie unterstehen keinem Vorgesetzten und haben keinen Rang – es sei denn, sie werden Generäle wie Mahdi. Irgendwann hat jemand wohl beschlossen, sie als Beobachter und Hüter des Wissens einzustufen, um wenigstens einen Anhaltspunkt dafür zu haben, warum es sie eigentlich gibt. Aber wer sie wirklich sind, hat noch keiner vollends durchschaut. Deshalb haben sie es ja so leicht, sich ein glaubhaftes Image aus der Welt der Endzeitretter zurechtzustricken.

Jedenfalls kann Mahdi Mike nicht so einfach wegsperren lassen, da er sich ja augenscheinlich wieder beruhigt hat. Grummelnd überlässt er ihm seinen Platz am Fenster und tritt stattdessen neben den Tunica. Mit einem Kopfrucken bedeutet er mir, heranzukommen.

»Nun mach schon, Erik.«

Das ehemalige Talent, das sie für den Test ausgesucht haben, scheint es wirklich schlimm getroffen zu haben. Er ist völlig desinteressiert an der seltsamen Versammlung um ihn herum. Als ich Kontakt zu ihm aufnehme, schaut er mich nur missmutig an und runzelt die Stirn. Dann sagt er etwas auf Slowenisch, das ich nicht verstehe. Ich lege einen Finger auf seinen Mund.

»Warte einfach ab«, murmele ich, obwohl er mich ebenso wenig verstehen kann.

Schon bei der ersten Berührung unserer Lippen spüre ich, dass etwas anders ist als sonst. Ich muss meine Gefühle regelrecht antreiben, um sie in Bewegung zu setzen. Das kostet mich unendlich viel Kraft. Immer wenn ich dabei an Melek denke, sehe ich ihr unnahbares Gesicht bei unserer letzten Begegnung vor mir. Ich versuche, mich auf andere Erinnerungen einzulassen, aber meine Gedanken kehren immer wieder dahin zurück. Dazwischen huschen schemenhafte Szenen durch meinen Kopf, wie Mahdi mich schlägt. Ich sehe seine Fäuste, Stiefel und Ellbogen auf mich zufliegen, bis mir fast schwarz vor Augen wird. Krampfhaft dränge ich all das beiseite und konzentriere mich auf den Menschen, den ich heilen will, auf seine dürstende Seele, die nach Wasser schreit. Irgendwann wird mir davon so schwindelig, dass ich von ihm ablassen muss. Panisch suche ich seinen Blick. Es dauert lange, bis sich der Ansatz eines Gefühls in sein Gesicht stiehlt. Doch anstelle reiner Freude ist es eher so etwas wie Verwirrung.

»Seltsam«, sagt er nun auf Englisch. »Ich weiß nicht, was du getan hast, aber es wird schon seine Ordnung haben, denn es fühlt sich richtig an.«

Ein enttäuschtes Seufzen geht durch die Anwesenden um mich herum. Das ist nicht die übliche Reaktion eines frisch geheilten Gefühlskalten. Es hört sich eher danach an, als hätte ich ihn gerade aus einem eingestürzten

Bergwerksschacht befreit, nur um ihn anschließend im Fahrstuhl nach oben verhungern zu lassen.

»Raus mit ihm«, befiehlt Mahdi und die Soldaten führen ihn ab.

Wie immer, wenn er nachdenkt, verfällt der General in sein stures Auf- und Ablaufen im Raum. Keiner traut sich, ihn dabei zu unterbrechen. Als er ein paar Runden gedreht hat, bleibt er stehen und fixiert mich mit einem dieser Blicke, von denen mir ganz kalt wird.

»Das wird nicht reichen, um die Talente in Wien zu überzeugen«, stellt er fest. »Es ist in etwa so glaubwürdig wie deine Ansprache von gestern. Also müssen wir ein wenig in die Trickkiste greifen. Da auch Orakel anwesend sein werden, können wir schlecht mit einem Schauspieler arbeiten. Vielleicht reicht es stattdessen auch, wenn wir einen Tunica finden, der nur wenig betroffen ist. Shirin wird das organisieren. Deine Ansprache lassen wir diesmal weg. Das ist doch in deinem Sinne, nicht wahr?«

Ich nicke.

»Willst du die Tour nicht lieber absagen?«, versuche ich mich.

»Um mich zum Gespött der Armee zu machen?«, entrüstet sich Mahdi. »Niemals. Wir ziehen das jetzt durch!«

Dabei bleibt es vorerst. Mahdi weist mich an, meine Sachen zu packen, damit wir umgehend aufbrechen können. Während auch Mike und die Soldaten in ihre Zimmer gehen, um sich abreisebereit zu machen, diktiert er Shirin noch ein paar Sachen auf Türkisch. Ich höre nur mit einem Ohr hin, weil ich viel zu geschwächt bin. Meine Konzentration ist dahin. Doch ein paar Worte dringen zu mir durch, die mir verraten, wie es morgen weitergehen wird.

»Mitten in der Heilung aktivierst du deinen Killer und legst ihn um. Dann wird es nicht auffallen.«

Nun ist es so weit: Ich höre auf zu kämpfen. Ich bin an einem Punkt angekommen, an dem ich meinen Tod akzeptieren kann. Vielleicht hatte Le Rouge Recht und es kommen weitere Heiler nach mir. Dann gibt es vielleicht auch eine neue Chance für die Revolution und den Frieden. Mich schmerzt nur noch der Gedanke, dass ich Melek nicht auf Wiedersehen sagen kann.

Als wir wenig später zum Flughafen aufbrechen und nach Österreich weiterfliegen, erzähle ich Mike nichts von dem Gespräch, das ich mit angehört habe. Stattdessen döse ich nur vor mich hin und frage mich, warum ich so unglaublich müde bin. Die Schmerzen, die mein schwindendes Talent in meinem Bauch verursacht, dränge ich beiseite. Lange werde ich sie ohnehin nicht mehr aushalten müssen.

Ich war schon früher einmal in Wien. Mit meinen Eltern und Geschwistern, die ich seit Monaten aus meiner Gedankenwelt verdränge. Aber jetzt, da ich durch die bekannten Straßen kutschiert werde und vertraute Kaffeehäuser und Gebäude entdecke, bricht die Trauer über mich herein wie eine Flutwelle. Ich werde meine Familie niemals wiedersehen und sie werden nicht einmal wissen, an welchem Tag ich gestorben bin. Ich bin nicht wie Jakob. Meine Tränen lassen sich nicht zurückhalten, indem ich es ihnen befehle. Und meine Schultern zucken, so viel sie möchten, wenn es einmal so weit ist. Mike bietet mir seinen Rücken an, damit wenigstens Mahdi vorne auf dem Beifahrersitz mein Gesicht nicht sieht. Ich verkrieche mich hinter ihm und schluchze ein paarmal unterdrückt, während meine Tränen sein T-Shirt durchnässen. Als der General die Szene bemerkt, greift er unbarmherzig nach meiner Hand und checkt mich durch. Ich versuche gar nicht erst, mich zu widersetzen.

»Sentimentalität ist ein Zeichen von Schwäche«, brummt er und lässt mich wieder los.

»Und fehlendes Mitleid ist ein Zeichen von Unmenschlichkeit«, kontert Mike.

Mahdi lacht. Wie es aussieht, ist er sich seiner Sache sehr sicher. Wahrscheinlich hat er schon einen detaillierten Plan in der Hinterhand, wie sein Kampf nach meinem Ableben weitergehen wird. Ich reiße mich zusammen und wische mir die Tränen aus dem Gesicht, bevor ich wieder hinter Mikes Rücken hervorkomme.

Shirin verzichtet darauf, mir die Namen der Sehenswürdigkeiten zu nennen, an denen wir vorbeifahren. Als Veranstaltungsort hat sie diesmal eine verlassene Industriehalle in einem Außenbezirk der Stadt gewählt. Wieder sitze ich mit Mike eine Stunde lang herum, bevor es losgeht, zwischen Metallschrott und Müll. Wir reden fast gar nichts. Ich bin praktisch nicht ansprechbar. Unter normalen Umständen würde ich jetzt zumindest versuchen, mir ein paar schöne Erinnerungen zurechtzulegen, um eine wenigstens ansatzweise vorzeigbare Heilung zu Stande zu bringen. Aber nach allem, was ich weiß, hat es ohnehin keinen Sinn. So kann ich mich auch gleich hinter der Mauer verschanzen, die ich in meinem Inneren hochgezogen habe. Wenn mein Gefühl mich nicht trügt, hat mein Talent schon das meiste hinter sich. Es tut kaum noch weh. Wahrscheinlich stirbt es noch vor mir selbst.

Dann holt Mahdi mich ab und führt mich in die Halle, wo wieder eine provisorische Bühne errichtet wurde. Ich stehe da wie ein Häuflein Elend und lasse seine Willkommensrede an mir vorüberziehen. Die österreichischen Talente murmeln und tuscheln dabei. Manche zeigen sogar mit dem Finger auf mich. So viel Unruhe habe ich bisher noch nie erlebt. Selbst Mahdis Rhetorik kommt nicht gegen das Bild an, das ich in seinem Rücken abgebe. Er ist ganz bleich vor Wut, aber nun kann er die Veranstaltung auch nicht mehr abbrechen.

Wie geplant wird ein Tunica auf die Bühne geführt. Diesmal handelt es sich um ein Mädchen, das ganz eindeutig weit von dem Zustand entfernt ist, den die üblichen Testkandidaten haben. Ihre Augen bringen sogar noch ein neugieriges Blitzen hervor, als man mich in ihre Richtung schiebt. Ich werfe einen Blick in die Menge, die nun plötzlich ganz ruhig geworden ist. Auch in meinem Inneren macht sich Ruhe breit. Was geschehen wird, kann ich ohnehin nicht mehr verhindern. Ich hoffe nur, dass es schnell geht.

Gerade als ich mich dem Mädchen zuwenden will, fällt mein Blick auf ein Fenster im oberen Teil der Halle, dessen Scheiben längst zerbrochen sind. Die Abendsonne dringt hindurch und wirft ihre Strahlen auf eine weiße Taube, die dort sitzt und aufgeregt gurrt. Es ist wie ein Zeichen aus einer anderen Welt, das mir Mut machen will. Mein Herz setzt einen Schlag aus. Ich habe es immer für Hirngespinste gehalten, wenn Jakob davon erzählte, dass er in seinen Träumen Kontakt mit Marie hatte. Doch als ich diese Taube sehe, die mich so sehr an Melek erinnert, glaube ich fast, dass sie gekommen ist, um mich in das Abendlicht hinüberzubegleiten. Ich lächele ihr zu. Dann drehe ich mich wieder zu der Tunica um. Genau in diesem Moment fliegt die Taube auf und schwebt zu mir herüber auf die Bühne. Sie landet gezielt auf meiner Schulter und reibt ihr Köpfchen an meiner Wange.

»Melek?«, flüstere ich ungläubig.

Daraufhin schaut sie mir direkt in die Augen und nickt so sachte mit dem Kopf, dass keiner der Umstehenden es bemerkt. In diesem Moment hebt sich der Schleier aus Verzweiflung, der sich über mein Bewusstsein gelegt hat. Wenn Melek hierhergekommen ist, um mich zu sehen, kann das nur einen einzigen Grund haben: Sie bereut, was sie bei unserer letzten Begegnung gesagt hat. Es gibt also doch noch Gefühle in ihr, die mit mir zu tun haben. Und damit gibt es auch noch Hoffnung. Ich streichele ihr übers Gefieder und lächle sie an. Dann wende ich mich endgültig der Tunica zu.

»Lass uns wiedergutmachen, was man dir angetan hat«, sage ich und küsse sie. Melek bleibt auf meiner Schulter sitzen. Ich denke an den Moment, als ich sie im Fenster sah, an die vielen Augenblicke, in denen sie mir ein Lächeln geschenkt hat, an jeden einzelnen Kuss, den es zwischen uns gab. Der Schmerz in meinem Bauch verschwindet, aber mein Talent zieht nicht mit ihm davon. Stattdessen blüht es wieder in mir auf, als hätte es nie im Sterben gelegen. Erst als das Mädchen in meinen Armen zu taumeln beginnt, stelle ich fest, dass die Reanimation längst gelungen ist. Ich lasse sie los und ergötze mich an dem Anblick: Ihre Seele ist so randvoll mit meinen Gefühlen, dass die Tränen ihr wie Sturzbäche aus den Augen laufen. Unter Schluchzen murmelt sie irgendwelche Worte vor sich hin und berührt dabei ständig mein Gesicht, als wäre ich ein Prinz, der sie gerade aus einem hundertjährigen Schlaf wachgeküsst hat. Erst als ich meinen Blick wieder in die Menge schweifen lasse, stelle ich fest, dass niemand sich für uns interessiert.

Sämtliche Talente sind zurückgewichen und starren auf den noch zuckenden Körper eines Mannes, der mit aufgeschnittener Kehle in einem See aus Blut vor der Bühne liegt. Genau über ihm schwebt Melek flatternd und gurrend in der Luft. Einige haben ihre Waffen gezogen und auf den rothaarigen

Mann gerichtet, der soeben einen Dolch etwas rustikal an seiner Hose abwischt. Doch niemand schießt, denn um Melek und Le Rouge herum steht ein Kreis aus Verteidigern, die ich allesamt nicht kenne. Ich nehme an, es ist ein Teil der französischen Truppe. Le Rouge zwinkert mir zu.

»Ruhe! Beruhigt euch!«, schreit Mahdi in die aufgebrachte Menge hinein. »Das war ein feiger Mordanschlag unserer Feinde. Sie wollten unseren Heiler töten.«

Er macht gute Miene zum bösen Spiel und gibt vor, auf der Seite des Franzosen zu stehen.

»Wer ist der Mann mit dem Dolch?« schreit jemand.

»Was ist das für eine Taube?«

»Wir wollen die Wahrheit wissen!«

In dem Moment fliegt Melek zurück auf meine Schulter und die Masse hinter ihr weicht erschrocken einen Schritt zurück. Ein paar von ihnen zielen immer noch mit ihren Pistolen auf sie und Le Rouge. Der Franzose durchbricht den Kreis seiner Beschützer, hechtet auf die Bühne und reißt Mahdi das Mikrofon aus der Hand.

»Nehmt die Waffen runter, verdammt!«, schreit er hinein.

Augenblicklich sind alle still.

»Ich werde euch erklären, was hier vorgefallen ist«, sagt er mit seinem unverkennbaren Akzent. »Der Tote zu euren Füßen war kein Faun, denn sonst gäbe es keine Leiche. Es muss also jemand aus unseren Reihen sein und wir werden herausfinden, wer ihn beauftragt hat. Und jetzt nehmt endlich die Waffen runter, sonst gibt es keine weitere Erklärung!«

Einige Talente tauschen verhaltene Blicke miteinander. Dann lassen sie die Hände mit den Pistolen sinken. Auch Le Rouges Soldaten geben nun ihre Verteidigungsposition auf und postieren sich nebeneinander vor der Bühne.

Ich atme auf.

»Bei der Taube handelt es sich um einen Faun«, gibt der Franzose zu. »Ich bin General Jacques Lavie aus Paris.«

Ein Raunen geht durch die Menge, aber niemand wagt es, ihn zu unterbrechen. Zwei Generäle, ein Heiler und ein Faun in Tiergestalt sind wahrscheinlich zu viel auf einmal für sie. Gut, dass ihnen niemand verrät, dass auch noch ein angeblicher Erzengel in unserer Mitte weilt, der es zusammen mit Mahdi auf fast 8000 Jahre Lebenserfahrung bringt.

»Dieser Faun hat heute Abend das Leben unseres Heilers beschützt, indem er den Mörder rechtzeitig anhand seiner Gefühle identifizierte. So konnte ich ihn im selben Moment töten, als er seine Waffe gegen Erik zog.«

Davon habe ich mal wieder überhaupt nichts mitbekommen. Le Rouge spart sich einen anklagenden Seitenblick auf Mahdi. Er will die Sache also auf diplomatischem Weg lösen.

»An all dem könnt ihr erkennen, dass die sogenannte Gegenseite nicht unbedingt ein Feind sein muss. Wenn Erik es geschafft hat, dort Freunde zu finden, dann werden es auch andere nach ihm schaffen.«

Nun tritt Mahdi nach vorn und räuspert sich.

»Es gibt nur eine winzige Sache, die General Lavie soeben unterschlagen hat«, behauptet er. »Bei diesem speziellen Faun handelt es sich um kein natürliches Wesen, sondern um ein ehemaliges Menschenmädchen, das vor seiner gewaltsamen Verwandlung die große Liebe unseres Heilers war. Alles, was ihr hier seht, ist also das Resultat einer langjährigen, wenn auch äußerst dramatisch verlaufenen Beziehung. Es ist kein Paradebeispiel für eine Annäherung zwischen Menschen und Dschinn. Denn diese kann und wird es nicht geben.«

Dieses Rededuell läuft auf eine politische Debatte hinaus. Wo sie allerdings hinführen soll, kann ich mir nicht erklären. Im Grunde ist es mir aber auch egal, denn Melek ist bei mir und ich bin immer noch am Leben. Das ist das Einzige, was wirklich zählt. Alles andere wird Le Rouge sich hoffentlich gut überlegt haben. Er tritt jetzt wieder ans Mikro und räuspert sich.

»General al-Mahdi und die Führungsriege der Armee haben beschlossen, dass die Faune in einem Endkampf besiegt werden müssen. Ich aber sage: Lasst uns warten! Lasst uns sehen, ob noch mehr Heiler kommen, um das Ungleichgewicht auszugleichen, das im Laufe der Jahrhunderte zwischen den verfeindeten Wesen entstanden ist. Ich bin nicht befugt, eine Entscheidung zu beeinflussen, die bereits getroffen ist. Aber ich bin ein freier Mensch und deshalb kann ich sie offen in Frage stellen. Denkt darüber nach, ob ihr euch wirklich in diesen Kampf stürzen wollt, den viele von euch mit dem Leben bezahlen werden. Folgt nicht blindwütig einer Kriegserklärung, die vielleicht gar nicht nötig ist!«

Für diese Ansage bin ich Le Rouge so dankbar, wie ein Mensch es nur sein kann. Was er eben getan hat, nimmt sämtliche Last von Jakob und mir. Damit hat er sich selbst zum Begründer der Revolution erklärt. Und einen General Lavie lässt man nicht so einfach verschwinden wie den Anführer einer unbedeutenden Truppe oder einen wehrlosen Heiler, der wie ein Schaf zur Schlachtbank geht. Sollte Mahdi den nächsten Meuchelmörder auf Le Rouge hetzen, werden ihm weltweit die Talente nicht mehr vertrauen. Das kalkuliert Le Rouge ganz offensichtlich mit ein, auch wenn er es nicht deutlich ausspricht.

Mahdi zieht ihn nun mit deutlichem Krafteinsatz zurück, um selbst wieder zu Wort zu kommen.

»Was ihr hier hört, ist nichts weiter als das Gefasel eines weltfremden Generals, der zu viel Zeit damit verbracht hat, Romeo und Julia zu lesen«, sagt er. »In Wahrheit hat Lavie nicht einen einzigen Beweis für die Vermutungen, die er hier an den Tag legt. Ich hingegen kann belegen, dass es niemals in der Geschichte der Menschheit mehr als einen Heiler gegeben hat. Und ohne die Kämpfe, in die sie uns führten, hätten wir es nie geschafft, die Dschinn stark genug zu dezimieren, dass wenigstens für einige Zeit Ruhe herrschte. Ohne diesen Krieg steuern wir auf eine Epoche zu, in der unsere Feinde überhandnehmen und uns beherrschen werden. Wollt ihr das riskieren? Ich frage euch: Wozu? Um die Faune zu beschützen, die so viele von euren Freunden getötet haben? Um euer eigenes Leben zu retten? Ich halte euch für tapfer genug, dass ihr nicht davonlaufen werdet, sondern euch stellt. Stellt euch dem letzten Kampf und ihr werdet in Frieden leben können. Ihr, eure Kinder und Kindeskinder, vielleicht sogar die gesamte Menschheit, für immer.«

Die Wirkung, die Mahdi auf seine Zuhörer hat, lässt sich leider nicht verleugnen. Le Rouge ist gut – aber gegen die Kraft von Mahdis Kriegstreiberei kommt er mit seiner Theorie einfach nicht an. Ich sehe es an den Augen der Talente.

»Wie denkt der Heiler darüber?«, schreit jemand.

»Genau! Wir wollen wissen, auf welcher Seite er steht!«

Ich zucke zusammen. Le Rouge hat gut reden, denn er wird wahrscheinlich irgendwann wieder nach Paris verschwinden. Aber wenn ich nun die Wahrheit sage, stehe ich spätestens nächste Woche wieder allein mit Mahdi da. Und dann gnade mir Gott. Ich suche den Blick des Franzosen, um einen Hinweis zu erhalten, was er vorhat. Wieder nickt er nur und zwirbelt mit einer Hand an seinem roten Bart herum. Seine Augen blitzen erregt. Es sieht fast so aus, als mache ihm die Sache Spaß.

»Melek«, flüstere ich zu der Taube auf meiner Schulter hinauf. »Könntest du dir vorstellen, dich zu verwandeln? Du musst nichts sagen, nur meine Hand halten. Ich schaff das heute nicht allein!«

Einen Augenblick lang sieht sie unentschlossen aus, sofern das überhaupt möglich ist. Ich verstehe ihre Bedenken sehr gut, denn die Tiergestalt gibt ihr Schutz. Als Mensch ist sie viel interessanter und angreifbarer. Trotzdem hoffe ich, dass sie meine Bitte erhört.

Die Talente vor der Bühne blinzeln verwirrt, als sie ihre Gestalt wechselt. Dann steht sie in ihrer vollen Pracht da und lässt ihren unnahbaren Blick stolz über die Masse schweifen. Ein paar von den Zuschauern ziehen wieder ihre Waffen, doch Le Rouges Soldaten drängen sich zu ihnen durch und nehmen sie ihnen ohne großen Widerstand ab. Einige sind sogar einfältig genug, um Melek ihr Bannzeichen entgegenzustrecken. Daraufhin stößt sie ein wütendes Zischen aus, bevor sie sich abwendet und die Augen schließt, bis die Soldaten auch diesen Angriff unter Kontrolle haben. Ich bewundere sie für ihre Beherrschung.

»Warum können wir sie nicht spüren?«, schreit ein Orakel zu den Generälen hinauf.

»Es liegt ein Schutzzauber über ihr«, erklärt Le Rouge. »Ausgesprochen hat ihn eine der unseren, die ebenfalls darauf vertraut, dass Faune und Talente zueinanderfinden.«

»Es ist wohl eher aus Zwang geschehen, denn das Orakel, von dem Lavie hier spricht, wurde vor kurzem von den Dschinn entführt und eingekerkert«, behauptet Mahdi.

»Es ist *nicht* aus Zwang geschehen!«, zischt Melek ihm entgegen. Im Nu ist es so still unter den Talenten, dass ich meinen eigenen Herzschlag hören kann. Ich bin mir nicht sicher, ob es gut für uns ist, wenn wir jetzt zugeben, was sich in den letzten Wochen zwischen uns und unseren Faunen abgespielt hat. Zumal das Bündnis noch nie so brüchig war wie jetzt. Wir bewegen uns hier auf sehr dünnem Eis.

Melek fasst meine Hand und zieht mich hinüber zum Mikrofon. Sie lässt mich nicht los, als ich davorstehe. Dafür tritt sie Mahdi absichtlich auf den Fuß, weil er nicht schnell genug verschwindet. Ich höre, wie er ein schmerzvolles Zischen ausstößt. Hoffentlich hat sie ihm sämtliche Knochen gebrochen!

»Ich sehe das wie General Lavie«, sage ich. »Niemand kann mit Sicherheit sagen, was passieren wird, wenn wir warten. Aber eines weiß ich ganz gewiss: Da draußen in den Wäldern lauern keine wilden Bestien, die uns vernichten wollen, sondern faszinierende Wesen, von denen wir vieles über unsere Welt lernen könnten, wenn wir ihnen zuhören würden. Ich weiß, dass es nicht einfach werden wird, unseren gegensätzlichen Ansprüchen gerecht zu werden. Aber in jedem Fall lohnt es sich, einen Versuch zu wagen. Ich habe es getan.« Ich schaue zu Melek, die unverändert schön und erhaben neben mir steht. »Und es war die beste Entscheidung meines Lebens.«

Erst jetzt sieht sie mir in die Augen und ein winziges Lächeln huscht über ihr Gesicht.

Le Rouge applaudiert und erklärt die Debatte damit für beendet.

Ich vermeide es, Mahdi ins Gesicht zu sehen, der vom Ausgang dieser Veranstaltung garantiert alles andere als begeistert ist. Was eben passiert ist, stellt all seine Pläne auf den Kopf: Die Armee verfolgt zwar weiterhin die Idee des Endkampfs. Doch nun gibt es eine offene Opposition, deren Existenz niemand mehr verleugnen kann. Le Rouge wird den Kampf nicht verhindern können, aber er kann zumindest eine Diskussion entfachen, die vielleicht am

Ende zu einer Rebellion unter dem Fußvolk führt. Im Grunde ist nun wieder alles offen. Dabei habe ich noch vor einer Stunde gedacht, es gäbe keine Rettung mehr, schon gar nicht für mich selbst. Wieder einmal hat Melek mein Leben so sehr verändert, dass mir schwindelig davon wird.

Was passiert, wenn man den anderen gewähren lässt.

Soweit meine Erinnerung zurückreicht, war ich noch nie in einem Hotelzimmer. In meiner Menschengestalt macht mir die Helligkeit nichts aus, die noch immer durch die Fenster flutet, obwohl es mittlerweile spät am Abend ist. Neben dem langhaarigen Talent namens Mike sind sowohl der schwarze als auch der rote General mit uns gekommen. Es gibt definitiv Redebedarf zwischen den Talenten, aber ich habe nicht vor, mich noch einmal einzumischen.

Erik und ich setzen uns aufs Bett und schauen den beiden Generälen und Mike beim Streiten zu. Eine ganze Weile werfen sie sich gegenseitig dieselben Dinge an den Kopf, die sie schon auf der Veranstaltung gesagt haben. Dann packt Le Rouge sein Druckmittel aus.

»Du hast heute Abend versucht, Erik zu töten«, beschuldigt er Mahdi.

»Das ist eine Verleumdung ohne jegliche Beweise!«, schreit der zurück.

»Ist es nicht«, behauptet Le Rouge. »Ich habe Beweise in Form von Zeugenaussagen.«

»Was für Zeugen sollen das sein?«

»Ich werde den Teufel tun, dir ihre Namen zu nennen.«

Einen Augenblick sieht der schwarze General etwas bleich um die Nase aus. Aber er hat sich schnell wieder gefangen.

»Nun gut, Le Rouge«, sagt er. »Wen auch immer du aus dem Ärmel schüttelst: Es steht Aussage gegen Aussage. Was hast du in den nächsten Wochen vor? Willst du die Armee entzweien?«

»Ich will nichts dergleichen tun«, behauptet der Franzose. »Aber nach dem heutigen Tag finde ich es angebracht, dass jemand für den Schutz unseres

Heilers sorgt, denn allein bist du dazu anscheinend nicht in der Lage. Also werde ich diesen Posten übernehmen. Des Weiteren werde ich mich mit meiner Meinung nicht in Paris verkriechen, sondern offen darüber sprechen. Ich schlage eine weitere Abstimmung unter den Generälen vor, sobald jeder unsere Argumente zur Genüge kennt.«

Die ganze Zeit, während er spricht, hält Mahdi die Luft an. Ich habe den Eindruck, dass er gleich platzen wird.

»Du wagst es, über meinen Kopf hinweg Entscheidungen zu treffen?«, keift er. »Ich bin der oberste General der Armee!«

»Die Armee ist eine Militärdiktatur, aber du bist nicht der allein herrschende Imperator. Wenn du dich dennoch so benimmst, stelle ich einen Misstrauensantrag gegen dich.«

»Das wirst du nicht tun!«

Sie funkeln einander drohend an.

»Denk immer daran, dass ich etwas gegen dich in der Hand habe«, presst Le Rouge hervor.

»Das führt doch zu nichts«, schaltet sich nun Mike ein. »Ich schlage vor, wir handeln die Bedingungen für unser weiteres Vorgehen unter sechs Augen aus. Lassen wir Melek und Erik so lange allein.«

Le Rouge reckt die Nase in die Luft und holt sich ein kurzes Nicken von Erik, bevor er ebenfalls zustimmt. Dann ziehen sie gemeinsam ab und schon kurz darauf hören wir sie im Nachbarzimmer weiterdebattieren. Zum Glück sind die Wände dick genug und wir bekommen nicht mehr jedes Wort davon mit.

Ich schaue Erik an. Sein Gesicht ist schon wieder so bleich, als hätte es seit einem Monat keine Sonne mehr abbekommen. Dass er es überhaupt noch schafft, nach diesem Tag ein Lächeln aufzusetzen und nach meiner Hand zu greifen, ist im Grunde schon eine Meisterleistung. Schließlich ist er gerade nur knapp einem Mordanschlag entronnen.

»Du hast nicht sehr überrascht ausgesehen«, sage ich.

»Als du da plötzlich im Fenster aufgetaucht bist?«, hakt er nach. »Oh doch, Melek, ich war völlig überrascht.«

»Nein, ich meinte über den toten Mann vor der Bühne.«

»Ach so.« Er seufzt. »Nein, das hat mich wirklich nicht sehr verwundert. Ich habe gehört, wie Mahdi und seine Reiseleiterin über den Anschlag sprachen.«

Er hat also gewusst, dass er heute sterben sollte, und trotzdem nichts dagegen getan. Das verstehe ich nicht. Wieso akzeptiert er seinen eigenen Tod, ohne sich zu wehren und wenigstens noch ein paar andere mitzunehmen? Doch bevor ich ihm mein Unverständnis darüber kundtun kann, stellt er eine Gegenfrage.

»Woher wusstet ihr, dass ich eure Hilfe benötige? Ich hatte keine Gelegenheit, um mit irgendjemandem zu kommunizieren.«

»Die brauchtest du auch nicht, denn du hast Sylvia.«

In knappen Worten erzähle ich ihm, dass das Orakel wieder in der Lage ist, Botschaften aus der Zukunft zu empfangen, und dass ich Jakob die Nachricht von Le Rouges Vogel übersetzt habe.

»Das heißt ... du bist nur gekommen, weil er es dir befohlen hat?«

Mit einem Mal weicht jegliche Kraft aus Eriks Hand. Ich drücke sie, um ihn daran zu erinnern, dass er stark sein muss.

»Nein«, rede ich mich heraus. »Ich bin gekommen, um dein Leben zu retten. Weil du mir etwas bedeutest.«

Ich weiß selbst nicht so recht, warum ich das sage. Es ist mehr als nur das Bedürfnis, ihm Trost zu spenden. Während der hektischen Reise vom Hohenfels nach Paris und weiter nach Wien sind mir seltsame Dinge passiert. Anfangs wusste ich nicht so recht, was Jakob meinte, als er sagte, es würde erst wehtun, aber dann würde es sich gut anfühlen. Mittlerweile ist mir klar geworden, was er damit gemeint hat. Denn schon nach den ersten Kilometern, die ich Richtung Westen unterwegs war, spürte ich ganz deutlich die schmerzhafte Sehnsucht, die mich überkam und mit nichts zu vergleichen war, was ich bisher erlebt habe. Zuerst dachte ich, es sei Levian, den ich vermisste. Aber dann merkte ich, dass es dabei um Jakob ging, um meinen Anführer. Je weiter ich flog, desto schlimmer wurde das Gefühl. Alles in mir schrie dagegen an, mich von ihm zu entfernen. Und doch konnte ich nicht umkehren, denn ich musste seinem Befehl folgen.

Nachdem ich Le Rouge gefunden und durch meine Verwandlung vor seinen Augen fast zu Tode erschreckt hatte, brachen wir sofort nach Österreich auf. Schon in dem fliegenden Kasten, den die Menschen ein Flugzeug nennen, ließ der Schmerz nach. Und dann, in Wien, fühlte ich mich wieder gesund. Weder der Gedanke an Levia noch der an Jakob waren intensiv genug, um mich in irgendeiner Weise von meiner Mission abzulenken. Und die hatte plötzlich nichts mehr mit einem Befehl zu tun. Alles, was ich wollte, war, Erik zu retten. Weiter habe ich noch nicht nachgedacht.

»Ist das wahr?«, murmelt er.

Ich nicke. Er fragt nicht weiter nach, was in den letzten 24 Stunden passiert ist. Stattdessen steht er auf und schließt sämtliche Jalousien im Raum, sperrt die Tür ab und knipst ein kleines indirektes Licht hinter dem Schreibtisch an.

»Ich würde gern die echte Melek sehen«, sagt er, als er sich wieder zu mir aufs Bett setzt und sich meine Hand zurückholt. Er hat Recht. Ich möchte ihm auch gern die echte Melek zeigen. Diese Menschengestalt ist ein reines Mittel zum Zweck, um die anderen Talente nicht gegen mich aufzubringen. Aber irgendwie komme ich mir darin immer so vor, als hätte ich etwas zu verbergen. Es kribbelt in unseren Händen, als ich mich verwandle. Erik schmunzelt. Im Schein des schwachen Lichts sieht er gar nicht mehr so blass und ausgezehrt aus. Im Gegenteil: Nun liegt ein Ausdruck in seinem Gesicht, der mich erschreckend heftig anzieht.

»Wir sind ganz allein«, flüstere ich.

»Nur so lange, bis der erste General die Tür aufbricht.«

»Nein, das habe ich nicht gemeint ... Ich spüre die anderen nicht mehr.«

»Jakob und Levian«, murmelt Erik.

Eine Weile streichelt er gedankenverloren mit dem Daumen über meinen Handrücken. Dann sieht er mich mit diesem Blick an, den er auch seinen Tunicas schenkt, bevor er ihnen ihre Gefühle zurückgibt.

»Das war schon einmal so, Melek. Damals auf der Insel. Als du aus dem Einflussbereich ihrer Talente herauskamst, warst du endlich frei für mich.«

»Dafür bin ich jetzt im Einflussbereich deines Talents«, stelle ich klar.

Er nickt.

»Das kann ich diesmal nicht verleugnen. Noch vor einer Stunde war es beinahe tot. Aber du hast ihm wieder Leben eingehaucht.«

Ich möchte nicht mehr über sein Talent reden. Wäre er kein Heiler, so wären wir alle frei. Ich brauche keine politischen Verstrickungen und Bündnisse, die doch nur zum Scheitern verurteilt sind. Auch kein übernatürliches Wesen, das von meiner Liebe abhängig ist. Und vor allem brauche ich den Anblick nicht, wie Erik andere Menschen auf den Mund küsst. Sein Geruch ist absolut überirdisch. Schon lange war ich ihm nicht mehr so nahe und dabei so furchtbar durstig. Ich rutsche ein Stück von ihm weg, um mich zu sammeln.

»Was ist los?«, fragt er.

»Es ist dein Geruch. Ich muss aufpassen, dass uns nicht noch mal ein Unfall passiert.«

Er runzelt die Stirn und überlegt. Ich hoffe, dass er jetzt nicht vorschlägt, zusammen in die fremden Clubs von Wien zu gehen. Der Gedanke an das letzte Mal macht mir Angst. Außerdem will ich nicht mehr hinaus in die grelle Neonwelt der Menschen.

»Vielleicht kann ich dir etwas von meinen Gefühlen abgeben«, meint er dann. »Das letzte Mal hatte es keine Auswirkung – außer dass ich einen Tag lang ziemlich wild war.«

»Wild?«

»Ja, Sylvia nannte es meine wilden Dschinn-Emotionen. Du hast mir irgendwas übertragen, als du gesaugt hast. Aber vielleicht könnte man es vermeiden, wenn ich dich gewähren lasse. Genauso, wie du mich gewähren lassen müsstest, wenn ich dich verwandeln wollte.«

»Ich finde, ein wenig Wildheit würde dir guttun«, gebe ich zu.

Er lacht.

»Kann schon sein.« Dann wird er wieder ernst.

»Wie meinst du das mit dem Gewährenlassen?«, frage ich.

»Der Unfall, den wir auf der Mohnwiese hatten, hat mir klargemacht, dass ich dich nicht verwandeln kann, wenn du gleichzeitig versuchst, mich auszusaugen. Es würde nur funktionieren, wenn du dich mir hingibst. Alles andere endet in einer Patt-Situation – oder mit einer Überdosis für dich.«

Das ist schon mal ziemlich beruhigend für mich, denn es bedeutet schließlich, dass Erik mich nicht gegen meinen Willen in seine Welt holen kann. Damit hat er einen entscheidenden Nachteil gegenüber Levian, denn er hätte es damals auch ohne meine Zustimmung tun können. Aber die Menschen haben eigentlich ständig Nachteile, also ist es nicht besonders verwunderlich.

»Und wenn du dich ... mir hingibst ... dann könnte ich mir deine Gefühle holen, ohne dich aggressiv zu machen«, fasse ich zusammen.

»Das vermute ich«, sagt er. »Wollen wir es ausprobieren?«

Es kribbelt in meinem Bauch, wenn ich daran denke. Ich habe nie zuvor und auch niemals nach dem Unfall Gefühle gekostet, die so süß und so prickelnd waren wie die von Erik. An ihm zu saugen fühlt sich an, als tauche man in ein pulsierendes Meer aus Zuckerwatte hinab. Ich fühle eine endlose Gier in mir auflodern, wenn ich nur daran denke.

»Bist du dir sicher, dass du dich davon wieder erholst?«, frage ich vorsichtshalber.

»Was ist schon sicher in dieser Welt?«, entgegnet er achselzuckend. »Im schlimmsten Fall machst du einfach weiter und verwandelst mich in einen Faun. Mich hält ohnehin nichts mehr hier.«

Das glaube ich ihm nicht. Und wir wissen beide, dass es niemals so weit kommen wird. Vorher würde ich hintenüber kippen und einen Tag lang bewusstlos sein.

»Okay«, sage ich. »Ich nehme nicht mehr, als ich unbedingt brauche.«

Er nickt. Dann rutscht er langsam an mich heran, bis unsere Knie sich berühren. Ich versuche, mich zu beherrschen, aber die Gier in meinem Inneren verhindert es. Eriks Lippen sind das Tor zu meiner Befriedigung. Als sie mir näherkommen, packe ich ihn am Nacken und reiße ihn an mich. Er wehrt sich nicht, stößt nur einen kleinen überraschten Laut aus. Dann küsse ich ihn. Ohne den Hauch eines schalen Vorgeschmacks strömt seine Liebe in mich hinein, heftiger und konzentrierter, als ich es je erlebt habe. Ich komme kaum hinterher, sie aufzusaugen. Schon nach wenigen Sekunden bin ich gesättigt, doch ich kann einfach nicht damit aufhören. Anstatt mich zurückzuziehen, drücke ich ihn noch fester an mich und nehme einen so tiefen Zug, dass mir schwindelig davon wird. Erst als ich zu taumeln beginne, schaltet sich mein Verstand wieder ein. Ruckartig lasse ich ihn los und schiebe ihn ein Stück weit von mir weg. Sein Anblick lässt mich erschaudern. Er sitzt zusammengesunken mit geschlossenen Augen da, fast als würde er im Sitzen schlafen.

»Erik ... tut mir leid, das war zu viel!«

Ich rüttele ihn an den Schultern. Da atmet er tief durch und öffnet die Augen. Ich suche in seinem Blick nach einem Hinweis auf seinen seelischen Zustand.

»Ist alles in Ordnung?«, frage ich ängstlich.

Er nickt.

»Alles gut, Melek ... nur ... Ich fühle mich, als hättest du mich einmal von innen nach außen gestülpt.«

»Was ist mit deinen Gefühlen?«

»Die werden sich schon wieder erholen.«

»Und wenn nicht?«

Jetzt bereue ich es, dass ich mich so sehr von meinen Trieben habe leiten lassen. Einen Versuch wie diesen hätten wir nie machen dürfen. Erik merkt, wie aufgewühlt ich bin. Er greift nach meinem Arm und zieht mich auf seinen Schoß. Ich lasse es geschehen.

»Sie erholen sich umso schneller, je mehr Futter sie bekommen«, flüstert er in mein Ohr. »Küss mich noch mal ohne zu saugen. Dann ist dein Gewissen beruhigt.«

Ich zittere, als ich seine Hände auf meinem Rücken spüre. Der Stoff meines Kleids ist so dünn, dass ich jede Berührung seiner Finger wahrnehme. Jetzt rieche ich auch seinen echten Geruch, den seines Körpers. Ich schließe die Augen und lasse es zu, dass die Erinnerung zurückkehrt, die mich noch vor wenigen Wochen fast wahnsinnig gemacht hat: Erik und ich nackt am Strand, wie wir unsere Körper miteinander verbinden. Diesmal ist sie nicht mehr so erschreckend wie beim letzten Mal.

Während die Bilder noch unverschleiert durch meinen Geist rauschen, haucht Erik mir einen Kuss nach dem anderen aufs Gesicht. Er bedeckt damit meine Wangen, meine Stirn und meine Nasenspitze. Es sind unschuldige Küsse, fast so, wie ein Bruder seine kleine Schwester küsst, weil sie sich wehgetan hat. Aber plötzlich hört er damit auf, nur der große Bruder zu sein. Als sein Mund auf meinen trifft, ist es um seine Beherrschung geschehen. Auf einmal wird sein Griff um meinen Körper fester und die Berührung seiner Lippen intensiver.

Vor meinen geschlossenen Augen sehe ich die Bilder meiner Erinnerung. Ein süßes Ziehen wandert durch meinen Leib. Ich versuche mich dagegen zu wehren, aber es ist einfach zu schön. Ich weiß nicht, wie lange wir da sitzen und uns küssen. Aber als ich mich schließlich von Erik losmache, sehe ich auf den ersten Blick, dass ich meinen Job gut gemacht habe: Alles, was ich gerade aus ihm herausgesaugt habe, ist wieder da! Ich erkenne es an der abwesenden Art, mit der er mich anlächelt. Ein einziger Kuss von mir reicht dem großen Heiler also, um sich derart zu berauschen, dass er nicht mehr geradeaus schauen kann. Und andersherum reicht mir wahrscheinlich ein einziger Input von ihm, um eine Woche lang satt zu sein.

»Wir sind ein echtes Perpetuum mobile«, grinst Erik.

»Ein was?«

»Etwas, das es eigentlich nicht gibt. Eine Konstellation, die sich gegenseitig auflädt, ohne dabei Energie zu verlieren.«

»Kann schon sein.«

Er sieht mich forschend an.

»Was stört dich, Melek?«

Ich winde mich, denn ein Teil von mir würde ihn lieber weiterküssen.

»Es ist Verrat an Levian, was ich hier tue«, murmele ich.

Erik setzt sich im Schneidersitz mir gegenüber und stöhnt. Es dauert eine Weile, bis er sich eine Formulierung zurechtgelegt hat, die mich nicht vollends entzürnt.

»Ich könnte jetzt sagen, dass du einen Bund mit mir geschlossen hast. Also ist es Verrat an mir, was du mit Levian tust.«

Ich will etwas entgegnen, doch er legt mir den Zeigefinger auf den Mund.

»Nicht mehr heute, Melek«, bittet er. »Denk ab morgen darüber nach, okay? Wie lange hast du nicht mehr geschlafen?«

»Zwei Tage. Aber für mich ist das nicht so schlimm.«

»Du musst trotzdem hundemüde sein«, vermutet er zu Recht. Ich bin wirklich am Ende meiner Kräfte. Wenigstens drei oder vier Stunden Ruhe hätte ich dringend nötig.

»Ich überlasse dir das Bett, wenn du möchtest. Aber lieber wäre mir, wenn du in meinem Arm schläfst.«

Ich denke darüber nach. Nun bin ich ohne Abschied von zu Hause weggeflogen, habe Erik das Leben gerettet, ihn ausgesaugt und mich von ihm küssen lassen. Eigentlich kommt es nicht mehr darauf an, wo ich die heutige Nacht verbringe. Und es wird sich tröstlich vertraut anfühlen, wenn ich dabei in seinem Arm schlafe. Der Verdacht, dass ich mich gerade selbst am allermeisten betrüge, steigt in mir hoch. Aber zu etwas anderem bin ich im Moment einfach nicht fähig.

Voll angezogen kriechen wir nebeneinander in das Bett. Eine Weile liegen wir Nase an Nase da. Dann drehe ich mich um und Erik rutscht an meinen Rücken heran.

»Du weißt immer noch genau, wie das geht«, murmelt er, bevor ihm die Augen zufallen.

Ich gleite gerade hinüber in die Traumwelt, als auf einmal ein grauenhaftes Geräusch ertönt. Erschrocken zucke ich zusammen. Ich drehe mich zu Erik um und stelle fest, dass der Ton aus seiner Nase kommt, oder irgendwo aus seinem Rachen. Er sieht dabei aber so entspannt aus, als hätte es keine Bedeutung. Vielleicht ist es also normal. Die Menschen sind wirklich sonderbare Geschöpfe.

***

Vier Stunden später bin ich erholt und wach. Die Uhr an der Wand zeigt kurz nach drei. Ich richte mich im Bett auf und streiche meine Haare glatt. Dann betrachte ich Erik, der neben mir liegt und immer noch bei jedem Atemzug das sägende Geräusch von sich gibt. Auf seiner rechten Wange prangt der Abdruck des Kopfkissens und die blonden Strähnen hängen ihm wirr ins Gesicht. Ich streiche sie beiseite und betrachte ihn genauer. Wenn es nur um die äußere Hülle ginge, wäre ich mir ganz sicher, dass ich in der Menschenwelt nichts verloren habe. Diese Wesen verschlafen ihr halbes Leben und wachen morgens zerknautscht und zerstrubbelt auf. Ein Faun schüttelt sich nur einmal und schon ist er wieder so ansehnlich wie am Abend zuvor.

Ich weiß nicht, was es ist, das mich so sehr für diesen Jungen einnimmt. Irgendwie ist er in all seiner Unperfektheit trotzdem wunderschön. Nach dem sagenhaften Input, den ich gestern Abend erhalten habe, fühle ich mich gesättigt genug, um an ihm zu riechen. Damit beschäftige ich mich zwei Stunden lang. Zwischendurch tauchen immer wieder Erinnerungen auf. Manche kann ich nicht zuordnen, aber die meisten stammen von unseren Wochen auf der Insel und eine davon sogar aus der Höhle, in der Nayo Erik gefangen gehalten hat. Während er weiter wie ein Stein schläft, fange ich an, unser Verhältnis zueinander zu ordnen. Wenn ich alles betrachte, was ich mittlerweile weiß, grenzt es entweder an ein Wunder, dass er immer noch an mir festhält, oder an Wahnsinn. Zuerst habe ich ihn nicht beachtet, dann habe ich Jakob vorgezogen und mich schließlich von Levian verwandeln lassen. Die paar Wochen, die wir irgendwo zwischen all dem Chaos miteinander hatten, sind ein Tropfen auf den heißen Stein gegen die Monate und Jahre, in denen ich ihn verschmäht habe. Wahrscheinlich muss man ein Heiler sein, um sich seine Liebe trotz all dieser Rückschläge zu bewahren.

Dann denke ich an Levian, der in diesem Moment wahrscheinlich halb wahnsinnig vor Kummer in unserer Schlafkammer sitzt und die Minuten zählt, bis ich zu ihm zurückkehre. Es gibt praktisch nichts, was ihn und Erik verbindet, sie sind das genaue Gegenteil voneinander.

Und ich? Wer bin ich eigentlich? Und wo gehöre ich hin? Ich konnte diese Frage noch nie so wenig beantworten wie in diesem Moment.

Da klopft es leise an der Tür. Ich schlüpfe vorsichtig aus dem Bett.

»Melek«, flüstert eine Stimme durchs Schlüsselloch. »Hier ist Mike. Ich weiß, dass du wach bist. Mach mir bitte auf!«

Weil ich nicht will, dass Erik aufwacht, gehe ich zur Tür und drehe leise den Schlüssel im Schloss. Dann schiebe ich mich hindurch und ziehe sie schnell wieder hinter mir zu.

»Was willst du, Tiersprecher?«

»Ich bin der Erzengel Michael, falls du das noch nicht weißt«, verbessert er mich.

»Ist mir egal. Was willst du?«

Daraufhin schüttelt er entrüstet den Kopf, kommt aber immerhin zum Punkt.

»Erik ist bereits der dritte Heiler, der die Talente in einen Endkampf führen soll«, wispert er. »Ich habe die zwei anderen vor ihm erlebt. Beide wurden von einem Warlord bedroht und schließlich hingerichtet. Und beide hatten ein Talent an ihrer Seite, das nicht wusste, wohin es gehört. Damit erübrigt sich schon die Frage, die du dir wahrscheinlich gerade stellst: Du bist keine Verräterin, Melek. Die Unentschlossenheit ist einfach dein Schicksal.«

Ich schüttele verblüfft den Kopf.

»Woher weißt du das alles?«

»Du bist als Faun genauso ungläubig wie als Mensch«, grummelt er. »Weil ich der Erzengel Michael bin, verdammt!«

Ich weiß weder, was ein Erzengel ist, noch was er mir damit sagen will, aber entgegen seiner Annahme bin ich absolut bereit, ihm Glauben zu schenken.

»Was willst du wissen?«, frage ich.

»Le Rouge und ich verstehen nicht, was der Auslöser für all das ist. Wenn wir es wüssten, würden wir vielleicht auch eine Lösung finden, die im Frieden anstatt im Krieg enden könnte. Hast du irgendeine Idee, was das Ungleichgewicht hervorruft, das alle paar Jahrhunderte zwischen den Faunen und den Talenten entsteht?«

Ich schüttele betrübt den Kopf.

»Nein. Ich bin selbst erst seit kurzem ein Faun. Ich verstehe noch viel weniger als ihr, was gerade passiert.«

Mike seufzt.

»Falls dir eine Idee kommen sollte, sag mir Bescheid!«

Ich nicke.

Er betrachtet mich tiefsinnig.

»Und es wurden dem Weibe zwei Flügel gegeben wie die eines Adlers«, sagt er dann.

Ich verstehe überhaupt nichts.

»Ich bin meistens eher eine Taube«, stelle ich klar.

Mike grinst und gibt einen Ton von sich, der mir wohl sagen soll, dass ich keine Ahnung von den Dingen habe, die gerade durch seinen wirren Kopf geistern.

»Hast du ihn wiederhergestellt?«, will er stattdessen wissen.

»Ja.«

»Dann hast du heute Nacht dein Schicksal erfüllt. Denk daran, wenn du zurück zu Levian gehst. Ich nehme an, das wirst du tun, oder?«

Wieder bringe ich nichts als ein sachtes Nicken hervor.

»Ich bringe es ihm schon bei. Erik ist Kummer gewöhnt. Er wird es überleben.«

Ich hoffe so sehr, dass er damit Recht behält. Die letzten drei Stunden, bevor unser Wecker klingelt, verbringe ich damit, mich langsam von Erik zu verabschieden. Es gibt weder einen Ort noch eine Zeit, in der wir jemals zueinanderfinden könnten. Alles, was wir haben, sind die wenigen süßen Momente, die wir unseren Welten abgerungen haben. Diese Nacht war einer davon. Weder wage ich selbst den Schritt zurück zu den Menschen noch könnte Erik ein Faun werden. Selbst wenn es funktionieren würde, ihn zu verwandeln, was ich für ausgeschlossen halte, gäbe es immer noch Levian.

Ich bleibe so lange, bis wir am Frühstückstisch sitzen und von den beiden verfeindeten Generälen darüber informiert werden, dass die Europatour vorerst abgesagt ist. Am Mittag soll der Flug zurück nach Frankfurt gehen. Le Rouge wird mitkommen, um Erik zu beschützen. Damit weiß ich Erik vorerst in Sicherheit, also lege ich meine Hand auf seinen Arm und sage ihm, dass ich jetzt gehen werde.

»Ich weiß«, sagt er. »Ich habe es die ganze Zeit gewusst. Aber du wirst wiederkommen.«

»Unser nächstes Treffen ist schon morgen Abend.«

»Dann bis morgen, Melek.«

Er zieht mich heran und küsst mich zum Abschied auf den Mund. Ich schließe die Augen und sauge zum letzten Mal seinen unwiderstehlichen Duft ein.

»Bis morgen, Erik.«

Ich gehe nach draußen, ohne mir anmerken zu lassen, dass mein Herz blutet. Hinter dem Hotelgebäude finde ich ein Gebüsch, in dem ich mich ungestört verwandeln kann. Ich breite meine Schwingen aus und steige hinauf zu den Wolken, die mich zurück zum Hohenfels führen werden.

***

Als ich zu Hause ankomme, bin ich auf Ärger vorbereitet. Ich war fast zwei Tage lang verschwunden und habe Levian nicht einmal gesagt, was ich vorhabe und wann ich wiederkommen werde. Entsprechend wenig bin ich überrascht, als ich ihn nicht in unserer Schlafkammer antreffe. Meine erste Vermutung ist, dass er sich bei Nayo aufhält und ihr sein Herz ausschüttet. Doch auch sie ist nicht in ihrem Zimmer. Ich warte so lange zwischen ihren zahlreichen Museumsgegenständen auf sie, bis mir von dem Anblick ganz schlecht wird und ich mich dazu durchringe, in der Nähstube nachzusehen, ob mein Gefährte sich vielleicht wieder mit Luzilla ablenkt. Aber auch dort habe ich keinen Erfolg: Bis auf eine einzelne Näherin, die sich mit dem Säumen zahlreicher Umhänge abmüht, ist niemand da.

Also bleibt mir nur noch ein Wesen, das mir vielleicht sagen kann, was sich in den letzten Tagen zugetragen hat, und das ist Sylvia. Ich muss ohnehin wissen, wie es ihr in der Zwischenzeit ergangen ist. Auf dem Weg zu den Verliesen komme ich an Leviatas Kammer vorbei. Auf gut Glück versuche ich es auch hier. Aber genau wie die anderen ist auch Levians Schwester spurlos verschwunden.

Als ich die Stufen hinab zu Sylvias Zelle nehme, ahne ich bereits, dass irgendetwas in der Luft liegt. Noch im Laufen nehme ich meine Menschengestalt an.

»Oh Melek«, begrüßt mich das Orakel, als sie mich im Lichtschein ihrer tausend Kerzen erkennt. »Was für ein Tag ist heute? Oder was für eine Nacht? Hast du Erik gerettet?«

»Ja«, sage ich. »Erik geht es gut. Heute ist der 8. August und draußen ist Nachmittag.«

»Danke«, sagt sie. »Ich komme völlig durcheinander in dieser ewigen Dunkelheit.«

»Weißt du, wo Levian und Nayo sind?«, frage ich.

Daraufhin weicht sämtliches Blut aus ihrem Gesicht.

»Sie sind wirklich weg?«

»Ja.«

In dem Moment passiert etwas Seltsames mit ihr. Ihre Gliedmaßen beginnen zu zucken und sie wirft den Kopf in den Nacken, als hätte sie einen Krampf oder irgendein anderes Menschenproblem. Dabei rollen ihre Augen in den Höhlen wie angeschnittene Pingpongbälle.

»Sylvia, was ist los?« frage ich ängstlich.

»Vier Faune, die losgezogen sind, einen Heiler zu vernichten«, dröhnt eine fremde Stimme aus ihrem Hals. »Niemand wird unbeschadet davonkommen. Sie alle werden den Zorn des Schicksals spüren und keiner wird wiederkehren, wie er einmal war.«

Ich schlage die Hände vor den Mund. Trotzdem entweicht mir ein spitzer Schrei.

»Sie wollen Erik umbringen?«, schluchze ich.

Sylvias Hände klammern sich um die Gitter ihrer Zelle. Atemlos drückt sie ihre Stirn dagegen, als hätte sie furchtbare Kopfschmerzen. Als sie mich ansieht, erkenne ich, dass die Vision vorbei ist, denn ihr Blick ist nun wieder klar.

»Melek, sie haben mich so lange drangsaliert, bis sie es herausgefunden haben. Leviata hat sich in meinen Geist eingeloggt und Fragen gestellt. Ich war noch nie besonders gut im Small-Think. Ich konnte sie einfach nicht abwehren. Anschließend haben sie verlangt, dass ich sie von Thanos entbinde. Sie sagten, ich würde es bitter bereuen, wenn ich mich weigere.«

Damit ist völlig klar, dass sie gegen die Regeln verstoßen wollen, die unser Orakel ihnen einst auferlegt hat.

»Aber warum sind sie überhaupt so aufgebracht?«, frage ich, obwohl ich bereits eine Ahnung habe.

Sylvia bekommt schon wieder wässerige Augen.

»Ach Melek, meine Verbindung zu Erik und dir war schon immer besonders stark. Ich weiß, was letzte Nacht zwischen euch vorgefallen ist. Und Leviata hat es mir leider entlockt. Es tut mir so leid ...«

Ich habe keine Ahnung, wie spät es ist, aber das Flugzeug mit Erik und seinen Begleitern müsste mittlerweile schon gelandet sein. Wo soll ich nun anfangen zu suchen? Auf der Rollbahn in Frankfurt? In der Nebenzentrale in Dautphe? Oder irgendwo dazwischen, mitten im Wald? Leider hat Sylvias Vision nicht einmal ansatzweise preisgegeben, wann und wo das nächste Attentat auf Erik stattfinden wird. Mir bleibt also nichts anderes übrig, als mich Stück für Stück vorzuarbeiten.

»Ich muss sie aufhalten«, sage ich.

Ich werfe einen letzten Blick auf Sylvia. Erst jetzt fällt mir auf, dass sie heute ganz anders aussieht als bei unserer letzten Begegnung. Ihre Kleider sind frisch und ihre Haut einigermaßen rein, da sie nun auf einer Decke schläft. Neben ihrem Kopfkissen liegt ein arg abgewetzter Teddybär, der garantiert in dem Rucksack von Jakob gesteckt hat.

»Ja, das musst du. Viel Glück, Melek«, sagt sie. Der Ausdruck in ihrem Gesicht ist umso vieles erwachsener als das Äußere des Mädchens, das ich vor mir in der Zelle sehe.

Die Wildheit der Faune

Es ist nichts Neues für mich, dass Mahdi über Leichen geht, um seine Ziele zu erreichen. Aber die Szene, die sich nach Meleks Verschwinden im Hotel zutrug, war trotz dieses Wissens kaum zu glauben. Mike und Le Rouge erging es genau wie mir, als wir auf dem Weg zur Rezeption den gedämpften Schuss aus Shirins Zimmer hörten. Was sich dort abgespielt hat, konnten wir nur erahnen, und doch war uns allen klar, dass der Warlord im Begriff war, seine unangetastete Position ganz oben in der Armee zu festigen, und zwar, indem er unliebsame Zeugen beseitigte. Kaltblütig stand Mahdi über dem toten Körper seiner Reiseleiterin und steckte gerade seine Pistole weg, als wir hereingepoltert kamen.

»Oh Muhammad«, flüsterte Mike. »Es sind Abgründe, in die die Macht dich führt.«

»Abgründe?«, gab der General zurück. »Sie hat soeben gestanden, dass sie den Killer auf Erik angesetzt hat. Sie war ein Spion der Dschinn.«

Le Rouge schüttelte fassungslos den Kopf.

»Sie war es nicht, die dich verraten hat«, stellte er klar. »Ich habe andere Kronzeugen. Und nun weiß ich, dass ich sie umso besser schützen muss.«

Mahdi war nicht anzusehen, ob er von dieser Äußerung des Franzosen enttäuscht war. Ungerührt beauftragte er seine Soldaten, Shirins Leiche verschwinden zu lassen und sich um die Angestellten im Hotel zu kümmern. Das Bündel mit Geldscheinen, das er ihnen zusteckte, hat mit Sicherheit dafür gesorgt, dass sich mittlerweile niemand mehr an den Blutfleck erinnern kann, der noch heute Morgen den Teppich besudelte.

Le Rouge hat mir in der Zwischenzeit erzählt, was innerhalb der letzten Wochen in der Führungsriege der Armee passiert ist. Seit dem Auftritt, den ich in Rom hingelegt habe, gibt es zahlreiche Stimmen, die Mahdis Vorgehen zwar nicht öffentlich verteufeln, aber doch immerhin hinter vorgehaltener Hand hinterfragen. Le Rouge hat ohne unser Wissen ganze Arbeit geleistet und all diejenigen Generäle kontaktiert, die für einen Widerstand gegen Mahdi in Frage kommen. Bis gestern war ihre Verbindung nichts weiter als eine lose Untergrundorganisation, vielleicht noch nicht einmal das. Aber nun, da der »rote General«, wie Melek ihn nennt, sich vor den versammelten Talenten von Wien gegen seinen Vorgesetzten gestellt hat, ist die Sache offiziell: Innerhalb der Armee brodelt es, Mahdi sieht sich nun einer Opposition gegenüber und kann nichts dagegen tun. Als deren Anführer bleibt Le Rouge fortan an meiner Seite. Für die ersten Nächte wird er sich zusammen mit seinen Soldaten in Anastasias Wohnung niederlassen. Vielleicht findet Jakob ja eine Gelegenheit, unsere Muskelprotzin solange woanders unterzubringen, sonst wird es ziemlich eng in ihrer Wohnung werden.

Als wir vom Flughafen nach Hause fahren, bitte ich Le Rouge daher, der Limousine vor uns ein Zeichen zu geben und an einer Raststätte anzuhalten. Mahdi hat immer noch mein Handy, das er vor jeder Reise einkassiert, um mich vom Kontakt mit der Außenwelt abzuschneiden. Das will ich wiederhaben, um Jakob anzurufen. Ich gehe hinüber zum Wagen des Generals und klopfe an die getönte Scheibe. Er macht ein genervtes Gesicht, als er sie herunterfährt.

»Was denn?«, blökt er mich an.

»Ich will mein Handy wiederhaben.«

Er greift in seine Jackentasche und knallt mir das Telefon wortlos in die ausgestreckte Hand.

»Danke«, sage ich. Die Scheibe fährt wieder nach oben. Mahdis Fahrer tritt aufs Gas und die Limousine rollt zurück auf die Autobahn. Während ich zu unserem Auto zurückgehe, schalte ich das Handy ein. Ich erwarte nicht, dass ich in der Zwischenzeit eine SMS bekommen habe, denn weder Jakob noch Sylvia sind dumm genug, Informationen zu verschicken, die am Ende doch nur bei Mahdi landen. Umso erstaunter bin ich, als das Gerät zweimal hintereinander piepst, kaum dass es Empfang bekommt. Ich öffne die Nachrichten und bleibe wie erstarrt stehen.

»Was ist los?«, fragt Le Rouge mich vom Rücksitz aus.

»Mein Anführer und unser Orakel teilen mir mit, dass vier Faune unterwegs sind, um mich aus dem Weg zu räumen«, stammele ich.

»Was?«

»Doch nicht Levian?«, fragt Mike alarmiert.

Im gleichen Moment packt mich jemand von hinten am Hals. Ich lasse das Telefon fallen und greife nach dem Arm, der mir fast die Luft abdrückt, aber vergebens. Es kribbelt an meinem Körper, als der harmlose Tankstellenwart in meinem Rücken Levians Menschengestalt annimmt.

»Gut kombiniert, Tiersprecher«, sagt er.

Sofort ziehen Le Rouge, Mike, der Fahrer und der Volltreffer, die sich noch im Wagen befinden, ihre Waffen. Ich höre einen spitzen Schrei von der Tankstelle her. Irgendein Mensch hat uns also bereits gesehen.

»Nicht gerade klug, ohne Orakel zu reisen«, findet Levian. Seine Stimme klingt fast spöttisch. Ich kann kaum glauben, dass er mich schon wieder in seiner Gewalt hat!

»Wir sind davon ausgegangen, uns eher gegen Menschen verteidigen zu müssen«, erklärt Le Rouge. »Wer auch immer du bist: Der Wagen mit deinen Feinden ist da vorn.«

Er deutet auf die Autobahn.

»Oh nein«, raunt Levian. »Mein Feind ist genau hier. Und jetzt nehmt die Waffen runter, sonst stirbt er schneller, als euch lieb ist.«

Die Talente stecken ihre Pistolen wieder ein. Mittlerweile hat sich ein Kreis von Schaulustigen gebildet, der von den hinteren Zapfsäulen her zu uns herübergafft. Wie dumm sind diese Leute eigentlich? Ein einziger Schuss in ihre Richtung reicht aus, um jemanden zu töten oder den Gastank in die Luft zu sprengen.

»Levian, das kannst du nicht machen!«, ruft Mike. »Du verstößt gegen das Bündnis. Thanos wird dich in Stücke reißen, wenn er wiederkehrt.«

»Ja, *wenn* er wiederkehrt! Orowar hingegen wird eine Möglichkeit finden, mein Vergehen milde zu bewerten. Ich denke, ich komme mit ein paar Jahrzehnten Strafdienst in der Wäscherei davon.«

Genau wie beim letzten Mal hält Levian mit einer Hand meinen Nacken gepackt, die andere greift um mein Kinn. Es braucht nur einen einzigen Ruck und er ist mich für immer los. Warum er es nicht gleich hier tut, verstehe ich nicht. Wahrscheinlich will er ungern noch mehr Aufmerksamkeit auf sich ziehen. Oder er braucht mich einfach als Schutzschild.

»Sag deinen Freunden Lebewohl, Erik«, murmelt er in mein Ohr.

Wir gehen rückwärts auf eine brach liegende, wild wuchernde Wiese hinter dem Parkplatz zu. Keiner der Talente traut sich, aus dem Auto zu steigen oder einen Schuss abzugeben. Erst als sie gänzlich aus unserem Gesichtsfeld verschwunden sind, dreht Levian mich ruckartig zu sich um. In seinen grünen Augen steht der blanke Hass.

»Du weißt, wie das geht«, sagt er. »Eine falsche Bewegung und du brichst dir selbst das Genick.«

Dann katapultiert er mich auf seinen Rücken und rennt in den Wald hinein. Ich schließe die Augen. Auf dieselbe Art hat er mich damals zu seiner Höhle gebracht. Man kann diese Raserei eine ganze Weile aushalten, bis irgendwann der Punkt kommt, an dem jedes Gleichgewichtsgefühl verloren geht. Herunterzufallen ist zumindest sinnlos und schmerzhaft. Also versuche ich, irgendwie oben zu bleiben, und halte mich an seinem Hals fest. An Flucht ist ohnehin nicht zu denken.

Levian rennt wie ein Wahnsinniger kreuz und quer durch den Wald. Vermutlich nimmt er unterwegs die Gefühle von Spaziergängern wahr und schlägt deshalb ständig diese Haken. Als er endlich irgendwo auf einer Lichtung stehen bleibt, ist mir schlecht. Ich taumele von seinem Rücken herunter, aber meine Beine geben nach und ich sinke ins Gras. Um die Übelkeit aus meinem Magen zu vertreiben, starre ich eine Weile auf die Wiese unter mir und atme tief durch. Dann erst wage ich es, wieder aufzuschauen.

Vor mir stehen Levian, seine Schwester, Nayo und ein weiterer weiblicher Faun, dessen Namen ich nicht kenne. Ich weiß nur, dass sie ebenfalls Ratsmitglied ist und sich besonders gern in der Nähe von Levian herumtreibt. Die feuerrote Lockenpracht auf ihrem Kopf erinnert mich ein wenig an Le Rouge.

»Es braucht vier von euch, um mich zu töten?«, bringe ich hervor.

Levian stößt einen verächtlichen Laut aus.

»Ich kann dich nicht töten, Erik«, sagt er. »Genauso wenig kann ich jemand anderen bitten, es für mich zu tun. Vielleicht hast du vergessen, dass ich es Melek einst versprochen habe.«

Ja, richtig. Die unmöglich zu brechenden Versprechen der Faune. Wer hätte gedacht, dass mir das noch einmal zugutekommen würde?

»Also warum seid ihr dann hier?«, frage ich verwirrt. »Soll ich wieder in einer Höhle verrotten? Denkst du, dass Melek mich dort nicht findet?«

Levians stechende Augen bohren sich in meine Brust. Er kommt auf mich zu und zieht mich hoch, klemmt meinen rechten Arm unter seiner Achsel fest, während er mit der Hand den anderen packt. Seine freie Linke greift in meinen Nacken. Erst in diesem Moment wird mir bewusst, was er vorhat. Wenn er mich schon nicht töten kann, dann will er wenigstens meine Seele austrocknen. Deshalb hat er auch Verstärkung mitgebracht.

»Das wird nicht funktionieren«, keuche ich. »Ich verpasse dir nur eine Überdosis.«

»Eine von den anderen wird es schaffen«, sagt Levian überzeugt. Dann presst er seine Lippen auf meinen Mund und beginnt zu saugen. Ich bin nicht bereit, mich ihm hinzugeben wie Melek. Die Intensität, mit der meine Emotionen die Seele meines Gegenübers füllen, kann ich mittlerweile durchaus beeinflussen. Ich sage ihnen, dass sie alles geben müssen. Ein Fließen und Flattern ist mir zu wenig. Sie sollen rauschen und reißen. Die Gefühle, die Melek während der letzten Nacht in mir geweckt hat, sind frisch und stark. Sie hauen Levian regelrecht um. Schon nach wenigen Momenten wird der Druck seiner Lippen schwächer. Dann beginnt er zu schwanken und lässt meine Arme los. Im Normalfall würde ich ihn jetzt zusammenbrechen lassen, damit er zu Boden sinken und seinen Rausch ausschlafen kann. Aber dafür bin ich auf einmal zu wütend. Die wilden Dschinn-Emotionen in mir melden sich zurück. Ich halte Levian fest und küsse ihn weiter.

»Lass ihn! Lass ihn, du bringst ihn um!«, schreit jemand. Einen Moment später reißt Leviata uns auseinander und ich blicke in das nächste Paar grasgrüner Augen. Sie blitzen nicht weniger vor Zorn als die von Levian. Kaum dass ihr Bruder in seine rettende Ohnmacht gekippt ist, packt sie mich und übernimmt seinen Job. Ihre Lippen fühlen sich weicher an, doch ihr Griff um meinen Körper ist genauso erbarmungslos. Ich konzentriere mich auf mein Talent und zeige ihr, wozu es fähig ist. Es dauert nicht lange und auch Leviatas Kraft verliert an Intensität. Ein Gefühl des Triumphes erfüllt mich. Gleichzeitig kommt so etwas wie Müdigkeit in mir auf, doch ich bin noch lange nicht an dem Punkt, an dem ich mich wirklich schwach fühle. Leviata sinkt in meinen Armen zusammen. Genau wie zuvor sorgt auch jetzt eine unbekannte Aggression in meinem Inneren dafür, dass ich keine Gnade mit ihr walten lasse. Diesmal ist es ihre rothaarige Freundin, die sich zwischen uns wirft.

Ich schicke ihr einen warnenden Blick. Erst weicht sie einen Schritt vor mir zurück, doch dann erinnert sie sich daran, was ihr Auftrag ist. Wahrscheinlich hat sie Levian ein Versprechen abgegeben und kann gar nicht anders, als sich in ihr Schicksal zu fügen. Trotzdem ist ihr Mund verkniffen, als sie ihn um meine Lippen schließt und zu saugen beginnt. Es dauert keine Minute, bis ich mit ihr fertig bin. Dann steht auf einmal Nayo neben mir und rüttelt an uns.

»Erik, bitte! Du wirst von Mal zu Mal wilder«, jammert sie.

Ich lasse die Rothaarige achtlos zu Boden sinken und stampfe auf sie zu. Nayo weicht mir aus, bis sie über eine Wurzel stolpert und auf den Hosenboden fällt.

»Ach ja?«, fahre ich sie an. »Ihr wart es doch, die damit angefangen haben.«

»Ich weiß«, schluchzt sie mit roten Augen, aus denen dennoch keine Tränen fließen. »Levian war verzweifelt, wir wollten ihm helfen.«

Ich bleibe vor ihr stehen und schaue auf sie hinab. Der Anblick, den sie bietet, wie sie sich da vor meinen Füßen auf dem Boden windet, erfüllt mich mit Genugtuung.

»Hast du ihm geschworen, bei der Sache mitzumachen?«, frage ich.

Sie gibt ein zögerliches Nicken von sich.

»Dann steh auf und stell dich!«

Ich muss aufpassen, dass ich nicht umfalle, denn mittlerweile fühle ich mich etwas wacklig auf den Beinen. Entweder handelt es sich dabei um das erste Anzeichen von Schwäche oder mein Körper ist einfach nicht an solche Mengen von Adrenalin gewöhnt.

Nayo schluckt ein paarmal, dann erhebt sie sich langsam. Sie weiß genau, was sie erwartet, und sie ist die Letzte. Nach ihr wird niemand kommen, um sie von mir wegzureißen. Und da ich augenscheinlich kein Erbarmen mit Leuten kenne, die mich heimtückisch entführen, um meiner Seele den Todesstoß zu verpassen, ist ihr auch klar, dass ich stattdessen ihr diese Ehre zukommen lassen werde.

Im Gegensatz zu den anderen hält Nayo es nicht für nötig, mich mit den Armen zu umschließen wie ein Schraubstock. Sie tritt nur an mich heran und legt die Hände an meine Wangen. Dann küsst sie mich, aber ohne zu saugen. Ich mache mich los.

»Wehr dich, oder du wirst ein Mensch!«

Das überzeugt sie dann wohl doch. Die Aussicht auf ein derart unperfektes und noch dazu kurzes Leben, wie wir Menschen es führen, ist für die meisten Faune schlimmer als der Tod. Nayos Zungenspitze wandert in meinen Mund und kurz darauf ergreift mich der bekannte Sog. Ich schicke ihr so viel von meiner Droge, bis sie zu zittern beginnt. Fast gleichzeitig merke ich, dass es mir nun ebenfalls reicht. Es sind noch genug Gefühle übrig, um sie umzubringen. Aber ihr Strom ist schwerfälliger geworden und auch mein Körper sehnt sich nach Ruhe. Ohne unseren Kontakt zu unterbrechen, schaue ich Nayo direkt in die Augen. Da sehe ich etwas, das mich zutiefst überrascht: Erst ist es nur ein Glitzern, dann sammelt sich eine klare Flüssigkeit am unteren Lidrand und schließlich tropfen zwei Tränen heraus, die wie Perlen über ihre Wangen rinnen. Ich lasse sie los.

»Du weinst«, bringe ich hervor, während ich ein paar Schritte zurückstolpere und an meine Brust fasse. Ich bekomme kaum noch Luft. Ein weiterer Faun wäre wahrscheinlich wirklich zu viel für mich gewesen.

Nayo kann nichts mehr darauf sagen. Ihre Hand fasst an ihre Wange und ihr Gesicht zeigt einen seltsam entrückten Ausdruck. Dann kippt sie ebenfalls um.

Ich blicke zurück und sehe auch die anderen drei vollkommen reglos auf dem Boden liegen. Das ist also übrig von der viel gerühmten Stärke der Faune. Wie oft musste ich mir von meiner eigenen Truppe anhören, dass ich überhaupt nichts kann, außer Tunicas zu küssen. Und jetzt bin ich der Einzige, der noch aufrecht steht, während der große Levian und seine Komplizinnen nichts mehr zu bieten haben. Ich bin immer noch bewaffnet. Der Gedanke, ihnen mit meiner Pistole oder meinem Messer den Rest zu geben, schwirrt durch meinen Kopf. Aber da ist auch der alte Erik, der ihn erfolgreich beiseitedrängt. Die wilden Dschinn-Emotionen machen mich zu einem völlig neuen Menschen. Ich habe mich noch nie so überheblich und aggressiv gefühlt wie jetzt. Aber auch selten so gut.

Ich setze mich mitten zwischen die Faune ins Gras und feiere meinen Sieg. Lange wird das Gefühl wahrscheinlich nicht anhalten. Für den Moment jedoch genieße ich es.

Erst nach einer guten halben Stunde habe ich mich an der Szene sattgesehen. Ich frage mich, wo ich eigentlich bin und welche Möglichkeiten ich habe, Le Rouge und Jakob davon in Kenntnis zu setzen, dass ich noch am Leben bin. Als ich mich umsehe, erkenne ich die Lichtung, auf der wir uns befinden. Levian hat sie bereits zum zweiten Mal für einen Überfall ausgewählt, wahrscheinlich, weil sie so tief mitten im Wald liegt, dass sich kaum je ein Wanderer hierher verirrt. Es ist derselbe Platz, an dem er damals in Jakobs Gestalt Melek aufgelauert hat. Ich bin also irgendwo auf einem Berg über Biedenkopf. Das ist gut, denn selbst zu Fuß wird der Weg nach Hause nicht länger als zwei oder drei Stunden dauern. Mir wird wohl nichts anderes übrig bleiben, als die Faune hier liegen zu lassen. Vor morgen Abend werden sie garantiert nicht wieder zu sich kommen.

Mittlerweile ist die Dunkelheit über uns hereingebrochen. Ich schaue hinauf in die Sterne und finde Pegasus. Was wird Melek wohl dazu sagen, dass ich ihrem Gefährten und ihren Freundinnen gezeigt habe, wozu ein Heiler so alles fähig ist?

Ich muss nicht mehr lange darüber nachdenken, denn keine zwei Minuten später landet die weiße Taube neben mir im Gras, mit der ich mittlerweile so viele intensive Erinnerungen verbinde. Auf der Stelle verwandelt sie sich und nimmt ihre echte Gestalt an.

»Erik! Was hast du getan?«, stammelt sie. Ihr Blick schweift zwischen Levian und den drei anderen hin und her.

»Was *ich* getan habe?«, frage ich gereizt. »Ich habe mich gewehrt, Melek, das ist alles. Dein Gefährte und seine Freundinnen haben versucht, mich auszusaugen. Frag Levian, was er sich dabei gedacht hat.«

Panisch sinkt sie neben ihm ins Gras und untersucht ihn. Eigentlich könnte sie sich die Prozedur sparen, denn die Tatsache, dass sein Körper noch da ist, sagt ihr ja wohl genug. Die Signale, die sie trotz allem von Levian empfängt, beruhigen sie anscheinend.

»Es ist nur eine Überdosis. Er wird es schaffen«, diagnostiziert sie.

Das macht mich ärgerlich.

»Ja, stell dir vor: Alle vier werden es schaffen«, maule ich sie an. »Ich habe darauf verzichtet, ihnen die Kehlen durchzuschneiden, nachdem ich mit ihnen fertig war. Fraglich ist nur, ob Levian dasselbe für mich getan hätte, wäre er in meiner Situation gewesen.«

Zum ersten Mal seit ihrer Landung schaut Melek mich nun direkt an. Dann zeigt sie ein kleines Lächeln.

»Gehen deine wilden Dschinn-Emotionen mit dir durch?«

»Ich vermute ja.«

»Ich mag sie. Vielleicht hält sich ja was davon.«

Daraufhin grummle ich nur etwas und warte, bis sie mit der Untersuchung ihrer Freunde fertig ist. Das Ergebnis entspricht natürlich den Tatsachen, die ich ihr eben schon klargemacht habe.

»Und nun?«, frage ich. »Fliegst du uns alle zum Hohenfels zurück?«

»Nein, das ist ein wenig umständlich, findest du nicht?«

»Was willst du stattdessen tun?«

»Ich verständige deinen Anführer. Er sucht in den Wäldern von Buchenau nach dir. Mit seinem Auto ist der Rücktransport einfacher.«

Dieser Vorschlag behagt mir ganz und gar nicht. Ich will, dass Melek sich in Pegasus verwandelt und mit mir davonfliegt, so weit sie nur kann. Ich will, dass sie Levian in dem Schlamassel liegen lässt, den er sich selbst eingebrockt hat. Der Ausdruck in meinem Gesicht macht ihr unmissverständlich klar, was ich von der Sache halte.

»Ach Erik«, sagt sie und schwebt zu mir heran, legt ihre Hand an meine Wange und streichelt sanft darüber. »Ich bin froh, dass dir nichts passiert ist.«

Ich will sie näher an mich heranziehen, doch sie macht meine Hände von ihrer Hüfte los.

»Ich hole jetzt Jakob. Reg dich nicht zu sehr auf.«

Dann verwandelt sie sich vor meinen Augen in die Taube, ehe ich etwas erwidern kann, und fliegt in den Nachthimmel hinauf. Ich vermag den Zorn kaum zu bändigen, der mich bei diesem Anblick überkommt.

»Das ist Mist, Melek, hörst du?«, schreie ich ihr hinterher. »Du gehörst zu mir! Komm gefälligst zurück!«

***

Ich bin gerade mal einen oder zwei Kilometer weit gelaufen, da sehe ich bereits den Lichtschein von Jakobs Land Rover hinter mir auf dem Waldweg auftauchen. Als hätte ich nichts bemerkt, laufe ich stur weiter, so lange, bis Jakob den Wagen neben mir herrollen lässt und das Fenster herunterkurbelt.

»Was soll das, Erik?«, fragt er mich, »nimm dich zusammen und steig ein.«

Ich werfe einen Blick in den Wagen und sehe Melek auf dem Beifahrersitz thronen. Allein das regt mich schon genug auf, um wortlos weiter geradeaus zu laufen. Mit Sicherheit liegen die vier Faune auf der heruntergeklappten Rücksitzbank. Denkt er etwa, ich würde mich irgendwo dazwischenquetschen?

Als ich nicht reagiere, hält Jakob den Wagen an und erteilt Melek einen Befehl. Ich höre ihn ganz deutlich.

»Hol ihn rein, Engelchen!«

Was bildet er sich eigentlich ein? Eine Sekunde später spüre ich Meleks Hand auf meinem Arm. Ich könnte mich jetzt dagegen wehren, aber der Ausgang dieses Kampfes wäre ziemlich beschämend für mich. Also gebe ich meinen

Widerstand auf und lasse mich von ihr zum Auto zerren. Zum Glück bleibt es mir wenigstens erspart, die Rücksitzbank mit denselben Wesen zu teilen, die mich gerade eben noch vernichten wollten. Melek öffnet mir die Beifahrertür und nachdem ich mich hineingesetzt habe, hockt sie sich ganz selbstverständlich auf meinen Schoß. Dieser Umstand befriedigt mich genug, um für den Rest der Fahrt den Mund zu halten. Ich schließe meine Arme um ihren Bauch und vergrabe meine Nase in ihrem Haar. Ihre Finger verhaken sich mit meinen.

Oben auf dem Hohenfels steigt sie aus, um gemeinsam mit Jakob die bewusstlose Ladung über den Kofferraum zu bergen. Ich helfe ihnen nicht, sondern bleibe stur sitzen. Melek winkt mir zum Abschied. Dann fahren wir weiter nach Dautphe. Die ganze Zeit über starre ich zum Fenster hinaus und versuche, in mich hineinzuhorchen. Doch meine Seele ist zu aufgewühlt, um einen klaren Lagebericht über ihren Zustand abzugeben.

»Wie geht es dir?«, fragt Jakob überflüssigerweise.

»Prächtig!«, antworte ich angriffslustig. »In den letzten 24 Stunden musste ich mich mit diversen Mordanschlägen auf mich auseinandersetzen. Daneben hat mein Talent mal wieder gestreikt und Mahdi hat Shirin eine Kugel in den Kopf geschossen. Dass Melek jetzt gerade Levian zu Bett bringt, obwohl er versucht hat, mich auszusaugen, ist so ziemlich die Krönung des Tages. Und da fragst du mich, wie es mir geht?«

Die Verwirrung, die durch meinen Ausbruch in Jakobs Gesicht tritt, putscht mich nur noch mehr auf. Er ist wohl der Meinung, ich müsste allzeit über den Dingen stehen und mich ergeben dem Wahnsinn des Schicksals beugen. Aber da hat er sich getäuscht.

»Ich hätte diesen verfluchten Dschinn eine Kugel in den Kopf jagen sollen, als ich die Gelegenheit dazu hatte«, stelle ich klar.

Jakob fährt schweigend weiter und wartet, bis ich mit meiner Hassrede auf Levian und alle anderen Faune dieser Welt fertig bin. Dann schaut er mich scheel von der Seite an und fragt: »Was ist eigentlich mit dir los?«

»Was mit mir los ist?«, keife ich ihn an. »Ich habe vier verfluchte Faune besiegt. Und dabei haben sie mir ihre verdammte Wildheit übertragen. Das ist mit mir los!«

Er lacht.

»Genau der richtige Moment, um die Generäle in Kenntnis zu setzen«, befindet er.

Ich bin absolut nicht seiner Meinung. Und doch kann ich nichts dagegen tun, dass er seinen Land Rover Richtung Dautphe steuert und zwischenzeitlich Le Rouge informiert, dass wir gleich da sein werden. Als wir den Wohnblock erreichen, verzichte ich auf eine Auseinandersetzung mit ihm, um nicht irgendwelche schlafenden Kinder zu wecken, weil wir beide uns mitten im Hof miteinander prügeln. Also schleiche ich notgedrungen hinter ihm her zum Nebenquartier, um den einzigen Menschen zu treffen, den ich in diesem Moment noch mehr verachte als Jakob.

»Du hast es also überlebt«, stellt Mahdi fest, als ich über die Türschwelle trete. »Es wundert mich immer mehr, wie widerstandsfähig du bist.«

Darauf sage ich nichts.

»Wenn ich nicht wüsste, wie sehr deine große Liebe an diesen vier Dämonen hängt und wie abhängig du von ihrer Zuneigung bist, würde ich jetzt dafür sorgen, dass dein Anführer einen Kopf kürzer gemacht wird, weil er sie hat entkommen lassen.«

In dem Moment geht die Tür auf und Le Rouge, seine Soldaten und Mike kommen herein. Mahdi wird bei ihrem Anblick sichtbar gehemmter, doch immer noch spricht die reine Überheblichkeit aus seiner Art, zu kommunizieren.

»Sieh an, da ist ja auch der General, der für den Schutz des Heilers sorgen wollte, weil ich es ja angeblich nicht kann«, dröhnt er.

Le Rouge beachtet ihn gar nicht. Er kommt sofort auf mich zu.

»Erik«, seufzt er. »Du bist unversehrt.«

Zum ersten Mal fällt mir auf, dass ich seinen französischen Akzent furchtbar lächerlich finde. Gerade noch rechtzeitig halte ich das Grinsen zurück, das mich deswegen heimsuchen will. Er packt mich mit beiden Händen an den Schultern und tut mir seine Erleichterung mit deutlichem Krafteinsatz kund. Einmal mehr wundere ich mich darüber, wie viel Power in diesem kleinen roten Kerl steckt.

»Was ist passiert?«

So knapp wie möglich berichte ich ihm alles, was sich ereignet hat, seit Levian mich von seiner Limousine weggezogen hat. Le Rouge hört zu und seine Augen strahlen vor Begeisterung. Als ich erzähle, dass Nayo geweint hat, wird er hellhörig.

»Du meinst ... es waren echte Tränen? Kein Regen oder so was?«

»Natürlich nicht!«, fahre ich ihn entrüstet an. Der General macht große Augen und betrachtet mich skeptisch.

»Kann es sein, dass ihr euch gegenseitig ein paar eurer Eigenschaften übertragen habt?«, fragt er.

»Ich nehme es an.«

Mike stößt ein heiseres Lachen aus. Aber er kommt nicht dazu, uns darüber in Kenntnis zu setzen, was er an der Sache so lustig findet, denn zuvor mischt sich wieder Mahdi ein.

»Oh, das ist ausgezeichnet«, sagt er. »Im besten Fall haben wir jetzt vier verweichlichte Faune und endlich einen Heiler, der bereit ist, ein Schwert in die Hand zu nehmen.«

»Vergiss es«, zische ich zu ihm hinüber. »Mir wurde kein neues Gehirn eingepflanzt. Ich bin einfach nur aggressiv.«

Mahdi lächelt.

»Das wird deiner Dschinniya-Hexe wahrscheinlich gefallen. Ich denke, du warst noch nie so nahe dran, sie zurückzubekommen. Nur schade, dass du niemanden mehr hast, der dir ihre Erinnerungen an früher zur Verfügung stellen kann.«

Er will mich also schon wieder ködern. Noch vor ein paar Stunden war mein Leben ihm wertlos genug, um es einfach zu opfern. Jetzt sieht er plötzlich wieder die Chance, mich für seine Zwecke zu gebrauchen. Für wie dumm hält er mich eigentlich? Einer plötzlichen Eingebung folgend mache ich einen Schritt auf ihn zu. Jakob packt mich am Oberarm. Ich schüttele seine Hand ab.

»Ich schwöre dir, selbst wenn die Welt über mir zusammenbricht, werde ich mich dir nicht anschließen«, raune ich Mahdi zu. »Du und ich werden niemals gemeinsame Sache machen. Ich widersetze mich dir bis zum Letzten!«

Eines von Mahdis Augenlidern beginnt zu zucken. Ich kenne diesen Anblick. Wie gewohnt holt er mit seiner Rechten aus, um mir seinen Handrücken ins Gesicht zu pfeffern. Er hat das schon so oft getan, dass es eine reine Reflexbewegung für ihn geworden ist. Doch diesmal saust mein Ellbogen hoch und fängt seinen Schlag ab, bevor er mich erreicht. Das überrascht ihn dermaßen, dass er nicht schnell genug reagiert. Meine Faust landet direkt auf seiner Nase. Es gibt ein knirschendes Geräusch, als der Knochen bricht. Der General taumelt ein Stück rückwärts und fasst sich benommen ins Gesicht. Ein Blutschwall ergießt sich über sein schwarzes Designerhemd. Aber das ist nichts gegen den Blick, mit dem er mich ansieht. Es steht völliges Unverständnis darin und totale Entrüstung. Schon lange habe ich nichts mehr gesehen, das eine derart erheiternde Wirkung auf mich hatte.

»Das war für Jakob«, sage ich.

Mahdis Augen blitzen. Er wischt sich mit dem Handrücken über die Nase und zieht dabei eine Blutspur durch sein Gesicht. Sein Blick schweift hinüber zu seinen Soldaten. Gleichzeitig mit Le Rouge und seinen Begleitern ziehen sie ihre Waffen. Die einen richten ihren Lauf auf mich, die anderen auf Mahdi.

»Ihr wagt es, euren obersten General zu bedrohen?«, schreit er. »Das ist Meuterei!«

»Ist es nicht, denn du willst gerade zum zweiten Mal unseren Heiler umbringen«, sagt Le Rouge gefasst.

Ich bekomme ein schlechtes Gewissen, weil ich gerade eben noch so abfällig über ihn gedacht habe. Was wäre ich nur ohne den Franzosen, der mich mittlerweile im Stundentakt vor dem sicheren Tod bewahrt?

»Stopp. Wartet, wartet!«, schaltet sich Mike ein und tritt mitten in die Schusslinie beider Seiten. »Nehmt die Waffen runter, ich kann das erklären.«

Die Generäle und Soldaten sehen einander unsicher an. Ihnen ist allen klar, dass dies vielleicht die einzige Möglichkeit ist, aus der Situation herauszukommen, ohne dabei ihr Gesicht zu verlieren. Le Rouge lässt schließlich seine Pistole sinken. Dann zieht Mahdi auch seine Soldaten zurück. Dabei spricht die Überheblichkeit aus ihm, weil er nicht als Erster nachgegeben hat. Ich verabscheue ihn zutiefst.

»Ich kenne das alles«, sagt Mike. »Wir befinden uns mitten in einer Schicksalsspirale, die sich ständig wiederholt. Erik ist nicht der erste Heiler, den die Faune erwischt haben. Es passiert alles wieder und wieder.«

»Er hat mir die Nase gebrochen«, faucht Mahdi.

»Egal. Andere haben in diesem Zustand ganze Tempel verwüstet.«

Ich kann kaum glauben, was ich da höre. Das erklärt auch, warum Mike vorhin so seltsam gelacht hat, als er von der Übertragung zwischen den Dschinn und mir erfahren hat.

Es gibt noch eine längere Diskussion zwischen den Generälen über den weiteren Umgang mit mir. Ich lehne mich ans Fensterbrett und höre ihnen dabei zu, wie sie über meine Zukunft bestimmen. Dabei zuckt mir schon wieder die rechte Hand.

Schließlich entscheiden sie lediglich, dass ich wegen meiner plötzlichen Unberechenbarkeit vorerst unter Beobachtung stehe. Die Orakel von beiden Generälen sollen mich also regelmäßig durchchecken. Das ist nichts wirklich Neues für mich. Was außerdem jeder von ihnen im Geheimen für sich selbst plant, kann ich nur erahnen. Am Ende gehen wir in einer Art Waffenstillstand auseinander, aber jeder weiß, dass es mit jedem Vorfall dieser Art mehr zwischen unseren Lagern brodelt. Bis zu einer Entscheidung innerhalb der Armee darf es nicht mehr lange dauern, sonst zerfleischen wir uns vorher noch gegenseitig.

Als wir das Gebäude verlassen, taucht plötzlich Jakobs hochgewachsene Gestalt neben mir auf. Aus dem Augenwinkel sehe ich ein winziges Schmunzeln in seinem Gesicht, während er neben mir herläuft.

»Wolltest du nicht eigentlich die Linke hinhalten?«, fragt er schließlich.

»Diese Zeit ist vorbei«, sage ich patzig.

»Gut so.«

Am Eingang zu Anastasias Wohnung bleibt er stehen und streckt mir die Hand entgegen. Mein Blick bleibt auf seiner krummen Nase hängen.

»Danke für die Revanche«, sagt er.

Ich schlage ein und nicke ihm zu.

»Hätte ich Genugtuung für mich selbst gefordert, wäre jetzt keiner von uns mehr am Leben«, erwidere ich.

Jakob lacht, doch es klingt bitter.

»Vielleicht bekommst du bald die Gelegenheit dazu. Ich glaube, dieser Tag ist nicht mehr allzu fern.«

Er hat Recht. So sehr ich auch hoffe, dass Le Rouge den Endkampf abwenden kann, so sicher weiß ich, dass wir alle noch nicht miteinander fertig sind. Mahdi und ich. Levian und ich. Melek und ich. Nicht mehr lange und das Schicksal wird uns zeigen, was es wirklich mit uns vorhat.

Die Zeichen einer neuen Zeit

Von Mahdis schäbigem Balkon aus blickt man auf die andere Seite von Dautphe, die mit den Neubauten und schnuckeligen Vorgärten. Wie deprimierend muss es für die echten Bewohner dieser Häuser sein, die vorgegaukelte Idylle vor ihrer Nase präsentiert zu bekommen, während an den eigenen vier Wänden der Putz abbröckelt und die Ecken von schwarzen Schimmelattacken heimgesucht werden?

Jakob sitzt mit dem Rücken zu mir auf dem Balkon und ist auf ein Blatt Papier in seinen Händen konzentriert. Genau wie ich hat mein Anführer vor der Diskussion, die drinnen tobt, das Weite gesucht. Seit Le Rouge aus unserer Revolution eine offizielle Opposition gemacht hat, geben die Generäle sich praktisch die Türklinke in die Hand. Ständig schneit irgendjemand in Mahdis Büro herein und Mike hat alle Hände voll zu tun, aus zahlreichen Sprachen zu übersetzen, weil nicht jeder gut genug Englisch spricht. Heute sind zwei von Le Rouges Verbündeten da, General Iwanov aus Russland und General Chamlong aus Thailand. Sie machen Mahdi die Hölle heiß.

Anfangs fand ich diese Treffen spannend. Mittlerweile fangen die politischen Auseinandersetzungen innerhalb der Armee an, mich zu langweilen. Früher wäre mir so etwas nie passiert. Der alte Erik hätte jede Sekunde genau hingehört und alle Argumente gegeneinander abgewägt. Doch das Wesen, das die vier Faune aus mir gemacht haben, wird schon nach kurzer Zeit ungeduldig. Seit der Attacke sind nun zwei Wochen vergangen. Die schlimmste Aggression ist mittlerweile verflogen. Und dennoch geht regelmäßig mein Temperament mit mir durch. Es braucht nur einen kleinen Anlass und in meiner Seele brodelt es. Ich bin wie ein Vulkan, der bei der geringsten Erschütterung seiner Fundamente ausbricht. Ob sich das jemals wieder ganz geben wird, weiß ich nicht. Mike sagt Nein.

Ich räuspere mich und Jakob fährt zusammen.

»Erik«, stöhnt er, als er sich zu mir umdreht. »Neuerdings beherrschst du sogar die Kunst des Schleichens.«

Mir geht auf, dass an der Sache wahrscheinlich etwas dran ist. Ich nehme mir vor, die nächstbeste Gelegenheit zu nutzen, um es irgendwo im Unterholz draußen im Wald zu testen. Dann werfe ich einen Blick über Jakobs Schulter und sehe, woran er gerade so konzentriert gearbeitet hat: Vor ihm liegt ein Blatt Papier, auf das er mit Bleistift die Umrisse einer weißen Taube gemalt hat. Ihr Gesicht hat bereits Kontur und Schatten, an den Flügeln ist er gerade dran. Ich bin ziemlich erstaunt, wie gut er das kann. Bisher habe ich ihn nur diverse Bannzeichen entwerfen sehen. Schon dabei hätte mir auffallen müssen, wie kreativ sie allesamt sind. Keines dieser Zeichen gleicht vollkommen dem anderen – mein eigenes am allerwenigsten. Aber das entstand ja auch in einer Ausnahmesituation.

»Das ist gut«, sage ich. »Hat es einen besonderen Grund, dass du das zeichnest?«

»Es wird eine Tätowierung«, murmelt Jakob und wendet sich wieder dem Flügel zu, an dem er gerade gearbeitet hat.

»Sehr gut. Wann stichst du sie mir?«

Nun legt er den Stift beiseite und schaut mich verärgert an.

»Sie war eher für mich gedacht.«

»Auch recht. Du stichst sie mir und ich dir. Oder hast du jemand anderen, der mit einer Eins in Kunst aufwarten kann?«

Jakob schüttelt entrüstet den Kopf.

»Es ist mein Motiv. Ich habe es nur für mich entworfen.«

»Nein, es ist das Zeichen der Revolution«, stichele ich weiter. »Und da wir sie praktisch gemeinsam ins Leben gerufen haben …«

»Erik! Warum kannst du mir nichts für mich allein lassen, was mit Melek zu tun hat? Du siehst sie alle zwei Tage im Wald. Reicht dir das nicht?«

Damit trifft er den Nagel auf den Kopf. Es reicht mir nicht. Seit der Sache mit Levian ist Melek zerrissener denn je. Es gibt Nächte, da komme ich ihr fast so nahe wie in Wien, und dann ist sie, aus unerfindlichen Gründen, wieder tagelang unnahbar und kühl. Wenn ich zum Jungfernbrunnen gehe, weiß ich nie, wie sie mir diesmal begegnen wird. Dafür sorgen die Gewissensbisse, die sie Levian gegenüber hat. Kommt dann noch ein Vollmond-Ritual hinzu, wie gestern, so bin ich praktisch Luft für sie. Ich habe immer noch die Hoffnung, dass sie irgendwann eine endgültige Entscheidung für mich trifft, aber die wird von Tag zu Tag kleiner.

Ich überlege noch, ob ich einen Streit mit Jakob anfangen soll oder nicht, als die Balkontür sich öffnet und der rote Schopf von Le Rouge darin auftaucht.

»Mahdi will euch sprechen«, sagt er. »Er hat ein neues Mitglied für eure Truppe besorgt – einen Volltreffer.«

»Nein«, entgegne ich erregt. »Unsere Truppe ist vollständig. Das werden wir nicht akzeptieren.«

Ich werfe Jakob einen Blick zu und stelle erleichtert fest, dass er ausnahmsweise mal meiner Meinung ist.

»Kommt bitte einfach rein und seht sie euch an.«

Man kann ihm schlecht die Stirn bieten, schon allein weil er der erste General ist, der »bitte« sagt. Also folgen Jakob und ich ihm missmutig zurück in das stickige Büro.

»Dreh nicht wieder durch«, flüstert Le Rouge mir zu, als wir eintreten. Ich will versuchen, mich an seinen Ratschlag zu halten. Seit dem Tag, an dem ich Mahdi die Nase gebrochen habe, haftet mir der Ruf eines Raufbolds an, obwohl ich seither niemanden mehr geschlagen habe. Andersherum hat Mahdi seine Fäuste plötzlich überraschend gut im Griff. Verbale Aussetzer hingegen hatten wir beide praktisch jeden Tag.

Als ich sehe, wen der General als Verstärkung für uns aus dem Nähkästchen gekramt hat, bin ich so überrascht, dass ich erst mal gar nichts herausbringe. Es ist Leonie, das Mädchen, das ich vor einigen Wochen in unserer Nachbarschaft geheilt habe. Das Bild, das sie neben all den hartgesottenen Generälen und Soldaten im Raum abgibt, ist auf sonderbare Weise anrührend: Sie trägt ein enges grünes Minikleid über Leggins und schwarzen Springerstiefeln. Es betont ihre weiblichen Rundungen und lässt sie gleichzeitig tough aussehen. Auf der einen Seite kommt sie mir irgendwie gefährlich vor. Auf der anderen verspüre ich den Drang, sie so weit wie möglich aus Mahdis Reichweite zu zerren und mich schützend vor sie zu stellen.

»Erik«, begrüßt sie mich überschwänglich. »Der Posten in meiner Truppe war längst neu besetzt. Keiner hat mehr Verwendung für mich.«

Dann sucht sie Jakobs Blick.

»Kannst du mich brauchen, und sei es nur zur Aushilfe?«

»Das ist ein sehr verlockendes Angebot«, sagt Jakob freundlich. »Aber ich muss es leider ablehnen, denn sonst besteht die Möglichkeit, dass unsere echte Volltrefferin nicht wieder reaktiviert wird.«

Die Wahrheit ist: Wir brauchen garantiert kein weiteres Talent, das wir genau wie Kadim alle paar Tage zu einem sinnlosen Erkundungsgang in den Wald schicken müssen. Unser kränkelnder Pakt mit den Faunen ist immer noch ein Geheimnis. Und das muss er auch bleiben. Le Rouge hat uns geraten, äußerste Vorsicht an den Tag zu legen, was Kontakte mit den Faunen betrifft. Seine Opposition ist legal. Dabei handelt es sich um eine offene Meinungsverschiedenheit innerhalb der Führungsriege. Doch ein heimliches Bündnis mit Mahdis Todfeinden steht auf einem ganz anderen Blatt. Es ist hochgradig illegal und würde von nahezu jedem General als Schlag ins Gesicht betrachtet werden. Irgendwann später, im nächsten Schritt, will Le Rouge mit seinen Verbündeten über mögliche Verhandlungen mit der Gegenseite sprechen. Doch noch ist das Thema ein rotes Tuch. Im Moment fällt es uns nicht besonders schwer, unser Bündnis geheim zu halten, da wir ja ohnehin von den Faunen ignoriert werden. Aber das könnte sich von einem Tag auf den anderen ändern, sollte Thanos zurückkehren. »Pah«, sagt Mahdi. »So schicksalsergeben habe ich dich noch nie erlebt, Herr Major.«

Ich vergesse immer wieder, dass Jakob die Karriereleiter hinaufgestiegen ist. Le Rouge war der Meinung, es sei sicherer für ihn, einen höheren Dienstgrad zu haben, und hat ihn deshalb so weit nach oben befördert, wie es ihm als General ohne Rücksprache mit der Armee erlaubt ist. Mahdi hat das natürlich nicht gern gesehen, denn nun kann er Jakob nicht mehr verprügeln, ohne dafür ein Verfahren aufgehalst zu bekommen.

»Leonie wird Melek ersetzen und damit basta«, entscheidet er. »Ich besorge euch auch ein neues Orakel, wenn nicht bald was passiert.«

Der Seitenhieb auf Sylvia gibt Jakob und mir den Rest. Er hätte kein besseres Thema finden können, um uns mundtot zu machen. Melek ist fast täglich bei Sylvia und informiert sie über die Tageszeit, so dass sie ihren natürlichen Rhythmus behalten und weiterhin den Schutzzauber pflegen kann, den sie über uns gelegt hat. Und trotzdem höre ich jedes Mal heraus, dass Sylvia schwächer wird. Ich kann gut nachfühlen, was mit ihr passiert. Denn nach knapp drei Wochen in der Dunkelheit war ich damals ebenfalls an einem Punkt angelangt, wo in manchen Stunden der Wahnsinn nach mir griff. In jedem Fall wird ihre Gefangenschaft nicht mehr lange dauern. Thanos hat nur noch acht Tage Zeit, um seine Herrschaft über den Hohenfels zurückzufordern.

Ich sehe, dass Le Rouge Jakob einen drängenden Blick zuwirft.

»Okay«, willigt er schließlich ein. »Hast du dein Zeichen noch?«

Leonie schüttelt den Kopf.

»Nein, es wurde mir damals entfernt. Du musst es neu stechen.«

»Dann komm morgen Nachmittag um zwei auf die Schutzhütte nach Friedensdorf.«

»Mach ich. Danke, Jakob.«

Leonie sieht aus als wäre sie richtig glücklich, sich unserer Truppe anschließen zu dürfen. Ich bin mir nicht sicher, woran das liegt. Entweder hat sie sich bei unserer letzten Begegnung wirklich in mich verliebt oder sie will ganz vorn mit dabei sein, dort wo ihrer Meinung nach bald die großen Entscheidungen fallen werden. Als ich den ergebenen Blick sehe, mit dem sie sich von Mahdi verabschiedet, beschleicht mich allerdings noch ein anderer Verdacht: Der General hat genau gesehen, dass Leonies Reanimierung etwas Besonderes für mich war. Wenn mich nicht alles täuscht, versucht er gerade, mir ein neues Mädchen unterzujubeln.

***

Meine Abende verbringe ich mittlerweile grundsätzlich mit dem Franzosen, wenn ich nicht gerade am Jungfernbrunnen bin. Anastasia wohnt vorübergehend bei Jakob, weil ihre Wohnung in ein Feldlager umfunktioniert wurde. Mittlerweile ist die komplette Truppe von Le Rouge aus Paris angereist und schläft auf Luftmatratzen überall im Raum verteilt. Mir war vorher nicht bewusst gewesen, dass er noch ein aktives Talent ist. Tatsächlich ist er erst 23 und damit neben Vivien Gomez einer der jüngsten Generäle überhaupt. Vivien ist ein Jahr älter und fast einen Kopf größer als Le Rouge. Trotzdem habe ich den Eindruck, dass irgendwas zwischen den beiden läuft. Denn ihre seltenen Besuche bei uns sind die einzigen Abende, an denen der rote General sich nicht dafür erwärmen kann, mehr Informationen über den Alltag der Faune aus mir herauszupressen. Stattdessen geht er mit ihr eine Runde um den Block, angeblich, um Interna zu besprechen. Vivien ist allein aus Brasilien gekommen, denn sie befehligt seit einem Jahr keine Truppe mehr. Das macht es ihr etwas leichter, unabhängig durch die Gegend zu streifen und überall ihre Nase hineinzustecken. Sie ist mittlerweile so etwas wie der Spion der Opposition. Es gibt kaum einen Besucher in Mahdis Nebenzentrale, von dem Vivien nichts weiß. Ihre Nächte verbringt sie in einem Hotel in Biedenkopf, sofern sie überhaupt einmal schläft. Zu Le Rouge sagt sie »Jacques«, wie wir alle es offiziell tun. Aber aus ihrem Mund klingt es wie ein verruchter Kosename.

Heute Abend ist sie nicht bei uns. Also sitzt Le Rouge mit mir am Tisch und lässt sich zum zehnten Mal die Speisen aufzählen, die Orowyn uns bei unserem zweiten Treffen im Hohenfels vorgesetzt hat. Seine hellblauen Augen blitzen während meiner Erzählung und er scheint mich um diese Erfahrung mehr zu beneiden, als nötig wäre.

»Dass ihr so tief in ihre Welt vorgedrungen seid …«, murmelt er vor sich hin. »Was gäbe ich dafür, wenn ich sehen könnte, wie sie leben.«

Dabei kann ich ihm allerdings auch nicht weiterhelfen, denn außer der großen Empfangshalle habe ich nicht viel vom Palast der Faune gezeigt bekommen.

»Du solltest Melek in ihrer wahren Gestalt sehen. Das ist noch viel faszinierender«, sage ich.

Da schüttelt er nicht nur seinen Kopf, sondern seinen ganzen drahtigen Körper.

»Nein, lieber nicht. Ich habe in meinem Leben genau einmal die Bekanntschaft mit diesem Zeichen gemacht. Das reicht mir für immer und ewig.«

Ich weiß überhaupt nicht, was für ein Problem sie alle mit dem Bannzeichen der Faune haben. Ich habe es auf Meleks Stirn oft lange und ausführlich studiert. Wenn es überhaupt eine Ausstrahlung auf mich hat, dann ist es eher etwas Ästhetisches und Würdevolles, fast wie ein verschnörkelter Körperschmuck.

»Wie ist der aktuelle Stand der Hochrechnung?«, frage ich, um mich wenigstens ansatzweise auf den aktuellen politischen Stand zu bringen.

»Ich schätze, wir haben jetzt die 20-Prozent-Marke geknackt«, sagt Le Rouge.

»Das heißt, es stehen immer noch acht von zehn Talenten auf Mahdis Seite.«

Ich bin enttäuscht davon, wie langsam die Sache voranschreitet. In unserem direkten Umfeld ist das nicht anders als global betrachtet. Selbst unsere eigenen Veteranen haben sich zum Großteil hinter Mahdi gestellt. Das hat uns bei der Masse, die wir kaum kennen, nicht groß verwundert. Doch auch der Schuhmacher, sowie Albert und Karl haben sich der schwarzen Seite angeschlossen. Karls Entscheidung war wahrscheinlich weniger politisch als persönlich. Er kann sich einfach nicht vorstellen, den Wesen, die seine Tochter gekidnappt haben, auch nur ansatzweise entgegenzukommen. Aber die anderen beiden sind hochgradig verärgert über unsere Verbindung mit Le Rouge. Albert macht uns in seinen Fitnessstunden deshalb nun so fertig, dass wir das Studio beinahe auf Knien verlassen. Und Walter Dönges hat sowohl jedes Gespräch als auch seine Waffenlieferungen an uns eingestellt.

»Es gibt immer noch zahlreiche Truppen, von denen wir überhaupt nicht wissen, wo sie stehen«, wendet Le Rouge ein.

Die Boten, die Sylvia ausgeschickt hat, um die Talente vom Widerstand zu überzeugen, haben mit Sicherheit zum Großteil ihre Empfänger erreicht. Nur leider nennt nicht jede Truppe ein derart begabtes Orakel ihr Eigen, wie wir es tun. Das ist ein Problem, an das wir vorher nicht gedacht hatten. Kaum ein Empfänger war in der Lage dazu, uns Antwort zu schicken. Die einzigen, die es geschafft haben, waren die Talente vom afrikanischen Kontinent, deren Kommunikatoren allesamt in der Lage sind, Trojaner zu programmieren, genau wie Harith, der dunkelhäutige Kommunikator von Le Rouge. Die Reaktionen vom afrikanischen Kontinent waren höchst unterschiedlich. Ein paar der dortigen Truppen standen sofort auf unserer Seite und berichteten von ähnlichen Bündnissen, wie sie Thanos bereits von der Elfenbeinküste kannte. Es sind zumeist kleine dörfliche Gemeinschaften, die sich mit den Faunen darauf einigen, regelmäßig einige der Ihren zu opfern. Die Opfer erhalten dafür einen besonderen Stellenwert innerhalb der Gesellschaft und werden fortan von ihren Familien und Nachbarn besonders aufgefangen und protegiert. Im Gegenzug versprechen die Faune, dass sie sich so gut es geht zurückhalten. Für unsere westliche Gesellschaft haben wir dieses Vorgehen jedoch bereits verworfen. Es würde niemals funktionieren. Aus den afrikanischen Großstädten schlug uns zum Teil herbes Unverständnis entgegen. Insgesamt spaltet sich das Verhältnis zwischen den Anhängern des ›schwarzen‹ und des ›roten Generals‹ in Afrika etwa in zwei gleichgroße Hälften.

Wie die Sache im Rest der Welt aussieht, wissen wir nicht.

»Sei nicht so ungeduldig«, versucht Le Rouge weiter, mich zu besänftigen. »Solche Dinge regeln sich nicht von heute auf morgen. Ich muss erst einmal die Generäle für uns gewinnen. Diese unterrichten dann die nächstniedrigeren Dienstgrade und so geht es weiter. Bis die Information zu den Truppen durchdringt, kann es noch Wochen dauern.«

»Hat Vivien herausgekriegt, wann der Kampf stattfinden soll?«, frage ich.

Le Rouge schüttelt den Kopf.

»Das ist Mahdis bestgehütetes Geheimnis. Falls er schon einen Tag festgelegt hat, werden wir es erst erfahren, wenn er ihn offiziell bekannt gibt.«

Ich seufze und lehne mich auf dem Stuhl zurück. Dabei rutscht er ein paar Zentimeter nach hinten und stößt das Talent am Kopf, das seine Luftmatratze genau zwischen den Tisch und die Wand gequetscht hat.

»Excuse-moi!«, entschuldige ich mich.

»Pas de problème«, stöhnt der Junge, der anscheinend gerade versucht hat, bei der allgemeinen Geräuschkulisse zu schlafen. Es ist wirklich schlimmer als in einem Ferienlager der dritten Klasse. Tag und Nacht stehen die Fenster offen, damit wir hier nicht ersticken. Jeder, der zur Toilette will, muss erst einmal über die Lager von elf anderen hinübersteigen. Und doch hat Le Rouge entschieden, dass es die unauffälligste Bleibe ist, die wir bekommen können. Zudem bin ich jederzeit von einer Horde von Aufpassern umgeben und wir haben einen guten Blick auf die Dinge, die sich in Mahdis Block gegenüber abspielen.

»Lass uns noch ein bisschen Small-Think üben«, biete ich dem General an.

»Ich glaube, du kannst mir nichts mehr beibringen«, antwortet er etwas ausweichend. Meine neue Vorliebe für den psychischen Schutzmechanismus der Faune geht meinen Mitbewohnern anscheinend schon auf die Nerven. Ich verstehe überhaupt nicht mehr, was ich früher so schwierig daran fand. Wenn die französischen Kommunikateure jetzt versuchen, in meinen Kopf vorzudringen, wehre ich sie ab, als hätte ich nie etwas anderes getan. Die Fähigkeiten, die Levian und seine Freundinnen mir übertragen haben, sind wirklich allesamt enorm brauchbar.

Leider weiß ich immer noch nicht richtig, was andersherum passiert ist. Nayo ist seit diesem Tag definitiv dazu fähig, zu weinen. Es sei seither schon ein paarmal passiert, berichtete Melek mir. Die rothaarige Luzilla scheint so etwas wie Verzicht gelernt zu haben, denn seit dem Tag im Wald hat sie kein einziges Mal mehr versucht, sich an Levian heranzuschmeißen – was ich eigentlich schade finde. Bei Leviata sind wir uns nicht ganz sicher, aber Melek vermutet, dass ich sie mit Mitleid ausgestattet habe. Zumindest gab es seither ein paar Situationen, in denen die sonst so kühle Blondine ziemlich selbstlos anderen Faunen geholfen hat, die in einer Notlage waren. Was Levian betrifft, so wissen wir gar nichts. Entweder ist er immun gegen mich oder er will einfach nichts durchblicken lassen. Ich persönlich denke, dass er sich selbst noch nicht über seine neuen menschlichen Fähigkeiten im Klaren ist, weil sie noch keine Gelegenheit hatten, sich zu offenbaren. Wie auch immer – keiner von uns ist mehr dieselbe Person, die er vor dem Überfall war, genau wie Sylvia es prophezeit hat. Ich habe so die Ahnung, dass ich am meisten davon profitiert habe. Aber den Faunen tut es wahrscheinlich auch gut, dass es mit der allgemeinen Unnahbarkeit im Hohenfels nun ein Ende hat. Garantiert gibt es da unten jetzt jede Menge Getuschel über unser sagenhaftes menschliches Gift.

Mike reißt mich aus meinen Gedanken, als er durch die Tür tritt und sich gemeinsam mit einem der französischen Orakel zwischen den Schlaflagern hindurch zu uns vorarbeitet. Auf seiner Schulter sitzt ein wunderschöner kleiner Falke.

»Wieder Nachricht aus Afrika?«, frage ich ohne besonderes Interesse.

Mike verdreht die Augen und zeigt auf den Vogel.

»Das ist ein Merlin, Erik«, sagt er. »Ein Brutvogel aus dem kalten Norden. Er bringt definitiv keine Botschaft aus der Sahara.«

»Woher genau kommt er?«, fragt Le Rouge sofort aufgeregt. »Und wer hat ihm die Botschaft eingepflanzt?«

»Er ist aus Island«, verrät das Orakel. »Und der Trojaner stammt von den Faunen persönlich. Sie haben ihren Talenten geholfen, uns zu kontaktieren.«

Le Rouge springt vor Begeisterung auf und sein Stuhl kippt hintenüber auf den breiten Rücken eines dösenden Muskelprotzes.

»Das ist eine Sensation! Was sagen sie?«

»Die vereinigten Talente von Reykjavik und das ehemalige Orakel Erla Stefánsdóttir grüßen die Talente vom Hohenfels«, rezitiert das Orakel André. »Wir waren verwundert und erfreut über eure Nachricht. Hier auf Island haben wir seit Jahrhunderten einen Pakt mit den Faunen, der vielleicht zumindest teilweise auch in eure Welt passt. Die Menschen kennen die Faune als Elfen, was ihre Existenz in unserer Mitte rechtfertigt. Sie leben zum Teil in offiziellen Elfenhügeln mitten in der Stadt, manchmal aber auch abgeschieden im Landesinneren. Die dauerhafte Nähe zu uns scheint ihre Gier nach Gefühlen abzuschwächen, da diese ständig in der Luft hängen und so eine beruhigende Wirkung auf die Faune haben. Die Elfen auf dem Land sind schwieriger zu kontrollieren. Dort leben so wenige Menschen, dass eine gewisse Askese unter den Faunen Voraussetzung für ihr Überleben ist. Naturrituale dienen als zuverlässige Ersatzbefriedigung für sie. Um diese auszuleben, geben wir ihnen eine gewisse Narrenfreiheit. Werden sie von

Menschen bei sonderbaren Ritualen gesehen, so greift Erla Stefánsdóttir ein, die bei der isländischen Bevölkerung den Status einer Elfenbeauftragten und dadurch große Prominenz gewonnen hat. Ihre Erklärungen für sämtliche Phänomene werden allgemein akzeptiert. Auch bei uns kommt es trotzdem immer wieder zu Auseinandersetzungen. Mehrfach rückfällige Serientäter werden jedoch von den Bündnispartnern selbst bestraft, so regelt es unser Pakt. Summa summarum wird im Schnitt nur ein Mensch pro Tag ausgesaugt und die letzte Silberkugel wurde vor acht Monaten abgefeuert.«

Das ist so ziemlich die beste Idee, die ich seit Beginn der Diskussion gehört habe. Auch wenn ich mir nur schwerlich vorstellen kann, mitten in Frankfurt oder Berlin Elfenhügel für die Dschinn einzurichten. Der Hinweis auf die lindernden Naturrituale jedoch ist genau die Art von Lösung, die wir gebraucht haben. Falls Le Rouge Unrecht behält und keine weiteren Heiler kommen, wäre es zumindest eine Möglichkeit, die Kämpfe einzudämmen.

»Das ist gut«, murmelt der General in seinen roten Bart. »Es erklärt allerdings auch nicht den Grund für das Ungleichgewicht. Die Wurzel des Problems wird dadurch nicht beseitigt.«

»Was ist, wenn man die Wurzel gar nicht beseitigen kann … wenn wir eben einfach Todfeinde sind?« frage ich.

Stirnrunzelnd sieht Le Rouge mich an. Dann seufzt er.

»Ich hoffe für uns alle, dass es nicht so ist.«

***

Leonies Zeichnung am nächsten Tag verläuft genau wie alle, die ich bisher erlebt habe. Als wir anderen zur Schutzhütte kommen, sind Jakob und sie bereits fertig. Ich bin immer wieder erstaunt darüber, wie stark das Band ist, das während der Zeichnung zwischen einem Talent und seinem Anführer geknüpft wird. Man muss die beiden nur kurz ansehen und weiß sofort, dass sie einander in dieser kurzen Zeit vertraut geworden sind. Vielleicht ist das ja die Ursache für die Probleme, die Jakob und ich miteinander haben: Bei mir hat er die Zeremonie kurzerhand weggelassen und mich einfach mit seinem Messer verstümmelt.

Zuerst sind die anderen skeptisch, als sie Leonie begegnen. Aber unsere neue Volltrefferin wickelt sofort alle um den Finger, sogar Kadim, den ich zum ersten Mal seit Wochen wieder angeregt mit jemandem reden sehe. Anastasia sieht in ihr wahrscheinlich eine Art Melek-Ersatz. Ständig scharwenzelt sie um Leonie herum und nimmt ihr das Versprechen ab, ihr irgendwann einmal Kinderbücher vorzulesen. Leonie erträgt es freundlich, ohne auf die Muskelprotzin herabzusehen. Das finde ich sympathisch. Trotzdem bleibe ich lieber auf Distanz, halte mich von der Feier fern und lungere stattdessen am Eingang der Schutzhütte bei Jakob herum. Er steht an den Türrahmen gelehnt da und hat die Arme verschränkt.

»Die Maschine liegt immer noch da. Du kannst die Taube haben«, verkündet er.

In dem Moment fühle ich fast so etwas wie Scham in mir aufsteigen. Er hat ja durchaus Recht damit, dass ich ihm nichts gönne, was auch nur im Entferntesten mit Melek zu tun hat. Vielleicht ist es an der Zeit, zu versuchen, gegen meine wilden Dschinn-Emotionen anzugehen.

»Wir beide«, antworte ich. »Ich versuche, mich zu bessern.«

Jakob zieht die Augenbrauen hoch und nickt mir zu. Zumindest weiß er meine fade Entschuldigung zu schätzen.

»Abgemacht.«

Ich setze mich auf eine Biergarnitur vor der Hütte und ziehe mein T-Shirt aus. Früher hätte ich mich damit begnügt, meinen Oberarm freizulegen. Aber mittlerweile sehe ich keinen Grund mehr, zu verbergen, was darunter steckt. Die ewige Bescheidenheit in mir ist dahin und hat Platz für etwas Stolz geschaffen. Jakob hat kaum die Vorlage auf meinen Arm kopiert, da hat sich auch schon der Rest der Truppe um mich herum versammelt. Jeder will sehen, was hier vor sich geht.

Nur Kadim fehlt, der sich so gut wie möglich von Jakob fernhält. Seit dessen Drohung, seine Erinnerung löschen zu lassen, ist Kadim ziemlich vorsichtig geworden. Immerhin stehen Jakob nun genug französische Orakel zur Verfügung, die diese Aufgabe übernehmen könnten. Warum er es weiterhin nicht befiehlt, ist mir ein Rätsel. Denn Kadim zeigt nicht das geringste

Entgegenkommen. Allerdings gab es auch keinen Hinweis mehr darauf, dass er Mahdi etwas verraten hätte. Auch Leonie steht im Kreise der anderen und mustert mich von oben bis unten. Ich bin machtlos gegen die Erkenntnis, dass ich ihre Blicke genieße.

»Oha«, stellt Rafail fest. »Das Zeichen der Revolution.«

»Wohl eher das Zeichen für Melek«, wirft Nadja ein.

Weder Jakob noch ich würdigen das Thema einer Antwort. Ein kleiner Schatten huscht über Leonies Gesicht. Ich konzentriere ich mich auf etwas anderes: mich beherrschen. Vor den Augen der gesamten Truppe will ich nicht wie ein Jammerlappen wegen einer Nadel herumzappeln. Im Gegensatz zu den anderen habe ich aber noch keine Tätowierung erhalten. Ich weiß nicht, wie schmerzhaft es werden wird. Jakob schaltet die Maschine ein und fängt an zu stechen. Ich atme auf, als ich merke, dass es sich weitaus weniger schlimm anfühlt, als ich gedacht hatte. Aber vielleicht hat Mahdi mich auch nur so abgehärtet, dass meine Schmerzwahrnehmung völlig gestört ist.

Etwa eine Viertelstunde lang schauen uns alle zu. Dann wird ihnen die Prozedur zu langweilig und sie machen sich wieder über ihre Würstchen her. Nur Henry und Tina bleiben stehen und beobachten uns noch eine Weile. Tina hat den Blick auf Jakob gerichtet und grübelt. Ich wüsste gern, was gerade in ihrem Kopf vorgeht. Seit dem Abend, als Melek und ich sie mit Joshua gesehen haben, hat es keine weitere Annäherung mehr zwischen den Wettläufern gegeben. Zumindest habe ich keine Anzeichen dafür beobachtet. Und jetzt denkt sie wahrscheinlich gerade über ihre unerfüllte Liebe zu ihrem Anführer nach. Wenn sie nur endlich einmal Henry bemerken würde, der neben ihr steht!

»Wie findest du deine neue Kollegin, Henry?«, frage ich ihn. »Sie ist hübsch, nicht wahr?«

Der Ausdruck, der daraufhin in sein Gesicht tritt, ist beinahe panisch.

»Nein, nein ... ich meine, ach ja ...«, stammelt er. »Ich hoffe, sie kann gut schießen.«

»Es ist völlig egal, ob sie schießen kann, denn wir haben Waffenstillstand«, bemerke ich.

Henry durchschaut meine Absichten nicht ganz. Er schickt mir einen bittenden Blick. Wahrscheinlich hat er Angst, Tina könnte ihn abblitzen lassen, nur weil er jemand anderen hübsch findet. Ich finde es besser, Tina daran zu erinnern, dass sie nicht das einzige interessante Mädchen auf der Welt ist.

»Freunde dich gut mit ihr an. Du wirst viele einsame Stunden im Wald mit ihr verbringen«, rede ich erbarmungslos weiter.

Da erst lässt die Wettläuferin ihre Augen von Jakob und sieht mich durchdringend an.

»Ich dachte, wir hätten Waffenstillstand, Erik. Da sitzt man nicht oft zusammen im Wald.«

»Ich würde nicht drauf wetten. Immerhin steht demnächst ein Endkampf an. Und was bis dahin nicht geklärt ist, bleibt unter Umständen auf ewig ungesagt.«

Tina lässt sich nicht so schnell provozieren, wie ich gedacht habe. Sie hüllt sich in erhabenes Schweigen. Aber dann wird mir klar, dass ihre Ruhe nur oberflächlich ist, denn sie wirft einen kurzen Blick hinüber zu Leonie und fragt Henry spitz: »Und?«

»Was genau meinst du?«, murmelt der.

»Findest du sie nun hübsch oder nicht?«

Henry tut mir fast leid, wie er da von einem Bein auf das andere tritt und sich windet.

»Ja, schon«, ringt er sich schließlich heraus.

Daraufhin dreht Tina uns den Rücken zu und stampft zurück zu den anderen. Henry wirft mir noch einen bitterbösen Blick zu, bevor er ihr hinterherdackelt. Beide setzen sich weit weg von Leonie ans andere Tischende, die zu allem Unglück auch noch in ein Gespräch mit Joshua vertieft ist.

»Du bist ein echtes Arschloch geworden«, bemerkt Jakob, nachdem sie außer Hörweite sind.

»Nein«, gebe ich zurück. »Ich bin eher so was wie Robin Hood. Ich trete für die Armen und Notleidenden ein.«

Daraufhin dreht er die Geschwindigkeit der Tattoomaschine nach oben und erinnert mich daran, dass ich doch noch ein Schmerzempfinden habe. Ich beiße die Zähne zusammen und spare mir jeden weiteren Kommentar.

Eine weitere halbe Stunde später ist er fertig. Sorgfältig desinfiziert er die Tätowierung und tupft sie trocken.

Ich betrachte meinen Oberarm. Das Bild passt unglaublich gut zu meinem neuen Lebensgefühl. Jakob ist wirklich ein Meister seines Fachs, das muss man ihm lassen. Falls er eines Tages doch noch sein Ausscheiden erleben sollte, kann er anschließend ein Tattoostudio aufmachen.

Er legt eine neue Nadel ein und hält mir die Maschine entgegen.

»Das mit der Eins in Kunst war hoffentlich nicht gelogen.«

Ich grinse.

»Nein, keine Sorge. Ich glaube, ich kann das.«

Er gibt mir eine kurze Einweisung in die Technik, dann zieht er sich ebenfalls sein T-Shirt aus und hält mir seinen Arm entgegen. Ich kopiere die Vorlage darauf, dann fange ich an zu stechen. Jakob verzieht keine Miene. Hin und wieder gibt er mir ein paar Tipps, aber die meiste Zeit hält er sich mit Kommentaren zurück. Als ich mit den Umrissen fertig bin, lege ich eine Pause ein und betrachte mein Werk. Es sieht ziemlich gut aus. Ich bin stolz auf mich. Auch die anderen kommen jetzt natürlich wieder angelaufen.

»Das ist ja das Gleiche«, stellt Finn sinnloserweise fest.

Nadja verdreht die Augen.

»Es geht ja auch um die gleiche Frau.«

Ein paar aus der Truppe kichern, aber Tina weicht sämtliches Blut aus dem Gesicht.

»Ich finde nur die Stelle etwas einfallslos. Über dem Herzen wäre passender gewesen, nicht wahr?«, witzelt Joshua.

Der kommt mir gerade recht.

»Wie wäre es mit einem Dolch über deinem?«, frage ich. »Oder über deinem, Henry?«

Jetzt ist es mit Tinas Beherrschung vorbei. Ich lag falsch, als ich dachte, so schnell würde mir niemand mehr eine Ohrfeige verpassen. Eine beleidigte Wettläuferin ist definitiv weniger mit wilden Dschinn-Emotionen zu beeindrucken als ein General.

»Ihr seid so scheiße!«, brüllt sie, während ihre Hand auf meine Wange klatscht. Dann dreht sie sich um und rennt in den Wald hinein. Joshua zögert einen Moment zu lang. Da ist Henry schon hinter ihr hergesetzt. Ich schaue Jakob an.

»Ihr?«, frage ich. »Warum schlägt sie dann nur mich?«

Er schüttelt den Kopf und seufzt. Ich schalte die Maschine wieder ein. Henry ist hoffentlich klug genug, um die Gelegenheit zu nutzen, die ich ihm gerade verschafft habe.

Neuerdings klappt so ziemlich alles, was ich in die Hand nehme. Ich hoffe, diese Glückssträhne dehnt sich irgendwann auch mal auf Melek aus.

Die Kraft eines Versprechens ist stärker, als du glaubst.

Orowar nimmt die Hände von Levians Stirn und betrachtet ihn skeptisch, dann schüttelt er fast unmerklich den Kopf. Er weiß genau, was mit meinem Gefährten los ist. Nur ich soll es anscheinend nicht erfahren. Seit dem Zusammenstoß mit Erik reinigt Orowar ihn und die anderen jeden Tag. Ich habe nur den Eindruck, dass es nicht viel bringt. Nayo ist das beste Beispiel dafür: Sie heult mittlerweile fast öfter als Sylvia und das muss was heißen.

»Ich würde gern mit Levian unter vier Augen reden«, sagt Orowar.

Das kommt einem Rausschmiss für Orowyn und mich gleich. Schade, denn in Orowyns Gegenwart kann ich nicht einmal mein Ohr von draußen gegen die Tür pressen und zuhören, was sie reden. Mittlerweile weiß ich meine seltsamen Menscheneigenschaften durchaus zu meinem Vorteil einzusetzen. Lauschen ist eine davon. Äußerlich unbeeindruckt gehe ich mit der Kräuterfrau nach draußen und spaziere eine Weile mit ihr durch die Flure. Aber in meinem Inneren kocht es. Was ist wohl der Grund dafür, dass Levian es schon wieder für nötig hält, Geheimnisse vor mir zu haben? Was kann Erik ihm verabreicht haben, das ihnen allen so sehr zu denken gibt? Wenn es tatsächlich schlimmer sein sollte als die Tränen von Nayo, bekomme ich langsam Angst davor. Andersherum traue ich mich auch nicht so recht, ihn noch einmal danach zu fragen. Das Verhältnis zwischen uns ist weiterhin sehr angespannt, auch wenn wir zwischen all dem Chaos immer wieder Stunden erleben, in denen unsere Seelen wie ferngesteuert zueinanderfliegen und unsere Körper einfach mitnehmen. Aber sobald einer von uns Eriks Namen ausspricht, bringt er damit die Bombe zwischen uns zum Platzen.

»Weißt du, woran Levian leidet?«, frage ich Orowyn.

Sie läuft weiter geradeaus und schaut mir nicht in die Augen.

»Ich bin die Frau eines Schamanen, Melek«, sagt sie. »Ich bekomme vieles mit, worüber ich nicht reden darf.«

»Es hat also mit mir zu tun«, vermute ich.

»Nur indirekt. Mach dir keine Sorgen deswegen.«

Sie hat wirklich gut reden. Sie steckt ja nicht in meiner Haut. Ich bohre noch eine Weile weiter, aber aus Orowyn ist nichts herauszubekommen.

»Weißt du auch, warum meine Verwandlung nicht so funktioniert hat, wie sie sollte?«, versuche ich schließlich den Faden von unserem letzten Gespräch wiederaufzunehmen. Wenn sie mir schon keine aktuellen Informationen gibt, kriege ich vielleicht wenigstens etwas über meine großen Lebensfragen heraus.

»Darüber gibt es nur Vermutungen«, murmelt sie.

»Und die wären?«

»Melek! Bitte hör damit auf, mich so sehr zu bedrängen.«

Nun bleibt Orowyn stehen und sieht mich fast schon ärgerlich an. Aber in ihrem Blick steht auch so etwas wie Unentschlossenheit. Darauf baue ich.

»Es sind nur Vermutungen, Orowyn, keine Geheimnisse. Bitte sag mir einfach, was du denkst.«

Hilfesuchend sieht sie sich nach allen Seiten um. Dann packt sie mich am Arm und zieht mich in eine dunkle Nische. Ihr Atem geht schneller, als ich das von ihr gewohnt bin. Wahrscheinlich beschreitet sie nicht oft solche Abwege.

»Ich denke, dass es ein paar Dinge im Leben gibt, die wir selbst entscheiden dürfen«, flüstert sie. »Du hast diesen beiden Talenten versprochen, dass du dich erinnern wirst. Womöglich hat ein Teil des Versprechens überlebt.«

»Warum sollte es?«, frage ich. »Ich war ein Mensch, kein Faun. Unsere Versprechen sind nichts wert.«

Orowyn schüttelt den Kopf.

»Vielleicht sind sie es doch. Gerade bei dir. Du warst nie ganz Mensch und wirst nie ganz Faun. Wenn du damals entschieden hast, an deinem Schwur festzuhalten, dann könnte das dazu geführt haben, dass er die Verwandlung überdauert hat, wenn auch nicht ganz unbeschadet.«

Ich denke angestrengt nach. Wenn das stimmt, dann ist es der letzte Beweis dafür, dass ich kein Faun werden wollte. Ich wollte bei den Talenten bleiben, entweder bei Jakob oder bei Erik. Das Schlimme ist nur: Das Mädchen von damals ist genauso tot wie seine Wünsche. Jetzt bin ich eine andere und meine Bedürfnisse haben sich ebenso verändert wie meine Gestalt. Was auch immer ich damals wollte, steht heute nicht mehr zur Diskussion. Oder doch?

»Erik hat gesagt, er könne mich nur verwandeln, wenn ich ihn gewähren ließe«, sage ich. »Würde ich stattdessen saugen, so würde mit mir das Gleiche passieren wie mit Levian und den anderen.«

»Daran erkennst du, dass du tatsächlich die Wahl hast, damals wie heute. Denk gut darüber nach, was du tust, Melek. Denn das Schicksal trifft nicht jede Entscheidung für dich.«

***

Ich habe immer noch Orowyns Worte im Ohr, als ich zu Sylvia gehe. Das Orakel sitzt mitten in seiner Zelle und zeichnet mit dem Finger Runen in den Staub am Boden. Als sie mich wahrnimmt, ruckt ihr Kopf in meine Richtung, aber ihr Blick ist immer noch verklärt.

»Wie viel Uhr ist es?«, fragt sie mich, wie immer.

»Es ist Freitag, der 25. August, zur Mittagsstunde«, informiere ich sie.

»Hm ... danke«, murmelt sie.

Die fahle Blässe ihrer Haut leuchtet im Schein ihrer Kerzen. Ich glaube, mittlerweile ist eine Arbeitskraft in der Gießerei allein damit beschäftigt, ihr all dieses Licht zur Verfügung zu stellen. Trotzdem hilft es nichts. Sylvia verfällt immer mehr. Mittlerweile besteht sie nur noch aus dunklen Augenhöhlen und weißer Haut, die sich über ihre zerbrechlichen Knochen spannt. Wahrscheinlich kostet der Schutzzauber, den Thanos ihr beigebracht hat und den sie nach wie vor über die ständig anwachsende Zahl von Mitwissern der Revolution legt, sie am meisten Kraft. Ich habe weder Jakob noch Erik davon erzählt, wie schlimm es wirklich um sie bestellt ist. Es würde nichts ändern, wenn sie es wüssten. Außer, dass Erik vielleicht auf dumme Ideen kommen könnte.

»Wie geht es unseren Patienten?«, fragt Sylvia.

Ich setze mich vor ihre Zelle und greife nach ihren eisigen Händen. Während ich rede, wärme ich sie immer auf. Das hält zumindest so lange vor, bis sie später wieder allein ist und die Kälte erneut von allen Seiten nach ihr greift.

»Nayo sitzt weinend über einem Liebesroman, Leviata versorgt eine alte Frau mit Suppe, Luzilla weiß kaum noch, wie Levian aussieht, und geht nicht einmal mehr in die Menschenwelt, um nach Input zu suchen. Mein Gefährte selbst hüllt sich weiterhin in Schweigen.«

»Und Erik?«

»Erik widerspricht mir in letzter Zeit ziemlich oft«, berichte ich. »Er ist ungeduldig und versucht immer, mich zu küssen, wenn ich ihn sehe. Seit neuestem trägt er diese engen T-Shirts. Sogar seine Art zu gehen hat sich verändert. Und beim letzten Mal hat er mich abgewehrt, als ich seine Gefühle aufnehmen wollte.«

»Erik kann Small-Think?«

»Ich nehme es an.«

Nun stiehlt sich doch ein amüsiertes Lächeln in Sylvias ausgemergeltes Gesicht.

»Das ist so ziemlich die größte Sensation von allem«, murmelt sie. Dann fixiert sie mich mit ihrem durchdringenden Orakelblick. Ich weiche ihm aus.

»Ist noch etwas von unserem alten Erik übrig?«, fragt sie.

Ich nicke.

»Fast alles. Er ist immer noch voller Liebe und süßer Gefühle und kann sich genauso hingeben wie früher. Nur dass er jetzt einen gewissen Stolz an den Tag legt. Selbst der schwarze General schreckt plötzlich davor zurück.«

Das scheint Sylvia sehr zu erleichtern. Wie alle anderen Talente hat sie schwer darunter gelitten, dass Mahdi Erik so schikaniert hat. Dass diese Zeit nun anscheinend vorbei ist, erfüllt alle mit Genugtuung – mich selbst inbegriffen.

»Deine Augen leuchten, wenn du von ihm sprichst, Melek«, stellt sie fest.

Ich hatte gehofft, sie würde es nicht merken. Niemand soll es merken, nicht einmal Erik selbst. Ich traue meinen Gefühlen nicht. Übermorgen wird vielleicht alles wieder anders sein und ich bin dazu verdammt, mich wie ein Fähnchen im Wind zu drehen. Wie hat der Erzengel in Wien gesagt? Meine Unentschlossenheit sei mein Schicksal? Ich kann nur hoffen, dass Orowyn Recht behält und ich irgendwann einmal stark genug bin, um selbst über meine Zukunft zu gebieten. Sylvia scheint meine Gedanken zu erraten.

»Wann findest du endlich den Mut, mich aus deiner Hand lesen zu lassen?«, fragt sie.

Für einen Augenblick spüre ich den Drang, sie loszulassen und meine Hände hinter dem Rücken zu verstecken. Aber schlimmer kann es ohnehin nicht mehr kommen. Mehr als meine übliche Zerrissenheit und meine unklaren Gefühle gegenüber gleich drei Männern wird sie nicht finden. Also hole ich tief Luft und halte ihr meine Rechte hin. Sylvia packt sie so gierig, dass ich Angst bekomme, sie könnte ein Stück davon abbeißen. Immerhin lebt sie seit drei Wochen von Wurzeln und Beeren. Wer weiß, was das aus einem Menschen macht.

Der Sensor, den sie auf ihrer Handfläche trägt, ist eigentlich etwas für Nachwuchs-Orakel. Ich denke nicht, dass sie so etwas noch nötig hat. Trotzdem drückt sie meine Finger penibel in die dafür vorgesehenen Felder. Es rauscht in meinen Ohren, während ich sie beobachte. Aufregung macht sich in mir breit. Doch als sie fertig ist, lächelt Sylvia nur und gibt mir meine Hände zurück, ohne mich darüber aufzuklären, was sie gesehen hat.

»Was?«, hake ich nach. »Ich will wissen, wie es in mir aussieht!«

Sie schüttelt nur den Kopf.

»Das hat keinen Sinn. Du bist noch nicht so weit«, sagt sie.

Eine unermessliche Wut auf das kleine Orakel packt mich. Da ringe ich mich schon dazu durch, ihr meine Hand zu geben, und sie lässt mich unaufgeklärt verhungern. Ich stehe auf und werfe ihr einen unmissverständlichen Blick zu.

»Noch viel Spaß in deinem Exil, Sylvia!«

Dann rausche ich davon. Doch schon auf der Treppe zum Palast bekomme ich ein schlechtes Gewissen. Im Großen und Ganzen erträgt dieses kleine Mädchen sein Schicksal ziemlich tapfer. Dass sie sich dabei nicht immer so verhält, wie ich es gern hätte, ist wahrscheinlich einfach menschlich. Ich drehe mich noch einmal um und rufe zu ihr hinunter: »Ich komme morgen wieder.«

»Ich warte darauf, Melek!«, schreit sie zurück. Ihrer Stimme ist anzuhören, dass sie schon wieder weint.

Um mich abzulenken, ziehe ich mich in meine Kammer zurück und lese noch eine Weile in meinem Tagebuch, bis ich aufbrechen muss, um Erik zu treffen. Ich könnte längst mit der Lektüre fertig sein, wenn ich nicht ständig einen Grund finden würde, es zur Seite zu legen und mich stattdessen mit etwas anderem zu beschäftigen. Viele der Einträge, die ich in meinem letzten Leben gemacht habe, wühlen mich unglaublich auf. Aber der, den ich heute lese, hat eher eine gegenteilige Wirkung.

Ich weiß nicht, wie Levian das schafft. Eigentlich trauere ich mit Herz und Seele. Ich trauere um meine Liebe zu Jakob, die der General mir genommen hat. Trauere um die Freundschaft mit Erik, die sich wohl erledigt hat. Und vor allem trauere ich um Nils, der vollkommen sinnlos von den Dschinn ermordet wurde. Wahrscheinlich würde ich all die Trauer gar nicht aushalten, wenn er nicht nachts zum Fenster hereinsteigen und mich mitnehmen würde. Levian hat eine Art, mich in andere Welten hinfortzureißen wie niemand anderer. Wenn er in meiner Nähe ist, fühle ich mich auf der Stelle stark und voller Tatendrang. Das Beste, was er den Menschen je gestohlen hat, sei mein Herz gewesen. Das hat er heute gesagt. Und in einer Woche wird er mich verwandeln. Vielleicht sollte ich meine Bedenken einfach aufgeben und mich dieser Sache hingeben. Es wird nicht das schlechteste Leben für mich sein.

Ich lege das Buch beiseite und schaue Levian an. Nachdem er bei Orowar gewesen ist, hat er sich ins Bett gelegt und ist eingeschlafen. Irgendwie braucht er viel mehr Schlaf als früher. Zumindest hat Erik ihm nicht das furchtbare Geräusch übertragen, das er nachts im Schlaf von sich gibt. Vorsichtig, um ihn nicht aufzuwecken, gehe ich zu ihm hinüber und streiche ihm übers Haar. Levian ist wirklich nichts erspart geblieben. Mit Luzilla an seiner Seite hätte er es wahrscheinlich einfacher gehabt. Ich schlüpfe zu ihm unter die Bettdecke und streichele sein Gesicht und seine nackte Brust.

Seine aktuelle Frisur hat er sich selbst gemacht. Das ist nicht gut, denn die Flechterei gehörte von Anfang an zu unserer Zweisamkeit. Ich habe sie vernachlässigt.

Eine ganze Weile liege ich so da und hänge meinen Gedanken nach. Sie schwirren wirr umher, ohne ein klares Ziel zu finden. Erst als ich Levian wieder in die Augen sehe, stelle ich fest, dass er wach ist und mich beobachtet. Ich zucke zusammen.

»Woran hast du gerade gedacht?«, fragt er und fasst nach einer meiner Haarsträhnen, wie er es anfangs gern getan hat.

»An einen Eintrag in meinem Tagebuch, der dich betraf.«

»Ich hoffe, es war etwas Gutes.«

Ich nicke. Doch unsere Seelen verflechten sich nicht. Was ich eben gesagt habe, war eine unverzeihliche Lüge. In Wahrheit sind meine Gedanken in dem Hotel in Wien gewesen und bei dem Kuss, den Erik mir im Ausgleich für meinen Input geraubt hat.

»Ich muss los«, sage ich und setze mich auf.

Levian sieht mich besorgt an.

»Du bist früh dran«, stellt er fest.

»Ja. Ich habe noch etwas vor.«

»Verrätst du mir auch, worum es sich dabei handelt?«

Er setzt sich ebenfalls hin und ich sehe seinen wunderschönen Körper und sein vertrautes Gesicht. Irgendwann wird es mich in der Mitte auseinanderreißen, weil ich so wenig weiß, was ich will.

»Ja. Wenn du mir verrätst, welche Eigenschaft Erik dir übertragen hat.«

Ein paar Sekunden lang hält Levian meinen Blick. Dann lässt er sich auf sein Kissen zurücksinken und starrt auf die Zimmerdecke. Seine Art, keine Antwort zu geben, ist mir Antwort genug.

Ich schäle mich unter der Decke hervor und verlasse das Zimmer. Irgendwie rechne ich damit, dass er noch einlenkt und mir hinterherruft, aber er tut es nicht.

Meine Augen sind heiß, als ich durch die unendlichen Flure des Hohenfels renne. In solchen Momenten wünsche ich mir, die neue Gabe von Nayo zu besitzen, um mich besser erleichtern zu können. In gewisser Weise war die Natur grausam zu den Faunen, als sie ihnen diese erhabene Unnahbarkeit verlieh. Zumindest hat sie dabei nicht an Menschen wie mich gedacht, die bei ihrer Verwandlung eigene Entscheidungen treffen.

***

Meine Mutter ist zutiefst überrascht, als ich kurz vor Sonnenuntergang wieder auf ihrer Veranda lande. Ich sehe es an ihrem Blick. Er ist gleichermaßen enttäuscht wie erfreut. Die Tatsache, dass ich wieder da bin, macht ihr zumindest klar, dass ich alles andere getan habe, als einen Brief über den Ozean zu tragen.

»Schscht, Täubchen«, macht sie wieder. Dann geht sie mit krummem Rücken nach drinnen und holt meinen Vater aus dem Wohnzimmer. Aus dem Augenwinkel sehe ich irgendwo da drin ein Flackern, das wahrscheinlich von ihrem Fernseher stammt. Mein Vater ist ein wahrer Riese. Er überragt meine Mutter um mehr als einen Kopf. Doch die Art, wie er mich ansieht, ist weniger beeindruckend.

»Das ist irgendeine Brieftaube von der Carlshütte«, glaubt er. »Wir sollten den Bauer anrufen, damit er sie abholt.«

»Nein«, beeilt sich meine Mutter zu sagen. »Diese Taube ist irgendwas Besonderes. Sie ist schon zum zweiten Mal da. Bei ihrem letzten Besuch habe ich ihr eine Botschaft für Melek mitgegeben.«

Daraufhin verdreht mein Vater die Augen.

»Ich bitte dich, Hatice! Der Bauer von der Carlshütte muss wirklich nicht wissen, was du deiner Tochter mitteilen willst.«

»Sie ist nicht von dort!«

Die Augen meiner Mutter bekommen einen seltsamen Glanz.

»Woher soll sie denn sonst sein? Aus Friedensdorf vielleicht? Oder aus Biedenkopf?«

»Sie ist vom Himmel geschickt«, flüstert meine Mutter.

Dann kommt sie auf mich zu und streichelt mir übers Gefieder. Um meinem ungläubigen Vater eines auszuwischen, lasse ich mich dazu herab, ihr auf die Schulter zu springen und geheimnisvoll herumzugurren. Daraufhin zieht er die Nase kraus.

»Hatice ... Bitte mach keinen Hokuspokus wie deine Verwandten.«

»Es ist kein Hokuspukus«, zischt sie. »Sie haben eine Taube im Kaffeesatz gesehen und das wird seine Gründe gehabt haben.«

»Der Kaffeesatz deiner Tanten ist völliger Quatsch. Letztes Jahr haben sie Wölfe und Eichhörnchen gesehen. Jetzt sind es eben Tauben. Und?«

Ich habe zwar keine Ahnung, wer meine Tanten sind. Aber vielleicht sollte man den Talenten mal sagen, dass deren Nachkommen sicherlich gute Bewerber für einen Job als Orakel abgeben.

»Melek ist mit Erik abgehauen, weil sie völlig versessen darauf war, ihn zu heiraten«, fasst mein Vater zusammen. »Das Ganze hat überhaupt nichts Mystisches. Es ist einfach eine Geschichte, wie das Leben sie schreibt. Und wenn sie vorhätte, Kontakt mit uns aufzunehmen, dann würde sie zum Telefon greifen oder eine E-Mail schicken. Mit hundertprozentiger Sicherheit würde sie keine Taube über den Atlantik schicken, um dir eine Nachricht zu bringen.«

Diese Ansage meines Vaters hat gesessen. Meine Mutter schluckt ein paarmal. Dann setzt sie sich auf die Bank hinter dem Tisch und fasst sich an die Stirn.

»Du hast ja Recht, Horst«, murmelt sie resigniert.

Mein Vater setzt sich neben sie und legt einen Arm um ihre Schultern. Beide beobachten mich, wie ich auf dem Tisch sitze und gurre. So kann ich die Sache nicht stehenlassen. Stück für Stück arbeite ich mich zu meinen Eltern vor, bis ich direkt vor ihrer Nase sitze. Etwas aufdringlich strecke ich meiner Mutter mein Bein entgegen. Sofort kommt wieder Leben in sie. Sie springt auf und schüttelt meinen Vater ab.

»Siehst du das? Sie will eine neue Botschaft!«

Mein Vater ist ein echt harter Brocken. Er bleibt sitzen und schüttelt seufzend den Kopf.

»Es ist eine Brieftaube. Die wollen immer Botschaften.«

Doch meine Mutter hört nicht mehr auf ihn. Sie rennt nach drinnen, wahrscheinlich, um einen neuen Brief zu schreiben. Während sie weg ist, versucht mein Vater ein paarmal, mich zu verscheuchen. Beim dritten Versuch hacke ich ihn mit dem Schnabel in die Hand. Er zieht scharf Luft ein und steckt sich die Hand in den Mund, um an der winzigen Wunde herumzusaugen.

»Miststück!«, gibt er dabei von sich.

Zum Glück hat er keine Ahnung, was ich ihm trotz meiner Taubengestalt noch so alles antun könnte.

Es dauert nicht lange und meine Mutter kommt wieder auf die Veranda heraus. In der Hand hält sie einen Zettel und ein Klebeband wie beim letzten Mal. Ich halte brav still, als sie mir ihre Nachricht ums Bein wickelt.

»Muss das wirklich sein?«, versucht sich mein Vater ein letztes Mal.

»Ja, Horst, das muss es!«

Er seufzt.

»Von mir aus. Wenn du es brauchst …«

Er schaut dabei zu, wie meine Mutter mich vorsichtig auf ihre Hände hebt und zum Balkongeländer trägt. Genau wie beim letzten Mal wirft sie mich in die Luft und ich fliege davon. Mein Elternhaus wird unter mir immer kleiner. In gewisser Weise ist es schade, dass ich immer eine solche Aufmerksamkeit erfahre, wenn ich mich dorthin begebe. Ich würde mehr erfahren, wenn ich mich unbemerkt als Maus in einen stillen Winkel zurückziehen und meine Eltern beobachten könnte. Ich nehme mir vor, das beim nächsten Mal zu tun. Vielleicht bekomme ich dabei sogar Gelegenheit, die Geldschatulle der Faune zu füllen. Immerhin bin ich ein Dieb, auch wenn bisher noch niemand davon profitiert hat.

Die Sonne steht immer noch ein Stück weit über dem Horizont. Nach der peniblen Zeitrechnung der Menschen muss es halb neun sein. Erik ist möglicherweise schon am Jungfernbrunnen. Eigentlich lasse ich ihn gern warten. Aber heute habe ich keine Lust, mit meinem Brief am Bein so lange herumzufliegen, bis ich der Meinung bin, dass mein hartnäckiger Verehrer sich lange genug nach mir verzehrt hat. Also steuere ich unseren Treffpunkt an. Wie erwartet sitzt Erik schon dort.

»Oh Melek«, sagt er überrascht, als ich auf dem Tisch lande. »So früh hatte ich gar nicht mit dir gerechnet. Hattest du Sehnsucht nach mir?« Seine Augen strahlen.

Ich strecke ihm mein Bein entgegen.

»Was hast du da?«, fragt er unsinnigerweise.

Aber als ich mich nicht verwandle, schaut er genauer nach und fummelt den Brief ab. Etwas unschlüssig rollt er ihn auseinander, doch in letzter Sekunde besinnt er sich darauf, dass der Inhalt nicht für ihn gedacht ist. Er streckt ihn mir entgegen und beobachtet fasziniert, wie ich mich verwandele. Heute trage ich wieder das blaue Kleid, das ihm so gut gefällt. Ich weiß genau, dass er gern an dem Knoten ziehen würde, das es über meiner Brust zusammenhält, aber wenn er es wagen würde, wäre die Armee um einen Heiler ärmer. Auch das ist ihm bewusst.

»Ich war gerade bei meinen Eltern«, kläre ich ihn auf. »Meine Mutter schickt mir Botschaften, weil sie glaubt, ich wäre eine himmlische Brieftaube oder so was Ähnliches.«

Ich bin etwas verwundert darüber, wie sehr Eriks Mimik bei meinen Worten zusammenbricht. Da erst wird mir bewusst, dass er selbst Eltern hat – und keine Möglichkeit, mit ihnen zu kommunizieren.

»Lies es«, sage ich deshalb großzügig. »Vielleicht steht auch was über dich drin.«

Erik faltet den Zettel auseinander und überfliegt die Zeilen. Einen Moment lang sieht er fast amüsiert aus. Dann stürzen plötzlich Tränen aus seinen Augen und er gibt mir den Brief zurück.

»So schlimm?«, frage ich.

Anstelle einer Antwort schüttelt er nur den Kopf und wischt sich mit dem Handrücken übers Gesicht.

»Lies selbst.«

Das tue ich. Allerdings bin ich schwer auf der Hut, nachdem ich seine Reaktion gesehen habe. Es bringt nicht viel.

Liebe Melek, lieber Erik, steht da. *Wir haben nicht gewusst, wie ernst ihr es miteinander meint. Hätten wir es gewusst, so hätten wir anders reagiert. Es war geringschätzig und gemein von uns, dass wir euch nur Schlechtes unterstellt haben. Ich weiß nicht, wie euer Leben jetzt aussieht. Vielleicht so, wie ich befürchtet hatte ... Egal, wir werden es irgendwie akzeptieren. Oh Melek, du kannst selbst dann zu mir zurückkommen, wenn du mittlerweile zehn Kilo zugenommen und Enkel in die Welt gesetzt hast! Ich werde sie alle hüten, damit du irgendeine langweilige Ausbildung im Büro machen kannst. Und falls es anders ist, falls ihr mittlerweile Wolfshunde in Sibirien züchtet oder mit einem Zirkus um die Welt reist, kommt wenigstens auf einen Kaffee vorbei und erzählt uns von euren Abenteuern. Eriks Eltern sehen das genauso. Sie vermissen euch so sehr, dass es wehtut. Genau wie wir.*

Ich rolle den Zettel ein und stecke ihn in meinen Ausschnitt. Dann setze ich mich neben Erik und wische ihm sorgfältig die Tränen aus dem Gesicht. Es dauert eine Weile, bis er sich beruhigt hat.

»Ach Melek, wenn du dich nur daran erinnern könntest, wie rotzfrech ich deiner Mutter bei unserer letzten Begegnung gegenübergetreten bin«, sagt er. »Ich rechne es ihr hoch an, dass sie mir verziehen hat.«

Ich habe keine Erinnerung an das, was er sagt. Der Vollmond und mein letzter Ritt auf Artemis haben dafür gesorgt, dass ich im Moment wieder ganz Faun bin – abgesehen von den üblichen menschlichen Eigenschaften, die mich seit dem Tag meiner Verwandlung plagen.

»Ihre Vorstellungskraft ist gar nicht schlecht«, sage ich. »Leider wird sie nie auf die Idee kommen, was wirklich aus uns geworden ist.«

»Was glaubst du, warum ich heule?«, brummt Erik. Doch dann reißt er sich zusammen. Mittlerweile schafft er das von einem Moment zum anderen, wenn er sich anstrengt. Ich finde die Kombination von seiner alten Schwäche mit Levians Erhabenheit ziemlich prickelnd. Auch wenn er das nie erfahren wird. Ich bereue den Gedanken sofort, denn plötzlich ist der Blick in seinen Augen herausfordernd.

»Das mit den Enkeln sollten wir uns vielleicht mal durch den Kopf gehen lassen«, sagt er.

Ich rutsche ein Stück von ihm weg und ziehe die Nase kraus.

»Vergiss es. Du hättest ohnehin keine Chance. Eine Faun-Frau entscheidet selbst, wann sie zu so etwas bereit ist. Und vorher passiert es auch nicht.«

»Umso besser«, sagt Erik und rutscht mir hinterher. »Das verleiht uns völlige Freiheit.«

Ich verbanne ihn durch einen kräftigen Schubs zurück auf sein Ende der Bank.

»Treib es nicht zu weit«, gebe ich ihm dabei mit.

Er tut einfach so, als wäre nichts gewesen, und nimmt wieder seinen ursprünglichen Platz ein.

»Warum gibst du nicht einfach zu, dass du mich willst? Wir haben einen Bund miteinander. Es ist ganz legitim.«

»Du liegst total falsch!«, schreie ich ihn an. »Ich will überhaupt nichts von dir, außer, dass du mich endlich in Ruhe lässt. Du bist ein aufsässiger, zeitraubender Quälgeist, nichts weiter.«

Für eine Sekunde ist es still zwischen uns. Früher hätte das gereicht, um Erik für Wochen außer Gefecht zu setzen und dabei noch sein Talent in die Knie zu zwingen. Doch mittlerweile lösen Ansagen wie diese eine völlig gegenteilige Reaktion in ihm aus. Schneller, als ich das von ihm gewohnt bin, schließen sich seine Arme um meine Taille und ziehen mich heran. Seine Lippen berühren meinen Mund und sein Geruch fängt mich ein. Er ist jetzt herber als früher, aber nicht weniger aufregend. Ich sauge einen Teil seiner Lust aus ihm heraus. Dann küsse ich ihn weiter und gebe ihm die Energie zurück, die er gerade eingebüßt hat. Die Kraft, mit der er mich gepackt hält, ist für einen Menschen recht beeindruckend. Auch wenn es nur ein Fingerschnippen von mir bräuchte, um ihn loszuwerden. Ich mache es nicht. Stattdessen wird unser Kuss tiefer. Ich spüre seine Hände, rieche die Leidenschaft seiner Gedanken. Ein Schauder läuft meinen Rücken hinab. Noch bevor ich ihn abschütteln kann, lässt er mich los und bringt ein paar Zentimeter Abstand zwischen uns. Das Grinsen in seinem Gesicht ist nicht von dieser Welt. Ich bin ein bisschen verärgert darüber, dass er zuerst aufgehört hat.

»Ich zeig dir was«, flüstert er und zieht sich das T-Shirt über den Kopf. Ich mag seinen gedrungenen, muskulösen Körper. Trotzdem gehe ich erst mal auf Distanz. Man weiß neuerdings nie, was Erik vorhat. Er dreht sich ein Stück zur Seite und weist auf seinen linken Oberarm. Darauf prangt ein Tattoo in der Gestalt einer Taube. Auf den sauber gestochenen Linien hat sich Schorf gebildet.

»Oh«, entfährt es mir. »Bin ich das?«

Erik nickt.

»Du und das Zeichen unserer Revolution. Aber ich sag's dir besser gleich: Jakob hat dasselbe.«

»Ja?«

»Ja. Er hat meins gestochen und ich seins.«

Das Einzige, was mich daran überrascht, ist, dass die beiden es geschafft haben, sich die gleiche Tätowierung zu verpassen, ohne sich dabei zu zerfleischen. Ich streiche mit den Fingern über die verkrustete Kontur der Taube. Man kann sie sogar blind spüren, wenn man die Augen schließt. Als ich die Augen wieder öffne, hat Erik eine Gänsehaut. Ich will die Hand zurückziehen, doch er hält sie fest und presst sie auf sein Herz.

»Jemand hat gesagt, das hier wäre die richtige Stelle dafür gewesen.«

Er erinnert mich an Levian, der ebenfalls meine Hand auf sein Herz gelegt hat, um mir zu erklären, was unsere Seelenverwandtschaft bedeutet.

»Dein Herz und meines schlagen nicht im selben Takt«, murmele ich.

»Schon möglich«, sagt Erik und haucht einen Kuss auf meine Hand. »Aber sie schlagen füreinander. Das ist viel wichtiger.«

»Um meinetwillen sollst du dich niemals brechen lassen.«

»Ihr müsst unbedingt ihre Schuld einräumen und gleichzeitig betont ihr, dass das Exil sie gewissermaßen gereinigt hat. Sylvia muss als Büßerin rüberkommen, nicht als Märtyrerin, okay?«, bläut der rote General uns ein. Jakob und ich nicken. »Bietet ihnen notfalls an, noch weitere asketische Maßnahmen über sie zu verhängen, deren Einhaltung dann aber von der Armee überwacht wird.«

Heute ist der Tag, der die Entscheidung über die Zukunft des Hohenfels bringen wird. Der Prozess um Sylvia ist auf die Mittagsstunde angesetzt worden. Wenigstens diese Information haben die Faune uns zukommen lassen. Was Thanos und seinen möglichen Nachfolger angeht, müssen wir abwarten. Jakob und ich sind als Sylvias Verteidiger zugelassen und Le Rouge bereitet uns nun so gut wie möglich darauf vor. Wir sitzen in Anastasias ehemaligem Wohnzimmer und nutzen die Gelegenheit, unsere Beine auszustrecken, weil die französische Truppe tagsüber draußen trainiert.

»Und das Allerwichtigste: Gebt ihnen einen Grund, warum ihr Überleben sich auch für die Faune lohnt«, fährt Le Rouge fort.

»Welcher Grund könnte das sein?«, fragt Jakob.

»Ihre Kraft im Kampf«, erklärt der Franzose. »Sylvia verfügt über starke Magie. Wenn das Bündnis weiterhin bestehen bleibt, wird diese Magie auch den Bündnispartnern zu Gute kommen. Wer weiß, ob sie so schnell einen zweiten Thanos auftreiben – der erste hat sich mittlerweile vielleicht das Leben genommen.«

»Wenn er das getan hat, so werden die Dschinn auch Sylvia nicht davonkommen lassen«, mutmaßt Jakob zu Recht. »Sie werden fordern, dass sie sein Schicksal teilen muss. Und was machen wir dann?«

Le Rouge lehnt sich auf seinem Stuhl zurück und betrachtet seinen frisch beförderten Major nachdenklich.

»Es tut mir leid, dir das sagen zu müssen, Jakob«, meint er dann. »Aber es gibt Soldaten und es gibt höhere Zwecke. Sylvia ist ein Soldat. Und du wirst Eriks Leben nicht gefährden, indem du da unten einen aussichtslosen Kampf vom Zaun brichst.«

Innerhalb von Sekundenbruchteilen gefriert der Ausdruck in Jakobs Augen. Um mein wertvolles Leben für die Armee zu retten, soll er also dabei zusehen, wie die Faune Sylvia hinrichten. Da hat Le Rouge sich aber sowohl den falschen Anführer als auch den falschen Heiler ausgesucht. Ich öffne gerade den Mund, um ihm eine saftige Entgegnung ins Gesicht zu spucken, da fliegt hinter uns die Tür auf. Le Rouge hat bereits seine Pistole gezückt, bevor Jakob und ich überhaupt wahrnehmen, was geschieht.

»Runter damit!«, schreit einer der Soldaten, die in der Türschwelle stehen. Es sind ganz eindeutig Mahdis Leute. Ich verstehe nicht, was hier vor sich geht. Le Rouge zuckt nicht einmal mit der Wimper.

»Ich fordere eine Erklärung für diese Aktion«, ruft er und zielt auf den Kopf des Soldaten.

»Es besteht Verdacht auf umstürzlerische Aktivitäten«, sagt der. »Ich habe den Auftrag, euch alle drei zum obersten General zu bringen.«

Eine Sorgenfalte erscheint auf der Stirn des Franzosen. Wortlos steckt er seine Waffe weg und hebt die Hände.

»Ist gut. Bringt uns zu ihm.«

Wir trotten inmitten der schwarz gekleideten Soldaten über den Innenhof hinüber zur Nebenzentrale. Ich werfe einen Blick auf die Fenster ringsum. Hinter fast jeder Gardine stehen Nachbarn und beobachten uns. Trotzdem wird wahrscheinlich niemand die Polizei anrufen. Ist vielleicht auch besser so. Wie diese Menschen es überhaupt in unserer Mitte aushalten, ist mir ohnehin ein Rätsel. Wahrscheinlich hoffen sie, dass wir uns bald alle gegenseitig erschossen haben und ihr Alltag wieder Einzug hält.

Mahdi wartet in seinem Büro auf uns. Als wir hineingeführt werden, bleibt er auf seinem Schreibtischstuhl sitzen und dreht einen Füller zwischen seinen Fingern. Er sieht aus wie ein Mensch, der sich seiner Sache ganz sicher ist. Ich habe keine Ahnung, was plötzlich passiert ist. Hat er vielleicht doch eine Wanze in Anastasias Wohnung installiert? Aber das müssten unsere Orakel doch bemerkt haben.

»Mit welchem Recht lässt du uns wie Verräter abführen?«, fragt Le Rouge.

»Vielleicht aus dem Grund, weil ihr genau das seid«, antwortet Mahdi seelenruhig.

»Wir vertreten eine offizielle Opposition, der sich mittlerweile schon diverse andere Generäle und Truppen angeschlossen haben ...«

Mahdi unterbricht ihn, indem er einfach mit der Hand abwinkt.

»Eure kleine Opposition interessiert mich nicht. Ich habe eine andere Schwingung aufgefangen. Und dabei geht es um echte Meuterei. Irgendetwas läuft hier und ich habe es genau gespürt. Nun werdet ihr mir sagen, was es ist.«

Mir schaudert. Denn beim letzten Satz sieht er ganz gezielt mich an. Bricht Sylvias Schutzzauber gerade zusammen? Nun hat sie einen ganzen Monat lang durchgehalten und täglich die Magie gepflegt, die über uns liegt. Warum schwindet sie gerade heute, wo wir es fast geschafft haben? Aber ich muss nur einen Augenblick in mich gehen, um die Antwort zu erhalten: Sylvia hat Angst. Sie ist am Ende ihrer Kräfte und fürchtet um ihr Leben. Ihre Gedanken drehen sich nicht mehr nur um uns, deshalb entstehen Lücken in dem Schutzzauber. Keiner könnte ihr das je zum Vorwurf machen.

Mahdi steht auf und kommt mit seinem wiegenden Gang auf uns zu. Vor mir angekommen stemmt er die Arme in die Hüften.

»Sag es mir Erik: Was läuft hier?«

Ich schüttele den Kopf.

»Du hast endlich wieder einen Grund, um zuzuschlagen«, sage ich. »Tu, was du nicht lassen kannst. Aber pass dabei auf deine Nase auf.«

Mahdis dunkle Augen verengen sich bedrohlich. Es steht jede Menge Hass darin, doch das ist es nicht, was mich unsicher macht. Es ist eher das gierige Funkeln, das mich irritiert. Er gibt einen abschätzigen Laut von sich, bevor er sich Le Rouge zuwendet.

»Einen anderen General darf ich leider auch im Ausnahmezustand nicht exekutieren«, murmelt er vor sich hin. Sein Blick fällt auf Jakob.

»Einen Major schon, wenn ich es ausreichend begründe.«

Er zieht seine Pistole und drückt sie an Jakobs Hals.

»Also, Erik: Was läuft hier?«

Ich spüre, wie eine Ladung aus Adrenalin, Wut und Angst in meinem Gehirn explodiert. Erst vor kurzem habe ich Jakob die Tätowierung verpasst. Sie ist noch nicht einmal ganz abgeheilt. Gerade eben noch wollten wir uns gemeinsam dem Kampf um Sylvia stellen. Mit jeder Woche, die vergangen ist, bin ich unserem Anführer Stück für Stück nähergekommen. Manchmal waren es nur Millimeter, die wir uns aufeinander zubewegt haben. Aber dennoch war es ein Fortschritt, trotz unserer Rivalität. Und nun will Mahdi ihn einfach kaltblütig erschießen, wenn ich ihm nicht sage, dass wir ein Bündnis mit den Faunen haben. Noch dazu eines, für das es sich nicht zu sterben lohnt.

Jakob sieht mich mit seinem Eisblick an.

»Denk an den Schwur, den ich dir geleistet habe«, erinnert er mich.

Das ist leichter gesagt als getan. Es mag schon sein, dass er bereit ist, für seine Überzeugung in den Tod zu gehen. Aber ich bin nicht bereit, ihn gehen zu lassen. Das Einzige, was mir in dieser Situation übrig bleibt, ist, zu pokern. Deshalb nicke ich nur und wende mich wieder Mahdi zu, ohne ein Wort zu sagen. Mein Spielchen zeigt Wirkung, denn Mahdi hat wohl selbst gepokert. Er zieht den Lauf seiner Waffe zurück und lächelt. Anscheinend ist es ihm doch nicht so einfach möglich, einen Major zu erschießen, wie er behauptet hat.

»Ich weiß bereits von der Existenz eines Schwures innerhalb eurer Truppe«, sagt er. »Aber ich weiß auch, dass ihn nicht alle geleistet haben.«

Dann gibt er einem seiner Türsteher ein Zeichen. Er geht nach draußen und schon kurz darauf hören wir ein Poltern im Flur. Die Tür fliegt auf und Kadim wird hereingeschleift. Jakob und ich erstarren zu Stein. Die Soldaten zerren unser Orakel zu ihrem General und halten dabei seine Arme auf seinem Rücken fest. Kadim sieht völlig desorientiert aus. Er weiß überhaupt nicht, was gerade mit ihm geschieht. Wahrscheinlich hat man ihm noch vor einer Minute Kaffee und Kekse vorgesetzt.

»Unser lieber ungläubiger Kadim«, sinniert Mahdi, während er um ihn herumschreitet. »Von dir habe ich bereits von den Unstimmigkeiten bei den Jakobsjüngern erfahren. Du hast mir auch verraten, dass du dich für den Endkampf entschieden und niemandem geschworen hast, für seine Meinung in den Tod zu gehen. Mehr als das weiß ich leider nicht. Aber ich bin mir sicher, dass du es mir gleich sagen wirst.«

Ich halte die Luft an. Von allen Fehlentscheidungen, die Jakob im Laufe seiner Karriere getroffen hat, war die größte ganz gewiss, Kadim seine Erinnerung zu lassen. Ich weiß immer noch nicht, was ihn dazu bewegt hat. Aber jetzt, in diesem Moment, ist uns allen klar, dass wir daran zu Grunde gehen werden. Selbst Le Rouge hat seine Gesichtszüge nicht mehr unter Kontrolle. Ich kann seine Angst darin lesen. Gleich wird Mahdi erfahren, dass wir ein Bündnis mit den Faunen haben. Dann ist all unsere politische Arbeit dahin, denn die Armee wird uns als Verräter sehen und vor aller Welt an den Pranger stellen.

»Da ist nichts weiter«, presst Kadim hervor. »Wir sind anderer Meinung und deshalb reden wir kaum noch miteinander. Aber wenn es mehr Geheimnisse gäbe, würdest du sie erkennen.«

Ich traue meinen Ohren kaum.

Mahdi runzelt die Stirn.

»Ich habe den Eindruck, dass ein Schutzzauber über euch liegt«, sagt er.

»Ein Schutzzauber würde unsere Gedanken und Gefühle völlig vor dir verbergen. Aber du kannst jeden von uns durchchecken und wirst immer alle Informationen erhalten, nach denen du suchst«, sagt Kadim.

Nun wird der General wütend. Das passiert immer, wenn ihm die Felle davonschwimmen. Ich kann seine Ausbrüche besser einschätzen als jeder andere im Raum. Darum stellen sich alle meine Nackenhärchen auf.

»Dann ist es ein verfluchter besonderer Schutzzauber!«, schreit Mahdi. »Aber irgendetwas geht hier vor sich!«

Er packt Kadim an der Schulter und drückt ihn nach unten in die Knie. Dann legt er seine Pistole an seinen Hinterkopf und fixiert mich mit seinen durchdringenden Augen.

»Ein letztes Mal, Erik: Was verheimlicht ihr mir?«

Mein Mund fühlt sich an wie ausgetrocknet. Kadim hat mir ganz klar gesagt, dass er nicht dazu bereit ist, sich für meine Überzeugung zu opfern. Aber das, was hier gerade geschieht, läuft genau darauf hinaus. Ich suche seinen Blick und finde ihn. Es steht schreckliche Furcht darin. Aber dann bewegen sich seine Lippen.

»Mein Kaffeesatz hat mir prophezeit, dass es mein Tod sein würde, eine falsche Entscheidung zu treffen. Ich habe gedacht, ich würde auf der sicheren, auf der richtigen Seite stehen. Aber ich habe mich geirrt. Erik, ich schwöre dir: Um meinetwillen sollst du dich niemals brechen lassen. Lieber sterbe ich.«

Ich bringe keinen Ton heraus. Die Verbindung, die in diesem Moment zwischen Kadim und mir stattfindet, ist unermesslich intensiv. Ich nehme nicht mehr wahr, was in dem Raum um uns herum vorgeht. Ich sehe nur noch die Augen unseres Orakels. Dann rauschen Bilder durch meinen Kopf, die sein ganzes Leben abbilden. Ich habe nie gewusst, wer Kadim wirklich ist. Jetzt weiß ich es. Den Schuss höre ich nicht. Als mein Geist wieder zu sich kommt, liegt er in einer Blutlache am Boden. Mahdi steht in derselben Pose über ihm wie neulich bei Shirin. Meine Knie zittern. Übelkeit macht sich in mir breit.

»Nein«, schreie ich. »Nein, du kannst doch nicht einfach …«

»Und ob ich kann!«, keift Mahdi mich an. »Ich kann deine ganze Truppe vorführen lassen und Mann für Mann zur Rede stellen!«

»Aber es wird keinen Sinn haben«, schaltet sich Jakob ein. »Keiner wird dir etwas sagen. Und eines Tages werden die Talente aller Welt die Nachricht erhalten, dass der Führer ihres Endkampfes ein Tyrann ist, der sich an seinen Schutzbefohlenen vergreift, um die Macht an sich zu reißen. Dann wird niemand mehr mit dir in den Krieg ziehen.«

Le Rouge stellt sich in dem Moment schützend vor Jakob. Denn Mahdi ist bereits an dem Punkt, an dem er nur noch rot sieht. Ein paarmal fuchtelt er noch mit seiner Pistole herum. Dann tigert er hinter Kadims Leiche auf und ab, um sich zu beruhigen. Schließlich scheint er eine Lösung für sein Problem gefunden zu haben, denn er bleibt stehen.

»Attila und Ebru«, sagt er. »Herkommen!«

Die Gesichter der beiden Orakel sind kreidebleich, als sie dem Befehl ihres Anführers folgen.

Ich werfe einen Blick auf meine Uhr: Es ist genau halb zwölf. In einer halben Stunde müssen wir auf dem Hohenfels sein, wenn wir Sylvia retten wollen. Schaffen wir es nicht, so wird Kadim nicht das einzige Mitglied unserer Truppe sein, dessen Todestag wir heute erleben müssen. Jakob scheint die Zeitnot ebenfalls zu spüren, denn er tritt von einem Bein auf das andere.

»Ich werdet euch jetzt vernetzen und diesen Zauber knacken«, weist Mahdi seine Orakel an. »Er liegt mindestens über Erik und Jakob, vielleicht sogar über dem Franzosen. Konzentriert euch auf alle drei!«

Wieder einmal ein Schachzug von Mahdi, mit dem keiner gerechnet hat. Mit Grauen denke ich an die Geschichten, die Sylvia mir von ihrer Vernetzung mit Kadim erzählt hat. Zusammen haben sie es damals geschafft, den Zauber über dem Hohenfels zu durchdringen. Und genau so werden auch Attila und Ebru es heute schaffen. Dann hat all unser Widerstand ein Ende und Mahdi hat gewonnen.

Etwas ängstlich, aber so ergeben wie eh und je setzen Attila und Ebru sich einander gegenüber auf den Boden. Ebru hockt direkt neben Kadims Leiche. Dann reichen sie sich die Hände. Ein heftiger Ruck geht durch beide Orakel, als ihre Kraft zusammenfließt. Sie verdrehen die Augen und zucken. Keiner von beiden atmet mehr. Ihre Hände laufen rot an. Die Farbe frisst sich langsam an ihren Armen entlang nach oben.

Mahdi blickt auf seine Uhr und überwacht die Zeit. Hin und wieder hält er seine ausgestreckte Hand über die Orakel, sorgfältig, um sie ja nicht zu berühren.

»Muhammad, deine Orakel sterben«, bemerkt Le Rouge nach etwa zwei Minuten. Ich glaube, das Schicksal von Ebru und Attila ist ihm egal. Aber er will erreichen, dass Mahdi die Prozedur abbricht.

»Wenn es so weit kommen sollte, dann fallen sie für eine gerechte Sache«, brummt er.

»Diese Sache ist nicht gerecht. Es ist Tyrannei. Wie viele Talente müssen ihr Leben lassen, damit du deinen Willen bekommst?«

»So viele wie nötig!«, brüllt Mahdi.

Der Blick, mit dem er Le Rouge ansieht, macht uns klar, dass er es völlig ernst meint. Dann hält er wieder prüfend eine Hand über Attila und Ebru. Diesmal scheint er etwas wahrzunehmen, das ihn interessiert.

»Sieh an«, murmelt er.

Was in diesem Moment mit den beiden Orakeln geschieht, ist für uns fast nicht auszuhalten. Ihre Körper werden von Todeszuckungen heimgesucht. Ihre Gesichter sind blau vom Sauerstoffmangel und ihre Augen so verdreht, dass man nur noch das Weiße sieht. Ich verabscheue diese beiden Typen. Aber diese Folter wünsche ich nicht einmal meinem ärgsten Feind.

»Trenne sie!«, fordere ich.

Doch Mahdi beachtet mich gar nicht. Denn nun ist es anscheinend so weit, dass Sylvias Zauber zusammenbricht. Ungehindert fließen unsere Geheimnisse von den beiden sterbenden Orakeln direkt zu ihrem General. Auch er atmet nun heftiger, wahrscheinlich vor Wut. Dann geht ein letztes Zittern durch Attila und Ebru, bevor sie beide hintenüberkippen und reglos liegen bleiben.

Einer von Mahdis Soldaten fühlt ihren Puls.

»Sie sind tot«, gibt er bekannt.

Keiner von uns bringt noch einen Ton heraus. Ein paar von Mahdis Leuten mühen sich mit Wiederbelebungsmaßnahmen ab, aber es ist zu spät. Der General sieht nicht so aus, als würde er etwas bereuen. Stattdessen fixiert er Le Rouge, Jakob und mich mit seinem tödlichen Blick.

»Ihr seid keine Opposition«, raunt er uns zu. »Ihr seid Kollaborateure. Während wir uns hier mit Politik herumschlagen, verbündet ihr euch mit unseren Feinden. Was ist der Sinn des Ganzen? Die Armee zu stürzen?«

»Muhammad, nein«, versucht Le Rouge, ihn zu beschwichtigen. »Wir suchen nach einer friedlichen Lösung für beide Seiten ...«

»Es gibt keine friedliche Lösung!«, brüllt Mahdi, dreht uns den Rücken zu und schreitet zwischen uns und dem Fenster auf und ab. Dabei hält er die

Faust vor den Mund gepresst und murmelt ständig etwas vor sich hin. Wie immer, wenn es so weit ist, schaltet sich meine Angst einfach ab. Ich stehe nur noch da, zähle meine Atemzüge und warte, was als Nächstes passieren wird. Die drei Leichen vor mir auf dem Boden nehme ich kaum noch wahr. Als Mahdi mit seinen Überlegungen fertig ist, stellt er sich wieder vor uns. Auf einmal liegt ein Lächeln in seinem Gesicht, das wie eine groteske Maske aussieht. Es passt überhaupt nicht dorthin.

»Wollt ihr wissen, was wir jetzt tun werden?«, fragt er gehässig. »Erst einmal werden wir warten. Warten, bis der Prozess im Hohenfels vorbei ist und unsere kleine abtrünnige Zauberin ihre gerechte Strafe erhalten hat. Ich brauche keinen Emporkömmling in unseren Reihen, der mit Dschinn-Magie experimentiert. Überlassen wir Sylvia also ihrem Schicksal.«

Jakob will sich auf Mahdi stürzen, aber Le Rouge packt ihn so derb im Nacken, dass er in seiner Bewegung erstarrt. Dann flüstert er etwas in sein Ohr. Jakob schüttelt den Kopf, doch er versucht nicht mehr, den General anzugreifen.

»Anschließend machen wir Politik«, fährt Mahdi unbeeindruckt fort. »Ich stelle einen Misstrauensantrag gegen dich und deine Anhänger, Le Rouge. Danach lenkt ihr entweder ein oder wir finden eine Möglichkeit, euch anderweitig zum Schweigen zu bringen. In jedem Fall ist dies das Ende eures Aufstands.«

Warum haben wir eigentlich nie darüber nachgedacht, Mahdi umzubringen? Ohne diesen Teufel in Menschengestalt hätten wir vielleicht eine Chance gehabt. Aber nun ist sie vermutlich dahin. Wenn die anderen Generäle erst einmal davon hören, was wir getan haben, werden sie sich allesamt von uns abwenden. Und Sylvia wird ohne Jakob und mich keine Menschenseele auf ihrer Seite haben, die während des Prozesses für sie kämpft. Es sieht ganz danach aus, als käme man in dieser Welt nur dann zum Ziel, wenn man bereit ist, Rücksichtslosigkeit und Gewalt an den Tag zu legen. Das haben wir zu spät verstanden.

Der Prozess

Sylvia sieht furchtbar aus, als sie in die große Halle geführt wird. An ihren hageren Körper und die chronische Staubschicht auf ihrer Haut habe ich mich bereits gewöhnt. Was mir Sorgen macht, ist ihr Gesichtsausdruck. Es steht eine solche Verzweiflung darin, dass ich den Drang verspüre, vor aller Augen zu ihr zu gehen und sie in den Arm zu nehmen. Was der Auslöser dafür ist, weiß ich nicht, denn während des gesamten Vormittags war es uns verboten, hinunter in die Verliese zu gehen. Es hieß, die Gefangene müsse in diesen Stunden ihre letzte Buße tun und bei Mutter Natur für ihre Verbrechen Gnade erbitten. Ob Sylvia das getan hat, ist fraglich. Sie sieht eher so aus, als hätte sie in dieser Zeit eine zermürbende innere Schlacht geschlagen. Nun blickt sie sich nach allen Seiten um, in der Hoffnung Jakob oder Erik zu sehen. Ich habe keine Ahnung, wo die beiden so lange bleiben.

Als die Mittagsstunde schlägt, tritt Orowar vor den Kreis aus Faunen, der sich in Menschengestalt in der Halle versammelt hat, um sicherzugehen, dass Sylvia nicht zähnefletschend auf uns losgeht. Fast die gesamte Hohenfels-Bevölkerung ist gekommen.

»Wir sind hier, um über das Orakel der Talente zu richten, nachdem es einen Mond lang in unseren Verliesen ausgeharrt hat«, verkündet er. »Wo sind ihre Anwälte?«

Niemand meldet sich. Ich werde nervös. Mittlerweile kenne ich Jakob und Erik gut genug, um zu wissen, dass sie Sylvia niemals im Stich lassen würden. Unter normalen Umständen würden sie eher Stunden zu früh als eine Minute zu spät am Hintereingang des Palastes sitzen und um Einlass bitten. Wenn sie nicht gekommen sind, dann muss irgendetwas passiert sein, dass sie aufgehalten hat. Und es muss etwas Gewaltiges gewesen sein, denn sonst wäre jetzt zumindest einer von ihnen hier.

»Da die Anwälte der Talente nicht erschienen sind, muss der Prozess ohne sie stattfinden«, entscheidet Orowar. »Gibt es jemanden unter euch, der die Verteidigung des Orakels übernehmen will?«

Levian packt meine Arme von hinten.

»Nicht du, Melek«, wispert er mir ins Ohr. »Ich bitte dich von ganzem Herzen: Bring nicht noch mehr Schande über uns!«

»Die Schande, wie du es nennst, ist Menschlichkeit«, sage ich. »Und das letzte Mal warst du es, der eine ganze Ladung davon in den Hohenfels eingeschleppt hat.«

Ich mache mich von ihm los und hebe die Hand. Fast hundert Gesichter drehen sich in meine Richtung. Ich erwidere ihre Blicke stolz genug, um ihnen zu zeigen, dass ich dennoch eindeutig ein Faun bin.

»Melek«, seufzt Orowar. »Komm nach vorn.« Er sieht nicht überrascht aus.

»Gibt es noch jemanden?«

Ich rechne nicht damit, dass ein zweiter Hohenfels-Bewohner genug Mitleid für Sylvia aufbringt, um ihre Verteidigung zu übernehmen. Sylvia gilt nun schon seit Wochen allgemein als Sündenbock. Sich ihr zuzuwenden, bedeutet gleichsam, sich von der Allgemeinheit abzuwenden.

Doch was Mitleid angeht, so habe ich einen Augenblick lang vergessen, dass zumindest ein Teil von Erik immer noch anwesend ist. Leviatas Hand schnellt nach oben.

Bei dem Anblick geht ein lautes Raunen durch die Halle. Orowar greift zu dem Horn, das er für solche Fälle um den Hals hängen hat. Er bläst hinein, um die aufgeregte Menge zu beruhigen.

»Leviata. Du hast hoffentlich verstanden, dass du sie verteidigen sollst, nicht verurteilen«, sagt er skeptisch.

»Ja, das habe ich«, antwortet sie und schwebt nach vorn.

Ich kann Levians Gesicht nirgendwo erkennen. Aber vielleicht ist das auch besser so. Dass nicht nur seine Gefährtin, sondern auch noch seine Schwester für das menschliche Orakel eintritt, ist für ihn wahrscheinlich Schande genug, um sich den Prozess gar nicht mehr anzusehen.

Orowar und ein älterer Faun namens Wewior vertreten die Seite der Anklage. Orowar beginnt mit einer Ansprache, in der er die Unentschuldbarkeit von Sylvias Handeln von allen Seiten beleuchtet. Am Ende kommt er zu dem Schluss, dass keine andere Strafe als die Todesstrafe über sie verhängt werden dürfe.

»Die unnatürliche Vermischung ihrer Zauber ist ein zu schändliches Vergehen, um mit dieser Schuld weiterzuleben, wie wohl auch Thanos mittlerweile erkannt hat. Da er bis heute nicht zu uns zurückgekehrt ist, gehen wir davon aus, dass er sich inzwischen das Leben genommen hat.«

Ich versuche, nicht in die zustimmenden Gesichter der anderen Faune zu blicken. Stattdessen schaue ich Sylvia an, in deren Blick kaum noch Hoffnung liegt. Sie sieht sich einer Übermacht gegenüber, gegen die sie nichts ausrichten kann, und keiner der Talente ist da, um ihr Mut zu spenden. Leviata sieht sie nun auch an.

»Das wissen wir nicht!«, schreit Leviata in das allgemeine Gemurmel hinein. »Noch ist der Tag nicht vorbei. Thanos kann immer noch zu uns zurückkehren. Schaut euch das Orakel an, dessen Tod ihr hier fordert: Es ist ein kleines Mädchen, das vor Angst zittert. Sie ist kein Feind, der uns gefährlich werden kann. Wieso seid ihr so kaltherzig?«

Ich bin sprachlos. Noch vor vier Wochen hat sie beinahe mit uns allen gebrochen, nur weil wir in Kontakt mit Sylvia standen. Und nun empfindet sie so viel Mitleid mit ihr, dass sie sie so inbrünstig gegen die Faune verteidigt wie eine Mutter ihr Kind. Was Erik mit uns allen macht, ist unbeschreiblich. Wenn es überhaupt jemanden gibt, der uns gefährlich werden kann, dann er.

»Hört mich an!«, rufe ich ein paarmal, um die Unruhe in der Halle zu übertönen. Dann, als die Geräuschkulisse endlich leiser wird, fange ich an, Sylvia zu verteidigen. Ich hatte keine Zeit, mir eine Ansprache zurechtzulegen. Ich muss improvisieren. Hoffentlich kann ich so etwas.

»Ihr habt Recht: Ohne Sylvias Mitwirken wäre es nie zu dem Inferno gekommen«, sage ich. »Aber Thanos war der aktive Part in der Beziehung zwischen den beiden. Er hat den Zauber ausgesprochen, der unsere Brüder und Schwestern das Leben gekostet hat. Selbst wenn er der Meinung war, dass sein Vergehen unverzeihlich ist, so heißt das noch lange nicht, dass das auch für Sylvia gilt. Denn ihr Anteil an der Tat war wesentlich geringer. Ich sage, wir übergeben sie den Talenten, die immer noch unsere Bündnispartner sind. Nun hat sie einen Mond lang gebüßt. Soll die Armee entscheiden, welche Strafen sie ihr auferlegen will.«

»Die Armee wird sie freudig in ihre Arme schließen, weil sie ihre Sache gut gemacht hat«, widerspricht Orowar. »Und dass ihr Anteil an der Schuld gering war, bezweifle ich. Sie muss gewusst haben, dass Thanos sich auf einem Abweg befindet, als er ihre Magie angezapft hat. Und dennoch ließ sie ihn gewähren. Ich denke, das war von Anfang an geplant. Ihre Menschlichkeit hat ihn vergiftet, genau wie die deine Levian … und Leviata.«

Dieser Seitenhieb ist etwas zu viel für Leviatas wankende Selbstbeherrschung.

»Weder ich noch Melek noch mein Bruder stehen hier vor Gericht!«, keift sie.

»Weil niemand von euch bewusst ein Verbrechen begangen hat. Aber dieses Orakel hat es getan«, schaltet sich Wewior ein.

Leviata kann sich jetzt kaum noch zurückhalten.

»Hat sie nicht. Orowar will nur ihren Tod, damit die Opfer der Feuerkatastrophe gerächt sind und endlich wieder Ruhe im Hohenfels herrscht. Und dann will er als unser neuer Anführer gewählt werden. Was du hier veranstaltest, nennen die Menschen einen Wahlkampf, Orowar. Aber nicht einmal sie gehen dabei über Leichen – seit mindestens 500 Jahren nicht mehr.«

»Wir erkennen dich alle nicht wieder, Leviata«, sagt Orowar, anstatt auf die Provokation einzugehen. »Hast du dich nicht kürzlich gegen Thanos gestellt, weil du befürchtet hast, Sylvia könne durch ihn zu mächtig werden? Denkst du, wir werden einer Frau Glauben schenken, die so wankelmütig ihre Meinung wechselt? Wir alle wissen doch, dass es nicht Leviata ist, die aus dir spricht, sondern der Heiler der Talente.«

»Und das ist gut so, denn genau er sollte jetzt hier stehen und Sylvia verteidigen«, sage ich. »Ich stehe voll hinter Leviata. Sylvia hat nichts getan, wofür sie die Todesstrafe verdient hätte. Und soweit ich gehört habe, ist diese bei den Faunen ohnehin so unüblich und verpönt, dass sie seit hundert Jahren nicht mehr angewandt wurde.«

»Jetzt ist die Zeit, sie wieder zu etablieren«, findet Wewior.

Ein paar der Zuhörer tuscheln erregt. Andere blicken sich mit höchst unsicheren Gesichtern um. Zwischen all den Faunen vor mir entdecke ich nun endlich auch Levian. Er steht mit Nayo und Luzilla fast ganz vorn in der Menge. Als die Diskussion sich nun im Kreise dreht, drängt er sich durch und stellt sich neben Leviata und mich. Er greift nach meiner Hand.

»Wie willst du diese Sache zu Ende bringen, ohne Anführer und damit auch ohne Richter? Wer soll das Urteil fällen?«, fragt er Orowar.

»Wir werden abstimmen«, entscheidet der.

Das ist eine kleine Sensation für die Bewohner des Hohenfels. Noch nie haben die Faune über etwas abgestimmt. Sonst trafen immer Thanos und seine Berater alle wichtigen Entscheidungen. Ich bin mir nicht sicher, ob sie mit der Macht umgehen können, die Orowar ihnen plötzlich gibt.

»Ihr habt nun alle unsere Argumente gehört. Also schreiten wir zur Rechtsprechung«, verkündet er. »Jeder von euch erhält zwei Flusskiesel. Der weiße bedeutet, sie soll leben, der schwarze, sie soll sterben. Werft den entsprechenden Stein in die Waagschalen, die wir gleich aufstellen werden.«

Der Schamane hat seinen Wahlkampf wirklich gut geplant. Diese Abstimmung wird die Hohenfels-Bewohner nur noch mehr für ihn einnehmen. Ihm war von Anfang an völlig egal, wer Sylvias Anwälte sind und welche Argumente sie vorbringen. Er baut einfach auf die Gier nach Macht und Sensation, gegen die selbst die Faune nicht völlig gefeit sind. Thanos hätte das nie getan.

»*Das* ist menschlich«, flüstere ich, als ich dabei zusehe, wie Orowars Handlanger die Flusskiesel verteilen. Levian drückt meine Hand. Wir können nichts mehr tun, als zuzusehen, was sich vor unseren Augen abspielt. Dann kommen die Ersten nach vorn und werfen ihre Steine in die Schalen der Waage. Sie sind fast alle schwarz. Nayo ist die Erste, die einen weißen Kiesel hineinlegt. Hinter ihr macht Luzilla das Gleiche, dann Levian, Leviata und ich. Es gibt noch ein paar andere, die unserem Beispiel folgen, und doch ist schon nach kurzer Zeit absehbar, worauf die Abstimmung hinauslaufen wird: Die Schale mit den tödlichen schwarzen Steinen wird immer schwerer. Mit jedem Wähler, der nach vorn kommt, sinkt sie mehr nach unten.

Sylvia steigen die Tränen in die Augen, als sie erkennt, dass ihr Schicksal besiegelt ist. Nayo sieht es und weint mit. Jeder, der in ihrer Nähe steht, weicht einen Meter zurück, so dass sie schließlich allein im Mittelpunkt eines Kreises dasteht.

Orowar deutet auf sie und wendet sich an die Menge:

»Seht ihr, was durch das Bündnis aus uns wird?«

»Und was wird aus uns ohne Thanos?«, schreit Leviata zurück. »Welche Abgründe beschreiten die Faune des Hohenfels?«

Einen Moment lang ist es still im Raum. Doch dann dröhnt plötzlich eine Stimme aus dem hinteren Teil der Halle nach vorn, die uns alle erstarren lässt:

»Das ist eine berechtigte Frage.«

Jeder von uns weiß, wer da gesprochen hat. Wir fahren allesamt herum und suchen nach dem unnahbaren Gesicht, das zu der Stimme gehört. Eine Gasse in der Menge öffnet sich und Thanos schreitet hindurch. Er trägt immer noch sein graues Büßerhemd und die Haare hängen ihm wirr ins Gesicht. Beim Gehen stützt er sich auf einen Stock, weil sein Körper vom wochenlangen Fasten ausgemergelt ist. Ich habe mich noch nie so sehr gefreut, unser oberstes Orakel zu sehen. Als er uns erreicht hat, legt er Leviata eine Hand auf die Schulter.

»Habe ich dir nicht gesagt, du würdest eines Tages deine Meinung ändern?«, fragt er.

Dann geht er zu Sylvia, die immer noch den Blick zu Boden gewendet hat, und nimmt für sie seine Menschengestalt an. Als er sieht, wie aufgelöst sie ist, legt er ihr die Hände auf den Kopf und reinigt sie wortlos. Erst dann wendet er sich Orowar zu.

»Als ich ins Exil aufgebrochen bin, habe ich gedacht, ich ließe mein Volk bei dir in guten Händen zurück«, sagt er. »Aber nun erkenne ich, dass du kein guter Anführer bist. Du teilst die Dinge in Schwarz und Weiß auf. Aber das Leben besteht zumeist aus Grautönen. Diese zu erkennen und gegeneinander abzuwägen, ist die wahre Aufgabe eines regierenden Fauns.«

Orowar senkt den Blick zu Boden.

»Es tut mir leid«, murmelt er. »Ich habe gedacht, es sei nötig, Klarheiten zu schaffen.«

»Und das ist es auch«, sagt Thanos und wendet sich nun wieder an uns alle. »Das ist der Grund, weshalb ich zurückgekehrt bin: um Klarheit zu schaffen. Ich habe große Schuld auf mich geladen, als ich diesen Zauber in eurer Mitte ausprobiert habe. Aber nun kann ich versuchen, diese Schuld wiedergutzumachen, denn in der Zwischenzeit habe ich gelernt, wie er wirklich funktioniert. Damit habe ich eine Waffe gefunden, die uns alle vor dem Tod bewahren kann, falls es wirklich zum Kampf mit der Armee kommt. Ich habe also einen Grund dafür, warum mein Weiterleben sinnvoller ist als mein Freitod. Und ich gebe euch auch einen Grund, warum dasselbe für Sylvia gilt: Ohne sie hätte ich diese Waffe nie erschaffen können.«

Dann sinkt er plötzlich vor uns allen auf die Knie und das kleine Talent-Orakel neben ihm tut es ihm gleich. Thanos hebt die Hände zu uns empor.

»Wir bitten euch: Verzeiht uns, dass wir so viel Leid über euch gebracht haben. Gebt uns eine Chance, das wiedergutzumachen!«

Noch während die beiden Orakel dort knien, drängt sich der erste Faun durch die Menge nach vorn zu der Waage, die Orowar aufgestellt hat. Er nimmt den schwarzen Kiesel aus der einen Schale und wirft stattdessen einen weißen in die andere. Auf der Stelle folgen andere seinem Beispiel. Eine geordnete Schlange bildet sich vor der Waage und jeder zieht seinen Todesstein zurück. Als die weißen Kiesel Übergewicht bekommen, wage ich aufzuatmen.

Die ganze Zeit über verharren Thanos und Sylvia mit gesenktem Haupt in ihrer Büßerpose. Am Ende liegt nur noch ein einziger schwarzer Stein in der Waage. Demütig nimmt Orowar ihn heraus und ersetzt ihn durch einen weißen.

Sylvia stützt Thanos, als er sich erhebt, obwohl sie selbst nur noch aus Haut und Knochen besteht. Er winkt Levian, Leviata, Luzilla und Nayo zu sich heran.

»Binde diese vier wieder an mich«, sagt er zu Sylvia. »Ich habe gespürt, dass du sie von mir losgelöst hast. Und ich hätte sie gern zurück – auch wenn sie allesamt nicht mehr unversehrt sind.«

Keiner der vier Abtrünnigen wehrt sich gegen diesen Wunsch. Wahrscheinlich sind sie sogar froh darüber, dass Thanos nun wieder über sie bestimmen kann. Es ist unnatürlich für einen Faun, auf sich allein gestellt zu sein. Sylvia legt ihnen die Hände auf, während sie gleichzeitig Thanos berührt und ihre Magie fließen lässt.

Dann wendet sich das oberste Orakel mir zu.

»Ich habe von Klarheit gesprochen«, sagt er. »Und Klarheit ist es, was ich durchzusetzen gedenke. In deinem Fall heißt das, dass eine Entscheidung fällig ist.«

Mir wird heiß und kalt. Damit habe ich in keiner Weise gerechnet.

»Aber es ist noch keine Winterpause ...«, stammle ich. »Du hast gesagt...«

»... dass du dich *vor* der Winterpause entscheiden musst. Und so ist es auch mit den Talenten abgesprochen. Der erste Schnee wird früh kommen dieses Jahr, ich spüre bereits die Kälte aus dem Norden in die Wälder dringen. In vier Wochen werden wir unsere Schlafkammern beziehen. Diese Entscheidung darf nicht in letzter Sekunde getroffen werden. Du wirst sie jetzt fällen. Unsere Bündnispartner werden sie akzeptieren.«

»Jetzt?«, krächze ich.

Thanos nickt.

Es ist so still in der Halle, dass ich kaum mehr wage zu atmen. Ich spüre Levians Hand, die wieder nach meiner fasst, sehe Tränen in Nayos Augen steigen. Selbst Leviata und Luzilla haben einen Ausdruck im Gesicht, der mir klar zeigt, was sie sich wünschen: Dass ich hier im Hohenfels bleibe. Jetzt, da da das menschliche Gift in den Grautönen aufgeht, von denen Thanos gesprochen hat, gibt es zum ersten Mal die Möglichkeit, dass auch ich hier unten meinen Frieden finden kann.

»Melek«, dringt Levians Bronzestimme an mein Ohr. »Wir alle haben einander verziehen. Und du kannst es auch. Höre auf die Stimme deiner Seele und bleib bei mir!«

Erik ist nicht hier. Ich weiß nicht, was ich tun würde, wenn er an meiner anderen Seite stehen würde. Nicht einmal Jakob ist da, um mir einen seiner Befehle zu erteilen, die ebenfalls schnell für Klarheit sorgen könnten. Jetzt ist der Moment gekommen, von dem Orowyn gesprochen hat: Das Schicksal hüllt sich in Schweigen und lässt mich selbst entscheiden. Die Zukunft ist wieder offen. Aber meine Entscheidung wird Auswirkungen haben: Werde ich ein Mensch, so wird der schwarze General mich als Druckmittel gegen seinen Heiler benutzen. Bleibe ich hier, so besteht die Möglichkeit, dass Eriks Talent wieder schwindet und die Talente ihre Endkampf-Idee aufgeben. Anders als bei meiner Verwandlung kann ich mich nun bewusst gegen ihn entscheiden. Das würde ihm das Herz brechen und die angeschlagene Führungsriege der Armee hätte ihr letztes Argument verloren. Erst in diesem Moment erkenne ich, dass meine Liebe mich zu Erik zieht. Ich will sie nicht schon wieder opfern. Aber mittlerweile geht es nicht mehr nur um meine Gefühle, sondern um das Schicksal der ganzen Welt. Noch nie war mir das so bewusst wie in diesem Augenblick.

»Ich werde ein Faun bleiben«, flüstere ich.

Der Tumult, der nach meinen Worten durch die Menge geht, ist so laut, dass man ihn wahrscheinlich bis nach draußen hören kann. In gewisser Weise ist meine Entscheidung ein Triumph der Faune über die Menschen. Für mich ist es so, als sei heute doch noch ein Todesurteil gesprochen worden. Aber die meisten anderen im Raum fühlen ganz anders. Unendlich erleichtert schließt Levian mich in seine Arme.

»Oh Melek«, murmelt er. »Jetzt können wir ganz von vorn anfangen.«

***

Ich übernehme die Aufgabe, Sylvia zu ihrer Truppe zurückzubringen. Als der Felsbrocken am Hintereingang hinter uns zugeschoben wird, wirft sie sich in meine Arme und schluchzt. Ich kann nicht gut auf sie eingehen, denn in meiner Seele tobt ein Aufruhr, der mich nahezu handlungsunfähig macht. Also lege ich nur wie ferngesteuert meine Arme um sie und starre dabei ins Unterholz.

»Wo willst du jetzt hin?«, frage ich sie nach einer Weile.

»Warte«, sagt sie. »Ich muss Jakob lokalisieren.«

Sie setzt sich hin, schließt die Augen und legt die Hände an ihre Schläfen. Es dauert eine ganze Weile, bis sie herausgefunden hat, wo ihr Anführer steckt.

»Er ist in Mahdis Büro«, verkündet sie deprimiert. »Dann ist es also wahr, was ich gespürt habe: Der General hat meinen Schutzzauber durchbrochen und weiß Bescheid. Sicher hält er Jakob und Erik gefangen, damit ihr mich unterdessen hinrichten könnt. Nur hat er nicht mit meinen zahlreichen Verteidigern gerechnet.«

Sie lächelt mich an.

»Es war Thanos, der dich befreit hat«, stelle ich klar.

»Oh nein, Melek.« Sie steht auf, legt eine Hand an meine Wange und streichelt mich. Meine Augen werden heiß. »Thanos hat das Überleben meines Körpers gesichert. Aber du und deine Freunde haben meine Seele gerettet ... Das Opfer, das du heute gebracht hast, wird in die Geschichte der Talente eingehen. Ich weiß genau, warum du es getan hast, denn dadurch könnte sich alles ändern. Aber es war trotzdem nicht richtig. Du wirst Erik zerstören – und dich selbst gleich dazu.«

Ich wende mich ab und suche im Dickicht des Waldes nach Bildern, die ich für mein Small-Think benutzen kann. Es funktioniert nicht richtig. Ein Teil von mir will lieber trauern als abschalten. Also gebe ich dem menschlichen Drängen in mir nach.

»Kannst du Jakob erreichen?«, frage ich Sylvia.

»Ja.« Sie zückt ihr Telefon. »Mit den letzten Zuckungen meines Akkus wird es funktionieren.«

Sie setzt sich wieder hin und drückt auf ihrem Handy herum.

»Ich bin frei und am Leben. Warte auf der Schutzhütte auf euch«, teilt sie mir den Inhalt ihrer Nachricht mit. Dann steht sie auf und blickt seufzend in den taghellen Himmel.

»Ich habe gehofft, ich könnte eines Tages auch mit Pegasus fliegen.«

Ich sage ihr nicht, dass die Möglichkeit dafür immer noch besteht. Man weiß nie, was in dieser verrückten Welt alles auf einen zukommt. Also wandern wir zu Fuß wie zwei ganz normale Freundinnen durch den Wald nach Friedensdorf. Unterwegs treffen wir zweimal auf Spaziergänger. Sie starren Sylvia entgeistert an, als hätten sie noch nie einen Menschen in diesem Zustand gesehen. Von Einrichtungen wie Buße und Exil scheinen sie noch nicht viel gehört zu haben. Aber ich muss zugeben, dass der äußere Zustand des Orakels sogar mich entsetzt. Im Sonnenlicht wirkt ihre Haut noch blasser und ihre Augenhöhlen sind so tief wie kleine Krater.

Kurz vor unserem Ziel zieht Sylvia plötzlich scharf Luft ein. Sie taumelt gegen einen Baumstamm und krallt sich in die knorrige Rinde, während ihre Pupillen zu tanzen beginnen. Ich warte ab, bis die Vision vorbei ist. Gerade noch rechtzeitig fange ich sie auf, als sie in sich zusammensackt.

»Was ist los? Was hast du gesehen?«

Ihre kleinen Hände krallen sich in meinen Rücken und Tränen stürzen aus ihren Augen.

»Es ist Kadim, Melek«, schluchzt sie. »Mahdi hat ihn umgebracht!«

»Gerade jetzt?«, frage ich erschreckt.

»Nein, wahrscheinlich schon vor Stunden. Ich war nur zu sehr mit mir selbst beschäftigt, um es zu spüren ... Oh Melek, was geht hier nur vor?«

Diese Frage kann ich ihr auch nicht beantworten.

Schweigend legen wir die letzten Meter bis zur Schutzhütte zurück. Dann warten wir, bis die ersten Talente auftauchen. Um 14 Uhr ist es schließlich so weit. Das ist die übliche Zeit, zu der Jakobs Truppe sich trifft. Später besteht immer die Möglichkeit, dass irgendeine Burschenschaft oder Hochzeitsgesellschaft die Hütte in Beschlag nimmt, hat Erik mir erzählt.

Sylvias Kameraden sind völlig aus dem Häuschen, als sie sie sehen. Mike nimmt sie in den Arm und drückt sie so heftig an seine Brust, dass sie einen gurgelnden Laut von sich gibt. Anastasia wirft sie sogar in die Luft und stößt dabei spitze Jubelschreie aus. Die anderen lachen. Aber dann erstirbt jede Freude in ihrem Gesicht, als Sylvia ihnen erzählt, dass sie den Tod des zweiten Orakels wahrgenommen hat. Sofort starten wilde Diskussionen, was der Auslöser dafür gewesen sein mag. Die meisten Talente befürchten, dass Kadim vorher noch Mahdi vom Pakt mit den Faunen erzählt hat.

»Nein«, gibt Sylvia kleinlaut zu. »Das war ich. Der General hat es irgendwie geschafft, meinen Schutzzauber zu knacken. Ich weiß nicht wie, aber ich habe gespürt, dass er das Endstück des Angriffs war.«

Ein Stöhnen geht durch die Talente.

»Wo sind Jakob und Erik?«, fragt die Wettläuferin Tina. Ich kann die Angst riechen, die sie gerade überkommt. Sie fürchtet, ihren Anführer zu verlieren – und da ist noch mehr, das sie bewegt. Freundschaft, Liebe und eine satte Portion Gewissensbisse sind auch dabei.

»Sie sind noch bei Mahdi«, erklärt Sylvia. »Er hält sie fest, bis er glaubt, meine Hinrichtung wäre vorbei.«

In das allgemeine Durcheinander hinein, das daraufhin entsteht, nehmen meine geblähten Nasenflügel einen weiteren Geruch auf. Es ist der eines Talents, das ich nie zuvor gesehen habe: ein ausnehmend hübsches Mädchen mit hellbraunem Haar und beeindruckenden Kurven, die sogar unter ihrem grauen Armeemantel auffallen. Sie steht ein Stück abseits und hat ein erschrockenes Gesicht aufgesetzt. Auch sie ist von Angst erfüllt, doch auch von Sehnsucht. Und ich weiß genau, wem sie gilt. Ich starre sie an.

In dem Moment merkt sie, dass ich sie beobachte. Sie ballt die Hände zu Fäusten und hält meinen Blick.

»Wer bist du?«, zische ich aggressiv und rausche zu ihr hinüber.

Da zieht sie ihre Pistole und legt in Sekundenschnelle auf mich an. Ich bleibe wie angewurzelt stehen.

»Ich bin deine Nachfolgerin«, sagt sie gefasst. »Und ich habe vor, deinen Platz in jeder Hinsicht einzunehmen. Wir brauchen dich nicht mehr.«

»Leonie! Hör sofort damit auf, Melek mit der Pistole zu bedrohen«, schreit Tina und kommt auf uns zugestampft. Daraufhin steckt die Volltrefferin ihre Waffe weg, als wäre nichts gewesen, nicht ohne mir vorher noch einen funkelnden Blick zugeworfen zu haben.

»Zu Befehl, Leutnant«, sagt sie mit steifer Haltung an Tina gerichtet.

Ich glaube, Tina kann sie genauso wenig leiden wie ich.

»Wir stehen hier nicht voreinander stramm, merk dir das. Und jetzt geh eine Runde den Parkplatz beobachten, bis ich dich zurückrufe«, blökt sie sie an.

Leonie nickt und verzieht sich in die Richtung, die ihr zugewiesen wurde. Doch genau in dem Moment biegt unten an der Hauptstraße Jakobs Land Rover in den Weg zur Schutzhütte ein. Auf der Stelle sind sowohl Tinas Befehl als auch Leonies Angriff auf mich vergessen. Ich kann kaum so lange ruhig bleiben, bis Jakob und Erik aussteigen. Als es so weit ist, bin ich wie gelähmt. Ich sauge den Anblick der beiden auf. Sie sind so verschieden, wie man nur sein kann. Der eine blond, der andere dunkelhaarig. Der eine riesengroß, der andere breit und gedrungen. Und doch gibt es etwas, das sie verbindet, und das geht weit über eine gemeinsame Tätowierung hinaus. Gleichzeitig sehen sie Sylvia und mich. Doch zu mehr als einem erleichterten Ausruf kommen sie nicht. Sylvia rennt los und wirft sich Jakob in den Arm. Er sinkt auf die Knie nieder und drückt sie an sich. Dabei wiegt er sie wie ein Baby hin und her. Sein Gesicht vergräbt er in ihrem Haar. Ich bin die Einzige, die weiß, dass er weint, denn ich kann es riechen.

Auch Erik kommt nicht weiter als ein paar Schritte. Leonie war schon auf halbem Weg zum Parkplatz, als wir den Land Rover bemerkten. Jetzt nützt sie die Gelegenheit, um sich Erik zu greifen. Verwirrt lässt er zu, dass sie ihn umarmt, gleichzeitig fliegen seine Blicke zwischen Sylvia und mir hin und her. In dem Moment wird mir klar, dass ich hier wirklich nichts mehr verloren habe. Ich drehe mich um und will gehen.

»Melek, warte!«, schreit Erik und macht sich von Leonie los.

Ich weiß, dass es besser wäre, mich zu verwandeln und davonzufliegen. Das, was ich Erik sagen muss, will ich eigentlich gar nicht aussprechen. Trotzdem bleibe ich stehen und warte. Er versucht nicht, die Form zu wahren. Seine Arme umschlingen mich und unsere Lippen finden sich, bevor ich einen klaren Gedanken fassen kann. Er küsst mich so gierig, als hätte er mich seit Wochen nicht mehr gesehen.

»Du hast es geschafft, sie da rauszuholen«, flüstert er atemlos. »Und jetzt bleibst du hier bei mir.«

Erst da wird mir klar, was er sich in der Zwischenzeit zusammengereimt hat: Er denkt, ich hätte Sylvia durch irgendeinen Trick befreit und mich damit gegen die Faune gestellt – eine Abtrünnige, die nicht mehr zurück in den Hohenfels kann. Doch genau das Gegenteil ist der Fall. Ich fasse nach seinen Händen und löse sie von meinem Körper. Meine Arme fühlen sich so schwer wie Blei an.

»Was ist los?«, fragt Erik und runzelt die Stirn.

»Ich war es nicht, die Sylvia gerettet hat. Thanos ist zurückgekehrt und hat die Faune dazu gebracht, ihre Meinung zu ändern.«

»Oh … das ist wahrscheinlich gut für uns alle«, murmelt er. »Das heißt, du bist nicht hier, um …«

»Ich bin hier, um dir Lebewohl zu sagen, Erik.«

Nun ist es heraus. Aber meine Worte dringen nicht bis in seinen Kopf vor. Er schüttelt ihn nur, als würde er mich nicht verstehen. Aus seinem Mund kommt kein einziger Ton, doch in seinem Blick steht Entsetzen.

»Thanos hat eine Entscheidung von mir gefordert«, erkläre ich. »Er will Klarheit. Es ist zum Wohle aller, wenn ich ein Faun bleibe.«

So wie ich das sage, klingt es, als wäre alles eine rein theoretische Frage. So, als würde es mir nicht schwerfallen, ihn zu verlassen. Es klingt, als sei ich meiner Sache absolut sicher.

Eriks Augen werden dunkel.

»Was in aller Welt soll *das* zu unserem Wohl beitragen?«, giftet er mich an.

»Wenn du weiterdenkst, wirst du verstehen, dass es den Endkampf verhindern könnte. Ohne einen funktionierenden Heiler kommt auch der schwarze General auf Dauer nicht weiter.«

»Ach so, du hast es also auf mein Talent abgesehen, ja?«, zischt Erik. »Dann lass dir gesagt sein, dass Mahdi sich von nichts und niemandem aufhalten lässt. Wir werden ohnehin alle sterben, Melek. Die Frage ist nur, ob du dabei meine Hand halten willst oder die von Levian.«

Es hat keinen Zweck mehr, ihm zu erklären, was ich wirklich fühle. Es ist vorbei. Ich muss nach Hause zu meiner Familie, auch wenn alles in mir dagegen anschreit, diesen Jungen zu verlassen, den ich gerade zum tausendsten Mal verletzt habe. Der Kloß in meinem Hals verhindert, dass ich noch etwas sage. Ich gehe ein paar Schritte rückwärts, verwandle mich vor seinen Augen in die Taube und fliege davon.

»Melek«, schreit Erik mir hinterher. »Tu mir das nicht an!«

Ich drehe mich nicht mehr um. Der Wind heult in meinen Ohren und trägt mich weg von den klagenden Lauten unter mir, die wie Messer in meine Seele schneiden. Ich spüre die Brise von Norden. Sie ist so kalt, dass mir fröstelt. Thanos hat Recht der Winter naht. In meinem Herzen ist er schon angekommen.

Zwei verschiedene Arten, miteinander zu tanzen

Der August zieht vorbei und der September geht ins Land. Ich weigere mich hartnäckig, meinen Bund mit Melek zu lösen. Thanos hat sie aus dem Rat entlassen, weil er der Ansicht ist, dass ihr Anblick unsere politischen Verhandlungen stört. Stattdessen hat er Leviata ihren Platz gegeben. Anfangs war ich davon ausgegangen, dass diese Entscheidung nur für Unfrieden unter den Bündnispartnern sorgen würde. Aber Leviata ist mir gegenüber ungewohnt zahm und mitfühlend. Zumindest komme ich mit ihr wesentlich besser aus als mit ihrem Bruder.

Nach jedem unserer Treffen, die nach wie vor in der großen Halle stattfinden, versuche ich mich davonzuschleichen und Melek zu finden. Aber selbst wenn ich es schaffe, komme ich nie weit, denn die verschlungenen Gänge des Hohenfels sind schwieriger zu durchdringen als ein Labyrinth. Noch dazu weiß ich nicht einmal ungefähr, wo Meleks Kammer ist. Meistens findet mich schon nach kurzer Zeit einer der Faune und schleift mich wortlos zurück. Beim letzten Mal war es sogar Levian selbst. Es hat mir ein ziemlich unansehnliches Veilchen eingebrockt, dass ich nicht einmal in dieser Situation nachgegeben habe und bereit war, meine Verbindung mit Melek zu lösen.

Alle außer Sylvia wollen, dass ich es tue, allein um des Bündnisses willen. Die Faune sowieso, aber auch Jakob, Mike und die anderen. Von Le Rouge ganz zu schweigen, der im Moment vorwiegend damit beschäftigt ist, auf allen Ebenen die Bälle flach zu halten. Wie Mahdi vorhergesagt hat, war die Opposition bereits in dem Moment zum Scheitern verurteilt, als der General unser Geheimnis erfuhr. Der Sturm der Entrüstung, der in den Tagen danach durch die Armee ging, machte wirklich vor nichts Halt. Nun laufen diverse Misstrauensanträge, denn jeder verdächtigt jeden und spinnt Intrigen. Le Rouge wirft Mahdi Mord und Todschlag an Schutzbefohlenen vor und Mahdi versucht im Gegenzug, ihn von seinem Posten als General zu stoßen, indem er ihm illegale Kontakte mit dem Feind unterstellt, obwohl es diese gar nicht gab. Insgesamt ist der General zu beschäftigt damit, E-Mails zu beantworten und Gesprächspartner zu empfangen, um uns zu kontrollieren. Ich glaube, er ahnt, dass wir uns weiterhin mit den Faunen treffen und Sylvia einen neuen Schutzzauber über uns gelegt hat. Aber damit kann er sich gerade nicht befassen. Das, was er erreichen wollte, hat er erreicht. Was interessieren ihn da noch die Gespräche einer unbedeutenden Truppe mit ihren ebenso unbedeutenden Faunen?

Bis das politische Wirrwarr, in das die Armee verstrickt ist, aufgelöst ist, werden wahrscheinlich noch Wochen oder Monate vergehen. Und so lange wird auch nichts passieren.

Im Grunde ist es mir egal. Ich überlasse das Diskutieren den Generälen und die Organisation der Truppe Jakob. Das Einzige, was mich interessiert, ist, Melek zu finden, die ich seit dem Tag von Sylvias Prozess nicht mehr gesehen habe. Ich weiß nicht, was ich eigentlich noch von ihr hören will. Vielleicht will ich ihr einfach in die Augen schauen, wenn ich sie freigebe. Manchmal glaube ich, dass ich in der Lage wäre, es zu tun. Die Winterruhe steht vor der Tür – meine Deadline, das habe ich immer gewusst.

Bei den Treffen mit den Faunen geht es weiterhin um mögliche Lösungen zum besseren Zusammenleben unserer Völker. Mittlerweile liegt uns ein Katalog von Möglichkeiten aus der ganzen Welt vor. Aber keine davon überzeugt alle nachhaltig. Thanos hat uns bestätigt, dass Naturrituale sie ebenso beruhigen wie Meditation. Ich kann mir trotzdem nicht vorstellen, dass man einen wie Levian damit auf Dauer in seinem Burgberg halten könnte.

An den Abenden ziehen wir in die Clubs und ich reanimiere sämtliche Opfer, die soeben ihre Gefühle eingebüßt haben. Es fängt an, zur Routine für uns zu werden. Wenn die Faune fertig sind, liefern sie ihre Menschen manchmal sogar direkt bei uns ab. Nur Levian und Melek sind nie unter ihnen. Ich weiß nicht, wo sie sich ihren Input besorgen. Sylvia behauptet, sie wüsste es ebenso wenig. Von dem neuen Orakel, Markus, der Kadim ersetzt hat, bekomme ich die gleiche Auskunft. Er ist ein ziemlicher Freak, der eine waschechte Kristallkugel in seiner Jackentasche spazieren trägt. Wenn er darin die Zukunft liest, werden seine Augen so groß und glasig, dass ich Angst habe, sie könnten aus den Höhlen quellen. Mehr als das kann ich über Markus nicht sagen. Mein psychischer Zustand verhindert, dass ich mich mit dem Kennenlernen einer neuen Person befassen kann. Ich bin vollauf damit beschäftigt, zwischen Verzweiflung und Wut hin- und herzuschwanken. Heute ist so ein Tag, an dem meine wilden Dschinn-Emotionen mich fast überwältigen. Ich habe schon drei Tunicas geküsst und das war noch nicht das Ende für diesen Abend. Die fünf anderen Mitglieder unserer Truppe sind mehr oder weniger zum Zuschauen mitgekommen, weil es keine Arbeit mehr für sie gibt. Die Faune lassen es sich gut gehen wie immer. Der Einzige, der den ganzen Abend arbeitet, bin ich. Und jeder nimmt es ganz selbstverständlich hin. Ich finde meinen Job zum Kotzen.

»Du siehst aus, als würdest du gleich in die Luft gehen«, sagt plötzlich Leonie neben mir.

»Hm«, grummle ich. »Wär vielleicht mal wieder an der Zeit.«

Sie sieht mich mit ihren goldglänzenden Augen an und kneift die Lippen zusammen.

»Ehrlich, Erik, manchmal tust du mir richtig leid. Ich würde dein Talent nicht haben wollen.«

»Ich will es ebenso wenig.«

»Die anderen sagen, es wird nicht mehr lange dauern, bis es dich wieder verlässt.«

»Was die anderen sagen, interessiert mich nicht«, motze ich sie an.

Sie nimmt mir das alkoholfreie Bier aus der Hand und stellt es auf den Tresen an der Tanzfläche. Dann greift sie sich meine Hände und zieht mich mit einem Ruck von der Säule weg, an der ich mittlerweile festgewachsen war.

»Was soll das, Leonie?«, stöhne ich.

»Du musst mal was tun, das Spaß macht«, behauptet sie und zerrt mich auf die Tanzfläche. Ich habe überhaupt keine Lust dazu, mit ihr zu tanzen.

Erstens befinden wir uns auf einer Schlagerparty und es läuft gerade »Ein Bett im Kornfeld«. Und zweitens habe ich bereits gesehen, wie Leonie tanzt. Ich will meinen Augen das nicht zumuten, denn es bringt meinen Kopf durcheinander – oder vielleicht ist es auch nicht mein Kopf, sondern etwas anderes. Auf jeden Fall sperre ich mich dagegen.

»Das macht mir aber keinen Spaß«, sage ich, doch da stehe ich bereits mitten in einem Pulk von Menschen, die lauthals einen Text über singende Grillen und duftendes Heu mitschmettern. Leonie macht sich von mir los und wackelt vor meiner Nase auf und ab. Ich kann sie besser ertragen, wenn sie ihren Armeemantel anhat. Das spärliche Outfit aus Hotpants und rückenfreiem Shirt, das sie heute trägt, bringt selbst Mike dazu, die Augenbrauen hochzuziehen, und das muss was heißen. Auf der Stelle hat sie jede Menge Verehrer auf der Tanzfläche, die zwanghaft versuchen, mit ihr in Kontakt zu kommen. Aber sie hat es einzig und allein auf mich abgesehen. Ich stehe da und trete von einem Bein auf das andere.

Nach ein paar Takten tanzt sie näher an mich heran und singt den Text mit: »Und ich lachte und sprach: Ich hab dir noch viel zu geben ...«

Dabei bewegt sie meine Arme im Rhythmus dazu. Ich kann nichts dagegen unternehmen, dass meine Mundwinkel nach oben zucken. Das Bild, das wir gerade abgeben, muss unglaublich lächerlich sein. Leonie schmunzelt und macht so lange weiter, bis Tina sich mit einem Leutnants-Gesicht zwischen uns stellt. Ich bin fast enttäuscht.

»Erik, du wirst gebraucht«, sagt Tina und deutet mit dem Kopf in die Richtung der anderen. Dort steht einer der Faune und liefert gerade ein männliches Opfer ab. Wie ich dieses Bündnis hasse!

»Zurück auf deinen Posten«, brummt sie Leonie an. Die nickt einmal zackig mit dem Kopf und fängt sich dafür einen bitterbösen Blick von ihrer Vorgesetzten ein.

Also küsse ich den nächsten Tunica und den übernächsten. So geht es den Rest des Abends weiter. Als wir nach Hause gehen, stelle ich fest, dass meine Laune immer noch schlecht ist, aber nicht mehr ganz so abgrundtief am Boden wie vor der Tanzaktion. Leonie ist jemand, der sich darauf versteht, gute Laune zu verbreiten. Das findet jeder von uns, außer Tina. Und was die angeht, so ist sie einfach neidisch auf jedes Talent, das es schafft, eine gewisse Unbeschwertheit an den Tag zu legen. Oder sie hat mittlerweile wirklich erkannt, dass die Konkurrenz nicht schläft. Vielleicht erklärt Leonie sich ja mal dazu bereit, eine Runde mit Henry zu tanzen. Ich würde so gern Tinas Gesicht dabei sehen.

***

Kurz vor meinem Geburtstag bitte ich Jakob, mich eine Runde mit seinem Auto fahren zu lassen. Wir lungern wieder einmal vor der Schutzhütte herum und schießen lustlos auf Zielscheiben.

»Wieso?«, fragt er kurz angebunden. »Das bringt doch niemandem was.«

»Doch«, beharre ich, »es bringt *mir* etwas. In einer Woche werde ich 18 und habe keinen Führerschein. Ich komme mir vor wie ein Idiot. Bring es mir bei und sorg dafür, dass jemand mir eine Fälschung anfertigen lässt.«

Jakob bläst Luft aus und sieht mich von oben herab an.

»An wen genau denkst du dabei? An Dönges vielleicht? Der redet nicht mal genug mit uns, um Markus eine Pistole zu besorgen. Oder hast du Le Rouge gemeint? Ich bin sicher, dass er nichts anderes zu tun hat, als dir im Zuge seiner ständigen Verteidigungsdebatten nebenbei einen Führerschein zu besorgen. Vielleicht fragen wir mal Mahdi. Der könnte noch Kapazitäten dafür haben.«

Ich werde kreidebleich vor Wut.

»Gut, dann eben ohne Führerschein. Lass mich einfach fahren!«

»Vergiss es, Erik.«

Er macht auf dem Absatz kehrt und geht davon. Ich balle die Hände zu Fäusten. Doch dann sehe ich, wie er mit Tina spricht und dabei auf mich zeigt. Sie zuckt erst die Schultern, aber dann nickt sie. Kurze Zeit später kommt sie zu mir und hält mir den Schlüssel ihrer Schrottkiste vor die Nase.

»Wir beide machen einen Deal«, sagt sie. »Ich lasse dich mit meinem Auto fahren und du schweigst wie ein Grab, sobald Henry oder Joshua in meinem Umfeld auftauchen.«

»Ist gebongt«, sage ich und grinse. Dann angle ich mir den Schlüssel und lasse mich von ihr in die Kunst einweisen, einen uralten VW mit kaputter Kupplung rückwärts von seinem Parkplatz zu bugsieren. Am Anfang stirbt mir dabei jedes Mal der Motor ab. Aber als ich endlich ausgeschert bin und den Waldweg entlang zum Teich fahre, fühle ich mich zum ersten Mal seit Wochen wieder einigermaßen hergestellt. Ich bin genug Moped gefahren und brauche nicht lange, um ein Gefühl für Gas und Kupplung zu entwickeln. Wir donnern über die Schlaglöcher und Tina dreht das Radio auf, das mehr knarzt als spielt. Für einige Momente fühlt das Leben sich gut und einfach an. Am Teich machen wir Halt und steigen aus.

»Weißt du noch?«, murmelt Tina. »Hier hat alles für dich angefangen.«

»Nein, es war etwas weiter hinten«, sage ich und deute in die Richtung, wo Jakob mir mein Bannzeichen in die Hand geschnitten hat.

»Und dort irgendwo ist die Eiche, unter der du Melek geheilt hast.«

Ich seufze.

»Würdest du es wieder tun, wenn du wüsstest, was dieser Kuss bei dir auslöst?«, fragt sie neugierig.

»Ja.«

»Du würdest all das noch einmal auf dich nehmen, nur um Melek ihre Gefühle wiederzugeben?«

»Na ja, ein paar Dinge würde ich jetzt anders machen. Zum Beispiel würde ich Mahdi gleich bei unserer ersten Begegnung den Kopf einschlagen.«

Tina bricht in ein ansteckendes Gelächter aus. Ich muss ebenfalls grinsen.

»Es ist nicht gut gelaufen für euch«, sagt sie dann wieder ernst und legt eine Hand auf meinen Arm.

Ich starre in die Wipfel der Bäume hinauf und schüttele den Kopf. Die Stimme versagt mir. Tina weiß immer noch genau, wann bei mir der Punkt gekommen ist, an dem ich machtlos werde gegen meine innere Verzweiflung. Daran hat auch die Wildheit nichts geändert, die die Faune mir verabreicht haben.

»Schscht«, macht sie und nimmt mich in den Arm. »Heul ruhig. Kriegt ja sonst keiner mit.«

Also nutze ich die Gelegenheit, um mich endlich mal wieder richtig gehenzulassen. Ich weiß nicht, wie die anderen das aushalten, ständig nur den harten Knochen abzugeben. Ich jedenfalls kann es immer noch nicht. Als ich fertig bin, ist der Kragen von Tinas Weste ganz durchnässt. Ich entschuldige mich dafür, aber sie haut mir nur freundschaftlich die Faust auf den Oberarm.

Bevor wir zurück zu den anderen fahren, machen wir noch einen Tag für die nächste Fahrstunde aus. Ich nehme mir vor, künftig etwas netter zu Tina zu sein. Man sollte sich seine Freunde nicht vergraulen, indem man ihnen Dinge aufzwängt, zu denen sie noch nicht bereit sind. Auch ein wilder Kerl lernt manchmal eben noch etwas dazu.

Was ich nicht auf die Reihe kriege, ist die Ungewissheit darüber, wie Melek mit dem Leben klarkommt, für das sie sich entschieden hat. Gar nichts von ihr zu hören, ist fast noch schlimmer als die Treffen mit der unnahbaren Schönheit.

Am Abend vor meinem Geburtstag sitze ich auf der Schaukel im Innenhof unseres Blocks und pendle stupide hin und her, während ich mir Gedanken darüber mache. Da piepst mein Handy und ich lese eine SMS von Sylvia.

»Ich weiß, wo sie ist. Hast du eine Möglichkeit, mich zu Hause abzuholen?«

Ich bin mir nicht sicher, was Sylvia vorhat. Trotzdem renne ich hinauf ins Feldlager, wo Le Rouge und sein Orakel gerade damit beschäftigt sind, eine vollkommen undeutbare Vision zu entschlüsseln. Sie beachten mich kaum, als ich eintrete.

»Kann ich mal deinen Autoschlüssel haben?«, frage ich den General.

Er runzelt fortwährend die Stirn, aber das hat anscheinend nichts mit mir zu tun. Le Rouge weiß wahrscheinlich gar nicht, dass ich keinen Führerschein habe. Gedankenverloren zieht er den Schlüssel aus seiner Hosentasche und wirft ihn mir zu.

»Danke«, sage ich und verschwinde so schnell, wie ich gekommen bin.

Der Wagen des Franzosen ist ein Renault-Geländewagen. Er parkt direkt hinter dem Block. Hektisch sperre ich auf und springe hinein, bevor ihm bewusst wird, was er gerade getan hat. In den drei Fahrstunden mit Tina habe ich gelernt, wie man eine Schrottkarre an einem Waldweg anfährt, nicht aber, wie man geräuschlos einen Neuwagen ausparkt. Schon als ich den Rückwärtsgang einlege, knarzt es dermaßen laut, dass ich Angst bekomme, eine Horde bewaffneter Talente könnte gleich um die Ecke gestürzt kommen. Doch ich muss jetzt zu Melek, koste es, was es wolle. Irgendwie setze ich rückwärts aus der Parklücke, finde den ersten Gang und holpere ruckartig vorwärts, bis ich endlich auf der Hauptstraße bin.

Bis Biedenkopf läuft alles gut. Dann ramme ich beim Einparken vor Sylvias Haustür die Stoßstange gegen einen Betonpfeiler. Ich ziehe scharf die Luft ein und beobachte den Lichtschein in Jakobs Fenster. Nichts. Ich will gerade aussteigen und klingeln, da öffnet Sylvia schon die Beifahrertür.

»Das Einparken hättest du dir sparen können. War doch klar, dass du das nicht hinkriegst«, sagt sie. Dann setzt sie sich und schnallt sich an. »Nettes Auto ... französisch?«

Ich nicke.

»Was hast du vor, Sylvia?«, frage ich.

Sie deutet mit dem Finger hinauf in dem Himmel, wo ein kalter gelber Mond aufgegangen ist.

»Es ist Vollmond, Erik. Und ich weiß, wo sie hingehen.«

Das bedeutet, dass ich Melek nicht allein treffen werde. Levian wird dabei sein und wahrscheinlich werde ich irgendetwas sehen, das mir gar nicht gefällt. Einen Moment lang überlege ich, ob ich Sylvia einfach wieder nach Hause zu ihren Eltern schicken und Le Rouge sein angeschlagenes Auto zurückbringen soll. Aber dann gewinnt mein Wunsch, einfach nur in Meleks Nähe zu sein, die Oberhand.

»Wo?«, frage ich.

»Fahr erst mal Richtung Eckelshausen. Von da an geht's in den Wald.«

Ich bugsiere das ungewohnte Fahrzeug vorsichtig aus der Parklücke hinaus und kurve vorschriftsmäßig durch die Stadt zur Landstraße. Wenn ich eines vermeiden will, dann einen Zwischenfall mit der Polizei. Sylvia verzichtet auf ein Gespräch, weil sie merkt, wie konzentriert ich bin. Ab Eckelshausen lotst sie mich in den Wald und dann auf halber Höhe eines Berges in Richtung Buchenau. Irgendwann biegen wir ab und ich verliere völlig die Orientierung.

»Du bist sicher, dass der Weg stimmt?«, frage ich Sylvia, während wir durch mehrere Schlaglöcher donnern und auf den Sitzen herumgeworfen werden.

»Ja. Melek hat es mir erzählt. Und ich kenne den Platz von früher, als wir noch in Eckelshausen trainiert haben. Schalte jetzt lieber den Allradantrieb ein.«

Ich habe keine Ahnung, wie das geht. Sylvia findet schließlich den richtigen Knopf. Wir quälen uns ein Stück bergan, bis ich vor einem enormen Höhenanstieg stehen bleibe.

»Da traue ich mich nicht rauf«, gebe ich zu.

»Dann laufen wir das letzte Stück.«

Sylvia führt mich den Berg hinauf, durch ein Fichtendickicht hindurch und schließlich über eine Geröllhalde hinweg in einen kleinen verwunschenen Steinbruch. Wir finden ein Versteck in einer Felsspalte, die von mehreren Büschen verdeckt wird. Dort legt Sylvia mir die Hand auf und verbirgt meine Gefühle vor den Faunen.

»Weißt du, was ein Schutzzauber eigentlich ist?«, flüstert sie. »Es ist Small-Think in seiner Reinform, wie ein hoch konzentriertes Medikament. Je stärker das Orakel, desto länger hält es an und desto weiter ist der Radius, für den es reicht.«

Ich frage nicht nach, woher sie das weiß. Es ist ja ohnehin klar. Dabei fällt mir auf, dass Thanos ihr keinen einzigen Angriffs-Zauber beigebracht hat. Alles, was sie gelernt hat, ist rein defensiv. Er hat also gleich doppelt vorgebeugt: Falls wir auf ihrer Seite bleiben, hat er durch Sylvia einen zusätzlichen Schutzschild. Sollten wir die Seite wechseln, so gibt es zumindest nichts, was sie gegen die Faune einsetzen könnte.

In dem Moment zieht mich eine Felsformation gegenüber in den Bann. Manchmal, wenn der Mond hinter den Wolken auftaucht, sieht sie aus wie ein Gesicht. Schwindet das Licht, so verwandelt sich das Relief wieder in eine nichtssagende Steinbruchspalte.

»Was ist das?«, flüstere ich Sylvia zu.

»Es ist Melek«, antwortet sie. »Levian hat es gemacht. Wir sind in seiner Kirche.«

Die Bedeutung dieser Aussage haut mich um. Auf einmal komme ich mir vor wie ein Voyeur. Falls eine Beziehung zwischen zwei Wesen so etwas wie ein Herz hat, befinden wir uns gerade mittendrin. Wir haben hier definitiv nichts zu suchen.

»Ich will gehen!«, sage ich schnell.

Doch bevor ich aufstehen kann, drückt Sylvia mich wieder hinunter und presst ihren Zeigefinger auf den Mund.

»Dafür ist es zu spät.« Sie deutet nach unten auf die Geröllhalde. »Sie kommen.«

Ich wage kaum, meinen Blick dorthin zu wenden. Aber dann tue ich es doch. Im fahlen Licht des Mondes schreiten zwei Hirsche mit majestätischen Bewegungen über die spitzen Steine hinweg. Auf ihren Rücken sitzen Melek und Levian. Sylvia hat sie ebenfalls beobachtet, doch nun wendet sie sich heftig atmend ab. Die Bannzeichen der Faune zeigen bereits ihre Wirkung. Mir geht es ganz anders. Ich kann nicht aufhören, sie anzustarren. Sylvia beobachtet stattdessen mich, aber es ist mir egal.

In seiner wahren Gestalt ist Levian noch schöner als als Mensch. Ich habe noch nie ein Wesen gesehen, das so anmutig lächelt und so stolz auf einem Tier sitzt. Der Wind spielt mit seinem langen dunklen Haar und bringt die kleinen Perlen zum Schaukeln, die darin eingeflochten sind. In der Mitte des Steinbruchs gleitet er von seinem Hirsch und hebt Melek galant von der Hirschkuh. Die Wolken verschwinden. In seiner vollen Kraft scheint der Mond auf das Relief und offenbart das Gesicht der Frau, die ich liebe. Ich könnte schon wieder heulen.

Levian führt Melek an der Hand um ein paar Bäume herum. Mit jedem Schritt kommen sie sich näher. Dann gehen ihre Bewegungen fließend in einen Tanz über, wie ich ihn noch nie gesehen habe. Ein leichter Wind bläst durch das Felsmassiv und entlockt ihm tiefe, wohlklingende Töne.

»Hörst du das?«, wispert Sylvia. »Was ist das?«

Nun vernehme auch ich den Klang von Windspielen und das Singen der Grillen. Schmetterlinge flattern hervor und schrauben sich über den beiden

Tänzern in den Nachthimmel hinauf. Vögel und Frösche stimmen in den Gesang mit ein. Es ist, als ob die gesamte Natur gemeinsam mit den beiden Faunen eine Dankesandacht feiert.

»Es ist Musik«, sage ich. »Sie tanzen.«

Nun hält Sylvia nichts mehr. Sie richtet sich auf und wagt es, durch das Gebüsch vor unserer Nase zu sehen. Einen Augenblick lang ist sie wie erstarrt von der Schönheit des Anblicks, der sich ihr bietet, bis sie sich plötzlich wieder abwendet.

»Das ist das Faszinierendste, was ich je gesehen habe.«

Ich nicke nur. Mir geht es ebenso wie Sylvia, aber ich sehe noch etwas ganz anderes: Das hier ist etwas, was ich Melek nie geben könnte. Ich erkenne, wie ihre Seele dabei aufblüht und sich mit der von Levian vereinigt. Sie sind wie ein Körper, der sich der Natur hingibt. Ganz egal, wie lange ich noch versuche, auf meinem Bund zu bestehen – in gewisser Weise sind sie längst miteinander verschmolzen.

Noch lange bleibe ich hinter meinem Busch sitzen und beobachte, wie sie immer weiter durch die Nacht tanzen, ohne müde zu werden. Irgendwann schließe ich die Augen und lasse mich zurücksinken.

»Ich habe nicht gewusst, wie schlimm es ist. Ich hätte dich nicht hierherbringen sollen«, stellt Sylvia fest.

Ich nicke wieder.

»Melek ist mehr als nur Levians Seelenzwilling, Erik. Mit ihm erlebt sie Augenblicke wie diese, aber sie sind immer nur von kurzer Dauer. Du bist derjenige, der sie wirklich glücklich machen kann ... spätestens seitdem nun ein kleiner Faun in dir wohnt.«

Ich kann nicht mehr glauben, was sie sagt.

»In Wien ... da dachte ich, sie liebt mich auch.«

»Das tut sie«, antwortet sie. »Ich habe es in ihrer Hand gelesen. Aber nicht einmal ich weiß mehr, was richtig und was falsch ist. Ist eure Liebe mehr wert als das Schicksal der Menschheit? Vielleicht sollte es so sein, dass du das hier siehst ... und sie freigibst.«

Diesmal kein Buch

Wenn ich die Macht dazu hätte, würde ich jede Nacht zur Vollmondnacht erklären. Es ist der einzige Tag im Monat, an dem ich mich rein fühle. Nur bei diesem Ritual schwinden die widersprüchlichen Gedanken und Gefühle in mir und das Menschenmädchen, das ich einmal war, sinkt für einige Stunden in Tiefschlaf. Dann fühle ich mich so, wie ich als Faun hätte werden sollen. So, wie ich geworden wäre, wenn ich nicht versucht hätte, mich an Jakob und Erik zu erinnern. Doch schon am nächsten Tag, wenn ich aufwache, ist alles wieder anders. Dann liege ich da und sehe meinen wunderschönen Gefährten an, während mein Herz hinauf in die Sonnenwelt fliegt. Ich kann diese Zerrissenheit kaum noch aushalten.

Auch nach dieser Nacht wache ich früher auf als Levian. Ich schäle mich aus dem Bett und greife nach meinem Tagebuch. Wahllos schlage ich eine Seite auf und suche in dem Eintrag nach irgendeiner Bedeutung für mein weiteres Leben. Ich bin erstaunt, denn ich habe genau die Seite erwischt, die das Datum von heute vor einem Jahr trägt.

Ich möchte nicht auf Eriks Geburtstagsparty, steht da. *Wenn ich Jakob mitnehme, werden wir uns wieder den ganzen Abend lang ignorieren. Außerdem habe ich kein passendes Geschenk für ihn gefunden und deshalb einfach das nächstbeste Buch gekauft, das mir in die Hände gefallen ist. Es ist bei jedem Geburtstag dasselbe: Er hat irgendeine kreative Idee für mich und ich schenke ihm ein Buch. Ich glaube, ich habe ihm noch nie etwas Gutes geschenkt und werde es auch nie tun.*

Erik hat heute Geburtstag. Und so wie ich die Talente einschätze, wird keiner von ihnen sich daran erinnern. Es gibt zwei Dinge, die ich tun muss, um meine Seele zu beruhigen, das wird mir in diesem Moment klar: Ich muss mich richtig von Erik verabschieden. Und ich muss ihm ein einziges Mal etwas Schönes schenken. Vielleicht wird er mir glauben, dass es wirklich nur das ist.

Ein Meer von Wasserlilien

Ich ringe mit mir. Seit gestern Nacht wälze ich Sylvias Worte in meinem Kopf hin und her. Vielleicht hat sie Recht und ich muss Melek ziehen lassen. Aber wie soll ich das machen, wenn ich nicht einmal die Gelegenheit bekomme, mich richtig von ihr zu verabschieden? Selbst wenn die Faune keinen Gedanken daran verschwenden – auch ich bräuchte so etwas wie ein Ritual, um einen solchen Schritt zu tun.

Le Rouge hat mich fast massakriert, nachdem ich ihm in den frühen Morgenstunden sein Auto zurückgebracht habe. Er hatte ungefähr 20-mal auf meinem Handy angerufen, nachdem ich weg war – es war natürlich ausgeschaltet –, und sowohl Jakob als auch die Mitglieder beider Truppen auf mich gehetzt. Sie haben mich die ganze Nacht gesucht. Ich glaube, Jakob war der Einzige, der sich nicht allzu viele Sorgen gemacht hat, denn die Tatsache, dass auch Sylvia verschwunden war, hat ihm genug gesagt. Nun strafen sie mich allesamt mit Verachtung für die durchgemachte Nacht. Ich habe nicht viel Mitleid für sie übrig. Wer ständig bis aufs Letzte kontrolliert wird wie ich, sollte hin und wieder ruhig ein wenig ausbrechen, finde ich.

Es ist der erste Geburtstag meines Lebens, den ich allein verbringe. Zwar bin ich wie immer von einer Horde französischer Soldaten umgeben und nachmittags von meiner eigenen Truppe, aber niemand schert sich darum, dass ich gerade jetzt volljährig werde. Nur Sylvia überreicht mir nach dem Training hinter der Hütte einen arg mitgenommenen Muffin, auf den sie eine Kerze gesteckt hat. Ich bedanke mich und nehme sie in den Arm.

Als Jakob mich anschließend in seinen Land Rover verfrachten will, lehne ich ab.

»Ich habe heute Geburtstag«, stelle ich klar. »Und mein einziger Wunsch ist, ihn woanders verbringen zu dürfen als in einem Feldlager voller stinkender Franzosen.«

Jakob grinst.

»Was willst du tun?«

»Lass mich einfach hier. Ich finde schon nach Hause.«

Er denkt einen Augenblick nach. Normalerweise bin ich nach wie vor immer von irgendwelchen Soldaten umgeben. Es gibt praktisch keinen Raum mehr für Privatsphäre in meinem Leben. Aber Jakob weiß auch, dass ich nie so wenig gefährdet war wie jetzt. Weder die Armee noch die Faune interessieren sich im Moment groß für mich. Wenn mir nicht gerade ein Baum auf den Kopf fällt oder ich von einem Steinschlag niedergewalzt werde, wird mir wahrscheinlich nichts passieren.

»Na schön, aber komm vor Mitternacht in einem Stück zurück«, sagt er. Dann tritt er aufs Gaspedal, ehe ich motzen kann, dass ich 18 werde und nicht 16.

Ich laufe eine ganze Weile durch den Wald und beobachte das Fallen der Blätter. Der Herbst hat etwas Deprimierendes an sich. Es ist noch kein einziges Jahr ins Land gezogen, ohne dass ich mir gewünscht hätte, all die bunten Laubblätter mögen einfach bleiben, wo sie sind. Aber so schlimm wie in diesem Jahr war es noch nie. Die anstehende Winterruhe der Faune bringt mich schon jetzt an meine Grenzen.

Als ich den Buchenauer Steinbruch erreiche, überlege ich, was ich nun eigentlich tun soll. Der Tag neigt sich schon dem Abend zu und ich habe weder genug Geld noch Lust, um mich in Richtung der Menschen zu bewegen. Also werde ich wahrscheinlich einfach im Wald herumwandern und nach trinkbaren Quellen Ausschau halten. Es gibt schlimmere Arten, seinen Geburtstag zu verbringen. Aber auch wesentlich bessere.

Das Wasser des Teiches, der sich auf dem Grund des Steinbruchs gebildet hat, ist ungewöhnlich klar. Im hinteren Teil stehen ein paar Seerosen darauf und ringsum blüht eine beeindruckende Blumenpracht aus Wasserlilien und Fingerhut. Ich bleibe auf dem aufgeschütteten Damm sitzen, der den Steinbruch vor den Augen der Spaziergänger verdeckt. Dann beschließe ich, dass es vielleicht die letzte Gelegenheit ist, um dieses Jahr in einen Teich zu springen. Es ist jetzt eigentlich schon zu kalt dafür, aber ich bin sozusagen ein halber Faun, also dürfte es mir nichts ausmachen. Sorgfältig entledige ich mich meiner Kleider und hechte kopfüber hinein. Das Wasser ist eisig, meine Lippen fühlen sich innerhalb von Sekunden an, als wären sie blau. Es steckt also doch noch mehr Mensch in mir, als ich gedacht habe. So schnell wie möglich schwimme ich eine Runde, um vor mir selbst gerade stehen zu können, dann muss ich schleunigst wieder raus. Ich bin kaum aus dem Wasser, als ich sie bemerke: Melek steht oben auf dem Damm und beobachtet mich. Die Abenddämmerung ist schon angebrochen, deshalb hat sie auf die schützende Menschenhaut verzichtet. Sie trägt mein Lieblingskleid, das blaue mit dem Knoten über der Brust.

»Du bist hier«, stelle ich fest.

In dem Moment wird mir bewusst, dass ich splitterfasernackt bin und außerdem friere wie ein Hering im Packeis. Ich könnte mir angenehmere Momente vorstellen, um ihr zu begegnen. Sie kommt von dem Damm herunter auf mich zu. Nur ein paar Zentimeter vor mir bleibt sie stehen. Ihre Hand berührt mich an der Brust. Ein Schauder läuft durch meinen Körper.

»Ich bin gekommen, um mich von dir zu verabschieden«, sagt sie.

»Ich weiß.«

Noch einmal läuft ein Zittern durch mich hindurch. Meine Zähne schlagen aufeinander.

»Dir ist kalt«, haucht Melek in mein Ohr. Ich nicke.

Sie löst sich von mir und pflückt eine unscheinbare gelbe Blume von der Anhöhe hinter ihr. Die legt sie mir auf die Brust und presst ihre Hände darauf.

»Was ist das?« schlottere ich.

»Jakobskreuzkraut. Es ist eine Giftpflanze, aber sie macht warm.«

Ich muss grinsen.

»Wie passend.«

Eine wohlige Wärme breitet sich von ihrer Hand aus und arbeitet sich durch meinen ganzen Körper hindurch bis in meine Zehenspitzen. Als sie die

Blume wieder wegnimmt, fühle ich mich wie neugeboren. Ich blicke an mir hinunter und stelle fest, dass meine Haut gerötet ist wie von einem leichten Sonnenbrand.

»Besser?«, fragt sie.

»Ja. Um Welten.«

Sie lächelt. Dann nimmt sie meine Hand und legt sie auf den Ausschnitt ihres Kleids, direkt über den Knoten.

»Du hast heute Geburtstag. Und ich habe dir noch nie etwas geschenkt, das deiner würdig war.«

Eine Sekunde lang steht die Welt still. Dann fasse ich nach dem Ende des Knotens und ziehe daran. Das Kleid rutscht über Meleks Schultern und gleitet an ihr hinab wie flüssige Seide. Ich bin erst mal damit beschäftigt, den Anblick zu verdauen, der sich mir nun bietet. Sie ist garantiert das schönste Geschöpf unter dem Himmelszelt. Ihre Haut ist vollkommen makellos, nicht ein einziges überflüssiges Haar schmälert die Perfektion ihres Körpers. Ihre Brüste sind wohlgeformt und fest, ihr Bauch flach, ihre Taille atemberaubend und ihre Beine kerzengerade. Aber es ist nicht ihre äußere Schönheit, die mir den Atem raubt, sondern das wunderbare Mädchen, das dahintersteckt. Wenn man so will, ist ihre wahre Gestalt nichts weiter als die Verkörperung dessen, was ich seit Jahren in ihr sehe. Und nun kann ich es endlich wieder spüren. Ich schließe die Augen und drücke sie an mich. Es fühlt sich an wie tausend Stromschläge, als ihre nackte Haut meine berührt.

»Ich will nicht auf Erinnerungsfetzen angewiesen sein, wenn ich an dich denke«, sagt sie. »Ich möchte wissen, wie es war.«

»Es war unbeschreiblich«, sage ich und küsse sie. Ihre Lippen fühlen sich warm und hingebungsvoll an. Ihre Hände erkunden meinen Rücken und meine Schultern. Dann greift sie in mein nasses Haar und streicht hindurch. Eine heftige Erregung überkommt mich. Ich hoffe, dass ich sie damit nicht erschrecke, denn für sie ist es immerhin schon wieder das erste Mal. Aber sie lächelt und presst sich fester an mich. In dem Moment schwindet auch der letzte Rest von Bedenken in mir. Ich kann ohnehin keinen klaren Gedanken mehr fassen. Irgendeine Leitung in meinem Kopf explodiert.

Melek lässt mich los, nimmt mich bei der Hand und führt mich zu einer Stelle am Rand des Teiches, die mit Moos bewachsen ist. Als sie mit den Fingern darüber streift, beginnt es weiter zu wachsen. Die letzten störenden Fichtennadeln gehen darin unter und ein duftendes, weiches Bett entsteht. Ich setze mich darauf und ziehe sie auf meinen Schoß.

»Ich liebe dich«, sage ich. »Mir ist egal, in welchem Körper du steckst und woran du dich erinnerst. Es würde immer wieder passieren, egal, wann und wo.«

Sie antwortet mir nicht. Ich schließe die Augen, um sie besser spüren zu können. Es fühlt sich so unsagbar vertraut an, obwohl ihr Körper ganz anders ist als früher. Ich glaube, ich habe nie zuvor so sehr für den Augenblick gelebt. Wenn mir jemand sagen würde, dass morgen die Welt untergeht, würde meine Seele in diesem Moment trotzdem jubeln.

Melek umschlingt meinen Oberkörper mit beiden Armen und vergräbt ihr Gesicht in meiner Halsbeuge. Ich rieche ihr duftendes Haar und gebe mich ihren Bewegungen hin. Erst sind sie sanft wie die Gischt eines Wasserfalls. Dann werden tosende Stromschnellen daraus. Ich kann nicht genug davon kriegen. Sie beißt in mein Ohrläppchen, saugt an meinen Lippen, spielt mit meiner Zunge. Und dann kommt der Augenblick, in dem sie den Kopf in den Nacken wirft und einen Ton von sich gibt, der süßer ist als die herrlichste Melodie. Im gleichen Moment ploppen ringsum die Knospen von mindestens zehn Wasserlilien auf. Ich bin etwas irritiert davon. Aber eigentlich darf einen nichts mehr wundern, wenn man mit einem Faun schläft. Melek öffnet die Augen und lächelt mich an. Ihr Gesicht strahlt in den Farben der untergehenden Sonne.

»Das war noch nicht alles«, sage ich.

»Das will ich hoffen«, flüstert sie in mein Ohr.

Ich rolle uns beide zur Seite und lege sie auf den Rücken. Ihr glänzendes langes Haar verteilt sich über dem Moosbett wie ein kunstvolles Kopfkissen. Fordernd greifen ihre Hände in meinen Nacken und sorgen dafür, dass unsere Lippen wieder zueinanderfinden. Als wir um Mitternacht endlich voneinander ablassen, blühen so viele Lilien neben uns, dass ich bei ihrem Anblick beinahe rot werde.

Liebe ist nicht immer der Anfang.
Manchmal ist sie das Ende.

Ich würde Erik jetzt gern sagen, wie sehr ich ihn liebe. Dass es viel mehr für mich war als ein Geburtstagsgeschenk und dass ich vor Sehnsucht nach ihm sterben werde in der Zeit, die nun vor uns liegt. Aber ich kann nichts davon sagen, wenn ich mein Opfer nicht sinnlos machen will. Er darf nicht wissen, wie groß meine Gefühle für ihn sind. Allein die Ahnung würde schon ausreichen, um das Leben seines Talents um Monate zu verlängern. Ich bin froh darüber, dass er mein Gesicht nicht sehen kann, während ich meinen Gedanken nachhänge. Er sitzt mit dem Rücken an einen Baum gelehnt und küsst von hinten meine Schultern.

»Woran denkst du gerade?«, frage ich ihn, bevor er mir dieselbe Frage stellen kann.

»Vor über einem Jahr saßen wir genau so unter einer Eiche im Wald von Friedensdorf«, antwortet er. »Ich hatte eine Pistole an deinen Kopf gelegt und war im Begriff, das zu tun, was ich dir versprochen hatte, für den Fall, dass du ausgesaugt wirst. Aber dann hat irgendeine Macht verhindert, dass ich abdrückte. Stattdessen habe ich dich geküsst.«

»Daraufhin wurde ich geheilt und du wurdest verflucht«, stelle ich fest.

Er sagt nichts, küsst nur weiter meine Schulter und meinen Nacken. Die verdammte Hitze in meinen Augen ist kaum auszuhalten.

»Du hättest mich erschießen sollen.«

Daraufhin dreht er mich ruckartig um und betrachtet mich kritisch. Es gelingt mir, schnell meine heftigen Gefühle vor ihm zu verbergen.

»Melek, was auch immer in den Monaten danach passiert ist – es war das Beste, was ich je getan habe!«

Ich lege ihm einen Finger auf die Lippen.

»Du wirst lernen, es zu vergessen. Und dann wirst du lernen, dass es mehr als einen Menschen auf der Welt gibt, den man lieben kann.«

Der Blick, der daraufhin in Eriks Gesicht erscheint, trifft mich mitten ins Herz.

»Das ist also die Erkenntnis, die du aus all dem gewonnen hast? Wenn das wahr ist, hast du nichts dazugelernt, Melek!«

»Nicht«, sage ich. Ich will nicht, dass wir uns im Streit voneinander verabschieden. Deshalb verschließe ich schnell seinen Mund mit einem Kuss. Er will sich losmachen, aber ich halte ihn davon ab. Schließlich gibt er auf und nimmt die sprachlose Entschuldigung meiner Lippen an. Lange sitzen wir so da und küssen uns. Dann spüre ich, dass der Moment gekommen ist, das Unvermeidliche zu tun. Ich drehe mich ganz zu ihm um, setze mich vor ihn und umfasse sein Gesicht mit beiden Händen, damit er mir nicht ausweichen kann.

»Erik, löse deinen Bund mit mir!«

Er versucht, meinem Blick zu entkommen. Aber es ist zwecklos.

»Löse ihn!«

Tränen stürzen aus seinen Augen und in meinem Hals entsteht ein Kloß, der mir beinahe den Atem raubt.

»Ich löse meinen Bund mit dir, Melek. Werde glücklich!«, schluchzt er.

Ein letztes Mal schließe ich ihn in meine Arme und meißele alles in mein Gedächtnis ein, was ich von ihm mitnehmen will: den Geruch seiner Haut, den Anblick seines nackten Körpers, das Gefühl, ihn so nah bei mir zu spüren. Ich bin noch voll und ganz mit meinem Abschied beschäftigt, da bemerke ich die Anwesenheit eines anderen Menschen in der Nähe. Es muss jemand sein, der auf der Suche nach Erik ist, denn die Emotionen, die ich wahrnehme, haben nur mit Sorge zu tun.

»Es kommt jemand«, flüstere ich. »Einer aus deiner Truppe.«

Erik sagt nichts. Er zieht nur die Beine an und verkriecht sich hinter seinen Armen. Ich nehme meine Menschengestalt an und warte, was passiert. Eine Minute später kraxelt die einfältige Muskelprotzin der Talente über den

Damm. Ich hätte wissen müssen, dass sie es ist, denn sie ist die Einzige aus der Truppe, die immer nur ein einziges Gefühl sendet, das sie voll und ganz in Anspruch nimmt. Alle anderen haben viel mehr Emotionen gleichzeitig, zum Teil sogar widersprüchliche. Als sie uns sieht, interpretiert sie natürlich sofort alles falsch. Ein ergreifendes Lächeln breitet sich in ihrem Gesicht aus.

»Oh, Erik, Melek!«, freut sie sich. »Ihr Liebe machen. Ich wieder gehen.«

»Nein«, halte ich sie auf. »Warte einfach eine Minute hinter dem Damm. Du musst Erik heimbringen.«

Daraufhin beginnt sie nachzudenken, aber kommt anscheinend zu keinem Schluss. Sie nickt ein paarmal und zieht sich schließlich mit verwirrter Miene zurück. Ich hole Eriks Kleidungsstücke, die immer noch in einem sauber zusammengelegten Haufen auf dem Damm liegen. Sanft drücke ich sie ihm in die Hände. Dann gehe ich zu der Stelle, an der er den Knoten meines Kleids gelöst hat und streife es mir wieder über. Als ich zurückkomme, ist er gerade damit beschäftigt, in sein Shirt zu schlüpfen. Seine Glieder bewegen sich so steif wie die eines Roboters.

Er hat die Kette mit den beiden Anhängern vom Hals genommen und hält sie mir entgegen. Die silbernen Engelsflügel klirren gegen das Pegasus-Medaillon, so sehr zittert seine Hand.

»Hier«, sagt er. »Ich habe sie für dich verwahrt. Aber sie gehört dir. Es ist nicht recht, dass ich sie weiterhin trage.«

Erst will ich ablehnen, denn ich weiß, dass er daran hängt. Dann wird mir klar, dass ich sie ihm wegnehmen muss, wenn ich sein Talent in die Knie zwingen will. Er sollte keine Erinnerung an mich um den Hals tragen. Also lege ich mir die Kette um.

Ich küsse ihn noch einmal, aber es liegt keine Kraft in der Berührung seiner Lippen. Schweigend führe ich ihn über die Anhöhe hinüber zu Anastasia. Diesmal erkennt sie auf den ersten Blick, dass etwas nicht stimmt.

»Was geschehen?«, fragt sie mich.

»Wir haben uns Auf Wiedersehen gesagt«, versuche ich ihr zu erklären.

Sie schüttelt ungläubig den Kopf.

»Ihr Liebe gemacht. Ist kein Abschied. Ist Anfang.«

»Nein.« Ich schaue Erik an, der jetzt ganz so aussieht, als weile er überhaupt nicht mehr unter uns. Er hat die Hand auf seinen Bauch gedrückt und starrt teilnahmslos vor sich hin. »Manchmal ist es auch ein Abschied. Für uns gibt es keine Zukunft.«

Dann habe ich genug von dem Schmerz, der meinen Geist lähmt. Ich gehe ein Stück rückwärts, damit ich mich verwandeln kann.

»Sag Jakob, er soll euch abholen.«

Es ist ein Segen, aus der Menschenhaut zu verschwinden und Flügel zu bekommen. Ich steige hinauf in den Nachthimmel, so weit nach oben, bis ich merke, dass meine Kraft nachlässt. In diesem Moment wünsche ich mir nichts sehnlicher, als die Erde so weit wie möglich unter mir zu lassen. Ich fliege fast bis Frankfurt, bevor ich mich dazu durchringen kann, in den Hohenfels zurückzukehren. Alles, was jetzt noch kommt, ist einfach nur die lange zweite Hälfte meines Lebens. Den Höhepunkt habe ich definitiv gerade hinter mich gebracht.

***

Levian muss mich nur einmal ansehen, um zu erkennen, in welchen Abgründen meine Seele sich windet.

»O nein«, ist das Einzige, was er von sich gibt.

Ich schließe die Tür hinter mir und stelle mich den Vorwürfen, die in seinen schönen grünen Augen liegen.

»Er hat den Bund gelöst«, sage ich.

»Und dafür musstest du mit ihm schlafen?«

Ich weiß nicht, wer in diesem Moment verletzter ist, Levian oder ich. Mir ist vollkommen klar, wie sehr ihn diese Erkenntnis trifft. Gäbe es irgendetwas, womit ich es ihm leichter machen könnte, so würde ich es tun. Und trotzdem bereue ich nicht, was geschehen ist.

»Es tut mir leid für dich, Levian.«

Auf der Stirn meines Gefährten entsteht eine schmerzhafte Falte.

»Du liebst ihn ... immer noch«, flüstert er.

»Nein«, sage ich. »Schon wieder.«

Dann lege ich mich aufs Bett und starre gegen die Wand. Levian bleibt am Schreibtisch sitzen, ohne den Hauch eines Geräuschs von sich zu geben. Irgendwann ringt er sich dazu durch, mir die Frage zu stellen, die von nun an bis in alle Ewigkeit zwischen uns stehen wird.

»Was willst du jetzt tun, Melek? Direkt den nächsten Bund mit mir schließen?«

Ich drehe mich zu ihm um. Vor meinem inneren Auge taucht das Bild auf, wie unsere Seelen auf zwei verschiedenen Seiten einer Schlucht stehen und hilflos versuchen, einander zu erreichen.

»Möchtest du das denn noch, trotz allem?«

Wir wissen beide, dass so etwas wie heute danach nicht mehr passieren kann. Faune sind einander Zeit ihres Lebens treu ergeben. Ein Bund ist gleichbedeutend mit einem Versprechen. Er ist unerschütterlich. Aber das ändert nichts an den Dingen, die ich gerade zugegeben habe.

»Ja«, sagt Levian.

Ich fühle eine Welle von Zärtlichkeit für ihn in mir aufkommen.

»Gib mir eine Atempause von ein paar Tagen«, bitte ich. »Ich muss meine Gedanken ordnen, bis ich so weit bin.«

Levian nickt.

»Ich gebe dir so viel Zeit, wie du brauchst. Das kann ich besser, als du denkst.«

Fülle niemals ein volles Gefäß

Die nächsten Wochen sind die Hölle für mich. Mein Talent quält mich zu jeder Tages- und Nachtzeit, ohne sich entscheiden zu können. Es funktioniert weiterhin, wenn auch mit einer Art Notstromaggregat. Die Tunicas, die ich heile, sind anschließend wieder so weit, dass man sie getrost auf die Menschheit loslassen kann. Aber das überschäumende Glücksgefühl, das sonst aus ihnen sprach, ist verschwunden. Mahdi tut so, als kümmere es ihn nicht, dass ich mit krummem Rücken durchs Leben schlafwandele. Aber ich glaube, in Wirklichkeit rechnet er damit, dass mein Zustand den gleichen Tiefpunkt erreicht wie in Wien und ich noch weitere Pläne von ihm sabotiere – wie auch immer sie aussehen mögen. Das ist eigentlich das einzig Gute, das ich der ganzen Sache abgewinnen kann. Ich hoffe, er verzweifelt noch an mir.

Le Rouge hingegen ist entsetzt über mein schwindendes Talent und organisiert alles Mögliche, damit es mir besser geht: Er lässt mich mit seinem Auto fahren, gibt mir Freigang ohne Begleitung und fragt ständig, ob ich irgendwelche Wünsche hätte. Aber den einzigen, den ich habe, kann er mir nicht erfüllen. Ich ahne bereits, was den roten General antreibt, denn im Zuge seiner politischen Überlegungen hat er eine Möglichkeit gefunden, um sich die Sympathien seiner ehemaligen Verbündeten zurückzuholen.

»Hör zu, Erik«, sagt er eines Tages zu mir. Dabei klingt er wie ein Psychiater, der mit einem Geisteskranken spricht. »Du musst wieder auf Reisen gehen. Aber diesmal komme ich mit dir.«

Ich schaue ihn mit glasigen Augen an und stoße einen verächtlichen Laut aus.

»Wieder Ansprachen vor fremden Talenten? Sie werden mich lieben, Jacques, das verspreche ich dir.«

Er verengt die Augen zu Schlitzen, aber dann reißt er sich zusammen und tut so, als hätte er meinen Kommentar nicht gehört.

»Keine Ansprachen. Wir suchen uns die schlimmsten Tunicas der Welt und machen sie gesund. Wir befreien unterdrückte Völker von ihren Diktatoren und Tyrannen. Dafür werden uns sämtliche Sympathien zufliegen und unsere Argumente erhalten wieder Gehör. Dann kann die Armee nicht mehr anders, als uns zu rehabilitieren.«

Ich bin nicht mehr auf demselben Level wie Le Rouge, das merke ich genau. Während er nach wie vor von der Revolution besessen ist, vegetiere ich einfach vor mich hin und warte auf das Ende der Welt. Diese hochtrabenden Pläne, die er da aus dem Ärmel schüttelt, wirken kindisch und abgefahren auf mich.

»Schöne Idee«, murre ich. »Wenn ich nicht so genau wüsste, dass wieder irgendwas dazwischenkommt. Vielleicht einer von Mahdis Meuchelmördern. Oder irgendein schwindender Zauber. Nicht zu vergessen mein Talent, das uns jede Menge Striche durch die Rechnung machen wird.«

Damit habe ich die Geduld des Generals überstrapaziert. Er donnert mit der Faust auf die Tischplatte und brüllt mich auf Französisch an. Ich warte, bis er fertig ist.

»Mag sein, dass ich ein egoistischer Schwarzseher bin. Trotzdem bist du auf mich angewiesen«, sage ich seelenruhig. Daraufhin poltert er aus dem Raum und macht sich über unser Geschirr in der Küche her. Ich höre jeden Teller einzeln auf dem Boden aufschlagen. Eigentlich müsste ich dem Schicksal nun dankbar sein, dass es mir einen neuen General geschickt hat, der seine Wut an Porzellan auslässt, anstatt an mir. Aber ich will mit dem Schicksal nichts mehr zu schaffen haben. Ich habe ihm den Krieg erklärt.

Als er wieder zurückkommt, ist das zornige Blitzen immer noch nicht aus Le Rouges Augen verschwunden. Er setzt sich mir gegenüber an den Tisch und versucht, seinen Atem zu beruhigen.

»Warum kämpfst du gegen mich?«, fragt er schließlich. »Habe ich dir irgendein Leid zugefügt? Oder deine Truppe? Oder die Talente der Welt? Was ist mit den Faunen, mit Melek? Müssen sie alle sterben, weil du dich in Selbstmitleid suhlen willst, anstatt ihr Leben zu retten?«

Ich schweige. Mir ist völlig klar, dass Le Rouge Recht hat.

»Nein«, murmele ich schließlich.

»Aber?«

»Aber ich bin müde. Ich habe keine Kraft mehr, die Welt zu retten.«

»O doch, Erik, das hast du. Es ist deine Bestimmung. Sie liegt dir im Blut. Und solange noch ein Rest deines Talents in dir glimmt, wirst du seinem Ruf auch folgen. Wach endlich auf und erfülle dein Schicksal!«

Er erhebt sich von seinem Stuhl und streckt mir die Hand entgegen. »Die Revolution war deine Idee. Jetzt sorge dafür, dass sie überlebt.«

Ich kann nichts gegen seine Überzeugungskraft tun. Meine Hand bewegt sich, ohne dass ich ihr den Befehl dazu erteilt habe. Ich schlage ein.

Ein triumphierendes Lächeln breitet sich im Gesicht des Generals aus.

»Fantastisch. Wir fliegen übermorgen nach Nordkorea!«

Ich stöhne.

»Wir?«, frage ich. »Wer genau soll das sein?«

»Du und ich, Vivien und zwei Orakel. Dazu Mike und Leonie.«

»Leonie? Warum sie?«

Le Rouge setzt sich wieder hin und zwirbelt an seinem Bart herum.

»Unter so vielen bösen Menschen kann man gar nicht genug Volltreffer dabeihaben«, behauptet er.

Ich vermute einen anderen Beweggrund hinter dieser Entscheidung. Und falls ich damit richtigliege, hoffe ich sehnlichst, dass er sich in der Hinsicht nicht mit Mahdi einig geworden ist. Wenn er schon meine Seele verkaufen will, dann bitte nicht auf Anraten des Teufels.

»Mach, was du willst«, sage ich. »Es wird nichts verändern.«

***

Zwei Tage später sitze ich wieder im Flugzeug und reise ans andere Ende der Erde. Le Rouge ist kein Organisationstalent. Nach 12 Stunden Flug kommen wir in Peking an und niemand hat ein Hotelzimmer für uns gebucht. Also treiben wir uns sechs Stunden lang auf dem Flughafen herum, mal wach, mal schlafend. Die Stimmung ist entsprechend gedrückt. Von allen sieben

Reisenden bin ich der Einzige, der es schafft, sich auf drei Stühle zu verteilen und dabei zu schlafen wie ein Stein. Nicht einmal die ständig wiederkehrenden Lautsprecherdurchsagen machen mir etwas aus. Als ich Stunden später wieder aufwache, fühle ich mich beinahe erholt. Direkt vor mir auf dem Boden sitzt Leonie. Sie hat Ringe unter den Augen und zieht sich stöhnend zwei zerknüllte Papiertaschentücher aus den Ohren, als sie bemerkt, dass ich wach bin.

»Du schnarchst wie ein Höhlenbär«, beschwert sie sich.

»Ich weiß, tut mir leid.«

Sie sieht selbst mit ihren dunklen Augenrändern noch attraktiv aus. Ich richte mich auf und schaue mich nach den anderen um. Die Orakel besorgen gerade Getränke und Le Rouge ist auf den Sitzen uns gegenüber in ein ernstes Gespräch mit Mike vertieft. Nur Vivien ist wieder irgendwo unterwegs.

»Das ist ziemlich hilfreich für einen Bodyguard«, sagt Leonie. »Keiner würde jemals neben dir einschlafen.«

»O doch, einige haben es geschafft. Die Franzosen sind mittlerweile immun dagegen und Anastasia drückt sich ein Kissen auf den Kopf.«

»Und Melek?«, bohrt sie weiter. »Konnte sie es?«

Ich schaue sie stirnrunzelnd an.

»Warum fragst du mich das?«

»Himmel, Erik, ich versuche nur, ein Gespräch mit dir zu führen.«

»Das ist kein gutes Gespräch«, stelle ich klar und erhebe mich von meinen Stühlen. Als ich zu Mike und Le Rouge hinübergehe, folgt sie mir wie ein Schatten. Sie ist also tatsächlich als mein Bodyguard eingeteilt. Und das bedeutet, dass sie noch mindestens zwei Nächte lang mein Schnarchen aus direkter Nähe mitbekommen wird. Le Rouge hofft garantiert auf ein Zimmer mit seiner brasilianischen Flamme.

»Die Talente aus Pjöngjang haben ganze Arbeit geleistet«, sagt er eben, als wir zu ihnen stoßen. Er flüstert schon jetzt, obwohl wir noch fast tausend Kilometer von Nordkorea entfernt sind. »Sie werden uns unter falscher Identität auf ein U-Boot schmuggeln, das General Jang Nabi morgen inspizieren will. Wir sollen uns als deutsch-französisches Kochteam ausgeben und ihm die Spezialitäten unseres Landes präsentieren. Auf dem Schiff warten bereits Oberst Lee und Oberst Yun, die sich vor langem als Marineoffiziere der Partei eingeschlichen haben. Sie werden dafür sorgen, dass wir für mindestens fünf Minuten mit dem General allein sind. Wenn Erik ihn geheilt hat, wird eines meiner Orakel seine Erinnerung verändern.«

Das ist also der Grund, warum er gleich beide Orakel mitgenommen hat. Sollte eines davon sterben, ist noch ein zweites übrig, um unseren Rückzug zu garantieren.

»Wer genau ist dieser General Jang Nabi?«, fragt Leonie.

»Das militärische Oberhaupt der Armee und gleichzeitig die rechte Hand des Staatschefs«, erklärt ihr Le Rouge. »Er ist der Kopf hinter vielen Entscheidungen, die in diesem Land getroffen werden. Sein Einfluss reicht weit über die Volksarmee hinaus. Wenn wir ihn reanimieren können, werden wir nicht nur Korea, sondern die ganze Welt verändern.«

Leonie gibt sich mit dieser knappen Info zufrieden. Sie ist nicht mitgekommen, um Nachfragen zu stellen oder Politik zu verstehen. Sie ist da, um auf mich aufzupassen. Und wahrscheinlich, um in meiner Nähe zu sein.

»Was, wenn bei der Operation etwas schiefgeht?«, frage ich. »Ich habe keine Lust, irgendwo auf dem Meeresgrund zu verrotten.«

»Das U-Boot wird nicht abtauchen. Es ist eine reine Präsentationsfahrt von 60 Minuten. Danach müssen wir so schnell verschwinden, wie wir können.«

Was für ein Plan! Ich hoffe, Le Rouge hat auch die diversen Unwägbarkeiten einkalkuliert, mit denen in einem solchen Land zu rechnen ist. Aber wahrscheinlich sollte ich ihm einfach mehr trauen. Er hat schon oft genug unter Beweis gestellt, dass ein messerscharfer Verstand unter seinem roten Schopf sitzt.

»Was servieren wir ihm?«, frage ich beiläufig.

»Coq au vin und Weißwürste.«

»Wie schmackhaft«, witzelt Leonie.

Sie grinst mich an und schafft es damit, innerhalb einer Sekunde den Ärger zu vertreiben, den sie erst vor ein paar Minuten bei mir ausgelöst hat. Man kann ihr einfach nicht lange böse sein. Dazu ist sie viel zu charmant.

Um 13 Uhr fliegen wir weiter und landen zwei Stunden später in Pjöngjang. Als ich aus dem Fenster sehe, komme ich mir vor, als wäre ich 50 Jahre zurückkatapultiert worden. Der Flughafen ist winzig klein. Außer unserer Maschine stehen noch drei andere Flugzeuge da, von denen eines fast komplett auseinandergenommen ist, wohl um Ersatzteile für ein anderes zu liefern. Das Flughafengebäude ist ein hässlicher grauer Betonkasten, auf dem neben einigen koreanischen Schriftzeichen ein riesiges, glattgebügeltes Bild von zwei Männern prangt, die einander die Hand reichen.

»Da hast du deinen Tunica«, flüstert Le Rouge mir ins Ohr. »Der rechte davon ist General Jang Nabi. Die Faune müssen das Letzte aus ihm herausgesaugt haben, nach dem zu urteilen, was für unmenschliche Ratschläge er den Politikern ins Ohr flüstert.«

Ich habe die letzten beiden Tage damit verbracht, mich über Nordkorea schlauzulesen. Folter, Todesurteile und Zwangsarbeit sind hier an der Tagesordnung. Es gibt Umerziehungslager für politische Häftlinge und nicht den Ansatz von Presse- oder Redefreiheit. Wir haben allesamt unsere Handys zu Hause gelassen, weil man sie uns sonst am Flughafen abgenommen hätte. Obwohl das Volk immer wieder von Hungersnöten geplagt wird, hat Jang Nabi ein Mondgesicht und eine aufgedunsene Figur.

»Den sollst du küssen?«, flüstert Leonie entsetzt.

Ich nicke.

»Wenn es so weit ist, werde ich etwas anderes in ihm sehen.«

Sie schüttelt sich vor Unverständnis und Ekel.

Wir steigen aus und werden mit dem Bus zu dem Plattenbau gefahren. Dort angekommen stehen wir über eine halbe Stunde lang in der Kontrolle, obwohl insgesamt nur 30 Menschen in dem Flugzeug saßen. Kontrolleure mit unbewegten Gesichtern öffnen unsere Koffer und konfiszieren alles, das ihnen als Gefahr für ihr Land erscheint. Mir nehmen sie einen Reiseführer und ein paar Zeitschriften weg, in denen sie volksverhetzende Inhalte vermuten. Die Visa, die Le Rouge vorlegt, sind definitiv gefälscht, aber niemand bemerkt es. Direkt hinter dem Zoll stehen zwei Militärs in den braunen Uniformen der koreanischen Volksarmee. Unter den strengen Blicken des Zolls begleiten sie uns nach draußen, ohne ein Wort zu sagen. Dort teilen sie uns auf zwei Mittelklassewagen auf und wir steigen hinein. Ich bin mir nicht sicher, ob unsere Begleiter Talente sind oder Soldaten der Partei. Erst als alle Türen geschlossen sind, gibt sich unser Fahrer zu erkennen.

»Mein Name ist Lee Nim, Oberst der Talente aus Pjöngjang und Oberleutnant zur See der Koreanischen Volksarmee«, stellt er sich vor. Dabei ist seine Miene in etwa so unbewegt wie die von Thanos. »Wir fahren jetzt zur Ostküste des Landes, wo die U-Boot-Flotte stationiert ist. Dort beziehen wir Quartier. Sprecht keine koreanischen Bürger oder Soldaten an und macht keine Fotos. Verhaltet euch unauffällig.«

Leonie sitzt neben mir und schaut mich mit großen Augen an. Anscheinend hat sie sich noch wesentlich weniger über unser Reiseziel informiert, als ich gedacht habe.

Lee ist nicht besonders gesprächsfreudig. Zu Beginn der Fahrt tauschen er und Le Rouge ein paar Informationen aus, doch dann wird es still im Auto und ich schlafe wieder ein. Als ein Schlagloch in der Straße mich nach gefühlten zwei oder drei Stunden wieder ins Diesseits befördert, liegt mein Kopf auf Leonies Schulter. Sie selbst war wohl ebenfalls eingenickt, denn sie schreckt bei meiner Bewegung zusammen.

»Im Sitzen ist es besser«, flüstert sie. »Nur noch halb so laut.«

Ich schenke ihr ein kleines Lächeln, weil sie so geduldig mit mir ist. Dann blicke ich nach draußen, wo am Horizont gerade die Sonne untergeht. Ich sehe ein beeindruckendes, aber karges Land. Auf den Feldern mühen sich Bauern mit ihren Ochsen beim Pflügen ab, Kinder krabbeln im Gras herum. Zwischendrin passieren wir immer wieder stillgelegte Industrieanlagen, die wie Geisterfabriken aus der staubigen Erde wachsen. Die Metallkräne sind verrostet und aus den eingestürzten Wänden bröckeln Steine.

Unsere Unterkunft liegt mitten in einer von Stacheldraht umzäunten Kaserne. Lee weist uns erneut an, kein einziges Wort zu sagen, und parkt seinen Wagen vor dem Gebäude, das uns beherbergen soll. Das zweite Auto hält direkt hinter uns und wir folgen den beiden Koreanern nach drinnen.

Ein paarmal bleiben sie stehen und Lee erklärt einigen Soldaten, wer wir sind. Es sieht ganz so aus, als hätte er ein gewisses Ansehen hier. Zumindest vermutet keiner Attentäter in uns.

»Morgen früh um sieben Uhr beziehen wir gemeinsam mit der Marine das Boot. Alles andere haben wir besprochen«, sagt Lee im Flüsterton, nachdem wir allesamt in einen Schlafraum verfrachtet worden sind. Mit dem Doppelzimmer für Le Rouge und Vivien wird es also ebenso wenig etwas wie mit meiner arrangierten Zweisamkeit mit Leonie. Das ist mir sogar die unbequeme Pritsche wert, die mir als Schlaflager dienen soll.

»Danke, Oberst«, sagt Le Rouge. »Ich baue morgen auf dich.«

»Und ich baue auf den Heiler.«

Zum ersten Mal sieht Lee mich nun direkt an. Ich weiß nicht, was ihm in seinem Leben passiert ist, das ihn so desinteressiert und unnahbar wirken lässt, obwohl ihm vor Aufregung eigentlich die Ohren schlackern müssten.

»Ich gebe mein Bestes«, sage ich.

Dann kriechen wir alle in unsere Kojen und unterhalten uns flüsternd über die Details des morgigen Einsatzes. Wenn mich nicht alles täuscht, wird die Sache wieder einmal enorm lebensgefährlich. Aber ich glaube mittlerweile nicht mehr, dass ich dazu bestimmt bin, irgendwo in Asien bei einem Einsatz zu sterben. Mich erwartet etwas ganz anderes. Und das wird mit Mahdi zu tun haben, genau wie Mike gesagt hat.

***

Am nächsten Morgen schlüpfen wir in die weißen Uniformen der Marineköche und marschieren hinter den anderen Besatzungsmitgliedern hinunter zum Meer, wo ein riesiges schmutzig-grünes U-Boot angelegt hat. Dem Rost und den Schweißnähten nach zu urteilen, hat es schon ein paar Jahre auf dem Buckel. Nacheinander steigen wir durch die Luke und nehmen unsere Plätze ein. In der Küche stehen bereits zwei Töpfe, die kaltes Huhn und kalte Weißwürste enthalten. Lee hat also vorgesorgt, so dass wir nur noch aufwärmen müssen. Ich will gar nicht wissen, wie er es geschafft hat, diese Speisen in sein abgeschirmtes Land zu bringen.

Wir warten stundenlang. Irgendwann kommt Yun, der zweite Oberst, hektisch hereingestolpert und wirft uns die Information zu, dass der General nun an Bord sei. Kurz darauf geht die Tür auf und unsere beiden Verbündeten drängeln herein, mit eingezogenen Köpfen, um ihrem Vorgesetzten, der hinter ihnen geht, ihre Ergebenheit zu demonstrieren. Lee säuselt dabei etwas auf Koreanisch.

Dann tritt Jang Nabi in den Raum und jedes Geräusch erstirbt. Mein Herzschlag setzt für einen Moment aus, als ich ihn sehe. Der General ist jung. Seine faltenlose Haut spannt sich speckig über das ausladende runde Gesicht. Die abrasierten Haare über den Ohren geben ihm etwas Sozialistisch-Korrektes. Sein ausladender Bauch wird von der maßgeschneiderten Uniform nur halbherzig verdeckt. Das Schlimmste von allem ist sein Gesichtsausdruck. Dieses überhebliche, machtgierige Lächeln, mit dem er seine Stellung als zweithöchster Mann im Land zu demonstrieren scheint. Er ist abstoßend! Zum ersten Mal kommen mir Bedenken, ob ich es wirklich fertigbringen werde, ihn zu heilen.

Lee steht stramm und deutet auf uns. Dann schickt er seine Soldaten mit einer unwirschen Geste weg. Sie ziehen sich zurück und schließen die Tür hinter sich. Nun sind neben uns nur noch die beiden Bodyguards des Generals im Raum.

Auf Englisch weist Lee uns an, dass wir unsere Speisen präsentieren sollen. Le Rouge und ich heben die Deckel an und halten Jang Nabi die Töpfe entgegen. Im gleichen Moment, als er und seine Begleiter hineinblicken, verabreichen Lee und Yun den Bodyguards einen Betäubungspfeil und sie sacken geräuschlos in sich zusammen. Schnell sichern unsere Orakel die Tür. Der General will schreien, aber Lee hält ihm den Mund zu und Yun bedroht ihn mit seiner Pistole. Dabei zittern seine Hände sichtbar. Le Rouge knallt den Topf mit dem Hühnchen zurück auf den Herd und zieht ebenfalls seine Waffe.

»So weit, so gut«, sagt er. »Ab jetzt haben wir viereinhalb Minuten. Sag ihm, dass ich ihn umniete, wenn er einen einzigen Laut von sich gibt. Er soll stocksteif stehen bleiben, während Erik ihn küsst.«

Ich glaube, ich muss mich gleich übergeben. Während Lee dem General noch unsere Worte übersetzt, stelle ich wie mechanisch meinen Topf ab und sage mir, dass Jang Nabi als unschuldiges Kind auf diese Welt kam. Ich stelle mir vor, wie er aufgewachsen ist und wie viel Liebe seine Eltern ihm vorenthalten haben. Als ich ihn dann wieder ansehe, ist zumindest meine Übelkeit verschwunden.

»Ich mache dich jetzt zu einem besseren Menschen«, sage ich mehr zu mir selbst, als ich zu ihm gehe. Lee nimmt die Hand vom Mund seines Vorgesetzten und ich presse meinen darauf, bevor er in Versuchung gerät, doch zu schreien. Dabei denke ich an Melek, wie sie in meinen Armen lag, bevor wir uns verabschiedeten. Denke an unsere Küsse in Wien. Und an Jang Nabi als Vierjährigen, wie er weint, weil sein Vater seine Puppe weggeworfen hat. Meine Gefühle fließen. Sie fließen fast so gut und reichlich wie früher. Aber mein Gegenüber nimmt sie nicht auf. Ich versuche es noch einmal und noch einmal. Dann lasse ich ihn verwirrt los. Der General sagt nichts, denn mittlerweile sind fünf Pistolen auf seinen Kopf gerichtet. Er starrt mich nur angewidert an.

»Was ist los?«, fragt Le Rouge alarmiert.

»Es funktioniert nicht«, stammle ich. »Es … es fühlt sich an, als sei er bereits voll.«

»Was?«

Die Koreaner treten von einem Bein aufs andere, während Mike ihnen meine Worte übersetzt. Sofort kommt Panik in ihre Augen.

»Versuch es noch mal!«, befiehlt Le Rouge.

Ich tue es, weil er mir sonst nicht glauben wird. Aber dabei weiß ich sofort, dass es wieder nicht funktionieren wird. Meine Gefühle jagen in den General hinein und anschließend sofort wieder heraus, wie Wasser aus einer gefüllten Vase.

»Es geht nicht!«, sagte ich gehetzt, als ich zum zweiten Mal von ihm ablasse.

Mike sieht auf seine Uhr.

»Noch zwei Minuten, dann wachen die Bodyguards auf.«

Nun kommt Le Rouge auf mich zu und rüttelt mich an den Schultern.

»Was ist los, Erik? Ist dein Talent wieder weg?«

»Nein. Es liegt nicht an mir!«, wehre ich mich.

»Es liegt an ihm«, meldet sich da plötzlich Vivien vom Fenster her zu Wort. »Er ist kein Tunica, Jacques. Er ist einfach ein riesengroßes Arschloch.«

Wir starren uns alle fassungslos an. Keiner von uns hat auch nur ansatzweise daran gedacht, dass ein Mensch von Natur aus so gefühlskalt sein könnte. Jang Nabi wurde niemals ausgesaugt. Wir sind völlig umsonst gekommen.

»Eine Minute«, teilt Mike uns mit. Ich sehe die Finger des einen Bodyguards zucken.

»Dann tritt nun Plan B in Kraft«, entscheidet Le Rouge. Das heißt so viel wie: er improvisiert. »Wir können ihn nicht töten, ohne dass wir dabei selbst draufgehen. André, mach dem größten Arschloch der Welt weis, dass nichts von all dem hier passiert wäre. Wir haben unsere Töpfe geöffnet und seine Bodyguards sind beim Anblick der Speisen in Ohnmacht gefallen. Dreh ihn um, damit er unsere Waffen nicht sieht. Alle Pistolen runter auf drei.«

Eilig tritt André zum General, schiebt ihn mit dem Gesicht zur Wand und nimmt seine fetten Hände in seine. Es gehen nur ein paar Sekunden ins Land, aber sie fühlen sich an wie Stunden. Auf sein Nicken hin gibt Le Rouge das Zeichen und alle stecken ihre Waffen weg. Gerade noch rechtzeitig greife ich zu meinem Weißwurstkessel. Die anderen geben sich höchst überrascht und stürzen sich auf die eben erwachenden Bodyguards, um ihnen hochzuhelfen.

Der General schüttelt den Kopf. Dann tadelt er sie alle beide für ihr würdeloses Verhalten. Selbst ist er wieder ganz ruhig. Verwirrt schauen seine Wächter einander an. Dann greift Jang Nabi mit einer Hand in meinen Topf und holt sich eine Wurst heraus. Niemand sagt ihm, dass er die Pelle abmachen sollte. Also lutscht er den Inhalt heraus, wie die Bayern das wirklich machen. Mit dem Unterschied, dass garantiert keiner von ihnen dabei so widerlich aussieht wie er. Anschließend klaut er sich noch ein Hühnerbein vom Coq au vin und reißt gierig das Fleisch vom Knochen. Einen Dank an das internationale Kochteam spart er sich hoheitsvoll.

Lee hat sich wieder gut genug unter Kontrolle, um weiter auf ihn einzureden, während er ihn aus der Küche hinausbugsiert und seinen Rundgang auf dem Schiff fortsetzt.

Mir zittern die Knie, als sie endlich weg sind. Mein Blick trifft den von Le Rouge.

»Gut improvisiert«, sage ich.

Er schüttelt den Kopf.

»Nein, Erik, schlecht recherchiert. Das hätte nicht passieren dürfen.«

»Keiner von uns wäre je auf die Idee gekommen, dass *das* natürlich ist.«

»Du musst jetzt einfach so schnell wie möglich nach Hause in Sicherheit. Und dann brauchen wir Spione, die die nächsten Fälle vorher prüfen. Auf diese Art dürfen wir dein Leben nicht mehr weiter aufs Spiel setzen.«

Ich will gar nicht an Mahdis Reaktion denken, wenn er erfährt, was für eine Schlappe wir heute kassiert haben. Das war keine Wiederbelebung der Revolution, sondern vielleicht ihr allerletzter Todesstoß. Schweigend harren wir so lange aus, bis ein ebenso sprachloser Oberst Lee uns abholt und zurück zur Kaserne begleitet. Erst als er uns am Flughafen aus dem Auto steigen lässt, findet er seine Sprache wieder.

»Habt Dank für den Versuch«, sagt er schlapp.

Wir wissen nicht, was wir ihm Tröstendes sagen könnten. Also verabschieden wir uns alle mit einem Händedruck von ihm und wünschen ihm alles Gute. Spätestens wenn Mahdi die Talente zum Endkampf ruft, wird Lee auf zu vielen Seiten kämpfen, um noch eine Chance zu haben. Ich kenne kein Talent, dem eine schwerere Schlacht bevorsteht als ihm, außer Yun vielleicht.

***

Bis zu unserem Rückflug sind es noch drei Stunden. Wir lungern in der schmucklosen Halle herum und versuchen den Anblick der Bilder und Plakate um uns herum zu verdrängen, die das Gesicht von Jang Nabi zeigen. Dann geht plötzlich die Eingangstür auf und ein kleiner Koreaner mit Brille und Aktentasche in der Hand kommt herein.

»Gefahr!«, fährt André hoch. »Dieser Mann dort ist kein Mensch.«

Augenblicklich rotten sich alle vor mir zusammen und schieben mich ein paar Meter nach hinten. Unsere geliehenen Pistolen hat Lee wieder mitgenommen. Der Faun scheint das zu wissen, denn er setzt ein bitteres Lächeln auf.

»Ihr hättet keine Chance, wenn ich es auf euch abgesehen hätte«, sagt er in astreinem Deutsch. »Denn im Gegensatz zu euch plane ich meine Überfälle mit Bedacht. Es wäre besser für uns alle gewesen, wenn ihr weniger schnell wärt, aber dafür etwas klüger.«

Nun halte ich es hinter den Rücken, die mich verbergen wollen, nicht mehr aus. Ich dränge mich durch sie hindurch, um den Faun besser sehen zu können. Sein Blick ist überheblich, aber enorm interessiert, als er mich sieht.

»Wer bist du?«, frage ich ihn.

Da macht er eine neckische kleine Verbeugung und legt dabei seine freie Hand an die Brust.

»Gestatten, Delron ist mein Name. Ich bin ein Spion meines Volkes und versuche seit drei Jahren, diesen miesen General von seinen bösartigen Gefühlen zu befreien, damit die koreanischen Faune wieder mehr Input von glücklichen Menschen bekommen. Doch ich bin nie nahe genug an ihn herangekommen. Wusstet ihr, dass er und seine Wächter Silberkugeln im Lauf haben? Wie mag das wohl durchgesickert sein?«

Delron zieht die Augenbrauen hoch, aber er erkennt an unseren Blicken, dass wir es auch nicht wissen.

»Wie auch immer ... Heute, wo wir alle Möglichkeiten der Welt gehabt hätten, war ich nicht schnell genug da, um euch Dummköpfen unter die Arme zu greifen«, beendet er seine Vorstellung.

Wenn das wahr ist, was er sagt, kann ich gut nachvollziehen, dass er gerade einen enormen Hals auf uns hat.

»Du bist ein Spion?«, frage ich ungläubig.

»Ja. Und du tatsächlich ein Heiler?«

Ich nicke. Er kommt einen Schritt auf mich zu und Le Rouge und Leonie wollen mich wieder nach hinten schieben. Doch ich schlage alle Hände weg, die nach mir greifen. Schließlich steht Delron fast auf Tuchfühlung vor mir.

»Erik«, flüstert Leonie besorgt. Ich reagiere nicht.

Da beugt der Faun sich vor, bis sein Mund mein Ohr erreicht. Was er sagt, macht mir klar, dass das Blatt sich wieder gewendet hat.

»Stell dir vor, ich wäre rechtzeitig bei euch gewesen«, flüstert er. »Was hätten wir beide aus diesem Menschen machen können? Nicht nur einen gefühllosen Ausgesaugten, dem zwar die Bosheit fehlt, aber auch die Güte. Nein. Wir beide zusammen hätten ihn in den freundlichsten, gerechtesten und liebevollsten General verwandelt, den dieses Land je gesehen hat. Zwei Angriffe. Erst ich. Dann du.«

Es macht keinen Sinn, die Operation morgen noch einmal zu wiederholen. Solche Dinge, das wissen wir nun, müssen sorgfältig geplant werden. Aber Delron erklärt sich bereit, mit uns nach Peking zu fliegen. Und dort werden wir sehen, wozu Faune und Talente gemeinsam fähig sind.

Ein schlechter Geschmack bringt so manche Erkenntnis.

Ich bin müde. Manchmal zieht ein halber Tag an mir vorbei, ohne dass ich es bemerke. Dann wache ich plötzlich in meinem Bett auf und frage mich, welche Tageszeit eigentlich gerade ist. Das also ist der Beginn der Winterruhe. Ich hätte nicht gedacht, dass sie so schleichend über mich hereinbrechen würde.

Seit dem Tag, als ich Levian meinen Treuebruch gebeichtet habe, sind nun über zwei Wochen vergangen und ich habe mich immer noch nicht dazu durchgerungen, seinen Antrag anzunehmen. Ich weiß nicht, worauf ich warte. Es wird niemals einen anderen Faun geben, mit dem ich ein besseres Leben führen könnte. Und der Weg zurück zu Erik ist mir versperrt, wenn ich nicht unser ganzes Volk ins Verderben reißen will. Worauf also warte ich?

Es gibt noch eine weitere Auswirkung, die Levians Überfall auf Erik hatte und die ich bisher nicht wahrgenommen habe: Durch die Anteile, die mein Gefährte dabei unbewusst auf den Heiler übertragen hat, kann ich hin und wieder Kontakt zu dessen Seele aufbauen. Das war früher nicht möglich. Aber nun, da wir uns überhaupt nicht mehr sehen, spüre ich es. Es geschieht nicht dauerhaft, so wie bei Levian, sondern immer nur dann, wenn Eriks Seele sich in einem emotional besonders aufgewühlten Zustand befindet. Dann sendet sie mir einen Lagebericht, den ich meistens überhaupt nicht wissen will: Erik ist traurig. Erik ist wütend. Erik hat Sehnsucht. Aber innerhalb der letzten beiden Tage haben sich die Informationen verändert. Ich spüre ganz deutlich, dass etwas Beunruhigendes vor sich geht. Denn auf einmal empfindet er stattdessen Angst, Mitleid und Beschämung. Immer wieder unterbrochen von Hoffnung, Stolz und einer kleinen Prise von Leichtigkeit. Ich kann mir keinen Reim darauf machen. Von Levian weiß ich, dass Erik bei der letzten Zusammenkunft nicht dabei gewesen ist, weil er und einige andere Talente auf Reisen sind, um Tunicas im fernen Osten zu heilen. Ich nehme also an, dass dort irgendetwas passiert ist. Nur was?

Heute ist endlich mal wieder ein Tag, an dem Levian, Nayo, Luzilla, Leviata und ich alle gleichzeitig wach sind. Es gibt nicht mehr viele solcher Gelegenheiten, seit der Oktober ins Land gezogen ist. Als es Abend wird, schmieden wir Pläne.

»Lasst uns noch mal in die Clubs gehen. Das könnte vorerst unsere letzte Möglichkeit sein, um gemeinsam loszuziehen«, schlägt Leviata vor.

Levian schickt ihr einen missmutigen Blick.

»Melek und ich werden uns ausklammern wie immer«, stellt er klar.

»Ach Bruderherz, der Heiler ist überhaupt nicht da. Nur ein Orakel und ein paar Wächter werden kommen, um sich die Opfer einzuprägen.«

»Ist mir egal«, sagt Levian. »Ich habe auch keine Lust, Jakob zu begegnen. Heute war eine Jagd draußen. Wir gehen in den Wald.«

Ich kann mir ein leichtes Stöhnen nicht verkneifen. Jäger sind so ziemlich meine unbeliebtesten Opfer. Sie sind fast immer mit aufwühlenden, nicht sonderlich wohlschmeckenden Gefühlen gefüllt. Außerdem schießen sie auf die Tiere des Waldes und das macht sie zu Mördern. Auch wenn es kein sinnlicher Kuss ist, mit dem wir sie aussaugen – die Nähe meines Körpers zu einem solchen Opfer ist schlimm genug. Ich bilde mir immer ein, ich würde Blut schmecken, wenn ich einen von denen küsse.

Levian bleibt stur. Keine von uns anderen will ihn allein losziehen lassen, also beschließen wir, den letzten Ausflug des Jahres eben in den Wald zu machen.

Kurz bevor wir aufbrechen, öffne ich noch einmal die Schublade von Levians Schreibtisch und betrachte Eriks Kette, die ich darin gebunkert habe. Ich wage es nicht, sie zu tragen, denn es wäre ein Schlag in Levians Gesicht. Aber immer wieder, wenn niemand in der Nähe ist, sehe ich sie mir an und denke an unseren gemeinsamen Flug durch die Nacht, an den Fluss unserer Gefühle in dem Wiener Hotelzimmer und an das süße Ziehen, das Erik meinem

Körper bei unserem Abschied entlockt hat. Es ist nicht gut. Vielleicht sollte ich die Kette vernichten.

Die Jagd fand ein ganzes Stück weiter südlich statt, also fliegen wir das erste Stück. Dabei achten wir peinlich genau auf die Menschen unter uns. Sollte immer noch einer der Jäger mit geladener Schrotflinte unterwegs sein, so geben wir ein passables Ziel ab. Kugeln aus Menschengewehren töten uns zwar nicht, aber sie verursachen trotzdem Schmerz. Und das muss im Moment wirklich nicht sein, vor allem, weil sämtliche Schamanen, genau wie wir selbst, zeitweise über Stunden hinweg nicht ansprechbar sind. Schließlich finden wir eine Jagdhütte, vor der eine Handvoll Jäger herumlungert. Wir landen in einem Baum, um sie erst einmal genauer zu betrachten und ihren Geruch aufzunehmen. Wie es aussieht, haben sie nicht nur ihre Jagd hinter sich gebracht, sondern ihren Sieg über die Kreaturen des Waldes auch schon mit einer ganzen Menge Alkohol begossen. Auf einem kleinen Hang seitlich der Hütte sind in Reih und Glied die Leichen mehrerer Hasen und Füchse aufgereiht. Dem Waldkauz auf dem Ast neben mir laufen Tränen aus den Augen. Leviata verbindet unsere Gedanken, damit wir alle miteinander kommunizieren können. Ich höre ihre Stimme in meinem Kopf zornig aufflammen.

»Diese ekelhaften Mörder willst du aussaugen, Levian?«

»Ich kann dich verstehen, Schwester«, antwortet er. »Vielleicht sollten wir warten, bis sie nach Hause gehen.«

»Das macht es nicht besser!«, zischt Leviata. Gleichzeitig schnuppert sie in die Luft.

»Zwei von denen riechen im Grunde nicht schlecht …«

Es ist immer wieder das Gleiche: Wenn wir erst einmal unsere Drogen inhaliert haben, werden unsere moralischen Bedenken plötzlich kleiner. Ich rieche auch, was Leviata wahrgenommen hat. Zwei von den Jägern würden wahrscheinlich ganz passable Opfer abgeben, wenn wir sie in einer anderen Situation angetroffen hätten. Von zwei weiteren geht ein eher mittelmäßiges Aroma aus. Nur der letzte, der fünfte, stinkt furchtbar nach Aggression und Machtgier.

»Der Bärtige da ist für dich, Leviata«, sage ich etwas voreilig. »Um die anderen können wir uns ja streiten.«

»Für mich?«, entrüstet sie sich. »Wie kommst du darauf, dass ich einen derart bitteren Input suche? Ich will ihn nicht. Ich will etwas Süßes!«

Ich starre sie an, obwohl ich in ihrem Elstergesicht keine Erklärung finde.

»Aber früher wolltest du das doch auch!«

»Ich habe meine Meinung geändert. Ich nehme den Blonden in der Ecke. Der hat sogar Gewissensbisse. Außerdem ist er verliebt.«

»Den will ich aber auch!«, schaltet Luzilla sich ein.

Sie fangen an, sich um den Jäger zu streiten, doch ich höre nicht mehr richtig zu. Eriks Gefühle sind der Grund, warum Leviata einen Geschmackswechsel vollzogen hat. Damit gibt es nun einen Faun mehr im Hohenfels, der die lieblichen Emotionen der Menschen vorzieht. Ich frage mich, wer eigentlich noch auf die bösartigen Exemplare abfährt. Aus dem Stegreif fällt mir niemand ein. Und in diesem Moment durchdringt mich eine Erkenntnis, die so tief geht, dass ich mich kaum mehr auf meinen Stelzenbeinen halten kann.

»Ich muss weg«, werfe ich in die Stimmen ein, die mittlerweile alle durcheinanderreden. Auf der Stelle sind sie still.

»Weg? Aber warum denn, Melek?«, fragt Levian erschrocken.

»Ich glaube, ich weiß, wie wir den Krieg verhindern können.«

»Du weißt ... was?«

»Tut mir leid, ich erklär's dir später. Ich muss unbedingt den Tiersprecher finden.«

Noch bevor sie mir weitere Fragen stellen können, schalte ich mein Small-Think ein und klinke mich aus. Ich schwinge mich hinauf in die Luft, während Leviata einen neuen Versuch startet, in meinen Kopf vorzudringen. Doch diesmal lasse ich es nicht zu.

So schnell ich kann, fliege ich nach Biedenkopf. Mittlerweile weiß ich, wo Sylvia wohnt. Ich war schon ein paarmal bei ihr, seit wir uns nach dem Prozess voneinander getrennt haben. Nie habe ich dabei meine menschliche Gestalt angenommen, denn ich möchte ihr nicht Rede und Antwort stehen. Sylvia akzeptiert das und begnügt sich damit, mir stundenlang übers Gefieder zu streicheln, während sie mir von Erik, Jakob und den anderen erzählt. Als ich heute auf der hölzernen Landevorrichtung aufsetze, die sie extra für mich in ihrem Garten gebaut hat, geht sofort die Tür auf und das Orakel kommt heraus. Dem erwartungsvollen Glitzern in ihren Augen nach zu urteilen, weiß sie bereits, dass ich eine wichtige Nachricht bringe. Sie hebt mich von der Stange und trägt mich in die Küche. Kaum dass sie mich auf dem Boden abgesetzt hat, verwandle ich mich.

»O Melek, wie schön, dich zu sehen!«

Sie wirft sich mir um den Hals und ich nehme ihren honigsüßen Geruch wahr. Schnell löse ich ihre Arme von mir und bringe einen Meter Sicherheitsabstand zwischen uns.

»Hast du … Durst?«, fragt sie etwas beklommen.

»Und wie!«

In dem Moment kommen ihre Eltern lachend und händchenhaltend durch die Tür. Als sie mich sehen, bleiben sie stehen wie angewurzelt. Der freudige Ausdruck in ihren Gesichtern verschwindet in Sekundenschnelle.

»Was sucht dieser Dämon hier?«, ruft Sylvias Vater aus und will auf mich losstürmen. Gerade noch rechtzeitig packt seine Frau ihn am Arm und reißt ihn zurück.

»Nicht, Karl! Sie bringt dich um.«

Sylvia stellt sich zwischen uns.

»Das ist Melek, Papa!«

»Das sehe ich«, presst er hervor. »Aber die alte Melek ist tot. Diese hier ist eine Dschinniya! Sie und ihresgleichen haben dich einen Monat lang in der Dunkelheit gefangen gehalten, bis du so abgemagert warst, dass dich ein einziger Windhauch fast umgeworfen hat. Ich will keine Dschinn in meinem Haus haben. Hinaus mit ihr!«

Wenn er wüsste, wie oft ich in letzter Zeit in seinem Haus war. Seine Frau weiß es, aber sie hat sich nicht in Sylvias Angelegenheiten eingemischt.

»Lass sie doch erst mal erklären, warum sie hier ist«, versucht sie, ihren aufgebrachten Mann zu beruhigen.

Alle drei schauen mich erwartungsvoll an.

»Ich weiß, was das Ungleichgewicht zwischen Faunen und Talenten hervorruft«, sage ich. »Ich muss auf der Stelle Mike sprechen. Wo ist er?«

Karl zieht scharf die Luft ein. Dann sieht er mich argwöhnisch an.

»Du willst den Krieg verhindern, um deine Haut zu retten«, mutmaßt er.

»Ja«, gebe ich wütend zurück. »Meine und deine und die deiner Tochter. Es ist die Haut von uns allen, um die es hier geht.«

Irgendetwas in ihm ist immer noch nicht bereit, mir zu glauben. Aber für Diskussionen mit Talent-Veteranen habe ich keine Zeit mitgebracht. Ich nicke Sylvia zu.

»Es ist dunkel draußen, Große. Zeit für deinen Flug.«

Ein glucksendes Lachen dringt aus ihrem Hals.

»Er ist bei Erik«, sagt sie. »Sie haben ihre Reise um fast eine Woche verlängert. Aber in einer halben Stunde sind sie zurück. Dann soll es ohnehin ein Treffen geben.«

»Dann kannst du auch mit Jakob hinfahren«, foppe ich sie.

»Nein.« Sylvia dreht sich noch einmal zu ihren Eltern um und schaut sie mit glänzenden Augen an. »Ich nehme das Himmelspferd!«

***

Die Menschen in Biedenkopf werfen dem dürren kleinen Mädchen, das eine Taube auf seiner Schulter durch die Stadt trägt, verständnislose Blicke zu. Am Waldrand lässt sie mich herunter und ich verwandle mich in Pegasus. Bei meinem Anblick leuchten ihre Augen wie Scheinwerfer. Ich lege mich hin, damit sie aufsteigen kann.

Sylvia kann genauso wenig reiten wie Erik. Also mache ich es kurz und heftig, um ihr ein langes Herumplumpsen auf meinem Rücken zu ersparen. Mein Anlauf ist ein raketenhafter Sprint von wenigen Metern. Sylvia krallt sich in meiner Mähne fest. Die Fliehkraft drückt sie gegen die Ansätze meiner Flügel. Dann hebe ich ab. Sie reißt sich zusammen, bis wir hoch genug sind, um von menschlichen Augen und Ohren nicht mehr empfangen zu werden. Dann stößt sie einen spitzen Jubelschrei aus.

»Ich fliiiiiiege!«, schreit sie.

»Nein, *ich* fliege«, würde ich ihr jetzt gern sagen, aber leider geht es nicht.

»Ich fliege auf dem Himmelspferd dem Schicksal entgegen!«, schreit Sylvia.

Vorsichtshalber drehe ich noch etwas weiter ab in Richtung Wald. Sie ist wirklich laut. Am Ende hört sie doch noch jemand und wendet seinen Blick nach oben.

Das kleine Orakel scheint überhaupt keine Angst zu haben. Nur mit einer Hand hält sie sich an meiner Mähne fest. Die andere hat sie zur Faust geballt und nach vorn in den Nachthimmel gerichtet. Ich wüsste gern, was jetzt gerade in ihrem quirligen Menschenkopf vorgeht. Ihre Fantasie scheint jedenfalls wiederhergestellt zu sein.

»Nimm das, du stinkender Höllenfürst, und zieh von dannen mit deiner dunklen Armee! Denn hier kommt Sylvia, das Orakel, um dich für immer zu vertreiben!«

Ich finde, jetzt reicht es. Ohne Vorwarnung gehe ich in einen kurzen Sturzflug. Ihre Arme lassen das imaginäre Schwert fallen und klammern sich um meinen Hals. Auch die Siegesreden bleiben ihr dabei in der Kehle stecken. Als ich wieder sanft geradeaus weiterfliege, hat sie verstanden.

»Ist ja gut, Melek«, seufzt sie. »Es musste einfach aus mir raus.«

Das kann ich zwar nicht verstehen, da mir die Vorstellungskraft dafür fehlt, aber zumindest akzeptieren. Den Rest des kurzen Flugs schweigt sie und genießt den Wind, der an ihren Haaren reißt, ohne sich deshalb lautstark mit ihm anzulegen.

Wir setzen am Ortsrand von Dautphe auf und gehen den Rest des Weges zu Fuß. Mittlerweile müssten auch die Talente vom Flughafen zurückgekehrt sein. Wahrscheinlich hat sogar Jakob mit seinem Auto es vor uns geschafft. Ich bekomme leichte Beklemmungen, wenn ich daran denke, dass ich Erik gleich wieder begegnen werde. Als wir den schmutzigen Flur nach oben in die Wohnung gehen, in der sie sich alle aufhalten, gähne ich zum ersten Mal.

»Das ist kein gutes Zeichen«, sage ich zu Sylvia. »Wenn ich müde werde, geht es manchmal ziemlich schnell. Es ist nicht vorgesehen, dass wir in der Winterruhe so lange von zu Hause weg sind.«

»Dann verlieren wir keine Zeit mehr!«, sagt sie und nimmt zwei Stufen auf einmal.

Sie sind tatsächlich alle da: Jakob, der rote General, seine Soldaten, der Tiersprecher und Erik. Alle sitzen zusammengepfercht in einem einzigen Raum und erzählen aufgeregt. Am Fenstersims lehnt ein Faun in Menschengestalt, den ich schon allein an seiner erhabenen Körperhaltung und dem durchdringenden Blick erkenne.

»Melek!«, schreit Erik, als wir eintreten.

Das Zimmer ist voller köstlicher Gefühle, die nach Abenteuer und Erregung duften. Aber seine sind immer noch die umwerfendsten. Er springt auf, rammt seinen Stuhl einem anderen Talent in die Seite, tritt zwei oder drei weiteren auf die Füße und bleibt schließlich im Abstand von wenigen Zentimetern vor mir stehen. Erst dann erinnert er sich daran, dass unser Bund Vergangenheit ist.

»Melek, du ...«, sein Finger streicht sachte an meinem Arm entlang, »... warum bist du hier?«

Ich halte mir die Hand vor den Mund und gähne wieder. Es dauert so lange, dass sämtliche Talente sich wahrscheinlich fragen, ob ich noch ganz bei Trost bin.

»Ich muss mit Mike reden«, bringe ich hervor. Schemenhaft erkenne ich, wie der Tiersprecher sich hektisch aus der Ecke erhebt, in der er gesessen hat, aber das Bild verschwimmt bereits vor meinen Augen.

»Was?«, fragt er erregt und steigt rücksichtslos über die Soldaten zu seinen Füßen hinweg. »Was, Melek? Hast du herausgefunden, worin das Ungleichgewicht besteht?«

Er rüttelt mich.

»Ja.«

»Schlaf jetzt bloß nicht ein! Worum geht es?«

»Wir saugen zu viele nette Menschen aus, weil sie besser schmecken. Die Bösen lassen wir übrig. Deshalb ...« Der Raum dreht sich. »Deshalb wird eure Gesellschaft immer unsozialer. Wenn ein gewisser Punkt erreicht ist, erschafft die Natur ein neues Talent, das die ausgesaugten guten Menschen wiederherstellen kann ...«

Mit dem letzten Funken meines schwindenden Bewusstseins wende ich mich Erik zu.

»Du bist nicht dazu da, die Talente in den Krieg zu führen. Du bist geschaffen, um zu heilen. Und du bist nicht allein …«

Dann schlafe ich ein.

Heiler gesucht!

Ich fange Melek auf, als sie zusammenbricht. Im ersten Moment erschrecke ich. Aber dann erkenne ich an ihren regelmäßigen Atemzügen, dass sie einfach tief und fest schläft. Während um mich herum der Tumult ausbricht, scheuche ich den nächstbesten Franzosen auf, lege sie vorsichtig auf dessen Luftmatratze und setze mich hinter sie an die Wand. Ich bette ihren Kopf auf meinen Schoß und sehe sie an. Was Mike, Le Rouge und die anderen reden, nehme ich nicht mehr wahr. Melek ist hier bei mir, auch wenn ihr Geist sich in eine andere Welt zurückgezogen hat. Mehr als das interessiert mich im Moment nicht.

»Erik!«, reißt mich Le Rouge aus meinen Träumen. »Nun sag du doch mal was dazu!«

Ich blicke auf. Alle im Raum starren mich an, auch Delron.

»Wird sie noch mal aufwachen?«, frage ich ihn.

Die Talente lassen ein genervtes Seufzen hören. Doch der Spion geht sofort auf mich ein.

»Schwer zu sagen«, meint er. »Die Schlafzeiten werden jetzt immer länger. Wer ist sie? Etwa deine Gefährtin?«

Ich schüttele betrübt den Kopf.

»Das war einmal. Jetzt gehört sie zu Levian.«

»Levian ...«, murmelt Delron.

»Du kennst ihn?«

Er nickt bedächtig.

»Ich kenne viele Faune, denn ich reise seit 80 Jahren um die Welt. Vor einiger Zeit habe ich auf dem Hohenfels Station gemacht, um die Diebe in die Fertigkeiten der Menschen einzuweihen. Levian und Nayo waren meine Computerschüler. Ich erinnere mich gut an sie, denn sie waren sehr begabt.«

»Das kann ich bestätigen«, sage ich. »Zumindest bei Nayo.«

Er beäugt mich kritisch. Die Zusammenhänge zwischen unseren Faunen, Melek und mir sind ihm wohl noch nicht ganz geheuer. Aber in der Woche, in der wir nun zusammen durch Asien gereist sind, habe ich Delron gut genug kennengelernt. Er ist Unbekanntem gegenüber grundsätzlich sehr aufgeschlossen – sonst wäre er niemals mit uns gekommen, um diese Versuche zu starten. Wir haben keinen großen Fisch wie Jang Nabi mehr an Land gezogen, aber dafür jede Menge kleinerer Fische: Politiker, Familienoberhäupter und von irgendeiner Ideologie verblendete Führer. Überall, wo Delron einen besonders übel riechenden Menschen gefunden hat, haben wir zugeschlagen. Erst hat er ihn ausgesaugt, dann habe ich die leere Seele neu mit Gefühlen gefüllt. Was dabei herauskam, war genau das, was die Welt braucht: glückliche, gutherzige

Wesen, denen das Wohlergehen ihrer Mitmenschen am Herzen liegt. Wir waren vollkommen sicher, endlich ein Mittel gefunden zu haben, das die Talente von der Revolution überzeugt. Aber das, was Melek gerade gesagt hat, setzt noch tausendmal mehr obendrauf.

»Hast du eigentlich begriffen, was sie da herausgefunden hat?«, fragt Mike mich mit einem fanatischen Lachen im Gesicht.

»Ja. Sie denkt, es kommen weitere Heiler.«

»Nicht nur das!«, bricht es aus Mike heraus. »Wenn ihre Theorie tatsächlich stimmt, dann heißt das, dass wir uns mitten in einer natürlichen Evolution befinden. Lassen wir ihr ihren Lauf, so erhält am Ende wahrscheinlich jede Truppe ihren eigenen Heiler. Das bedeutet, dass wir für immer in Frieden miteinander leben können und die Talente nur noch Sicherheitskräfte sind.«

»Das Furchtbare daran ist, dass es schon längst so sein könnte«, wirft Le Rouge ein. »Hätte die Armee nicht zweimal eingegriffen und die Population der Faune fast gänzlich ausgerottet, so wäre die Natur längst einen Schritt weiter. Wir haben die Evolution verhindert und immer wieder von vorn mit einer veralteten Entwicklungsstufe angefangen.«

Als Delron aufsteht und sich in der Mitte des Raumes aufbaut, um zu sprechen, weichen die Franzosen vor ihm zurück. Für alle, die nicht auf unserer

Reise dabei waren, ist es nach wie vor schwierig, einen so engen Kontakt mit ihren Widersachern zuzulassen und sich mit der Vorstellung einer weltweiten Vereinigung anzufreunden.

»Ich kenne von unserer Seite her keinerlei Aufzeichnungen oder Wissen über die früheren Kämpfe«, sagt Delron. »Aber mein Gefühl sagt mir, dass wir niemals so weit waren wie jetzt. Wenn unsere beiden Völker sich verbinden, um Gutes zu tun, wenn es Liebe gibt zwischen uns und euch ...«, er schaut zu mir und Melek hinüber, »dann muss es auch möglich sein, die Schicksalsspirale zu durchbrechen, in der wir uns seit Jahrtausenden befinden. Dafür lohnt es sich zu kämpfen. Ich stelle mein Leben in den Dienst der Revolution.«

Ich bin so ergriffen von seinen Worten, dass ich mein Gesicht in Meleks duftendes Haar drücke, um die Tränen aufzuhalten, die in mir aufsteigen. Den anderen geht es genauso. Vivien weint ganz offen, ohne sich dafür zu schämen. Dabei drückt sie Le Rouge an sich wie ein kleines Kind. Sein Kinn liegt auf ihrer ausladenden Brust.

»Mahdi wird das anders sehen«, sagt Jakob plötzlich.

Alle Blicke wenden sich nun ihm zu. Erst als er das sagt, wird mir klar, dass uns die größte aller Schlachten direkt bevorsteht: die gegen den Warlord.

»Wir waren schon oft so weit, dass wir dachten, wir hätten eine friedliche Lösung«, redet Jakob weiter. »Und immer hat Mahdi unsere Pläne mit seiner Kriegstreiberei durchkreuzt. Er wird alles tun, damit wir bei der Armee kein Gehör finden.«

Le Rouge windet sich aus Viviens Umklammerung und sieht ihn ernst an.

»Dann müssen wir umso sorgfältiger vorgehen, wenn wir den Kampf mit ihm aufnehmen. Fangen wir mit dem offenen Fenster an: Ab sofort bleibt es geschlossen.«

Ich stöhne. Einer der Soldaten steht auf und schließt das Fenster. Nun werden wir in unserem eigenen Mief ersticken. Aber das ist egal, denn es gibt wieder Hoffnung.

Ohne Melek wären wir nie so weit gekommen. Ich betrachte ihr schönes, entspanntes Gesicht und streichle ihr über die Lippen. Meine Brust zieht sich schmerzhaft zusammen. Auf einmal geht Delron vor uns in die Hocke und betrachtet mich nachdenklich.

»Es ist besser, wenn ich sie zurückbringe«, sagt er.

Ich schließe meine Arme fester um ihren Leib.

»Nein, ich ... ich kann es selbst tun. Sie sind unsere Bündnispartner.«

Der Spion schüttelt den Kopf.

»Sie schlafen fast alle. Jemand muss sie zu Levian ins Bett legen. Und wir alle wollen dein Talent noch eine Weile behalten. Schone es, Erik, und tu dir das nicht an.«

Bei diesen Worten gebe ich nach. Denn dazu wäre ich nicht fähig. Eher würde ich sämtliche Talente und die wiedergeborene Revolution verraten, indem ich einfach mit einem schlafenden Faun auf meinen Armen ins Nirgendwo durchbrenne.

»Warum bist du nicht müde?«, frage ich abwesend.

»Ich habe einen anderen natürlichen Rhythmus. Die Winterruhe in Korea beginnt einen Monat später.«

Ich nicke. Dann lasse ich es zu, dass Delron meine Arme von Melek löst und sie hochhebt.

»Du wirst sie wiedersehen«, verspricht er, bevor er grazil mit seiner Last über die Schlafstätten hinwegsteigt und verschwindet.

Ich lasse den Kopf sinken. In diesem Moment bin ich wahrscheinlich das einzige Talent im Raum, das nicht in der Lage dazu ist, seiner Begeisterung über die aktuellen Ereignisse Ausdruck zu verleihen. Außer Jakob vielleicht. Als wir uns ansehen, finde ich in seinem Blick etwas, das über bloßes Verständnis hinausgeht. Es ist eher so etwas wie Schicksalsergebenheit. Und irgendeine Intuition sagt mir, dass sie nicht nur mit dem Verlust von Melek zu tun hat. Er scheint noch auf etwas ganz anderes zu warten. Was auch immer es ist – es scheint nicht mehr fern zu sein.

***

Das Geräusch, das Jakobs Tattoo-Maschine von sich gibt, hört sich in meinen Ohren allmählich wie ein Tinnitus an. Ich ertrage diesen Ton nun schon seit

Tagen. Erst hat er unsere gesamte Truppe tätowiert, dann die Franzosen und Vivien. Selbst Delron trägt nun das Zeichen der Revolution auf dem Oberarm – zumindest auf seiner menschlichen Haut. Für seine wahre Gestalt hätten wir eine Silbernadel gebraucht und die hat Jakob nicht. Zwischendurch, wenn ihm die Hand lahm wird, übernehme ich die Maschine. Anastasias Tattoo steche ich fast komplett selbst. Ich kann ihre ständigen Fragen besser aushalten als Jakob. Sie versteht nicht, was hier vorgeht. Dass sie sich trotzdem die Friedenstaube in die Haut stechen lässt, ist typisch für sie. Sie vertraut Jakob voll und ganz.

»Die Faune haben zu viele gute Menschen ausgesaugt und die bösen übrig gelassen«, erkläre ich ihr garantiert zum zehnten Mal. »Deshalb entstehen die Heiler. Sie sollen dafür sorgen, dass es wieder mehr gute Menschen gibt.«

»Aber keine anderen Heiler da!«, jammert sie mit Tränen in den Augen. Es muss schlimm sein, wenn man genau versteht, dass man nichts versteht.

»Sie werden kommen«, sage ich so überzeugend wie möglich. »Darum haben wir wieder Nachrichten in alle Welt verschickt. Wenn irgendwo ein anderer Heiler auftaucht, müssen wir das sofort wissen.«

Anastasia scheint nun plötzlich ein Licht aufzugehen.

»Dann General glauben!«, ruft sie inbrünstig.

Ich arbeite gerade an dem Gesicht der Taube. Deshalb schweige ich und gebe mich konzentriert. Doch in Wahrheit will ich die Freude der Muskelprotzin nicht dämpfen. Denn so einfach wird es nicht werden.

»Ja«, sage ich, als sie nicht lockerlässt, mich fragend anzuschauen. »Dann wird der General es endlich glauben.«

Als die Tür aufgeht und Vivien hereinschneit, sehe ich schon an ihrem Gesicht, dass ihre Mission erfolgreich gewesen ist. Sie hat eine Plastiktüte in der Hand, die sie nun über die Luftmatratzen hinweg auf den Tisch schleudert. Genau zwischen Le Rouge und mir bleibt sie liegen.

»Schau rein«, fordert sie Le Rouge auf. »Es ist toll geworden!«

Der General greift in die Tüte und zieht ein zusammengelegtes Stoffpaket heraus. Alle anderen drängen sich um uns herum. Ich schalte die Tattoo-Maschine aus, um Anastasias Haut zu retten.

Le Rouge faltet den Stoff auseinander und hält ihn eine ganze Weile vor sich in die Höhe, bevor er ihn triumphierend zu uns umdreht.

Die Flagge ist knallrot. In der Mitte ist eine schneeweiße Friedenstaube aufgestickt. Eigentlich ist es schade, dass ich Meleks Symbol nun mit 25 anderen teilen muss – und demnächst vielleicht mit hunderttausend weiteren. Trotzdem hoffe ich, dass die Zahl derer, die dieses Zeichen tragen, mit jedem Tag mehr werden wird.

»Nun denn«, sagt Le Rouge. »Ich denke, wir sind so weit vorbereitet. Lasst uns sehen, wie die schwarze Seite darauf reagiert.«

Ich schaue auf mein Handy. Es ist 16.31 Uhr, am 17. Oktober. Ein historisches Datum. Denn heute ist der wahre Geburtstag der Revolution. Was wir bisher getan haben, waren politische Halbherzigkeiten. Davor waren es irgendwelche Untergrundgeheimnisse. Heute wird es offiziell: Wir erheben uns gegen Mahdi. Und mindestens fünf weitere Generäle stehen hinter uns. Zu wenige, um den Warlord vom Thron zu stoßen. Aber zu viele, um uns einfach abzumurksen.

Beinahe andächtig geht der rote General mit seiner ebenso roten Fahne zum Fenster und reißt es auf. Die herrlichste Luft der Welt dringt herein. Sie ist so kalt wie der Herbst und so lebendig wie der Frühling. Über eine Woche lang haben wir im Mief ausgeharrt. Jetzt ist die Zeit des Diskutierens vorbei. Ab heute werden unseren Worten auch Taten folgen.

»Voilà!«, sagt Le Rouge und schwingt die Flagge übers Fensterbrett nach draußen. Ihre Ränder sind beschwert, damit der Wind sie nicht verweht. Ein Soldat schlägt Nägel in den Fensterrahmen und bindet sie daran fest. Ich komme mir vor wie ein Bewohner einer linksradikalen Studenten-WG. Dann stehen wir alle am Fenster und schauen hinaus auf den Block gegenüber. Le Rouge wendet sich an Sylvia.

»Nimm den Schutzzauber weg. Ich will ihm nicht alles von vorn erklären müssen.«

Sie kichert übermütig, bevor sie die Augen schließt und sich konzentriert. Ihre Lippen formen Worte, aber sie gibt keinen Laut von sich.

»Fertig«, sagt sie.

Fast zeitgleich geht die Haustür der Nebenzentrale auf und Mahdi stampft heraus, hinter ihm seine komplette Truppe in Formation.

»Der sieht verflixt wütend aus«, bemerkt Vivien.

Le Rouge nickt.

»Alle sendebereit?«

Er blickt Finn an, der in einer Ecke zwischen Fenster und Tür hockt. Sylvia huscht hinter ihn und legt ihm die Hände auf den Kopf.

»Bereit.«

Dann warten wir. Ich kann jeden einzelnen Schritt hören, den die schwarzen Soldaten in unserem Treppenhaus verursachen. Ehrlich gesagt ist mir viel mulmiger zu Mute, als ich zugeben würde. Leonie scheint es genauso zu gehen. Sie steht unruhig neben mir. Dann greift sie nach meiner Hand und hält sie fest. Ich lasse es zu, denn ich spüre, dass sie zittert.

Die Tür fliegt auf und knallt so heftig gegen die Wand, dass ein Stück Putz abfällt. Mahdi poltert herein. Seine Soldaten tragen allesamt ihre Waffen im Anschlag. Aber keiner von ihnen zielt auf uns. Sofort fällt Mahdis Blick in die Ecke zu Sylvia und Finn. Er runzelt die Stirn.

»Was soll das?«, herrscht er sie an.

»Ich bin eine Seherin«, erklärt das Orakel. »Und Finn kann Telepathie. Gemeinsam ergeben wir eine Art Bildtelefon.«

Die Augen des schwarzen Generals werden zu Schlitzen.

»Und am anderen Ende der Leitung befindet sich wer?«

»Ein paar von unseren Verbündeten und ein paar von deinen«, eröffnet ihm Le Rouge. »Lauter Leute, die unser Gespräch brennend interessieren wird.«

Dann macht er einen Schritt nach vorn, aber weiter kommt er nicht. Der Raum ist brechend voll mit Menschen, nicht einmal alle von Mahdis Leuten haben es hierherein geschafft.

»Ich nehme an, du hast schon die ersten Informationen über das Anliegen unserer Organisation empfangen«, spricht Le Rouge weiter. »Aber für unsere zugeschalteten Gesprächspartner und zu deiner vollen Aufklärung fasse ich es gern noch einmal zusammen.«

Er berichtet knapp, aber überzeugend von den Erfahrungen, die wir in den letzten Wochen gemacht haben. Von unserer Heilungsaktion in Asien, der fruchtbaren Zusammenarbeit mit Delron und Meleks Erkenntnis über das Ungleichgewicht.

Während der ganzen Zeit sagt Mahdi kein Wort, aber sein Gesicht nimmt abwechselnd eine zornig-rote und eine hasserfüllt-weiße Farbe an. Als er endlich zu Wort kommt, sagt er genau das, womit wir gerechnet haben:

»Ihr habt nicht den kleinsten Beweis. Alles, worauf eure Theorie gründet, ist das verschlafene Geschwätz einer halbmenschlichen Faun-Frau.«

»Das ist richtig«, erwidert Le Rouge ruhig. »Aber dieses Geschwätz beruht auf Tatsachen. Delron kann dir sogar Zahlen vorlegen. Nur etwa fünf bis zehn Prozent der Faune können sich für negative Gefühle erwärmen. Das heißt, über 90 Prozent aller Tunicas waren einmal gute Menschen. Und die restlichen zehn Prozent können es noch werden, wenn wir auf die anderen Heiler warten und mit den Faunen kooperieren.«

Mahdi ist kein Dummkopf und hat sich besser im Griff, als wenn wir allein sind. Entsprechend verzichtet er auf einen Wutausbruch.

»Aber wo sind deine anderen Heiler, Le Rouge?« Dabei dreht er sich theatralisch um die eigene Achse und breitet die Arme aus. »Seit über einem Jahr ist Erik nun unter uns. Wie lange soll die Armee in diesem Zustand verharren, bis deine ominösen Hirngespinste widerlegt sind?«

»Wenn es sein muss zehn Jahre. Jede Evolution der Menschheitsgeschichte hat ihre Zeit gebraucht, um sich durchzusetzen. Aber wir müssen sie ihr auch geben. Wenn du jetzt wieder den Lauf der Natur durchbrichst, starten wir einfach von vorne bei null. Es wird nichts an unserer Situation verändern.«

»Doch. Es wird alles verändern, wenn wir die Dschinn endlich ausrotten!«, schreit Mahdi. Dann erinnert er sich daran, dass er gefilmt wird, und fährt sich wieder herunter. Sein Atem geht erregt.

»Wir werden sie nicht ausrotten, Muhammad«, schaltet sich nun Mike ein. »Ich habe es zweimal erlebt und nun passiert es zum dritten Mal. Wir werden sie nur dezimieren. In ein paar Jahren hat sich ihre Population erholt. Dann werden sie auferstehen.«

Mahdi kann es auf den Tod nicht ausstehen, wenn Mike ihn daran erinnert, dass er jünger ist. Auch wenn das bei einem 1200 Jahre alten Kerl etwas seltsam anmutet. Aber im Gegensatz zu Mike hat Mahdi die vorherigen Kämpfe nicht erlebt. Dass wir den einzigen anwesenden Überzeitlichen, der wirklich Erfahrung mitbringt, auf unserer Seite haben, spricht für uns. Das hoffe ich zumindest. Nun wird Mahdis Gesicht offener. Ich nehme an, er spielt nur für die menschliche Kamera, aber dennoch wirkt es so, als zeige er Verhandlungsbereitschaft.

»Nehmen wir einmal an, wir tun, was ihr sagt«, sinniert er. »Und nehmen wir weiter an, eure Theorie erweist sich als heiße Luft. Was würde dann geschehen?«

»Nichts«, sagt le Rouge.

Mahdi hebt einen Zeigefinger in die Luft und schüttelt ihn wie ein Schullehrer.

»Falsch. In diesem Fall könnten wir eure sogenannten Bündnispartner schlecht weiterhin abschießen. Also müssten wir sie gewähren lassen und ihre Zahl würde innerhalb kürzester Zeit derartig ansteigen, dass nach einem Jahr die komplette Menschheit ausgesaugt wäre.«

Auch auf dieses Argument war Le Rouge vorbereitet.

»Für die Übergangsphase haben wir diverse Lösungsmöglichkeiten mit den Faunen besprochen, denen sie sich vorübergehend unterwerfen würden. Es gibt mehrere Möglichkeiten, ihren Input auf ein für uns erträgliches Maß herunterzufahren.«

»Und dennoch würden sie sich innerhalb eines Waffenstillstands auf Dauer vermehren und wir hätten Schäden einzubüßen!«

»Das ist richtig.«

»Also, was genau willst du, Le Rouge?«

Ich hätte niemals gedacht, dass wir Muhammad ibn Hasan al-Mahdi, den obersten General der Armee, so weit bringen, dass er diese Frage stellt. Aber nun haben wir es geschafft.

»Ich will zwei Jahre Waffenstillstand«, sagt Le Rouge gefasst. »Kommt bis dahin kein weiterer Heiler, verhandeln wir neu.«

Mahdi verschränkt die Arme vor seiner Brust. Sein Blick schweift von seinen beiden Gesprächspartnern zu Jakob, Sylvia und mir. Es steht der blanke Hass darin. Das bringt ihn jetzt auch nicht weiter.

»Wir werden eine Armeeabstimmung einberufen«, sagt er.

Dann dreht er sich auf dem Absatz um, stößt seine Soldaten beiseite und zwängt sich durch sie hindurch. Nacheinander marschieren sie hinter ihm her. Ich höre ihre nun weitaus weniger polternden Schritte auf den Treppen.

Erst als die Haustür unten zufällt, stelle ich fest, dass Leonie immer noch meine Hand hält. Ich lasse sie los.

»Was heißt das jetzt?«, frage ich vorsichtig.

Erst gibt Le Rouge Sylvia und Finn ein Zeichen, dass sie sich trennen sollen. Als es so weit ist, ballt er die Hände zu Fäusten und macht einen Luftsprung. Dabei stößt er einen Siegesschrei aus wie ein wild gewordener Grizzlybär.

»Was das heißt, Erik?«, dröhnt er und packt mich bei den Schultern. »Das heißt, dass wir den Endkampf verhindern werden, wenn die einfache Mehrheit der Generäle und Obersten hinter uns steht. Und wenn sie auch nur einen Funken von Verstand in ihrem Kopf haben, dann werden wir das auch erreichen.«

Er lässt mich los, um Vivien zu umarmen. Dann geht er durch die Reihen und klopft Jakob und den anderen auf die Schultern. Schließlich holt er aus der Küche eine Holzkiste voll französischem Rotwein. Als ich die Etiketten sehe, muss ich schmunzeln. »Le Rouge« steht darauf.

»Ich fand das passender als Champagner«, sagt er und öffnet die erste Flasche.

Wir finden nicht genügend Gläser. Ein paar von den Soldaten trinken einfach aus der Flasche, ganz wie es sich für eine linksradikale Studenten-WG gehört. Die Einzigen, die nüchtern bleiben, sind Jakob und Sylvia. Um Mitternacht bin ich so betrunken, dass ich in voller Montur auf das Sofa niedersinke, das ich trotz der französischen Invasion behalten habe. Innerhalb von Sekunden falle ich in Tiefschlaf.

***

Die Leuchtziffern der Wanduhr zeigen halb vier Uhr morgens, als ich hochschrecke. Ich bereue mein Erwachen sofort, denn ich habe von meinem letzten intensiven Treffen mit Melek geträumt. Schnell schließe ich die Augen, um wieder bei ihr zu sein. Doch dann höre ich die Geräusche wieder. Sie kommen aus Anastasias Bett, der zweiten privilegierten Schlafstätte im Raum. Obwohl sie ganz leise sind, weiß ich sofort, was Le Rouge und Vivien gerade tun. Ich habe es ja die ganze Zeit über geahnt. Trotzdem steigt ein schales Gefühl von Neid in mir hoch. Um wenigstens nicht die Bewegungen ihrer Bettdecke mit ansehen zu müssen, drehe ich mich zur anderen Seite um. Dabei stoße ich gegen etwas Großes, Warmes, das neben mir liegt. Leonie. Im ersten Moment will ich aufstehen und wegrennen. Aber dann käme es zu einer peinlichen Situation mit Le Rouge, die betrunkenen Soldaten würden aufwachen und unsere ganze Freudenparty ein unliebsames Ende nehmen. Also wälze ich mich wieder zur anderen Seite und mache die Augen zu. Es dauert lange, bis ich einschlafe.

Als ich am nächsten Morgen mit Kopfschmerzen aufwache, spüre ich Leonies Atem an meinem Ohr. Ich schäle mich aus dem Bett und verschwinde nach draußen, um mir frische Luft zu verschaffen. Während ich hinter dem Block auf und ab tigere, gestehe ich mir ein, warum ich eigentlich so durcheinander bin: Dieses Mädchen lässt mich nicht kalt, auch wenn ich es nicht wahrhaben möchte. Und mein Talent funktioniert immer noch. Wie passt das zusammen?

Das Leben ist voller falscher Entscheidungen.

Ich bin hungrig und durstig, als ich erwache. Levian liegt neben mir. Er schläft wie ein Murmeltier, wobei er aussieht wie ein Märchenprinz. Wahrscheinlich könnte ich noch so stark an ihm rütteln, es würde nichts geschehen. Ich versuche mich zu erinnern, wann wir uns das letzte Mal bewusst gesehen haben. Es war der Tag der Jagd, als ich anschließend den Talenten von meiner Idee bezüglich des Ungleichgewichts erzählt habe. Irgendwann scheine ich dabei eingeschlafen zu sein. Ich habe keine Erinnerung daran, wer mich hierhergebracht hat und wie viel Zeit seither vergangen ist.

Schlaftrunken stehe ich auf und schüttele mich. Ich ziehe mir ein neues Kleid an und gehe eine Runde durch den Hohenfels.

Außer mir sind noch ein paar andere Faune wach. Zwei von ihnen sitzen in der Halle und trinken Quellwasser. Sie grüßen mich, aber ich kenne sie nur flüchtig und will mich nicht zu ihnen setzen. Stattdessen verlasse ich den Palast und streife eine Weile in meiner Menschengestalt durch den Wald. Schließlich finde ich eine Gruppe Forstarbeiter, die damit beschäftigt ist, uralte Eichen in Brennholz zu verwandeln. Die Bäume sind schon gefällt und liegen auf dem Waldboden, der einem Schlachtfeld gleicht. Die Maschinen der Menschen haben tiefe Wunden hineingegraben. Ihre Narben wird man noch in 50 Jahren sehen.

Eine Zeit lang stehe ich so da und beobachte das Treiben der drei Männer. Als sie eine Pause einlegen, kommt einer von ihnen zu mir und fragt neugierig, was ich hier mache.

»Ich beobachte dich bei der Arbeit«, sage ich herausfordernd.

Zehn Minuten später sauge ich ihm hinter einem riesigen verschmutzten Traktor die Gefühle aus dem Leib. Es müssen Wochen vergangen sein, seit ich das letzte Mal Input hatte. Das ist wahrscheinlich auch der Grund dafür, dass ich die Sorgen und die leichte Depression so gut vertrage, die von ihm ausgehen. Als ich fertig bin, schicke ich ihn zurück zu seiner Truppe und wandere weiter.

Ich denke darüber nach, was meine letzten Erkenntnisse für die Talente und uns bedeuten. Nach dem Prozess, als ich mich gegen meine Liebe und für die Zukunft der Faune entschieden habe, war ich davon ausgegangen, dass die Revolution der Talente tot und der schwarze General übermächtig ist. Nun aber besteht die Möglichkeit, dass meine letzte Information den Spieß wieder umgedreht hat. Wenn der rote General es schaffen sollte, die Armee auf seine Seite zu ziehen, würde ein langfristiger, weltweiter Waffenstillstand herrschen. Ich glaube, die Faune wären kompromissbereit, um der ständigen Bedrohung durch die versilberten Truppen zu entgehen. Wahrscheinlich würden wir uns sogar darauf einlassen, nur noch ganz wenige Menschen auszusaugen – oder nur die problematischen Exemplare. Ein Mahl wie heute wäre dann für mich der Alltag. Das ist zwar keine berauschende Vorstellung, aber immerhin eine, mit der man leben kann.

Dann denke ich über die Politik hinaus. Sollte ich Recht behalten und es werden weitere Heiler kommen, dann verliert Erik für die Armee an Bedeutung. Von diesem Tag an wird er nichts weiter sein als einer von vielen. Mit seiner Rolle als Endkampf-Repräsentant ist es dann endgültig vorbei. Außerhalb seiner eigenen Truppe wird es niemanden mehr interessieren, ob sein Talent schwindet oder bleibt. Die Zukunft der Welt ist dann nicht mehr von ihm abhängig – und auch nicht mehr von mir. Kann es sein, dass es doch noch eine Chance für uns gibt?

Wie ein Steinhagel trifft mich ein neuer Gedanke. Wenn die Revolutionäre an die Macht kommen wollen, brauchen sie zunächst einmal jemanden an ihrer Seite, der die Herzen für sie gewinnt: einen funktionierenden Heiler. Einen, dessen Talent noch intakt ist. Und genau den habe ich in der Zwischenzeit wahrscheinlich zerstört.

Ich bleibe stehen. Mein Gehirn hat mehrere Wochen lang nur geträumt. Es ist noch nicht ganz dazu in der Lage, die zahlreichen Gedankensplitter zu sortieren, die gerade durch meinen Kopf fliegen. Kann es sein, dass ich schon wieder alles falsch gemacht habe? Dass ich überhaupt niemanden gerettet, sondern alle, die ich liebe, ins Verderben gerissen habe? Ich setze mich auf einen Felsen am Wegrand und schlage die Hände vors Gesicht. Vielleicht hätte ich nicht so stark an dem Waldarbeiter saugen sollen. Seine Depression macht mein Befinden nicht gerade besser. Zum ersten Mal seit meiner Wiedergeburt als Faun habe ich das Bedürfnis, mich in die Arme meiner Mutter zu werfen und meine Sorgen bei ihr abzuladen. Aber ich kenne meine Mutter kaum. Sie ist nur irgendeine fremde Menschenfrau. Weder kann ich ihr von meinen Problemen erzählen noch kann ich sie überhaupt umarmen.

Nun gibt es zwei Möglichkeiten, wo ich hingehen könnte, bevor ich wieder einschlafe: zu Sylvia, um mir sagen zu lassen, dass Erik sein Talent inzwischen verloren hat und die Revolution deshalb trotz aller Erkenntnisse mehr tot als lebendig ist. Oder zu meiner Mutter, die mir zwar fremd ist, aber trotzdem das Gefühl von Geborgenheit vermittelt. Was auch immer ich tun werde, es wird nichts ändern. Denn in spätestens zwei Stunden schlafe ich ohnehin wieder ein.

Ich will mich den Nachrichten nicht stellen, die mich bei Sylvia erwarten. Ich brauche dringend etwas Weiches, Warmes, das mich einlullt. Also fliege ich zu meiner Mutter.

Bei unserem Haus ist der Winter eingezogen. Zwar liegt noch kein Schnee, aber sämtliche Blumen und Rosenbüsche im Garten sind mit Säcken überdeckt. Die Sonnenschirme und Sofakissen sind von der Veranda verschwunden und im Gemüsebeet herrscht gähnende Leere. Alles sieht trist und grau aus, genau so, wie ich mich fühle. Heute will ich keinen Brief ans Bein gebunden bekommen. Ich will hinein in dieses Haus und zusehen, was meine Eltern tun. Vielleicht erfahre ich dadurch ein bisschen mehr über sie. Ein kurzer Blick über die Fachwerkfassade sagt mir, dass der beste Einstieg über einen morschen Balken am Dach führt. Ich verwandle mich in eine Maus – ein kleineres Tier oder Insekt bekomme ich nicht hin. Das schaffen außer Thanos nur Orowar und ein paar ältere Faune. Meine dauerhaft einsatzfähigen Flügel bringen mich zumindest in Sekundenschnelle nach oben. Dort quetsche mich durch das Loch. Ich lande auf dem Dachboden, von wo aus mich ein Riss in der Lehmdecke weiterbringt. So arbeite ich mich Stück für Stück nach unten vor, bis ich schließlich den Hauptwohnbereich erreiche. Er besteht aus einem Wohnzimmer, einem Durchgangsraum mit Kaminofen und der Küche. Ich bin noch etwas unschlüssig, wo ich mich verstecken soll, als ich plötzlich Schritte aus der Küche vernehme. Schnell husche ich unter einen Schrank im Wohnzimmer. Aber nicht schnell genug. Meine Mutter kreischt. Ich spüre die Erschütterungen ihrer tippelnden Schritte auf der Stelle.

»Tante Hatice, was ist los?«, ruft eine männliche Stimme, die ich noch nie gehört habe. Sie spricht türkisch, aber ich verstehe jedes Wort.

»Isa!«, schreit meine Mutter hysterisch.

Dann kommt ein zweiter Mensch dazu, aber ich traue mich nicht nachzusehen, um wen es sich handelt. Garantiert starren sie beide gerade genau auf die Stelle, wo ich verschwunden bin.

»Was ist los, Tante?«, fragt der andere noch einmal, den sie Isa genannt hat. Er hat eine sanfte Stimme, wie Seide.

»Ich könnte schwören, dass ich gerade eine geflügelte Maus gesehen habe.«

»Ich denke, es war einfach eine normale Maus. Wäre ja nicht die erste«, vermutet Isa. Er klingt jung.

»Nein«, beharrt sie. »Sie hatte Flügel.«

Einen Moment lang ist es still. Ich wage einen Blick nach draußen und erkenne, dass Isa meine Mutter im Arm hält. Er ist groß und dünn und hat das typisch orientalische dunkle Haar, genau wie ich. Trotzdem kommt keinerlei Erinnerung an ihn in mir hoch.

»Pass auf, dass du dich nicht zu sehr grämst, Tante«, murmelt er. »Es bringt Melek nicht zurück, wenn du uns auch noch abhandenkommst.«

»Ich bin nicht geisteskrank!«, faucht meine Mutter und macht sich los. Zusammen gehen sie zurück in die Küche und setzen sich an den Kaffeetisch.

Ich warte eine Weile, bevor ich hinterherschleiche. Die Regale direkt neben dem Eingang geben eine gute Deckung für mich ab. Darunter verstecke ich mich. Sie trinken Kaffee aus verschnörkelten Tassen und reden dabei über mich – Erinnerungen. Wie ich mich als Kind geweigert habe, Kleider zu tragen, und wie ich einen Kronleuchter mit einem kaputten Arm auf dem Flohmarkt gekauft habe, um damit mein düsteres Zimmer zu verschönern. Die meisten der Dinge, die sie erzählen, haben mit meinem jetzigen Leben überhaupt nichts mehr zu tun. Dann erinnert sich Isa an den Tag seiner Konfirmation, was auch immer das ist.

»Ich werde nie vergessen, wie furchtbar böse manche von unseren Verwandten auf mich waren. Onkel Can ist nicht mal gekommen und Tante Fatma hat kein Wort mit mir geredet. Melek stand anfangs nur da und starrte uns alle an. Aber dann kam sie zu mir und sagte, es sei genau richtig, dass ich meiner inneren Stimme folge und tue, was ich will, und nicht, was die anderen wollen. Sie sagte es so laut, dass die Verwandten es hören konnten. Danach hat mit ihr auch niemand mehr geredet.«

»Ich weiß, Isa«, sagt meine Mutter. »Ich erinnere mich ebenfalls daran. Auch wenn ich … nun ja … nicht derselben Meinung war.«

»Man kann einem Menschen seinen Glauben nicht aufzwängen, Tante«, sagt Isa beinahe streng. »Außerdem steht der Islam mir genauso nahe wie das Christentum. Ich vertrete beides, verstehst du?«

»Das geht nicht, Junge.«

»Aber natürlich geht das. Vieles ist genau gleich. Du willst es dir bloß nicht vorstellen, weil du niemand anderen kennst, der es lebt. Aber es gibt eben Dinge, die über das übliche Denken von euch hinausgehen. Blickt doch einfach mal über den Tellerrand!«

Es steht ein feuriges Glimmen in seinen Augen, als er das sagt. Man könnte es Leidenschaft oder Besessenheit nennen, je nachdem, wie man selbst dazu steht. Selbst meine Mutter zeigt sich davon beeindruckt.

»Ist ja gut«, sagt sie. »Pass einfach auf, dass deine Mutter dadurch nicht unter die Räder kommt.«

»Das wird sie nicht«, verspricht er. Dann trinkt er seinen Kaffee aus, legt den Unterteller auf die Tasse und dreht sie um. Lächelnd hält er meiner Mutter das Konstrukt entgegen. Sie macht eine abwehrende Handbewegung.

»Nein, das kann ich nicht. Frag Songül. Sie ist die Hexe von uns beiden.«

»Meine Mutter würde mir nicht ehrlich sagen, was sie sieht, selbst wenn sie etwas sehen würde«, mutmaßt Isa. »Nun versuch's doch einfach mal!«

Seufzend nimmt sie den Teller entgegen und hebt die Tasse an. Dann dreht sie sie ein paarmal vor ihren Augen hin und her und starrt hinein. Ich habe keine Ahnung, was sie da tut.

»Na schön«, sagt sie schließlich. »Hier kommt meine Prognose für deine Zukunft, lieber Neffe: Ich sehe dich große Taten vollbringen. Du wirst all deine Ziele erreichen und die schönsten Mädchen der Welt werden hinter dir herlaufen.«

»Na prima«, schmunzelt Isa. »Den gleichen Quatsch erzählt mir meine Mutter auch immer.«

»Dann stimmt's ja vielleicht.«

Während ich so dasitze und ihnen zuhöre, wird mir bewusst, dass ich schon wieder eine falsche Entscheidung getroffen habe. Ich hätte nicht hierherkommen sollen. Es war feige von mir, nicht zu Sylvia zu fliegen. Anstelle von Mutterwärme brauche ich in Wahrheit etwas ganz anderes: Gewissheit. Wieder für Wochen einzuschlafen, ohne zu wissen in welchem Zustand Erik und die Revolution sind, ist plötzlich unvorstellbar für mich. Gleichzeitig merke ich, dass ich schon wieder müde werde.

Ich schleiche mich aus meinem Versteck und husche durch ein gekipptes Fenster im Bad nach draußen. Dann höre ich tief in mich hinein. Vielleicht bleibt mir noch genug Zeit, um nach Biedenkopf und zurück auf den Hohenfels zu fliegen. Das tiefe Gähnen, das mich schon wieder durchdringt, macht mir das Gegenteil klar. Ich hatte meine Chance und habe sie aus Feigheit verstreichen lassen.

Niedergeschlagen mache ich mich auf den Heimweg. Erst als ich den Burghügel erreiche, erinnere ich mich daran, dass ich vielleicht auch anderweitig Kontakt mit Erik aufnehmen kann. Also suche ich mir einen gut versteckten Platz hinter einer Felsformation und nehme meine wahre Gestalt an. Das Tageslicht brennt in meinen Augen, aber ich glaube, dass es so besser funktionieren wird. Ich schließe die müden Lider und versuche, einen Kontakt zwischen unseren Seelen herzustellen. Schneller als ich erhofft hatte, kommt die

Bestätigung: Erik ist traurig. Das ist genau das, womit ich gerechnet habe. Vielleicht sollte ich nicht weiter nachhaken, sonst wird es ein unruhiger Schlaf werden, in den ich gleich sinke. Aber dann tue ich es doch. Die nächste Emotion überrascht mich: Erik hat Hoffnung. Und es geht noch weiter: Erik ist stolz, kampfbereit, optimistisch. Und das Sonderbarste ist: Erik fühlt Leichtigkeit.

Ich kann mir keinen Reim auf diese Dinge machen, denn sie passen überhaupt nicht zusammen. Das nächste Gähnen ist meine letzte Warnung. Wenn ich jetzt nicht schnell in meine Schlafkammer verschwinde, findet mich morgen irgendein Jäger oder Waldarbeiter im Tiefschlaf und hält mich für Schneewittchen. Also verwandle ich mich und steige in den Palast hinunter. Mir bleibt nichts anderes übrig, als so lange im Ungewissen auszuharren, bis ich das nächste Mal aufwache.

Das Schicksal spielt ein Pokerspiel. Und wir sind der Einsatz.

Durch Leonies bloße Anwesenheit werde ich lebendig. Es ist so wie bei einem Roboter, den man abends abstellt und am nächsten Morgen wieder in Gang setzt. Sobald es draußen dunkel wird und ich allein bin, fliegt mein Geist davon. Manchmal kreist er nächtelang um den Hohenfels, nur um mit der Information zurückzukehren, dass seine Suche erfolglos war. Selbst Delron ist mir als persönlicher Spion verloren gegangen, denn mittlerweile hat er sich selbst irgendwo bei unseren Faunen zur Ruhe gelegt. Ich nehme an, dass Melek inzwischen den Bund mit Levian geschlossen hat, auch wenn sie mitten in der Winterruhe wahrscheinlich keine große Hochzeitsparty hatte. Allein der Gedanke daran, dass sie jetzt ganz und gar zu einem anderen gehört, treibt einen eisigen Schneesturm über mein Herz. Ich kann nichts anderes tun, als mich einzurollen und ihn auszuhalten. In dieser innerlichen Todesstarre verharre ich bis zum nächsten Morgen, bis Leonie kommt. Sobald die Tür aufgeht und mein Bodyguard mit seinen Glitzeraugen und seinem Hüftschwung hereintänzelt, atmen sogar die Franzosen sichtbar auf. Dann nämlich verschwindet meine Schwermut, mein Herz wird offener und ich bekomme sogar wieder den Mund auf. Würde man Leonie fragen, so würde sie wahrscheinlich sagen, ich sei trotzdem ein muffeliger, gesprächsfauler Brummbär, den man zu jedem Schritt ins Licht erst mühsam überreden muss. Aber für mich ist ihre Anwesenheit die einzige Möglichkeit, wieder durchzuatmen. Sie füllt mich mit einer ungewohnten Leichtigkeit, auf die ich nicht mehr verzichten will. Was sonst noch dahintersteckt, weiß ich nicht. Darüber will ich nicht nachdenken.

Auf ihr mehrfaches Drängen hin schraube ich heute an ihrem Moped herum. Weil sie ihre Wohngemeinschaft mit Diana weiterhin nicht aufgeben will, fährt Leonie täglich 40 Kilometer zwischen Münchhausen und Dautphe hin und her. Bisher liegt zwar kein Schnee auf den Straßen. Aber selbst wenn die Strecke gut befahrbar ist, schafft sie nicht mehr als 50 Stundenkilometer. Ich gedenke, das zu ändern. Le Rouge hat mir sofort das nötige Material besorgt, als er gehört hat, was wir planen. Er betrachtet die illegale Tuningaktion wahrscheinlich als ideale Therapie für mich. Leonie sitzt neben mir auf dem Boden und beobachtet mich, wie ich ihre Maschine auseinanderschraube und Teil für Teil akkurat in eine Reihe lege. Innerhalb weniger Minuten sind meine Hände voller Ölschmiere. Ich mag das. Es fühlt sich irgendwie gut und beruhigend an, einer einfachen handwerklichen Arbeit nachzugehen.

»Woher kannst du das?«, fragt sie, während ich an ihrem Vergaser herumfeile.

Ich schaue sie an und grinse.

»Ich kann es eben. Wieso? Sehe ich nicht so aus?«

»Nein ... ich meine ... vielleicht doch«, murmelt sie. Dabei wirkt sie ziemlich unentschlossen. Ich glaube, ich verwirre die Menschen um mich herum neuerdings.

»Aus dem Internet«, verrate ich.

Sie lächelt.

»Zeigst du's mir auch?«

Ich zucke mit den Schultern. Von da an reicht sie mir die Einzelteile, wenn ich sie brauche, und ich erkläre ihr, was ich mache. Am Ende tauscht sie unter meiner Anleitung sogar selbst eines ihrer Ritzel aus, um die Übersetzung zu ändern. Nach drei Stunden schrauben, bohren und feilen sind wir fertig. Notdürftig wische ich meine Hände an einem Lappen ab und reiche ihn Leonie. Ich beobachte sie dabei, wie sie sich eine Haarsträhne aus dem Gesicht streicht und dabei eine schwarze Spur über ihre Wange zieht, ohne es zu bemerken. Es sieht irgendwie erotisch aus, deshalb weise ich sie auch nicht darauf hin.

»Wirf sie mal an«, fordere ich sie auf.

Leonies Maschine ist uralt. Das war mein Glück, denn die Technik eines modernen Fahrzeugs hätte mich wahrscheinlich überfordert. Sie steigt auf und tritt ein paarmal hintereinander den Kickstarter. Mit einem deutlich gesteigerten Röhren springt das Moped an.

»Cooool!«, freut sie sich. »Komm, wir testen gleich, wie viel es hergibt!«

Ich winke ab.

»Lass mal. Ich hab keinen Helm und außerdem bin ich nur Ballast. Aber dreh du ruhig allein eine Runde um den Block.«

»Erik, du trägst eine illegale Waffe in deiner Jacke und fährst ohne Führerschein Auto. Derzeit verstößt du jeden Tag gegen mindestens zehn menschliche Regeln. Pfeif doch auf den Helm! Ich setze auch keinen auf.«

Sie braucht nicht viel Überzeugungskraft, damit ich meine Meinung ändere. Also steige ich auf und lasse mich von ihr ein Stück weit durchs Dorf fahren. Von dort aus biegt sie auf die Landstraße Richtung Buchenau ab und wir schaffen tatsächlich eine Höchstgeschwindigkeit von 75 Stundenkilometern. Leonie jubiliert. Dann fährt sie über den verlassenen Radweg zurück. An einer Parkbank auf halber Strecke hält sie an und stellt den Motor aus. Wir steigen ab.

»Das ist wirklich göttlich. Danke, Erik!«, schwärmt sie, als sie sich auf die Bank plumpsen lässt und sich durch die Haare fährt. Ihre Wange ist immer noch schwarz. Ich glaube, es ist nicht gut, wenn ich mich jetzt neben sie setze. Irgendetwas liegt in der Luft und ich bin nicht bereit dafür. Sie zieht mich am Ärmel meiner Jacke.

»Nein, ich glaube, ich bleibe lieber stehen.«

Der Zug wird so stark, dass ich aus dem Gleichgewicht gerate und neben sie auf die Bank plumpse.

»Bin ich dir eigentlich unangenehm?«, fragt sie und sieht mich ernst an.

»Nein, Leonie, du … du bist im Moment der angenehmste Mensch in meinem Umfeld.«

»Warum gehst du dann ständig so enorm auf Abstand zu mir?«

Ich starre eine Weile auf meine rußschwarzen Hände und pule an meinen Fingernägeln herum. Dann beschließe ich, ehrlich zu ihr zu sein.

»Du warst von Anfang an etwas Besonderes für mich«, gebe ich zu. »Niemand, den ich geheilt habe, ist mir so nahgegangen wie du. Ich war nicht der

Einzige, dem das aufgefallen ist. Mahdi hat es ebenfalls gesehen. Er hat dich bewusst auf mich angesetzt, damit ich Melek vergesse. Und nun macht Le Rouge das Gleiche, um mein Talent zu erhalten.«

Für einen kurzen Moment sieht Leonie geschockt aus. Was hat sie gedacht? Dass ich ein Dummkopf bin, der die Zaunpfähle nicht bemerkt, die ihm um den Kopf geschlagen werden? Oder ist sie einfach überrascht, weil ich die Tatsachen laut ausspreche?

»Das ist wahr«, sagt sie schließlich und senkt die Lider. »Aber weißt du was? Ich hatte noch nie einen Auftrag, der so leicht zu erfüllen war. Ich meine … es fällt mir nicht besonders schwer.«

Sie rutscht ein Stück zu mir rüber und nimmt meine Hand. Als sie sie an ihre Wange legt, wird diese noch schwärzer. Dann haucht sie einen kleinen Kuss darauf.

»Ich war vom ersten Augenblick an in dich verliebt, Erik«, sagt sie. »Du bist der beeindruckendste Mensch, der mir je begegnet ist.«

Ihre Ehrlichkeit macht jede Erwiderung nieder, die ich mir zurechtgelegt hatte. So etwas hat noch nie jemand zu mir gesagt. Da sitzt dieses schöne, unkomplizierte Mädchen, dem meine eigenen Gefühle durch die Seele flattern, und macht mir ein solches Kompliment. Wie könnte ich sie jetzt wegstoßen?

»Ich fühle mich sehr geehrt, Leonie«, sage ich. »Aber für mich ist es nicht ganz so einfach.«

Sie lässt meine Hand nicht los, sondern schmiegt weiterhin ihr Gesicht hinein. Ich spüre ihre weiche Haut und den sanften Druck ihrer Lippen darauf. Die bekannte Sicherung in meinem Gehirn gerät in Alarmzustand.

»Ich weiß«, sagt sie. »Deine Nummer ist schon vergeben. Aber dir ist genauso klar wie mir, dass die Leitung tot ist, in der du festhängst. Melek ist jetzt bei Levian und der Bund kann nicht gebrochen werden. Sei kein Narr, Erik, und verschwende dein Leben und deine Liebe nicht. Ich bin da. Und ich warte auf dich.«

Ich bin ihr dankbar dafür. Aber es ist meine Entscheidung, was ich mit meinem Leben mache. Und wenn ich weiterhin die Hälfte davon in einer inneren Todesstarre verbringen will, dann kann niemand etwas daran ändern. Im Moment will ich es. Ich brauche es. Denn ich trauere immer noch.

»Ich war schon immer ein Narr«, sage ich. »Das Warten könnte ziemlich langweilig für dich werden.«

»Lass das meine Sorge sein«, beschließt sie.

Dann lässt sie meine Hand los und küsste mich schnell auf den Mund, ehe ich sie abweisen kann.

»Nach Hause ins Feldlager?«, fragt sie gut gelaunt.

Ich nicke. Sie zieht mich hoch.

»Kann ich mal fahren?«, frage ich sie.

»Klar. Ist ja auch dein Werk. Fahr so oft und so viel du möchtest.«

Auf dem ganzen Heimweg hält Leonie sich an mir fest und legt ihren Kopf an meinen Rücken. Eine Stimme in meinem Bauch sagt mir, die Ereignisse, die gerade ins Rollen gekommen sind, sind nicht richtig. Aber in meinem Kopf schreit eine andere, dass es meine letzte Chance ist, eines Tages wieder ein normales Leben zu führen. Ich weiß nicht, auf welche von beiden ich hören soll.

***

Die Armeeabstimmung ist auf den 1. Februar angesetzt. So lange hat Le Rouge Zeit, um seinen weltweiten Wahlkampf voranzutreiben. Da Delron weiterhin die meiste Zeit über schläft, haben wir keine Möglichkeit mehr, um den Globus zu reisen und Arschlöcher in Hoffnungsträger zu verwandeln. Folglich habe ich weiterhin nichts zu tun, als am Leben zu bleiben und mein Talent zu pflegen. Für letzteres scheint ja Leonie zuständig zu sein. Ich kann mir nicht vorstellen, dass sie es ganz allein schafft, meine Heilkraft aufrechtzuerhalten, obwohl ich sie weiterhin meistens abblocke. Irgendetwas in mir scheint sich unbewusst auf die Sache einzulassen. Zumindest ist der chronische Schmerz in meinem Inneren zurückgegangen. Ich spüre ihn immer noch, vor allem nachts. Aber seine Intensität ist deutlich schwächer. Dafür fällt mir an einem eiskalten Nachmittag im Dezember auf, dass Jakob seine Hand auf den Bauch presst, wenn er sich unbeobachtet glaubt.

Wir treffen uns nur noch selten an der Schutzhütte, wie jeden Winter. Heute liegt zum ersten Mal eine geschlossene Schneedecke über dem Außenplatz. Sie ist zum Großteil bereits von zahlreichen Stiefeln zertreten. Mike und Anastasia proben gerade den Schwertkampf und Jakob gibt ihnen Kommandos. Ich gehe zu ihm und schaue eine Weile zu.

»Unsere Muskelprotzin wird immer besser. Mike hat Schwierigkeiten, sich zu verteidigen«, sage ich.

Er nickt.

»Ja, wenn sie jetzt noch meine Kommandos verstehen würde, wäre sie unschlagbar.«

Wieder fährt seine Hand wie zufällig über seinen Bauch. Ich studiere seinen Gesichtsausdruck. Die Sorgenfalte zwischen den Augenbrauen hat er eigentlich fast immer. Aber die Anspannung in seinen Wangen kommt daher, dass er die Zähne zusammenpresst. Ich kenne das.

»Wie alt bist du jetzt, dreiundzwanzig?«

»Ja.«

»Du scheidest aus, Jakob.«

Er tut einfach so, als hätte ich nichts gesagt. Eine Weile stehe ich da und warte auf eine Antwort, aber dann wird mir klar, dass ich gar keine Frage gestellt habe.

Schließlich gebe ich es auf, ein Gespräch mit ihm in Gang zu bringen, und suche nach Sylvia. Sie weiß fast immer mehr über ihn als wir anderen. Vielleicht lässt sie sich dazu herab, mich auf den aktuellen Stand zu bringen. Ich finde sie drinnen in der Hütte. Sie sitzt auf einer Bank in der Ecke, hat die Beine angezogen und schaukelt vor und zurück wie ein Tier im Käfig.

»Was ist hier los?«, frage ich sie. »Geht es um Jakob?«

Sie antwortet nicht, nickt aber kaum merklich mit dem Kopf. Ich setze mich neben sie und stoppe das Pendeln ihres Körpers, indem ich sie in den Arm nehme. Kaum, dass ihre Stirn meine Schulter berührt, fängt sie an zu weinen. Ich gebe ihr Zeit, sich anständig auszuheulen. Es dauert eine Ewigkeit, bis sie sich beruhigt hat. Dann hebe ich ihr Kinn an und schaue ihr in die Augen.

»Ist doch gut, wenn er ausscheidet. Wir sollten es ihm gönnen, dass ihm der Endkampf erspart bleibt«, sage ich.

»Ich weiß nicht, ob er wirklich ausscheidet«, jammert Sylvia. »Ich habe ihn vorhin durchgecheckt, Erik, und es ... es hat geflackert!«

Ein schreckliches Gefühl steigt in mir hoch. Warum zum Teufel zeigt sich ihr verdammtes Flackern immer nur in Verbindung mit einem erlöschenden Talent? So werden wir nie dahinterkommen, was es wirklich bedeutet.

»Wahrscheinlich heißt es gar nichts anderes, als dass er ausscheidet«, versuche ich uns beide zu beruhigen.

»Nein«, sagt sie. »Es ist nicht das einzige Zeichen. Ich habe schon vor langer Zeit eine Prophezeiung gemacht, die Jakob betraf. Und jetzt wird sie wahr. Wir wissen genau, was auf ihn zukommt, und können es nicht ändern. Aber das Allerschlimmste ist ...«

Wieder wird ihr Körper von einer Schluchzattacke erschüttert. Ich warte ungeduldig, bis sie vorbei ist.

»... das Allerschlimmste ist, dass ich ihm nicht einmal raten kann, sich seinem Schicksal zu widersetzen. Denn wenn er es tut, wird sie an seiner Stelle sterben.«

»Sie? Himmel, Sylvia, sag mir, von wem du sprichst!«

»Ich spreche von Melek, Erik«, wimmert sie. »In meiner Prophezeiung hieß es, dass Jakob sich eines Tages für sie opfern wird. Dieser Tag rückt näher und er spürt es. Das ist das Flackern!«

Ich weiß mir nicht mehr zu helfen. So viele Male waren die Orakel für uns ein Segen. Aber im Grunde ist es das Schlimmste, was einem Menschen passieren kann, wenn er erfährt, was die Zukunft für ihn bereithält. Lässt das Schicksal Jakob wirklich immer noch dafür büßen, dass er sich ihm ein einziges Mal widersetzt hat? Inmitten meiner wirren Gedanken wird mir plötzlich klar, was tatsächlich in Sylvia vorgeht. Ich habe keine Ahnung, wie ich darauf komme. Mit einem Mal weiß ich es einfach. Ungläubig halte ich sie an den Schultern ein Stück weit von mir weg und betrachte sie von oben bis unten.

»Du liebst ihn«, bringe ich hervor.

»Ja. Schon immer.«

Ich schüttele den Kopf.

»Aber Sylvia, er ist so etwas wie dein Bruder!«

»Er war nie mein Bruder. Ich war vielleicht seine Schwester. Aber er war nie mein Bruder.«

»Du bist gerade mal 14 ...«, sage ich und bereue es sofort.

»Ich bin fast 15!«, schreit sie mich an. »Als du so alt warst wie ich, wärst du bereits für Melek gestorben!«

Ich ziehe sie wieder an mich und streichle ihr besänftigend übers Haar.

»Schscht. Tut mir leid, Große, tut mir leid! Du hast ja Recht.«

Eine Zeit lang sitzen wir so da, während Sylvia ihre Finger in meinen Rücken krallt und ihr Körper immer wieder heftig bebt. Die Sprachlosigkeit, die sich in mir breitmacht, will einfach nicht mehr verschwinden. Schließlich macht Sylvia das, was sie immer tut, wenn die Situation ausweglos ist: Sie nimmt Haltung an und wischt sich die Tränen aus den Augen.

»Sag ihm kein Wort davon, hörst du!«

Ich lege eine Hand auf mein Herz.

»Du kannst dich auf mich verlassen.«

»Wenn die Revolution bei der Abstimmung verliert, wird Mahdi den Endkampf auf den Beginn des Frühlings datieren«, sagt sie gefasst. »Er wird darauf spekulieren, dass die Faune dann noch träge sind von ihrer Winterruhe. Hat Le Rouge jemals darüber gesprochen, was wir tun werden, wenn es so weit kommen sollte?«

»Nein«, murmele ich. »Niemand von uns spricht über diesen Fall.«

»Ihr solltet es tun.«

Ich will es nicht wahrhaben. Ich will diese Gedanken nicht zulassen, genau wie der rote General selbst. Denn wenn wir wirklich unterliegen sollten, ziehen wir in den Kampf. Dann wird es Befehle geben, gegen die sich nicht einmal die Jakobsjünger wehren können, wie Mahdi unsere Truppe nennt. Dann stehe ich Melek und den anderen mit einem Schwert in der Hand gegenüber. Sylvias Prophezeiung über Jakob könnte genau darauf hindeuten. Ich kann nur hoffen, dass das Schicksal andere Pläne mit uns hat. Oder dass es vielleicht nur pokert.

***

Es ist das schlimmste Weihnachten, das ich je gefeiert habe. Die ganze Zeit über denke ich an meine Familie, die genau jetzt unter einem ausladenden, meterhohen Tannenbaum sitzt. Meine Mutter wird zwei Enten braten, oder vielleicht jetzt nur noch eine, weil ich nicht mehr da bin. Meine Geschwister werden versuchen, den Schlüssel zu dem Zimmer mit den Geschenken zu finden. Ich kann mir nicht mehr richtig vorstellen, wie sie dabei aussehen. Es sind über acht Monate vergangen, seit ich sie zum letzten Mal gesehen habe. Und später, wenn sie die Christmette besucht und die Ente gegessen haben, wird mein Vater die Weihnachtsgeschichte vorlesen, bevor Simon und Lea sich auf die vielen bunten Päckchen unter dem glitzernden Baum stürzen. Nur eines wird in diesem Jahr anders sein: Sie werden alle Tränen in den Augen haben, denn ich bin nicht dabei. Ich bin der verlorene Sohn. Noch dazu einer, der so grausam ist, seiner Familie nicht einmal eine Karte mit einer kurzen Nachricht, dass er noch am Leben ist, zukommen zu lassen. Aber ich habe Angst, dadurch nur noch mehr Chaos zu produzieren.

Le Rouge hat sein Bestes getan, um einen Hauch von Weihnachtsstimmung in das Feldlager zu bringen. In Ermangelung eines Platzes für den Weihnachtsbaum hat er einen Tannenzweig auf den Tisch gestellt und drei rote Kugeln daran befestigt. Es sieht eher aus wie ein missratenes Stillleben, aber keiner sagt etwas dazu. Um den Pseudobaum herum liegen 13 Päckchen in der Größe von Zigarettenschachteln. Elf für seine Soldaten und je eines für Vivien und mich. Als wir sie öffnen, entgleiten uns fast allen die Gesichtszüge: In jedem steckt eine winzig kleine Pistole mit nur einer Silberkugel im Lauf.

»Wir wissen nicht, was die Zukunft bringt«, erklärt Le Rouge. »Sollte die Politik versagen, dann ist wieder alles möglich: Ihr könnt entwaffnet, gefoltert und umgebracht werden – von dieser oder von jener Seite. Diese Kugel tötet Menschen, Faune oder euch selbst. Versteckt sie gut, möglichst nahe an eurem Körper.«

Spätestens jetzt ist auch der Rest von Weihnachtsstimmung dahin. Aber dann erinnere ich mich daran, was wir heute eigentlich feiern: Die Geburt des allerersten Heilers und damit auch die Geburt der ersten Revolution. Wahrscheinlich gibt es gar keinen besseren Anlass, um einmal klare Worte zu finden und dieses Geschenk zu überreichen. Ich nehme mir vor, mir ein kleines Pistolenhalfter für die Waffe zu besorgen, damit ich sie unter der Hose an meinem Bein tragen kann. Das ist gleichzeitig auch die beste Gelegenheit, um mich der Begegnung mit dem Schuster zu stellen, vor der ich mich seit Monaten drücke. Mir bleibt auch wirklich nichts erspart.

***

Walter Dönges ist zu stolz und zu verbohrt, als dass man ihn bitten könnte, zu mir nach Dautphe zu kommen. Er sieht meine Abkehr von der Armee und meine Kooperation mit seinen Todfeinden als persönliche Beleidigung an. Damit trete ich sozusagen sein Lebenswerk mit Füßen. Ehrlich gesagt halte ich Dönges nicht für diskussionsfähig. Daher habe ich auch nie versucht, seine Meinung zu ändern. Aber mein Gefühl sagt mir, dass ich es nun endlich tun sollte.

Ich trage einen rabenschwarz getönten Motorradhelm, als Leonie mich nach Biedenkopf fährt. Selbst auf dem Weg hinein in die Schuhmacherei behalte ich ihn auf, damit mich ja niemand erkennt. In diesem Moment bin ich keine 50 Meter Luftlinie von meiner Familie entfernt und kann unsere Sehnsucht nacheinander trotzdem nicht lindern. Mein Magen fühlt sich an, als hätte ich Säure getrunken. Als ich die Tür zum Laden öffne und mit Leonie in meinem Windschatten den rauchgeschwängerten Verkaufsraum betrete, erlebe ich ein Déjà-vu: Dönges kommt hinter seinem schäbigen Samtvorhang hervor und starrt mich mit seinem verunstalteten Blick an, als wäre ich ein besonders unliebsamer Kunde, der grundsätzlich seine Rechnungen nicht bezahlt. Ich nehme den Helm ab und stelle mich der Anklage.

»Aha«, brummt er. »Der neunmalkluge Heiler lässt sich also doch noch dazu herab, mit abgetakelten Veteranen über seine Fehlentscheidungen zu sprechen. Was ist der Grund dafür, Erik? Gehen euch die Waffen aus?«

»Nein. Obwohl die eine oder andere Pistole tatsächlich nicht schaden könnte. Das neue Orakel schießt noch mit einem Auslaufmodell und wir mussten die Übungsmunition rationieren. Aber deshalb bin ich nicht hier.«

»Schön«, freut sich Dönges. »Warum dann? Irgendetwas wirst du wohl brauchen.«

Ich lege ihm die kleine Waffe von Le Rouge auf den Ladentisch. Bei ihrem Anblick zieht er einmal so tief an seiner Zigarette, dass ich Angst bekomme, seine Lunge könnte kollabieren. Sein gesundes Auge blitzt interessiert auf.

»Dummes Franzosen-Spielzeug«, behauptet er und bläst mir seinen Rauch ins Gesicht.

»Ich hätte trotzdem gern ein Lederhalfter, um es an meinem Bein zu befestigen.«

Anstelle einer Erwiderung schiebt er mir die Pistole mit Schwung zurück. Gerade noch rechtzeitig fange ich sie auf, bevor sie auf den Boden knallt.

»Ich arbeite nicht an Gegenständen, die dazu dienen, die Führungsriege der Armee auszuschalten«, stellt er unmissverständlich klar.

Nun kocht doch die Wut in mir hoch, obwohl ich mir fest vorgenommen habe, mich zu beherrschen. Bevor ich dazu komme, ihm die Meinung zu sagen, übernimmt Leonie das für mich.

»Kann man mit einem Auge eigentlich nur noch schwarz sehen? Sie sollten mal versuchen, sich in unsere Lage zu versetzen, anstatt stur auf den überholten Ansichten von 1980 herumzureiten!« Sie giftet den Schuster so aufgebracht an, als hätte sie seit Jahren eine Fehde mit ihm.

Ich halte die Luft an. Leonie ist rot im Gesicht. Es sieht so aus, als ließe sie sich enorm provozieren, indem man auf mir herumhackt. Das ist Dönges garantiert nicht gewöhnt. Doch anstatt ihr eine lautstarke Erwiderung entgegenzuschleudern, lächelt er sie nur überheblich an.

»Wer bist du? Melek zwei?«, fragt er.

»Nein! Ich …«

»Halt dein vorlautes Maul, ich weiß genau, wer du bist«, blafft er sie an. »Und ich weiß auch, was für einen Auftrag du hast. Also tu nicht so, als würde dich das hier wirklich interessieren. Diese Sache hier geht nur Erik und mich etwas an, hast du verstanden?«

Das hat sie definitiv nicht. Leonie scheint gleich zu explodieren. Deshalb mische ich mich ein, bevor es zum Eklat kommt. Sanft packe ich sie an der Schulter und drehe sie zu mir um.

»Warte bitte draußen auf mich«, flüstere ich ihr zu. Dazu setze ich einen Blick auf, von dem ich weiß, dass sie ihm nicht widerstehen kann. Ohne ein Wort des Widerspruchs dreht sie sich um und verlässt den Laden. An dem Zucken im Gesicht des Schusters erkenne ich, dass sie ihm in der Türschwelle noch einen bitterbösen Blick zuwirft.

»Ein Miststück, aber genau darauf fährst du ja ab«, brummt Dönges, als sie draußen ist.

Ich ignoriere seinen Kommentar und komme zum Punkt.

»Was wir tun, ist kein jugendlicher Leichtsinn, Walter. Wir stehen für eine Sache, die in herbem Gegensatz zu deiner Lebenseinstellung steht. Aber wir haben gute Gründe dafür. Und ich hätte gern, dass du sie dir anhörst.«

Dönges nimmt seine Kippe aus dem Mund und drückt sie zwischen meinen Händen auf der Tischplatte aus. Der letzte Rauch aus seiner Lunge trifft mich wieder im Gesicht. Ich kann mir ein leichtes Husten nicht verkneifen. Er grinst.

»Dann schieß mal los.«

Ich erzähle ihm alles, was sich seit Meleks Verwandlung zugetragen hat. Die meisten Dinge weiß er wahrscheinlich schon, aber ich nehme an, dass er sie aus einer ganz anderen Sichtweise erfahren hat. Ich habe keine Ahnung, was ich mit meinem Vortrag eigentlich erreichen will, denn Dönges ist nur einer von vielen Veteranen, die unser Schicksal auch nicht ändern können. Trotzdem haben wir uns vor einem halben Jahr noch ziemlich nahgestanden. Vielleicht ist ein kleiner Teil von ihm immer noch bereit, mir zu trauen. Allein um der Vergangenheit willen muss ich versuchen, ihn zu überzeugen. Es ist mir einfach ein Bedürfnis.

Vom Reden komme ich ins Philosophieren und schließlich ins Ringen um Verständnis. Irgendwann verstehe ich selbst nicht mehr, warum mir die Absolution dieses versifften Waffenschiebers auf einmal so wichtig ist. Sie ist es eben. Vielleicht ist meine Sehnsucht nach meiner Familie einfach groß genug, dass ich eine Art Vaterersatz in ihm suche. Wer weiß das schon?

Dönges spricht die ganze Zeit über kein Wort, sondern brüht stattdessen widerlich schwarzen Kaffee auf und schiebt mir eine Tasse davon über den Ladentisch, während er an seiner nippt. Als ich fertig bin, habe ich das Gefühl, mir den Mund fusselig geredet zu haben.

»War's das?«, fragt er und wirft einen befriedigten Blick nach draußen, wo Leonie breitbeinig auf den Eingangsstufen des Ladens sitzt und uns beobachtet.

Ich nicke.

»Das war's. Mehr habe ich nicht zu sagen. Aber weniger auch nicht. Ich finde, ich habe wenigstens eine Antwort verdient.«

Dönges schmunzelt.

»Was genau war noch mal deine Frage?«

»Ich will wissen, ob du das verstehen kannst!«, fahre ich ihn an.

Er nuckelt noch eine Weile an seinem bitteren Gesöff herum und lässt mich zappeln. Dabei lehnt er sich mit dem Rücken an die Auslage hinter ihm und überkreuzt die Beine.

»Weißt du, Erik, ich war einmal ziemlich angetan von dir«, sagt er schließlich. »Ich habe gehofft, dass du die Talente zum Sieg über die Dschinn führen würdest. Aber jetzt erkenne ich, dass du es nicht kannst. Du bist immer noch besessen von Melek, obwohl die Armee dir die schönsten Mädchen schickt, die sie auftreiben kann, um sie zu ersetzen. Deine ganze absurde Theorie gründet einzig und allein in der Hoffnung, diese Dschinniya zurückzubekommen. Und dafür setzt du die Zukunft der gesamten Menschheit auf Spiel. Es tut mir leid, dir das sagen zu müssen. Aber ich kann dich überhaupt nicht verstehen.«

Das ist zumindest eine klare Ansage. Auf Dönges kann ich nicht mehr zählen. Warum ich überhaupt gehofft habe, ihn zu überzeugen, ist mir ein Rätsel. Er ist und bleibt eben ein fanatischer Rassist.

»In Ordnung«, sage ich und stecke die kleine Pistole wieder in meine Jackentasche. Dann greife ich nach meinem Helm. Ich habe schon kehrtgemacht, als er hinter mir herruft.

»Ich bin noch nicht fertig!«

Misstrauisch drehe ich mich zu ihm um und schaue ihn an.

»Zuerst will ich dir sagen, wie beschissen ich es finde, dass weder du noch Jakob das Gespräch mit mir gesucht habt. Der Einzige, der es getan hat, war der schwarze General.«

Ich nicke. Er hat völlig Recht. Auf einmal keimt so etwas wie Hoffnung in mir auf.

»Und dann musst du wissen, dass ich grundsätzlich nichts glaube, was ich nicht selbst gesehen habe. Mit eigenem Auge, verstehst du?«

Er tippt sich mit dem Finger auf sein intaktes linkes Auge. Ich grinse und wende mich ihm wieder zu.

»Was genau willst du sehen?«

»Ich will sehen, wie ihr zusammenarbeitet, ihr und die Dschinn. Auf deine Erzählungen gebe ich nichts, denn du bist ein liebeskranker Esel, der mir das Blaue vom Himmel herunterlügen könnte. Aber womöglich hat der Franzose seine Gründe, um gegen Mahdi ins Feld zu ziehen. Ich will sehen, was an der Sache dran ist. Dann entscheide ich, ob diese unnatürliche Freundschaft der Menschheit von Nutzen ist – oder sie endgültig zerstören wird.«

Alle Verschwörungen der Welt beginnen mit einem Zeichen des Entgegenkommens. Also greife ich nach dem schrecklichen Kaffee und trinke einen großen Schluck davon, ohne mit der Wimper zu zucken.

»An Silvester rechnen wir mit einem Ausfall der Dschinn. Komm mit uns in die Clubs und sieh es dir an. Du wirst fasziniert davon sein.«

»Davon würde ich an deiner Stelle lieber nicht ausgehen«, sagt Dönges.

Dann erzählt er mir noch eine halbe Stunde lang von seinen Erfahrungen mit Mahdi und davon, dass er dem schwarzen General keinen Deut mehr traut als dem roten. Die ganze Zeit über schielt er immer wieder nach draußen zu Leonie und scheint sich zu freuen, dass er sie vertrieben hat. Ich habe keine Ahnung, wohin der wiederbelebte Kontakt mit dem Schuster führen wird. Aber eines ist ganz sicher: Ich bin froh, ihn wieder näher bei mir zu haben. Wenigstens ihn.

Alte Freunde mit himmlischem Geschmack

»Es klappt, sie wacht auf«, höre ich Nayos Stimme an mein Ohr dringen.

»Danke, Orowyn. Ich brauche sie heute unbedingt bei mir«, sagt Levian.

Meine Kehle fühlt sich an, als hätte ich einen Eimer Sand getrunken. Es juckt und kratzt fürchterlich. Ich schlage die Augen auf.

»Was … was habt ihr mir gegeben?«, krächze ich.

»Petersilien-Pfefferminz-Sud«, klärt Orowyn mich auf. »Du hast geschlafen wie ein Stein. Es ist an der Zeit, dass du losziehst, um nach Nahrung zu suchen.«

»Heute ist der Tag des Jahreswechsels, Geliebte«, sagt Levian und streichelt mein Gesicht. Es ist schön, seine vertrauten grünen Augen zu sehen. Trotzdem löst sein Anblick ein schmerzhaftes Stechen in meinem Herzen aus. Erst weiß ich nicht, warum, doch dann prasseln die Erkenntnisse meiner letzten Wachphase auf mich ein wie Silberkugeln: Eriks Seele ist in einem Zustand, den ich nicht verstehe. Wahrscheinlich ist sein Talent durch meine Schuld verschwunden. Und die Revolution gehört womöglich schon der Vergangenheit an, genau wie das Bündnis.

»Wisst ihr, was in der Zwischenzeit passiert ist?«, frage ich die anderen. »Gibt es noch Treffen mit den Talenten?«

»Nein. Aber das ist in der Winterruhe auch nicht vorgesehen. Es ist alles beim Alten«, sagt Orowyn.

»Alles? Du meinst … sie haben noch einen Heiler?«

»Soweit ich weiß, ja. Wieso fragst du das?«

Ich drücke vor Freude Orowyns Hände. Also habe ich es nicht geschafft, Eriks Talent zu zerstören. Es gibt doch noch Hoffnung für uns alle. Und es bedeutet auch noch etwas anderes: Erik hat mich nicht losgelassen, trotz allem. Er hält immer noch an unserer Liebe fest und das gibt ihm Kraft.

»Ich muss zu ihnen«, sage ich und setze mich auf. Ein leichter Schwindel überkommt mich.

»Zu den Talenten?«, fragt Levian argwöhnisch. »Schon wieder? Das letzte Mal, als wir einander gesehen haben, wolltest du ihnen eine Botschaft bringen. Was genau hatte es damit auf sich?«

Ungeduldig erzähle ich ihm und den anderen von meiner Vermutung bezüglich des Ungleichgewichts. Orowyn hört mir mit sichtbarem Interesse zu. Levian und Nayo tauschen einen verunsicherten Blick. Keiner von beiden sagt etwas dazu.

»An der Sache könnte etwas dran sein«, meint Orowyn schließlich. »Das müssen Orowar und Thanos erfahren.«

»Willst du sie deswegen aufwecken?«, frage ich zweifelnd.

Orowyn nickt.

»Sonst dauert es noch Wochen, bis die Information zu ihnen durchdringt. Ich übernehme das. Kümmere du dich um dich selbst. Du siehst abgemagert aus.«

Ich schaue an mir herunter. Ich bin wirklich ziemlich dünn geworden. Mir knurrt sogar der Magen, was ich bisher noch nie erlebt habe. Das liegt wohl daran, dass ich meine kurzen Wachphasen nicht nutze, um mir etwas zu essen zu besorgen, wie es sein sollte, sondern stattdessen in der Menschenwelt herumschnüffele. Die Küche hat während der Winterruhe geschlossen. Also muss ich mir wohl oder übel selbst ein Mahl besorgen. Das bedeutet, Erik muss warten, wenn ich nicht unfreiwillig verhungern will.

Ich bin ungeduldig und wenig gesprächsfreudig, als ich zusammen mit Nayo und Levian in den Wald gehe. Dabei ärgere ich mich über mich selbst, weil ich beim letzten Mal so feige war und die Gelegenheit, Erik aufzusuchen, habe verstreichen lassen. Wir sind fast zwei Stunden lang unterwegs, bis wir in dem harten, schneebedeckten Boden genug Wurzeln ausgegraben und genug Eicheln und Eibenbeeren gefunden haben, um alle drei satt zu werden. An die Wintervorräte der Tiere gehen wir ebenso wenig heran wie an die Futterstellen der Menschen, die säckeweise herrliche Kastanien enthalten. Denn sie sind nicht für uns gedacht. Dank unserer Winterruhe müssen wir uns selbst keine Vorräte anlegen. Wenn wir doch aufwachen, müssen wir eben sehen, wo wir bleiben.

»So, jetzt noch ein schöner Input und ich kann wieder weiterschlafen«, sagt Nayo gut gelaunt und spuckt den giftigen Kern ihrer Beere aus. Das ist genau mein Stichwort.

»Gute Idee. Lasst uns in die Clubs gehen!«

»Nein«, beharrt Levian schon wieder. »Darüber hatten wir gesprochen, oder, Melek?«

»Aber der Wald ist menschenleer! Wir werden nirgendwo jemanden finden. Sie gehen alle tanzen heute Nacht.«

Es dauert eine ganze Weile, bis wir ihn überredet haben. Aber irgendwann gibt er tatsächlich nach, weil er genau weiß, dass wir Recht haben. Nicht einmal die eisernen Vorsätze meines Gefährten sind vor dem Sog sicher, dem wir beim Gedanken an menschliche Gefühle verfallen.

Das Bündnis mit den Talenten umfasst auch ein paar neue Regeln für unser Auftreten in der Öffentlichkeit. Dazu gehört, dass wir es Erik und seinen Aufpassern nicht schwerer machen als nötig und uns nicht auf mehrere Clubs verteilen. Die Orakel wissen von selbst, wo sie mit uns rechnen können. Thanos hat uns dazu angehalten, uns untereinander abzusprechen, wohin wir gehen. Als wir nach Hause kommen, ist die Entscheidung soeben auf das »Tequila« gefallen, eine große mexikanische Bar in der Marburger Oberstadt. Dort soll eine Silvesterparty steigen und rund 15 Faune sind wach genug, um daran teilzunehmen.

Levian versucht ein letztes Mal, mich umzustimmen.

»Lass uns einfach woanders hingehen. Niemand wird es merken«, flüstert er mir ins Ohr.

Ich schüttele den Kopf.

»Wir sollten uns an die Abmachungen halten, genau wie alle anderen auch.«

Ich kann ihm ansehen, dass er keine andere Entgegnung von mir erwartet hat. Seine Augen sehen matt und traurig aus. Das Funkeln von früher fehlt, genau wie die entzückenden Grübchen in seinem Gesicht. Er lacht einfach viel zu selten in letzter Zeit. Meine Gewissensbisse melden sich zurück. Ich zerstöre einfach alle, die mich lieben.

»Und wenn ich dich darum bitten würde?«, fragt Levian.

Einen Moment lang zögere ich. Doch dann fällt mir ein guter Grund ein, mich nicht von ihm einlullen zu lassen.

»Sag mir, welche Eigenschaft Erik dir übertragen hat, und ich gehe mit dir, wohin du willst.«

Daraufhin runzelt er die Augenbrauen und wendet sich von mir ab. Zehn Minuten später fliegen wir als Vogelschwarm getarnt alle gemeinsam nach Marburg.

***

Ich sehe Erik nicht, als wir den Partyraum betreten. Die Talente stehen wie immer direkt an der Bar, von wo aus sie alles gut im Blick haben. Jakob und Sylvia sind dabei. Beide erkennen mich sofort, doch bei meinem Anblick schleicht sich etwas in ihren Blick, das ich nicht sofort deuten kann. Ich kann nicht gut Gefühle aus Gesichtern lesen, da ich mich fast immer auf meinen Geruchssinn verlasse. Aber hier drinnen, inmitten all der menschlichen Emotionen, wird er zu sehr gestört. Ich müsste näher ran, was mit Levian an meiner Seite ziemlich schwierig ist. Trotzdem glaube ich, dass es sich dabei um Schmerz handelt. Er liegt über den beiden Talenten wie eine dunkle Dunstwolke. Es ist keine angenehme Art von Schmerz, keine Melancholie, die noch einen Hauch von Süße in sich trägt. Vielmehr ist es eine bittere, dumpfe Hoffnungslosigkeit. Diese Erkenntnis wühlt mich auf. Ich hätte jetzt gern einen erfrischenden Input, aber ich glaube, ich werde darauf verzichten. Sobald Levian fündig geworden ist, muss ich mit Jakob und Sylvia reden. Und ich muss Erik finden, um ihm zu sagen, dass ich selbst unseren Bund nie gelöst habe. Und dass ich vorhabe, daran festzuhalten.

»Hast du jemanden in Aussicht?«, fragt Levian mich.

»Ja. Der Junge dort hinten auf der Tanzfläche.«

Ich deute mit dem Kinn in eine ungefähre Richtung, zeige aber auf niemand Bestimmten.

»Gut«, sagt er. »Ich nehme die Blonde da hinten an dem Mädchentisch.«

Äußerlich unbewegt nicke ich seine Wahl ab. Dann geht er nach rechts und ich nach links. Nayo ist bereits irgendwo im Getümmel verschwunden. Der Weg zu den Talenten führt mich ohnehin über die Tanzfläche. Als ich in den Pulk der gut gelaunten Menschen eintauche, bereue ich fast, dass ich keine Zeit habe, um den einen oder anderen von ihnen auszusaugen. Trotzdem bleibe ich eisern und dränge mich hindurch. Da sehe ich Erik plötzlich doch. Er steht hinter seiner Truppe, gut versteckt durch die breiten Rücken der beiden Muskelprotze. Von dort aus gestikuliert er wild herum und deutet ständig auf die Tanzfläche. Ich bleibe stehen. Was will er bloß?

Im gleichen Moment winkt er plötzlich hektisch, so als wolle er mich dazu veranlassen, schnell weiterzugehen. Dann schlägt er beide Hände vor die Augen.

»Melek? Bist du das ... Melek?«, sagt plötzlich eine Stimme neben mir. Ich drehe mich um und blicke in das Gesicht eines unbekannten Mädchens. Doch es dauert nur eine Sekunde, bevor ich von einer Erinnerung überwältigt werde, die ich schon einmal hatte: Erik steht in einem Raum voller steriler Gläser und Flüssigkeiten. Er hält dieses Mädchen im Arm und presst seine Lippen auf ihren Mund. Obwohl ich weiß, dass es nur eine Vision ist, steigt der Hass in mir hoch, den ich damals gefühlt habe. Ich schicke ihr einen feindseligen Blick.

»Melek! Das bist du doch, oder?«, fragt sie wieder. »Du siehst so anders aus.«

»So gut?«, frage ich schnippisch.

»Ja ... so gut wie nie zuvor. Wo hast du die ganze Zeit über gesteckt? Und wo ist Erik? Wir haben uns solche Sorgen um euch gemacht!«

Ich schnuppere an ihr. Dann rieche ich es plötzlich: Sie duftet genau wie er. Nicht ganz so intensiv, aber es ist der gleiche Geruch. Darauf war ich nicht vorbereitet. Ich bin dermaßen durstig, dass ich es nicht aushalten kann. Mein Liebeszauber legt ihr neugieriges Mundwerk vorübergehend lahm, wer auch immer sie eigentlich ist. Schnell ziehe ich sie heran und sauge Eriks Liebe aus ihr heraus. Ein paar Leute drehen sich zu uns um, doch ich beachte sie nicht.

Das Mädchen ist nach ihrem Heiler definitiv der zweitbeste Input, den ich je hatte. Sie ist unglaublich mitfühlend, gutherzig und voller Leidenschaft. Ich kann kaum damit aufhören, ihre Seele zu inhalieren. Selbst den kleinen Tumult, der plötzlich neben uns entsteht, nehme ich nicht wahr. Bis jemand so nachdrücklich an meiner Schulter rüttelt, dass ich von meinem Opfer ablasse. Ich sehe Jakob hinter mir stehen.

»Es reicht, Melek«, sagt er. »Sie ist leer.«

Dann blicke ich in die andere Richtung und sehe noch mehr Jugendliche dort stehen, an die ich keinerlei Erinnerung habe. Aber so wie sie uns ansehen, kennen sie mich alle von früher.

»Du ... du bist wieder da«, sagt ein Mädchen.

»Und küsst meine Freundin!«, krächzt ein Junge.

»Und der Talentscout scheint genau zu wissen, worum es hier geht«, fügt ein weiteres Mädchen hinzu. Sie sieht Jakob an, als erwarte sie eine Antwort.

Wenn ich mich nicht irre, habe ich uns gerade in eine schwierige Situation gebracht, weil ich weiterhin diese Menschengestalt benutze, die meiner ursprünglichen Erscheinung so ähnlich sieht. Aber das Problem ist nicht unlösbar. Immerhin hat Jakob ein Orakel mitgebracht. Er wird es schon schaffen, dass diese Typen ihre Erinnerung wieder verlieren.

»Kriegst du das hin?«, frage ich ihn leise.

Er nickt.

»Es wäre trotzdem besser, wenn du jetzt gehst.«

»Ich muss mit Erik sprechen!«

»Nicht jetzt, Melek«, murmelt er. Doch es ist kein Befehl. Er wendet sich wieder den Jugendlichen zu und setzt zu einer Erklärung an. Da husche ich so schnell wie möglich an ihm vorbei zu den Talenten. Erik steht nicht mehr an der Stelle, wo ich ihn gerade eben noch gesehen habe. Genau in diesem Moment gähne ich. Verflixt!

Ich will die Muskelprotzin Anastasia ansprechen, doch ehe ich dazu komme, greift jemand mit der Hand nach mir und zieht mich hinter deren Rücken, dorthin, wo ich Erik vorhin gesehen habe. Es ist ein älterer Mann mit einem milchig-weißen toten Auge. Er starrt mich seltsam unentschlossen an. Ohne zu wissen weshalb, bekomme ich eine Gänsehaut. Es ist nicht seine missgestaltete äußere Hülle, die mich so erschreckt. Vielmehr liegt ein Ausdruck in seinem gesunden Auge, der mir durch Mark und Bein geht. Er sieht furchtbar gefährlich aus.

»Wer bist du?«, frage ich misstrauisch.

Ein seltsames Grinsen breitet sich in seinem hässlichen Gesicht aus.

»Tja, ich hatte gehofft, dir eine kleine Erinnerung entlocken zu können. Aber dafür war ich wohl nicht wichtig genug«, sagt er. Dann streckt er mir umständlich eine Hand entgegen. »Ich bin Walter Dönges, der Schuhmacher. Neben deinen Stiefeln habe ich dir auch dein Waffenarsenal besorgt.«

Das alles interessiert mich im Moment herzlich wenig. Ich blicke mich suchend nach Erik um. Dabei gähne ich wieder.

»Na, na«, sagt Dönges. »Früher habe ich dich etwas weniger gelangweilt. Aber falls du Erik suchst – der ist draußen. Diese Kneipe hier ist randvoll mit euren ehemaligen Schulkameraden. Und du hast dafür gesorgt, dass er und Sylvia für den Rest des Abends beschäftigt sind.«

»Ich muss zu ihm«, sage ich und will mich losmachen. Doch der gruselige Veteran fasst mich am Arm. Die Berührung ist nicht besonders kraftvoll, trotzdem bleibe ich vorsichtshalber stehen.

»Lass das, Melek«, sagt er ernst. »Erik ist in guten Händen, genau wie du. Wenn jeder dort bleibt, wo er jetzt ist, gibt es auch keine weiteren Verstrickungen mehr, die am Ende Menschenleben kosten ... oder das Leben von den ... den ... von euch.«

»Was soll das heißen, er ist in guten Händen?«, blaffe ich ihn an.

Nun wird er plötzlich unsicher. Er lässt mich los und sieht mich nachdenklich an.

»Es gibt jemand anderen, Melek. Ein Mädchen, das sein Talent am Leben hält.«

Meine Augen brennen. Es fühlt sich an, als sei das Inferno des Hohenfels noch einmal zum Leben erwacht und fräße sich langsam durch meine Pupillen hindurch. Ich versuche zu schlucken, doch meine Kehle ist wie ausgetrocknet. Ist das wirklich wahr? Ist es möglich, dass diese dahergelaufene

Volltrefferin es geschafft hat, sich in Eriks Herz zu schleichen? Dann hat es also gar nichts mit seiner Liebe zu mir zu tun, dass sein Talent noch funktioniert. Es ist eine andere, die dafür sorgt. Wie konnte ich nur so dumm sein, mir einzureden, er hätte an mir festgehalten. Nach dem Abschied, den ich ihm zugemutet habe!

Walter Dönges merkt mir meine Verzweiflung nicht an.

»Du hast doch einen sehr stattlichen Gefährten ...«, sagt er. Dann macht er plötzlich einen Schritt rückwärts und stößt an die Heizung hinter ihm. Sein Blick ist auf eine Person in meinem Rücken fixiert. Auch die anderen Talente weichen zurück.

Ich drehe mich um. Levian sieht wütend aus, aber ich weiß, dass er nicht gekommen ist, um Ärger zu machen, auch wenn der Veteran das denkt.

»Sehr stattlich ...«, nuschelt er beschwichtigend.

Levian ignoriert ihn.

»Du schläfst gleich ein«, warnt er mich. »Wir müssten längst weg sein.«

Da erst merke ich, dass ich schon wieder weit über den Punkt hinaus bin, an dem ich spätestens heimkehren sollte. Ohne Levians Hilfe schaffe ich es womöglich gar nicht mehr zurück. Ich werde Erik schon wieder nicht sehen. Aber wahrscheinlich ist das auch besser so. Nach dem, was ich eben erfahren habe, wäre es vielleicht wirklich fatal, an dem zerbrechlichen Gerüst zu rütteln, das die Talente in meiner Abwesenheit um Erik gebaut haben. Sie alle werden erleichtert sein, weil sich jemand gefunden hat, der meine unsägliche Fehlentscheidung wieder zum Guten gewendet hat. Ich habe hier nichts mehr verloren. Es ist genau wie Leonie gesagt hat: Ich werde nicht mehr gebraucht.

»Lass uns gehen«, murmele ich.

So schnell wie möglich verlassen wir das Lokal, ziehen uns hinter eine dunkle Häuserecke zurück und verwandeln uns in Vögel. Ich schaffe es gerade noch bis zum Hohenfels, bevor ich am Hintereingang in Levians Armen zusammenbreche. In der Hoffnung, dass er mich wohlbehalten in mein Bett bringen wird, sinke ich erneut in meinen endlosen Tiefschlaf.

Nicht das erste Mal

Jakob hat sie alle durch den Notausgang nach draußen geschleift: Jana, Bodo, Amelie und Emma. Drinnen sind noch mindestens fünf andere aus meiner Schule, aber die haben zumindest nichts von Meleks Überfall mitbekommen. Ich bin furchtbar enttäuscht. Was hätte ich darum gegeben, wenigstens ein paar Worte mit ihr wechseln zu dürfen. Aber Rafail hat mich auf Jakobs Befehl hin sofort weggezerrt, als der Tumult drinnen losbrach. Nun ist wahrscheinlich wieder für Wochen jede Gelegenheit dahin, Melek zu sagen, dass meine einzigen guten Vorsätze für dieses Jahr darin bestehen, die Erinnerung an sie lebendig zu halten.

Nun stehen wir zwischen Mülltüten und Baumaterial herum und starren uns gegenseitig an: die Menschen aus meinem früheren Leben und wir, die Talente. Außer Rafail und Jakob sind noch Sylvia und Leonie mit nach draußen gekommen. Bodo sitzt mit Jana auf seinem Schoß auf einem Stapel Paletten und heult sich die Seele aus dem Leib.

»Was ist mit ihr los?«, jammert er nun garantiert schon zum fünften Mal. Er hält den ausdruckslosen, steifen Körper seiner Freundin im Arm und wiegt sie schluchzend hin und her. »O Schatz, bitte sag mir, was mit dir geschehen ist!«

Er tut mir fast leid. Eigentlich hatte ich für die beiden nie viel übrig. Aber eines muss man ihnen lassen – irgendwie passen sie zusammen. Und sie hängen aneinander. Kein Wunder, denn ihr Innenleben ist von den gleichen Gefühlen bestimmt. Von meinen.

Emma baut sich indes breitbeinig vor Jakob auf und stemmt die Hände in die Hüften.

»Ich will eine Erklärung für das alles!«, fordert sie. Dann dreht sie sich zu mir um und starrt mich mit großen, fassungslosen Augen an. »Und von dir auch, Erik! Wo kommt ihr auf einmal alle her? Und was zum Teufel ist mit Melek passiert?«

»Setz dich hin«, sage ich.

Sie hört nicht auf mich, sondern tigert weiter aufgebracht vor uns herum.

»Setz dich hin, verdammt!«, fahre ich sie an.

Nun setzt sie sich und hält den Mund.

Sylvia gibt ein leises Kichern von sich. Es ist das erste, das ich von ihr höre, seit dem Tag in der Schutzhütte.

»Melek ist von einem Faun in ein übernatürliches Wesen verwandelt worden, das den Menschen Gefühle aussaugt. Ich hingegen kann den Opfern ihre Gefühle zurückgeben. Deshalb sind wir hier. Jakob ist der Anführer meiner Truppe. Sylvia ist ein Orakel, Rafail ein Muskelprotz und Leonie ein Volltreffer, der Melek nach ihrer Verwandlung ersetzt hat«, erkläre ich.

Erst schauen meine Klassenkameraden mich ungläubig an. Dann stößt Emma einen deutlichen Laut des Missfallens aus.

»Wir sind nicht hier, um uns deine Märchen anzuhören, Erik«, sagt sie. »Verrat uns endlich, was hier vor sich geht, sonst rufen wir die Polizei.«

»Das werdet ihr nicht tun!«, sagt Jakob und gibt Rafail ein Zeichen. Der stellt sich in deutlicher Offizierspose vor die Gruppe und präsentiert seine dicken Oberarme mit den vielen Tätowierungen. Das reicht schon, um sämtliches Blut aus den Gesichtern weichen zu lassen.

»Ihr macht gar nichts, außer dabei zuzusehen, wie ich Jana küsse. Danach wird sie wieder so sein wie zuvor.«

»Du ... du ... willst sie jetzt auch noch küssen?«, stammelt Bodo.

»Es wäre nicht das erste Mal«, schmunzele ich.

»Was?«

Die völlige Entrüstung in seinen Gesichtszügen bringt mich beinahe zum Lachen.

»Du hast ganz richtig gehört«, sage ich. »Und wir beide hatten auch schon einmal das Vergnügen.«

»Wir hatten ... was?«

»Erik, sag mal, spinnst du?«, meldet sich nun Amelie zu Wort. »Habt ihr alle Drogen genommen oder so?«

»Schluss jetzt«, sagt Jakob. Seine Autorität zeigt sogar bei den Normalsterblichen Wirkung. Noch. »Ihr drei geht aus dem Weg und rührt euch nicht. Tut ihr es doch, dann sorgen Rafail und Leonie dafür, dass ihr Ruhe gebt. Wartet einfach ab, was passiert!«

Amelie und Emma kriegen es nun definitiv mit der Angst zu tun. Sie zerren Bodo von Jana weg. Der jammert so laut, dass er sich dafür die erste Backpfeife von Rafail einfängt. Daraufhin schweigt er und sieht mit aufgerissenen Augen dabei zu, wie ich vor Jana in die Knie gehe, die immer noch desinteressiert auf den Paletten sitzt. Melek scheint völlig von Sinnen gewesen zu sein, als sie sie ausgesaugt hat. Es ist wesentlich schlimmer als beim ersten Mal.

»Da bin ich wieder, Jana«, sage ich und nehme ihre Hände. »Ich weiß nicht, warum das Schicksal dir so übel mitspielt, aber ich kann dir heute genauso helfen wie damals.«

Sie nickt und guckt weiter teilnahmslos geradeaus. Ich küsse sie, ohne auf die erstickten Laute zu achten, die Bodo hinter mir von sich gibt. Dann verschwindet die Kulisse ohnehin aus meiner Wahrnehmung. Ich konzentriere mich auf Jana und gebe ihr alles zurück, was Melek ihr gerade gestohlen hat. Immer noch denke ich dabei an die wunderbaren Momente, die wir miteinander hatten. Und einmal, ganz kurz, auch an die Leichtigkeit, die Leonie mir vermittelt. Als ich fertig bin, sieht Jana mich mit genau demselben Blick an, den ich bereits vom ersten Mal mit ihr kenne.

»Du küsst wie ein Gott«, seufzt sie.

Das Stöhnen in meinem Rücken ertönt in Stereoqualität. Es kommt gleichzeitig von Bodo und von Leonie. Es ist mir egal. Ich brauche die Rückmeldung in Janas Gesicht. Und die erhalte ich auch. Ich sauge sie in mich auf.

»Danke, Jana. Hier ist jemand, der sich wahnsinnig darüber freuen wird, dass du wieder ganz die Alte bist … oder zumindest so was in der Art.«

Ich rutsche zur Seite und gebe den Blick auf Bodo frei. Als sie sieht, wie groß die Sorgen sind, die in dessen Gesicht stehen, springt sie sofort auf und rennt zu ihm hinüber.

»Was ist los, Schatz?«, fragt sie, während sie sich ihm in die Arme wirft.

»Du hast in den letzten zehn Minuten erst Melek und dann Erik geküsst«, sagt er irritiert. »Und dazwischen warst du völlig weggetreten.«

»Ich weiß«, sagt Jana. »Komische Sache, oder?«

Amelie und Emma bringen keinen Ton hervor. Sie schauen mich nur mit großen Augen an. Ich kann fast den Rauch aus ihren Köpfen dringen sehen.

»Und jetzt?«, fragt Emma schließlich.

»Jetzt löschen wir eure Erinnerung an diese Begegnung«, klärt Sylvia sie auf. »Wenn ihr gleich wieder in den Club geht, werdet ihr nichts mehr von Melek und Erik wissen. Ihr werdet denken, dass wir euch hier draußen Marihuana verkaufen wollten.«

Am Ende stehen die Talente leider immer als die Bösen da. Aber so ist es nun mal am einfachsten.

Leonie hakt sich bei mir unter und zieht mich weg in Richtung Straße. Ich werfe noch einen Blick zurück und sehe meine Mitschüler mit ängstlichem Blick zwischen meinen Soldaten stehen. Zum Glück werden sie gleich erlöst sein. Ich wünschte, ich könnte mit ihnen tauschen: meine Erinnerungen aufgeben und einfach wieder mein ursprüngliches Leben aufnehmen. Mit meiner Familie. Mit meinen alten Zukunftsvorstellungen. Aber das geht nicht. Denn Melek ist immer noch hier in meiner Welt. Ohne sie gibt es kein Zurück mehr für mich. Nie mehr.

Genau in dem Moment schlägt die Uhr am Marktplatz zwölfmal und der Tumult bricht aus. Überall fallen sich Menschen in die Arme und stoßen mit Sektgläsern an. Die ersten Raketen zischen in den Nachthimmel hinauf. Ihre schillernde Explosion raubt mir die letzte Selbstbeherrschung. Ich fange an zu heulen.

Leonie zieht mich an sich und küsst mich auf die Schläfe.

»Frohes neues Jahr, Erik«, sagt sie. »Möge es dir endlich Erlösung bringen.«

Genau heute vor einem Jahr hat Melek mich geküsst. Und ich habe sie abblitzen lassen. Hätte ich damals doch nur gewusst, wie sehr ich jede einzelne Minute ohne sie bereuen würde.

***

Als Dönges mir von seiner Unterhaltung mit Melek in dem Club berichtet, bin ich kurz davor, ihm sein einziges sehendes Auge zu demolieren. Ich tobe herum wie ein geisteskranker Orang-Utan.

»Wie kannst du nur? Wie kannst du nur?«, brülle ich. Mehr als das fällt mir nicht ein. Erst nachdem ich eine ganze Weile vor unserem Block auf und ab gerannt bin und schon befürchte, zu viel Aufmerksamkeit auf mich zu ziehen, reiße ich mich zusammen.

»Warum wollte sie mich sprechen?«, frage ich den Schuster wütend.

»Das hat sie nicht gesagt«, antwortet er kleinlaut. »O Mann, Erik, du kannst neuerdings wirklich erschreckend aussehen.«

Ich will ihn wieder anbrüllen, um ihm zu zeigen, dass ich noch viel mehr auf Lager habe, aber dann kommen mir die vielen Kinder in den Sinn, die in den Wohnungen ringsum schlafen. Mühsam beherrsche ich mich und zwinge mich zum Nachdenken.

»Ich gehe jetzt in den Hohenfels«, beschließe ich.

»Das lässt du schön bleiben«, sagt Jakob.

»Du hast mir nichts, aber auch gar nichts zu befehlen!«, motze ich ihn an.

»Solange du zu meiner Truppe gehörst, erteile ich dir auch Befehle«, antwortet er. »Und für den Fall, dass du sie verweigern willst, habe ich immer noch genug Muskelprotze, die dich in dein Bett hinauftragen können, wenn dir das lieber ist.«

Ich verfluche mich dafür, dass ich jemals das Bedürfnis hatte, seine gebrochene Nase bei Mahdi zu rächen. Jetzt, in diesem Augenblick, würde ich sogar in den Block nebenan rennen und den schwarzen General bitten, seine Tat von damals noch einmal zu wiederholen.

»Wie du willst, Herr Major«, zische ich durch die Zähne. »Nutze die Zeit, die dir noch bleibt, um den Alleinherrscher raushängen zu lassen. In ein paar Wochen mache ich ohnehin, was ich will!«

Ich hätte nicht gedacht, dass Sylvia so schnell sein kann. Sie fliegt zu mir herüber wie ein Ninja in einem Kinofilm und schlägt mir heftig ins Gesicht. Meine Lippe platzt auf. Verwirrt sehe ich, wie ein Blutstropfen nach dem anderen auf mein weißes T-Shirt perlt. Bei diesem Anblick komme ich wieder zu mir. Ich schließe die Augen, weil ich die Gesichter der anderen nicht sehen will. Als ich sie wieder öffne, suche ich nur einen Blick. Es ist der von Jakob.

»Tut mir furchtbar leid«, sage ich. »Ehrlich, Jakob, ich weiß nicht, welcher Teufel mich geritten hat.«

»Aber ich weiß es«, sagt er. »Manchmal meine ich, ich würde Levian gegenüberstehen. Ihr seid euch viel ähnlicher, als ihr glaubt. Nur schade, dass am Ende keiner von euch den Mut aufbringen wird, das zu tun, was ich tun werde. Am Ende seid ihr einfach nur Schwätzer.«

Ich schaue Sylvia an. Dabei bete ich, dass es kein Teil ihrer Prophezeiung ist, was Jakob da gerade aus dem Ärmel schüttelt.

»Wer sagt das?«

»Das sage *ich*«, stellt er klar.

»Mit deiner schlechten Meinung von mir kann ich leben«, gebe ich zurück. »Das kenne ich jetzt schon seit Jahren.«

Daraufhin sagt er nichts mehr, sondern straft mich mit seinem gewohnten arroganten Schweigen.

Als wir uns endlich trennen und jeder seiner Wege geht, kann ich nicht fassen, wie weit wir schon wieder abgerutscht sind. Was stimmt eigentlich nicht zwischen unserem Anführer und mir, das sich regelmäßig in solchen unterirdischen Streits entlädt? Ich muss nicht lange nachdenken, um die Antwort zu erhalten: Es ist immer noch Melek. Und sie wird es so lange bleiben, bis einer von uns nicht mehr am Leben ist. Also nicht mehr lange. Der Schmerz, der mich bei diesem Gedanken durchdringt, hat rein gar nichts mit einem Feind und Rivalen zu tun, sondern mit dem Verlust des mutigsten Menschen, den es auf dieser Welt gibt. So wie sich die Sache anfühlt, werde ich es nicht mehr schaffen, ihm das zu sagen. Dafür habe ich mir eigentlich weitaus Schlimmeres als eine aufgeplatzte Lippe verdient.

Isa

Ich rieche den Duft von Tauwetter und Schneeglöckchen, als ich wieder aufwache. Ich habe keine Ahnung, welcher Tag heute ist oder welcher Monat. Aber ich spüre: Der Winter ist fast vorbei. Wenn man immer nur ein paar Stunden Lebenszeit zur Verfügung hat, dann fängt man an, genau darüber nachzudenken, was einem wirklich wichtig ist. Heute fällt mir nichts ein. Am liebsten würde ich mich wieder umdrehen und tausend Jahre weiterschlafen. Ich will nicht zu den Talenten gehen. Nach dem, was mir der Schuster erzählt hat, wäre ich dort nur das fünfte Rad am Wagen. Der Gedanke daran, Erik mit seiner neuen Gefährtin sehen zu müssen, treibt mir spitze Eisnadeln durchs Herz. Dann lieber die Trauer und die Einsamkeit.

Ich schaue Levian an und streiche ihm eine Haarsträhne aus dem Gesicht. Sein Atem geht sehr flach, genau wie wahrscheinlich mein eigener, wenn ich schlafe. Warum sind wir uns nur so fremd geworden? Es liegt nicht an Levian, denn ich spüre ständig, dass er mich immer noch liebt, genau wie am ersten Tag. Die Mauer, die zwischen uns steht, habe ich dorthin gebaut. Weiter will ich nicht nachdenken. Es macht ohnehin keinen Sinn, denn ich werde genau dort bleiben, wo ich bin. Hier ist mein Platz, denn nur hier passe ich hin.

Ich fühle mich niedergeschlagen und gedrückt, als ich in den Wald gehe und nach essbaren Pflanzen suche. Nachdem ich ein paar Wurzeln und Zwiebeln ausgegraben und aus einer Quelle getrunken habe, beschließe ich, noch einmal zu meiner Mutter zu fliegen. Vielleicht wird es das letzte Mal sein, dass ich sie aufsuche. Es ist besser, wenn ich den Kontakt mit der Menschenwelt aufgebe. Aber es ist mir ein Bedürfnis, in aller Ruhe von ihr Abschied zu nehmen.

Genau wie beim letzten Mal schleiche ich mich als Maus getarnt in ihre Küche und beobachte sie eine ganze Weile lang, wie sie ihre Spülmaschine ausräumt und stupide mit einem Putzlappen herumwerkelt. Manchmal setzt sie sich auch einfach nur an den Tisch und starrt minutenlang vor sich hin. Sie habe ich auch zerstört. Ich weiß nicht, wie sie früher war und wie sie ihre Tage verbracht hat, aber was ich hier sehe, ist eine gebrochene Frau. Wüsste ich eine Möglichkeit, um ihr Leid zu lindern, so würde ich es tun. Aber es kommt nicht in Frage, mich zu zeigen und ihr die ganze Geschichte zu erzählen. Das verstößt nicht nur gegen die Regeln der Faune und Talente, sondern hätte überhaupt keinen Sinn. Ich will schon fast wieder gehen, da klingelt es an der Tür und meine Mutter geht nach unten, um den Besucher hereinzulassen. Als sie anschließend zusammen in die Küche kommen, erkenne ich, dass es sich dabei schon wieder um Isa handelt, meinen Cousin. Anscheinend hat er beschlossen, meiner Mutter als Seelentröster zur Seite zu stehen.

»Wie geht es dir heute, Tante Hatice?«, fragt er. »Denkst du nicht, es würde dir guttun, wieder arbeiten zu gehen?«

»Nein«, sagt sie. »Ich kann mich nicht konzentrieren. So schafft man keinen Umsatz.«

Sie brüht Kaffee auf und stellt ihn Isa vor die Nase. Schließlich setzt sie sich hin und betrachtet ihn eine Weile.

»Aber du siehst auch nicht gut aus«, stellt sie fest. »Hattest du wieder diesen Traum?«

Isa nickt.

»Es ist wie ein Fluch«, sagt er leise. »Mittlerweile ist es so schlimm, dass ich Angst vor dem Einschlafen habe. Die ganze Nacht lang sehe ich nichts anderes als Kämpfe, Blut und Feuer. Es ist so real, dass ich am nächsten Morgen kaum glauben kann, dass es nur ein Traum gewesen sein soll. All die unbekannten Menschen in ihren alten Uniformen, die seltsamen Wesen, die ihnen das Genick brechen, die Tiere und das Inferno! Ich habe es schon mit Schlaftabletten versucht, aber nicht einmal die können mir helfen.«

Ich schrecke zusammen. Was mein Cousin hier erzählt, ist eine absolut realistische Zukunftsvision von dem Endkampf, den die Anhänger des schwarzen Generals planen. Wie kann er davon wissen? Er ist doch ein ganz normaler Mensch. Oder kann es sein, dass er gerade dabei ist, ein Talent zu entwickeln? Könnte er womöglich sogar ...

»Hast du Melek auch wieder gesehen?«, fragt meine Mutter.

»Ja. Sie ist immer dabei. Ich weiß nicht, was sie dort zu suchen hat, und ich glaube, sie selbst weiß es auch nicht. Sie weiß nicht einmal, auf welche Seite sie gehört.«

Mir schaudert. Für den Fall, dass es wirklich zu diesem Kampf kommen sollte, wird genau das passieren: Ich werde meinesgleichen nicht verraten. Aber genauso wenig kann ich Erik töten, oder Jakob oder Sylvia!

Wie versteinert sitze ich unter dem Regal und versuche, meinen letzten Gedanken wiederaufzunehmen. Dann fällt es mir plötzlich wie Schuppen von den Augen: Alle verworrenen Stricke der bisherigen Ereignisse laufen bei einer einzigen Person zusammen, und das bin ich. Ich habe Erik zum Heiler gemacht, war der Auslöser dafür, dass er und Jakob die Revolution ins Leben riefen. Ich habe Le Rouge ins Boot geholt und Sylvia vor dem Tod bewahrt. Und nun, da ich mich eben entschlossen habe, mich für immer aus den Angelegenheiten der Menschen herauszuhalten, bringt das Schicksal mich mit meinem eigenen Cousin zusammen, der definitiv irgendeine Rolle in diesem Stück spielt. Nur welche? Könnte er am Ende der zweite Heiler sein, auf den der rote General so dringend wartet? Könnte er verhindern, dass sein Albtraum Wahrheit wird? Aufgewühlt betrachte ich ihn von oben bis unten und sauge seinen Duft ein. Was ich dabei wahrnehme, bestätigt mich in meiner Vermutung: Isa ist hilfsbereit, liebevoll, intelligent und barmherzig. Er ist auch verbohrt und neigt zur Rechthaberei, aber das gilt für Erik neuerdings genauso. Mir bleibt nur eine Hoffnung: Wenn er früh genug dieses Haus verlässt, bevor ich wieder müde werde, kann ich ihn abfangen und ein letztes Mal versuchen, den Lauf des Schicksals zu ändern. Vielleicht ist ja genau das sein Plan. Dann wird es mich wachhalten.

So ist es auch. Eine Stunde später gähne ich immer noch nicht. Die Küchenuhr an der Wand zeigt halb drei. Endlich steht Isa auf und verabschiedet sich von meiner Mutter, indem er sie in den Arm nimmt.

»Mach's gut, Tantchen. Wir sehen uns in zwei Tagen.«

Er lässt sich von ihr nach unten begleiten und ich husche hinterher. Das offene Fenster im Bad kommt mir wieder gelegen. Noch bevor Isa über die Schwelle der Haustür getreten ist, springe ich schon durchs hohe Gras auf sein Auto zu. Es ist ein altes, schäbiges Modell, dessen Kofferraum nicht mehr richtig schließt. Ich quetsche mir trotzdem meine Flügel ein, als ich mich durch den Spalt drängele. Dann warte ich, bis er eingestiegen und ein paar Meter Richtung Biedenkopf gefahren ist. Isa bemerkt die Verwandlung nicht, die ich auf seinem Rücksitz vollführe. Als ich ihn mit seinem Namen anspreche, stößt er einen Schrei aus und reißt das Steuer herum. Der Wagen bricht aus und macht einen kurzen Schlenker auf die Gegenfahrbahn, die zum Glück nicht befahren ist.

»Was? Wer?«, stammelt er und dreht sich ungläubig zu mir um. »Melek?«

Ich lege ihm eine Hand auf die Schulter und deute auf eine Abzweigung direkt vor uns.

»Fahr hier raus, Isa. Da drüben ist ein Feldweg, auf dem du parken kannst.«

»Melek, bist du das? Wie kommst du hier rein?«, stottert er.

Ich schüttele nur den Kopf und deute weiter auf die Abzweigung. Da schluckt er sichtbar heftig und beherrscht sich so lange, bis er uns in Sicherheit gebracht hat. Eine Minute später stellt er den Motor seines Autos auf dem Feldweg ab. Er atmet einmal tief durch, bevor er sich wieder zu mir umdreht.

»Es ist Wirklichkeit, habe ich Recht?«, fragt er. »Ich muss in irgendeinen Kampf ziehen und du bist gekommen, um mich abzuholen.«

Dafür, dass gerade sein komplettes Menschenleben aus den Fugen gerät, reagiert er ziemlich gefasst.

»So muss es nicht werden. Es sieht ganz danach aus, als sei unser aller Schicksal von dir abhängig.«

»Unser aller?«, fragt Isa. »Von wem redest du?«

Ich weiß nicht, ob es sinnvoll ist, ihn hier an Ort und Stelle aufzuklären. Eigentlich ist das Jakobs Job. Und ich weiß genau, wo ich ihn und die anderen finden kann. Die Begegnung mit Erik und seiner Volltrefferin bleibt mir wohl doch nicht erspart.

»Du siehst sonderbar aus. Ganz anders als früher«, stellt Isa fest. Er hat einen furchtbar verwirrten Ausdruck im Gesicht, obwohl er versucht, es sich nicht anmerken zu lassen.

Ich nicke.

»Das bin ich auch, Cousin.«

Daraufhin runzelt er die Stirn und wartet auf eine Erklärung. Stattdessen weise ich ihn an, noch ein Stück weiterzufahren.

»Oben auf der Schutzhütte sind die Menschen aus deinem Traum«, sage ich. »Du musst jetzt dringend zu ihnen. Sie warten seit Monaten auf dich.«

***

Die Talente haben vorsichtshalber ihre Schusswaffen weggeräumt, als wir an der Hütte ankommen. Trotzdem scheinen sie zu wissen, dass ich es bin, die in diesem Auto sitzt. Sie stehen alle in einer Reihe und blicken uns entgegen. Fremden gegenüber würden sie sich unauffälliger verhalten. Ich erhasche einen Blick auf Erik. Jakob hält ihn am Ärmel seiner Jacke gepackt und redet harsch auf ihn ein. Auf seiner anderen Seite steht Leonie mit einem verstockten Ausdruck im Gesicht und hält ihn ebenfalls fest. Insgesamt sehen sie alle eher misstrauisch als erfreut aus. Selbst Sylvia hat wohl nicht gewusst, wen ich mit mir bringe. Für einen kurzen Moment frage ich mich, ob es wirklich richtig ist, was ich hier tue. Aber dann steigen wir einfach aus und Isa lässt einen unsicheren Blick über die Truppe schweifen, die ihm in ihren Armeemänteln und Rüstungen gegenübersteht.

»Sie sind genau wie in meinem Traum«, flüstert er.

In dem Moment geschieht etwas Seltsames. Jakob krümmt sich zusammen und stößt einen Laut aus, der zugleich nach Schmerz und Überraschung klingt. Sämtliche Talente fahren zu ihm herum und reißen verängstigt die Augen auf. Tina schlägt die Hände vors Gesicht und fängt lauthals an zu weinen. Im gleichen Moment spüre ich es selbst: Die Aura, mit der Jakob mich sogar als Faun beherrscht hat, verschwindet. Mit ihr zieht alles davon, was ich als meine echten Gefühle betrachtet habe: die Faszination, die Unterwürfigkeit und die Erregung, mit der ich ihm immer begegnet bin. Es fühlt sich an, als würde mir all das mit Gewalt aus dem Herzen gerissen. Zurück bleibt eine Wunde und eine völlig neue Sicht auf Jakob. Als er sich wieder aufrichtet und mich ansieht, empfinde ich tiefste Hochachtung und Freundschaft für ihn. Aber keine Verwirrung mehr.

Im ersten Augenblick bin ich unendlich erleichtert. Doch dann schaltet sich mein Kopf wieder ein und ich begreife, was ich getan habe. Ich schaue Isa an.

»Du bist kein Heiler. Du bist ein Anführer.«

»Ein Anführer? Ich verstehe nicht, was hier vorgeht«, sagt er.

»Aber ich«, höre ich Sylvia sagen. Es klingt erstickt. Auch in ihren Augen stehen Tränen. Ich rieche sofort, dass sie nicht aus Freude geboren sind. Angst steigt in mir hoch.

Mit vorsichtigen Schritten legen Isa und ich die paar Meter zurück, die uns von den Talenten trennen. Mein seltsamer Cousin sieht einen nach dem anderen an und erntet von jedem die gleiche Reaktion. Zuletzt von mir. Als der Blick seiner tiefgründigen braunen Augen mich trifft, schließe ich einen inneren Bund mit ihm. Die Unterwürfigkeit kehrt zurück, genau wie die Faszination. Wenigstens die Erregung bleibt aus. Trotzdem habe ich einen neuen Anführer. Ich bin bereit, seine Befehle zu empfangen, und ich werde sie ausführen.

»Wer bist du?«, fragt Jakob. Er ist der Einzige von uns, der noch bei klarem Bewusstsein ist, außer Erik vielleicht.

»Ich heiße Isa Gercke«, antwortet er. »Ich bin Meleks Cousin.«

»Und du bringst ihn hierher, damit er so kurz vor der Entscheidung meinen Posten einnehmen kann?«, wendet sich Jakob an mich. »Warum, Melek?«

»Ich dachte, er sei der Heiler, auf den ihr wartet.«

»Nein, wohl kaum«, sagt Jakob.

Für ein paar Sekunden verschlägt es uns allen die Sprache. Nur Tina kann nicht aufhören zu schluchzen. Dabei drückt sie ihr Gesicht an Henrys Brust. Ich schaue Erik an, doch selbst er ist von den Ereignissen überrumpelt und bleibt regungslos.

»Ist das jetzt gut oder schlecht?«, fragt Rafail schließlich in die Runde.

»Es ist schlecht«, flüstert Sylvia.

Mir graut vor dem, was sie nun sagen wird. Ich weiß noch nicht, was es ist, aber ich habe dasselbe Gefühl.

»Der schwarze General ist im Anflug«, teilt sie uns mit. »Er wird versuchen, Isa für sich zu gewinnen. Und Le Rouge wird dasselbe tun, sobald er von ihm erfährt. Jetzt hängt alles davon ab, auf welche Seite dein Cousin sich schlagen wird, Melek. Dein Schicksal genauso wie unseres. Denn wir sind Soldaten. Und wir werden tun, was unser Hauptmann von uns verlangt.«

Ich halte die Luft an. Ich kenne Isa viel zu wenig, um einschätzen zu können, ob er der manipulativen Kraft des schwarzen Generals verfallen wird. Aber falls es so ist, kann er mir morgen einfach befehlen, Mahdis Pläne zu unterstützen.

»Wovon zum Teufel sprecht ihr?«, fragt er verwirrt. Es schwingt eine Spur von Ärger in seiner Stimme mit.

»Wir reden von der Apokalypse«, sagt Erik, »falls du weißt, was das ist.«

»Ja, das weiß ich sehr genau«, sagt Isa. »Der letzte Kampf gegen unsere Widersacher. So steht es in der Bibel.«

»Du liest die Bibel?«, fragt Mike skeptisch. »Dem Aussehen nach hätte ich dir eher den Koran zugeordnet.«

»Auch die islamische Überlieferung kennt die Apokalypse.«

Der Ton, den Mike daraufhin ausstößt, ist so hoffnungslos, dass ich zusammenzucke.

»Dann nehme ich an, du weißt, wer Mahdi ist?«

»Muhammad ibn Hasan al-Mahdi? Der verborgene Imam?« Isas Augen leuchten. »Er ist doch nicht zurückgekehrt?«

»Nicht wirklich«, seufzt Mike.

Ich bin entsetzt über den Verlauf dieses Gesprächs. Irgendetwas stimmt hier ganz und gar nicht. Hätte ich Isa doch nie hierhergebracht!

»Es ist alles etwas anders, als du glaubst«, versucht Mike zu erklären. »Die Widersacher, um die es hier geht, sind keine bösartigen Dämonen und unser Mahdi ist nicht der Retter, für den du ihn hältst.«

Wieder runzelt Isa die Stirn. Er ist nicht überzeugt. Doch wir haben keine Zeit, ihn ausreichend aufzuklären. Hilflos müssen wir mitansehen, wie unten an der Straße gerade Mahdis Limousine in die Auffahrt einbiegt.

Erik versucht noch, seinem neuen Anführer zumindest Denkstoff mitzugeben.

»Unsere Widersacher heißen Faune«, sagt er. »Melek ist mittlerweile eine von ihnen. Wir haben ein Bündnis miteinander, das die Menschheit eher retten kann als der Krieg, den Mahdi will. Was auch immer er dir erzählt: Ich bin der erste Heiler des Jahrtausends und es werden weitere kommen. Zwing uns nicht, mit dir zu kämpfen ... ich bitte dich!«

Ich bezweifle, dass Isa überhaupt dazu in der Lage ist, all die Informationen zu verarbeiten, die wir ihm gerade um die Ohren hauen. Aber als Mahdi aus seinem Auto steigt und ihn ansieht, passiert etwas zwischen den beiden. Es ist so, als hätte jemand die Verbindung zwischen einem Atomkraftwerk und einer Bombe hergestellt und dabei einen Countdown eingeschaltet. Der schwarze General spürt es selbst, denn er kann vor Erregung kaum sprechen.

»Isa«, bringt er mühsam hervor. »Isa ibn Maryam! Ich wusste, dass du kommst!«

»Mein Nachname ist Gercke«, murmelt Isa irritiert.

Gleichzeitig stöhnt Mike bitter auf.

»Wie heißt deine Mutter? Maryam?«, fragt er.

»Songül Maryam, ja.«

Der Erzengel wendet sich an Jakob und schüttelt resigniert den Kopf.

»Es ist schon wieder vorbei«, sagt er. »Mahdis Prophezeiung ist eingetroffen: Nun ist auch noch Jesus gekommen, um mit ihm zusammen zu kämpfen.«

»Jesus?«, fragt Jakob. Er versteht genauso wenig, was hier vorgeht, wie wir anderen.

»Im Islam nennt man Jesus von Nazareth nur nach seiner Mutter: Isa ibn Maryam.«, erklärt Mike. »Mahdi hat diesen Namen prophezeit. Aber es ging niemals um den gekreuzigten Heiler, sondern um Meleks Cousin. Der heißt übersetzt nämlich genauso.«

Ich bin sprachlos. So viele Steine habe ich in den letzten Monaten ins Rollen gebracht. Aber dieser hier war wahrscheinlich der schlimmste von allen. Ich habe dem Warlord seinen Bluthund gebracht. Und gemeinsam werden sie uns jagen, bis keiner meiner Familie mehr am Leben ist. Mahdi kommt auf Isa zu und schließt ihn in die Arme wie einen alten Freund. Dann lächelt er ihn an.

»Ich bin Muhammad ibn Hasan al-Mahdi«, sagt er. »Du und ich, Isa, wir werden zusammen die Welt retten, genau wie es geschrieben steht. Du kennst doch die Überlieferung, oder?«

Isa nickt.

»Dann komm jetzt mit mir, damit ich dir erzählen kann, was in der Zwischenzeit vorgefallen ist.«

Bereitwillig lässt mein Cousin sich von dem schwarzen General davonziehen. Als sie schon dessen Wagen erreicht haben, fällt ihm wieder ein, dass er nun Anführer einer Truppe ist, auch wenn er deren Aufgabe noch nicht kennt.

»Ihr könnt nach Hause gehen. Morgen um dieselbe Zeit treffen wir uns wieder hier.«

Niemand antwortet etwas. Wir alle schauen nur ohnmächtig zu, wie die beiden in das Auto steigen und davonfahren. Wie durch eine Nebelwand bekomme ich mit, dass Sylvia sich in Jakobs Arme wirft und ihn anfleht, auf der Stelle wegzugehen.

»Renn bis ans andere Ende der Welt!«, schluchzt sie. »Jetzt kannst du es. *Noch* kannst du es!«

Er streichelt ihr beschwichtigend übers Haar und schaut dabei mich an.

»Nein, Große«, antwortet er. »Mein Opfer war nie mit meiner Stellung verknüpft. Ich bleibe bei euch. Dann eben als Veteran.«

Ein paar von den anderen atmen auf. Trotzdem will sich keine Erleichterung einstellen. Bis zum heutigen Tag hatten wir immer einen Anführer, der voll und ganz hinter der Revolution stand. Niemand musste befürchten, gegen seinen Willen in den Krieg geschickt zu werden. Aber ab morgen wird für die Truppe alles anders werden. Genau wie für uns Faune – denn dann ist das Bündnis nur noch Vergangenheit.

In diesem Moment fallen mir beinahe die Augen zu vor Müdigkeit. Dabei habe ich noch nicht einmal gegähnt. Die unbarmherzige Macht, die uns alle wie Marionetten lenkt, hat mir gerade genug Zeit gelassen, um ihre Pläne auszuführen. Nun schickt sie mich zurück in meine Besinnungslosigkeit, ohne mir wenigstens die Gelegenheit zu geben, meine eigenen Dinge zu regeln.

Erik macht einen Satz auf mich zu und stützt mich, bevor ich umkippe. Sein Gesicht direkt über meinem ist das Letzte, was ich sehe.

»Ich liebe dich«, bringe ich hervor.

Dann wird mir schwarz vor Augen.

Jesus und der Jüngste Tag

Mit einer Sache hatte ich Recht, als ich Jakob zum Jahreswechsel angeschrien habe: Es hat nicht lange gedauert. Nun kann er niemandem mehr befehlen, mir Melek aus den Armen zu reißen. Wahrscheinlich würden die Muskelprotze es trotzdem tun, aus reiner Sympathie für ihn. Aber er sagt nichts dergleichen. Stattdessen lässt er sich neben uns an der Wand der Hütte hinabgleiten, zieht ein Bein an und starrt geradeaus in die Landschaft.

»Was willst du jetzt mit ihr machen?«, fragt er mich nach einer Weile.

»Ich gebe sie Levian auf keinen Fall zurück«, stelle ich klar. »Wenn es sein muss, brennen wir eben noch einmal durch.«

»Und wohin genau willst du fliehen, Erik? Zu den Faunen kannst du nicht gehen und zu den Talenten ebenso wenig. Wo auch immer du dich versteckst, sie werden euch finden.«

»Nicht wenn Sylvia einen Schutzzauber über uns legt.«

»Ein Schutzzauber ist genauso brechbar wie das Orakel, das ihn ausführt.«

»Dann muss sie eben mit uns kommen.«

Jakob seufzt.

»Sylvia untersteht nun dem Kommando ihres neuen Anführers. Sie kann nicht mit dir kommen, denn er hat bereits seinen ersten Befehl gegeben. Morgen zur selben Zeit muss sie wieder hier sein.«

Nun bin ich wieder da, wo ich niemals mehr hinwollte: ganz unten. Am Ende meiner Weisheit und meiner Kraft.

»Aber du ...« Meine Stimme schwankt gewaltig. »Du lässt dich nicht brechen und gehörst nicht mehr zur Armee. Dann geh du mit ihr fort!«

Zum ersten Mal seit unserem Streit in der Neujahrsnacht fasst Jakob mich wieder an. Er legt mir die Hand auf die Schulter und drückt sie mitfühlend.

»Ich kann die Truppe jetzt nicht alleinlassen«, sagt er. »Ich bin vielleicht nicht mehr ihr Anführer, aber ich fühle mich immer noch für sie verantwortlich. Je nachdem, was Mahdi aus Isa macht, werden harte Zeiten auf sie zukommen. Aber ich habe eine andere Idee: Bring Melek zu Dönges. In seinem Bunker ist es feucht und dunkel, genau so, wie sie es braucht. Niemand wird vermuten, dass sie dort ist, wenn du weiterhin bei uns bleibst. Alle werden denken, sie sei wieder im Hohenfels.«

»Okay«, sage ich. Es geht mir nicht darum, mich in Sicherheit zu bringen. Ich weiß ohnehin, dass es keine Sicherheit für mich gibt. Alles, was ich will, ist Melek bei mir zu haben. Jetzt gebe ich sie nicht mehr her. Nicht nach ihren letzten drei Worten. Mir ist völlig egal, ob sie ein Faun oder ein Mensch ist. Falls Levian nach seinem Erwachen eine Möglichkeit finden sollte, mich dafür einen Kopf kürzer zu machen, dann ist es eben so. Ob er es tut oder ein anderer Faun oder vielleicht Mahdi oder Isa – was macht es schon für einen Unterschied?

Der Rest unserer Truppe versammelt sich um uns. Sie sehen aus wie eine Horde Kinder, die etwas ausgefressen hat. Ich habe sie selten so unsicher erlebt.

»Jakob, wir … wir wollen dir sagen, dass du das nicht tun musst«, ergreift Tina das Wort. Sie wirkt ziemlich konfus. Joshua steht hinter ihr und legt eine Hand auf ihre Schulter. »Du kannst jetzt ein neues Leben anfangen. Sollte es zum Endkampf kommen, werden die Veteranen nicht eingezogen, wenn sie sich nicht freiwillig melden. Wir finden, du hast genug gekämpft.«

Jakob steht auf und schaut jeden Einzelnen aus seiner ehemaligen Truppe mit ernstem Blick an.

»Ich danke euch. Aber einmal muss ich es noch tun. Genau wie ihr. Mehr als diesen Kampf wird es nicht mehr geben. Danach sind wir entweder tot oder die Faune sind vom Erdboden gefegt. Oder beides. Auf jeden Fall wird es unser letzter Kampf sein. Was wäre ich für ein Anführer gewesen, wenn ich euch jetzt allein in diese Hölle schicken würde? Außerdem bin ich immer noch Major. Vivien wird euch nicht allein lassen und Le Rouge auch nicht. Wir werden versuchen, Isa so weit zu beeinflussen, wie wir können, um das Schlimmste zu verhindern.«

Ein kleiner Hoffnungsschimmer schleicht sich in den Blick der Soldaten, doch niemand sagt etwas.

Dann macht Leonie das, was sie immer tut, wenn sie einem Vorgesetzten die Ehre erweisen will: Sie salutiert. Dabei schimmern ihre Goldaugen feucht und ihre Lippen zittern. Tina starrt sie erst gewohnt ärgerlich an. Doch plötzlich ändert sich etwas in ihrem Ausdruck. Energisch löst sie Joshuas Hand von ihrer Schulter und ahmt Leonies Bewegung nach. Die anderen folgen. Langsam und feierlich, einer nach dem anderen. Zum ersten Mal sehe ich meine gesamte Truppe strammstehen. Ich bin sonderbar ergriffen von dem Bild. Jakob blickt in meine Richtung. Das Eismeer ist verschwunden, ich sehe den Ozean. Langsam hebe ich meine Hand und führe sie an meine Schläfe.

Da nickt er mir zu und lächelt.

***

Wir bringen Melek gemeinsam zu Dönges. Als er sieht, wen wir da zu seinem Hintereingang hineinschleppen, steigt so etwas wie Panik in ihm hoch.

»Ich bin doch keine Herberge für schlafende Dschinn!«, beschwert er sich.

»Doch, Walter, das bist du«, sage ich. »Spätestens seit du ihr diesen Schwachsinn erzählt hast, bist du uns etwas schuldig. Also sperr deinen Bunker auf und hol ihr ein paar Decken, in denen noch keine Motten leben.«

Während er in seinem Lager herumwuselt und die Falltür zu seiner Waffenkammer öffnet, murmelt der Schuster unverständliches Zeug vor sich hin. Als wir Melek auf die Decken legen, die er ihr geholt hat, zwingt er seinen kaputten Körper umständlich in die Hocke und schaut sie lange an.

»Ich kann euch verstehen«, sagt er schließlich. »Sie ist etwas Besonderes. Das war sie schon immer.«

»Pass auf, dass du ihr nie zu lange ins Gesicht blickst, wenn du allein mit ihr bist. Es könnte sein, dass sie zwischendurch wach wird und ihre wahre Gestalt annimmt«, kläre ich ihn auf. »Sollte das passieren und du erschießt sie aus Wut, dann nehme ich dich stückchenweise auseinander, hast du gehört?«

»Schon gut, Erik. Walter kann damit umgehen«, versucht Jakob mich zu beschwichtigen.

»Genau das glaube ich nicht. Aber ich glaube, er kann mit Drohungen umgehen.«

Dönges gibt ein geringschätziges Brummen von sich.

»Halt die Klappe, ich bin kein Anfänger«, mault er. »Was ist passiert?«

Jakob erzählt ihm, dass Jesus gekommen sei, um mit Mahdi den Jüngsten Tag zu planen. Am Anfang versteht der Schuster kein Wort. Bis ihm schließlich die Zusammenhänge zwischen den beiden Namen klar werden und der Rest der Geschichte sich ihm ebenfalls erschließt.

»Das heißt, die Truppe wird ab sofort wieder Jagd auf ihresgleichen machen.« Er deutet auf Melek.

Jakob nickt.

»Wir werden sehen, wie oft wir danebenschießen können, bevor es Disziplinierungsmaßnahmen hagelt.«

Dönges sieht ihn eindringlich an.

»Du bist jetzt ein Veteran ...«

Jakob lässt keine Diskussion aufkommen.

»Jeder von uns ist, was er ist, solange er vor sich selbst geradestehen kann. Kann er es nicht mehr, dann ist er nur noch Abschaum. Das weißt du genau, Walter, also erzähl mir nicht, wie ein Veteran sich zu verhalten hat.«

Darauf sagt Dönges nichts mehr.

Ich lege mich neben Melek und schalte auf Durchzug, während Jakob ihm noch einmal die Prophezeiungen erklärt, die hinter Isas Auftauchen stecken. Ich betrachte Meleks gleichmäßige Züge und wünsche mir, dass ich eines Tages wieder ihr richtiges Gesicht sehen darf, das alte, menschliche. Das mit der knochigen Nase. Ob es jemals so weit kommen wird, kann ich nicht sagen. Ich bin mir nicht sicher, was sie Levian in der Zwischenzeit alles versprochen hat. Aber das Wichtigste weiß ich nun: Sie liebt mich. Und mit diesem Wissen kann ich alles andere ertragen, was jetzt noch kommen sollte.

Jakob rüttelt mich schließlich an der Schulter, um mich in die Gegenwart zurückzuholen.

»Wir müssen gehen, Erik. Du solltest heute Nacht nicht spurlos verschwinden. Lass zwei oder drei Tage ins Land gehen. Dann sagen wir, du würdest bei Leonie schlafen.«

Die arme Leonie. Ich habe nicht einmal einen Wimpernschlag an sie verschwendet, nachdem Melek ihre letzten Worte gesprochen hat. Und das, obwohl ich ihr in den letzten Monaten genügend Grund zur Hoffnung gegeben habe. Es war nicht richtig von mir, sie so nahe heranzulassen, das weiß ich jetzt. Aber ich glaube, ohne ihre Hilfe wäre ich vor lauter Kummer und Selbstmitleid einfach tot umgefallen.

»Okay«, murmele ich.

Dann küsse ich Melek zum Abschied auf den Mund und wünsche mir, ich wäre ein Märchenprinz, der die Macht besitzt, seine Prinzessin aus ihrem Schlaf zu wecken. Stattdessen werde ich nun warten müssen.

»Lass bloß die Finger von ihr!«, gebe ich Dönges noch mit, als er die Falltür wieder schließt.

Daraufhin boxt Jakob mir gegen den Hinterkopf, um mich endlich zum Gehen zu animieren.

***

Am nächsten Morgen wissen wir bereits, auf welche Seite Isa sich geschlagen hat: Beim Blick aus dem Fenster sehen wir eine schwarze Fahne Marke Eigenbau genau gegenüber am Fenster von Mahdis Zentrale. Darauf sind mit weißer Farbe ein Kreuz für das Christentum und eine Mondsichel mit einem fünfzackigen Stern für den Islam gemalt. Beides ist ineinander verflochten wie ein einziges Zeichen. Zwei Dinge, die Isa heilig zu sein scheinen. Der schwarze General hat also sofort durchschaut, an welchem Punkt er seinen Weltenretter abholen muss. Nun gibt er ihm das Gefühl, für all das zu kämpfen, was er als gut und erstrebenswert ansieht. Dabei spannt er ihn in Wahrheit nur für seine eigenen Ziele ein. Sicher haben sie die ganze Nacht hindurch in ihren Überlieferungen und heiligen Büchern geblättert und sind zu dem Schluss gekommen, dass es Zeit wäre, die Religionen und Weltanschauungen zu vereinen, um gemeinsam dem wahren Feind ins Auge zu blicken.

Genau das hat Mahdi ja auf jeder Tour gepredigt. Isa ist nun das Wasser auf seinen Mühlen.

Le Rouge schäumt vor Wut.

»Dieser widerliche Psychotrickser von einem General!«, schreit er durch den Raum. »Ich kaufe ihm keinen Deut seiner geheuchelten Religiosität ab!«

»Beruhige dich, Jacques«, ermahnt Vivien ihn. »Wir wissen nicht einmal, ob die anderen Talente überhaupt etwas auf Isa geben. Er ist nur irgendein Junge. Vielleicht ist seine Anwesenheit ihnen völlig egal.«

»Er ist eben nicht nur irgendein Junge«, regt Le Rouge sich weiter auf. »Mahdi hat schon vor Jahrhunderten prophezeit, dass er kommen würde. Und nun ist er da. *Das* ist es, was ihn so gefährlich macht.«

Dann dreht er sich ein paarmal um die eigene Achse, bevor er seinen Kommunikator Harith fixiert.

»Nimm Kontakt mit der schwarzen Seite auf und sag ihnen, dass wir Isa sprechen wollen!«

Harith greift daraufhin in einen kleinen Beutel, der an seinem Gürtel hängt. Vorsichtig holt er einen Marienkäfer heraus und verpasst ihm in Sekundenschnelle den entsprechenden Trojaner. Ich sehe zum ersten Mal, wie jemand anderer als Sylvia das macht. So ungewöhnlich es auch ist, dass Le Rouge ein afrikanischstämmiges Talent in seiner Truppe hat, so wertvoll war es in der Vergangenheit für uns, sonst hätten wir nie auf diesem Weg miteinander kommunizieren können. Ich beobachte gespannt, wie der Marienkäfer nach draußen schwirrt und aus meinem Gesichtsfeld verschwindet, während Vivien mit ihrem Fernglas am Fenster steht und das Büro gegenüber im Blick behält.

Die Antwort kommt per Telepathie direkt zu Le Rouge: »Keine Audienzen für Kollaborateure!«

Ich habe noch nie einen Menschen gesehen, der so rot werden kann. Le Rouge glüht buchstäblich vom Scheitel bis zur Sohle, so sehr kocht die Wut in ihm hoch. Er presst die Lippen aufeinander und stampft zur Tür.

»Er kann nicht ewig da oben sitzen. Sobald er seinen Hintern runterbewegt, werde ich daran festkleben. Vivien, sieh zu, dass du bemerkst, wenn sie sich in Bewegung setzen.«

Ich bewundere die Hartnäckigkeit des Franzosen. Er ist der Einzige von uns, der einfach nie aufgibt. Ungefragt setzt sich etwa die Hälfte seiner Truppe in Bewegung und poltert ihm hinterher, der Rest bleibt bei Vivien. Ich gehe mit nach draußen.

Wir warten stundenlang. So lange, bis ich darüber nachdenke, die Belagerung abzubrechen und stattdessen mit dem nächstbesten Auto nach Biedenkopf zu verschwinden.

Plötzlich tut sich etwas. Vivien reißt das Fenster auf und ruft zu uns herunter, dass die gesamte Truppe bis auf zwei Wachen unterwegs sei. Wir erheben uns von den Plastikstühlen und Spielgeräten, auf denen wir sitzen, und verteilen uns über den Weg, den Mahdi und seine Anhänger gehen müssen, um den Block zu verlassen. Le Rouge steht breitbeinig, mit verschränkten Armen und entschlossenem Gesichtsausdruck ganz vorn. Ich würde mich nicht an ihm vorbeiwagen, auch wenn er noch so klein ist.

Mahdi ergeht es anders, aber vielleicht tut er auch nur so. Er lacht, als er neben Isa das Gebäude verlässt und den roten General auf dem Weg stehen sieht.

»Pass auf, dass du nicht weggeweht wirst, Le Rouge«, spottet er. »Der Wind ist stark in diesem Land.«

Le Rouge ignoriert ihn und wendet sich an Isa.

»Sag mir, Junge, warum paktierst du in einer dir unbekannten Sache mit einer Seite, ohne die Argumente der anderen zu kennen?«

»Weil ich bereits von den Tatsachen überzeugt bin«, antwortet Isa selbstbewusst.

»Und was genau sind diese Tatsachen, die so sehr für Fanatismus und Intoleranz sprechen, dass dir jegliche Objektivität egal ist?«

Nun bleibt Isa stehen und die Gefolgschaft der beiden tut es ihnen gleich. Im Abstand von drei oder vier Metern stehen wir ihnen gegenüber.

»Die Zeichen in beiden Überlieferungen sind klar«, sagt er. »Wir befinden uns mitten in der Endzeit. Wir haben Gegner, gegen die wir seit Jahrtausenden kämpfen und die bereits zwei auserwählte Gruppen vor uns nicht besiegen konnten. Es sind Dämonen, die Menschen in Bestien verwandeln, und es gibt keine vertretbare friedliche Lösung.«

»Doch«, sagt Le Rouge. »Es gibt klare Anzeichen dafür, dass weitere Heiler kommen werden. Und weißt du auch, warum Melek dich für einen gehalten hat?«

Isa schüttelt den Kopf.

»Es war einfach ein Denkfehler«, vermutet er.

»Nein«, klärt der Franzose ihn auf. »Sie hat deine Gefühle gerochen. Sie hat erkannt, dass du liebenswürdig und barmherzig bist und die Menschen dir am Herzen liegen. Das ist der Grund, warum sie dich zu uns bringen wollte. Hör damit auf, dir von einem tausendjährigen Raufbold den Kopf verdrehen zu lassen!«

Ich kann kaum glauben, wie eiskalt seine Worte an Isa abprallen. Mahdi muss seinen neuen Verbündeten wirklich sehr überzeugend bearbeitet haben. Auf jeden Fall hat er nur ein leichtes Schulterzucken für Le Rouge übrig und schon setzt sich der General wieder in Bewegung. Die schwarze Truppe drängt wie ein menschlicher Bulldozer hinter ihm her. Isa nehmen sie dabei in ihre Mitte.

»Schon gut, Muhammad«, sagt Le Rouge und geht einen Schritt zur Seite. »Das hier ist noch nicht der Krieg.«

»Nein. Aber er wird kommen«, triumphiert Mahdi.

***

Isa erscheint am Nachmittag mit Begleitschutz auf der Schutzhütte, nur um die Truppe in Urlaub zu schicken. Allerdings sollen wir auf Abruf gefechtsbereit sein, sobald er sich genügend mit den Gegebenheiten vertraut gemacht hat – was auch immer das heißen soll. Le Rouge vermutet, dass Mahdi sein Leben nicht aufs Spiel setzen und deshalb keinen Kampf mit den Faunen provozieren will. Also lungern wir weiterhin im Innenhof unseres Blocks herum und belagern die Gegenseite so lange, bis es zu kurzen, unfruchtbaren Gesprächen kommt.

Auf genau dieselbe Art geht es zwei Wochen lang weiter. Wir wachen jeden Morgen mit der Fahne der Gegenseite im Blick auf und beobachten einander mit Ferngläsern. Zwischendrin kontaktieren wir unsere Verbündeten aus aller Welt. Le Rouge und Vivien reden sich den Mund fusselig. Nach jedem Gespräch sind sie schweigsam.

Ich sehe uns alles entgleiten. Alles, was noch vor kurzem so nah, so greifbar war. Meine Hoffnung schwindet. Am Abend vor der Abstimmung bin ich dann so weit, mich den Tatsachen zu stellen: Wir werden morgen keinen Erfolg haben. Frustriert mache ich mich auf den Weg zu dem einzigen Platz auf der Welt, an dem ich heute Nacht Ruhe finden kann: dem feuchten Bunker des Biedenkopfer Waffenschiebers. Ich drücke gerade die Zentralverriegelung von Le Rouges Wagen auf, als plötzlich Leonie vor mir steht. Sie muss schon eine kleine Ewigkeit lang hinter dem Auto gesessen und auf mich gewartet haben. Sofort bekomme ich ein schlechtes Gewissen. Ich habe mich die ganze Zeit vor einem Gespräch mit ihr gedrückt.

»Hallo Erik«, sagt sie schlicht.

»Hi Leonie. Tut mir leid, ich ... ich wusste nicht, was ich dir sagen sollte.«

»Vielleicht, dass du mir dankbar bist, weil ich dein Talent gepflegt und deine Seele gestreichelt habe?«

»Ja ... genau das.«

Sie kommt um das Heck des Autos herum und lehnt sich an die Fahrertür.

»Warum hast du's dann nicht getan?«

»Weil ich ein riesengroßer Feigling bin«, gebe ich zu.

»Du hast mir nichts versprochen, Erik. Ich habe beschlossen, auf dich zu warten, und es war umsonst. Aber ich will nicht, dass es so endet ... so sprachlos.«

Sie hat verdammt Recht. Manchmal, wenn man etwas wiederfindet, das man so lange vermisst hat, wird alles andere bedeutungslos. Selbst die Menschen, die einen durch die schlimmsten Zeiten des Lebens hindurchgetragen haben, geraten dann in den Hintergrund. Aber das ist nicht richtig. Es hätte mir nie passieren dürfen. Meine Aufgabe ist es, Seelen zu heilen, nicht, sie verdorren zu lassen.

»Leonie, du ... bist ein wunderschönes Mädchen, das immer einen besonderen Platz in meinem Herzen haben wird«, sage ich. »Aber der Rest von mir gehört mit Haut und Haar Melek. Sie war schon lange vor dir da, verstehst du?

Es war immer ein Gesetz für mich, dass wir zueinander gehören. Bis zu dem Tag, als ich dich traf, dachte ich, mich könnte niemals eine andere interessieren. Durch dich habe ich erkannt, dass es auch hätte anders kommen können. Aber nun ist Melek wieder bei mir und das wird für immer so bleiben.«

Leonie seufzt.

»Was so viel heißt wie: Ich habe keine Chance mehr.«

»Ja«, flüstere ich.

Sie dreht das Gesicht zur Seite, um die Feuchtigkeit in ihren Augen zu verbergen. Es funktioniert nicht. Natürlich hat sie die ganze Zeit über gewusst, dass ich so etwas sagen würde. Es zu hören ist trotzdem schmerzhaft. Ich kenne dieses Gefühl sehr gut. Als sie sich wieder etwas beruhigt hat, schaut sie mich direkt an und nimmt meine Hand.

»Das alles hat mit einem Kuss angefangen. Lass es wenigstens mit einem Kuss enden«, sagt sie.

Erst will ich den Kopf schütteln. Aber dann lasse ich mich doch darauf ein. Das hier ist eine Sache zwischen Leonie und mir, sie hat mit meinen Gefühlen für Melek überhaupt nichts zu tun. Es ist der kleine Teil meines Herzens, der auf Reisen gegangen ist, der nun Abschied nimmt und nach Hause zurückkehrt. Ich ziehe sie an mich und küsse sie. Nicht wie ein genervter Exfreund, der endlich gehen will, sondern richtig. Es ist das zweite Mal, dass wir das tun, genau wie sie gesagt hat: am Anfang und am Ende. Als ich sie wieder loslasse, lächelt sie.

»Deine Schulfreundin hatte Recht: Du küsst wie ein Gott. Falls Melek das nicht zu würdigen weiß, gib mir ein Zeichen. Dann sag ich ihr die Meinung.«

»Ich hoffe, so weit wird es nicht kommen«, murmele ich und schaue ihr noch einmal in die Augen. »Mach's gut, Leonie.«

»Du auch, Erik.«

Sie drückt noch einmal meinen Arm zum Abschied, dreht sich um und läuft um den Block herum zu ihrem Moped. Der Schein der Straßenlampen wirft diffuse Lichtkegel auf den nassen Asphalt. Ich sehe ihr so lange nach, bis sie um die Ecke verschwunden ist. Dann steige ich in den Renault und fahre zu Melek.

Zurück in die Zukunft

Wo bin ich? Als ich aufwache, ist alles anders als sonst. Die Luft um mich herum ist stickig und ich liege auch nicht in meinem Bett. Trotzdem spüre ich einen Körper dicht bei mir. Weil es weit und breit keine Kerze gibt, sehe ich ihn nicht. Aber das muss ich auch nicht. Ich weiß sofort, wer es ist, obwohl er ausnahmsweise keine Schlafgeräusche von sich gibt. Die überirdische Mischung aus seinem herben Menschengeruch und seinen Wahnsinns-Gefühlen würde ich auch auf hundert Meter Entfernung gegen den Wind erkennen. Sofort muss ich daran denken, wie wir einander am Steinbruch in den Armen lagen. Es war derselbe Geruch, der mich auch damals verrückt gemacht hat. Mein Herz pocht so laut, dass ich Angst habe, ihn damit aufzuwecken.

Um herauszufinden, wo ich bin, schaue ich eine Weile in die Dunkelheit hinein, bis meine Augen sich darauf einstellen. Wenn ich erst einmal daran gewöhnt bin, kann ich auch in der völligen Finsternis sehen, aber es ist anstrengend. An der Wand uns gegenüber stehen zahlreiche längliche Holzkisten, sorgfältig übereinandergestapelt. Der Boden ist aus sauber gestampftem Lehm, wie zu Hause im Hohenfels, aber die Wände bestehen aus hässlichem Menschenbeton. Erik und ich liegen auf einem Stapel Decken, der furchtbar nach Rauch stinkt. All das blende ich aus. Mir ist fast egal, wo ich mich befinde. Was auch immer seit unserer letzten Begegnung passiert ist: Erik ist hier bei mir und nicht bei seiner Volltrefferin. Und ich bin bei ihm und nicht bei Levian. Wenn mein Gefährte das herausfindet, wird er Amok laufen!

Auf einer Obstkiste auf der anderen Seite unseres Lagers entdecke ich nun doch ein Licht. Es ist keine dieser hellen Neonlampen, wie die Menschen sie gerne benutzen, sondern ein dimmbares Exemplar. Wer auch immer sie besorgt hat, scheint meine Bedürfnisse gut zu kennen. Ich schalte die kleine Lampe ein und regle sie auf die unterste Helligkeitsstufe herunter. Nun ist der Raum angenehm erleuchtet. Als ich mich wieder umdrehe, schlägt Erik plötzlich die Augen auf. Ich habe ihn nicht berührt. Es muss irgendeine geheimnisvolle Heiler-Intuition sein, die ihn leitet. Er ist sofort hellwach.

»Melek!«, ruft er freudestrahlend und richtet sich auf. Er trägt kein T-Shirt. Ich betrachte seinen muskulösen Oberkörper und streiche ihm zur Begrüßung wortlos mit der Hand über seine Brust.

»Gut geschlafen?«, fragt er mich.

Ich nicke abwesend.

»Wo hast du mich hingebracht?«, will ich wissen.

»Zu unserem Schuster in die unterirdische Waffenkammer. Niemand außer ihm und Jakob weiß, dass du hier bist.«

»Levian wird es herausfinden«, sage ich.

»Ich weiß. Aber er kann mich nicht töten, also was will er tun?«

Ich senke traurig den Kopf. Der Gedanke an Levian ist mir unangenehm. Ich bin nicht ehrlich zu ihm gewesen während unserer letzten kurzen Begegnungen. All die schmerzhaften Wahrheiten über meine Gefühle wollte ich ihm erst nach der Winterruhe beichten. Und nun wird er aufwachen und feststellen, dass ich weg bin. Ohne Abschied. Verschwunden in die Welt der Menschen, aus der er mich damals zu sich geholt hat. Erik scheint meine Gedanken zu erraten.

»Hast du den Bund mit ihm geschlossen?«, fragt er.

Ich schüttele den Kopf. Dabei fange ich einen Orkan von Glücksgefühlen auf, der von ihm zu mir herüberweht.

»Ich konnte es nicht«, berichte ich leise. »Als ich von dir gefordert habe, dass du unseren Bund löst, habe ich das nur getan, um unsere Völker vor dem Krieg zu bewahren. Aber innerlich habe ich mich nicht von dir abgewandt. In Wahrheit wusste ich damals schon, dass ich dich unendlich liebe, Erik.«

Nun ist es heraus. Monatelang habe ich mich auf alle erdenklichen Arten dagegen gewehrt, dass ich Gefühle für diesen Menschenjungen hege. Und dann, als ich sie endlich zugelassen habe, hat das Schicksal uns eine gemeinsame Zukunft verwehrt. Im Moment will ich noch gar nicht wissen, was zwischenzeitlich passiert ist. Meine Angst, etwas zu hören, das mich wieder von ihm entfernt, ist einfach zu groß. Ich will nur im Jetzt leben, in diesem Augenblick.

Erik sagt nichts. Er schließt mich in die Arme und drückt mich an sich. Sein Glückstaumel steckt mich an, genau wie die plötzliche Explosion seiner Lust. Sie raubt mir die Sinne und hüllt mich in eine wohlige Geborgenheit. Seine Finger lösen geschickt die Halteschlaufen meines Kleids und streifen es mir ab. Sein Atem beschleunigt sich.

»Du bist die Liebe meines Lebens, Melek«, flüstert er.

»Geh nie wieder weg. Bleib bei mir!«

Seine Bewegungen sind wie ein Echo seiner Worte. Sie betteln und fordern gleichzeitig: »Bleib bei mir. Bleib bei mir. Bleib bei mir!«

Ich schlinge meine Arme und Beine um ihn und nehme meine wahre Gestalt an. Ein Kribbeln und Brausen geht durch unsere beiden Körper. Ein Schauder jagt über Eriks Haut. Ich stille meinen Durst an ihm und sauge seine Leidenschaft aus ihm heraus, bis mir schwindelig wird. Nie zuvor habe ich mich erfüllter gefühlt als in diesem Moment. Unsere Blicke sind so tief, dass ich darin versinke. Nun ist er derjenige, der mich aussaugt und sich an mir berauscht. Wir verschmelzen wie zwei flüssige Metalltropfen über einem Fluss aus Lava.

»Du gehörst zu mir«, haucht Erik mir ins Ohr. »Und ich zu dir. Spürst du das?«

»Ja«, seufze ich.

Meine Augen sind fast so heiß wie mein Blut. Nun weiß ich endlich, dass ich nicht mehr in den Hohenfels zurückgehen werde. Was auch immer fortan geschieht, werden wir zusammen zu Ende bringen. Es gibt auf dieser Welt keine Gründe mehr, die mich davon abhalten können.

***

Wir wissen nicht, welche Tageszeit draußen in der Sonnenwelt herrscht. Seit Stunden bringen wir nun die Decken durcheinander, die der Schuster für uns geopfert hat. Einige davon sind in der Mitte entzweigerissen, weil ich meine Finger hineingekrallt habe. Erik hat ein paar blaue Flecken, für die ich mich entschuldigt habe, obwohl sie ihm völlig egal zu sein scheinen. Ich kann von seinem neuen Duft nicht genug kriegen. Seit dem Anschlag, den Levian und die anderen auf ihn verübt haben, gibt es eine Seite an ihm, die mich mehr anzieht, als ich es je bei einem anderen Wesen erlebt habe. Es ist diese unheimliche Kombination aus Heftigkeit und Schwäche, die er in sich trägt, aus Faun und Mensch. Wahrscheinlich hätte ich auch ohne diesen Zwischenfall meinen Weg zurück zu ihm gefunden. Aber er wäre anders verlaufen. Ich hätte mich nie so hingeben und meine Bedenken vergessen können.

»Erzähl mir, was in der Zwischenzeit passiert ist«, fordere ich ihn auf. »Was ist aus Isa geworden?«

Eriks Augen werden dunkel.

»Dein Cousin hat sich Mahdi angeschlossen und bläst zum Jüngsten Gericht.«

»Das ist schrecklich. Es war ein furchtbarer Fehler, ihn zu euch zu bringen.«

»Kann schon sein«, meint Erik. »Aber wer weiß, was geschehen wäre, wenn du es nicht getan hättest. Es läuft ohnehin alles darauf hinaus, dass die Geschichte sich ständig wiederholt. Ich glaube nicht mehr, dass wir überhaupt irgendetwas in der Hand haben.«

»Da bin ich mir nicht so sicher«, murmele ich.

Er hebt mein Kinn an und küsst mich. Unsere Körper sind wie Magneten. Wir schaffen es nicht lange, sie voneinander fernzuhalten. Ich presse ihn an mich, bis ich merke, dass er keine Luft mehr bekommt. Schnell lockere ich den Druck und murmele eine erneute Entschuldigung. Als wir uns wieder ansehen, lächeln wir beide, aber in unseren Augen steht dieselbe Frage. Erik spricht sie aus.

»Soll ich dich verwandeln?«

Es ist vollkommen still hier unten. Selbst die schlurfenden Schritte des Schusters über uns sind verstummt. Es ist, als hätte jemand die Zeit angehalten, um uns in Ruhe darüber nachdenken zu lassen. Aber das muss ich nicht mehr. Ich habe meine Entscheidung bereits getroffen.

»Ja«, sage ich.

»Bist du dir sicher?«

Ich zögere.

»Wirst du mich danach noch lieben? Wenn ich wieder so aussehe wie früher?«

»O Melek!« Er umarmt mich so heftig, dass ich meine Muskeln anspannen muss. »Ich werde dich immer lieben, vielleicht sogar mehr als je zuvor. Ich liebe dich auch dann noch, wenn du alt und faltig bist!«

Mir entfährt ein leiser Aufschrei. So weit hatte ich noch gar nicht gedacht. Für mich ist es bereits eine Zumutung, mich mit der jungen Melek-Gestalt auseinanderzusetzen. Ich nehme Eriks Hände in meine.

»Dann tu es«, sage ich. »Tu es jetzt und hier. Warten ist nur Zeitverschwendung.«

»Du weißt, dass ich dir deine Erinnerungen nicht zurückgeben kann«, sagt er. »Ich gebe dir nur die meinen. Viele Erfahrungen haben wir gemeinsam gemacht. In diesen Fällen wird es für dich fast so sein, als wären es deine eigenen Gedanken. Doch manche Dinge werden verschüttet bleiben. Zum Beispiel weiß ich fast nichts über Jakob. Und nur wenig über deine erste Zeit mit Levian.«

»Das ist mir klar«, antworte ich. »Ich bin dankbar für die Bruchstücke, die ich von dir erhalte. Aber mir ist auch bewusst, dass ich immer unvollständig bleiben werde. Es lässt sich nun leider nicht ändern, so oder so.«

Für eine Sekunde greift die eiskalte Hand der Traurigkeit nach mir.

Erik vertreibt sie durch einen Kuss.

»Für mich bist du perfekt«, sagt er. »Und das wirst du auch als Mensch bleiben.«

Mehr will ich eigentlich nicht wissen. Wir erheben uns, um die Feierlichkeit des Augenblicks zu würdigen. Ich schließe die Augen und ermahne mich, auf keinen Fall zu saugen. Wie hat Erik in Wien gesagt? Ich muss ihn gewähren lassen. Es fällt mir nicht schwer, das zu tun, denn ich vertraue ihm voll und ganz.

»Jetzt hole ich dich zurück. Gib dich mir hin, Melek.«

***

Ich weiß nicht, wie sich meine erste Verwandlung angefühlt hat. Diese hier ist wie geboren werden. Sie besteht aus einer Flut von Emotionen, wilden und zärtlichen. Sie treibt in Sekundenbruchteilen ganze Kinofilme durch meinen Geist, füllt ihn mit Bildern und Tönen aus der Vergangenheit. Sie reißt mich innen und außen auseinander, bis ich schreien will. Doch genau in dem Moment, als ich es nicht mehr aushalte, als ich Erik wegstoßen und einen hilflosen Rückzieher machen will, spüre ich, dass mir die Kraft dafür fehlt. Er hält mich fest und küsst mich weiter. Die Schmerzen lassen so schnell nach, wie sie gekommen sind. Dafür macht sich ein Gefühl der Erlösung in mir breit. Es dringen noch ein paar Bilder zu mir vor. Ich spüre das letzte Flattern von Empfindungen in meiner Seele. Eine tiefe Wärme macht sich in meinem Körper breit. Dann sind es nur noch Eriks Lippen, die ich wahrnehme. Sie küssen meinen Mund, meine Nase, meine Stirn. Seine Hände streicheln meine nackte Haut. Als ich die Augen öffne, sehe ich, dass er weint. Mein Gesicht ist nass von seinen Tränen.

Der Kellerraum, in dem wir stehen, ist furchtbar dunkel. Er verschwimmt vor meinen Augen und bringt mich zum Blinzeln. Da erst merke ich, dass es meine eigenen Tränen sind, die über meine Wangen laufen.

Erik bringt keinen Ton heraus. Ohne meine Hände loszulassen, macht er einen Schritt zurück und betrachtet mich. Nun wage auch ich es, an mir herunterzusehen, und bin entsetzt. Meine Arme und Beine sind für eine Frau viel zu muskulös. Um meinen Bauch herum zeichnet sich eine kleine, aber deutlich sichtbare Wölbung ab. Meine Brüste sind zu klein und meine Taille ist quasi nicht vorhanden. Was mit meinem Gesicht passiert ist, will ich lieber gar nicht wissen! Schnell greife ich mir eine der zerstörten Decken und wickle mich darin ein. Dabei laufen meine Tränen unaufhaltsam weiter. So sehr ich mir als Faun gewünscht habe, mich auf diese Art erleichtern zu können, so sehr wünsche ich mir jetzt, es möge wieder aufhören.

»Melek, nein«, sagt Erik und nimmt mir die Decke weg. Dann geht er vor mir auf die Knie und fängt an, meinen Körper zu küssen und zu streicheln. Ich sehe ihm dabei zu und schluchze weiter. Nach einer Weile kann ich mich nicht mehr gegen das Begehren dieses schrecklichen menschlichen Leibs wehren. Es wird so intensiv, dass es das Gefühl der Scham einfach überdeckt. Als ich Erik ansehe, der immer noch vor mir auf dem Boden kniet und meine unförmigen Schenkel umarmt, lässt das Weinen endlich nach.

Er blickt zu mir auf und lächelt.

»Ich finde, dein Körper ist sehr gut gelungen.«

Erinnerungen an die Insel des Friedens lodern in mir hoch, doch sie stammen aus der Sicht von Erik. Das also hat er gefühlt, als er mir endlich nah sein durfte. Ich spüre, wie mir das Blut ins Gesicht schießt.

»Schön, dass du wieder rot werden kannst«, sagt er und lächelt.

***

Stunden später liegen wir immer noch auf den Decken. Erik hilft mir dabei, meinen neuen Körper kennenzulernen. Das macht er so gut und überzeugend, dass ich zuweilen sogar lachen muss. Ich bin noch nicht so weit, zu sagen, ich hätte mich akzeptiert. Aber mit jedem Streicheln, das ich erhalte, glaube ich ein bisschen mehr, dass ich vielleicht trotz all meiner Fehler liebenswert bin. Am meisten wundere ich mich über das Bannzeichen der Talente auf meiner linken Handfläche. Es ist seltsam – noch vor kurzem hat mich dieses Symbol so aggressiv gemacht, dass ich zu einem zähnefletschenden Tier mutiert bin. Und nun bin ich beinahe stolz, es zu tragen.

Irgendwann klopft jemand an der Falltür.

»Du musst rauskommen, Erik. Die Abstimmung ist in vollem Gange!«, höre ich den Schuster rufen. Ich denke, er weiß, was wir tun. Sonst wäre er einfach nach unten gekommen.

»Gib mir fünf Minuten«, ruft Erik zurück. Dann seufzt er.

»Du hast genau gewusst, dass heute die Abstimmung ist«, vermute ich.

Er nickt.

»Das hier war wichtiger, Melek. Die Abstimmung ist jetzt schon verloren. Aber du … du bist der Gewinn des Jahrhunderts.«

Ich liebe ihn für die Art, wie er mir seine Gefühle offenbart. Es ist fast so etwas wie Input für mich, nur auf eine andere Weise. Das Kleid, das ich als

Faun getragen habe, liegt immer noch da. Ich schlüpfe hinein und atme auf, weil es noch passt. Es verdeckt sogar einen Großteil meiner Figurprobleme. Ich schüttele mich wie gewohnt, aber meine Haare sind immer noch verstrubbelt. Selbst wenn ich mit den Fingern hindurchfahre, löst sich das Problem nicht. Ich versuche, mir nichts von meiner Beschämung anmerken zu lassen. Als wir fertig angezogen sind, schalten wir die Lampe aus und steigen hinauf zur Falltür. Ich stolpere auf einem der unteren Tritte der Leiter, als ich auf mein Kleid trete. Dieser Körper ist wirklich zu gar nichts fähig!

Erik klopft und der Schuster öffnet umgehend.

»Die alte Melek«, stellt er mit einem grotesken Grinsen fest, als er mich sieht. Es klingt nicht sehr überrascht.

»Woher hast du gewusst, dass sie wieder ein Mensch ist?«, fragt Erik und hilft mir hinauf.

Ich blicke mich in dem Lagerraum um und weiß genau, wo ich bin. Zahlreiche Erinnerungen an den Schuster und seine geheime Kammer steigen in mir hoch. In manchen davon komme ich selbst nicht einmal vor. Stattdessen sehe ich Dönges aus Eriks Sicht mit Leonie streiten. Es wird schwierig werden, seine Erfahrungen von meinen eigenen zu trennen.

»Wegen der seltsamen Vorfälle«, antwortet er.

»Vorfälle?«

»Ja, schau dich mal um!«

Er deutet auf eine Pflanze am Fensterbrett.

Erik schüttelt verwirrt den Kopf.

»Ich versteh dich nicht, Walter.«

Daraufhin packt der Veteran uns bei den Armen und zieht uns hinaus in seinen Laden. Auch hier stehen jede Menge Kakteen und Zimmerpflanzen. Sie blühen allesamt, als hätte sie jemand mit einem Superdünger übergossen. Wenn ich meiner neuen Erinnerung trauen darf, waren sie vorher allesamt verdorrt gewesen. Dönges hatte noch nie einen grünen Daumen.

»Nein, das … das ist passiert, als Melek noch ein Faun war«, sagt Erik ausweichend.

Der Schuster runzelt die Stirn.

»Wieso das denn?«, fragt er verständnislos.

Ich muss lachen.

»Sieh es einfach als kleinen Dank für deine Gastfreundschaft«, sagt Erik. »Wir müssen jetzt los!«

Er greift nach meiner Hand und will gehen. Dönges hält uns noch einmal auf. Er fasst mich an den Schultern und dreht mich so, dass er mich aus seinem gesunden Auge genau betrachten kann. Dann kneift er mich ins Kinn und lächelt.

»Du siehst gut aus, Melek«, sagt er. »Schön, dass du wieder bei uns bist.«

»Danke, Walter. Ich hab mich noch nicht ganz daran gewöhnt.«

»Das wirst du. Du hast noch Jahrzehnte des Menschseins vor dir.«

Oder nur noch wenige Tage, denke ich. Wir wissen es alle, aber keiner spricht es aus.

***

Mit dem Wagen des roten Generals fahren wir nach Dautphe. Dabei beobachte ich Erik die ganze Zeit, wie er die Pedale und die Gangschaltung bedient. Sein Gesicht wirkt angespannt, während er fährt, aber es funktioniert. Ich muss ihn nicht fragen, woher er das plötzlich kann, denn ich erinnere mich an jede seiner Fahrten. Deshalb weiß ich auch, dass er noch nicht so weit ist, sich nebenbei mit mir zu unterhalten. Als wir aus der Stadt heraus sind, wirkt er etwas gelöster.

»Du hast Levian und mich bei Vollmond gesehen«, sage ich.

»Ja, Melek. Ich wollte gehen, als ich gemerkt habe, wie intim die Situation war, aber ...«

»Ich weiß«, unterbreche ich ihn. »Das ist das Gute an deinen Erinnerungen: Du musst mir nichts mehr erklären.«

»Könnte also ganz schön langweilig werden mit mir«, murmelt er.

Ich weiß nicht, ob ich darüber lachen oder ihn anschreien soll. Bis mir klar wird, dass er immer noch befürchtet, ich könnte ihn nicht beeindruckend genug finden, um den Rest meines Lebens mit ihm zu verbringen – wie lange das auch immer sein mag.

»Es ist schade, dass du nicht *meine* Gedanken und Erinnerungen im Kopf hast. Dann hättest du keine Angst mehr«, sage ich. »Wenn du wüsstest, wie fasziniert ich von dir und deinem Talent bin. Ich glaube, du bist der einzige Mensch auf der Welt, der mir niemals langweilig werden könnte.«

Eriks Augen werden feucht. Er legt eine Hand auf mein Bein, drückt es sanft und der Wagen macht einen bedrohlichen Schlenker in Richtung der Leitplanke.

»Aber meine Knochen sind jetzt wieder leicht zu brechen!«, röchle ich. »Und deine auch.«

Er lacht befreit und fasst wieder mit beiden Händen ans Lenkrad. Den Rest der Fahrt über verhalte ich mich still.

Der Anblick der beiden grauen Betonbunker, in denen die zwei Fronten der Armee sich niedergelassen haben, löst sofort eine leichte Depression bei mir aus. Ich muss Erik nur anschauen, um zu wissen, dass es ihm genauso geht. Die ehemalige Wohnung von Anastasia ist wie leer gefegt. Anscheinend haben sich alle in Mahdis Büro versammelt, aus dem einfachen Grund, weil es dreimal so groß ist. Also atmen wir beide tief durch und stellen uns der Begegnung mit der gesamten Führungsriege der Armee.

Erik geht als Erster durch die Tür im oberen Geschoss. Als Le Rouge ihn sieht, springt er sofort auf und stürmt ihm wutentbrannt entgegen.

»Was bildest du dir eigentlich ein …«

Dann bleibt ihm jedes weitere Wort im Mund stecken, denn er sieht mich.

»Bist du etwa Melek?«, fragt er. »Melek als Mensch?«

Mehr als das braucht es nicht, um den gesamten Raum in ein Irrenhaus zu verwandeln. Fast alle Anwesenden springen auf und fangen an, durcheinanderzureden. Erik zieht mich an der Hand hinter sich her ins Zimmer, damit alle mich sehen können.

»Ja«, sagt er zu Le Rouge. »Das ist Melek. Ich werde ihre Hand nicht mehr loslassen, bis ich tot bin.«

Ein spitzer Schrei ertönt aus den hinteren Reihen. Ein paar Talente stolpern nach rechts und links, weil Anastasia sie zur Seite rammt. Mit ausgebreiteten Armen poltert sie auf mich zu und drückt mich, dass es wehtut. Meine Menschenkräfte reichen nicht aus, um sie davon abzuhalten. Sie wirbelt mich herum und bringt dabei Erik in arge Verlegenheit, weil meine Hand ihm schon jetzt entgleitet. Der Franzose grinst und zupft sich an seinem roten Bart.

Nachdem die Muskelprotzin mich endlich freigegeben hat, schließt Sylvia mich in ihre Arme. Dann folgen nacheinander alle Mitglieder meiner Truppe. Zuletzt Jakob. Er kommt lächelnd auf mich zu, doch als er meinen Gesichtsausdruck sieht, bleibt er stehen. Die Wiedersehensfreude verschwindet aus seinen Augen.

»Du erinnerst dich nicht ...«, murmelt er.

Das grölende Lachen, das bei seinen Worten vom Schreibtisch herüberweht, lässt uns alle zusammenzucken. Es ist eine Verhöhnung unserer Gefühle. Sie tut fast körperlich weh.

»Armer Jakob«, säuselt Mahdi, während er sich durch die umstehenden Talente hindurchdrängt. »Sie hat jetzt Eriks Blick auf deine Taten. Das nimmt sie nicht besonders für dich ein ... Hab ich Recht, Melek?«

Ich sage nichts. Aber der schwarze General lässt sich nicht irritieren. Er schreitet im Kreis um uns herum und spottet dabei weiter über die Wunde in unseren Seelen.

»Wenn sie an dich denkt, fallen ihr nur die vielen Gelegenheiten ein, als ihr gemeinsam unseren lieben, sanftmütigen Erik verletzt habt. Die Küsse im Flur, die Geräusche aus eurem Hotelzimmer, jeder Griff deiner Hand nach ihrer. Und Melek fühlt, was Erik gefühlt hat: Sie verachtet dich, Jakob. Wie schade, dass Erik auch die letzte Chance bei mir verspielt hat, ihren echten Geist zurückzubekommen.«

Jakobs blaue Augen bohren sich in meine Brust. »Ist das wahr? Du verachtest mich?«

Ich schüttele schnell den Kopf.

»Nein, aber ... ich weiß nicht, wie ich dir begegnen soll. Es war nicht richtig, was wir getan haben, ich ...«

»Das sind nicht ihre wahren Gefühle für dich«, kommt Erik mir zu Hilfe. »Es sind meine.«

Dann blickt er zu Boden, unschlüssig, ob er weitersprechen soll oder nicht. Schließlich entscheidet er sich für die Flucht nach vorn.

»Es gab Tage, da habe ich dich gehasst, Jakob. Aber diese Tage liegen hinter mir. Du lässt mich nicht an dich heran und das kann ich verstehen. Aber du sollst trotzdem wissen, dass ich dich für den mutigsten Menschen der Welt halte. Und dass meine Hochachtung vor dir keine Grenzen kennt. Ich bin stolz darauf, zu den Jakobsjüngern gehört zu haben. Bitte vergib mir, dass ich dir so lange nicht verzeihen konnte.«

Was Erik da sagt, ist genau das, was seit Jahren zwischen ihm und seinem Anführer gebrodelt hat. Ich weiß auch, dass es ihn übermenschliche Kräfte kostet, es auszusprechen.

Und genauso geht es Jakob damit, es anzunehmen. Sie schauen sich lange an. Dann streckt Jakob ihm langsam die Hand entgegen und Erik nimmt sie an. Sie verschwenden keine weiteren Worte für die Ohren der Zuhörer. Obwohl ich ihre Gefühle nicht mehr riechen kann, weiß ich, dass sie gerade eben ein weiteres Mal Mahdi besiegt haben.

Sylvia sieht es auch.

»Mit all deiner Bosheit kannst du uns nicht davon abhalten, miteinander Frieden zu schließen«, zischt sie dem General entgegen.

»Aber ich kann euch davon abhalten, Frieden mit den Dschinn zu schließen!«, gibt er zurück.

Nun erinnern sich alle wieder daran, was der eigentliche Grund für diese Zusammenkunft ist. Schweigend ziehen sie sich zurück zu ihren Plätzen, die einen mit hängenden Schultern, die anderen mit einem zufriedenen Lächeln im Gesicht.

Nur Isa bleibt stehen und starrt mich an. In seinem Ausdruck erkenne ich Unentschlossenheit.

»Es ist gut, dass du wieder ein Mensch bist«, sagt er schließlich. »Es wäre unerträglich für mich gewesen, dich zu töten.«

»Du hättest es nicht tun müssen«, entgegne ich kühl.

»Ich muss tun, was mein Glaube mir befiehlt.«

»Es ist nicht dein Glaube, verdammt, es ist Mahdi, der hier die Befehle erteilt!«, schreit Le Rouge. Er hastet auf ihn zu und reckt vor Verzweiflung beide Hände nach oben. Die schwarzen Wächter fangen ihn schon nach ein paar Metern ab.

»Setz dich hin, Le Rouge«, befiehlt Mahdi. »Und ihr Neulinge macht dasselbe oder geht wieder nach draußen. Es gibt eine neue Hochrechnung.«

Ich fühle immer noch die Blicke meines Cousins im Nacken, als ich zusammen mit Erik zur Fensterbank gehe und darauf Platz nehme. Rund um Mahdis Schreibtisch sitzen und stehen mehrere Talente, die ich noch nie gesehen habe. Vermutlich sind sie Kommunikatoren und Orakel, die er sich extra für diesen Zweck aus aller Welt hat einfliegen lassen. Sie stehen wahrscheinlich mit den Wahlbüros vor Ort in Verbindung, empfangen Daten und geben diese in Mahdis Laptop ein. Der General wirft nun über einen Beamer ein Diagramm an die nackte Wand seines Büros – das vorübergehende Ergebnis der Wahl. Mir bricht kalter Schweiß aus: Von den zwei angezeigten Balken überragt der schwarze den roten um mehr als das Doppelte.

»71 Prozent für uns, 29 für euch«, fasst Mahdi strahlend zusammen. »Hättet ihr die abergläubischen Afrikaner nicht, sähe es noch schlechter für euch aus. Eigentlich gibt es keinen Grund dafür, uns dieses Desaster noch länger anzutun. Willst du nicht lieber gleich die Flinte ins Korn werfen, Le Rouge?«

»Nein«, brummt der Franzose. »Wir warten.«

»Worauf?«, spottet Mahdi. »Ein Wunder?«

»Wunder gibt es immer wieder. Hab ich Recht, Erik?«, fragt Le Rouge.

Wir warten bis zur letzten Hochrechnung am Abend. Erst dann gibt er sich geschlagen. Das Ergebnis lautet 66 zu 34.

»Schöne Zahl. Die passt zu euch«, sagt Mike bitter. Seine Stimme klingt so schwach, wie man das von einem 6000 Jahre alten Typen erwarten würde. Niemand reagiert darauf.

»Im Namen der Talente der Welt erkläre ich die Revolution von General Jacques Lavie für beendet«, verkündet Mahdi von seinem Schreibtisch aus. »Der General selbst und alle seine Offiziere werden sich nach dem Endkampf als Kollaborateure vor der Armee verantworten müssen. Bis dahin bleiben sie vorübergehend in ihren Ämtern, es sei denn, sie verstoßen weiterhin gegen unsere Regeln. In diesem Fall werden sie degradiert und in Gewahrsam genommen. Ich setze den Tag des Endkampfs auf den Frühlingsanfang am 20. März an. Bis dahin haben alle Truppen den Auftrag, so viele Feinde wie möglich zu erschießen.«

Uns bleiben also nicht einmal mehr zwei Monate. Die Enttäuschung in den Gesichtern von Le Rouge und seinen Anhängern ist kaum zu ertragen. Von heute an werden sie alle gegen ihre Überzeugung töten müssen oder sich selbst einem Exekutionskommando stellen. Jeder im Raum weiß, dass Mahdi keine Gefangenen macht, auch wenn er offiziell so tut. Aber mit Sicherheit leidet niemand anderer so sehr wie ich. Nun ist tatsächlich der Fall eingetreten, vor dem mir immer gegraut hat: Ich werde auf meine Freunde Jagd machen müssen. Auf Levian. Verzweifelt vergrabe ich mein Gesicht in Eriks Schulter. Er drückt meine Hand.

»Ich werde nicht schießen«, sagt er leise, aber bestimmt. In dem ohnmächtigen Schweigen, das um uns herum herrscht, hat Mahdi ihn sogar an seinem Schreibtisch gehört.

»Das, lieber Erik, werden wir dann sehen«, sagt er. »Denn auch wenn ich mich wiederhole: Druckmittel gibt es genug.«

Es ist der erste und einzige Moment, in dem Leonie und ich uns für ein paar Sekunden in die Augen schauen.

Übles Erwachen erzeugt schlechte Laune

Wir haben nur diese eine Nacht. Morgen will Isa uns kampfbereit an der Schutzhütte sehen. Dann wird es Befehle hageln, denen die Faune hilflos ausgeliefert sind, denn sie vertrauen uns immer noch. Sie müssen erfahren, dass wir ab sofort wieder ihre Feinde sind.

Zusammen mit Jakob, Melek und Sylvia schleiche ich mich davon. Wir fahren auf den Hohenfels und Sylvia schickt einen geflügelten Boten hinein, in der Hoffnung, dass jemand wach genug ist, um uns einzulassen. Wir haben Glück. Keine fünf Minuten später schiebt sich der riesige Findling beiseite und zwei Wächter in Menschengestalt lassen uns herein. Wir fragen nach Orowyn oder einer anderen Kräuterfrau, aber alle, die einen Aufwachtrunk herstellen könnten, schlafen selbst. Also macht Melek sich in der Kräuterküche zu schaffen und braut ein säuerlich duftendes Getränk aus Petersilie und Pfefferminze.

»Ich weiß nicht, ob die Zusammensetzung stimmt. Am besten, wir probieren es zuerst bei Orowyn. Sie kann dann einen neuen Sud ansetzen.«

In die Kammer des Schamanen kann keiner außer mir hineingehen. Nicht einmal Melek traut sich, dem Bannzeichen entgegenzutreten, das die Faune auf der Stirn tragen. Also nehme ich ihr den Trank und die Kerze aus der Hand und versuche mein Glück. Ich finde Orowar und seine Gefährtin im Tiefschlaf vor. Beide liegen wie tot auf dem Bett. Ihr Atem geht flach und ihre Gesichter sind bleich. Trotzdem halten sie sich an den Händen. Der Anblick berührt mich. Ich hebe Orowyns Kopf an und verabreiche ihr Schluck für Schluck den Kräutersud. Nichts passiert. Als ich schon fast die Hoffnung aufgegeben habe, hustet sie ein paarmal und schlägt die Augen auf. Mein Anblick verwirrt sie so sehr, dass sie sich ängstlich an die Wand hinter dem Bett drückt und die Hände auf den Mund presst.

»Hab keine Angst«, sage ich. »Ich muss sofort mit Thanos sprechen. Und dann … mit Levian. Kannst du sie aufwecken?«

Sie nickt. Aber es dauert lange, bis sie ihre Sprache wiederfindet. Dabei gähnt sie. Wie es aussieht, war der Trank nicht stark genug.

»Wo ist Melek?«, fragt sie.

»Sie wartet draußen vor der Tür. Du musst ihr in Menschengestalt gegenübertreten.«

»Du hast sie also verwandelt«, stellt Orowyn fest.

Ich nicke. Da sieht sie mich seltsam lange an. Ich werde aus dieser Frau niemals schlau werden. Man weiß nie, auf welcher Seite sie steht und was sie wirklich denkt.

»Vielleicht solltest du Levian schlafen lassen«, seufzt sie schließlich.

Ich gehe nicht weiter darauf ein. Orowyn nimmt die Gestalt an, die ich von den Ratssitzungen her kenne. Gemeinsam gehen wir nach draußen in den Flur, wo sie Melek einmal kurz die Hand drückt, ohne ein Wort zu sagen. Dann braut sie in ihrer Küche zwei neue Getränke und lässt uns damit allein, weil sie wieder kurz vor dem Einschlafen ist.

»Viel Glück, Melek«, sagt sie zum Abschied. »Ich hoffe, wir sehen uns wieder. Als Freunde.«

Von Thanos kenne ich, wie von fast allen Faunen, nur die Maske, mit der er uns gegenübertritt. Darum rechne ich mit einem runzeligen alten Mann, als ich seine Kammer betrete. Doch was ich sehe, lässt mich für einen Moment innehalten. Ich setze mich an seine Bettkante und betrachte ihn genauer: Wahrscheinlich hat das oberste Orakel der Faune tatsächlich schon einige Jahre auf dem Buckel. Die langen Haare sind auch in seiner wahren Gestalt schneeweiß. Aber in seinem Gesicht ist keine Spur von Alter zu bemerken. Für mein Menschenauge ist es ein seltsames Bild, das so gar nicht in meine Vorstellung passt. Ich flöße ihm den Trank ein und schon nach ein paar Schlucken wacht er auf. Im Gegensatz zu Orowyn ist er sofort voll da. Erhaben setzt er sich auf und streift seine Bettdecke glatt.

»Der Heiler der Talente«, murmelt er. »Wenn du kommst, um mich zu wecken, dann muss etwas Schreckliches passiert sein.«

»Damit hast du leider Recht«, sage ich. »Kannst du dich verwandeln, damit auch meine Freunde mit dir reden können?«

Ich warte, bis er so weit ist und sich aus dem Bett erhoben hat, dann hole ich die anderen herein. Thanos' stechender Blick bleibt sofort an Melek haften. Sie senkt die Lider, als wäre sie immer noch ein ungehorsames Mitglied seiner Familie. Das gefällt mir nicht. Doch der Faun macht ihr keine Vorwürfe.

»Ich habe davon geträumt, dass du den Weg zurück zu deinem Ursprung wählst. Das ist gut und natürlich«, sagt er.

Mir fällt ein Stein vom Herzen. Melek wischt sich eine Träne aus dem Auge und zeigt ein schwaches Nicken.

Dann wendet Thanos sich an Sylvia.

»Meine Schülerin. Gib mir deine Hand, damit ich die schlechte Nachricht lesen kann.«

Wir beobachten ihn alle gespannt, während er Sylvias Hand fasst und die Ereignisse der letzten Stunden daraus zieht. Seine Lider flattern auf und ab, genau wie ihre. Als er sie wieder loslässt, ist sein Gesicht so unbewegt wie zuvor.

»Wir denken, dass Delron euch helfen kann«, sagt Jakob. »Durch seine weltweiten Kontakte kann er die Faune untereinander vernetzen. Ihr dürft die Kriegserklärung nicht annehmen. Wenn die Armee niemanden hat, der ihr auf dem Schlachtfeld entgegentritt, dann gibt es auch keinen Endkampf.«

»Wir sollen uns feige im Untergrund verkriechen?«, fragt Thanos. »Wofür hältst du mein Volk, Veteran? Seit Jahrtausenden bieten wir euch nun im Kampf die Stirn. Wenn ihr beschlossen habt, die letzte Jagd auf uns zu eröffnen, dann werden wir uns auch stellen.«

Ich habe damit gerechnet, dass er so reagiert. Nach allem, was ich von diesem alterslosen Greis weiß, ist er viel zu stolz, um die Seinen durch einen Rückzug zu retten. Das liegt ihm nicht im Blut. Aber er ist ja auch kein Mensch. Im Gegensatz zu mir kann Sylvia seine Absage nicht akzeptieren. Vor unseren erstaunten Augen geht sie vor Thanos auf die Knie und nimmt seine Hände in ihre.

»Meister, du bist mächtiger als alle anderen Faune.«

»Wegen dir, kleines Orakel«, sagt er großzügig. »Du hast mir die fehlenden Bruchstücke geliefert.«

»Nutze diese Macht, um dein Volk zu retten. Lege einen Schutzzauber über sie und verlasst den Hohenfels. Rette so viele, wie du kannst!«

Thanos schüttelt den Kopf und zieht sie hoch. Dann legt er seine Hand an ihre Wange und schließt kurz die Augen. Als er sie wieder ansieht, wirkt er mehr denn je wie ein unheimlicher Zauberer aus einem Hollywoodstreifen auf mich.

»Dein Denken ist nicht unser Denken, auch wenn unsere Magie sich vermischt hat«, sagt er. Er blickt zwischen Jakob und ihr hin und her. »Du bist mächtiger geworden, als du ahnst, meine Schülerin. Hüte dich vor dem schwarzen General, denn er weiß es ebenso und sieht seine Stellung durch dich gefährdet. Du musst dich entscheiden, wohin dein Weg dich führen soll. Das Schicksal kennt beide Optionen.«

Sylvias Augen werden riesengroß. Hoffnung und Furcht wechseln sich darin ab und vermischen sich schließlich zu einer gähnenden Hilflosigkeit.

»Wir werden das Bündnis nicht vergessen, das wir einmal hatten«, sagt der Faun zu Jakob. »Aber vom heutigen Tag an ist jeder wieder auf sich allein gestellt.«

Jakob nickt, er akzeptiert seine Entscheidung.

»Wann auch immer für uns die Möglichkeit besteht, werden wir versuchen, danebenzuschießen.«

Thanos' fehlende Mimik verhindert, dass er lächelt.

»Es wird nicht funktionieren. Aber ich danke dir für den Versuch.«

***

Wir sind innerlich bereits auf die nächste Kriegserklärung gefasst, als wir Thanos' Kammer verlassen und zu Levian gehen. Die unterdrückten Schluchzer, die Melek auf dem Weg zu ihm von sich gibt, hallen an den Wänden des ausgestorbenen Flurs wider und machen meine Stimmung nicht gerade besser. Aber es wäre feige und ungerecht, Levian einfach weiterschlafen zu lassen, nach dem, was wir getan haben. Er hat das Recht, es zu wissen.

»Lass dich auf keine Diskussion ein, bevor er sich verwandelt hat«, rät Melek mir, ehe ich die Kammer betrete. »Du solltest nicht lange mit ihm allein sein, denn er wird fürchterlich ausrasten.«

Ich schlucke ein paarmal. Ich habe Levian im Schlaf seine Gefährtin weggenommen und nun muss ich eben dafür geradestehen. Wäre er ein Mensch, so würde ich die Prügel einfach demütig einstecken, die er mir dafür verpasst. Aber ich habe es hier mit einem mystischen Wesen mit Herkuleskräften zu tun. Gut möglich, dass mich gleich der erste Schlag das Leben kostet. Dummerweise hat mittlerweile nicht einmal mehr Melek genügend Kraft, um ihn von uns fernzuhalten. Ich bezweifle sogar, dass wir es zu dritt mit ihm aufnehmen können. Sylvia zähle ich gar nicht erst mit.

Ohne mir meine Bedenken anmerken zu lassen, drücke ich noch einmal Meleks Hand und verschwinde dann in ihrer ehemaligen Schlafkammer. Als die Tür hinter mir zufällt, bleibe ich stehen. Das Licht meiner Kerze reicht zwar nicht in jeden Winkel des Raums, aber es erhellt ihn gut genug, um mir einen Eindruck zu verschaffen. Ich bin überrascht über die vielen Bücher, die Levian im Laufe der Jahre gehortet hat. Der massive Schreibtisch und die geflochtenen Wurzelstränge an der Wand sprechen für einen Bewohner mit Geschmack. Alles ist klein, gemütlich und aufgeräumt. Das also ist der Ort, an dem Melek mit ihrem Gefährten zusammen war. Und das ist das Bett, in dem sie eigentlich liegen sollte. Ich halte die Kerze näher an Levians Gesicht und gehe vor ihm in die Hocke. Auch aus der Nähe betrachtet ist er ganz klar der Attraktivste von uns allen. Seine Gesichtszüge sind fein und trotzdem männlich. Er schläft oberkörperfrei. Dabei fallen seine glänzenden Haarsträhnen so dekorativ über seine Brust, als hätte sie jemand extra dorthin drapiert. Selbst ich finde seine Erscheinung so beeindruckend, dass ich ihn anstarre. In dem Moment macht er plötzlich die Augen auf und unsere Blicke treffen sich. Vor Überraschung stoße ich nur ein hilfloses Gurgeln aus.

Blitzschnell dreht Levian sich zur Seite. Als er erkennt, dass Melek nicht neben ihm liegt, saust sein Arm herum und schlägt mir die Kerze aus der Hand.

Die Flamme erlischt und völlige Dunkelheit umgibt mich. Ich spüre Panik in mir hochkriechen. Auf allen Vieren krieche ich rückwärts von dem Bett weg.

»Was hast du hier zu suchen?«, höre ich seine Stimme. »Und wo ist Melek?«

»Melek steht draußen vor der Tür«, keuche ich. »Aber geh auf keinen Fall raus!«

»Warum nicht?«, fragt er, nun plötzlich von links. Mein Atem geht viel zu schnell. Wenn ich wenigstens sehen könnte, wo er ist!

»Bitte zünde eine Kerze an, damit wir reden können, Levian.«

Der Tritt, der mich umwirft, kommt ungebremst von rechts. Ich halte mir meine Seite und stöhne. Der Härte nach zu urteilen war das nur eine Warnung.

»Warum nicht?«, fragt er noch mal.

Als ich nicht gleich antworte, warnt er mich ein zweites Mal. Diesmal heftiger und von links. Ich beiße mir auf die Lippen, um nicht zu schreien und Melek herbeizulocken.

»Du musst dich verwandeln«, stöhne ich und versuche, meinen Atem zu beruhigen. Er geht jetzt so schnell, dass mein Gehirn bereits gegen das Zuviel an Sauerstoff protestiert.

Mit einem Mal wird es endlich wieder hell. Im Schein einer neuen Kerze sehe ich Levian ein paar Schritte vor mir stehen. Seine Augen flackern wie Polarlichter.

»Was willst du damit andeuten?«

Ich schlucke. Irgendwie muss die Wahrheit nun wohl aus mir raus. Ich glaube, er kennt sie schon.

»Melek wollte es dir eigentlich selbst sagen. Wenn du es aus ihrem Mund hören willst, dann geht das nur noch in Menschengestalt«, wispere ich.

Er kommt auf mich zu. Ich krieche ein Stück rückwärts. Seine Nasenflügel blähen sich. Spätestens jetzt weiß er, wie sehr ich mich vor ihm fürchte. Er tritt auf meinen linkes Handgelenk, um mich davon abzuhalten, mein Bannzeichen zu entblößen. Voller Hass sieht er mich an.

»In meiner Abwesenheit verwandelst du meine Gefährtin? Du bist ein Feigling, Erik!«

»Genau das Gleiche hast du auch getan!«, schreie ich ihn an.

Mit einem Mal ist die Angst wie weggeblasen. Ich fühle nur noch Wut. Wut auf das Eichhörnchen, das damals in den Baumkronen saß und uns beobachtet hat. Hätte er nie damit angefangen, dann wären wir jetzt alle nicht hier. Der Druck auf mein Handgelenk verstärkt sich.

»Ich darf dich nicht töten, aber ich kann dir alle deine Knochen einzeln brechen«, zischt Levian.

Ich weiß, dass er das fertigbringen würde. Die Trauer und der Zorn in seinem Inneren sorgen dafür. Doch bevor es so weit kommt, fliegt die Tür auf und Melek stürzt herein, gefolgt von Jakob. Nur für den Bruchteil einer Sekunde sieht Levian ihr in die Augen. Dann wechselt er seine Gestalt und macht einen Schritt zurück. Meine Hand kommt frei. Es tut weh, als das Blut wieder hineinschießt.

Melek geht direkt auf ihn zu. Ihre Augen schimmern feucht. Sie greift nach seinen Händen und führt sie an ihre Wange. Dann haucht sie ein paar Küsse darauf. Keiner von beiden spricht ein Wort, doch ich weiß genau, was sie tun: Es ist die Umarmung ihrer Seelen. Ein Abschied auf einer anderen Ebene, zu der weder Jakob noch ich einen Zugang haben. Eifersucht kocht in mir hoch. Ich rappele mich auf.

»Bitte lasst uns kurz allein«, sagt Melek, ohne uns anzuschauen.

Nun müsste ich eigentlich anstandslos tun, was sie sagt, aber die Rebellion in meinem Inneren ist einfach zu stark. Ich mutiere zu einem Steinzeitjäger, der nicht ohne seine Beute abziehen will.

»Melek! Lass ihn los, wir wollen gehen!«

Sie blickt mir in die Augen und schüttelt den Kopf.

»Komm mit nach draußen, Erik«, dringt Jakobs Stimme an mein Ohr. Er greift nach meinem Arm, doch ich schlage ihn weg. Dann spüre ich plötzlich eine andere Berührung. Sie ist schwächer und ganz warm. Verwirrt blicke ich mich um und erkenne Sylvia, die mir die Hände auf den Kopf legt. Ohne großes Aufsehen zieht sie mir die Aggression und die Verbohrtheit aus dem Kopf. Der aufgebrachte Dschinn in meinem Inneren legt sich schlafen und Erik der Heiler kehrt zurück. Benommen lasse ich mich von ihr aus dem Raum ziehen.

Es dauert lange, bis die Beichte der Seelenverwandten zu Ende ist. Die ganze Zeit über harren wir im Flur in der Dunkelheit aus. Nur ganz vorn, wo der Korridor in die große Halle übergeht, brennt eine einzelne Fackel. Sie spendet gerade genug Licht, um während des Wartens nicht dem Wahnsinn zu verfallen. Ich atme die feuchte, erdige Luft ein, in dem vollen Bewusstsein, dass ich heute zum letzten Mal im Palast der Faune bin. Was auch immer geschehen wird: Niemals mehr wird mir jemand hier unten Birkenbrot und Kräuterfrikadellen anbieten.

Dann, nach einer Ewigkeit, wie es scheint, kommt Melek aus der Kammer heraus. Um den Hals trägt sie die Kette, die ich ihr geschenkt habe, und mit den Armen klammert sie sich an ihr Tagebuch. Unendlich erleichtert nehme ich sie in den Arm. Sie küsst mich, doch zu mehr ist sie nicht fähig. Erst als wir wieder draußen im Wald sind und uns die schneegeschwängerte Nachtluft um die Nasen wehen lassen, gibt sie ein leises Seufzen von sich.

»Wie geht es dir?«, will ich wissen.

»Schrecklich«, sagt sie.

»Ein Teil von dir liebt ihn immer noch«, vermute ich.

»So wie ein Teil von dir immer noch an Leonie denkt. Und so wie du die Gefühle der Faune in dir trägst. Wir werden niemals mehr diejenigen sein, die wir vorher waren, Erik. Dafür ist zu viel mit uns passiert. Aber in all dem Chaos spüre ich ganz genau, wohin ich gehöre: zu dir.«

Mir fällt ein Stein vom Herzen. Jetzt endlich, am Ende aller Zeiten, habe ich vielleicht doch noch das Glück, dass die Liebe meines Lebens meine Gefühle erwidert – und sei es nur für wenige Wochen, bevor Mahdi mich umbringt.

Wir nehmen den Hauptweg hinunter nach Allendorf, wo Jakobs Auto steht.

»Hat er dir wehgetan?«, fragt Melek nach einer Weile.

»Nicht der Rede wert«, lüge ich. Für die Wahrheit bin ich immer noch zu stolz.

»Du musst es ihm nachsehen.«

»Natürlich.«

In Wirklichkeit ist meine Rechnung mit Levian noch nicht beglichen, und er weiß es ebenso wie ich. Die Begegnung von heute war nicht unsere letzte.

Spätestens zum Frühlingsbeginn werden wir einander wiedersehen. Ich rede mir gar nicht erst ein, dass sein Gemüt sich bis dahin genug beruhigt hat, um Gnade mit mir walten zu lassen.

***

Melek und ich müssen mit den anderen zusammen im Feldlager schlafen. Besonders erfreut bin ich darüber nicht. Als ich Le Rouge darauf anspreche, mault er mich an, dass er andere Sorgen hätte, als uns ein geeignetes Liebesnest zu besorgen. Nachdem ihm nun keine Möglichkeit mehr bleibt, den Kampf zu verhindern, könnte er eigentlich zurück nach Paris gehen, um dort seine Sachen zu regeln, bevor der Jüngste Tag über uns hereinbricht. Stattdessen hat er beschlossen, den Jakobsjüngern beizustehen, wenn sie ab sofort ihrem neuen Anführer gegenüberstehen. Das ist eben Le Rouge. Er ist loyal bis zum Letzten.

Mahdi denkt ganz genauso. Deshalb schickt er Isa am Nachmittag auch nicht allein auf die Schutzhütte. In voller Waffenmontur rückt die Hälfte der schwarzen Truppe mit ihm an, begleitet vom General selbst. Wieder einmal stehen wir Mahdi gegenüber. Mit dem Wissen, dass wir auf der unterlegenen Seite kämpfen.

»Was hast du hier zu suchen, Le Rouge?«, fragt Mahdi. »Nimm deine brasilianische Hure und deinen Emporkömmling von einem Major und verschwinde!«

»Wir sind lediglich Zuschauer, genau wie du«, entgegnet der Franzose, ohne sich provozieren zu lassen. »Wenn wir gehen, gehst du auch.«

Mahdi will ihm eine saftige Antwort entgegenschleudern, aber Isa packt ihn am Arm und hält ihn davon ab.

»Lass sie dableiben, Muhammad. Sie sollen sehen, dass alles mit rechten Dingen zugeht«, sagt er leise.

Ich werde aus Meleks Cousin nicht schlau. Im einen Moment halte ich ihn für einen engstirnigen Fanatiker und im nächsten glaube ich wieder, es gäbe doch noch Hoffnung, dass er begreift, auf welchen Irrweg er uns alle geführt hat. Doch selbst wenn er es täte – nun ist es vorbei. Die Armee hat abgestimmt und die Revolution ist verloren.

Isa weist die Truppe an, einige Übungsstationen aufzubauen. Er will sehen, wie gut sie schießen können. Im Nu rennen sie alle los, suchen ihre Waffen zusammen und hängen Zielscheiben am Waldrand auf. Sogar Melek macht dabei so andächtig mit, dass bereits der erste Funken von Wut in mir emporkriecht. Im Prinzip spüre ich Isas Ausstrahlung genau wie alle anderen. Doch seit dem Tag, an dem mein Talent erwacht ist, trage ich so etwas wie eine unsichtbare Rüstung, an der die Befehle von Vorgesetzten einfach abprallen. Mich wird er nicht dazu bringen, auf unsere Verbündeten zu schießen. Aber die anderen – und Melek – werden es tun. Jeder von uns weiß das.

Er sucht sich Nadja als erstes Opfer heraus. Unter den strengen Augen sämtlicher Anwesenden soll sie mit einer Pistole auf die Zielscheibe schießen. Natürlich trifft sie gut zehn Zentimeter daneben.

»Ziele!«, sagt Isa deutlich.

»Das habe ich getan«, nuschelt Nadja. Isa kennt sie noch nicht gut genug, um zu wissen, dass sie tatsächlich so unbegabt ist. Er hat sie aber auch noch nie als Liebestöter erlebt. Sonst wüsste er es trotzdem zu schätzen, sie unter seinen Gefreiten zu haben. Eines von Mahdis neuen Orakeln legt ihr die Hand auf und nickt Isa zu. Daraufhin schickt er Nadja etwas unwirsch weg und winkt stattdessen Leonie zu sich heran.

»Du hingegen kannst dich nicht herausreden. Womit schießt du im Kampf?«

»Mit einem Bogen«, antwortet sie und nimmt sofort Haltung an.

»Dann benutze ihn auch jetzt. Ich will sehen, was du drauf hast.«

Ich habe den Eindruck, dass Isa Gefallen daran findet, Befehle auszuteilen. Und bei Leonie scheint es ihm besonderen Spaß zu machen. Woran das liegt, ist mir ziemlich klar. Ich bin auch ein Mann, ich weiß, was er denkt. Sie holt sich einen schnittigen Compound-Bogen vom Tisch, stellt sich in Position und schießt drei Pfeile hintereinander ab. Sie treffen allesamt ins Schwarze.

»Schön«, sagt er unbeeindruckt. »Aber es war ein leichter Befehl für dich. Das beweist nicht, dass du mir im Endkampf treu ergeben sein wirst.«

»Was willst du sehen?«, fragt Leonie.

Sie tauschen einen Blick, den ich beunruhigend finde. Es ist wie ein stillschweigender Kampf, dessen Sinn ich nicht durchschaue. Aber eines erkenne ich: das Glitzern in Isas Augen. Er hat noch nicht begriffen, was die Führungsqualitäten eines Anführers ausmacht. Ich wünsche mir Jakob zurück.

»Küss mich«, fordert er.

In Leonies Blick steht keine Überraschung. Sie muss es erwartet haben. Und sie hat bereits entschieden, dass sie keinen Ärger machen wird.

Aber ich werde das auf keinen Fall zulassen.

»Du hast sie wohl nicht alle!«, fahre ich ihn an. Doch bevor ich auf meinen neuen Anführer losgehen und ihm meine mittelmäßigen Nahkampffähigkeiten unter Beweis stellen kann, hält Le Rouge mich zurück.

»So geht das nicht, Isa«, sagt er streng. »Diese Soldaten sind deine Schutzbefohlenen. Ein Anführer missbraucht ihre Ergebenheit nicht.«

Auf diesen Moment hat Mahdi nur gewartet. Er baut sich vor dem Franzosen auf und stemmt die Hände in die Hüften.

»Wir befinden uns im Ausnahmezustand. Isa muss wissen, ob er seiner Truppe vertrauen kann«, verteidigt er ihn.

»Dann soll er sich doch von Rafail küssen lassen«, schlägt Mike vor.

Nun mischt sich auch Vivien ein.

»So etwas geht auf keinen Fall«, spuckt sie Mahdi entgegen. »Isa ist nur ein Hauptmann. Ich bin Generalin und ich verbiete es!«

»Und ich bin der oberste General und erlaube es!«, schreit Mahdi.

In Sekundenschnelle kochen die Emotionen zwischen uns hoch. Die Generäle entfachen einen fürchterlich lauten Streit, während Isa und Leonie einander weiterhin belauern. Ich kann ihr ansehen, dass sie keine aktive Gegenwehr hervorbringen wird. Aber der Stolz, der trotz allem in ihren Augen steht, beeindruckt mich.

Melek geht plötzlich zu den beiden hinüber und zupft ihren Cousin am Ärmel.

»Glaubst du, Jesus hätte das getan?«, fragt sie ihn.

Mit einem Mal sind alle still.

»Dein Jesus von Nazareth war kein Anführer«, schaltet Mahdi sich ein. »Er wusste nichts von der Bürde, die ein leitender Offizier zu tragen hat. Stattdessen hat er sich auf seinem Talent ausgeruht und Mist gebaut, genau wie dein Freund Erik!«

Ich beglückwünsche den General zu dem Eigentor, das er sich gerade geschossen hat. Erstens hat er damit das große Vorbild seines Mitkämpfers mit Füßen getreten. Und zweitens hat er ihn eindringlich daran erinnert, dass ich das aktuelle Pendant des ersten Heilers bin.

Isa blinzelt ein paarmal. Dann fasst er sich verwirrt an den Kopf, als hätte er Schmerzen.

»Du hast Recht, Melek«, sagt er. Sein Blick wandert zu mir und den Generälen, dann zurück zu Leonie. »Natürlich nicht. Du kannst gehen.«

Nacheinander schaut er sich nun auch die Schießkünste der anderen an, aber er wirkt dabei, als sei er nicht ganz anwesend. Weder Mahdi noch mir blickt er noch ein einziges Mal in die Augen.

Nachdem die Trainingseinheit beendet ist, sind mir verschiedene Dinge klar: Niemand außer mir wird im Kampf die Kraft aufbringen, danebenzuschießen. Ohne die Hilfe von außen ist unsere Truppe hilflos verloren. Aber Isa hat zumindest eine Ahnung davon bekommen, dass Mahdi ein doppeltes Spiel spielt. Vielleicht ist das der Grund, warum er genau den Satz nicht sagt, den wir heute alle von ihm erwartet haben: »Ich befehle euch, auf eine tödliche Stelle zu zielen, sobald euch ein Dschinn vor den Lauf kommt.«

***

Er sagt ihn auch weiterhin nicht. Nicht in den Tagen und nicht in den Wochen danach. Nicht einmal in der Nacht, als wir einen Ausfall von fünf Faunen bemerken und sie durch den halben Wald jagen, bevor sie uns entwischen. Es ist fast so, als hätte Melek ihn mit diesem einen Satz aus dem Wahnsinn wachgerüttelt, in den er durch die Manipulation des schwarzen Generals verfallen ist. Nun fängt Isa an zu denken. Und was er dabei zu erkennen hat, ist offenbar kompliziert und schmerzvoll genug, um ihn eine ganze Weile zu beschäftigen. Als er das erste Mal eine Frage an mich richtet, ist es viel zu spät, um noch irgendetwas zu ändern. Trotzdem bin ich froh, dass es überhaupt so weit kommt.

An diesem Tag sitze ich oben am Fenster des Feldlagers und starre hinaus. Ich betrachte die hellgrünen Blätter auf den Zweigen der Sträucher im Innenhof, die den Frühling ankündigen und mit ihm den letzten Kampf unserer

Generation. Melek steht hinter mir und massiert mir die Schultern, die Albert gestern in seiner endlosen Wut auf uns derartig überbelastet hat, dass ich sie kaum mehr spüre. Von Zeit zu Zeit schiebt sie ihre Hand am Ausschnitt meines Shirts hinein und streichelt meine Brust, ohne dass die anderen es bemerken. Die Öffentlichkeit, in der wir uns ständig bewegen, ist quälend. Jede Berührung, jeden Kuss müssen wir uns mühsam erarbeiten. Außer dem Bunker des Schusters gibt es weiterhin keinen Ort, an dem wir miteinander allein sein können. Wir nutzen jede Gelegenheit, um dorthin zu verschwinden. Trotzdem ist das letzte Mal schon vier lange Tage her.

Isa tritt plötzlich aus der gegenüberliegenden Tür heraus und schreit nach mir.

»Was willst du?«, rufe ich zu ihm hinunter.

»Ich will mit dir reden. Komm bitte runter!« Er hätte warten können, bis wir an der Schutzhütte sind, und dort unter einem Vorwand mit mir allein reden können. Wenn er darauf verzichtet und sich mir vor aller Augen stellt, muss er von heftigen Emotionen getrieben sein.

Natürlich haben Le Rouge und seine Truppe ihn ebenfalls gehört. Sämtliche Franzosen springen auf. Diejenigen, die auf den Luftmatratzen vor sich hingedöst haben, rappeln sich besonders schnell hoch und gürten sich ihre Waffen um. Ich schaue Le Rouge an und schüttele den Kopf.

»Er will mich allein sprechen. Bleibt hier, damit Mahdi keinen Grund hat, ebenfalls zu kommen.«

Le Rouge fügt sich, wenn auch widerwillig. Ich gehe hinunter und finde Isa auf einer Schaukel im Innenhof. Wortlos setze ich mich auf die andere neben ihm.

»Ich habe versucht, das alles zu rekonstruieren«, unterbreitet er mir. »Dann habe ich mich gefragt: Ist er wirklich der verborgene Imam?«

Ich schüttele den Kopf.

»Wohl kaum. Aber zumindest hat er das passende Pseudonym gewählt, um dich herumzukriegen.«

Isa runzelt die Stirn und blickt unsicher zu mir herüber. Ich weiß genau, dass in diesem Moment jede Menge Blicke auf uns gerichtet sind und wahrscheinlich auch ein paar Schusswaffen. Trotzdem versuche ich, nicht zu den Fenstern hinaufzuschauen.

»Das alles ist sehr verwirrend für mich«, redet er weiter. »Ich habe mein Leben lang an diese Personen geglaubt und hatte meine Vorstellungen von ihnen. Nehmen wir nur mal den Erzengel Michael. Und jetzt steht da dieser langhaarige Verrückte und behauptet, Jesus sei nur ein Heiler ... tut mir leid, Erik ... nur ein Heiler einer durchgeknallten Armee gewesen, die irgendwelche mystischen Wesen erschießt. Die ganze Sache geht nicht in meinen Kopf, verstehst du?«

Ich nicke.

»Als Mahdi kam und sich mir zu erkennen gab, dachte ich, nun endlich hätte mein Leben einen Sinn. Ich dachte wirklich, ich sei das auserwählte Lamm, das die Religionen vereinen und das Böse besiegen könnte. Stattdessen habe ich einen Krieg entfacht, in dem tausende von Menschen sterben werden.«

»Und Faune«, sage ich. »Vergiss die Faune nicht.«

Isa stöhnt und stoppt die Bewegung seiner Schaukel, um mir endlich ins Gesicht zu sehen.

»Wenn du der neue Jesus bist und Mahdi der sogenannte Weltenretter – wer bin ich dann?«, fragt er.

»Du bist nichts weiter als die Erfüllung einer alten Prophezeiung«, sage ich. »Es hieß, Mahdi und Isa würden die Widersacher besiegen. Du kannst nichts dafür. Das Schicksal hat dir eben diese Rolle zugesprochen. Genau wie uns allen. Wir alle sind nur Schachfiguren. Übermorgen werden wir unsere Freunde töten und die Welt für ein paar Jahre oder Jahrzehnte von den Faunen befreien. Wir werden das Werk der Evolution zunichtemachen und wieder einmal von vorn anfangen.«

»Das ist schrecklich«, sagt Isa. »Könnte ich es noch stoppen?«

Ich schüttele betrübt den Kopf.

»Mahdi würde es nicht zulassen. Du hast deine Aufgabe bereits erfüllt, indem du dich auf seine Seite gestellt hast. Von nun an wird es ihm egal sein, was mit dir passiert. Er bestimmt.«

Ich betrachte seine zusammengesunkene Gestalt auf der Schaukel, seine feingliedrigen Hände und den zerrissenen Ausdruck in seinem Gesicht. Ich wollte nicht mit Isa tauschen. Die Schuld, die übermorgen auf seinen Schultern liegen wird, könnte ich nicht aushalten. Ob er es kann und auf welche Weise er sie verarbeiten wird, wird sich noch zeigen. Ich blicke hinauf zum Fenster der schwarzen Seite. Wir sitzen schon zu lange hier. Mahdi steht dort oben mit einigen seiner Leute und beobachtet uns kritisch.

»Ich muss gehen, Isa«, sage ich. »Waffen putzen, wie du uns befohlen hast. Zum Endkampf sollen sie allesamt im Mondlicht blitzen. So hat Mahdi es gewollt.«

Er sagt nichts mehr, schüttelt nur den Kopf. Dann schlägt er die Hände vors Gesicht und beginnt wieder, monoton vor und zurück zu schaukeln.

Eigentlich möchte ich kein Mitleid mit ihm empfinden. In Situationen wie diesen wünsche ich mir eher meine wilden Dschinn-Emotionen herbei. Doch stattdessen geht Erik der Heiler wieder hinauf ins Feldlager und leidet innerlich mit diesem unglücklichen Jungen, den das Schicksal genauso an der Nase herumgeführt hat wie uns andere.

Mit der Hoffnung auf ein Wiedersehen

Niemals hätte ich gedacht, dass es möglich ist, in einem solchen Körper Ruhe zu finden. Aber nun, da ich mich ein wenig an meinen unförmigen Menschenleib gewöhnt habe und sehe, dass beinahe meine komplette Spezies mit ähnlichen Problemen ausgestattet ist, lerne ich langsam damit umzugehen. All das, was ich in den vergangenen Monaten ständig gesucht und nicht gefunden habe, finde ich jetzt. Ich finde es in einem Streicheln von Erik, einem Lachen von Anastasia und einer Umarmung von Sylvia. Aber vor allem finde ich es in mir selbst. Inmitten all der Kampfvorbereitungen gebe ich selbst den größten aller Kämpfe auf: den gegen die Widersprüchlichkeit in mir. Ich werde niemals wieder ein vollständiger Mensch sein, genauso wenig wie ich je ein ganzer Faun war. Erik ist das einzige Wesen, dem es genauso geht. Dieser Umstand verbindet uns tiefer, als ich es je für möglich gehalten hätte. Nun endlich spüre ich, wie es sich anfühlt, wenn Körper, Geist und Seele zweier Menschen eine Einheit sind.

Heute Abend wird alles vorbei sein. Einer von uns könnte dann tot sein, oder wir beide. Der Morgen des 20. März fühlt sich an wie jeder andere. Draußen singen die Vögel und die spärlichen hellgrünen Blätter an den Bäumen sind bedeckt von einem Meer aus Tau. Die frische Luft dringt zum geöffneten Fenster herein und gaukelt mir vor, es sei ein herrlicher Tag, der draußen gerade anbricht. Ich lausche auf Eriks chronisches Schnarchen und auf die ständig wiederkehrenden Angstseufzer, die die Franzosen im Traum von sich geben. Mein natürlicher Rhythmus ist immer noch gestört. Auch wenn ich nun wieder jede Menge Schlaf brauche, wache ich nach einigen Stunden auf und bilde mir ein, ich müsste ein paar Bäume ausreißen.

Alle Orakel hatten irgendeine Vision vom Kampf, doch keines konnte das Ende vorhersagen. Das Einzige, worin sie sich alle einig sind, ist die Tatsache, dass unsere Truppe den Ausgang bestimmen wird. Wir stehen stellvertretend für alle Talente der Welt. Alle Stricke laufen bei uns zusammen. Was bei uns geschieht, wird auch bei allen anderen geschehen. Die Verantwortung, die in dieser Erkenntnis liegt, würde ich nicht tragen wollen. Aber Mahdi kommt sie gerade recht. Nun muss er es nur noch schaffen, dass unsere Truppe ihre ehemaligen Bündnispartner erschießt. Dann wäre sein Jahrtausendkampf endlich gewonnen.

Die Uhr zeigt erst halb sechs an. Die Franzosen werden noch mindestens zwei Stunden lang mit ihren Albträumen beschäftigt sein. Ich halte Erik die Nase zu. Sofort hört sein Schnarchen auf. Er gibt ein paar erstickte Laute von sich und wacht auf.

»O Melek, du bist ja schon wieder wach …«

Ich küsse ihn schnell auf den Mund, bevor er weiterreden kann. Sein Blick schweift hinüber zum Bett von Le Rouge. Der schläft mit Vivien im Arm, aber sie sind beide völlig weggetreten, genau wie der Rest unserer Mitbewohner.

»Der Tag, vor dem wir uns immer gefürchtet haben …«, flüstere ich. »Es könnte sein, dass wir heute schon wieder Abschied voneinander nehmen müssen.«

Er drückt mich nur schweigend an sich.

»Wenn es so sein sollte«, sagt er nach einer Weile, »dann bin ich trotzdem froh, dass wir uns am Ende gefunden haben.«

Anstelle einer Antwort lasse ich meine Hand unter sein T-Shirt wandern.

»Es ist schon taghell …«, murmelt Erik.

»Egal. Wir sind das gewohnt, oder?«, erinnere ich ihn.

Dann ziehe ich die Decke über uns. Im Abschiednehmen sind wir mittlerweile Profis. Wir können es fast ohne Tränen und ohne jegliches Geräusch. Mir bleibt nichts anderes übrig als die Hoffnung, dass es vielleicht doch ein Wiedersehen geben wird.

***

Kurz vor Sonnenuntergang treffen wir uns alle auf einer Lichtung im Wald. Die Veteranen haben auf Mahdis Geheiß das Gerücht gestreut, dass heute

Nacht ein großes Rollenspiel stattfinden wird. Es stand sogar ein Hinweis darauf in der Zeitung. Auf diese Art soll unser Kampf vor den Menschen verschleiert werden. Falls es nicht ausreicht, müssen zumindest genug Orakel überleben, um anschließend die Erinnerungen derjenigen zu löschen, die uns gesehen haben.

Entsprechend tragen wir alle unser übliches Armee-Outfit. Ich bin froh darüber, denn die Nächte sind immer noch frostig und der lange Mantel hält mich zumindest warm. Außerdem verschwindet mein reichhaltiges Waffenarsenal komplett darunter. Ich weiß gar nicht, warum ich all die Pistolen, Messer und Waffengürtel eigentlich trage. Wenn ich nicht auf die Faune schießen will, hätte ich sie mir auch sparen können. Aber im Grunde weiß ich, dass meine innere Verweigerungshaltung bald Vergangenheit sein wird – auch wenn Isa uns immer noch keinen klaren Befehl erteilt hat. Es wird ohnehin nicht mehr lange dauern, bis Mahdi ihn dazu zwingt. Nicht einmal Erik ist ohne Waffe gekommen. Aber die einzige Pistole, die er dabei hat, ist die kleine an seinem Bein, die Le Rouge ihm zu Weihnachten geschenkt hat. Er hat also genau einen Schuss.

Neben unserer Truppe ist sowohl die schwarze als auch die rote Fraktion erschienen. Darüber hinaus hat sich eine Miliz aus rund 20 Veteranen unter uns gemischt, die allesamt fast genauso gut bewaffnet sind wie ich. Dönges hat dafür wahrscheinlich seinen Waffenkeller komplett leer geräumt. Alle zusammen komme ich grob überschlagen auf rund 60 Kämpfer, die gleich in den letzten Kampf ziehen werden. Auf jeden von uns kommen etwa zwei Faune. In Anbetracht dessen, dass wir Schusswaffen besitzen und sie nicht, sind sie uns unterlegen.

»Ich wüsste gern, was Thanos noch für einen Trumpf im Ärmel stecken hat«, sagt Erik und blickt hinauf zum Hohenfels, der südlich von uns aufragt wie das sichtbar gewordene Zeichen der gegnerischen Stärke.

»Er wird ein Feuer entfachen«, vermute ich. »Deshalb das Inferno im Palast und die Albträume von Isa. Auch er hat Feuer gesehen.«

Erik schüttelt sich. Der Gedanke daran, lebendig zu verbrennen, macht uns nicht gerade zuversichtlicher.

»Mal sehen, was die Menschheit dazu sagen wird, wenn der halbe Wald in Flammen steht. Irgendwann zieht das Rollenspieler-Argument wahrscheinlich nicht mehr«, murmelt er.

Ich lasse meinen Blick über die Veteranen schweifen, die sich ziemlich ungeordnet unter unsere Truppe gemischt haben. Bernd, Albert, Winnie, Marlis und natürlich der Schuhmacher selbst sind dabei. Auch Sylvias Vater sehe ich, aber ihre Mutter nicht.

»Weißt du, warum Sarah nicht gekommen ist?«, frage ich Erik.

Er schüttelt den Kopf.

»Papa hat sie angefleht, zu Hause zu bleiben«, sagt plötzlich Sylvia neben mir. »Sie konnte noch nie gut schießen. Er sagte, wenn sie mitkäme, wäre sie unter den Ersten, die fallen. Dann könnte er ebenfalls nicht mehr weiterkämpfen und ich würde als Waise zurückbleiben – wenn ich denn überhaupt überlebe. Sie sitzt zu Hause und weint sich die Augen aus.«

Seufzend nehme ich das kleine tapfere Orakel in den Arm und streiche ihr übers Haar. Dabei fällt mir Mike ins Auge, der genau zwischen unserer Truppe und der von Mahdi steht und den schwarzen General mit blutunterlaufenen Augen mustert. Dabei brabbelt er irgendwelche Bibelverse vor sich hin. Er hat selten so verrückt ausgesehen wie in diesem Moment.

Ich gehe zu ihm und lege ihm eine Hand auf die Schulter, um ihn in die Realität zurückzuholen, doch er bemerkt mich gar nicht. Stattdessen schweift sein wirrer Blick hinüber zu Isa.

»Ihr sollt nicht wähnen, dass er gekommen ist, Frieden zu senden auf die Erde. Er ist nicht gekommen, Frieden zu senden, sondern das Schwert.«

»Mike …«

»Wer sein Jünger ist, der verleugnet sich selbst, nimmt sein Kreuz auf sich und folgt ihm nach. Doch wer sein Leben retten will, wird es verlieren, und wer es um seinetwillen verliert, findet keine Rettung …«

»Michael!« Ich rüttele ihn an den Schultern und drehe ihn zu mir um.

Ganz kurz sieht es so aus, als lichte sich der Vorhang des Wahnsinns, der sich über seinen Geist gelegt hat.

»Wir brauchen dich heute. Dich und deinen Verstand!«, beschwöre ich ihn.

Da löst sich Mahdi plötzlich aus dem Pulk seiner Verbündeten und stellt sich vor die Truppen. Er hebt beide Hände an, um unsere Aufmerksamkeit einzufordern. Sofort verstummt jedes Gespräch.

»Wir warten hier, bis die Sonne untergegangen ist«, sagt er. »Sollten sich unsere Widersacher bis dahin weiterhin in ihren Löchern verkriechen, ziehen wir zum Hohenfels. Ich befehle meiner Truppe, keine Gnade zu zeigen. Löscht sie aus bis auf den letzten Mann!«

Ein Raunen geht durch die Menge, obwohl jeder wusste, dass er das sagen würde.

»Weg mit dir, Satan, geh mir aus den Augen«, flucht Mike. Falls Mahdi es gehört hat, lässt er sich zumindest nicht provozieren. Nicht von einem machtlosen Überzeitlichen, der ganz offensichtlich den Ereignissen des Tages nicht gewachsen ist.

Dann tritt Le Rouge nach vorn:

»Ich befehle meiner Truppe, keinen Gebrauch von ihren Schusswaffen zu machen, es sei denn zur Rettung ihres eigenen Lebens oder das eines anderen Talents.«

»Du meuterst schon wieder gegen die Führung der Armee!«, schreit Mahdi ihn an.

Der Franzose nickt.

»Nun kannst du mich und meine Truppe in Gewahrsam nehmen lassen. Ein Aufpasser für jeden von uns dürfte nötig sein, denn wir werden es dir nicht leicht machen. Macht inklusive Vivien 13 Soldaten, die dir verloren gehen, und jede Menge Wächter. Oder du lässt uns jetzt hinrichten und die Moral deiner restlichen Kämpfer gänzlich zum Teufel gehen.«

Der schwarze General kocht vor Wut. Diese Schwächung seiner Truppe kann er sich nicht leisten. Nicht jetzt, so kurz vor seinem endgültigen Sieg. Er ballt die Hände zu Fäusten und reckt sie Le Rouge drohend entgegen. Getuschel geht durch die Reihe der Veteranen. Dort scheint man sich am wenigsten darüber einig zu sein, was für eine Linie man nun fahren sollte. Aber anscheinend gibt es zumindest so etwas wie eine Übermacht. Und die vertritt allem Anschein nach unser unbarmherziger Fitnesstrainer Albert. Breitschultrig und mit einem entschlossenen Ausdruck im Gesicht marschiert er nach vorn und stellt sich neben Mahdi.

»Ich befehle meinen Veteranen, die Anweisung des schwarzen Generals zu befolgen. Das ist der Grund, warum wir hier sind!«

»Du hast uns überhaupt nichts zu befehlen!«, ruft Jakob. »Weder bist du ein Anführer noch hat dich irgendjemand zum Veteranensprecher gewählt. Ich sage: Wir beschützen unsere aktive Truppe und halten uns ansonsten aus dem Kampf heraus!«

Der Tumult, der nun entsteht, passt eher zu einer Meute aufgebrachter Demonstranten, aber auf keinen Fall zu einer funktionierenden Armee. Alle diskutieren durcheinander, bis Mahdi wieder mit einem überdeutlichen Brüller einschreitet.

»Ruhe jetzt! Ihr kämpft an meiner Seite oder gar nicht. Isa, sag deiner Truppe, wie sie sich zu verhalten hat.«

Ich höre auf zu atmen, genau wie Mike, Erik und Sylvia neben mir.

Mein Cousin sieht längst nicht mehr so überzeugt aus wie noch vor einigen Wochen, als er nach vorn tritt und sich vor uns aufstellt. Der abgewetzte Armeemantel gibt ihm tatsächlich etwas Starkes, Heroisches. Aber alles in allem wirkt er weiterhin so, als sei er noch nicht wirklich in unserer Welt angekommen. Eine ganze Weile schweift sein Blick über uns hinweg. Auf Erik und mir bleibt er etwas länger haften.

»Ihr werdet in den Kampf ziehen. Und wenn ein Dschinn euch angreift, werdet ihr ihn erschießen«, sagt er.

Mike neben mir fängt wieder an zu brabbeln.

»Und er ordnete die zwölf, dass sie bei ihm sein sollten und dass er sie aussendete, zu kämpfen.«

Ich verzichte darauf, ihm zu sagen, dass wir mittlerweile 13 inklusive Leonie sind.

»Klarer, Isa!«, fordert Mahdi. »Sie sollen sie ausrotten, nicht um sie herumschleichen.«

»Was gesagt werden musste, habe ich gesagt«, entgegnet Isa. Zum ersten Mal sehe ich die beiden einen Blick tauschen, der nicht von Einverständnis geprägt ist. Aber Mahdi kann seinem Bluthund nun schwerlich im Vorfeld der Schlacht den Kopf abreißen. Innerlich ärgert er sich wahrscheinlich gerade schwärzer, als er ohnehin ist. Äußerlich lässt er sich nichts anmerken. Stattdessen lacht er.

»Keiner von euch wird sich weiter widersetzen, sobald der Kampf erst einmal tobt«, sagt er überzeugend und weist uns alle an, uns in Formation aufzustellen. In vorderster Front platziert er seine eigenen Leute. Dahinter uns und die Veteranen. Die aufmüpfigen Franzosen verbannt er ganz nach hinten. Ich denke, er wartet nur auf eine Gelegenheit, um sie irgendwo an einer tödlichen Stelle als Schutzschild einzusetzen. Ganz sicher hat Le Rouge seiner Truppe mit diesem Befehl nichts Gutes getan. Ich bewundere ihn trotzdem dafür.

Während wir so dastehen und darauf warten, dass auch der letzte Schein der blutroten Sonne am Horizont verschwunden ist, halte ich mit einer Hand die von Erik und mit der anderen die beiden Anhänger meiner Kette fest. Hätte ich noch etwas, wozu ich beten könnte, so würde ich es jetzt tun. Aber selbst das haben die Talente mir genommen.

Es ist erst halb sieben, als das einzige Licht am Himmel aus einem kränklichen rosafarbenen Abendrot besteht. Genau in diese Richtung setzen wir uns in Bewegung. Keiner von uns spricht ein Wort, während wir gehen. Ich spüre Jakobs Blicke in meinem Rücken. Als ich mich umdrehe, sehe ich, dass er direkt hinter mir läuft. Ganz kurz sehen wir uns an, aber jetzt ist nicht mehr die Zeit, um Fragen zu stellen. Ich erinnere mich an den Tag im Wald, als er mir gesagt hat, er würde sich für mich opfern. Ob diese alte Prophezeiung noch gilt und ob die nächsten Stunden sie verwirklichen werden, weiß ich nicht. Aber ich habe die Chance verpasst, ihm zu sagen, dass er es nicht tun soll. Nicht für eine Frau, die ihm so unnahbar fremd gegenübersteht wie ich.

... und wird fahren in die Verdammnis

Wir erreichen den Hohenfels ohne Zwischenfälle. Dann stehen wir alle vor dem Hintereingang herum und mühen uns an dem Findling ab. Doch erst, als vier Muskelprotze und Albert sich mit aller Kraft ins Zeug legen, ruckt er so weit zur Seite, dass ein Spalt in der Breite eines Menschenkörpers entsteht. Mahdis Volltreffer sichern den Eingang und zwei Soldaten drängen sich hinein, um festzustellen, ob die Luft rein ist. Eine schreckliche Ahnung macht sich in mir breit. Die Faune wussten genau, dass wir kommen würden. Wenn sie unter diesen Umständen nicht einmal Wachen am Hintereingang aufgestellt haben, dann müssen sie schon sehr siegessicher sein. Oder sie sind tatsächlich verschwunden. Aber das traue ich Thanos nicht zu. Ich will Melek einen fragenden Blick zuwerfen, doch sie beachtet mich gar nicht. Sie dreht ihren Kopf hastig hin und her, mal nach vorn zum Eingang, mal nach hinten ins Gebüsch und hinauf zu den Baumwipfeln.

»Sie sind nicht im Palast«, flüstert sie. »Aber irgendetwas ... irgendetwas ist da unten.«

»Was, Melek?«

Jakobs Kopf taucht zwischen unseren Schultern auf.

»Ich weiß nicht ... etwas ... etwas Unvorstellbares«, wispert sie erregt.

Mahdi wählt vier seiner Leute als Kundschafter. Mit je einer geladenen Pistole in der einen Hand und einem Säbel in der anderen steigen sie durch den Spalt und verschwinden in der Finsternis. Ein paar Sekunden lang passiert gar nichts. Dann dröhnt plötzlich Mikes Stimme durch die Dunkelheit. Sie klingt so irreal und gespenstisch, dass mir das Blut in den Adern gefriert.

»Das Tier, das du gesehen hast, ist gewesen und ist nicht und wird wiederkommen aus dem Abgrund und ...«

In dem Moment wird die Nacht vor unseren Augen zum Tag. Eine Feuersbrunst jagt durch den Gang nach draußen und schlägt so heftig durch den freigelegten Spalt, dass der meterhohe Findling davon umkippt und zur Seite stürzt wie eine Theaterkulisse aus Styropor. Wir alle werfen uns instinktiv auf den Boden und schützen unsere Köpfe mit den Armen. Die tödliche Hitze versengt die Haare darauf und bringt unsere Körper zum Glühen, aber sie fegt über uns hinweg. Als wir es wagen, wieder aufzusehen, stehen die Bäume hinter uns in Flammen. Uns bleibt keine Gelegenheit, Pläne zu schmieden. Die Erde zittert und bebt. Ein tiefes Grollen dringt aus dem Hohenfels. Steine und Felsbrocken brechen an zahlreichen Stellen des Burghügels nach unten weg. Der Hohenfels, der Palast der Faune, stürzt ein wie ein Kartenhaus. Weil irgendetwas aus ihm herauswill. Es ist groß. Und es speit Feuer.

»Ein Drache!«, brüllt jemand aus der vorderen Reihe.

»Rückzug!«, schreit Mahdi.

Das also hat Sylvia Thanos gelehrt. Wie man sich in ein Geschöpf verwandelt, das es gar nicht gibt. Kein Wolf oder Bär oder sonst ein gefährliches Tier, das man notfalls mit ein paar Silberkugeln zur Strecke bringen kann. Nein, dort aus der Tiefe des Hohenfels kriecht ein Fabelwesen heraus, das die tödlichste Verbindung zwischen menschlicher Fantasie und faunischer Magie verkörpert. Es wird uns alle zwischen seinen Pranken zerquetschen oder mit dem Feuer aus seinem Rachen zu Asche verwandeln.

»Rückzug!«

Ich packe Meleks Hand und reiße sie mit mir. Panisch rennen wir geradewegs in das Unterholz hinein, dicht gefolgt von Jakob, der eine hysterisch schluchzende Sylvia hinter sich herzieht. Die toten Äste der Fichten greifen nach uns und zerkratzen uns das Gesicht. Ich sehe nicht, wo ich hinrenne. Meine Wahrnehmung beschränkt sich nur noch auf einen winzigen Fleck irgendwo direkt vor mir. Hinter uns fallen die ersten Schüsse. Wir sind erst ein paar Meter weit gekommen, als Melek sich in die Gegenrichtung stemmt und mich zu Fall bringt.

»Runter! Legt euch flach auf den Boden!«

Zu viert kriechen wir unter eine dornige Schlehenhecke. Jakob hält Sylvia den Mund zu. Die Panik in ihren Augen ist unermesslich. Ich versuche, das Chaos in meinem Gehirn loszuwerden, um überhaupt zu verstehen, was geschieht. Dann sehe ich es. Überall an den Bäumen um uns herum kommen sie heruntergeschlichen: Eichhörnchen, Spechte, Mäuse und Ratten. Kaum, dass ihre Füße die Erde berühren, verwandeln sie sich in Faune. Die Zeiten, als sie uns in Menschengestalt gegenübergetreten sind, sind vorbei. Jetzt greifen sie uns mit ihrem Bannzeichen an. Und wer immer ihnen über den Weg läuft, wird sich davon provozieren lassen. Nicht einmal Le Rouge und seine Truppe sind davor sicher. Vor dem Rückzug hatten sie ganz hinten gestanden. Nun treffen sie als Erstes auf die Faune, während in ihrem Rücken der Drache mit den letzten Mauern kämpft, die seinen Ausbruch aus dem Hohenfels verhindern.

Der rote General selbst prallt in vollem Lauf mit einem Faun zusammen. Nur der rutschige Untergrund verhindert, dass ihm sofort das Genick gebrochen wird. Er schliddert zwischen den Beinen seines Gegners hindurch und zieht noch im Fallen seine Waffe.

»Feuer frei!«, ruft er seiner Truppe zu.

Dann rappelt er sich hoch und sieht das Bannzeichen auf der Stirn des Fauns. Ein Schaudern läuft durch seinen Körper.

»Nicht, Jacques«, flüstere ich.

Da hebt er auch schon die Pistole mit beiden Händen und schießt seinem Gegner eine Silberkugel ins Herz. Der Schuss ist der erste einer enormen Salve, die nun aus den Waffen der Franzosen ertönt. Innerhalb von Sekunden ist ein heftiger Kampf im Gange. Ich sehe meine ehemaligen Verbündeten tot umfallen, die Mitbewohner meines Feldlagers mit gebrochenem Genick zu Boden gehen. Rauchschwaden durchziehen den brennenden Wald. Irgendwo in all dem Chaos schlägt Le Rouge unserem Spion Delron den Kopf ab. Delron, der sein Leben in den Dienst der Revolution stellen wollte. Nun hat er es getan. Ein Schrei dringt aus meinem Hals.

Da bebt die Erde noch einmal und ein Hagel aus Felsbrocken schießt aus dem Hohenfels. Manche davon treffen Mitglieder vom Mahdis Truppe.

Zuerst erscheinen die spitzen Krallen des Drachen in dem Loch, das er sich freigelegt hat. Als Nächstes streckt er den Kopf heraus. Für einen Moment erstirbt jegliches Kampfgeräusch um uns herum. Selbst die Faune starren fasziniert auf den metallisch-rot glänzenden Kopf des Ungeheuers, aus dessen Nase graue Dunstwolken emporsteigen. Mit einer letzten Anstrengung schiebt es nun auch seinen Körper heraus und ragt dann vor uns auf, groß genug, um die oberen Blätter der Bäume zu erreichen. Mit blitzenden Reptilienaugen und einem Schuppenpanzer, dem keine Silberkugel gewachsen ist.

Mahdi und sein verbliebener Volltreffer schießen ein ganzes Magazin ihrer Schnellfeuerwaffen auf ihn ab. Doch das Einzige, was sie damit auslösen, ist ein Hagel von Querschlägern, die von den Schuppen des Drachen abprallen und den Volltreffer am Bein verletzen. Das Maul des Drachen fährt auf sie herab und erwischt den Verwundeten mit seinen messerscharfen Zähnen, während der schwarze General in letzter Sekunde zur Seite springt. Gierig verschlingt Thanos sein erstes Opfer.

»Nein. Nein«, wispert Sylvia neben mir. »Ich bin schuld daran. Ich muss das verhindern!«

Sie will sich aufrappeln, doch Jakob packt sie und reißt sie zurück in den Schutz unserer Hecke.

»Du kannst es nicht mehr stoppen. Verschwende dein Leben nicht sinnlos, Sylvia!«

Nun richtet der Drache sich zu seiner vollen Größe auf und holt Luft. Dorthin wo seine Faune mittlerweile wieder den Kampf mit den Franzosen aufgenommen haben, kann er sein Feuer nicht speien. Aber vorn, wo Mahdis Truppe und ein Teil unserer Leute stehen, hat er genug Platz, um sein Inferno zu entfachen. Als sein Kopf mit den geblähten Nasenflügeln herabschießt, versteht auch das letzte Talent, dass seine Stunde geschlagen hat.

Ohne Gnade spuckt Thanos sein Feuer auf sie. Bis auf zwei oder drei Soldaten verbrennen die Überreste der schwarzen Truppe innerhalb von wenigen Augenblicken zu einem Haufen Asche. Ich kann nicht erkennen, wo Mahdi ist. Aber ich hoffe aus tiefstem Herzen, dass er das Schicksal seiner Soldaten teilt.

Sylvias ersticktes Kreischen lenkt meinen Blick auf die nächsten Opfer des Drachen. Mit seinen gelben Augen fixiert er nun die übriggebliebenen Soldaten unserer Truppe, denen durch den Abhang am hinteren Ende des Hohenfels und den Angriff der Faune von vorn die Rückzugsmöglichkeit abgeschnitten ist. Unter Isas Kommando ziehen sie ihre Waffen und legen auf ihren übermächtigen Gegner an. Nun ist der Moment gekommen, vor dem wir die ganze Zeit solche Angst hatten: Die ehemaligen Verbündeten bedrohen einander auf Leben und Tod.

»Schießt nicht«, flüstert Jakob. »Ich bitte euch: Schießt nicht!«

Gleichzeitig stürzen sich nun die Veteranen durch die Reihen der Faune, teils aus blinder Wut, teils aus völliger Verzweiflung, einfach nur, um zu entkommen. Und mitten in dem ganzen Durcheinander steht Mike. Er hat seinen Armeemantel abgelegt und seine Pistolen auf den Boden geworfen. Selbst sein halb verbranntes Hemd hat er sich vom Leib gerissen und achtlos neben sich geschleudert. In der Hand hält er nur noch sein großes Breitschwert. Die Haare hängen ihm ins Gesicht und sein Oberkörper ist von schwarzer Asche überzogen. Er steht so ruhig da, dass niemand ihn wahrzunehmen scheint. Sein Mund murmelt etwas.

»Was sagt er?«, flüstere ich. »Könnt ihr es verstehen?«

»... und wird fahren in die Verdammnis!«, übersetzt Sylvia. Ich habe keine Ahnung, woher sie das weiß.

Im selben Augenblick wird mein Blick abgelenkt. Zwei Faune werfen gemeinsam eine riesige Eiche um. Ihr Wurzelteller reißt aus der Erde und sie fällt mit einem ächzenden Seufzen genau in die Richtung der flüchtenden Veteranen. Doch kurz bevor sie aufschlägt, bleibt der riesige Stamm einfach in der Luft schweben. Er zittert ein wenig, aber sämtliche Talente, die noch vor einer Sekunde unter ihm hätten begraben werden sollen, können sich in Sicherheit bringen.

»Nadja«, sagt Jakob ehrfurchtsvoll und deutet hinüber zu unserer Truppe. Dort steht unsere Telekinetikerin mit erhobenen Händen und hält, trotz der Bedrohung durch den Drachen, mit der Kraft ihrer Gedanken die Eiche in der Luft. Erst als alle Veteranen gerettet sind, lässt sie ihre Hände sinken und der Baum knallt zu Boden.

Als ich wieder nach Mike suche, ist er verschwunden. Thanos und unsere Waffenbrüder belauern sich immer noch gegenseitig. Keiner scheint den Anfang machen zu wollen.

»Was sollen wir tun?«, frage ich Jakob. »Sollen wir ihnen beistehen?«

»Nein. Zwischen uns und ihnen stehen mehrere Dutzend Faune und ein feuerspeiender Drache. Wir wären tot, bevor wir bei ihnen ankommen.«

»Aber sie sterben, Jakob!«, schluchzt Sylvia. »Deine Truppe wird verbrannt!«

»Es ist nicht mehr meine Truppe«, antwortet er abwesend, die Eisaugen auf sie gerichtet. »Ihr neuer Anführer kann das genauso gut. Schau hin!«

Isa hat sich todesmutig vor die anderen gestellt und seine Pistole weggeworfen. Mit ausgebreiteten Armen tritt er dem Drachen entgegen und redet auf ihn ein. Dieser ist davon so irritiert, dass er den Kopf mit dem rauchenden Maul ein Stück zurückzieht. Schritt für Schritt arbeitet Isa sich zu ihm vor.

»Was macht er?«, fragt Melek verständnislos.

»Ich glaube, er redet mit Thanos. Er beschwört ihn irgendwie«, vermutet Sylvia.

»Er lenkt ihn nur ab. Dort, seht!«, sagt Jakob.

Wir wenden unseren Blick nach oben in den Baum, wo Jakob hinzeigt. Da hangelt sich Mike gerade von Ast zu Ast nach oben, sein Schwert ständig hinter sich herziehend. Ich glaube, ich weiß, was der Erzengel vorhat.

»Was hat er früher immer gesagt?«, bedränge ich Jakob. »Was hat er gesagt, wie man einen Drachen tötet?«

Jakob runzelt die Stirn. Dann fällt es ihm wieder ein.

»Er sagte, man müsse wie ein Todesengel von oben kommen. Damit rechnet er nicht.«

In dem Moment lässt Mike sich fallen. Er landet direkt auf dem Rücken von Thanos und springt, schneller als meine Augen folgen können, hinauf zu seinem Genick. Dort platziert er sich genau am Übergang zwischen seinem Hals und den dickeren Schuppen des Rückens und reckt sein Schwert in die Höhe. Mit aller Kraft lässt er es niedersausen. Es dringt durch die dünne

Schuppenschicht zwischen den Nackenwirbeln. Eine Fontäne aus hellrotem Drachenblut schießt hervor und ergießt sich über den Erzengel.

Vor Schmerz bäumt das riesige Untier sich auf. Flammen jagen aus seinen Nasenlöchern und seine Hinterbeine geben nach. Ein hoher, ohrenbetäubender Ton dringt aus seiner Kehle. Dann sackt es zur Seite und sein massiger Körper donnert auf die zerstörten Reste des Burgbergs nieder.

Mike hängt noch immer in seinem Nacken. Er klammert sich krampfhaft an das Schwert, um nicht in die Tiefe zu stürzen und zermalmt zu werden.

Zum zweiten Mal ersterben nun die Kämpfe um uns herum. Faune und Talente starren wie gebannt auf die unwirkliche Szenerie vor ihren Augen. Während Thanos noch mit allen Vieren um sich schlägt, um wieder auf die Beine zu kommen, rennt Isa mit Rafail und Anastasia auf ihn zu. Die Muskelprotze machen sich an einer Schuppenplatte auf seiner Brust zu schaffen.

»Was tun sie da? Warum fliehen sie nicht?«, heult Sylvia.

»Weil Isa genau weiß, was er jetzt laut Überlieferung tun muss: einen Drachen töten«, antwortet Jakob gefasst.

Mir bleibt jedes weitere Wort im Mund stecken. Sprachlos sehe ich zu, wie die beiden Muskelprotze die Hornschuppe über dem Herzen des Drachen abzureißen versuchen. Die schlagenden Krallen, die ihnen dabei um die Ohren fliegen, sehen sie nicht. Unerschütterlich zerren sie daran. So lange, bis eine der Pranken Rafail erwischt. Wie eine Puppe wird sein mächtiger Körper durch die Luft geschleudert. Er knallt gegen einen der brennenden Bäume und bleibt reglos liegen. Nadja stößt einen markerschütternden Schrei aus. Ohne Rücksicht auf ihre eigene Sicherheit rennt sie zu ihrem Freund und zieht ihn schluchzend aus dem Meer von Glut und Feuerfunken heraus. Als sie sich über ihn wirft und nach seinen Herztönen hört, weiß ich genau, dass es aussichtslos ist. Kein menschliches Wesen kann einen solchen Aufprall überlebt haben.

Anastasia arbeitet unterdessen unerbittlich weiter. Ich höre die Urschreie, die sie von sich gibt, während sie an der Schuppe zerrt. Und dann, als ich schon nicht mehr daran glaube, gibt es einen einzigen dumpfen Knacks und sie bricht entzwei. Unschlüssig, was sie jetzt tun soll, steht Anastasia da und starrt auf das rote Brustfleisch des Drachen vor ihren Augen. Isa erkennt ihre Hilflosigkeit. Er reißt ihr das Schwert aus der Scheide und sticht es Thanos direkt ins Herz.

Der Drache gibt keinen Laut von sich. Er hebt nur ein letztes Mal den Kopf an und seine gelben Augen mustern Isa zutiefst bekümmert. Ganz langsam sinkt er zur Seite, während nun auch Mike sein Schwert loslässt und zu Boden gleitet. Der Boden erbebt, als der Drachenschädel aufschlägt. Es dauert nur wenige Sekunden, bis das oberste Orakel der Faune sich mitsamt seiner sagenhaften Fabelgestalt auflöst. Er verschwindet ins Nichts, genau dorthin, von wo er gekommen ist. Wäre ich nicht so erleichtert, so würde ich deswegen vor Trauer weinen.

»Wir sollten verschwinden«, sagt Jakob in meine innere Starre hinein. »Entweder das oder wir werden kämpfen müssen.«

Wahrscheinlich wird es keinen besseren Moment mehr geben, um zu fliehen. Noch sind die Faune betäubt vom Verlust ihres Führers. Und noch haben sie uns nicht gesehen. Aber Einzelne von ihnen fangen schon wieder an, es mit den übrigen Franzosen und Veteranen aufzunehmen. Mir geht es genau wie Jakob: Ich will Melek von diesem Schlachtfeld schaffen, bevor Levian uns über den Weg läuft. Rückwärts kriechen wir aus dem Schlehendickicht heraus, als ich feststelle, dass Sylvia sich keinen Millimeter weit bewegt. Sie liegt nur da und hat die Augen weit aufgerissen. Fast gleichzeitig mit ihr erkenne ich, was gleich geschehen wird, aber da ist es schon zu spät: Einer der Faune stürzt sich von hinten auf Karl. Der allerdings schießt mit seiner Flinte gerade nach vorn und tötet nacheinander zwei Faune, die es eigentlich auf Le Rouge und Vivien abgesehen hatten. Er ist so konzentriert auf seine Ziele, dass er den Angreifer in seinem Rücken nicht bemerkt.

»Papaaaa!«, kreischt Sylvia wie von Sinnen.

Ich könnte nicht sagen, ob Karl sie hört. Auf jeden Fall dreht er sich zu ihr um. Ihre Blicke treffen sich. Aber es reicht nicht mehr, um den Faun abzuwehren. Karl erkennt es auch. Das Letzte, was er tut, ist, seiner Tochter ein Lächeln zu schenken. Wir sehen nicht, wie er getötet wird. Der breite Rücken des Fauns versperrt das Schreckensbild gnädig. Trotzdem schreit Sylvia wie wahnsinnig aus Leibeskräften. Mit Armen und Beinen rudert sie nach vorn und versucht, sich den Weg freizukämpfen. Ich erwische ihr Hosenbein.

»Jakob, hilf mir!«, brülle ich.

Die Faune müssen uns gehört haben. Unser Versteck ist nun kein Geheimnis mehr. Bäuchlings ziehen wir Sylvia unter der Hecke hervor und Jakob lädt sie sich auf die Schultern. Dabei schreit sie immer noch. Wir wollen gerade losrennen, da sehen wir Melek direkt vor uns stehen. Sie hat uns den Rücken zugewandt. Ich mache einen Schritt zur Seite und erkenne, auf wen sie sich da konzentriert: Leviata. Obwohl ich sie nie in ihrer wahren Gestalt gesehen habe, weiß ich sofort, dass sie es ist. Weder sie noch Melek sprechen ein Wort. Melek hat die Augen geschlossen, um das Bannzeichen nicht sehen zu müssen. Ich nehme an, sie kommunizieren über Telepathie. Das Gespräch dauert nur wenige Sekunden.

»Geht!«, sagt Leviata dann.

Ich atme auf. Doch bevor wir an ihr vorbeihetzen können, bleibt ihr Blick plötzlich auf mir haften. Ihr Arm schießt vor und hält mich davon ab, einfach davonzulaufen.

»Mitleid macht einen Faun schwach«, sagt sie. »Ich wünschte, du hättest es für dich behalten.«

»Ich danke dir trotzdem«, bringe ich hervor. Mehr nicht. Genau in dem Moment schlägt ein Pfeil in Leviatas Brust ein. Sie ist so überrascht davon, dass sie eher verwirrt als leidend aussieht. Ihre fein geschwungenen Augenbrauen ziehen sich zusammen. Fassungslos starrt sie an sich hinab.

»Siehst du«, hustet sie und ein dünner Faden Blut rinnt an ihrem Mundwinkel hinab. »Das ist mein Ende. *Du* warst mein Ende.«

Ich hätte ihr so gern gezeigt, dass es auch hätte anders kommen können. Könnte ich nur die Zeit zurückdrehen und den Lauf des Schicksals ändern! Ihr perfekter Körper kommt ins Schwanken. Sie strauchelt und ich fange sie auf. Dabei fällt ihr langes, platinblondes Haar wie ein Vorhang über ihr Gesicht. Ich streiche ihn beiseite. Als ich mich umdrehe und in die Richtung blicke, aus der der Pfeil gekommen ist, sehe ich Leonie dort stehen. Sie sieht verwirrt aus. Wahrscheinlich hat sie gesehen, dass Leviata mich aufgehalten hat, und dachte, sie wolle mich töten. Nur wenige Sekunden schauen wir einander in die Augen, bevor Leonie sich blitzschnell umdreht und zwei Angreifer gleichzeitig erschießt. Ihre Bewegungen sind ruhig und gezielt, als sei all das hier nur eine besonders realistische Übung.

Auf einmal reißt mir jemand Leviatas Körper aus den Armen. Noch bevor ich sehe, um wen es sich handelt, erkenne ich es an Meleks Aufschrei.

»Schwester ...«, murmelt Levian. »Was haben sie dir angetan?«

Meleks Atem beschleunigt sich hörbar. Hass blitzt in ihren Augen auf. Schnell drücke ich ihr Gesicht an meine Schulter, damit sie Levians Bannzeichen nicht mehr sieht. Ganz kurz blickt er von seiner sterbenden Schwester auf und wirft uns einen vernichtenden Blick zu. Dann legt er Leviata behutsam ins Moos. Dabei liegt ein furchtbarer Schmerz in seinem Gesicht.

»Ihr nehmt mir alle, die ich liebe«, sagt er leise, ohne uns anzusehen. »Ich gebe euch so lange Vorsprung, bis sie sich aufgelöst hat. Betet, dass ich euch nicht einhole.«

Das ist mehr als eine Warnung. Es ist unsere letzte Chance. Ohne mit der Wimper zu zucken, rennt Jakob los, immer noch die wimmernde Sylvia über seiner Schulter. Ich stoße Melek vorwärts, doch auch sie fängt nun an zu schluchzen und zu taumeln.

»Weiter«, raune ich ihr zu.

Vom Dorf her höre ich die Sirenen der Feuerwehr. Also ist die brennende Baumreihe bereits aufgefallen. In spätestens fünf Minuten wird ein Löschfahrzeug anrücken. Dann darf keiner von uns mehr hier sein. Isa weiß das. Aber er ahnt auch, dass die Faune uns nicht einfach so abziehen lassen, nun, da wir ihnen endlich ungeordnet und teilweise führungslos gegenüberstehen. Deshalb gibt er den Befehl, sternförmig auszuschwärmen, um dem Hohenfels zu verlassen und die Gegner zu verwirren. Le Rouge schließt sich ihm an, schon allein aus dem Grund, weil er mit seinen wenigen überlebenden Soldaten nicht auf dem Schlachtfeld zurückbleiben will.

Ab diesem Moment kämpft jeder für sich allein. Die Armee besteht nur noch aus flüchtenden Talenten und Veteranen, die quer durch den Wald um ihr Leben rennen, genau wie wir. Tina und Joshua könnten es vielleicht schaffen, wenn sie Henry zurücklassen. Aber ich weiß nicht, ob ich die anderen jemals wiedersehe.

Um schneller voranzukommen, greife ich nach Meleks Hand und ziehe sie hinter mir her. Erst kostet es mich unheimlich viel Kraft. Aber mit jedem Meter, den wir zwischen Levian und uns bringen, wird es leichter. Jakob schlägt den Weg zurück zu der Lichtung ein, auf der wir uns heute Abend getroffen haben. Wir nehmen an, dass die anderen Talente das Gleiche tun werden. Wenn wir es bis dorthin schaffen, sind wir also zumindest wieder Teil einer Formation, die sich neu aufstellen kann. Vor einem Geröllfeld über dem Buchenauer Steinbruch halten wir an. Mein Puls geht so schnell, dass meine Ohren rauschen.

Jakob setzt Sylvia ab.

»Du musst klettern, Große, schaffst du das?«, fragt er sie.

Sie wirft einen Blick nach unten und wimmert. Dann reißt sie sich zusammen, wie immer.

»Ja.«

Der Abstieg ist gefährlich. Denn über dem Geröllfeld hängt ein Vorsprung aus Erde und Wurzelwerk, über den man sich schwingen muss, um dann aus knapp zwei Metern Höhe auf einen Haufen spitzer Steine zu springen. Jakob macht es vor. Er landet sicher auf beiden Beinen, ohne sich wehzutun. Ich habe nichts anderes von ihm erwartet. Dann winkt er Melek zu und fängt sie auf, als sie springt. Als Sylvia an der Reihe ist, schwant mir nichts Gutes. Ich will noch den Vorschlag machen, dass ich mich auf den Bauch lege und sie vorsichtig hinunterlasse, doch da ist es schon zu spät. Bei ihrem Absprung bleibt Sylvia mit einem Fuß in den Wurzeln hängen und überschlägt sich unkontrolliert. Jakob hechtet nach vorn. Gerade noch rechtzeitig, bevor ihr Kopf auf das Geröll knallt, kann er sie auffangen. Erst will ich aufatmen, doch dann sehe ich das schmerzverzerrte Gesicht des kleinen Orakels. Sie fasst sich an ihren linken Knöchel und hält ihn fest.

»Verdammt!«, murmelt Jakob.

So schnell wie möglich hangele ich mich nun ebenfalls über den Vorsprung hinweg und lasse mich zu den anderen hinunterfallen.

»Kann du auftreten?«, frage ich Sylvia.

Sie versucht es, doch ihr Bein knickt immer wieder weg.

»Nein, es geht nicht«, schluchzt sie. »Ihr müsst mich zurücklassen. Ich halte euch nur auf.«

In ihren Augen stehen Tränen. Ich höre das Martinshorn der Buchenauer Feuerwehr durch den Wald hallen. Die Lichtreflexe, die das Blaulicht in den Nachthimmel wirft, nähern sich dem Hohenfels. Sie werden dort oben so viele Leichen finden, dass es nie wieder Rollenspiele in dieser Gegend geben wird.

Jakob würdigt ihren Vorschlag keiner Antwort. Stattdessen wirft er sie sich wieder über die Schulter wie einen nassen Sack und schliddert auf dem losen Geröll nach unten. Melek und ich stürzen hinterher, einen Steinschlag nach dem anderen auslösend. Achtlos trampeln wir über das Moos am Rande des Sees hinweg, auf dem wir noch vor wenigen Monaten die Wasserlilien zum Blühen brachten. Als wir unten über den Damm hechten, werfe ich einen Blick zurück und erstarre: Oben auf dem Vorsprung steht Levian und beobachtet uns.

»Er hat uns eingeholt«, sage ich zu den anderen. »Wir müssen uns trennen.«

»Trennen?« Melek sieht mich fassungslos an.

Ich packe sie bei den Schultern.

»Jakob hat ihm *einmal* etwas weggenommen, das er liebte. Ich habe es heute zum zweiten Mal getan. Wenn wir uns trennen, wird er meiner Fährte folgen.«

»Das wäre sinnlos. Er kann dich nicht töten, Erik.«

Ich bin mir da nicht mehr so sicher. Nicht an diesem Tag.

»Er wird eine Möglichkeit finden ... Geh du mit den anderen, Melek.«

»Nein!« Sie wird kreidebleich. Krampfhaft schließt sie ihre Finger um meinen Arm. Ihre Augen blitzen wie bei einem Faun. »Wir haben gesagt, dass wir es gemeinsam zu Ende bringen. Halte dich gefälligst an die Versprechen, die du abgibst!«

Nun schlägt sich auch Jakob auf meine Seite. Seine Stimme klingt gehetzt.

»Komm mit mir, Melek. Wir können in zehn Minuten auf der Lichtung sein und einen Stoßtrupp zu Erik schicken.«

Noch während er spricht, holt er seine Waffe hervor und entsichert sie. Also ist es jetzt so weit, dass auch wir unsere Pistolen gegen unsere Verbündeten ziehen. Alle guten Vorsätze haben nichts genützt. Wir starren Jakob an.

»Los jetzt!«, drängt er. »Wir haben keine Zeit mehr!«

Doch Melek bleibt stur.

»Ich gehe mit Erik«, stellt sie klar.

Ich sehe die Unentschiedenheit in Jakobs Augen. Wenn er sie jetzt ziehen lässt, ist seine Chance, seine Prophezeiung zu erfüllen, vielleicht dahin. Bleiben wir aber zusammen, wird Levian uns einholen. Und Jakob kann niemandem mehr etwas befehlen.

»Lass mich zurück und geh mit ihnen«, flüstert Sylvia in sein Ohr. »Levian wird mir nichts tun.«

Nicht einmal ich kann verstehen, woher dieses kleine Mädchen die übermenschlichen Kräfte für solche Vorschläge nimmt. Ich beschließe, die Entscheidung selbst zu fällen. Auf die Gefahr hin, dass ich dann auch Jakobs Schicksal an mich reiße. Dann werde ich eben das Opfer bringen müssen, um Meleks Leben zu retten.

»Viel Glück euch beiden«, sage ich. Dann greife ich nach Meleks Hand und renne mit ihr nach rechts davon. Als ich mich noch einmal umdrehe, sehe ich, dass Jakob Sylvia auf den Rücken genommen hat und in die Gegenrichtung läuft. Etwas anderes bleibt ihm auch nicht mehr übrig.

***

Minutenlang hetzen wir durch das Dickicht des Waldes. Nirgendwo ist ein Ton zu hören außer unserem angestrengten Atmen. Dann ertönt plötzlich ein lautes Knacken und ein berstendes Geräusch. Ehe ich einen klaren Gedanken fassen kann, sehe ich aus dem Augenwinkel einen Baum niederstürzen. Ich gebe Melek einen Stoß in den Rücken und springe selbst in letzter Sekunde nach vorn, bevor der mächtige Stamm mich treffen kann. Levian sehe ich nicht. Aber nun ist schon mal klar, dass er uns gefolgt ist. Und ihm ist offenbar nicht nach Reden zu Mute.

»Weiter!«, schreit Melek und zieht mich hoch. Wir stolpern voran, immer in Richtung der Lichtung. Doch schon wenige Atemzüge später fällt der zweite Baum und dann der dritte. Dem vierten kann ich nicht mehr ausweichen. Ich sehe Melek noch zur Seite springen, während die Krone auf mich niederstürzt und mich unter sich begräbt. Für einen kurzen Moment wird mir schwarz vor Augen. Als ich wieder zu mir komme, spüre ich einen höllischen Schmerz in meinem Bein. Rings um mich erkenne ich nur Äste und Blätter.

»Melek!«, schreie ich panisch.

»Ich bin hier, Erik, ich bin hier!«

Ihre Hand greift durch die Blätter und ich sehe ihr wunderbares menschliches Gesicht.

»Gib mir deine Hand, ich ziehe dich hoch!«

Ich versuche, mein Bein freizubekommen, doch schon die geringste Bewegung verursacht mir solche Qualen, dass ich davon fast ohnmächtig werde.

»Es geht nicht. Ich bin eingeklemmt. Rette dich selbst, Melek, ich bitte dich!«, flehe ich sie an.

Da werden ihre Augen plötzlich eiskalt und so dunkel wie die Nacht. Langsam erhebt sie sich, positioniert sich breitbeinig und schlägt ihren Armeemantel zur Seite. Mit der rechten Hand zieht sie eine ihrer Pistolen hervor. Ich kann nicht sehen, wo Levian ist, aber Melek starrt in die Richtung, aus der wir gekommen sind, und zielt mit der Waffe dorthin.

»Bleib weg von ihm!«, höre ich sie sagen.

Levians Stimme klingt viel zu nah. Er kann keine 20 Meter mehr von uns entfernt sein.

»Du willst auf mich schießen?«, fragt er tonlos.

»Wenn du vorhast, Erik etwas anzutun, dann ja.«

»So weit ist es also mit uns gekommen, Melek«, stellt Levian fest.

Ihr Körper bebt so stark, dass die Zweige unter ihren Füßen zittern. Es ist sein Bannzeichen, das ihr Probleme macht.

»Sag ihm, er soll seine Menschengestalt annehmen«, stöhne ich.

»Levian, verwandle dich, sonst hast du gleich eine Kugel im Kopf!«, zischt sie ihm entgegen.

Dann herrscht Stille. Ich weiß nicht, ob er ihrer Aufforderung nachgekommen ist. Aber wenn ich Melek ansehe, die nach wie vor in der gleichen Haltung über mir steht, deutet das eher darauf hin, dass er sie ignoriert hat.

»Nun gut, Geliebte. Lass uns sehen, was du so drauf hast«, höre ich ihn schließlich sagen.

Ich möchte schreien, doch meine Stimmbänder versagen mir ihren Dienst. Hilflos muss ich mit ansehen, wie Melek einen Schuss nach dem anderen abgibt. Sie zielt mal nach rechts und mal nach links, genau wie bei unseren Paintball-Übungen. Warum sie ihn nicht trifft, weiß ich nicht. Vielleicht ist er einfach zu schnell. Vielleicht gibt ihr Unterbewusstsein ihr auch immer im entscheidenden Moment einen kleinen Stoß. Sekunden später reißt Levian sie um und die Pistole fällt ihr aus der Hand. Ich brülle wie ein Löwe im Käfig und kann nichts tun, um mich zu befreien und ihr zu helfen. Als Nächstes sehe ich das siegessichere Gesicht des Fauns. Er beugt sich über den Wall aus Blättern, der mich umgibt, und zieht Melek in mein Blickfeld. Ohne erwähnenswerten Krafteinsatz hält er ihre beiden Handgelenke umklammert.

»Eines sollst du wissen, bevor du stirbst«, sagt er. »Wenn alles vorbei ist, werde ich sie wieder verwandeln. Aber diesmal gehe ich gründlicher vor. Dann wird sie nicht einmal mehr wissen, dass du überhaupt existiert hast. Sie wird für immer bei mir sein.«

Ich sehe die Angst in Meleks Augen. Von allen Möglichkeiten, die dieser Tag für uns bereithielt, ist diese wahrscheinlich die unerträglichste für sie: wieder verwandelt werden, wieder ihre Erinnerungen verlieren, wieder von vorn anfangen mit der Suche nach sich selbst. Und ich nehme an, mein Tod würde sie ebenfalls nicht ganz kaltlassen.

»Zu dumm nur, dass du mich nicht umbringen kannst«, stoße ich hervor.

»Das muss ich gar nicht«, sagt Levian. »Irgendwo hinter mir ist der schwarze General. Er wird das sicher für mich übernehmen.«

Ich bin sprachlos. Mahdi hat also das Drachenfeuer überlebt. Und nun kommt er, um dem Heiler, der seinen letzten Kampf vereitelt hat, den Rest zu geben – genau wie die anderen Warlords vor ihm, genau wie Mike es gesagt hat. Ich starte erst gar keinen Versuch, meinen Gegner um Gnade zu bitten.

Stattdessen wende ich meinen Blick Melek zu und sehe ihr ein letztes Mal tief in die Augen.

»Ich liebe dich«, flüstere ich. »Versuche diesmal nicht, dich zu erinnern. Dann wirst du Frieden finden.«

»Erik, nein!«, schreit sie und versucht, sich aus Levians Griff zu winden. Doch er zieht sie einfach hoch und springt mit ihr von der Baumkrone herunter. Ein paar Zweige schlagen mir durch die Erschütterung ins Gesicht, aber ich spüre es kaum, genauso wenig wie den Schmerz in meinem Bein. Das Einzige, was ich noch wahrnehme, ist Meleks Stimme, als sie immer wieder hysterisch meinen Namen ruft. Ihre Schreie entfernen sich von Sekunde zu Sekunde. Dann höre ich nichts mehr.

Ich harre aus und warte auf Mahdi. Die alte, lähmende Schutzmauer zieht sich um meinen Geist herum. Sie schaltet meine Furcht aus, die Gedanken an den Tod, sogar meine Trauer um Melek. In meinem Inneren kehrt Ruhe ein. Erst nach einer Weile erinnere ich mich daran, dass ich noch eine Pistole habe, mit einem einzigen Schuss darin. Er tötet Faune, Menschen oder mich selbst. So hat Le Rouge gesagt. Den Faun habe ich verpasst. Also bleiben noch zwei Möglichkeiten. Ich höre Schritte im Laub.

Das Ende der Menschlichkeit

Levian schlägt einen großen Bogen und rennt zurück in Richtung Hohenfels. Ich weiß, was er vorhat: Sein Weg führt uns hinauf in den dichten Wald, weg vom Kampf der Talente mit den Faunen. Er wird immer weiterlaufen, so lange, bis wir weit genug von ihnen entfernt sind, dass sie uns nicht mehr finden können. Dann wird er mich in irgendeine Höhle sperren und so lange fasten, bis er mich verwandeln kann. Ich werde nicht wissen, was mit Erik geschehen ist. Nicht einmal der Ausgang des Endkampfs wird zu uns vordringen. Falls die Talente gewinnen, werden wir die beiden letzten überlebenden Faune sein – und gleichzeitig die Begründer einer neuen Generation. Dann sind alle unsere Freunde heute völlig umsonst gefallen.

»Levian!«, schreie ich und hämmere mit den Fäusten auf seinen Rücken ein. »Tu das nicht. Wir müssen zurück!«

Doch er beachtet mich nicht. Sein Entschluss steht felsenfest. Im Gegensatz zu vielen anderen hat er noch nie viel Wert auf Politik gelegt. Seine eigenen Gefühle galten ihm immer schon mehr. Irgendwann fange ich zu bitten und zu betteln an, doch auch das beeindruckt ihn nicht.

Es geht immer weiter bergauf. Dann, als ich alle Hoffnung aufgegeben habe, höre ich plötzlich ein zischendes Geräusch. Levian schlägt einen Haken, doch mit mir auf seinen Schultern ist er nicht wendig genug. Der Pfeil trifft ihn am Bein und er verliert in vollem Lauf den Halt. Wir schlagen der Länge nach hin. Ich rolle über den feuchten Waldboden. Eine dicke Buche bremst meinen Fall. Ich schlage hart mit dem Rücken dagegen. Als ich wieder aufblicke, stehen Isa, Henry und Finn direkt vor Levian. Mit den Waffen im Anschlag zielen sie auf seinen Kopf.

»Eine einzige Bewegung und du bist tot!«, sagt Isa warnend.

Ich kenne Levian. Er wird sich nicht von drei Talenten sagen lassen, was er zu tun hat. Nicht einmal im Angesicht des Todes. Hastig krieche ich auf allen Vieren zu ihm und fasse seine Hände, bevor er eine Dummheit begehen kann. Dabei vermeide ich es, ihn direkt anzusehen.

»Du rettest unsere Liebe nicht, indem du stirbst«, rede ich ihm ins Gewissen.

»Welche Liebe, Melek?«, fragt er. »Die meine zu dir? Sie wird auch das überleben.«

Ich schüttele den Kopf, greife schnell nach der silbernen Handfessel, die an Isas Waffengürtel hängt, und lege sie Levian um. Mit der flachen Hand überdecke ich das Bannzeichen auf seiner Stirn.

Er schließt verzweifelt die Augen.

»Nimm Menschengestalt an. Tu es für mich«, flüstere ich.

Ohne weitere Widerrede folgt er meiner Bitte. Dabei wirkt er so gebrochen, wie ich es mir nicht in meinen kühnsten Träumen hätte vorstellen können.

Ich nehme meine Hand von seiner Stirn und nicke ihm traurig zu.

»Wie war das noch mal mit Gefangenen, Isa?«, fragt Henry. »Ich glaube, das gehörte nicht zu Mahdis Plan.«

»Nein«, sagt mein Cousin. »Wie so vieles.«

»Was sollen wir jetzt tun?«

»Wir müssen Erik retten«, platze ich hervor. »Er liegt unter einer Baumkrone eingeklemmt und Mahdi ist unterwegs, um ihn zu töten!«

»Der General will Erik töten?«, hakt Isa ungläubig nach.

»Das wollte er schon immer. Aber ab dem heutigen Tag hat das Leben eines Heilers keine Bedeutung mehr, egal wie es ausgeht.«

Isa ist immer noch nicht ganz überzeugt.

»Ich denke, wir sollten uns zur Lichtung durchschlagen, um uns neu zu sammeln«, überlegt er.

Ich spüre eine unbändige Wut auf ihn in mir hochkriechen. Aber dann fällt mir zum Glück ein Argument ein, das ihn überzeugen kann.

»Was glaubst du, wer die anderen Heiler umgebracht hat? Denk nach, Isa, dann wirst du sehen, wer Mahdi wirklich ist. Nun hast du die Gelegenheit, einen Teil der Schuld gutzumachen, die du auf uns geladen hast. Rette Erik!«

Mittlerweile ist es so dunkel um uns herum, dass ich Isas Gesichtsausdruck nicht mehr sehen kann. Aber das feuchte Schimmern in seinen Augen erkenne ich trotzdem.

»Gut«, sagt er schließlich. »Zeig uns den Weg!«

Ich atme auf.

Isa zieht seinen Gefangenen hoch und stößt ihn vor sich her. Wir kommen viel zu langsam voran. Mit Henrys Pfeil im Oberschenkel kann Levian nicht rennen und auch die anderen bleiben ständig auf der Hut, weil sie mit einen Überfall aus dem Hinterhalt rechnen. Die Minuten gehen endlos langsam dahin. Dann hören wir schließlich ein leises, aber doch deutlich wahrnehmbares Rascheln von Schritten im Laub. Ein Faun würde niemals ein solches Geräusch verursachen. Also muss es sich um einen Menschen handeln, der uns entgegenkommt. Ich richte den Lauf meiner Pistole in die Finsternis.

»Isa«, sagt plötzlich eine Stimme, deren Klang mir tausend Stiche ins Herz treibt. »Du machst Gefangene?«

Mahdis schwarze Gestalt taucht vor uns aus dem Dickicht auf. Er trägt nur noch verbrannte Fetzen am Leib. Seinen Armeemantel, der ihn vor den schlimmsten Verbrennungen bewahrt hat, hat er abgeworfen. Sein linker Arm ist von feuerroten Blasen übersät und sein Gesicht voller Schürfwunden. Und irgendwie scheinen ihm in dem ganzen Chaos auch seine Waffen abhandengekommen sein, bis auf eine einzige Pistole, die er mit nach vorn gerichtetem Lauf in der Hand hält.

»Wo ist Erik?«, kreische ich. »Was hast du mit ihm gemacht?«

Ein teuflisches Grinsen stiehlt sich auf das schmutzige Gesicht des Generals.

»Unser lieber Freund Erik sitzt nun am Tisch mit seinen Vorgängern Jesus und Ali«, sagt er. »Aber falls es dich beruhigt, Melek: Er befindet sich bei ihnen in bester Gesellschaft.«

Ich schreie. Was genau es für Laute sind, die ich von mir gebe, kann ich nicht sagen. Aber als ich meine Pistole anhebe und abdrücke, schlägt Isa sie im letzten Moment nach oben weg. Der Schuss geht ins Leere. Ich versuche es noch einmal, aber diesmal packt er die Waffe und dreht sie mir aus der Hand.

»Entscheide dich endlich für eine Seite!«, brülle ich wie wahnsinnig. »Er hat Erik umgebracht. Er ist ein Monster!«

Anstelle einer Antwort greift Isa nach dem Waffengürtel um meine Hüfte und reißt ihn herunter.

»Du bist nicht zurechnungsfähig, Melek«, sagt er. »Ich muss dich entwaffnen, bis du wieder klar denken kannst.«

Dann befiehlt er Henry, mich zu fesseln. Ich kann nicht glauben, was hier geschieht. Henry geht es ebenso. Sein Mund ist verkniffen und in seinen Augen stehen Tränen, als er mir die Hände mit einem Klebeband zusammenbindet. Ich bekomme nichts davon richtig mit. Der Schmerz in meinem Inneren überdeckt alles.

Mahdi sieht zufrieden aus. Erik ist tot, Levian und ich sind ihm ausgeliefert. Und Jakob und Le Rouge wird er sich früher oder später auch noch holen. Wenn er jetzt noch die verbliebenen Talente sammeln und zurück in den Kampf schicken kann, dann hat der Warlord über uns alle triumphiert, genau wie er es immer prophezeit hat.

»Ich habe die Überlebenden deiner Truppe lokalisiert«, sagt er zu Isa. »Sie sitzen zum Teil auf strategisch günstigen Plätzen. Hättest du ihnen klar gesagt, dass sie die Dschinn abschießen sollen, so wären wir jetzt bereits einen Schritt weiter. Stattdessen beobachten sie nur, wie unsere Feinde sich wieder sammeln.«

Die Anklage, die in seinen Worten mitschwingt, ist unüberhörbar.

Isa tritt von einem Bein aufs andere.

»Als Erstes kontaktierst du den Wettläufer Joshua. Er hat sich in einer Felsspalte hinter dem Steinbruch versteckt. Von dort aus kann er fast ein Dutzend Dschinn erschießen. Sag deinem Kommunikator, dass er den Befehl weiterleiten soll!«

Ich zucke zusammen. Weder Mahdi noch Isa wissen, dass Joshua keine Telepathie versteht. Falls Henry und Finn jetzt die Klappe halten, wird dieser Befehl niemals umgesetzt werden. Für ein paar kurze Augenblicke sieht Isa weiterhin unentschlossen aus. Aber dann nimmt er Haltung an und nickt Finn zu. Der setzt ein erschrockenes Gesicht auf. Er weiß genauso wenig, was er nun tun soll, wie sein Anführer.

»Die Entfernung ist ...«, versucht er, sich herauszureden.

»... vollkommen im Rahmen«, unterbricht Mahdi ihn. »Und nun tu, was dein Anführer dir sagt!«

Ich tausche einen Blick mit Finn. Dabei zeige ich ihm ein winziges Kopfnicken. Er schließt die Lider und sendet seine Botschaft. Als er uns wieder ansieht, hat er sich gefasst.

»Ist erledigt«, sagt er.

Dann warten wir. Die Schüsse könnten wir nicht hören, selbst wenn sie fallen würden. Aber Mahdi ist ein Orakel. Er weiß ganz genau, was in diesem Wald geschieht. Nämlich nichts. Nach einigen Minuten ist ihm klar, dass seine Anweisung nicht befolgt wurde. Ich sehe die Wut in ihm emporkriechen.

»Du bist ein Befehlsverweigerer und Deserteur!«, schreit er Finn an und richtet seine Pistole auf ihn.

»Nein ... ich ... ich habe die Nachricht gesendet«, stammelt Finn. »Wirklich ... es hat nicht funktioniert. Die Entfernung ...«

Mahdi drückt ab.

Die Kugel trifft unseren Kommunikator mitten in die Stirn. Wie in Zeitlupe fällt er nach hinten um und landet fast geräuschlos auf einer Moosdecke, die sich auf der Stelle mit seinem Blut vollsaugt.

Ich nehme keinen Schmerz wahr. Die Folter, der mein Gehirn nun seit Stunden ausgesetzt ist, zeigt ihre Wirkung. Alles, was um mich herum geschieht, fühlt sich an wie ein schrecklicher, aber ungefährlicher Albtraum, aus dem ich bald wieder erwachen werde. Ich spüre Henrys Bogen gegen mein Bein klopfen, weil die Finger, die ihn halten, so sehr zittern. Levian berührt mich mit seinen gefesselten Händen am Bein. Ich bin auf seltsame Weise froh, ihn in dieser schrecklichen Stunde bei mir zu haben.

»Das ... war ein feiger Mord«, murmelt Isa. Er starrt seinen Vorgesetzten mit riesigen Augen an. »Ich dachte, du seist der Retter der Menschheit.«

»Das bin ich auch, Isa«, sagt Mahdi ungerührt. »Und nun wirst auch du deine Aufgabe zu Ende bringen. Versuch es mit einem anderen Talent. Die Muskelprotzin Anastasia sitzt als Einzige auf der anderen Seite des Hohenfels. Dort haben sich acht Dschinn zusammengerottet. Sie soll sie töten!«

Isa schnappt nach Luft.

»Ich habe keinen Kommunikator mehr. Wie soll ich das anstellen?«

»Schreib ihr eine SMS!«, fordert Mahdi und richtet den Lauf seiner Waffe auf Isas Stirn.

Ich frage mich, was das Schicksal mit uns vorhat. Denn auch in diesem Fall besteht keine Hoffnung, dass der Befehl jemals ausgeführt wird. Henry und ich könnten Isa sagen, dass Anastasia Analphabetin ist. Vielleicht würde das sein Leben retten. Aber keiner von uns tut es. Wir sehen nur mit heißen Augen zu, wie unser Anführer hektisch den Befehl in sein Handy eintippt und abschickt. Dabei laufen Schweißperlen an seinen Schläfen entlang. Hätte er doch nur darauf verzichtet, meine Hand wegzuschlagen. Dann wäre Mahdi jetzt tot. So tot wie Erik und Finn. Wie Leviata, Rafail und Karl. Tränen steigen mir in die Augen.

»Es liegt an dir«, mutmaßt der General, als nichts geschieht. Seine Augen verengen sich zu schmalen Schlitzen. »Du bist verbohrt. Du hast dich von der Seuche anstecken lassen. Es sind gar keine Befehle, die du ihnen erteilst!«

Isa kommt nicht dazu, sich zu verteidigen. Zum zweiten Mal innerhalb weniger Minuten ertönt das tödliche Ploppen von Mahdis schallgedämpfter Pistole. Er bläst den Rauch vom Lauf und sieht ungerührt zu, wie sein ehemaliger Mitkämpfer tot zu Boden sinkt. Mein Cousin, das sogenannte Lamm, das uns alle zur Schlachtbank geführt hat, ist am Ende selbst darauf gelandet. Mahdi ist es vollkommen egal. Was er von Isa wollte, hat er bekommen.

»An wen geht das Kommando über, wenn der Anführer tot ist?«, wendet er sich an Henry.

Das Zittern des Bogens an meinem Bein hört auf. Henry lässt ihn fallen und schaut dem General geradewegs in die Augen. Er wird niemals zugeben, dass es Tina ist. Wenn ich eines sicher über meinen Volltreffer-Kollegen weiß, dann das.

»Ich«, behauptet er.

Mahdi sieht ihn misstrauisch an. Dann entscheidet er wohl, dass es keinen Grund auf der Welt gäbe, warum sich jemand freiwillig in seine Hände begeben könnte. Er verwirft seinen ursprünglichen Plan und schiebt Henry stattdessen in die Richtung der Lichtung voran.

»Sammeln wir so viele wie möglich und stellen uns zum Kampf«, sagt er. Sein Blick streift Levian und mich. »Eine kleine Hinrichtung wird sie motivieren.«

***

Mahdis Armee hat sich in einen chaotischen Haufen verwandelt. Die Talente, die wir auf der Lichtung vorfinden, sind entweder total verängstigt oder in heftige Diskussionen verstrickt. Jakob und Le Rouge liefern sich ein Rededuell mit Albert und ein paar anderen Veteranen. Die Miliz, für deren Anführer Albert sich hält, hat den Kampf auf dem Hohenfels am besten überstanden, weil ihre Kämpfer von vorn und von hinten durch die anderen Truppen abgeschirmt waren. Aber von unseren Leuten sind nur noch Sylvia, Tina, Nadja, Mike und Leonie übrig. Wo Joshua und Anastasia sind, weiß ich, doch von dem neuen Orakel Markus fehlt jede Spur. Er scheint im Kampf gefallen zu sein, bevor wir ihn überhaupt richtig kennenlernen durften.

Auch die Franzosen haben schwere Verluste erlitten. Von ursprünglich zwölf Kämpfern ist nur noch die Hälfte übrig, dazu Le Rouge und Vivien. Die schwarze Truppe wurde von Thanos fast völlig ausgerottet. Nur ein einziger Wettläufer war schnell genug, um dem Feuer zu entkommen. Er gesellt sich erleichtert zu uns, als er uns sieht.

»Da ist er!«, schreit Le Rouge und zeigt mit dem Finger auf Mahdi. »Seid ihr endlich bereit, diesem schwarzen Teufel zu trotzen?«

Das erschrockene Gemurmel, das daraufhin durch die Reihen weht, ist viel zu leise. Ich sehe Erleichterung in Tinas Augen, als sie Henry erkennt. Auch durch Jakobs Körper geht bei meinem Anblick ein kurzes Aufatmen, bis er bemerkt, dass meine Hände gefesselt sind und Erik fehlt.

»Wo ist der Heiler?«, ruft er uns entgegen.

Ich fange an zu weinen, unfähig, auch nur einen Ton herauszubringen.

»Gefallen«, behauptet Mahdi. Da finde ich meine Sprache wieder.

»Er hat ihn umgebracht!«, schreie ich. »Genau wie Isa und Finn!«

Auf der Stelle verstummt jedes weitere Geräusch. Die gesamte restliche Armee blickt uns entsetzt entgegen.

»Umgebracht?«, wiederholt einer der Veteranen ungläubig.

»Diese verrückte Überläuferin lügt«, sagt Mahdi. »Sie will den Endkampf sabotieren und war gerade dabei, sich mit ihrem dämonischen Liebhaber davonzumachen, als ich sie stellen konnte. Ich bringe euch alle beide zum Beweis.«

»Das ist nicht wahr«, schluchzt Sylvia. »Henry, sag den anderen, dass das nicht stimmt!«

Alle Augen wenden sich nun unserem Volltreffer zu. Doch bevor er den Mund aufmachen kann, höre ich Mahdi flüstern.

»Ich weiß, dass du nicht der Anführer bist. Ein falsches Wort und deine Wettläuferin stirbt in vorderster Front.«

Wenn man Tina als Druckmittel benutzt, ist Henry alles andere egal. Er antwortet schneller, als ich gedacht hätte.

»Mahdi sagt die Wahrheit.«

Alle sind still, starren Levian und mich an, als wären wir nicht real. Selbst Jakob und Sylvia fällt nichts mehr zu unserer Verteidigung ein, obwohl sie genau wissen, dass es anders gewesen sein muss.

»Wir hatten einen Stoßtrupp in den Wald geschickt, um Erik zu suchen, doch er kam erfolglos zurück«, sagt Jakob an mich gewandt.

»Er ist unter einer umgefallenen Buche festgeklemmt. Levian hat sie auf ihn geworfen und Mahdi hat ihn erschossen!«, rufe ich hilflos. Meine Stimme schwankt.

»Es reicht jetzt«, sagt der General.

Er weist Henry an, mich auf die Seite zu schaffen.

»Es tut mir so leid, Melek«, murmelt der, als er mich zum Rand der Lichtung führt. Ich würde ihm gern sagen, dass Tina seine Entscheidung niemals gutheißen würde. Aber es ist so sinnlos, dass ich es für mich behalte. Taubheit macht sich in mir breit. Einer der Veteranen schlägt einen silbernen Metallring in die Felsen neben uns. Dort kettet Henry Levian und mich an.

»Ich spreche das Todesurteil über diese beiden Verräter«, sagt Mahdi. »Und da wir uns im Ausnahmezustand befinden, soll es sofort vollstreckt werden!«

Er hat kaum ausgesprochen, da ertönt ein Schrei aus den hinteren Reihen, der uns allen das Blut in den Adern gefrieren lässt. Alle Köpfe wenden sich in die Richtung, in der Sylvia steht. Sie schluchzt. Auf ihren Schultern sitzt ein Vogel mit einem rosafarbenen Kopf. Er ist so erschöpft, dass er sich am Hals des Orakels anlehnen muss, um nicht herunterzufallen.

»Was haben wir nur getan?«, ruft sie. Ihr Zeigefinger richtet sich auf Mahdi. »Was hast *du* getan?«

»Sprich Klartext oder behalte deine wirren Ablenkungsmanöver für dich!«, blafft der General sie an.

»Es ist kein Trick«, schluchzt Sylvia. »Es ist eine Botschaft aus dem australischen Outback. Dieser Kakadu war eine Woche lang unterwegs, um sie zu bringen, aber er hat uns nicht rechtzeitig erreicht. Es gibt einen weiteren Heiler, Mahdi. Und wenn du uns nicht blindwütig in diesen Krieg geführt hättest, hätten wir in ein paar Wochen vielleicht schon drei oder vier. Das ganze Blutvergießen war umsonst. Mein Vater und meine Freunde sind sinnlos gestorben!«

Selbst Mahdi ist von dieser Nachricht so überrascht, dass er keine Worte findet. Stirnrunzelnd schaut er von einem zum anderen. Er erntet nur missfällige, anklagende Blicke. Keiner von uns hat heute gern gekämpft. Wir alle sind erschöpft und am Ende unserer Kräfte. Und das nur, weil Mahdi nicht warten konnte.

Im selben Moment, als Le Rouge den Mund aufmacht und der Revolution wieder Atem einhauchen will, ertönt der nächste Schrei vom Waldrand her.

»Angriff!«, schreit ein Veteran. »Die Dschinn greifen an!«

Sämtliche Talente zucken zusammen. Jeder zieht die Waffen, die ihm geblieben sind.

Lautlos wie Gespenster treten unsere Gegner aus dem Wald heraus. Sie bewegen sich aufrecht in fünf oder sechs geordneten Reihen hintereinander. Das Mondlicht offenbart ihre beeindruckende Erscheinung. Keiner von ihnen hat mehr eine Wunde an seinem Körper, denn die Schamanen haben sie in der Zwischenzeit geheilt. Ihre Kleider sind frisch und ihre Gesichter entsetzlich schön. Es gibt niemanden unter uns, der sich gegen die Aggression verwehren kann, die die grausamen Zeichen auf ihrer Stirn bei uns auslösen. Ich verfluche den Vollmond über unseren Köpfen. Dies ist kein Ritual, das eines Fauns würdig ist. Sie sollten heute alle ganz woanders sein, genau wie wir.

»Alle in Formation!«, brüllt Mahdi.

Sofort stellen sich Franzosen, Veteranen und Jakobsjünger zum Kampf auf. Niemand diskutiert mehr. Mit ihrem Erscheinen auf dem Schlachtfeld haben die Faune ihr Schicksal besiegelt. Es gibt kein Zurück. Genau wie sein Vater erteilt nun auch Henry den Befehl zum Töten und niemand wundert sich mehr darüber, was er plötzlich eigentlich zu sagen hat. Ich überfliege das Zahlenverhältnis der beiden Armeen, die sich auf der Lichtung gegenüberstehen. Es sind 30 Talente gegen 60 Faune. Also waren die Verluste auf beiden Seiten bisher nahezu gleich. Doch nun strecken sich den Faunen 30 Schusswaffen oder mehr entgegen. Diesem Kugelhagel werden sie niemals ausweichen können.

»Das ist unser Ende«, flüstert Levian neben mir.

Kein Mensch außer mir kann verstehen, warum die Faune nicht einfach aus dem Hinterhalt angreifen. Aber ich weiß, dass es dabei um ihre Ehre geht. Sie haben ihren Anführer verloren und ihr Zuhause. Nur noch ihr Stolz ist ihnen geblieben. Und den werden sie verteidigen bis zum Letzten. Ich sehe den Hass und die Mordlust in den Augen meiner Freunde auflodern.

»Es ist auch das Ende der Menschlichkeit«, sage ich.

Dann stürmen die Faune los und eine Mauer aus Silberkugeln schießt ihnen entgegen. Sie weichen in alle Richtungen aus, schneller und geschickter, als selbst ich es vermutet habe. Trotzdem gehen einige von ihnen zu Boden. Wewior ist unter ihnen, der Faun, der mit Orowar zusammen Sylvias Prozess geleitet hat. Ich glaube auch Nayos Bruder Nayati fallen zu sehen, irgendwo am rechten äußeren Rand.

Dann werde ich abgelenkt, denn ich sehe Jakob auf uns zurennen. In vollem Lauf hebt er sein Schwert an und lässt die Klinge auf die Silberketten niedersausen, die uns gefangen halten. Sie springen entzwei. Kaum dass wir frei sind, richtet er sein Schwert auf Levian.

»Wie willst du sterben, Faun?«, fragt er ihn. »An der Front oder im Zweikampf?«

»Ich habe kein Verlangen mehr nach einem Zweikampf mit dir«, antwortet Levian. »Wir wissen ohnehin alle, wie er ausgehen würde.«

»Dann verschwinde!«

Levian wirft mir einen bekümmerten Blick zu. Hinter uns haben die ersten Faune die vorderen Reihen der Talente erreicht. Schwerter werden gezogen und Knochen brechen. Da stürmt er davon und stürzt sich in die Schlacht.

Jakob befreit mich von dem Klebeband, das meine Hände fesselt. Er fasst mich am Arm und schüttelt mich.

»Erik ist nicht tot!«, schreit er mich an.

»Was?«, frage ich benommen. Warum sagt er so etwas? Mahdi hat doch selbst zugegeben, dass er ihn umgebracht hat.

»Sylvia kann ihn immer noch lokalisieren. Er ist nicht tot, Melek! Und jetzt versteck dich hier. Du bist nicht in der Lage zu kämpfen. Bleib unten, hast du gehört?«

Ich lasse mich von ihm hinter einen verwitterten Baumstumpf niederdrücken und presse mir die Hände auf die Ohren, während er wieder davonläuft. Doch dann halte ich es nicht länger aus. Als ich wieder auf das Schlachtfeld blicke, eröffnet sich mir ein Bild des Grauens: Ein Faun nach dem anderen fällt den Silberwaffen zum Opfer. Sie kommen nicht einmal nahe genug an ihre Gegner heran. Immer wenn sie die Hände nach ihnen ausstrecken, greifen sie ins Leere. Dann sehe ich auch, woran das liegt: Sylvia steht auf einem Felsen zu meiner Rechten und hat die Arme ausgebreitet. Dabei ist ihr Körper nicht in Richtung der Talente gedreht, sondern in Richtung der Faune. Sie verwirrt die Angreifer mit einer optischen Täuschung. Damit hat Thanos nicht gerechnet, als er sie zu seiner Schülerin nahm. Ich schätze, dass Sylvia bis vor ein paar Minuten nicht einmal selbst wusste, zu welchen Zaubern sie fähig ist. Solche Dinge passieren immer nur spontan bei ihr, wenn ihr Kopf frei ist und der Drang in ihrem Inneren groß genug.

Nur ein paar Meter von mir entfernt verfehlt Luzilla den Hals eines Franzosen um mehrere Zentimeter. Ihr Gegner hebt seine Waffe an und schießt ihr eine Kugel ins Herz. Fast zur selben Zeit fallen ein Stück weiter links Orowar und Orowyn. Ihre Körper landen nebeneinander im Gras. Bevor sie sich auflösen, finden sich ihre Hände und ihre Finger verschränken sich ineinander.

Ich stolpere vorwärts, ohne zu wissen, was ich eigentlich vorhabe. Mein Gesicht ist nass von Tränen.

Einer der Faune hat das Prinzip von Sylvias Verwirrungszauber schließlich durchblickt. Wie ein Betrunkener, der sich für das mittlere Glas entscheidet, platziert er seine Hände um den Hals der Veteranin Marlis und bricht ihr das Genick. Neben ihm fangen nun auch andere an, es zu begreifen. Doch es ist zu spät. In dem Hagel von Kugeln und Schwertstößen, der auf sie niedergeht, fallen weitere Faune, manche noch mit der Hand im Nacken ihres Opfers. Nadja legt auf Levian an, doch sie verfehlt ihn. Dann zielt Henry auf Nayo. Wie ferngesteuert greife ich nach einem Stein und schleudere ihn gegen seinen Kopf.

»Nein!«, schreie ich. »Hört auf! Hört doch auf!«

Ich werfe einen Stein nach dem andern. Auf Le Rouge, Vivien und Tina. Wie sie zu Boden gehen, merke ich nicht mehr. Meine Augen sind nur noch damit beschäftigt, weitere Steine zu finden. Da sehe ich plötzlich Mahdi. Er steht hinter seiner Armee, gut gedeckt von all den kämpfenden Soldaten. Und auch er zielt auf ein Opfer, doch es ist kein Faun. Sondern Sylvia.

Mein Stein trifft seinen Arm genau in dem Moment, als er abdrückt. Sein Schuss geht daneben. Sofort fährt er zu mir herum und funkelt mich an. Wieder hebt sich seine Hand, diesmal gegen mich.

»Dieser General erschießt seine eigenen Leute!«, schreie ich, so laut ich kann. »Hört auf zu kämpfen und seht hin!«

Im gleichen Moment, als Mahdi abdrückt, drehen die Talente sich um. Der Kampfeslärm um uns herum verstummt. Ein leises Klicken ertönt aus Mahdis Waffe. Dabei entgleiten ihm sämtliche Gesichtszüge.

»Dein Magazin ist leer«, sage ich. »Du hast einen zu viel getötet.«

Bei diesen Worten passiert etwas Seltsames auf dem Schlachtfeld. Es ist wie ein Erwachen. Die Talente lassen ihre Waffen sinken. Ihnen gegenüber stehen noch zwei Faune: Levian und Nayo. In weniger als einer Minute wäre der Kampf also ohnehin zu Ende gewesen.

Mahdi hat nichts mehr zum Schießen. Vor Wut schäumend wirft er die leere Waffe zur Seite. Dann greift er in seine Jackentasche und zieht Eriks kleine Pistole hervor. Das ist der letzte Beweis dafür, dass die beiden tatsächlich aufeinandergetroffen sind. Von neuem legt er damit auf mich an.

Ich blicke um mich und hoffe, dass eines der Talente mutig genug ist, um den General zu erschießen. Jakob und Mike haben nur noch ihre Schwerter. Le Rouge, Vivien, Tina und Henry habe ich selbst ausgeschaltet. Aber vielleicht tut es ein anderer.

»Ich habe nur einen Schuss«, zischt Mahdi durch die Zähne. »Sinnvoller wäre es, mir dieses Orakel vom Hals zu schaffen. Aber befriedigender ist es mit dir!«

Dann drückt er ab. Es fühlt sich unnatürlich lange an, als mein Leben und das von Erik im Zeitraffer an mir vorbeizieht. Ich sehe uns zusammen im Schulbus sitzen, sehe ihn allein durch Istanbul irren und mich mit Levian in unserer Kirche tanzen. Und dann, als ich damit rechne, dass mein Kopf oder mein Herz durchlöchert wird, werfen sich zwei Schatten vor mich.

Es dauert ein paar Sekunden, bevor ich verstehe, was passiert ist. Zwischen Mahdi und mir liegt Jakob und hält sich stöhnend die Schulter. Die Silberkugel hat ihn knapp über der Brust erwischt. Als er sich zur Seite wälzt, erkenne ich, dass sie an seinem Rücken wieder ausgetreten ist.

Mein Blick fällt nach unten, direkt vor meine Füße. Da liegt Levian und lächelt mir entgegen. Ich sinke vor ihm in die Knie und reiße sein burgunderfarbenes Hemd auf. Blut sprudelt mir entgegen und besudelt seine makellose Haut. Hysterisch presse ich meine Hände auf die Wunde.

»Es hat keinen Sinn«, flüstert er. »Die Kugel hat mein Herz verletzt. Ich sterbe, Melek.«

»Nein«, schluchze ich. »Das lasse ich nicht zu!«

Er greift nach meinen Händen und hält sie fest. Zum zweiten Mal muss ich nun mit ansehen, wie das Leben aus ihm herausrinnt. Es ist genau wie damals nach der Messerstecherei in Frankfurt. Mit dem Unterschied, dass ich kein Faun mehr bin, der einen Deal mit seiner Gottheit machen kann.

»Es ist in Ordnung, Geliebte«, sagt er. »Mutter Natur holt sich nur ihren Einsatz zurück.«

Da erst begreife ich, dass es nicht Mahdi war, der Levian tödlich getroffen hat. Ich war es. Denn in meiner menschlichen Grobheit habe ich vergessen, dass ich damals ein Versprechen abgegeben habe. Ich wollte nie etwas tun, das Mutter Natur Schaden zufügt oder ihr Gleichgewicht stört. Stattdessen bin ich in den Krieg gegen die Faune gezogen und habe auf Levian geschossen. Für diesen gebrochenen Eid nimmt sie sich nun sein Leben, das sie mir vor vielen Monden geschenkt hat.

»Ich bin schuld«, flüstere ich ein paarmal hintereinander. »Es tut mir so leid!«

Levians Hand greift in meinen Nacken. Unsere Seelen umarmen sich.

»Küss mich«, sagt er.

Die Welt um uns herum löst sich auf. Es gibt nur noch mich und einen sterbenden Faun. So viele Abschiede habe ich in den letzten Monaten verkraftet, aber dieser bricht mir beinahe das Herz. Flehentlich presse ich meinen Mund auf seinen und bete zu Mutter Natur, dass sie ihn nicht für meine Sünde büßen lassen möge. Ich sauge Levians vertrauten Geruch ein, spüre die Innigkeit, mit der unsere Lippen sich liebkosen. Unsere Seelen halten einander fest. Es ist genauso, wie es früher war, in den Tagen nach meiner Verwandlung. Doch dann geschieht etwas, das so nie zwischen uns passiert ist: Ich erhalte Bilder. Genau wie bei meiner Verwandlung zum Menschen, als Erik mir seinen Geist gegeben hat, fluten auch jetzt endlose Filme aus der Vergangenheit in mich hinein. Es fühlt sich an, als würde jemand die verlorenen Puzzleteile eines riesigen Mosaiks zurückbringen und sie in Sekundenschnelle genau an der richtigen Stelle platzieren. Mein Leben kehrt zurück. All das, was ich vergessen hatte. Die schönen Momente und die hässlichen. Dinge, auf die ich stolz bin, und andere, auf die ich lieber verzichtet hätte.

Als Levian von mir ablässt, sind seine Lippen blutleer.

»Du … bist in der Lage, zu geben«, murmele ich.

»Jetzt weißt du, was Erik mir übertragen hat. Ich hätte es dir früher sagen sollen. Aber ich hatte Angst, dich dadurch zu verlieren. Denn mit diesem Wissen wärst du gegangen.«

Ich streichle sein schönes, bleiches Gesicht.

»Danke«, flüstere ich. »Ich danke dir von Herzen!«

Seine Augenlider flackern. Dann packt er noch einmal meine Hand.

»Nicht in den Steinbruch, Melek ... in die Kirche.«

Die Kraft weicht aus seinem Griff. Ich küsse seine Finger und lege meine Hände auf seine blutverschmierte Brust. Sein Herzschlag verstummt. Ich lasse ihn nicht los. Eine intensive Wärme dringt durch seinen Körper und erfüllt mich mit Liebe. Dann verschwindet er vor meinen Augen.

Meine Tränen tropfen auf die Stelle, an der er soeben noch gelegen hat. Genau dort, wo sie den Boden berühren, sprießt eine Immergrün-Pflanze empor. Ich sehe ihr zu, wie sie ihre Blätter entfaltet und eine lilafarbene Blüte entsteht. Vorsichtig streiche ich darüber. Dann bohre ich meine Finger in die Erde und grabe sie mitsamt den Wurzeln aus.

Als ich mit der Blume in meinen Händen aufstehe, starren alle Talente mich an. Sogar Mahdi hat es die Sprache verschlagen. Jakob steht hinter ihm und hält ihm die Arme auf den Rücken, obwohl sein Armeemantel ebenfalls von Blut durchtränkt ist.

»Was ist das?«, fragt der General stirnrunzelnd.

»Es ist Levian«, sage ich. »Er hat etwas geschafft, was du nicht konntest: Er ist über sich hinausgewachsen und hat eine tiefere Einsicht erlangt. Deshalb lebt er immer weiter. Aber du wirst eines Tages einfach nur tot sein.«

»Und dieser Tag ist heute«, höre ich Le Rouge hinter mir sagen. Er ist aus seiner Bewusstlosigkeit erwacht und steht nun schwankend da, die Hand an eine riesige Beule auf seinem Kopf gepresst. »Als General der Armee und mit Zustimmung der Truppe erkläre ich dich für degradiert. Sobald wir Erik gefunden haben, erhältst du deinen Prozess ... und anschließend dein Urteil!«

Ich fühle Genugtuung in mir aufsteigen. Jede Exekution dieser Welt ist mir zuwider, es sei denn, die Hauptperson dabei ist dieser falsche Muhammad al-Mahdi.

»Jacques ...«, meldet sich nun einer der Franzosen zu Wort. »Es ist immer noch eine übrig ... was sollen wir tun?«

Die Talente treten zur Seite und geben den Blick auf Nayo frei. Sie steht in Menschengestalt ganz allein am Ende der Truppe, mit drei Pistolen an ihrem Kopf. Dabei blickt sie nur auf das Immergrün in meiner Hand und weint.

»Unser Kampf steht stellvertretend für alle Talente der Welt«, sagt Mahdi. »Wir müssen sie töten. Dann wird die Prophezeiung wahr und die Dschinn sind ausgerottet.«

»Wir wollen keine weiteren Aufrufe zum Mord mehr hören!«, spuckt Le Rouge ihm entgegen. »Es gibt einen neuen Heiler. Du hast dich getäuscht und uns dazu. Heute stirbt nur noch einer und das bist du!«

»Aber es stimmt, was er sagt«, mischt sich nun der Schuster ein. »Töten wir sie, dann sind unsere Waffenbrüder heute nicht umsonst gefallen. Lassen wir sie am Leben, so werden unsere Kinder weiterkämpfen.«

Le Rouge schließt die Augen und denkt nach. Als er sie wieder öffnet, wirkt er noch immer unentschieden.

»Darüber beraten wir später«, sagt er schließlich. »Bindet sie so lange an dem Felsen fest.«

Ich bleibe bei Nayo, als sie mit einer neuen Silberkette an den Ring gekettet wird, an dem Levian und ich noch vor kurzem festsaßen. Es gibt keine Worte, die wir uns sagen könnten, nichts, was uns über den Verlust unserer Freunde hinwegtrösten könnte. Also sitzen wir einfach nur da, lehnen uns aneinander und bewachen gemeinsam das Immergrün.

Le Rouge hat einen weiteren Stoßtrupp losgesandt, der Erik finden soll. Ich hoffe so sehr, dass Sylvia Recht behält und sie ihn wirklich lebendig zu mir zurückbringen. Die anderen Talente haben sich irgendwo am Rand der Lichtung hingelegt, aber da noch Mahdis Verurteilung ansteht, werden sie wohl kaum Schlaf finden. Auch Joshua und Anastasia sind nun wieder bei uns. Keiner von ihnen kann sich erklären, was sie mit dem Tod von Isa zu tun haben. Der rote General sitzt mit ein paar Offizieren ein Stück abseits und beratschlagt, wie nun mit Mahdi zu verfahren sei. Auch Jakob sitzt dabei, doch sein Blick schweift ständig zu mir herüber.

Ich drücke Nayo das Pflänzchen in die Hand und gehe zu ihm. Das Gespräch verstummt, als ich Jakob wortlos bei der Hand nehme und hochziehe. Am Waldrand finde ich einen Platz, an dem wir ungestört sind.

»Du hast dich in Mahdis Schusslinie geworfen, um mich zu retten«, sage ich.

Er nickt.

»Ja, aber Levian war wieder einmal erfolgreicher.«

Anstelle einer Antwort streife ich ihm seinen Armeemantel ab und sehe nach seiner Verletzung. Der Tierarzt hat ihn mit einem Druckverband versorgt, der die Blutung gestillt hat.

»Ein glatter Durchschuss. Ich werde es überleben«, sagt Jakob.

Ich lächele ihn an.

»Und das ist gut so.«

Er lächelt zurück.

»Was war es, das Levian dir gegeben hat, bevor er starb?«, fragt er mich.

»Die Erinnerungen, die er mir damals ausgesaugt hat. Ich weiß jetzt wieder, wie es war zwischen uns. Ich weiß, dass ich dich geliebt habe und wie es sich angefühlt hat. Du sollst wissen, dass ich dich nicht verachte. Wir waren vielleicht nicht füreinander bestimmt. Aber ein Teil von mir wird niemals damit aufhören, an dich zu denken.«

Er räuspert sich.

»Ich nehme an, dieser Teil ist nicht stark genug für einen Neuanfang?«, fragt er dann.

Doch er kennt die Antwort bereits. Ich schüttele den Kopf. Da fasst er an mein Kinn und hebt es an. Dann haucht er mir einen Abschiedskuss auf den Mund. Es ist der zweite an diesem Tag.

»Ich hoffe für dich, dass sie dir Erik in einem Stück wiederbringen, Engelchen. Und selbst wünsche ich es mir auch.«

Wir gehen zurück zu den anderen, die immer noch über die Zukunft der Talente diskutieren. Als unsere Wege sich trennen, halte ich Jakob noch einmal auf.

»Weißt du was«, sage ich. »Ich glaube, das Schicksal ist mit dir fertig.«

Er zuckt mit den Schultern.

»Es braucht sich nicht einzubilden, ich würde dafür einen Kniefall machen.«

Genau das ist es, was ich an ihm geliebt habe: die Unerschütterlichkeit, mit der er sich seinem Leben stellt. Ich bin froh, dass ich es nun wieder weiß.

***

Mahdi hat heute zweimal danebengeschossen. Auch in Eriks Brust steckt eine Kugel, aber sie sitzt vier Zentimeter unterhalb seines Herzens. Dazu ist sein Bein zertrümmert. Ich flehe Le Rouge an, dass er ihn ins Krankenhaus bringen lässt. Aber es ist Erik selbst, der es verhindert.

»Ich habe den Endkampf verpasst«, stöhnt er von seinem Lager am Waldrand aus. »Auf keinen Fall werde ich auch noch diesen Prozess an mir vorbeiziehen lassen!«

Er lallt. Die Schmerzmittel, die Winnie ihm gegeben hat, waren garantiert für Großtiere gedacht.

»Hast du einen besseren Vorschlag?«, fragt Le Rouge ihn ruhig.

»Holt die Kugel raus«, presst Erik hervor. »Noch ein bisschen mehr von dem Rinder-Betäubungsmittel und ich brauche keinen Anästhesisten mehr.«

»Du bist ja nicht bei Sinnen!«, lehnt der rote General ab.

Sylvia weiß schließlich eine Lösung.

»Ich kann ihn vorübergehend in Bewusstlosigkeit versetzen«, sagt sie. »Wir bitten Nayo, dass sie die Wunde heilt.«

»Nayo kann keine Knochen richten«, werfe ich ein.

»Nein, aber dafür hat Erik demnächst jede Menge Zeit. Es reicht schon, wenn wir ihn stabilisieren.«

»Meinetwegen«, sagt Le Rouge. »Bist du bereit, du starrköpfiger Narr?«

Erik nickt. Seine Augen sind glasig. Ich glaube, er bekommt nur die Hälfte von dem mit, was hier gesprochen wird.

Sylvia setzt sich hinter ihn und legt die Hände an seine Schläfen. Dann verschafft sie sich Zugang zu seinem Geist und betäubt ihn. Augenblicklich sinken Eriks Lider nach unten. Er fängt an zu schnarchen.

Le Rouge schüttelt den Kopf.

»Fang an«, sagt er zu Winnie.

Der Tierarzt geht vor Erik in die Hocke. Dann nimmt er den Verband von seinem Oberkörper ab und reinigt die Wunde, während zwei Helfer mit Taschenlampen darauf halten.

»Das ist so was von grob fahrlässig«, bemerkt Tina neben mir.

Ich kann keine Antwort geben. Mir bleibt nur die Hoffnung, dass das Schicksal Erik nicht verschont hat, um ihn anschließend durch die Hand eines Tierarztes sterben zu lassen. Winnie lässt sich nicht irritieren. Er zückt eine lange Pinzette und steckt sie in die Wunde. Es knirscht, als er darin herumwühlt.

Ich fange an zu heulen und Tina legt mir einen Arm um die Schultern.

»Licht, verdammt!«, herrscht der Veteran die beiden Talente mit den Lampen an, die sich vorübergehend zur Seite gedreht hatten. »Ihr kämpft gegen Faune und kapituliert anschließend wegen ein bisschen Blut?«

»Es ist mehr ... das Geräusch«, sagt einer von ihnen.

»Weicheier«, brummt Winnie. Dann zieht er die Pinzette mit der Kugel heraus.

Ich gebe ein tiefes Seufzen von mir. Der Tierarzt desinfiziert die Wunde noch einmal penibel, bevor er ein sauberes Tuch darauflegt. Es ist sofort von Blut durchtränkt.

»Jetzt ist das Faun-Weib an der Reihe«, sagt er und erhebt sich.

Wir holen Nayo und ich drücke ihr einen Strauß Heilpflanzen in die Hand, die ich gesammelt habe.

»Bitte, Nayo. Erik war immer auf eurer Seite. Hilf ihm!«, sage ich.

Ich weiß nicht, ob sie jemals wieder mit mir sprechen wird. Vielleicht hat der Kummer sie auch einfach stumm gemacht. Dennoch greift sie nach den Pflanzen und legt sie Erik auf die Brust. Sie setzt sich neben ihn und legt ihm die Hand auf. Ich denke an die Nacht, in der ich Erik von den Hämatomen befreit habe, die Mahdi ihm geschlagen hat. Als Mensch habe ich alle meine Fähigkeiten verloren. Wir werden immer auf andere angewiesen sein. Aber zumindest besteht nun Hoffnung, dass unser weiteres Leben nicht mehr ganz so verletzungsträchtig ist wie bisher.

Nach einer Weile nimmt Nayo die Hände weg und entfernt die Pflanzen. Im Schein der Taschenlampen erkenne ich, dass die Wunde sich geschlossen hat. Nun hat Erik nur noch ein gebrochenes Bein. Damit wird er klarkommen.

»Ich danke dir, Schwester«, sage ich zu Nayo.

Ihre Augen füllen sich mit Tränen. Dann lässt sie sich zurück zu dem Immergrün bringen, das sie sorgfältig mit Tauwasser aus dem Felsen übergießt.

***

Der Prozess dauert über eine Stunde. Und obwohl Erik die gefährliche Operation nur zu diesem Zweck auf sich genommen hat, ist er nicht dabei. Laut Sylvia liegt es nicht an ihrer Narkose, sondern an dem Betäubungsmittel. Doch Le Rouge wollte nicht länger warten. Als der Morgen graut, verkündet er, dass Mahdi vor ein Erschießungskommando treten soll. Kaum ein Soldat spricht mehr dagegen, nicht einmal der letzte Wettläufer aus der schwarzen Truppe. Die Nachricht, die Sylvias Kakadu aus Australien gebracht hat, hat alle überzeugt.

Als sie den schwarzen General von dem Felsen heben, auf dem er gefesselt ausgeharrt hat, reckt er stolz das Kinn in die Luft. Nicht einmal jetzt will er eingestehen, dass er einen riesigen Fehler begangen hat.

Sylvia schluchzt so laut, dass ich wütend werde.

»Was soll das?«, gifte ich sie an.

Sie wischt sich die Tränen aus den Augen und verkriecht sich an Jakobs Brust.

»Ich weine nicht wegen Mahdi. Ich weine wegen mir«, nuschelt sie.

Jakob schiebt sie ein Stück weit von sich weg und schaut sie verständnislos an.

»Wegen dir?«

»Ja, ich ... ich will das nicht, verstehst du? Ich will alt werden und sterben.«

»Aber das wirst du, Große. Das Leben geht weiter«, sagt Jakob.

Sie schüttelt verzweifelt den Kopf.

»Geht es nicht. Für mich wird es heute enden, wenn ihr ihn erschießt. Ich werde aufhören, ein normaler Mensch zu sein, und seine Stellung als Überzeitlicher einnehmen. Ich werde zusehen müssen, wie du älter wirst und jemand anderen heiratest. Und eines Tages werde ich an deinem Sterbebett stehen und mich als deine Enkelin ausgeben und tausend Jahre um dich trauern. Oder länger ... Das ist der Grund, warum er mich erschießen wollte, Jakob. Mahdi weiß, dass ich zu mächtig geworden bin. Er hatte Angst, dass ich ihn verdränge.«

Ich bin völlig geplättet und ich glaube, Jakob geht es genauso. Denn das, was Sylvia da zugegeben hat, war nicht nur eine schwer zu schluckende Information, sondern auch eine Liebeserklärung. Er starrt sie an wie hypnotisiert. Keiner von beiden rührt sich. Dann wird ihm plötzlich bewusst, dass er sie immer noch festhält. Seine Hände geben sie frei und er rutscht instinktiv ein Stück von ihr weg. Sylvia steigen Tränen in die Augen. Etwas unbeholfen legt Jakob ihr eine Hand auf die Schulter.

»Du bist noch so jung ...«, sagt er.

Da steigt die Wut in ihr hoch.

»Aber das will ich nicht bleiben!«, schreit sie und trommelt mit ihren Fäusten auf ihn ein. Dabei trifft sie ihn auf seine Wunde. Er zuckt zusammen.

»O nein, entschuldige!«, jammert Sylvia und wirft sich ihm um den Hals.

Bei dem Anblick stößt Mahdi ein hämisches Lachen aus. Grinsend fixiert er Jakob mit seinem schwarzen Blick.

»Angst vor so viel Leidenschaft, Major?«, spottet er. »Keine Sorge, sie ist dir nicht gegönnt. Ich sorge schon dafür. Und sei es durch meinen Tod.«

»Das wirst du nicht«, höre ich Eriks Stimme von hinten. Verwirrt drehe ich mich um. Da steht mein tapferer Freund auf einem Bein, den Blick immer noch benebelt von seinem Medikament und gestützt von Nayo. Er sieht schrecklich fertig aus.

»Zum Glück wissen wir mittlerweile, was mit Menschen wie dir zu tun ist. Und wir haben immer noch einen Faun, der bereit ist, uns zu helfen.«

Gleichzeitig mit uns anderen geht auch Mahdi ein Licht auf. Zum ersten Mal sehe ich ihn die Fassung verlieren. Das Schlimmste an der Sache ist, dass er ehrlich entsetzt wirkt. Er will lieber sterben, als ein guter Mensch werden. 1200 Jahre auf dieser Erde haben ihm nicht gereicht, um zu erkennen, worauf es wirklich ankommt.

»Nein«, stammelt er.

»O doch!«, sagt Erik.

Dann stützt er sich auf Le Rouge, damit Nayo ihn loslassen kann.

»Ihr werdet dieses Weib töten, habt ihr verstanden?«, schreit Mahdi.

»Um das Gleichgewicht der Natur aus den Fugen zu bringen?«, gibt Erik zurück. »O nein, Mahdi. Heute pflanzen wir einen Samen auf dem Schlachtfeld, das du hinterlassen hast. Damit in ein paar Jahren ein Wald daraus wird.«

»Aber dann werden die Kämpfe niemals enden!«, ruft Albert und springt auf. Mit ihm erheben sich mehrere Veteranen von ihren Plätzen und schreien wild durcheinander.

Erik lässt sie reden, bis sie fertig sind. Dann wendet er sich an uns alle.

»Genau so wird es sein«, sagt er. »Wir hatten die Chance, es zu ändern, und haben sie verpatzt. Unsere Kinder und Enkel werden darunter leiden. Aber eines Tages kommen neue Heiler und mit ihnen eine neue Chance. Und dann haben wir einen gütigen Überzeitlichen, der das Wissen über diesen Tag bewahrt hat. Es mag tausend Jahre dauern, bis es so weit ist. Aber dann werden wir es so zu Ende bringen, wie die Natur es gewollt hat.«

Keiner sagt mehr ein Wort. Nicht einmal Albert.

Erik nickt Nayo zu. Feierlich geht sie zu Mahdi hinüber, der immer noch von zwei Soldaten festgehalten wird. Doch so sehr er sich auch wehrt, er kann nicht entkommen. Nayo packt ihn im Rücken und zieht ihn so heftig an sich, dass er nach Luft ringt. Dann presst sie ihren Mund auf seinen.

Alle sehen fasziniert dabei zu, wie sie ihn aussaugt. Je mehr von seiner Bosheit und Hartherzigkeit aus ihm entweicht, desto kleiner wird seine Gegenwehr. Erst als seine Seele vollkommen leer ist, gibt Nayo ihn frei. Danach stößt sie ein mitleiderregendes Seufzen aus. Ich will gar nicht wissen, wie sie sich nach diesem Input fühlt.

Gestützt von Le Rouge hüpft Erik auf seinen neuen Tunica zu.

»Es wird das letzte Mal sein für viele Jahre«, sagt der Franzose. »Gib dir besondere Mühe!«

Ich glaube, genau das hatte Erik vor. Ein paar Sekunden lang kann ich dabei zusehen, wie er innig den Mann küsst, der so viel Unrecht über uns gebracht hat. Dann muss ich mich abwenden, weil der Zauber immer noch aktiv ist, der mir diesen Anblick nicht gönnt. Ich bin beinahe froh darüber. Als ein Raunen durch die versammelten Talente geht, weiß ich, dass es vollbracht ist. Erik holt sich seine Energie zurück. Dann macht er einen Schritt zur Seite und wir sehen Mahdis Gesicht.

Was ich darin erkenne, ist beinahe nicht zu glauben: Der schwarze General weint. Seine Augen sind sanft und seine Gesichtszüge von Schmerz erfüllt. Immer noch von seinen Wächtern festgehalten sinkt er auf die Knie und fleht uns alle um Verzeihung an. Schließlich bittet er uns, ihn zu töten.

»Ich kann mit diesem Wissen nicht weiterleben!«, schluchzt er. »Seid gnädig und gewährt mir einen schnellen Tod. Ich habe es nicht verdient, zu leben!«

»Aber das musst du«, sagt Erik. »Es ist die einzige Möglichkeit, wie du deine Schuld wiedergutmachen kannst. Führe die Talente, die nach uns kommen, in eine gerechtere Welt. Sag ihnen, dass sie warten müssen. Und werde selbst geduldig.«

Mahdi senkt den Blick zu Boden und schüttelt verzweifelt den Kopf.

Da löst Mike sich aus der Gruppe der Umstehenden und geht vor dem degradierten General in die Hocke. Die Haare hängen ihm wirr ins Gesicht und sein nackter Oberkörper ist mit Drachenblut und Asche besudelt. Er betrachtet Mahdi eine ganze Weile. Dabei kaut er auf seinen verdreckten Fingernägeln herum.

»Wenn dein Bruder sündigt, so weise ihn zurecht. Doch wenn er es bereut, vergib ihm«, sagt er schließlich. »Ich komme mit dir und werde dir helfen, Bruder. Wir gehen zusammen nach Istanbul.«

Niemand hat etwas dagegen einzuwenden. Auch wenn Mahdi nun ein neuer Mensch ist, sind wir doch froh, dass jemand ein Auge auf ihn haben wird. Ein Verrückter, der lebensmüde genug ist, um auf einen feuerspeienden Drachen zu springen, ist für diesen Job genau der Richtige. Ich habe Mike den Erzengel noch nie so sehr abgekauft wie an diesem Tag.

Er richtet sich auf und streicht sich die schmutzigen Strähnen aus dem Gesicht. Langsam geht er auf Nayo zu, die sich ein Stück zurückgezogen hat und uns den Rücken zudreht. Die Gefühle, die sie Mahdi ausgesaugt hat, machen ihr schwer zu schaffen. Mike fasst sie an der Schulter an und sie wendet sich ihm zu. Lange schauen sie sich nur an. Dann lacht Mike. Ein abgedrehtes Funkeln tänzelt über sein Gesicht.

»Geh hin und vermehre dich!«

Seine Stimme schallt über die Lichtung, als hätte sie jemand künstlich verstärkt.

Albert zieht scharf die Luft ein.

»Worauf du dich verlassen kannst!«, bringt Nayo hervor. Es schwingt Bitterkeit in ihrem Tonfall mit. Aber auch eine Spur von Vergebung, von Hoffnung und, als sie mir in die Augen blickt, von Freundschaft.

»Ich werde dich vermissen, Melek. Pass gut auf Levian auf.«

Ich nicke.

»Werde ich dich jemals wiedersehen?«, frage ich leise.

Sie zuckt mit den Schultern. Zum Abschied schenkt sie mir ein tapferes Lächeln und verwandelt sich.

Ich greife nach Eriks Hand. Gemeinsam blicken wir dem Waldkauz mit dem viel zu langen Schwanz nach, wie er geräuschlos hinauf in Richtung des Vollmonds steigt und schließlich in der schwarzen Silhouette des Waldes verschwindet.

Epilog

Mein Geburtstag fällt auf einen Vollmond. An diesem Tag kann Erik endlich wieder mit einem Gehgips und einem Paar Krücken laufen. Es ist gleichzeitig der Tag, an dem wir unser neues Leben beginnen wollen. Denn nun bin ich volljährig und kann in der Menschenwelt tun und lassen, was ich will. Es ist anstrengend, meinen gehandicapten Freund über das Geröll zu schleppen, das zu Levians Kirche führt. Aber einen anderen Weg gibt es nicht. Schnaufend und nach Luft schnappend kommen wir oben an.

»Bereust du es manchmal?«, fragt Erik, nachdem unser Atem sich beruhigt hat. »Dass du deine Stärke verloren hast, deine perfekte Gestalt und die vielen Fähigkeiten?«

Ich schüttele den Kopf.

»Nein. Es war ein guter Tausch, ich habe viele Dinge dafür bekommen, die viel wichtiger sind. Dich zum Beispiel.«

Er lächelt und küsst mich auf den Mund. Ich lehne meinen Kopf an seine Schulter.

»Außerdem sind ja noch ein paar Fähigkeiten übrig«, sage ich. Dann strecke ich meine Hand nach oben, wo die weiße Taube kreist, die uns begleitet hat. Sie versteht meinen Wink und landet auf meinem Arm. Alles, was Flügel hat, kann ich immer noch lenken. Diese Taube ist ein Bote. Um ihr Bein trägt sie einen mit Tesafilm befestigten Zettel. Es steht nur ein Satz darauf: »Wir kommen nach Hause.«

»Ich wäre gern dabei, wenn deine Mutter das liest«, sagt Erik. »Unsere Eltern werden völlig aus dem Häuschen sein, wenn wir uns wiedersehen.«

»Oder sie werfen uns hochkant wieder hinaus«, vermute ich. Der Gedanke an meinen Vater behagt mir gar nicht, auch wenn ich glaube, dass ich keine Angst zu haben brauche. Seit ich meine Erinnerungen an früher zurückhabe, vermisse ich meine Eltern so sehr, dass ich die Tage bis zu meinem Geburtstag kaum mehr ausgehalten habe. Ich weiß nicht, wie Erik das ein ganzes Jahr lang geschafft hat.

»Willst du wirklich nicht zurück auf die Schule?«, frage ich ihn.

Er schüttelt den Kopf.

»Ich kann mich nicht mehr mit Statistik und Vokabeln befassen. Levian und die anderen haben mich verändert, verstehst du? Ich brauche etwas Neues. Etwas, das einfach und sinnvoll ist.«

Früher habe ich ihn immer als Biologieprofessor oder Versicherungsvertreter gesehen, wenn ich mir unsere Zukunft vorgestellt habe. Dass er einmal an Autos herumschrauben würde, stand überhaupt nicht zur Diskussion. Aber sein Entschluss ist so klar, dass ich nicht weiter in ihn dringen will. Jede Werkstätte wird ihn mit Handkuss nehmen. Sie wissen ja nicht, was für einen engstirnigen Halbfaun sie da in ihren Betrieb lassen.

Ich selbst bin, was meine Zukunft angeht, immer noch so einfallslos wie eh und je. Genau wie ein Großteil aller Talente werde ich wohl nach dem Abi zur Polizei gehen. Vielleicht hält mein Talent ja lange genug vor, um mich dort in die höheren Etagen vorzuschießen. Doch selbst wenn es eines Tages schwinden sollte, bin ich zuversichtlich, dass ich irgendwo im gehobenen Dienst verbeamtet werde. Nur, ob ich jemals wieder kämpfen kann – egal gegen wen –, weiß ich noch nicht.

»Denkst du, dass wir noch einmal eingezogen werden?«, frage ich Erik.

Er zuckt die Schultern und streckt die Hand aus, um der Taube übers Gefieder zu streichen.

»Ein Faun braucht fünf Jahre, um erwachsen zu werden«, sagt er. »Selbst wenn Nayo und die anderen Überlebenden heute damit anfangen, Kinder in die Welt zu setzen, werden wir vermutlich schon Veteranen sein, wenn sie losziehen, um sich Input zu holen.«

»Das heißt, es trifft unsere Kinder, falls wir welche haben werden.«

Erik nickt.

»So haben wir es entschieden. Das ist der Grund, warum man gut darüber nachdenken sollte, ob man neue Talente in die Welt setzt.«

Ich seufze und kuschele mich an ihn. Dann blicken wir gemeinsam in den Himmel hinauf und schicken die Taube los. Der Vollmond wirft ein bezauberndes Licht auf ihr Federkleid. Irgendwo im Gebüsch hinter uns raschelt es. Ich drehe mich um in der Hoffnung, Herkules und Artemis zu sehen, doch kein Hirsch lässt sich blicken. Dafür kommt ein leichter Wind auf und bringt die Windspiele in den Bäumen zum Klingen. Eriks Blick richtet sich auf das Relief in der Felswand.

»Was ist aus Levian geworden?«, fragt er.

Deshalb sind wir eigentlich hier. Ich wollte es ihm zeigen, damit er weiß, wie richtig es von ihm war, der Natur ihren Lauf zu lassen. Denn wenn man es tut, entstehen neue Wunder, genau wie hier in Levians Kirche. Ich stehe auf und ziehe Erik umständlich hoch. Ohne seine Krücken humpelt er hinter mir her zu der Stelle, wo die Felswand in den Waldboden mündet. Schon ein paar Meter davor kommen wir nicht mehr weiter, denn ab hier breitet sich der Immergrün-Teppich aus. Nie würde einer von uns es wagen, draufzutreten.

»Es sieht aus, als würde es atmen«, stellt Erik fest.

»Es lebt«, sage ich und zeige auf das Meer aus lilafarbenen Blüten. »Und es kann sogar fliegen.«

Ich klatsche in die Hände, um die Schmetterlinge aufzuscheuchen. Erst als sie in die Lüfte steigen, erkennt Erik, dass es gar keine Blüten waren, zumindest nicht ausschließlich. Er macht eine ungelenke Drehung auf seinem Gips, um ihren Flug zu beobachten. Schläfrig taumeln sie hinauf in den Nachthimmel und wieder zurück ins Immergrün.

»Ein wunderschöner Ort«, sagt er. »Jetzt ist es deine Kirche. Sie sorgt dafür, dass du nie vergisst, wer du bist. Und wer du warst.«

Wir lauschen noch eine Weile auf die Geräusche des Waldes um uns. Dann machen wir uns auf den Heimweg.

Le Rouge hat Erik seinen Renault geschenkt, bevor er zurück nach Paris geflogen ist. Walter Dönges hat sich sogar dazu herabgelassen, ihm einen Führerschein zu fälschen, auf den Erik genauso stolz ist, als hätte er tatsächlich eine Prüfung abgelegt. Dazu hat er uns noch ein weiteres Dokument besorgt, das unseren Familien unsere Abwesenheit erklären soll: eine Heiratsurkunde aus Las Vegas.

»Es ist schon bei den Ämtern eingetragen«, hat er dazu gesagt. »Wenn ihr es nicht mehr wollt, müsst ihr euch richtig offiziell scheiden lassen.«

Erik und ich haben uns angesehen und gelacht. Der Umstand, dass es immer Dritte sind, die uns in irgendeine Form von Bund drängen, ist sonderbar. Aber mittlerweile sind wir daran gewöhnt. Auch wenn ich es Dönges ankreide, dass ich nun mit Nachnamen Sommer heiße. Ich hätte mich gern etwas emanzipierter in meinem Leben zurückgemeldet.

»Was glaubst du, was aus Jakob und Sylvia wird?«, fragt Erik, während wir uns den Abhang hinuntermühen. Er sieht mich prüfend von der Seite an.

»Keine Ahnung«, sage ich möglichst ungerührt, obwohl ich selbst oft darüber nachdenke. »Sylvia ist noch ziemlich jung. Er wird sie erst mal auf Abstand halten.«

»Das habe ich nicht gemeint«, sagt Erik. »Was glaubst du, was in ein paar Jahren aus ihnen wird? Könnte es funktionieren?«

Es gibt durchaus noch eine Seite an mir, die Sylva nicht in Jakobs Armen sehen will. Aber ich weiß auch, dass diese Gedanken töricht und egoistisch sind. Wenn ich genauer darüber nachdenke, gibt es eigentlich keine bessere Verbindung für beide.

»Ich glaube, Jakob braucht jemanden an seiner Seite, dessen Seele hell genug ist, um ihn wieder ans Licht zu führen«, sage ich. »Dafür ist Sylvia wie geschaffen.«

Das erleichterte Lächeln, das ihn bei meinen Worten überkommt, kann Erik nicht verbergen. Ich glaube, er wird nie ganz damit aufhören, vor Jakob auf der Hut zu sein. So wie ich immer noch jede seiner Bewegungen belauere, wenn er mit Leonie spricht.

»Und wer wird derjenige sein, der eines Tages Tinas Herz gewinnt?«, fragt er. »Wir könnten Wetten abschließen.«

»Lieber nicht. Am besten, wir mischen uns nie mehr ein.«

Ich fange ihn auf, als er über einen losen Stein stolpert. Mit letzter Kraft schleppen wir uns zum Auto und hieven uns auf die Sitze. Der Motor heult auf, als Erik seinen Gips auf dem Gaspedal platziert. Ich lache. Meine Hand wandert ganz von selbst auf sein Bein. So habe ich mir das in den letzten Wochen angewöhnt. Stotternd rollt der Wagen aus dem Wald.

»Du hast mir nie verraten, wer Pegasus wirklich war«, sagt Erik, als wir auf die Landstraße abbiegen.

Damit hat er Recht. Es gibt noch so vieles, das ich mit ihm teilen will. Jetzt ist sie endlich gekommen, die Zeit zum Reden. Die Zeit für Alltägliches. Und die Zeit, ohne Furcht zu lieben. Wie viele Jahre der Ruhe das Schicksal uns auch immer gibt – ich werde sie nutzen. Also lehne ich mich auf meinem Sitz zurück und beginne zu erzählen.

Ende der Teile 7 – 9

Danksagung

Die Geschichte der Talente und der Faune ist nicht vorbei. Sie wird niemals ganz vorbei sein. Wann immer ihr ein Eichhörnchen mit grünen Augen seht oder einen Waldkauz mit einem zu langen Schwanz, nehmt euch in Acht!

Nun wisst ihr, was euch droht, wenn ihr das Wagnis eingeht, euch zu verlieben. Ihr wisst auch, was passieren kann, wenn ihr euer Schicksal selbst in die Hand nehmt. Ich widme dieses Buch allen, die trotzdem nicht aufhören, sich mutig gegen den Wind zu stellen, die ihre Talente, ihre Liebe und den Schmerz ihrer verletzten Seele akzeptieren. Geht hinaus und werdet Heiler, rettet die Welt auf eure ganz persönliche Art.

Endlich ist auch für mich der Moment gekommen, um mich zu bedanken. Bei euch allen, die ihr mit Melek, Erik, Jakob und Levian mitgefiebert habt. Bei der echten Sylvia, die mir eine so erquickende Muse war. Bei meinen Eltern, die mich in meiner Schreiberei unterstützt und gefördert haben. Bei meiner tollen Programmleiterin Pia Cailleau, sowie Nicole Boske und Anke Henkel vom Carlsen Verlag und natürlich bei meiner Lektorin Christin Ullman, die meinen Text so wunderbar zurechtgeschliffen hat.

Anette Thumser war noch vor zwei Jahren meine Literaturagentin. Heute ist sie Veteranin, Ex-Volltrefferin, Mitfieberin und Freundin gleichzeitig – ich danke dir, dass du immer an die Talente geglaubt hast.

Tja, und zu guter Letzt meine Armee. Leser, die keine Leser geblieben sind, sondern zu Kommunikatoren, Tiersprechern, Orakeln, Anführern und – Himmel! – Dschinniyas mutiert sind. Anna-Lena Krug, Caro Riering, Cara Rogaschewski, Isabell Walery, Sandra Maric, Pia Lorenz, Anne Hartwig, Katharina Areti Dargel, Dana Puhlmann, Veronika Rothe, Kristina Ahrens, Chantal Moses, Manuela Rotterdam-Göcke, Klaudia Szabo, Jeanette Skomrock, Jenny Langer, Leonie Thome, Emelie Jeck: Wenn meine Geschichte ein kleines Fischerboot auf einem unendlichen Meer ist, dann seid ihr die Woge, die perfekte Welle, die es stetig vorantreibt, hinaus in unbekannte große Gewässer. Danke für eure riesige Unterstützung!

© privat

Mira Valentin arbeitet hauptberuflich als Journalistin für Jugend- Frauen- und Pferdezeitschriften. Hoch zu Ross, mit Laufschuhen oder Fahrrad streift sie regelmäßig durch die ausgedehnten Wälder des Hessischen Hinterlands. Hier, zwischen mystischen Quellen und imposanten Steinbrüchen, kam ihr die Idee für »Das Geheimnis der Talente«. Seither sieht sie ständig Dschinn in den Baumkronen sitzen und kann kein Dorffest mehr feiern ohne sich zu fragen, welches arme Opfer heute wohl ausgesaugt wird.

Lass dich fallen in eine Welt voller Märchen

Jennifer Alice Jager
Sinabell. Zeit der Magie
Softcover
220 Seiten
ISBN 978-3-551-30064-5

Es ist nicht leicht, eine von fünf Königstöchtern zu sein und kurz vor der Heiratssaison zu stehen. Statt nach Ehemännern Ausschau zu halten, streift Sinabell lieber durch die Gänge des Familienschlosses und verliert sich in den magischen Welten ihrer Bücher. Bis sie auf einem Ball dem jungen Prinzen Farin begegnet, der mit seinem zerzausten Haar und den Grübchen ihr Herz erobert. Doch ihr Vater entlarvt ihn als Prinz aus einem verfeindeten Königreich und wirft ihn ins Verlies. Um Farin vor dem sicheren Tod zu bewahren, muss Sinabell ihm helfen drei Aufgaben zu lösen und erkennt dabei, dass Magie nicht nur in Büchern existiert …

im.
pre
ss

www.impress-books.de

Per Schnitzeljagd zur großen Liebe

Tanja Voosen
Sommerflüstern
Softcover
308 Seiten
ISBN 978-3-551-30065-2

Fange an deinen Lieblingssong zu hassen!
Als Taylor an ihrer neuen High School diese merkwürdige Botschaft in ihrem Spind vorfindet, weiß sie zunächst einmal nichts damit anzufangen. Bis sie Monate später auf Hunter Reeves trifft, der nach längerer Abwesenheit seinen – ihren! – Spind wiederhaben will. War die Botschaft etwa für ihn bestimmt? Als sich der Spruch dann noch als Code herausstellt, der zu weiteren Hinweisen führt, ist Taylors Interesse geweckt.
Und Hunters auch.
Aber seines gilt eher Taylor als der aufkommenden Schnitzeljagd ...

www.impress-books.de

im.press

Glamour und schwarze Federn

Andreas Dutter
Beauty Hawk.
Der Fluch der Sturmprinzessin
Softcover
ISBN 978-3-551-30064-5

Die 17-jährige Cecilia ist DER aufsteigende Stern am YouTube-Himmel. Gerade hat sie die unglaubliche Zahl einer halben Million Abonnenten erreicht und wird überall gefeiert, außer in ihrer Schule, wo man sie aus Neid meidet. Die Abneigung ihr gegenüber geht sogar so weit, dass Cecilia anfängt, dunkle Prophezeiungen zu erhalten. Erst vermutet sie, dass der unheimliche Neue Tristan dahintersteckt. Doch dann wird sie plötzlich vom Schulschwarm Knox auf ein Date eingeladen, der ihr eine Welt eröffnet, die sie alles in einem anderen Licht sehen lässt. Darunter ihre eigene Identität. Aber auch die Absichten von Tristan.

www.impress-books.de